忘记呼吸的猫

著

完结篇

萌妃七七

MENG
FEI
QIQI

[上册]

青岛出版社
QINGDAO PUBLISHING HOUSE

图书在版编目（ＣＩＰ）数据

萌妃七七. 完结篇 / 忘记呼吸的猫著.--青岛：
青岛出版社，2019.12
ISBN 978-7-5552-8578-6

Ⅰ. ①萌… Ⅱ. ①忘… Ⅲ. ①言情小说－中国－当代
Ⅳ. ①I247.5

中国版本图书馆CIP数据核字(2019)第196073号

书　　名	萌妃七七·完结篇
著　　者	忘记呼吸的猫
出版发行	青岛出版社
社　　址	青岛市海尔路182号（266061）
本社网址	http://www.qdpub.com
邮购电话	010-85787680-8015　13335059110
	0532-85814750（传真）　0532-68068026
责任编辑	贺　林
特约编辑	孙红彦
校　　对	耿道川
装帧设计	小　贾
照　　排	梁　霞
印　　刷	三河市良远印务有限公司
出版日期	2019年12月第1版　　2019年12月第1次印刷
开　　本	16开（700mm×980mm）
印　　张	39.5
字　　数	418千
书　　号	ISBN 978-7-5552-8578-6
定　　价	68.00元

编校印装质量、盗版监督服务电话　4006532017　　0532-68068638

建议陈列类别：畅销·古代言情

目 录 [上册]

第一章　墨寒卿，救我　　　　1

第二章　身世之谜　　　　32

第三章　抵达北疆　　　　73

第四章　她受伤了　　　　106

第五章　原来是旧相识　　　　135

第六章　不会是个男的吧　　　　174

第七章　寻找药材　　　　192

第八章　还是喜欢她　　　　230

第九章　你对我来说很重要　　　　266

第十章　一个深吻　　　　285

目录 [下册]

第十一章　爱是无法隐藏的　　　　　333

第十二章　你是不是月儿　　　　　362

第十三章　你想当皇帝吗　　　　　383

第十四章　你愿不愿意当我的皇后　414

第十五章　本王愿意娶你　　　　　443

第十六章　大婚之日　　　　　　　469

第十七章　两情相悦　　　　　　　504

第十八章　老者的身份　　　　　　525

第十九章　一家团聚　　　　　　　554

第二十章　执子之手，与子偕老　　579

番 外 一　　　　　　　　　　　605

番 外 二　　　　　　　　　　　616

第一章　墨寒卿，救我

叶七七一颗小心脏疯狂地跳着。眼下，她掉在这地下宫殿中，手边也没有什么能够让她重新易容的东西，万一二皇子一会儿过来，发现她真正的身份怎么办？！

那几个丫鬟没有察觉到叶七七的脸色变得越来越难看，全部簇拥上来，将叶七七围在中央，自顾自地说着话：

"王妃娘娘，来这边，让奴婢帮您梳妆打扮一下。"

"是呀，王妃娘娘，您这身衣袍，一定要配漂亮的发髻才行，这么散着可不好。"

"王妃娘娘，让奴婢帮您染一下指甲吧，您看您的手指这么漂亮，又细又长，皮肤又白，若是染个红指甲，一定极为漂亮呢。"

"王妃娘娘……"

"王妃娘娘……"

叶七七却是一点儿听的心思都没有，盯着地面，飞快地思索该怎么办。

那帮丫鬟见叶七七不反抗，干脆将她按在椅子上，给她梳头发的梳头发，给她化妆的化妆，给她染指甲的染指甲，一时互不干扰。

也不知时间过去多久，终于，其中一个丫鬟长舒了一口气，满意地看着眼前的叶七七，道："王妃娘娘真是美极了，绝对是奴婢见过的所有女子中最漂亮的一个！"

叶七七抬起头来，看着那个丫鬟问："你见过的所有女子？你见过很多女子吗？"

她的话一出口，那丫鬟眼底瞬间闪过一丝慌乱，支吾了一下，飞快挪开目光，看着旁边的地面，结结巴巴道："不……不是的，奴婢的意思是，奴婢在来二皇子府之前，在府外曾经见过许多人，然而奴婢见过的那些人，没有一个比王妃娘娘漂亮。"

"是吗？"叶七七眼睛眯了眯，死死地盯着那个丫鬟。

那丫鬟被叶七七盯得有些心虚，直直地朝叶七七跪下来，一双水汪汪的眼睛看着她，举手道："奴婢所说，句句属实，若有半句虚言，天打雷劈！"

"哦。"叶七七点点头，白皙粉嫩的小脸上露出一抹灿烂的笑容，"快起来吧，跪在地上做什么，我就是随便问问的。"

那丫鬟跪在地上，看着叶七七好半晌，确定她真的没有生气，才小心翼翼地站了起来。

其他几个丫鬟见她站起来，连忙将她拉到旁边道："你快去厨房看看晚膳有没有准备好，过会儿殿下要过来用膳。"

"嗯。"那丫鬟点点头，低着脑袋朝叶七七福了福身子，便急匆匆地走了。

其他几个丫鬟顿时又将叶七七围了起来："她来这里的时间不长，不会说话，还望王妃娘娘恕罪。"

"嗯，没什么，我就是随便问问。"叶七七根本没有心情追究，此刻她的注意力全在"殿下晚上要过来用膳"上了。

她沉默片刻，问道："二皇子晚上要过来？"

那几个丫鬟听到叶七七这样问，脸上闪过错愕，随即对视了一眼，用袖子掩着嘴巴，笑了出来。

"王妃娘娘在说什么呢，不是殿下过来陪您用餐，还能是谁。"其中一个丫鬟轻笑了一声，从旁边抱来一面镜子，放到叶七七面前，"王妃娘娘看看，这样的打扮您还喜欢吗？"

叶七七随意朝镜子里的自己看了一眼。嗯……发型华美，妆容精致，就连指甲上都涂了一层红红的丹蔻。可是眼下，她根本一点儿欣赏的心情都没有。

"你们……怎么才能回……"叶七七皱了皱眉，刚想要问怎么才能回到地面上的时候，就听有个丫鬟轻声道："王妃娘娘，殿下来了。"

什么？！叶七七心中一惊，这么快就来了？她下意识转过头去，朝地下宫殿的入口处看去。一身浅金色长袍的二皇子，面带笑容、风度翩翩地走了进来。

二皇子一进来，便朝叶七七看去。下一秒，他脸上的笑容顿时变成了错愕："你……怎么会是你？！"二皇子看着眼前的那张脸，愣了许久，才沉声问道。

那张脸他之前就在皇宫中见过，父皇给靖安王选妃的时候，他也在场。当日，他便一直盯着叶七七。虽是丞相府的养女，身世不够好，但她依然凭借自身的才华，打败了京城第一才女林雨柔。那时候他就在心里想过，若他还是太子，兴许这选妃大典便是给他举办的了，那丞相府的养女，兴许就是他的妃子了。

叶七七看到二皇子这样的反应，原本有些慌乱的心一下子便镇定下来，朝二皇子笑了笑，一脸无辜地道："殿下是在说谁啊？"

二皇子回过神，目光死死地盯着叶七七。那张脸，绝对跟他记忆中一模一样，没有错，但是这说话的语气，却和那个凶巴巴的女子完全不一样。只是……这语气，怎么依稀有些像宫魅呢？

叶七七面色淡然地看着二皇子，此刻她脸上易容的东西没有了，可她万万不能承认自己就是叶七七，否则，二皇子便会知道自己是在设计他。她只能尽力模仿宫魅的眼神和语气，好让自己看起来是另外一个人。毕竟，这天底下长得相像的人，实在是太多了。

"依依？"二皇子迟疑了一下，喊了一声叶七七。

"嗯。"叶七七软软一笑，眼底满是天真烂漫。

二皇子盯着她的脸庞，目光闪了闪，唇角勾起一抹温润的笑容，竟不再问她面貌为什么会改变了。他要是问了，叶七七还能努力编一编，蒙混过去，可他此刻一句话都不问，这么一来，叶七七心里就没了底。他到底有没有发现自己是叶七七呢？

"依依，我给你准备了一对手镯。"二皇子缓步走到叶七七身边，微微一笑，从袍袖中拿出一个漂亮的锦盒，递到叶七七的面前道，"看看，你喜欢吗？"

　　"呃……我……"叶七七迟疑了一下，接过二皇子手中的锦盒，目光在他俊美的脸颊上扫了一下，缓缓打开盒子。盒里是一对青翠欲滴的翡翠手镯，在夜明珠的映照下，反射着温润的光泽。这手镯，一看便知是上品。

　　"怎么样，喜欢吗？"二皇子看着叶七七低头打量镯子的样子，笑着问道。

　　叶七七虽然有些惊讶，还是轻轻点了点头。她盖上锦盒，将它还给二皇子道："但是太贵重了，我不能收。"

　　"这是给王妃的。"二皇子笑吟吟地看着她，接过锦盒，将它打开，拿出其中一只手镯，不由分说地套在叶七七的手腕上，翠绿的镯子越发衬得她的皮肤晶莹剔透。

　　二皇子眼眸闪了闪，顺手拿起另外一只镯子，套在叶七七的另一只手上。两只镯子随着叶七七手腕的晃动而轻轻转动，镯子里有美丽的光泽缓缓流动。

　　"很美。"二皇子看着手镯，唇角勾起一抹好看的笑容，他转身朝另外一扇门边走边道，"依依，跟我来。"

　　叶七七盯着手上的镯子看了一会儿，想着实在不行的话，就等会儿把它们取下。她走到二皇子身边，默默地跟在他身后。

　　屋子里的那些丫鬟见二皇子带着叶七七朝那边走去，连忙低下头，朝他们二人福身。

　　二皇子推开那扇门，不过一瞬间，一股浓郁的香味扑鼻而来。叶七七皱了皱眉，眼看二皇子走了进去，她也只得用袖子掩着口鼻跟了进去。

　　门后是一条长廊，长廊两边放着层层置物架，靠近右边的置物架上，整齐地摆放着一排排长方形的盒子，每一个盒子上都蒙着一块精致的帕子。左边的置物架却什么都没有。

　　二皇子顺着叶七七的目光看向那一排排置物架，对她笑了笑道："这里摆放的，都是本王的珍藏。"

　　"嗯……"叶七七在那些长方形的盒子上打量了一番，收回目光，看向

4

二皇子，笑了笑道，"那为什么左边架子上都是空的呢？"

"因为收藏还不够。"二皇子笑着回答道，"本王还在努力。"

叶七七看着她，一时不知道接句什么话才好。

"走吧，随我来。"二皇子转身朝长廊的尽头走去。

叶七七迟疑了一下，连忙跟上。走到长廊尽头，二皇子背对叶七七，动作顿了顿，回过头来，意味深长地看了她一眼，这才去推那扇门。

叶七七被他看得有些莫名其妙，见他什么话都没说，只得跟在他身后进了门。

门后是一个空荡荡的房间，正中央除了一张极为奢华的床榻，再没有其他东西。叶七七有些惊讶地看着眼前的场景，还没来得及说话，身后的那扇门便砰的一声关上了。

走在她前面的二皇子转过身，俊美的脸上露出邪恶的笑容："依依，今晚，你便是我的人了。"

"殿下？"叶七七心中一惊，看着二皇子毫不掩饰的表情，满眼疑惑地问道，"你在说什么？"

"依依听不懂吗？"二皇子对叶七七笑了笑，开始解自己的衣袍，边解边道，"本王不是说过也立你为妃？所以……今夜，你便成为本王的王妃吧……"

"你……"叶七七下意识朝后退了一步，运起内力，想要将二皇子打晕。然而，她刚一运气，便觉得有种酸软无力的感觉。

二皇子站在叶七七身边，看着她脚步虚浮的模样，忍不住笑了起来："依依，或者说，我该称呼你为叶七七？"他顿了顿，继续道，"没用的，现在你的内力已经被抑制了，别说是内力，再过不久，你浑身的力气都会消失，到时候要怎么做，就看本王的心情了。"

"你……"叶七七用力咬了咬牙，瞪着二皇子，声音颤抖地问道，"你对我做了什么？"

"我？"二皇子笑眯眯地看着她道，"我并没有对你做什么，只不过你方才泡的那温泉水，有舒筋散络的功效，而那戴在你手腕上的镯子，则是千年寒玉制成，这千年寒玉也没什么特殊的地方，只是能够抑制经脉中内力的走向而已，再加上刚才我们一路走来，外面长廊中的软筋香那么浓烈，此刻你的内

5

力怕是已经散得一丝不剩。"

叶七七愤怒地看着他，心中却是一片慌乱。她此刻确实感觉体内的力气正在一点点流失。

二皇子看着叶七七的模样，忍不住笑了笑，上前用手指勾起叶七七的下巴，声音缓缓地道："说吧，到底是为什么接近本王？"

叶七七怒视着二皇子，咬牙切齿道："我为什么要告诉你？！"

二皇子看着她的样子，冷笑一声，缓缓道："怎么，现在不继续装了？莫不是靖安王对你不够好，所以你才跑来我这二皇子府？不过说来也是，像墨寒卿那么冷淡的家伙，怎么可能对一个女子真正动心，他将你娶回去后，怕是让你独守空房吧？"

"滚。"叶七七听着他的话，忍不住吼了一声。

"滚什么？"二皇子看着叶七七气急败坏的样子，心中越发愉悦，"七七是想和本王在床榻上滚吗？可以，靖安王满足不了你的，本王让你满足……看你这样子，墨寒卿应该还没碰过你吧？第一次，难免会有些……不舒服，不过没关系，本王技术很好，但凡跟过本王的女子，不论开始多么不情不愿，到最后，还不是哭着喊着求本王不要停。"二皇子凑近叶七七，侧过头，在她耳边缓缓地说着。

叶七七听着他的话，只觉一阵阵恶心，大声道："你离我远点儿！"

二皇子看着她，唇角勾了勾，却是一个打横将她抱了起来，径直走到床榻前。

"你干吗？！放我下来！"叶七七在他肩上用力挣扎。

"我想干吗？刚才已经跟你说过。"二皇子冷冷的声音传到了叶七七的耳朵里。

下一秒，她整个人被他毫不客气地丢到床榻上。叶七七只觉头昏眼花，眼前仿佛有无数星星在绕圈。然而，她还没回过神，二皇子已经压了上来。他的两只手固定住叶七七的手腕，居高临下地看着她，唇角勾起一抹浅浅的笑容，道："你要知道，其实本王并不愿意勉强女子，毕竟如果不是心甘情愿，那种事，可是会少很多乐趣。"

叶七七被他死死地压住，想要反抗，却没有力气。她瞪着眼睛，死死地看着二皇子，忍不住朝他呸了一口，道："滚开，我死都不会跟你在一起。"

6

"哦。"二皇子微微一笑，不慌不忙地看着她，声音悠悠地道，"这个我自然是知道的。想来能让靖安王看上的女子，跟其他女子肯定会有些不同。"

二皇子一边说着一边腾出一只手，在床榻边的挂绳上拽了一下。清脆的铃铛声在房内响起，紧接着，房内的另一扇门便被推开。一名须发皆白的老者，缓缓走了进来。

叶七七转头看了一眼，那人便是下午坐在马车内的人。按照她之前的猜测，这家伙应该是北辰国的方使臣。

果然，那老者走到床榻前，刚朝榻上看了一眼，便怔住了："殿下……这……这不是……"

"这不是什么？"二皇子看着老者错愕的表情，忍不住哈哈大笑道，"这不是打败你们北辰国诸多高手的叶七七吗？"

"这……这……"那北辰国使者大概没想到二皇子会这么说，一时不知道说些什么好。

"怎么？"二皇子挑了挑眉问道，"之前打败你们北辰国诸多高手的女人，现在浑身无力地躺在床榻上，等着我们肆意蹂躏，难道你不觉得兴奋吗？"

方使臣听到二皇子的话，回过神来。他用猥琐的目光在叶七七身上打量了一番，捋着胡子大笑道："二皇子果然有本事，连那靖安王的王妃都能弄到手，在下实在是佩服，佩服。"他顿了顿，继续道，"只是……不知道那靖安王若是得知，自己的王妃被你给……嘿嘿嘿，殿下你说，他会有何反应？"

二皇子有些不悦地皱了皱眉，道："他有何反应，与我何干？本王让你带的药呢？"

那方使臣见二皇子有些不高兴，连忙止住笑意，从袍袖中掏出一个小小的盒子，送到他面前道："自然是带过来了。"

"嗯。"二皇子目光微沉，看着他手中的小盒子，示意他将盒子打开。

小盒子里是一颗圆圆白白的药丸。二皇子一只手拈起药丸，放到叶七七嘴边，声音温柔地道："乖，把这个药吃下去。"

叶七七只觉那药丸散发着一股清淡的香气，闻着让人感觉很舒服。只是……二皇子给她吃的，肯定不是什么好东西。所以，叶七七咬紧牙关，死死地瞪着二皇子，就是不张嘴。

"不吃？"二皇子神色瞬间变得阴沉，转过头，朝站在床榻边上的方使臣不悦道，"还站在那儿干吗，不知道过来帮忙吗？"

"是，是。"方使臣赶忙爬上床榻，跪坐于二皇子身边，迟疑了一下，低声问道，"不知二皇子要在下怎么帮忙？"

"给本王按住她的手。"二皇子冷冷地朝方使臣道。

"是。"方使臣连忙伸出手，死死地按住叶七七的两只手腕。

二皇子见叶七七的手被固定住，不悦的神色顿时减少。他看着叶七七白皙粉嫩的脸颊，唇角勾起一抹邪恶的笑，修长的手指轻轻地在她脸颊来回滑动，感受着她肌肤的柔软。

叶七七只觉浑身恶寒。二皇子的手指在她脸上抚摸，仿佛一条毒蛇贴着她的脸吐芯子。下一秒，二皇子突然用力掐住叶七七的脸，强迫她张开嘴，将那颗白色的药丸塞进她的嘴里。叶七七拼命摇头，想将药丸吐出，奈何二皇子的手死死掐着她的脸颊，让她根本无力反抗。二皇子将叶七七的嘴合上，用力在她的肚子上打了一拳。

"唔……"叶七七疼得蜷缩起身子，喉咙下意识一咽，药丸就这么顺着她的嗓子滑进胃里。

叶七七只觉仿佛被扔进火焰中炙烤，燥热得难受。眼前的景象开始模糊，二皇子的脸，不知为什么，看起来竟跟墨寒卿越来越像。

"殿下，这药开始发挥作用了。"方使臣在一边按着叶七七的手，同时仔细观察她脸上的神情，眼看她的眼神越来越恍惚，他嘿嘿一笑，朝二皇子低声道。

"嗯。"二皇子唇角勾起一抹嗜血的弧度，看着躺在床榻上的叶七七，不慌不忙道，"不着急，本王就是喜欢听那些女子苦苦哀求，不过……若是叶七七，说不定她的哀求，会更好听一些呢……"

墨寒卿！

叶七七有些绝望地看着头顶上的纱帐，突然后悔自己吵着闹着来接这个任务了。若是光明正大比武，她怎么可能输给二皇子？可她怎么就忘了，能做出那般变态事情的人，又怎么可能光明正大呢？

叶七七死死地咬着牙，拼命压制身体中的燥热，此刻只有一个信念，那就是墨寒卿肯定会来救自己……不管怎样，她都要等到他来救自己！她已经在山上等了他八年，好不容易下山找到他，还没来得及告诉他，其实自己一直都是喜欢他的，怎么能让自己毁在二皇子的手上？！

等一下……叶七七突然怔了一下。她……喜欢墨寒卿？是了，她一直都是喜欢他的啊，从八年前看到他的第一眼开始，他的样子已经牢牢刻在她的心上。纵使他骗了自己，纵使他隐瞒了那么多事情……她还是喜欢他啊……

叶七七咬着牙，看着床榻上方的纱帐，眼中缓缓滑落一滴眼泪。

公子……公子……墨寒卿，救我！

"殿下，还是没有找到七七小姐！"冷六一脸焦急地飞到墨寒卿身边，单膝下跪，朝他慌乱道。

墨寒卿阴沉着一张脸，看着跪在自己面前的冷六，眯了眯眼睛，声音清冷，仿佛是从极地的冰洞里传出："没找到？没找到你来跟我汇报什么？！还不滚去找？！"

"是！"冷六听着他的话，身子下意识抖了一下，连忙站起身，朝二皇子府深处又飞了过去。

叶七七！

墨寒卿皱着眉头，盯着夜色中的二皇子府，只觉一阵心烦意乱。

墨寒卿！墨寒卿！

就在那片心烦意乱中，墨寒卿只觉一慌，仿佛有人在绝望地喊他。

"叶七七？！"墨寒卿怔了一下，随即脚尖轻点，循着声音传来的方向，飞快地奔去。

"二皇子殿下……"方使臣看着躺在床榻上的叶七七，她白皙粉嫩的小脸已经难得纠结起来，豆大的眼泪一滴一滴往下落，嘴却死死地咬着，连一声呻吟都不肯漏出来。

"呵……"二皇子顺着方使臣的目光朝叶七七看去，眼里浮出一抹兴味。

"想不到，这靖安王的王妃还真是能忍……"二皇子手中端着一个酒杯，随意晃了晃，缓缓踱步到叶七七的面前，低声道，"寻常女子在这种时候，早就已经屈服于本王了，她竟然还能一声不出。"

"殿下放心，她也熬不了多久。"方使臣眼睛里那抹兴奋的光芒越来越浓，"这药丸服下去，越早开始交合，她难受的时间越短。拖得越久，身体承受的痛苦便也越大，再拖一会儿，她就要开始生不如死了……嘿嘿嘿……"

"呵。"二皇子冷笑了一声，端着那杯酒递给方使臣道，"那不如再给她加把火好了。"

"是。"方使臣看着眼前的酒，顿时心领神会。他接过二皇子手中的酒杯，二话不说，捏着叶七七的脸颊，将满满一杯酒全部倒进叶七七的嘴里。

"喀喀……喀……"叶七七被酒呛到，忍不住剧烈咳嗽起来。

她的嗓子火辣辣地疼，浑身上下如同被拆了。

二皇子看着叶七七狼狈的模样，嘴角勾起一抹笑。他欺身上前，手指轻轻在叶七七修长白皙的脖子上滑过，声音带着一丝蛊惑道："怎么样，七七，想不想要？"

叶七七迷迷糊糊地看着眼前那张仿佛是墨寒卿的脸，她脖子上被碰触的地方，仿佛有一湾清泉缓缓流过，瞬间缓解了身体中的那股燥热。

可是……眼前的那张脸看起来像墨寒卿，声音却根本不是……墨寒卿声音冷冽低沉，带着独特的味道，不是这样的，不是这样的……

二皇子见叶七七依然没有任何反应，忍不住皱起眉："啧，还真是麻烦。"他一边说一边扯下自己身上的底衣，开始拽叶七七的衣袍领子。

"殿下，不等了吗？"方使臣有些惊讶地看着二皇子粗鲁的动作，以往二皇子不是都要等那些女子心甘情愿，才会开始吗？

"别人可以等，唯独她不行。"二皇子冷笑一声，手中用力，叶七七的领子便被扯开一大片。

就在他准备继续扯叶七七的衣领时，整个地下宫殿突然摇晃了一下。

"怎么回事？"二皇子一怔，抬起头，朝方使臣看去。

方使臣还没来得及回答，房顶开始崩裂。下一秒，大半个房顶轰的一声坍塌。石块、灰尘飞在空气中，二皇子和方使臣被尘土呛得咳嗽起来。

恍惚中，叶七七感觉有人在扯自己的衣服，她想反抗，却根本使不出力气。就在她以为自己就这么完了的时候，突然听到一声巨大的声响，紧接着，整个人落进一个熟悉温暖的怀抱中。

"叶七七……叶七七？"一道焦急的声音在她头顶上响起，是她熟悉的清冷与低沉。

"墨……寒卿……嗯……"叶七七睁着迷茫的双眸朝眼前的那人看去。那人的眼眸，幽深得仿佛无边无际的宇宙，只要她看一眼，就能被吸进去。可是，他的目光怎么那么焦急呢，一点儿都没有原来的从容淡定。

"嗯……寒卿……"叶七七忍不住伸开双手，反抱住墨寒卿。

他身上的清冷气息，让她身体里的燥热更加明显。她将自己毛茸茸的脑袋靠在他结实宽阔的胸口，像只小猫，不停地蹭着。软软的小身子，在他怀里不停地扭动。

墨寒卿怔了一下，看着叶七七有些反常的动作，不知道该如何放置原本抱着她的双手。

"七七？七七，你没事吧？"墨寒卿轻轻拍了拍她的小脸，声音低沉地问道。

"嗯……嗯……"叶七七扭得跟条小蛇一样，他的手掌覆在她的脸颊上，让她忍不住想要更多。

墨寒卿微微皱了皱眉，终于明白了什么。

"喀喀……墨寒卿，怎么会是你？！"好不容易等所有灰尘都落了下来，二皇子一边挥舞着袖子，一边看着出现在灰尘中的身影。那人死死地盯着他，脸上是阴沉冷冽的表情。

"孽子！你究竟在做什么？！"一道威严的声音突然在墨寒卿身后响起。

二皇子微微一怔，朝墨寒卿身后看去。

穿着一袭明黄色龙袍的皇上，皱着双眉，缓缓地走来。

"父……父皇？！您……您怎么来了？"二皇子心中一凉，看着那道明黄色的身影，整个人都慌乱起来。

"寒卿派人来禀报，说你掳走了他的王妃。"皇上瞪着二皇子，气得声音都在发抖，"你这个孽子，到底知不知道自己在做什么？！"

"儿臣……"二皇子张了张嘴，刚准备说话，皇上又朝他怒吼一声道，"朕没有你这个儿子！"

"父皇……"二皇子抬头看着站在皇上身后的御林军，那些御林军手中

11

都拿着铁锹和凿子。显然，他地下宫殿的屋顶，就是被这些人给砸穿的。

不……光凭这些人的力量，不可能那么快就砸穿整个地宫。二皇子将目光转向紧紧抱着叶七七的墨寒卿。

"你……是你把本王的地下宫殿毁了，是不是你？！"二皇子指着墨寒卿的鼻子，愤怒地吼道。

墨寒卿眯了眯眼睛，眼神冷冽地看着他，没有答话。

"父皇，你就这么相信他的话！"二皇子猛地转过头，朝皇上吼道，"只要他说一句，哪怕连证据都没有，你就能带上这么多御林军，来挖我这二皇子府吗？！"

皇上瞪着二皇子那张扭曲的脸，沉默片刻，没有说话。

"呵……呵呵呵……我就知道，我就知道！"二皇子见皇上并不反驳，突然笑了出来，"在你心里，你这个弟弟比我这个儿子重要多了，若不是因为皇位只能传给儿子，不能传给弟弟，恐怕这太子的位子早就是他的了！"

皇上皱了皱眉，看着胡言乱语的二皇子道："你给朕住口！"

"住口？我为什么要住口，父皇，你都带着这么多人来挖我这二皇子府了，我早就成为一个笑话，你却连话都不让我说吗？"二皇子阴狠地瞪着皇上，冷笑道，"说白了，在你心里，从来没有我这个儿子，哦不，我说错了，在你心里，哪个儿子都不重要，只有墨寒卿，那个靖安王才是最重要的！"

二皇子死死地瞪着皇上许久，忍不住哈哈大笑道："该不会，其实靖安王才是你真正的儿子吧？否则，你何必这么偏心？！自古皇帝都怕自己会被兄弟篡位，你倒好，放了大把权力在靖安王手上，好像这个国家给你管或是给他管，都没什么差别！父皇，你——"

"你给朕住口！"皇上眼看二皇子越说越荒唐，终于忍不住怒吼道，"去，给朕把这个孽子的嘴堵上！"

"是！"站在皇上身边的御林军统领赶忙恭敬地应了一声，上前反手按住二皇子的两只胳膊，顺便塞了一块帕子在他嘴中。

轰隆隆——

又是一阵坍塌的声音，这地下宫殿旁边的长廊屋顶，也开始塌陷。天花板上的石头掉下来，砸在长廊两边的架子上，几个长方形的盒子从架子上砸落。

覆盖在盒子上的帕子随之掉落，众人看着眼前的一幕，瞬间惊住。帕子下面的盒子，竟然是透明的水晶盒，里面装着浅蓝色的液体，泡着女人的头颅。

所有人看到这一幕，都安静下来。

皇上看着水晶盒子，眯了眯眼睛，大步走上前去，用脚踢了踢盒子，里面淡蓝色的液体晃了晃，女人的长发也跟着在液体中缓缓浮动。

"这……"所有站在皇上身后的御林军都愣住了，他们的目光不由自主转向架子上其他没有砸落的水晶盒。

皇上的脸色难看起来。他转过头来，朝站在自己身后的御林军统领声音冷冷道："去，给朕把那些盒子上的帕子全部掀开。"

"是！"御林军统领怔了一下，随即便回过神来，赶忙带着手下朝那架子走去。

二皇子俊美的脸瞬间变得惨白。

那些御林军走到长长的架子前，飞快地将所有盒子上的帕子掀开。一块块帕子下，是一排排摆放整齐的水晶盒，每个盒子里都是淡蓝色的液体，一个个女人的头颅便漂浮在那些淡蓝色的液体中。纵然是铁骨铮铮的御林军，看到眼前这一幕时，还是忍不住觉得有些瘆人。

满满一架子的人头，有睁着眼睛的，有闭着眼睛的，每个人的皮肤都在液体中呈现出浅浅的蓝色，那些长发在液体中肆意漂浮。皇上看到眼前这一幕，脸色彻底变了。

"前段时间，顾大人来报，说京城各处都发现了无头女尸。"皇上转过头，盯着二皇子，声音阴冷地一字一顿道，"现如今，你这二皇子府中，便突然多出这么多女子的头颅，朕想……这事儿应该不是巧合吧。"

二皇子嘴里塞着帕子，目光颓然地看着皇上，却一个字都说不出来。

"若是今日，朕与靖安王没有及时赶到，"皇上眯了眯眼睛，声音冷冷道，"是不是靖安王妃也要变成你的收藏品？"

二皇子身子一震，低下头，似乎不想回答这个问题。

"嗯……寒卿……嗯……"被墨寒卿抱在怀里的叶七七，却是越来越难受，明明她熟悉的清冷味道就在眼前，可是不知道为什么，她依然觉得身体一阵又一阵难受。

13

皇上听到叶七七的声音，回过头朝她看了一眼，随即皱起眉头道："她这是……"

"应该是被二皇子下了药。"墨寒卿冷着俊脸，咬牙切齿地一字一顿道。

在他来到这里之前，地下宫殿里只有二皇子一个人的说话声，叶七七一点儿声音都没有。

当时他心里一片慌乱，还以为叶七七出了什么事。直到他将叶七七拥入怀中，才发现原来她被二皇子下了那种药，明明药性很强，可她偏偏一点儿声音都没有发出来，只是咬牙隐忍着。

"皇兄，我先带七七回府。"墨寒卿抱着叶七七，手忍不住死死地握成拳头。敢对他心爱的女子下那种药，天知道现在他多想上去狠狠地将二皇子揍一顿。然而，叶七七这个样子，他根本不放心将她交给别人。那就只能让皇上先将二皇子押起来，待他确定叶七七没事，再慢慢找二皇子算账。

"好。"皇上看了一眼叶七七，皱了皱眉，关切道，"要不要宣太医去你府上看看。"

"嗯。"墨寒卿点点头，再不多说什么，抱着叶七七，脚尖轻点，飞走了。

叶七七迷茫地看着眼前的一切，只觉一片片绿色的树影不停掠过。而她头顶上，是他清冷的绝世面容。那张脸，在她小时候，曾无数次出现在她的梦中。

"公子……嗯……"叶七七小声地喊了他一句。

"七七？"墨寒卿低下头，看着怀里小脸通红的叶七七，低低地喊了她一声。

"公子……寒卿……"叶七七有些分不清梦境与现实，将自己毛茸茸的小脑袋在墨寒卿的怀里用力蹭了蹭，伸出一双纤细的胳膊，紧紧搂住他修长的脖颈道，"好难受……"

墨寒卿目光微微闪了闪，声音温柔地对她道："再忍一忍，马上就到了。我已经让冷卫先去宣大夫，皇上也让太医院的太医去靖安王府等着了。"

"嗯……"叶七七似懂非懂地点点头，小胳膊还是死死地搂着他的脖颈，"公子……你身上好凉，好舒服……嗯……"

墨寒卿脚下一个趔趄，差点儿从半空摔下去。

"叶七七，你——"他还没来得及说点儿什么，便感觉她毛茸茸的脑袋突然凑到自己的肩膀处，紧接着下一秒，她柔软温热的唇瓣便覆在他的脖颈上。那一瞬，仿佛一股电流通过，直击心脏，沿着经脉蔓延到四肢。

墨寒卿咬了咬牙，一双胳膊紧紧搂着叶七七，加快速度，朝靖安王府飞去。

好不容易回到他的院落，一屋子的大夫与太医已经被冷卫给架来了。墨寒卿脸上有一抹淡淡的红晕，肩膀上还趴着孜孜不倦啃着他脖颈的叶七七。

那帮大夫见状，赶紧迎了上来。一连串的把脉与会诊后，那些大夫凑到一块儿商量了一会儿，最终决定派他们中最年长的人跟墨寒卿汇报情况。

彼时，叶七七还黏在墨寒卿身上，一双小手十分不老实地到处乱摸。墨寒卿清秀帅气的脸上，满满的都是羞涩的神情。

"殿下，"那名最为年长的大夫走到墨寒卿跟前，双手抱拳，朝他行了个礼，低下头，假装什么都没看到，不慌不忙道，"王妃中的，应是北辰国特有的七情香，这种药药性非常强烈，除非……否则……"他讲到关键地方的时候，稍微顿了顿，抬头看着墨寒卿，做出一个只可意会不可言传的神色。

墨寒卿微微怔了怔，眼眸眯了眯，看着眼前的大夫，声音冷冷道："什么意思？"

"意思就是……"那大夫怔了一下，尴尬地轻咳两声，朝他低头道，"老臣们可以给王妃开一些缓解的药物，让她不那么难受，但要想彻底解毒，还得……得同房。"

墨寒卿面无表情地看着眼前的大夫，沉默片刻，声音阴冷道："所以你们几个讨论了半天，只讨论出这个结果来？"

"这……"那大夫抬起头，一脸为难地看着他道，"殿下息怒，实在是七情香这种东西，是北辰国王室的专属药物，配方和解药也只有北辰国王室的人才有。老臣们虽然听说过这种药，也知道它发作的前因后果，但想要配出解药，那是……那是……有……有一定难度的。"

墨寒卿眼神冷冽地盯着那名大夫看了许久，周身散发出来的威压，几乎让人喘不过气。

所有大夫不由自主地低下头，大气都不敢出。

15

"出去！"墨寒卿冷冷地道，"先把缓解的药物给本王配出来。"

"是是是……"那些大夫连忙点头，唯唯诺诺地出去了。

屋子里瞬间清静下来。

墨寒卿低头，看着怀里亲吻自己脖颈的叶七七，终于忍不住吻住她红润的唇瓣。

"嗯……"叶七七怔了一下，随即轻轻地叹息一声，一双纤细的小胳膊自发环上他的脖颈，热切地回应起来。

墨寒卿眼眸微垂，她的眼睛紧紧闭起，长而卷翘的睫毛轻轻颤抖着，在眼窝处洒下淡淡的阴影。她白皙的小脸浮现着一抹不正常的红晕，而她柔软的唇瓣，此刻正被他含在嘴里，温柔地吮着。

叶七七紧紧地将身体贴在墨寒卿的身上，他的吻仿佛一湾清泉，带给她凉爽而惬意的感觉，那样的感觉让她有些心悸，又有些动情，忍不住想要更多……

"唔……"叶七七紧紧搂着墨寒卿，意识已经完全离她而去，只剩下本能驱使着她。

墨寒卿的吻开始还十分缓慢温柔，渐渐地也变得热烈起来，他的喘息也越来越急促。

就在理智快要离他而去的时候，他终于深吸一口气，将自己的舌头从叶七七的口中退了出来。

"唔……"叶七七迷茫地睁开眼睛，眼神毫无焦点地看着眼前的墨寒卿。

"再忍一忍。"墨寒卿看着她一脸乞求的表情，低头在她红润的唇瓣上轻轻啄了啄道，"大夫马上就把药送过来了。"

"嗯……"叶七七低低地嘤咛了一声，小手捧着他俊秀帅气的脸，径直抬头，将自己红润的唇瓣凑了上去。

她温热的唇瓣重重落在他的嘴唇上，毫无技巧可言地啃着他的唇。墨寒卿怔了一下，随即微微用力，将叶七七从自己身上扯了下来。

"唔……公子？"叶七七抬起头，一脸委屈地看向他。

墨寒卿深吸一口气，朝她低声道："忍住。"

叶七七怔怔地看他，眼神却根本没有对焦。不过片刻工夫，她的眼泪

16

便一颗接着一颗，啪嗒啪嗒地往下掉。

"怎么了？怎么哭了？"墨寒卿连忙轻轻地将她眼角的泪珠拭去。

叶七七眨着水汪汪的眼睛，盯着他半晌，突然朝他一扑，墨寒卿便被扑倒在床榻上。下一秒，她的唇又落在他修长白皙的脖颈上，小手也不老实地扯起他的衣襟。

"叶七七……你……"墨寒卿有些哭笑不得地看着她。这家伙，眼下是凭借本能在行动了吧？

就在墨寒卿打算说点儿什么的时候，门外突然传来一道苍老的声音："殿下，缓解的药物配好了。"

"嗯。"墨寒卿淡淡地应了一声，无奈地看着趴在自己身上到处乱啃的叶七七，沉默片刻，朝外面道，"闭上眼睛，把药拿进来。"

"啊？"站在门外的大夫怔了一下，随即便反应过来。

可是这……闭着眼睛怎么进去啊……大夫迟疑了一下，终究还是选择将眼睛眯开起来，伸出手，轻轻地推开房门。从眯起的眼缝里，那大夫勉强能看到自家王爷似乎正被压在床榻上。哎呀呀，想不到王妃这么热情。

他摸索着走到床榻边，闭上眼睛，递过药丸道："殿下，药在这里。"

墨寒卿微微抬眸，看了看闭眼站在床榻边的大夫，淡定地伸出手，将那药丸径直拈走。

大夫这才松了一口气，赶紧转过身去，小声叮嘱道："殿下只需要将这药丸给王妃服用就好，这样王妃的难受会减少一点儿，对于……那什么的需求也不会那么强烈……这样……殿下您今晚也就不会太累了……"

墨寒卿听着大夫的话，怔了一下，随即脸上浮现出一抹红晕。

"那个……若是殿下没有什么其他吩咐，老臣便先出去了。"那大夫等了一会儿，也没听到墨寒卿说话，便轻咳了一声，低低道。

"嗯，出去吧。"墨寒卿目光闪了闪，低沉清冷地吐出几个字。

"是，老臣告退。"大夫一听墨寒卿这么说，立刻背对墨寒卿行了个礼，急匆匆地朝外走去。

出门后，他还特地转过身来，将房门重新关好。

墨寒卿这才看着几乎将自己上半身衣服全部扒光的叶七七，无奈道："七七……七七？"

"嗯。"叶七七正跨坐在墨寒卿的身上，小手奋力撕扯着他的腰带。奈何她浑身都绵软无力，连带着指尖的力度都控制不好，撕扯了半天，他的腰带却纹丝不动地系在那里。

叶七七原本已经燥热难耐，加上根本解不开他的腰带，顿时更加烦躁。她伸出两只小手，放在他的腰带上，想要用内力将腰带震碎，然而提了半天的力，他的腰带还是完好无损。

墨寒卿看着她的动作，顿时有些哭笑不得，然而下一秒，他却猛地回过神来："七七？你的内力？"

叶七七一脸茫然地抬起头，举起自己的双手放到眼前，袍袖落下，一对晶莹剔透的翠绿镯子露了出来。

墨寒卿眼眸微微闪了闪，盯着那对镯子看了半晌，牵起她的手道："这是什么？"

"啊？"叶七七一脸茫然地看着那对镯子。

"去了二皇子府多出来的东西？"

"他送你的？"

叶七七歪着脑袋想了半天，点点头又摇摇头。

"既然是他送的……"墨寒卿白皙修长的指尖轻轻抚上她手腕上的镯子，下一秒，只听噼啪一声响，两只镯子瞬间碎成了渣。

叶七七有些茫然地看着，体内似乎有股压抑许久的力量在慢慢恢复。只是那股力量恢复得有些慢，而她身上的燥热依然没有减少。叶七七迷惑了一下，便继续低下头，一张嘴，又要朝墨寒卿的胸口啃去。

说时迟那时快，墨寒卿飞快将手中的药丸塞进叶七七嘴里。叶七七下意识将嘴里的东西吃了下去。墨寒卿紧紧地盯着她。没多久，叶七七小脸上的红晕在慢慢消退。

墨寒卿盯着她，声音低沉地喊了一声："叶七七？"

"嗯……嗯？"叶七七雾蒙蒙的眼睛渐渐变得明亮。

"感觉好点儿了吗？"

"嗯……"叶七七点点头，体内那股燥热已经没有之前那么强烈，可还是隐隐难受。

"你……"墨寒卿看着她，迟疑片刻，"能从我身上下来了？"

"呃……"叶七七回过神，这才发现自己竟然还坐在他身上。

叶七七手忙脚乱地从墨寒卿身上爬了下来。

只是……那药丸纵然压制住了一些七情香的药性，却没有彻底祛除。叶七七的意识比之前清醒了些，但就是因为意识清醒，那种被蚂蚁一点点啃噬骨髓的感觉便更加清晰。

她直直地盯着墨寒卿，他上半身的衣服已经被她全部扯开，露出白皙莹润的胸膛，胸口处还有许多红色的斑斑点点。不用仔细思考，她就知道那些痕迹是她刚刚弄出来的。

"你怎么了？"墨寒卿见她的脸比刚才还红，在她额头上轻轻探了一下。怎么那药吃下去，她的脸更红了？

叶七七只觉他温热的掌心放在自己的额头上，像是一匹绸缎从她的皮肤上掠过，那种丝滑的感觉，让她体内刚刚压制下去的燥热又升腾起来。

"公子……"叶七七盯着他的脸颊许久，越看越觉得他淡薄的唇瓣好像很好吃的样子。

"嗯？"墨寒卿抬起眼眸，朝她看去。

"我想亲你。"叶七七跪坐在床榻上，一双胳膊撑在床面上，眼巴巴地盯着墨寒卿的嘴角，声音清脆地道。

墨寒卿怔了一下，目光里满是疑惑："你……说什么？"

"我说我想亲你。"叶七七十分直白地又重复了一遍。

"你现在清醒吗？"墨寒卿扯了扯嘴角，突然发现，叶七七好像比之前更加……

"清醒。"叶七七点点头，很认真地道，"我就是想亲你。"

墨寒卿顿时脸一红，不知道该怎么接下去。

"可以吗？"叶七七眨眨眼睛，又问了一句。

墨寒卿盯着她看了半天，终于憋出两个字："可以。"

"嗯。"叶七七点点头，下一秒，整个人便朝墨寒卿扑去。她毫不客气地吻上他淡薄的嘴唇，唇瓣相抵的时候，体内的燥热减少了很多。

一炷香后。

墨寒卿有些无奈地看着吻着吻着竟然睡过去的叶七七，只觉自己烦躁得想要杀人。不是说这七情香的药性很难解开吗？那眼下是什么情况？为什么这

19

家伙亲着亲着就睡过去了？

　　墨寒卿轻轻触碰了一下她软软的脸颊，发现红晕已经全部消退，身体也没有之前那么烫，也就是说……这家伙的药性已经彻底解开了？

　　墨寒卿不知道的是，其实叶七七自小因为内力雄厚，所以大部分时候都是百毒不侵的。这一次，之所以会中七情香的毒，是因为她的内力被抑制住了。既然那两只镯子被震碎，一直抑制她内力的东西消失了，内力便开始渐渐恢复，那七情香的毒便也慢慢地消失了。

　　眼下她倒是睡过去了……墨寒卿叹了一口气，扯过床脚的薄被盖在她身上，然后默默起身，朝房间内屏风后的浴桶走去。看来今夜他得泡很长时间的冷水澡了。

　　第二天一大早，叶七七醒过来的时候，只觉神清气爽。她盯着床幔发了好一会儿呆，才想起自己昨天差点儿被二皇子……幸好墨寒卿及时赶到，否则，后果不堪设想。

　　叶七七心中一惊，转过头，便看到一张俊美的脸。那人正安然地睡在自己身边。他眼眸紧闭，长长的睫毛轻轻地颤动，鼻梁挺直，淡薄的唇角微微抿起，一头墨色的长发凌乱地散落在榻上。阳光透过雕花窗棂照进屋里，在他轮廓分明的侧脸上洒下一片淡淡的光晕。

　　嗯……公子真是好看啊！叶七七忍不住伸出手，轻轻地碰了一下他白皙如玉的脸颊，声音低低地道："谢谢。"

　　"嗯……"墨寒卿长长的睫毛眨了眨，眼眸缓缓地睁开。

　　他转过头，带着一抹似笑非笑的神情看着叶七七，声音慵懒地道："娘子刚刚说了什么？为夫没有听到。"

　　叶七七脸一红，抵在他脸上的手瞬间收了回来。

　　"嗯？"墨寒卿看着她窘迫的样子，顿时心情大好，长臂一揽，便将叶七七揽进自己怀里，"你刚刚说了什么？"

　　叶七七的脸颊贴在他的胸膛上，听着他沉稳有力的心跳，嗫嚅了半天，终于又小声地说了一句："谢谢。"

　　"自古以来，被救的女子表达谢意的时候，不都是以身相许吗？"墨寒卿似笑非笑地看着她，声音中带着一丝调侃，"娘子呢，想怎么谢我？"

　　叶七七眨眨眼睛，很认真地回答："那我们成亲吧。"

20

这下，轮到墨寒卿怔住了。他目光直直地盯着叶七七许久，眼眸中闪过一丝惊喜，声音低沉地问道："你刚刚说什么？"

"我说我们成亲吧。"叶七七歪着脑袋看着他。直到昨天，她才终于明白，他对自己来说是多么重要。那个瞬间，她的眼前，只有那张冷漠俊美的脸。

"你……"墨寒卿看着她认真的神色，竟然有一丝迟疑，"你该不会真的为了表达谢意就和我成亲吧？叶七七，你喜欢我吗？"

叶七七有些无语地盯着他半晌，突然将身上的被子一掀，一个翻身下了床，声音清脆地道："不要成亲就算了。"

"叶七七，"墨寒卿秀气的眉毛微微蹙起。他伸出手，飞快扯住她纤细的手腕，稍一用力，便将她整个人重新拽回自己的怀里，"你真的愿意嫁给我？"

叶七七抬头，用一双水汪汪的眼眸看着他，半晌低低地应了一声："嗯。"

大概幸福来得太突然，墨寒卿一时不知该作何反应。

"你……"

她看着愣住的某人，正准备再说点儿什么，门外突然响起冷六的声音："殿下，皇上宣您进宫。"

墨寒卿回过神来，目光淡淡地朝门外扫了一眼，清了清嗓子，声音清冷地道："知道了，本王马上便去。"

"是。"冷六在外面应了一声，便没了声音。

墨寒卿低头，继续看着怀中的人儿，半晌，突然将她紧紧搂在怀里，道："既然答应了，便不要反悔。"他顿了顿，又继续道，"正好皇兄宣我入宫，趁此机会，便将大婚的日子定下来。"

叶七七听着他的话，微微一怔，道："可我……才十三……"

墨寒卿沉默片刻，低头在她红润的唇瓣上轻轻啄了一下，声音中带着一丝笑意，道："无妨，先娶回来再说。"

叶七七的眼睛里满是疑惑。

"我先去宫里了。"墨寒卿看着她满眼疑惑的样子，忍不住笑了笑。有些东西，现在不适合跟她谈。

"嗯。"叶七七点了点头，只觉得好像跟不上他的节奏。

宫中。

皇上一脸阴沉地坐在御书房中，手指不停地敲着桌面。苏公公站在皇上身边，连大气都不敢出，只是一个劲儿地低着头，努力降低自己的存在感。

御书房外的侍卫突然通报一声："靖安王到——"

皇上阴沉的脸色终于有了一丝松动，转头朝身边的苏公公说了一声："宣。"

"是。"苏公公恭敬地点点头，朝门外大声道，"宣靖安王觐见。"

御书房外的侍卫听到这句话，推开御书房的门，朝墨寒卿做了一个请的姿势道："靖安王，请进吧。"

"嗯。"墨寒卿淡淡地应了一声，袍袖轻甩，径直朝门内走去。

进了御书房，他站在书房中央，看了一眼坐在书桌后面色不善的皇上，双手抱拳朝他行个礼道："臣弟参见皇上。"

"免礼。"皇上有些烦躁地摆了摆手，抬起头，看着他，声音沉闷道，"寒卿可知道朕为什么要宣你觐见？"

"臣弟不知。"墨寒卿十分淡然地回了一句。

皇上又在书桌上敲了几下，这才拿起一张纸，甩给身边的苏公公道："去，拿给他看看。"

"是。"苏公公恭恭敬敬地接过，走到墨寒卿面前，双手呈给他。

墨寒卿抬头看了苏公公一眼，接过他手中的那张纸，眼眸微垂。

那张纸上的字迹，一看就知道是顾大人的。纸上详细记录了二皇子府中那一百五十三个水晶盒里，每一颗人头的来历。

二皇子在搜集那些女人头颅的时候，特地在水晶盒背面刻上每颗人头的姓名、家世、出生年月，那些盒子倒有些像墓碑。

墨寒卿皱着眉一目十行地看过去，这些人头有京城中权贵家的小姐，也有城外流浪女子，有当年青楼的头牌花魁，也有某位官员府中的丫鬟，来历倒真是各式各样。

最重要的是，他在名单最后一行看到了林大学士家大小姐，也就是林雨柔姐姐的名字，林雨潇。

皇上见他看得差不多了，这才愤怒地敲着桌子吼道："这个孽子！竟然在朕眼皮子底下，丧心病狂害了这么多女子！原来京城中的无名女尸案是他搞出来的！他脑子里到底在想什么呢！啊？！

"林大学士天天上朝，哭得要死要活，非要让朕给他女儿报仇，这下好了，这名单要是公布出去，京城中还不知道有多少人要闹呢！

"朕原本觉得他是个不学无术的太子，虽然不守常规了一点儿，但心肠不算坏，可是朕万万没想到，这个孽子！这哪是什么心肠不坏，简直就是毫无心肠！

"朕这样的人，怎么会生出他这样的儿子来！简直要气死朕了！"

皇上将桌子敲得砰砰作响。

苏公公赶忙劝道："皇上息怒。"

"息怒？！这叫朕如何息怒？！"皇上又用力地敲了一下桌子，气得吹胡子瞪眼。

墨寒卿安静地站在御书房中，静静地等皇上发完火，才淡淡地道："皇兄打算如何处理此事？"

"如何处理？"皇上深吸一口气，看着墨寒卿，愤愤道，"你告诉朕，朕该如何处理这个孽子？！朕恨不得宰了他！可虎毒尚不食子，让朕下令将他斩首，朕百年后，要如何去见列祖列宗？！"

"皇上，皇上，您这话怎么说的，您可是万岁啊！"苏公公赶紧在旁边低声提醒道。

"朕还万岁？朕都快被这个孽子给气死了！"

墨寒卿沉默片刻，眼中却是绽出一抹寒意。这张名单上死去的女子，与他不相干。但若是昨日，他没有及时找到叶七七，是不是叶七七的下场，就会跟那些女子一样？最终……墨寒卿不敢继续想下去。若是皇上不忍心杀二皇子，便由他代劳好了，任何欺负叶七七的人，他都不会轻易放过……

御书房一时陷入安静。

恰好此时又有侍卫来报，说是在二皇子府中搜到了一些信件。皇上阴沉着脸，朝苏公公道："拿过来，给朕看看。"

"是。"苏公公赶忙从侍卫手中接过厚厚一沓信件，转手递给皇上。

皇上皱着眉头，随手拆开其中一封信，眯了眯眼睛，仔细看了起来。只是这信，他越看脸色越难看。苏公公小心翼翼地站在一边，看着皇上的脸色，赶紧朝后退了几步，生怕自己连呼吸都是错的。

砰的一声，皇上重重地将那一沓信件砸在书桌上。

"这个孽子，竟然还和北辰国的人串通，放北辰国的皇子进我们墨国？！"皇上被气得声音都在发抖，"他这是想叛国啊！他这是想篡位啊！"

"皇上……"苏公公嘴角扯了扯，终究没敢再说一个字。

"除了这些与北辰国来往的信件，"皇上怒视着那一沓信件，从中又挑出几封，朝墨寒卿晃了晃道，"寒卿，你可知道，他竟然还与阎罗殿的人有往来！这么多年，背着朕一直在暗地里买杀手，想要暗杀你！"

墨寒卿眼眸闪了闪，朝送信的侍卫看了一眼，淡淡地应了一声道："原来，那些杀手都是二皇子派来的啊。"

"这个孽子！畜生！"皇上忍不住破口大骂道，"你身为他的皇叔，他不敬重你就算了，竟然还买凶来杀你！朕……朕……"皇上气得胸口一起一伏。

苏公公赶紧上前，帮着皇上顺气道："皇上，可别气坏了身子。"

皇上喘了好一会儿，终于感觉好点儿了，朝站在门口的侍卫怒吼道："去，把二皇子给朕打入死牢！没有朕的命令，谁也不准去探视！"

"是！"侍卫应了一声，赶紧匆匆而去。

墨寒卿有些讶异地抬起头，看着皇上，疑惑地道："皇兄方才不是还说……要留他一命的吗？"

"这个孽子！这个孽子竟然想杀你！"皇上不停地重复这句话，许久才冷静下来道，"这样的孽子，留在世上还有什么用，更何况他身上还背着那么多条人命！杀了他，也算对朕的子民有所交代！"

墨寒卿秀气的眉微微蹙了蹙，总觉得哪里有些不对劲。

"昨日我们进入地下宫殿的时候，那个孽子身边还站着一个人？"皇上安静片刻，突然朝墨寒卿问道。

"是。"墨寒卿回过神来，朝皇上点了点头。

"那个人，朕好像从来没有见过……"皇上皱着眉头，仔细回想片刻，朝身边的苏公公问道，"那个人关在哪儿？"

"这……"苏公公有些迟疑，抬头小心翼翼地看了皇上一眼，大气也不敢出，小声回答道，"回皇上的话，侍卫说，昨天那人趁乱逃跑了，他们……没追上那人……"

皇上皱着眉头，声音冷冷地道："跑了？"

"是。"苏公公恭恭敬敬地点点头道，"回来的侍卫说，那人的武功路数，看起来有些像北辰国的人。"

"呵，北辰国。"皇上冷笑一声，点点头道，"是啊，那当然是北辰国的人，二皇子不是早就跟北辰国的人勾搭在一起了吗？最近这段时间，北辰国使者来访，搞不好他们就在商量什么见不得人的事情。去，把北辰国的使者给朕传过来。"

"是。"苏公公连忙应了一声，吩咐门外的侍卫去请人。

过了没多久，侍卫竟然来报说，北辰国的使者已经不在子安殿中。

"不在子安殿中？"皇上蹙眉问道，"什么意思。"

"回陛下的话，子安殿中空无一人。"那侍卫低头道，"看样子，北辰国的人连夜逃走了。"

御书房中顿时一片安静。

"好，很好。"皇上阴沉的声音在御书房中响起，"看来朕的墨国，在北辰国眼中是个想来就来、想走就走的地方啊，呵……给朕下令，北辰国使者方英杰与二皇子勾搭，速速将其缉拿归案！"

"是！"那侍卫应了一声，行了个礼，转身出去了。

墨寒卿皱着眉，站在屋子中间，没有说话。

皇上虽在气头上，却还是想起昨天被救回去的叶七七。他抬起头，眼神关切地朝墨寒卿看去，迟疑了一下，低声问道："七七那个丫头……昨天回去，有没有出现什么不适的症状？"

"还好。"墨寒卿沉吟了一下，"太医院的太医和府上的大夫配了一些药丸，她的痛苦减轻了不少。"

"嗯。"皇上点点头，随即又想起来，昨日太医们从靖安王府回来，说想要完全解除药性……除非……

想到这儿，皇上看向墨寒卿的眼神一下子便变得复杂起来。他仔细斟酌了一下，朝墨寒卿问道："这……七七丫头身上的药性，都祛除了吗？"

"嗯。"墨寒卿点点头。

"一点儿……后遗症都没有？"

"没有。"墨寒卿摇摇头。

皇上一脸了然地看着他。

"既然这样……"皇上迟疑了一下，轻咳两声道，"要不，你俩择日成婚吧？"

墨寒卿一怔，下意识抬起头，看着他。

"这……虽说之前选妃大典上已经公布叶七七是你未来的王妃，但这……毕竟没有进行册封大典，眼下你俩就……这女孩子家，总得有名分……"皇上十分晦涩地对墨寒卿道。

墨寒卿眉头微蹙，稍一思索，便明白皇上这是误会了。只不过这个误会……他并不想解释。

"一切全凭皇兄做主。"墨寒卿沉默片刻，双手抱拳朝皇上恭敬道。

"好！"皇上阴沉许久的脸终于露出一抹喜色，"朕这就去跟太后说一声，让太后给你看看，挑个良辰吉日，让你们成婚。"

"臣弟多谢皇上。"墨寒卿微微低头，沉声道，唇角勾起一抹浅浅的弧度。

这下倒好，他还没提，皇上倒是主动帮他把这件事情解决了。

墨寒卿留在御书房中，又与皇上商讨了一些婚礼细节，这才离开皇宫。

与此同时，好不容易逃出来的方使臣，正带着手下小心翼翼地穿梭在京城的小路上，打算趁皇上还没发现，潜逃出城。

只是刚才一拨墨国的巡逻士兵走过，将他们的人冲散了不少，为了不被发现，他们只得各自出城。

方使臣沿着幽静的小巷，正轻手轻脚地往前赶，突然被一道身影挡住去路。

他心中咯噔一下，下意识抬起头来，看到来人的脸庞时，顿时一喜道："七皇子殿下。"

挡在方使臣身前的那人，脸上戴着一张特制的面具，露出一双漂亮的眼眸。

"殿下，求求您救老臣出城吧！"方使臣见到那人，赶忙跪下，苦苦

26

磕头。

"呵。"那人冷冷笑了一声，声音隔着面具传来，分不出是男是女，"听说你给靖安王的王妃下了药？"

"啊？"方使臣愣了一下，抬起头，有些疑惑地看着他，心中虽然纳闷，但还是老实地回答，"确实如此，那靖安王的王妃不知怎的，突然出现在墨国二皇子府中。老臣也只是依照惯例，给她喂了点儿药。"

戴着面具的人听到方使臣的回答，眼中突然闪过一丝杀意。

"殿下……"方使臣还打算继续说点儿什么，突然神情一顿，瞳孔瞬间放大。

一把锋利的匕首狠狠地插进他的心脏。

"殿……殿下你为何……"方使臣嘴巴动了动，一缕鲜血沿着他的嘴角流下来。

下一秒，方使臣直挺挺地向后倒去。

"对小七下手，你是活得不耐烦了吧。"那戴着面具的人冷漠地看着倒在地上的尸体，轻飘飘丢下一句话，身影一晃，瞬间消失了。

墨寒卿还没回来，叶七七用过早膳，百无聊赖地坐在院子中，一只手撑着下巴，看着院子里的花草树木。昨天的事情，她现在回想起来还心有余悸。

叶七七盯着一片叶子，脑海中突然浮现千钧一发之际，墨寒卿直直地朝她飞来的场景。虽然当时她脑子有些迷糊，但不知为什么，那个画面，就是记得特别清楚。

就在叶七七胡乱想着心事的时候，眼前突然一花，一个穿着红色衣袍的身影从天而降。叶七七一愣，抬起头来，却看到宫魅漂亮妖娆的脸出现在自己眼前。

"宫魅？"叶七七看着他，下意识喊了他一声。

"你怎么知道我是宫魅？"宫魅笑意盈盈地看着她，声音软软地道，"你不是靖安王的王妃吗？为什么会认识我？"

"这个……"叶七七这才想起，当初她和宫魅分别的时候，还是男装打扮，对外也宣称自己是孔雀殿殿主。

宫魅应该还不知道叶七七其实是女的吧……

"好长时间没见，夫君可想魅儿？"宫魅却是没有理会她一时的走神，自顾自地在她对面的石凳上坐下，一双白皙修长的手撑着下巴，目光盈盈地看着叶七七。

"啊？"叶七七愣了一下。这话的意思……其实他知道自己就是小七吗？

"啊是什么意思？"宫魅的笑容一下子变得忧伤起来，"难道夫君这些日子一点儿都没有想魅儿？"

"呃……不是……"叶七七嘴巴动了动，表情有些忸怩的，看着宫魅问道，"你……你都知道我是女子了，为什么还要喊我夫君啊？"

"不叫七七夫君，难道叫你娘子？"宫魅漂亮的眼眸微微闪动，笑意盈盈地道，"那也行。"

"七七娘子。"宫魅笑眯眯地朝叶七七又喊了一声。

叶七七嘴角扯了扯，只觉眼前这人变得太快，不知道该如何反应才好。

"你……你怎么会出现在靖安王府中？"

"只是听说昨日七七娘子发生了一些事情。"宫魅朝她笑了笑，继续问道，"没事吧？"

"嗯，没什么事。"叶七七点点头，随即又有些疑惑地看着他道，"你怎么会知道我昨日发生的事情？"

"七七娘子难道忘了孔雀殿是做什么的吗？"宫魅有些好笑地看着她道。

叶七七这才想起来，自己早已把孔雀殿改成情报收集中心，宫魅能够收到消息，也不奇怪。

"北辰国的七情香解了吗？"宫魅看着叶七七，突然收起脸上的笑容，认真地问道。

"嗯，解了。"叶七七点点头。

"怎么解的？"

"好像太医院的太医配了一些药吧？"叶七七歪着脑袋仔细回想，有些不太确定地回答道，"反正那个药吃下去后，就没那么难受了，再后来也不知道为什么，感觉特别困，就睡过去了。"

"睡过去了？"宫魅怔了一下。他还是第一次听说，中了七情香的人，

28

在没有服用解药的情况下自己解了毒。

"嗯。"叶七七点点头，"可能因为我内力恢复了。之前在二皇子的地下宫殿，我的内力被压制住了，后来内力恢复，那七情香的毒对我来说就不算什么。"

"哦……"宫魅意味深长地点点头道，"原来七七娘子是百毒不侵的体质。"

"好像是吧。"叶七七挠了挠脑袋，有些不好意思道。

宫魅沉默片刻，突然从袍袖中掏出一只浅白色的瓶子，倒出几颗药丸，放在手心，递到叶七七面前。叶七七满是疑惑地看着他。

"虽然那七情香的毒性被你的内力压制住了，但药力依然存于筋脉之中，天长日久，会对你的筋脉造成损伤。"宫魅眼带笑意地看着她，"这是解药，拿着。"

叶七七看看宫魅，又看看他手中的药丸，迟疑了一下，接过来，奇怪地道："不是说这个解药只有北辰国皇室的人才有吗？宫魅，难道你是北辰国的人？"

"不是。"宫魅笑眯眯地看着她，十分自然地道，"阎罗殿以前可不是只接墨国的生意，当初北辰国皇室的人也来找过我们，我便趁机跟他们要了一些只有他们皇室才有的宝物。"

"哦。"叶七七恍然点点头。

"相信我吗？"宫魅看着她，微微一笑问道。

叶七七眨眨眼睛，看着宫魅。他白皙如玉的脸上，一双眼睛波光流转，红润的唇角勾起浅浅的笑意。不知道为什么，虽然她跟宫魅接触的时间并不长，但对宫魅没有一点儿敌意。大概是……他长得太漂亮了吧？

"相信。"叶七七点点头，又看了看手中的药丸，径直仰头，全部吃了下去。

几颗药丸吞下肚子，她只觉仿佛有一阵温柔的风吹过，又仿佛被和煦的阳光照耀着，浑身上下每一个毛孔都透着清爽净透的感觉。

"感觉如何？"宫魅微微笑着，看着她道。

"嗯，挺好的。"叶七七惊喜地点点头。原本早上还有些昏沉的脑袋，现在变得清醒无比。

"那就好。"宫魅朝她温柔一笑，站起身来，声音软软地道，"既然七七娘子没什么事了，那我便走了。"

"哎？"叶七七连忙从石凳上站起来，看着他，奇怪地道，"你要去哪儿啊？这段日子你都上哪里去了？你一个女子，在外面安不安全啊？"

宫魅怔了怔，随即笑得更加灿烂："七七娘子，这是在担心我吗？"

"是啊。"叶七七点点头。

"我没事。"宫魅看着叶七七，眉眼越发温柔，"等我忙完手上的事情，再来找你，好不好？"

"嗯。"叶七七应了一声，还想问问他最近到底在忙什么，那道红色的身影已经略微一晃，在她面前消失了。

这家伙，真是来无影去无踪啊。不过，他武功这么好，应该不会出什么事吧？叶七七看着空无一人的院子，想了想，重新在石凳上坐了下来。

死牢中，二皇子身上的锦衣华服已被全部脱去，此刻他只穿着一件单薄的囚衣，坐在铺着稻草的地上。

阴暗潮湿的牢内，有一扇很小的窗子，一两道亮光从窗子漏进来。二皇子安静地坐在地上，双目微闭，紧紧抿起的唇角出卖了他内心的波澜。

墨寒卿！靖安王！你到底有什么魅力，能让父皇将原本只是打入天牢的自己，重新投入死牢。

墨寒卿！若是我能活着从这里出去，绝对不会放过你！二皇子猛地睁开眼睛，看着地上杂乱无章的稻草，拳头紧紧握起。

死牢走廊中，突然传来极其轻微的脚步声。二皇子一怔，下意识朝栅栏外看去。一道修长的身影，背着光，缓缓朝他的方向走来。他看不清那人的模样，可那身银白色的衣服他却是认识的，那是……北辰国七皇子？

二皇子立刻从地上站起来，扑到牢房的栏杆上，朝那人投去热切的目光。

直到那人站在牢房前，二皇子才看到那张戴着面具的脸。

"救我出去！"二皇子双手死死地抓着牢房的栏杆，朝那人哀求道，"我不想死在这里。"

那人眼眸微微垂下，看着头发乱糟糟的二皇子，目光绽出一丝冷意：

"想出去？"

二皇子赶忙点了点头。

"想出去就给本王记住，"那人声音冷冷地朝他道，"有些人，是你不能碰的。"

二皇子微微一怔，眼中闪过一丝疑惑："什么意思？"

那人朝牢房栏杆前靠了靠，眼睛微微眯起，看着栏杆后面的二皇子，阴冷地吐出三个字："叶七七。"

叶七七？二皇子怔了一下，目光从眼前那张冰冷的面具上扫过，他认识叶七七？他跟叶七七是什么关系？

"我……我没把叶七七怎么样。"二皇子来不及细想，连忙否认，"她后来被靖安王救走了。"

"呵。"那戴着面具的人冷冷地笑了一声，声音阴沉道，"你该庆幸自己没有把她怎么样，否则，现在的你就跟方使臣一样，是一具尸体了。"

"方使臣？他……"二皇子满眼震惊地抬起头看着他。

方使臣死了？听他的意思……似乎是被他杀死的？二皇子的心快速跳动，这个人，连自己最得意的手下都杀了？

"我带你出去。"那戴着面具的人看着二皇子满脸的惊恐，冷笑了一声，"但你最好收一收你的那些奇怪癖好。"

二皇子默默地听着，没有说话。

那戴着面具的人伸出手，覆住死牢大门的栏杆，紧接着，强劲的内力在空气中涌动。绕在栏杆上一圈又一圈的铁链子，就这么碎成一段又一段。

"走吧。"戴着面具的人朝二皇子冷冷地瞥了一眼，随即一个转身，朝死牢外走去。

二皇子愣了一下，赶忙跟上。

第二章　身世之谜

临近中午的时候，叶七七没有等到墨寒卿从宫中回来，反而接到皇上的旨意，宣她进宫陪太后用膳。

叶七七有些疑惑地看着宣旨的太监，随口问道："那墨寒卿呢？"

"回王妃娘娘的话，靖安王今日中午也在宫中用膳。"

"哦。"叶七七点点头道，"那走吧。"

"是，王妃娘娘这边请。"太监朝叶七七弯了弯腰，摆出一个请的姿势。

马车载着叶七七，摇摇晃晃地朝皇宫驶去。

在宫门口，叶七七换乘轿辇，快到太后宫门的时候，远远地，叶七七便看到一个修长挺拔的身影。待到轿辇近了，墨寒卿面带笑意地看着她道："娘子，来了？"

前段时间，他一直喊她叶七七或者七七，眼下突然喊她娘子，叶七七的脸没来由地便是一红。

"下来吧。"墨寒卿站在轿辇边，朝她伸出白皙修长的手，温柔地笑道。

"嗯。"叶七七看了他一眼，迟疑着将小手放进他的掌心。

墨寒卿笑了笑，牵着她的手，将她从轿辇上扶下来。

叶七七站稳了，想要将自己的手从他的手心抽回，然而他紧紧地握着，任凭她怎么用力，都抽不出自己的手。

"你……"叶七七忍不住用另一只手轻轻地推了推他，小声道，"你快松手啊。"

"为什么？"墨寒卿微微垂眸，看着站在自己身边的小人儿，忍不住唇角微勾道，"莫不是娘子害羞了？"

叶七七低着头，一张小脸红通通的："这儿这么多人呢。"

"哦。"墨寒卿低低地应了一声，忽然抬起头，朝周围的宫女太监冷声道，"都没听见？王妃嫌你们碍眼。"

低着头偷笑的宫女太监们听到这句话，赶忙止住脸上的笑意，个个朝墨寒卿和叶七七行礼。

"奴婢告退。"

"小的告退。"

说完，宫女们便一个接一个有条不紊地离开了。

而那些太监则抬起轿辇，小跑着走了。

叶七七眼睁睁看着原本热热闹闹的院子清静下来，忍不住又掐了掐墨寒卿，道："你干吗让人都走了？"

墨寒卿有些好笑地看着她，拽着她的手背放到唇边，轻轻地亲了一口，道："刚才不是你说这儿人多吗？"

"我说人多，是让你注意一点儿！"叶七七瞪着眼睛，气呼呼道。

"哦。"墨寒卿十分淡定地点点头道，"可是现在人都没了，那我是不是可以不用注意了？娘子，要不让为夫先亲一下？毕竟已经一个上午没有见到你了。"

墨寒卿一边说着，一边伸出另一只手，揽住叶七七纤细的腰肢，脸便朝她白皙粉嫩的小脸凑了过去。

"你……你……"叶七七赶紧挡住他的脸，结结巴巴道，"你别这样……"

"别这样是别哪样？"墨寒卿眼中闪过一丝浅浅的笑意，叶七七软软的小手挡在他的唇瓣上，他便顺势吻了一下她的手心，低声问道。

"你……"叶七七赶紧将自己的手撤了回来。

为什么感觉……这家伙越来越不正经了？叶七七瞪着一双水润的眼眸，直直地看着他。

"娘子……"

墨寒卿正准备再说点儿什么，旁边突然传来一阵轻咳："寒卿啊，这大中午的，站在院子里，晒不晒啊？"

墨寒卿动作顿了一下，抬起头，一眼便看到太后站在门口，满脸笑意地看着他俩。

"喀，母后。"墨寒卿脸上闪过一抹不自在，他搂着叶七七腰肢的手缓缓松开，转而牵着她的手道，"这么热的天，您怎么出来了，不是让你们在屋里等着吗？"

"母后在屋里等得菜都凉了。"太后佯装嗔怒地看着墨寒卿道，"你倒好，站在院子里，就是不进去。"

墨寒卿笑了笑，没说什么，牵着叶七七的手朝屋里走去。叶七七脸红得跟熟透的苹果一样，低头跟在墨寒卿身后。

进了屋，她才发现，原来皇上和三皇子也在这儿。叶七七给皇上、太后行过礼，便在桌旁挨着墨寒卿坐下。

墨修竹笑眯眯地看着叶七七，来了一句："七七，听说你跟寒卿要成婚啦？"

"啊？"叶七七迷茫地抬起头看着他。

皇上朝墨修竹瞪了一眼，声音沉沉地道："有没有点儿规矩？叫皇叔和皇婶。"

墨修竹扯了扯嘴角，看了一眼跟自己一样大的墨寒卿，又看了一眼比自己小好几岁的叶七七，只得无奈地硬着头皮道："皇叔、皇婶……听说你们要成婚了？"

"嗯。"墨寒卿表情淡然地应了一声，拿起桌上的筷子，给叶七七夹了一些她喜欢吃的菜。

"婚期定了吗？"墨修竹见墨寒卿开始动筷子，便也拿起筷子，夹了一些菜放到自己碗里。

"朕跟太后商量了一下，"皇上笑呵呵地看着墨寒卿道，"中秋是个好日子，宜嫁娶，朕觉得，就定在中秋那天，挺好的。"

"中秋？"叶七七怔了一下，那不是就剩两个月了？

这……突然就要成婚，她一点儿真实感都没有啊。

"是啊，中秋，正好天气也凉了，瓜果什么的也都丰收了。"太后笑盈盈地看着叶七七，点头附和道，"确实是个成婚的好日子。"

"对，寒卿的婚礼一定得隆重点儿，给各国皇室都发请帖，把跟咱们墨国有来往的天下高手都邀请过来。"皇上谈起这个事情，也是一脸兴奋。

墨寒卿安静地坐在一边，时不时给叶七七夹菜。

房间内其乐融融，除了懵懂的叶七七。

眼看皇上跟太后讨论得越来越欢，叶七七忍不住扯了扯墨寒卿的袍袖问道："他们……这是在讨论成亲的问题吗？"

"是啊，难道你没听出来？"墨寒卿眼眸微垂，看着叶七七白皙粉嫩的小脸，唇角勾起一抹微笑道，"迟早要嫁给我，不如早点儿把婚礼办了，之前聘礼不是已经全部送去丞相府了？"

"可是我……"叶七七嘴唇动了动，小声地朝墨寒卿道，"我毕竟不是叶丞相真正的女儿啊，而且结婚这种事情……我爷爷还不知道啊……"

墨寒卿听着她的话，沉默片刻，摸摸她毛茸茸的脑袋道："之前我便派冷卫去找叶珏大师了，只是一直没有得到他的消息。若是你担心，等册封了新太子，我们便一起去找你爷爷。"

"新太子？"叶七七怔了一下，抬起头，疑惑地看着他。

"嗯。"墨寒卿点点头，朝坐在叶七七对面的墨修竹仰了仰下巴，声音淡淡道，"就是那位。"

叶七七顺着墨寒卿的目光看去，墨修竹拿着筷子，正动作优雅地朝嘴里送东西，察觉到叶七七的目光，他抬起头，看了他俩一眼，奇怪道："看我干什么？"

"没什么。"叶七七收回目光。

墨修竹是新太子？虽然这家伙平日里总是吊儿郎当，但好在心肠不坏，跟墨寒卿的关系也很好。以后，应该就没有人来刺杀墨寒卿了吧？叶七七一边乱想，一边心不在焉地夹了一些菜送到嘴里。

"七七，"皇上跟太后商量得差不多了，这才转过头，看着叶七七，

"之前听寒卿说你是叶丞相的养女，那你的亲生父母呢？他们在哪儿？"

"我的亲生父母？"叶七七怔了一下，下意识摇摇头道，"我也不知道……自从有记忆以来，我就一直跟爷爷生活。"

"那你爷爷是？"皇上有些疑惑地看着叶七七问道。

"是叶珏大师。"墨寒卿坐在叶七七身边，替她回答。

"叶珏大师？"太后听到这个名字，也愣住了。

她转头看了一眼皇上，迟疑道："当年，寒卿小的时候，不是去飞鹤山庄住过一段时间吗？"

"嗯。"墨寒卿轻轻点头，声音淡淡地道，"所以，我和叶七七，早在八年前就见过面了。"

太后顿时了然，拿着帕子捂嘴偷笑，一脸促狭地看着墨寒卿，道："寒卿，莫不是八年前在飞鹤山庄的时候，你就看上咱们七七了吧？"

墨寒卿听着太后的话，神色一怔，没有说话。

"寒卿不好意思了。"太后一看墨寒卿的样子，便知他是窘迫了，于是转过头，朝叶七七道，"七七，你说是不是八年前，我们寒卿就看上你了？"

"啊？"叶七七一脸茫然地抬起头，看着太后，摇摇头道，"没有啊，八年前我第一次见他的时候，不小心从树上掉到他的身上，他当时的脸色好可怕，还让他身边的冷卫打我。"

整个屋子顿时死一样寂静。

太后看起来有些尴尬，转过头，瞪了一眼身边的墨寒卿，忍不住推了他一把道："你当年真的让冷卫去打七七了？"

墨寒卿面无表情地看了太后一眼，没有说话。

"不说话就是默认。"太后死死地瞪着他，怒其不争地道，"你说说你，从小就这样，当年在皇宫，带着那群冷卫横着走也就算了，怎么去了飞鹤山庄还是这么不让人省心？连叶珏大师的孙女也敢打？！我要是叶珏大师，当天就把你赶出飞鹤山庄！"

墨寒卿忍不住扯了扯嘴角。

"七七，当年……"太后训完墨寒卿，这才一脸关切地看着叶七七，"当年寒卿身边的冷卫没伤着你吧？小姑娘长得水灵可爱，我那孽子怎么就下得去手呢。"

"没伤着我。"叶七七摇摇头,一脸无辜地道,"我把十二给打了一顿。"

叶七七这话说完,整个屋子里又是死一样的寂静。半晌,太后才眼神复杂地看着叶七七,迟疑地问道:"你……你说你把十二给打了?"

"嗯。"叶七七认真地点点头。

"八年前……你是不是才五岁?"

"嗯。"

"五岁的小姑娘,就打得过十二?"太后忍不住感慨道,"真不愧是叶珏大师的孙女,怪不得之前北辰国的人打不过你呢。"

叶七七笑了笑,声音清脆地道:"这也没什么。"

"那你爷爷……"皇上坐在一边,终于问道,"他人呢?"

"上次山庄里的人来找我,说爷爷去找天山雪莲。"叶七七看向皇上,眨眨眼睛,声音清脆道,"就是不知道爷爷什么时候能回来。"

"嗯。"皇上点点头道,"朕派人一边寻找你爷爷,一边帮忙找找那什么天山雪莲。"

"多谢皇上!"叶七七连忙站起来,朝皇上行了个礼。

"好了,好了,以后都是一家人,不用这么多礼。"太后笑眯眯地看着叶七七,忍不住又继续问道,"那你爷爷……有没有跟你讲过你的身世?"

"好像没有吧……"叶七七细细回想了一下,摇摇头道,"爷爷只说,我还在襁褓里的时候,父母便将我托付给了他,还要求我十四岁之前不能下山。"

"十四岁之前不能下山?"皇上怔了一下,看着叶七七问道,"七七现在不是才十三岁?"

"对啊,我是偷偷跑下来的。"叶七七吐了吐舌头,有些不好意思地说道。

"小姑娘,胆子倒是挺大。"太后看着叶七七,忍不住笑了笑。

叶七七吐了吐舌头。

门外匆忙跑进一个侍卫,朝皇上跪下来,双手抱拳,气喘吁吁道:"参见皇上。皇上,不好了,我们在京城的一条小巷里,找到了方使臣的尸体。"

"方使臣的尸体?"皇上一愣,朝跪在地上的侍卫看去,震惊道,"他

37

死了？"

"是！"侍卫点点头，恭恭敬敬地朝皇上道，"胸口心脏处，插着一把匕首，一刀毙命，我们发现他的时候，尸体都已经冷透了。"

皇上忍不住皱了皱眉头。这北辰国的使者，就这么无声无息死在了墨国的京城……若是北辰国想要有所动作，那是占了舆论先机的。

"皇上！皇上！不好了！"就在皇上心中不安的时候，另一名侍卫冲了进来，朝他跪下，大声道，"押在死牢里的二皇子，失踪了！"

"什么？！"皇上一惊，从椅子上站起来，看着那名侍卫，愤怒地道，"什么叫二皇子失踪了？"

"属下今日是当值午班的。"那名侍卫一脸着急地看着皇上，声音急促地道，"但是刚刚去死牢交接班的时候，发现门口一个人都没有，属下心中奇怪，便进去看了一眼，结果发现……发现，死牢内当值的士兵都被杀死了，关押在牢中的二皇子也不知所终。"

墨寒卿听着侍卫的话，忍不住也皱起眉头，朝皇上看去。

皇上的表情已经无法用震惊来形容。他的手抵在桌上，半晌，才声音颤抖着道："这个孽子……这个孽子……肯定是跟北辰国的人勾搭上了，所以被北辰国的人救走了！"

"皇上，皇上，息怒啊。"太后看着皇上铁青的脸，赶忙站起身，拍了拍他的后背。

又一名侍卫急匆匆地跑了进来，手里拿着一个粘着三根鸡毛的信封，扑通一声跪在地上，朝皇上道："皇上，北疆慕容大将军派人送来紧急军情。"

皇上看着跪在地上的侍卫，深深地吸了一口气，声音低沉道："呈上来。"

"是。"侍卫双手拿着信，恭恭敬敬地走到皇上身边，弯着腰低着头，递了过去。

皇上接过他手中的信封，目光在那三根鸡毛上停顿片刻，便迅速地拆开信件。

墨寒卿、墨修竹、叶七七还有太后，看着皇上原本铁青的脸色变得极其阴沉。

"父皇，发生什么事了？"墨修竹看着皇上，忍不住问了一句。

皇上抓着那封信，手越握越紧，最后，整张信纸都被他捏成一团。

"信上说……"皇上深吸一口气，朝墨寒卿和墨修竹声音阴沉道，"北辰国，二十万大军压境。"

"什么？！"这下，连墨修竹都惊得站了起来。

"理由是什么，你们知道吗？"皇上目光沉沉地扫了一眼在座的所有人，冷笑一声，缓缓道，"因为北辰国使臣不明不白地死在我墨国京城，两国交战，尚不杀来使，我墨国如此对待方使臣，定是图谋不轨！"

墨修竹看着皇上阴沉的脸色，嘴角动了动，迟疑着道："可是那方使臣不是刚刚才死的吗？这么快，北辰国的大军就压境了？"

"呵，欲加之罪，何患无辞。"皇上冷笑着道，"朕就说，这北辰国怎么突然派了使臣过来，也不提前说一声，原来打的是这个主意。"

墨寒卿看着皇上，沉吟片刻，清冷地说道："当初他们突然说要派使臣来访的时候，估计已经在暗中排兵布阵，那方使臣来了，没少挑衅我们，估计也想惹我们对他不满，以便激起两国的矛盾。不管怎么说，方使臣都是死在我墨国京城，于情于理，我们都处于下风。"

"嗯。"皇上点了点头，此刻他冷静下来。

"看来，这北辰国已经盘算了好久。"皇上一只手敲着桌子，眉头微蹙，思索着道，"北疆那边，慕容大将军手中有八万大军，只是想要对抗北辰国的二十万大军，还是有些势单力薄，眼下，必须派人前去支援。"

"父皇，让我去吧。"墨修竹一听说要领兵出征，顿时来了精神。

这么多年，他都在京城目送墨寒卿离开，又在京城等墨寒卿凯旋。

眼下，他即将被册封为太子，在成为太子前，若是立下一番大功，那他的太子之位便会更加名正言顺。

皇上听到墨修竹的话，看了他一眼，声音沉沉道："你领兵打仗？"

墨修竹微微一怔，随即摇摇头道："不是，但是我——"

"你以为北辰国二十万大军只是驻守在北疆，看着我们玩玩？"皇上脸色不好地看着墨修竹道，"你知道京城中有多少兵力可去支援慕容大将军吗？"

"我……儿臣不知……"墨修竹额上顿时滑落一滴又一滴汗水。

"寒卿，你说。"皇上转过头来，朝墨寒卿看了一眼。

墨寒卿微微蹙眉，沉吟片刻，缓缓道："现如今，京城中可调动的兵力只有五万，但若率领大军从京城出发，长途跋涉抵达北疆，必将导致将士疲惫不堪。而北疆附近的烟云城，还有驻守的三万大军。臣弟认为，最好从烟云城借调兵力。"墨寒卿声音清冷地分析道。

"嗯。"皇上点了点头，阴沉的神色终于缓和了一点儿，他转过头，看着墨修竹道，"想要从京城立刻调集兵力前往支援北疆，肯定是不可能的，所以，若是你想领兵出征，必须先行赶往烟云城，会集那里的三万兵力，再和慕容大将军会合，凭借手中十一万大军抵抗北辰国二十万大军。"皇上顿了顿，继续道，"你觉得，以十一万对抗二十万，胜算有多少？"

"这……"墨修竹听着皇上的话，一时答不上来。

"寒卿，你说。"皇上朝墨寒卿道。

"臣弟认为，"墨寒卿稍一斟酌，皱着眉头缓缓道，"若是与慕容大将军会合，以十一万兵力对抗北辰国二十万兵力，至少可以抗衡一个半月，其间若是京城中的将士及时前往支援，那么我方胜算便有九成。"

"嗯。"皇上一边听着，一边不住点头，朝墨修竹继续问道，"那么修竹，朕问你，给你十一万兵力，你是否可以与慕容大将军一起，抵抗北辰国一个半月？"

"这……"墨修竹看着皇上严厉的眼神，额上的汗水不停地往外冒。

"领兵打仗并非儿戏。"皇上看着墨修竹，叹了一口气道，"更何况，此番必定会是一场苦战。修竹，你还小，需要再历练历练。"

"可是……皇叔他……明明与儿臣同岁……"墨修竹看着墨寒卿，忍不住有些委屈。

"唉……"皇上顺着他的目光看了墨寒卿一眼，忍不住摇摇头，又叹了一口气。

太后却是一脸忧心地看着皇上道："皇上真要派寒卿去前线？方才不是说，两个月后给寒卿和七七办婚礼，这……这眼下……"

"若是北辰国二十万大军攻入京城，别说办婚礼，就连太子的登基大典都不用办了。"皇上看着太后，忧心道，"国事总要摆在家事前面，谁让我们是皇家呢。"

太后听了皇上的话，只得无奈地叹了一口气。

叶七七看着他们忧心忡忡的模样，突然道："要打仗了吗？"

"嗯。"墨寒卿点点头，转过头，目光温柔地看着叶七七，摸摸她的脑袋，低声道，"七七，等我回来——"

"我也要去！"他的话还没说完，叶七七便一脸兴奋地拽着他的袍袖大声道，"我还没有去过前线呢，带我去打仗，带我去打仗！我最喜欢打仗了。"

墨寒卿看着她兴奋的小脸，有些无奈地捏了捏她的小鼻子道："是带兵打仗，不是打架，会很危险，别闹。"

"哦。"叶七七一双大眼睛转了转，看着墨寒卿，声音清脆道，"那你把我一个人丢在京城，就不怕我跑了？"

墨寒卿听到她的话，微微一怔，神情顿时有些复杂。

"再说，你不带我去的话，我难道就不会偷偷跟过去？"叶七七一脸得意地看着他道，

"你觉得这墨国上下，有谁拦得住我？你可要想清楚了，到底是主动把我带走，还是等着半路上看我突然冒出来。"

墨寒卿有些无奈地扶了一下额头，一时不知道说些什么才好。

太后一脸担心地看着叶七七道："七七，这行军打仗可不是儿戏，万一在战场上受了伤怎么办？"

"不会的。"叶七七笑眯眯地看着太后道，"我武功这么厉害，谁伤得了我呀？再说了，关键时刻，我还可以保护他呢。"

"可是……"太后还想说点儿什么，墨寒卿突然道："算了，让她跟着吧，否则以她的性子，搞不好真会偷偷跟过去。"

"寒卿……"太后忧心忡忡地看着他俩。

"就这样定了吧。"墨寒卿一脸淡然地朝太后和皇上道，"儿臣用过午膳，便回去收拾，明日一早出发赶往北疆。"

"唉……"太后轻轻叹了一口气。

这也不是墨寒卿第一次带兵出征，可她的心情，还是难受。

皇上点点头，目光深沉地看着墨寒卿，拍拍他的肩膀道："多加小心。"

"是。"墨寒卿点点头，转头看了一眼有些失落的墨修竹，迟疑了一

下，还是道，"臣弟想把修竹和鸿羽也一同带上。"

什么？墨修竹听到他的话，顿时眼睛一亮，抬起头朝他看去。

"修竹和鸿羽？"皇上愣了一下，奇怪道，"为什么？"

"太子登基之前，若是能有功绩，会好一些。"墨寒卿沉吟片刻，继续道，"至于鸿羽，他原本就是慕容大将军的儿子，带他去前线，也是对他的考验。"

皇上听了他的话，沉默片刻，目光在他们身上转了一圈，点点头道："也行，就让修竹和鸿羽跟着你一起去吧。"

"是。"墨寒卿点点头道，"臣弟会保护好他们的。"

"吃饭吧，吃饭吧。"皇上轻轻叹了口气，再拿起筷子，手突然变得有些沉重。

一顿午膳，欢欢喜喜开始，吃到最后，却没有人说话。

离开皇宫之前，太后一脸担忧地拽着墨寒卿和叶七七的手，说了好一会儿话，不放心地叮嘱了一句又一句，这才看着他们离去。

皇上站在太后身边，轻轻地拍了拍太后的肩膀道："太后若是累了，便回去歇息吧。"

"嗯……"太后低低应了一声，转头看了眼站在身边的皇上，迟疑一下，还是忍不住问道，"皇上是否不太愿意让修竹当太子？"

皇上微微一怔，低下头，看了她一眼，沉默片刻，低声道："云儿，你该知道，朕心里一直偏向咱们寒卿。"

"可寒卿他……"太后欲言又止，许久终于小声道，"他名义上毕竟是你的弟弟，自古这太子之位都是传给儿子的，哪有传给弟弟一说。"

"云儿，你明知他不是朕的弟弟。"皇上看向太后的目光带着一抹浅浅的温柔。

"我知道……"太后轻叹了一口气道，"可……当年，你母后重病而去的时候，你才八岁，先帝将你托付于我，那时我刚入宫，也不过十六岁。宫中长夜漫漫，先帝又有那么多妃子，平日只有我俩相依相伴，我看着你长大，看着你娶妻，看着你登基，你万万不该……"

太后话说到一半，突然停住，紧接着又是一声长长的叹息。

皇上看着她，半晌才声音低沉道："云儿是在怨朕吗？"

"没有，我只是……"太后看着皇上，最终没说什么。

第二日清晨，墨寒卿带着叶七七、墨修竹、慕容鸿羽，还有一千轻骑，离开京城，赶往北疆。

从京城到北疆，一路长途跋涉，就算日夜兼程，也要将近一个月。离开京城三天，他们往北一直走，进入飞鹤山庄的势力范围。

叶七七骑在马上，远远地看着绵延起伏的群山。

"七七。"墨寒卿低沉清冷的声音突然在她的头顶响了起来。

"嗯？"叶七七回过头，看了一眼骑在马上跟在自己身边的墨寒卿。

"在看什么？"墨寒卿顺着她的目光看去，远处是一片群山，苍翠的绿意映满眼帘。那个方向……似乎是飞鹤山庄的方向？

"没什么。"叶七七收回目光，抬头看了一眼西沉的太阳，笑眯眯地道，"太阳快要落山了，看来咱们今夜得在山林中过夜。"

"嗯。"墨寒卿低低地应了一声，点点头道，"过会儿找处有水源的地方歇息吧。"

"好。"叶七七爽快地点点头。

今夜是满月。

一轮圆月挂在夜空中，在地上洒下一层清辉。树林中，猫头鹰的叫声一阵又一阵地传来。

墨寒卿带着一千轻骑兵，沿着小河的两岸驻扎下来。接着，便有几十个轻骑兵自觉地出去打猎。其他人生起篝火，所有人围篝火而坐，倒也十分安静。

"哎，对了，咱们现在像是在什么山上。"一个轻骑兵突然打破安静道。

"是乐清山。"立刻便有另一个轻骑兵接了一句。

"对，是乐清山。我听说，乐清山上有个挺大的山贼窝，官府剿了好几次，都没有剿灭。"

叶七七听着他们的话，怔了一下。乐清山？这名字好耳熟。

"什么山贼窝这么厉害？"叶七七一边随手拿了根树枝扔进面前的篝火中，一边随口问道。

"回王妃娘娘的话。"不远处一个轻骑兵大声回答道，"听说，那山贼窝好像叫什么孔雀帮吧……以前，似乎也就是个名不见经传的小土匪窝，这几年不知怎么回事，吞并了好几处别的山贼窝，势力越来越大。"

"对对对！听说，那个孔雀帮的帮主是个很神秘的人，这么多年，从来没有人见过，一切帮内事务都是交给副帮主打理。"

"传说那个孔雀帮的帮主好像有什么了不得的背景，很多事情不方便亲自出面。"

"反正，咱们现在好像是在孔雀帮的地盘上。"

"那他们该不会来打劫咱们吧？"

"咱们有什么好打劫的，除了一些马和兵器，也没什么值钱的东西，你想多了……"

轻骑兵们你一句我一句聊开了。

叶七七忍不住转头看了一眼坐在身边的墨寒卿，用眼神询问他：那什么传说中的孔雀帮，该不会就是八年前……她收服的那个吧？

墨寒卿眼眸直直地看着她，沉吟片刻，轻轻地点了点头。

她当年一时兴起弄出的孔雀帮，竟然发展壮大至此？！叶七七整个人都震惊了。她好想去孔雀帮，看看当初那个雄鹰帮主把寨子发展成什么样了。

墨寒卿似乎看穿了她的想法，摸摸她的脑袋，唇角勾起一抹浅浅的弧度，道："等从北疆回来，我便陪你一起去。"

"好。"叶七七笑眯眯地点点头。她自然知道，眼下支援北疆才是最重要的。

不过片刻工夫，那些出去打猎的轻骑兵便捉了一堆小动物回来，他们动作利落地将那些小动物处理了，各自烤了起来。香气从篝火上方飘了出来，远远地，一直飘进山里。

黑暗的灌木丛中，几个黑色的身影埋伏在那里。其中一个闻到食物的香味，忍不住咽了咽口水。

"这伙人吃得比咱们帮里的还好。"趴在那个黑色身影身边的另一个人，忍不住骂了一句。

"老大，他们看起来人很多啊。"那黑色身影转头看了一眼身边的刀疤男，小声道，"咱们就这么几个人，打得过他们吗？"

“打什么？你有病啊，去跟那些轻骑兵打。”那刀疤男忍不住瞪了一眼自己的手下。

“那咱们……”那黑色身影满眼疑惑地看着自家老大，迟疑道。

“咱们只要杀了这伙轻骑兵的首领就行。”那刀疤脸的老大目光炯炯地盯着不远处的火光，目光从所有人脸上扫过。

“可是，怎么杀啊？这么多人保护他呢。”

“想办法把他引出来。”刀疤脸老大低声道。

“可是哪个才是首领啊？”黑色身影一脸迷茫地看着最中央的那团篝火，那里坐着四个人，三个身形高大的男人，还有一个看起来瘦瘦的小男孩。那个小男孩，肯定不是他们要杀的人。可是另外三个身形高大的男人，看起来都气度不凡，到底哪个才是他们的目标呢？

“稍等，待我看看画像。”那刀疤脸的男人迟疑一下，从怀中掏出一张纸。说实话，他也不太明白自己要杀的到底是哪一个。

只不过那个来给他们下任务的人，带着一千两银子，实在让人难以拒绝。除了银子，他还给了自己一张那人的画像。

刀疤脸的男人将画像从怀中掏出来，借着头顶的月光仔细看了看。画像上的男人眉目清俊，神态淡然，看起来颇有谪仙的气质。

刀疤脸的男人一会儿看看画像，一会儿看看坐在篝火旁的墨寒卿、墨修竹和慕容鸿羽，对比半天，终于用手指着墨修竹道：“就是那个，中间那个，穿暗红色衣袍的。”

“那个？”他身边的几个手下顺着他的目光朝墨修竹看去，迟疑着回过头来，朝自家老大道，“看起来眉目确实有些像，但是这人的气质好像不如画像上那么冷啊。”

“是啊，老大，要说气质，旁边那个穿黑色衣袍的看起来更冷一些。”另一个手下指着慕容鸿羽那张面无表情的脸，小声道。

“那个长得不像。”刀疤脸老大轻易否定了慕容鸿羽，“不过，穿月白色衣袍的虽然跟画上的人很像，神情又不太一样，你看他对旁边那小男孩笑得那么谄媚，一看就是个断袖。”

“嗯嗯，老大说得有理。”几人顺着刀疤脸男人手指的方向，朝墨寒卿看去，只见他拿着一只烤好的兔子，动作优雅地撕下一条兔子腿，面带笑意地递给坐在他身边的小男孩，还特地吹了吹。

"所以，咱们的目标就是穿暗红色衣袍的那个。"刀疤脸仔细分析了一下，下了定论。

"是。"周围几个手下小声应了一句。

"再等一会儿，咱们便行动。"刀疤脸男人目光沉沉地盯着墨修竹，朝手下吩咐道。

"是！"手下应了一声，安静地趴在一边。

篝火旁，所有人将东西吃完，便三三两两去河边洗手，除了今夜当值的轻骑兵，其他人各自找了棵大树，靠着树干，开始闭目养神。

墨修竹吃完东西，看着自己满手的油污，站起身朝墨寒卿道："我去那边洗个手，你们去吗？"

"嗯，过会儿再去。"墨寒卿手里还剩半条兔腿，他看了一眼吃得一脸幸福的叶七七，朝墨修竹随口应道，"你自己先去吧。"

"好。"墨修竹点点头，正准备往河边走，慕容鸿羽抬起头来看着他道，"等下，我跟你一起去。"

他一边说着，一边站起身，拍拍墨修竹的肩膀，便跟他一起走了。

趴在灌木丛后面的几道黑色身影，看到墨修竹和慕容鸿羽起身离开篝火，立刻警觉。

那刀疤脸的男人目光死死地盯着墨修竹，直到他离河岸两边驻扎的轻骑兵有一段距离，才朝身边的几个手下挥了挥手道："行动。"

"是！"几个手下连忙低低地应了一声。

紧接着，几道黑色身影在灌木丛的掩护下，缓缓朝墨修竹和慕容鸿羽靠了过去。

墨修竹走到河边，随手撩起衣袍，小心翼翼地蹲了下来，手伸进河里，冰凉的河水瞬间带来一丝凉意。

慕容鸿羽身形笔直地站在他旁边，静静地看着他，一言不发。

墨修竹将手洗干净，回过头来，有些疑惑地看了一眼慕容鸿羽，忍不住问道："鸿羽，你不洗吗？"

慕容鸿羽摇摇头，声音低沉道："我方才吃东西的时候，用帕子包着手，并没有弄脏。"

"那你跟着过来干吗？"墨修竹满眼不解地问道。

"保护你。"

墨修竹扯了扯嘴角，看着面无表情的慕容鸿羽道："保护我？这么多轻骑兵呢，谁敢过来找我麻烦啊。"

慕容鸿羽默默地看了他一眼，没有说话。

大概墨修竹也习惯了他不爱说话的样子，只是问了两句，便没说什么了。

他们现在所处的位置，离轻骑兵驻扎的地方稍微有点儿远。

墨修竹看了一眼热闹的驻扎地，又抬头看了看头顶的明月，朝慕容鸿羽道："散会儿步吧，今儿骑了一天的马，感觉身子骨都快散架了。"

"嗯。"慕容鸿羽点点头，简单地应了一声，跟在墨修竹身后，朝远离驻扎地的地方走。

走了一会儿，他们便看不见团团篝火，月亮也显得更大更明亮。

"鸿羽，你说此次咱们——"墨修竹一边呼吸着山林中的空气，一边转头朝跟在自己身后的慕容鸿羽说了一句，便听得周围传来窸窸窣窣的声音。

"纳命来！"随着一声吼叫，几道黑色的身影从周围的灌木丛中跃了出来。

慕容鸿羽下意识将墨修竹朝自己身后拽了一把，迅速从腰间抽出佩剑。

不过瞬间，两人便被包围。

慕容鸿羽皱着眉头，看着眼前那伙人，声音低沉地问道："来者何人？"

"乐清山，孔雀帮！"为首的刀疤男手中拿着两把大刀，朝慕容鸿羽大声道，"老子名叫雄鹰，行不改名坐不改姓，道儿上的规矩，让你们临死知道是谁杀了你们。"

孔雀帮？慕容鸿羽和墨修竹忍不住对看一眼。不就是刚刚他们讨论的那个土匪窝吗？竟然真有人来打劫他们？

墨修竹有些无语地看着围住他俩的几道黑影，大声道："我说你们是不是搞错了，我们是墨国的士兵，又不是什么商队，身上什么值钱的东西都没带，你们为什么要打劫我们？"

刀疤脸男人朝墨修竹瞪了一眼道："谁说我们是打劫？没听到老子刚才

喊了一声'纳命来'吗？现在有人出钱要你的命，老子只不过拿人钱财，替人办事而已。"

"有人要杀我？"墨修竹更加疑惑。

这倒是新奇，从小到大，他还是第一次遇到暗杀。

"废话少说，兄弟们，上！"雄鹰也懒得跟墨修竹解释什么，朝身边的手下们一声令下，所有人抄起家伙，朝墨修竹和慕容鸿羽冲了过去。

墨修竹回过神来，赶忙抽出佩剑，和慕容鸿羽一起上前应付。

那边，墨修竹和慕容鸿羽正与一帮山贼打得火热，这边叶七七却是一脸疑惑地看着墨寒卿，奇怪道："修竹他们去洗手，怎么去了这么久啊？"

墨寒卿微微垂眸，看了她一眼，表情淡然道："不知道。"

"他俩该不会出什么意外吧？"

"无所谓。"

"喂……修竹好歹也是你侄儿啊，还有鸿羽，他不是自小跟你一块儿长大的吗？"叶七七看着墨寒卿一脸漠不关心的表情，忍不住推了推他的胳膊。

墨寒卿被她推得东倒西歪，终于无奈地将她揽进怀里，低头在她白皙粉嫩的脸颊轻轻吻了一下道："他俩的武功都很高，别担心。"

"但是——"就在叶七七打算继续说点儿什么的时候，漆黑的山林中突然升起一道红色的闪光弹。

墨寒卿看到那抹红色的亮光升到高空，微微一怔，随即迅速站起身来。

"怎么了？"叶七七满眼疑惑地看着他。

"修竹和鸿羽有麻烦。"墨寒卿皱着眉头，随即吩咐身边的轻骑兵立刻整装，让他们朝信号弹升起的地方前进，而他和叶七七则率先飞了过去。

刀疤男看到慕容鸿羽燃放了信号弹，心中暗骂了一句。

几个手下也看到了慕容鸿羽的信号弹，心中顿时一惊，不约而同地朝老大看去，小声问道："老大，怎么办，他们喊人来了。"

"喊人就喊人，咱们还怕他们不成！"雄鹰忍不住啐了一口，大声道，"老子看他们最多也就一千多人，咱们孔雀帮上上下下加起来三千多人，去，也给老子放信号弹！"

"是！"手下应了一声，连忙飞到一边，从怀里掏出一支信号弹，燃放出去。

不过片刻工夫，叶七七和墨寒卿便带着一千轻骑兵将雄鹰和他的手下围住。

墨修竹看到叶七七他们的时候，眼睛一亮，身形一晃，便朝他们那边飞了过去。

"修竹！"叶七七在看到他的时候，急忙喊了他一声，"你们没事吧？"

"没事！"墨修竹笑眯眯地朝叶七七道，"有鸿羽在呢，他那么厉害，这伙山贼不能把我怎么样的。"

慕容鸿羽回头看了一眼，见墨修竹已经退到叶七七他们身边，这才一个重劈，将纠缠在自己身边的一个山贼打晕，飞了回去。

一瞬间，局势便转变了。

叶七七他们虎视眈眈地站在十几道黑色身影前。

雄鹰的手下忍不住咽了咽口水，这都是京城里的精兵啊，万一他们山寨的援军来不及过来，他们可就葬身在此了。

"你们是什么人？！为什么要对修竹下手？"墨寒卿看着眼前的十几个黑影子，声音冷冷道。

"拿人钱财，替人消灾，你说我们为什么要对他下手？！"雄鹰不屑地朝墨寒卿啐了一口，已经打定主意要拖延时间，直到他们山寨的援军过来。

"是谁让你们来的？"墨寒卿表情变得冷峻起来。

墨修竹刚被确定为太子人选，尚未举行大典，怎么有人要来刺杀他？

"你以为老子会告诉你？"雄鹰朝墨寒卿嘲讽地笑了笑道，"老子是那种出卖上家的人吗？"

"老大……老大……"一直站在雄鹰身后看着眼前局势的一个手下，突然扯了扯雄鹰的衣摆。

"干吗？"雄鹰不耐烦地转过头，瞪了一眼自己的手下。

没看出来他在拖延时间吗？

"老大，你不觉得，那个穿月白色衣袍的人跟画上的人一模一样吗？"手下压低了声音朝雄鹰道，"你看那眼神，那表情，那浑身上下释放出来的冷意。"

雄鹰怔了一下，再次朝墨寒卿看去。

49

果然，眼下这个人浑身散发着令人窒息的压迫感。

"这……"雄鹰一下子有些迷茫。

"怎么办，老大？难道那个来下任务的人没有告诉你，咱们要杀的人的名字吗？"雄鹰的手下眼看自家老大那一脸迷茫的样子，忍不住小声问道。

雄鹰细细思索了一下，声音浑厚地问道："你们谁是靖安王？"

话音一落，所有人不由自主地朝墨寒卿看去。墨寒卿眉毛微微蹙起，看着刀疤脸男人，沉默片刻，声音冷冷地道："我。"

"哦，果然弄错了啊！"雄鹰的手下拽了拽自家老大的衣摆。

雄鹰也有些无语。他们埋伏了半天，还比对了半天的画像，结果弄错了人。

墨修竹眼看他们不说话，便蹙眉问道："你们到底是受了谁的命令来杀我？"

"这个……"雄鹰回过神，有些不好意思地朝墨修竹轻咳两声，尴尬道，"抱歉，小兄弟，刚才我们弄错人了。"

"弄错人了？"墨修竹愣了一下。

"我们要杀的是他。"雄鹰朝墨寒卿的方向指了一下。

墨修竹瞬间了然。

"哦，那我不问了，反正暗杀对于寒卿来说，已经是家常便饭。"墨修竹嘀咕了一句，便耸耸肩，退到后面。

墨寒卿冷着一张俊脸，看着眼前的山贼，只觉无语。以前好歹还是派一些职业杀手，怎么眼下竟然派这些不入流的山贼？

就在双方僵持的时候，原本寂静的山林里突响起口号声。雄鹰的手下脸色大喜，道："老大，咱们山寨的援军来了。"

不过片刻工夫，叶七七和他们的一千轻骑兵便被一层又一层的山贼给包围了。慕容鸿羽抬眼扫了一下四周，那些拿着刀剑的山贼，少说也有三千人。

虽说对付这三千多山贼，对于他们这一千轻骑兵来说不是什么大事，但毕竟他们眼下的任务是去支援北疆前线，若是在这里耗损了元气，那……

雄鹰眼看寨子里的山贼都来了，顿时有了精神，朝墨寒卿得意地大声道："老实点儿，把小命交出来，你们人这么少，肯定打不过我们！"

墨寒卿皱了皱眉，直视着雄鹰没有说话。

叶七七站在一边仔细盯着雄鹰,终于靠他那黑色头巾上插着的三根雄鹰羽毛认出了他。都这么多年了,他那三根羽毛竟然还在?叶七七忍不住笑了一声。

雄鹰立刻不爽地吼道:"谁?谁在这时候笑?"

"我啊。"叶七七笑眯眯地往前走了一步,看着站在自己对面的雄鹰,随口应道。

雄鹰定了定神,看着眼前的小男孩,满眼不屑道:"臭小子,这种时候你也敢笑,信不信老子两根指头捏死你!"

"哦。"叶七七笑眯眯地看着他,声音清脆道,"几年不见,看来你都忘了我是谁了。"

"呸,你一个毛都没长齐的臭小子,老子认得你是谁?"雄鹰看着叶七七那拽到不行的样子,忍不住又朝她啐了一口。

"是吗……"叶七七眼神闪了闪,转头看了一眼站在身边的一个轻骑兵,顺手抽下他腰间的佩剑,脚尖轻点,便朝雄鹰冲了过去。

雄鹰只觉眼前一阵轻风掠过,下一秒,一个冰冷坚硬的东西便抵在自己的脖子上。

"觉不觉得这情景似曾相识?"叶七七手中的佩剑抵在雄鹰的脖子上,笑眯眯地朝他问道。

雄鹰心中一惊,一颗心在胸腔中不停地跳动。刚刚那一瞬,一股强烈的杀气迎面而来,若是这个小男孩手中的佩剑再往前送一分,他应该就脑袋搬家了。这种惊心动魄的感觉,只有八年前,那个小女孩……

雄鹰想到这里,僵硬着脖子回头看了一眼。站在他身后的小男孩,一双眼睛圆溜溜的,黑白分明,眨起来忽闪忽闪的,不知道为什么,他突然觉得,那双眼睛跟八年前小女孩的眼睛重合在一起。

"你……你是……叶七七?"雄鹰迟疑着,声音颤抖地问道。

"嘿嘿。"叶七七也不回答,只是朝他笑了笑。

"帮主!"上一秒还威风凛凛的汉子,下一秒便痛哭着朝叶七七跪了下去,"帮主,你终于回来了!这么些年没见,你怎么还是个小孩啊?!"

一千轻骑兵和那三千土匪看到眼前这一幕,个个张大了嘴,目瞪口呆地看着他们。

叶七七满头黑线地看着他道："什么叫这么些年没见，我还是个小孩啊？"

"不是……"雄鹰抬起头来，一脸激动地看着叶七七道，"是小的算错了，八年前帮主才五岁，这才八年，帮主您应该也就十三岁，是个小孩是正常的。"

跟在雄鹰身边的几个手下，都是后来孔雀帮新收的。眼下，他们眼睁睁看着自家副帮主在一个小男孩的面前痛哭流涕地跪着，还口口声声喊小男孩为帮主。

这场景，怎么看怎么诡异。

"那个……老大，"雄鹰的手下迟疑了一下，终究还是忍不住道，"咱们……咱们不是要跟他们打架？"

"打什么打，你们眼睛瞎了吗？帮主在这儿呢，还不赶紧过来参见帮主？！"雄鹰这才回过神来，凶神恶煞地朝站在自己身后的手下吼道。

这个……几个手下顿时面面相觑，难道要他们朝这个小男孩跪下？

"还愣着干吗？一个个的，都给老子跪下来，听到没？！"雄鹰眼看那群帮众跟傻子一样站在那里，顿觉无比丢脸，扯着嗓子朝他们吼了起来。

"拜见帮主大人！"那些人听到雄鹰的大吼声，顿时回过神来，个个条件反射一般朝叶七七跪了下去。

三千土匪，全部跪了下来，口号喊得震天响。

叶七七忍不住扯了扯嘴角。

那一千轻骑兵看到眼前这一幕，也不由得愣住了。这……他们的王妃娘娘好像跟那帮土匪是旧相识？可为什么那些土匪全朝王妃跪下来喊她帮主呢？这到底还打不打架了？

"都起来吧，别跪着了。"叶七七笑眯眯地看着那些土匪，朝他们摆了摆手，又朝雄鹰奇怪道，"你要杀靖安王？"

"这……"雄鹰听到这句话，顿时迟疑了。眼下，他们好不容易找到失踪多年的帮主，可帮主看起来好像跟他们要杀的人是一伙的，这就不太好下手了啊！

"为什么要杀本帮主的压寨夫人？"叶七七见雄鹰迟疑着没有说话，又追问了一句。

然而，她这句话刚说出口，周围便安静了下来。雄鹰瞪大了眼睛，看着站在那里的墨寒卿，张了张嘴，不敢置信道："你……你说他是当年的压寨夫人？"

　　"嗯。"叶七七点点头。

　　雄鹰不由得再次朝墨寒卿看去。果然，他身上那冷漠的气质和当年那个小男孩有些相像。

　　"这……这可真是！"雄鹰消化了好一会儿，才消化完这个事实，他有些不好意思地挠了挠后脑勺，脸上满满的都是尴尬，"这是大水冲了龙王庙，一家人不识一家人啊！"

　　"为什么要杀靖安王？"叶七七又问了一遍。

　　"这个……其实是有人出了一千两银子，让我们兄弟埋伏在这里，等他经过的时候，就杀了他。"雄鹰对着自家帮主自然知无不言言无不尽，他一边说着一边将那张画像从怀中掏出来，递给叶七七道，"那人给了我们一张靖安王的画像，说只要杀了画像上的这个人就行。"

　　叶七七接过画像，低头看了一眼，那是一张上好的宣纸，纸上洒着金粉，画上的墨寒卿虽然和他本人不是特别相似，但那清冷的气质却是拿捏得恰到好处。

　　"这画是谁给你的？"

　　"就是给我下任务的那人啊。"雄鹰一脸坦然道。

　　"那人长什么样子，你看清楚了吗？"

　　"没有。"雄鹰摇摇头道，"那人来的时候，穿着黑色的衣服，脸上蒙着黑色面罩，根本看不出长什么样子。再说，就算看出来也没用，来下任务的肯定只是小喽啰。"

　　"说得也是。"叶七七点点头。

　　站在她身边的墨寒卿低头瞥了一眼她手上的纸，沉默片刻，声音低沉道："我大概知道是谁去下的任务。"

　　"谁？"叶七七听到他的话，抬起头来，满眼疑惑地看着他问道。

　　墨寒卿没有回答，拿过那张纸，仔细端详了一下，缓缓道："这洒金纸是宫中才会有的，能拿到这种纸的，身份必定尊贵，宫中身份尊贵又喜欢暗杀我的，只有一个人。"

"你的意思是……"叶七七迟疑了一下，抬起头来，看着墨寒卿道，"是二皇子？"

"十之八九是他。"墨寒卿冷笑了一声，将手中的那张纸随意叠好，声音淡淡地道，"想不到他现在连杀手都请不起了，只能靠骗山贼来为他卖命。"

雄鹰听到墨寒卿的话，怔了一下，随即便疑惑道："什么意思，什么叫骗我们？"

墨寒卿目光冷冷地在雄鹰身上扫了一圈，声音中满满的都是冷意："让你们来杀我的那个人，刚从死牢中逃出来，身无分文，还要靠救他的那人过活，你觉得他真会给你们一千两银子？"

"这……"雄鹰挠了挠脑袋道，"可是他已经给了我们一百两定金啊。"

"区区一百两，你们就乖乖替他卖命？我靖安王的命就值一百两？"墨寒卿眼眸中绽放出冷冽的光芒。

"不不不……"雄鹰赶紧连连摇头道，"帮主夫人，您的命，不论多少钱都换不来，是小的们一时糊涂了。"

"呵。"墨寒卿眯了眯眼睛，不冷不热地笑了一声。

叶七七眨眨眼睛，看看墨寒卿又看看雄鹰，笑着道："好了，反正是一场误会，现在都解开了，大家别再纠结了。"

"是啊是啊，帮主说得有理！"雄鹰一看叶七七帮自己说话，赶忙接话道。

"对了，听说孔雀帮这几年越来越壮大了？"叶七七歪着脑袋看着雄鹰，一脸好奇道，"为什么短短几年时间，吞并了那么多帮派啊。"

"这个……"雄鹰脸色一下子为难起来。

他抬眼偷偷地打量了叶七七一番，见她心情还不错，便硬着头皮道："其实，刚开始的时候，兄弟们还是浑浑噩噩地过日子，遇上商队或者押镖的，就上去打劫一下，好歹能捞点儿银子塞个牙缝，可是后来，不知道为什么，突然从南边来了一伙土匪，想要占了兄弟们的山头，这也算了，反正乐清山这么大，分他们一半也不是不可以。"雄鹰顿了顿，继续道，"可是他们老大竟然嘲笑我们孔雀帮的名字，说我们叫这个名字，简直有辱山贼的职业，还

54

让我们兄弟都回老家养鸡去……帮主，你说说。"雄鹰义愤填膺地朝叶七七道，"我这个人吧，你要是跟我好好商量，什么都能答应，可是他们竟然嘲笑我们，嘲笑我们孔雀帮的名字就算了，竟然还嘲笑我们帮主，说帮主您是缩头乌龟，面对别人的挑衅，不敢出来应战。"雄鹰越说越气愤，"俗话说得好，士可杀不可辱，老子当时脑子一热，就带着一帮兄弟跟他们拼了，没想到那帮人也就嘴上功夫比较厉害，真打起来，屁都不算。老子三两下就把他们给收拾了，他们的老大被拖出去杀了，剩下的帮众全部归于我们孔雀帮了。"雄鹰一边说一边朝叶七七拍拍胸口道，"怎么样，帮主，这事我干得漂亮吧？"

"嗯，挺厉害的！"叶七七点点头，歪着脑袋看着他继续问道，"那后来呢？"

"后来？后来那帮人不死心啊，又喊了他们的一个什么兄弟帮派来给他们报仇。"雄鹰想了想，大着嗓门道，"报仇这种事，老子从来不怕，大不了来一个杀一个，来一双杀一双。只是没想到，他们那兄弟帮派实力还不如他们，又被我们给吞并了。"

雄鹰越说越得意，眉飞色舞地继续道："一下子吞并了两个帮派，我们孔雀帮在江湖上顿时名声大噪，就有越来越多的帮派来挑战我们，一开始有几个帮派确实跟之前那个帮派的人关系比较好，想着来报仇，可是后面的都是冲着我们孔雀帮的名声，想着要是打败了我们，自己就能取而代之了。老子为了我们孔雀帮的名誉，自然要跟他们拼命。这几年拼着拼着，不知道怎么回事，就拼成江湖上第一大帮派了，哈哈哈哈……"雄鹰一边说着，一边不好意思地大笑。

叶七七也跟着笑了笑。想不到，她当年玩心大起，随便取的帮派名，竟然帮他们变成了江湖第一帮派。

"对了，帮主，你们这是要去哪儿啊？"雄鹰看着站在叶七七身后的一千轻骑兵，回过神道，"您刚才说帮主夫人是我们要杀的那个人，那……那我们帮主夫人岂不就是靖安王？"

他这话一出口，所有山贼都朝墨寒卿投去探究的目光。

那个名动天下、杀伐决断的靖安王，竟然是他们的帮主夫人？

"北辰二十万大军压境，我们打算前往北疆去支援。"叶七七说到这个事情的时候，表情一下子严肃起来。

"去支援北疆？就你们这么点儿人？"雄鹰诧异地看着她。

"嗯，去了以后，大概要跟别的城池借兵。"叶七七有些为难地朝雄鹰笑了笑。

雄鹰沉默片刻，抬头道："帮主，要不我们跟你们一起去北疆吧。"

"啊？"叶七七抬起头，满眼疑惑地看着他。

"帮主，我们等了你八年，好不容易等到你，你该不会想着又抛弃我们吧？"雄鹰一看叶七七的表情，顿时紧张起来，有些不知所措地搓着双手道，"还是说，帮主嫌弃我们只是一群土匪，不像他们那样可以上阵打仗？"

叶七七愣了一下，下意识摇摇头道："不是，你们愿意跟我们一起去支援北疆，我自然是高兴的，只是……你们确定要离开这里？"

"那是自然。"雄鹰一脸自豪地看着叶七七道，"帮主在哪里，我们就在哪里，再说这乐清山，兄弟们都待了八年了，原本想着出去看看，可又担心万一帮主你回来找不着我们，所以才一直没有离开。眼下北辰大军进犯我墨国边境，寨子里的兄弟虽说是土匪，但一个个也是热血男儿，这种保家卫国的事自然不能落下。"

叶七七听着他的话，心中忍不住感动。

八年前，她不过一时贪玩，抢了雄鹰帮的名头，改成孔雀帮，虽说名义上她是帮主，但事实上，她这帮主的位子连一天都没有坐完。

然而，就是这不到一天的时间，竟然让雄鹰念叨了八年。

"好。"叶七七点点头，转过头，看着墨寒卿问道，"我们带上他们吧？"

"嗯。"墨寒卿点点头，揽住叶七七瘦削的肩膀，低声道，"娘子想带就带着吧，只是……"他顿了顿，迟疑着道，"我们赶往北疆都是一路快马加鞭，他们……总不能就这么一路走过去吧？"

"这个事，帮主夫人不用担心！"雄鹰一听墨寒卿这么说，顿时挥了挥手道，"寨子后面有一片马场，兄弟们平日养了许多马，打劫不到银子的时候，就随便牵几匹马出去换点儿东西。"

叶七七听了他的话，顿时眼睛一亮。

"有这么多？"墨寒卿微微挑眉，不太相信地看着他。

"有的，有的。"雄鹰连连点头道，"明儿一大早，兄弟们就可以骑着

56

马、带着家当跟你们一起出发了。"

"那好。"墨寒卿沉吟片刻，同意了。

雄鹰见墨寒卿和叶七七都同意，顿时高兴得很，连忙说要带兄弟回去收拾东西，便匆匆忙忙地走了。

他叫来的三千土匪，跟在他身后回去了。

墨修竹看着周围黑压压的土匪全走了，顿时回过头，看着叶七七，朝她竖起大拇指道："行啊，七七，我原本以为你武功已经很厉害了，想不到还有更厉害的，那么多土匪，你竟然是他们的帮主，你也太让我刮目相看了吧！刚刚那个刀疤脸，说你八年前就是他们的帮主了，那会儿你才五岁吧？他说的都是真的吗？"

"是真的，不信问你皇叔。"叶七七指了指身边的墨寒卿，"当年他可是跟我一起下山的。"

墨修竹转过头，默默地看了一眼墨寒卿，摇了摇头，表示不敢问。

墨寒卿看了墨修竹一眼，揽着叶七七的肩膀，转身边走边道："行了，天色已晚，早点儿休息吧。"

"嗯。"叶七七点点头。

墨修竹和慕容鸿羽对看了一眼，赶紧跟上他俩。

回到刚才休息的小河边，已经有士兵开始搭帐篷。因为此处离京城不远，加上又是夏天，所以他们只搭了两顶帐篷，一顶给叶七七和墨寒卿，另一顶给墨修竹和慕容鸿羽。

其他士兵就近找了几棵树，随意在地上垫了块毯子，便躺下休息了。

墨寒卿揽着叶七七的肩膀，进了帐篷，看着已经铺好的简易床榻，沉默片刻，转头朝叶七七道："你在这儿等我一会儿。"

"嗯？"叶七七抬起头，满眼疑惑地看着他。

墨寒卿摸了摸她的脑袋，钻出了帐篷。

片刻，墨寒卿捧着一床软软的被子回来。叶七七看着他怀里的被子，奇怪道："咦，这被子你是从哪里弄来的？"

墨寒卿朝她淡淡一笑，抱着被子走到简易床榻前，动作优雅地把被子铺上去，转身朝叶七七道："过来试一试。"

"嗯。"叶七七点点头，快步走到墨寒卿身边，坐到床榻上。

原本硬邦邦的床榻变得比之前舒适很多。

"如何？"墨寒卿眼眸微垂，看着坐在床榻上的叶七七，笑着问道。

"挺好的！"叶七七满意地回答，"这被子到底是哪里来的？"

"刚去修竹的帐篷里搜刮的。"墨寒卿笑了笑，在她身边坐了下来，摸了摸柔软的被面，点头道，"确实挺好的。"

"修竹的？"叶七七愣了一下，奇怪道，"你抢他被子干吗？"

墨寒卿转头看着她，眼眸轻轻眨了眨，声音淡淡地道："昨夜不是你说这床榻太硬了吗？"

"呃……"难道就是因为我嫌弃这床榻太硬，你就跑去抢了修竹的被子？叶七七忍不住用眼神质问他。

"嗯。"墨寒卿十分淡定地点了点头，脸上一丝愧疚都没有。

"那修竹怎么办？"

"他可以和鸿羽挤一床被子。"墨寒卿声音淡淡地道。

让太子和大将军之子挤被子？这画面……似乎让人不敢想象啊。叶七七忍不住扯了扯唇角，不知道该说些什么才好。

"累吗？"墨寒卿见叶七七不说话，忍不住捏了捏她白皙粉嫩的脸颊，低声问道。

"嗯……还好吧。"叶七七伸了个懒腰，重重地朝后倒在软软的被子上，懒洋洋道。

"还要再赶二十多天才能到北疆，你不后悔吗？"墨寒卿坐在叶七七身边，看着她问道。

"为什么要后悔？"叶七七奇怪地道，"我以前一直都在山上，从来没有下过山，这一次好不容易下山，还一直被你扣在京城，哪儿都不能去。眼下跟着你去北疆，一路上可以看到好多风景，我高兴还来不及呢，怎么可能后悔。"

墨寒卿听着她的话，怔了一下，随即忍不住笑了出来。他清澈的眼眸里满满的都是笑意，仿佛三月里盛开的桃花。叶七七看着他的笑容，一时走神了。

"那倒是，你这么好动爱玩，只要能从王府出去，就很高兴，哪里还会怕苦怕累。"墨寒卿忍不住摇了摇头，摸了摸她的脑袋，声音温柔道，"时间

58

不早了，早点儿歇息吧，明儿一大早还要继续赶路。"

"嗯。"叶七七点点头，在床榻上翻了个身，脑袋埋在被子里，埋了一会儿，突然抬起头看着墨寒卿道，"你还不睡吗？"

"嗯，我看会儿书。"墨寒卿站起身，走到烛台前，点燃一根蜡烛。

"为什么，你睡不着吗？"叶七七趴在床榻上，眨着一双大眼睛直直地看着他。

墨寒卿动作顿了顿，沉默片刻，从行囊中拿出一本书，坐到床榻上，借着蜡烛微弱的火光和帐篷外的篝火，翻了几页，声音低沉地回答道："暂时……还不太想睡。"

叶七七眨眨眼睛看着他。这几天赶路，到了晚上，他总是这样，明明看起来有些累，却还是硬撑着坐在床榻上看书。每次都是她先睡着，而他到底是什么时候睡的，她却一点儿都不知道。

"墨寒卿？"叶七七迟疑了一下，小声地喊了他一句。

"怎么了？"墨寒卿的目光从书本上转移到叶七七的身上。

"你……这会儿睡不着，是不是想等我帮你暖榻啊？"叶七七歪着脑袋想了想，朝他问道。

"啊？"墨寒卿听着她的话，一下子愣住了。

"我感觉，好像你每次都是等我睡着才睡的。"叶七七眨巴眨巴眼睛，声音清脆地朝他道，"所以，你是不是想等我把床榻暖热了才睡啊？"

墨寒卿一时有些哭笑不得："不是。"

"那你为什么不跟我一起睡呢？"叶七七盯着他，"公子，你的书拿反了。"

墨寒卿白皙俊秀的脸上闪过一抹尴尬。

他不动声色地将手中那本书重新倒过来，淡淡地道："哦……我还没开始看呢。"

"那你刚才盯着书本看了半天，到底是在看什么呀？"叶七七眨眨眼睛，一脸不解地看着他问道。

墨寒卿有些尴尬地轻咳两声，面不改色心不跳地继续道："刚才，是在想事情。"

"想什么事情？"叶七七翻了个身，趴在床榻上，一双小手撑着下巴，眼巴巴地看着他问道。

"在想……"墨寒卿沉默片刻，声音缓缓道，"到了北疆，要怎么去跟烟云城的城主借兵。"

"你不是靖安王吗，过去跟他借兵不可以吗？"叶七七有些不解地问道。

墨寒卿摇了摇头，声音低沉道："有句话叫——天高皇帝远。那烟云城虽然归咱们墨国，城主却根本不受皇上的约束。说起来，那位城主也是比较奇怪的人，每年照常给京城进贡，但京城里有什么命令传达过去，那边经常不理不睬，因为在边疆，平时又很安稳，所以皇上也就睁一只眼闭一只眼了。"

"哦……"叶七七似懂非懂地点点头。

"那烟云城虽然有三万精兵驻守，城主却未必肯借给我们。"墨寒卿将目光从叶七七的小脸上移到书本上，叹了一口气道，"到时候，估计还要见机行事。"

"他要是不借，我帮你打他一顿。"叶七七歪着脑袋想了半天，朝墨寒卿笑眯眯道，"没有什么问题是一顿揍解决不了的，如果还是不行，那就两顿。"

墨寒卿听着她的话，忍不住扯了扯嘴角："这话你从哪儿学来的？"

"我爷爷教我的。"叶七七很认真地看着墨寒卿继续道，"小时候我特别特别调皮，经常会被爷爷揍，揍一顿我还是很调皮，爷爷就会揍两顿，正常来说，我被揍两顿就老实多了。嘿嘿……"

墨寒卿忍不住笑起来，轻轻揉了揉她毛茸茸的脑袋道："想不到，你也有被别人揍的时候。"

"对呀，这世界上能揍我的也就我爷爷了。"叶七七笑着笑着，笑容渐渐消失，"可是这次爷爷下山，已经去了好久都没有回来，其实……我还是很想爷爷的。"

"嗯。"墨寒卿点点头，盯着她看了一会儿，声音低沉道，"冷卫们一直在找你爷爷的下落，所以你不用太担心，等这边的事情解决，我就带你一起去找你爷爷。"

"好！"叶七七高兴地点点头，在床榻上翻了个身，又眼巴巴地看着墨寒卿问道，"公子，你还是不睡吗？"

墨寒卿微微一怔，眼眸微垂，看着她眼底满满的期待，迟疑了一下，低声问道："你……很想我陪你一起睡吗？"

"对呀。"叶七七直直地看着他道，"我很喜欢跟你一起睡。"

墨寒卿听到这句话，白皙俊美的脸上忍不住浮起一抹淡淡的红晕。

"公子，你是不是不喜欢跟我睡在一起？"叶七七盯着他半天，突然声音小小地问道。

"为什么这么问？"墨寒卿怔了一下，有些奇怪地看着她。

"因为你每天都等我睡着以后才睡啊。"叶七七嘟着一张小嘴，有些不高兴地看着他道，"我很喜欢抱着你睡，但你又不愿意跟我一起睡，所以……"

后面的话，她虽然没有说出来，墨寒卿却明白了她的意思。

墨寒卿沉默片刻，缓缓地将手中的书本放下，起身走到烛台旁，轻轻将烛火吹灭。

原本昏暗的帐篷，一下子便黑了。

只剩外面的篝火传来一点儿微弱的亮光。

黑暗中，叶七七睁着圆溜溜的大眼睛，看着墨寒卿的身影，声音中带着兴奋道："公子，你今天不看书了吗？"

"嗯。"墨寒卿走回床榻旁，掀开薄被躺了上去。

下一秒，一个温热柔软的身体便靠了过来。

叶七七欢天喜地地搂着墨寒卿的胳膊，小脸在他胳膊上用力蹭了好几下，这才欢快道："嘿嘿，太好了。"

墨寒卿在心中长长地叹了一口气。

黑暗中传来她身上淡淡的甜香气息，有一点儿像花香，又有点儿像奶糖的味道，就这么若有似无地萦绕在他的鼻息之间，仿佛一只小手，轻轻撩拨着他的心。

"睡吧。"墨寒卿伸出另一只手，在她脑袋上摸了摸，声音低沉道。

叶七七乖乖地点头，小脑袋靠着他的肩膀，靠了一会儿，突然喊了声："公子。"

"嗯？"墨寒卿目光微垂。

"你以后都不会再骗我了，对不对？"叶七七声音清脆地朝他道。

墨寒卿怔了一下，唇角勾起浅浅的弧度，温柔地道："嗯，以后绝对不骗你。之前骗你，是我不对。如果那时候的我，知道现在的我会这么爱你，一定一定不会骗你。"

"哦——"叶七七拖长了声音，想了想，继续追问道，"所以，其实你那时候很讨厌我吗？"

墨寒卿没想到她会这么问，不知道该怎么回答。

"哼，你那时候一定很讨厌我，我打了你的护卫，用蛇威胁你陪我玩，还硬拽着你一起洗澡……"叶七七想着以前发生的事情，忍不住笑了起来，"公子，其实飞鹤山庄的那个温泉还是挺好的，什么时候我们再泡一下？"

墨寒卿的脸一下子红了。

墨寒卿转过头，看着帐篷入口，尽量让声音听起来正常一点儿："这个……以后再说吧。"

"为什么？"叶七七问道，突然想起一件事来，"对了，公子，当初我拽的到底是哪里啊？"

黑暗中，墨寒卿的脸更红了。

这家伙，问的都是什么问题啊。

八年过去了，她就没有一点儿长进吗？

"公子？公子？"叶七七见墨寒卿半天没有回应，忍不住轻轻戳了戳他的胳膊道，"你怎么不说话了？"

墨寒卿闭上眼睛，实在不想跟她聊这个话题，只得假装睡着了。

"公子，公子……"叶七七又小声趴在他耳边喊了一句，见他一直没有反应，终于忍不住嘀咕，"该不会已经睡着了吧？"她撑着胳膊，微微抬起身子，朝墨寒卿看去。借着帐篷外微弱的篝火，她依稀可以看到他的眼睛闭了起来，长而卷翘的睫毛覆住他满眼的光华，只留下一片浅浅的宁静。

"不是吧，这个入睡速度也太快了。"叶七七有些不甘心地看着他，怎么她跟他才说了几句话，他就睡过去了呢？难道她的话题太无聊了？

可那个问题，已经困扰她好多年了……叶七七咬着嘴唇，有些不甘心地看着他。要是他不愿意回答，那她自己探究一下？

叶七七眼中突然闪过一抹亮光。她一个翻身从床榻上坐起来，动作轻柔地掀开墨寒卿身上的被子。

假装睡着的墨寒卿，忍不住微微皱了皱眉，这家伙要干吗？然而下一秒，他就感觉一双小手放在了他的腰间。并且，那双小手还有隐隐下移的趋势。

墨寒卿心中一惊，赶紧假装翻了个身，背朝叶七七。

哎呀……叶七七有些惋惜地看着他的背脊。要是他不翻身，自己还能摸摸看……不过这也难不倒她，他翻身，自己跟着翻过去不就好了？

叶七七这么一想，立刻动作利落地从墨寒卿身上翻了过去。她看着侧睡的墨寒卿，咬了咬嘴唇，又朝他伸出一只小手。

墨寒卿觉得特别无语。这家伙到底想干吗？怎么又跟过来了？那只软软的小手再次覆在他的腰上，轻轻摸索，似乎要往他的衣袍里钻。墨寒卿只觉浑身一阵紧绷，一股凉意顺着脊背往上爬。

就在叶七七准备继续把小手往里面伸的时候，墨寒卿竟然又转了个身。

怎么又翻身啊！叶七七哀怨地看着墨寒卿。

公子睡觉这么不老实吗？叶七七愤愤地盯着他半晌，还是按捺不住好奇心，连忙又从他身上爬过去。

这一次，还没等她伸出小手，墨寒卿径直一个翻身，趴在床上。

这……不是吧……叶七七失望地看着墨寒卿，这样就不太好办了啊。她皱着秀气的眉，看了半天，他都没有动静。

就在墨寒卿终于松了一口气，以为自己被放过的时候，那双小手竟然放到他的背上，又沿着他的后背，一路往下。墨寒卿实在忍不住，一个翻身从床榻上坐起来。

叶七七吓了一跳。她眨巴眨巴眼睛，看着墨寒卿，半晌没有说话。

帐篷里一时有些安静。

"喀，那个……公子，你不是睡着了吗？怎么……又起来了？"叶七七有些尴尬地咳了一声，一双小手撑在自己的腿上，声音弱弱地问道。

"突然有些想喝水。"墨寒卿瞥了叶七七一眼，黑暗之中看不清楚她的神色，从她的声音里，他还是听出了那么一丝尴尬。

"哦。"叶七七点点头，不敢多说什么。

墨寒卿又看了她一眼，动作优雅地从床榻上起身，走到帐篷的入口处，声音淡淡道："我出去找点儿水喝，你先睡吧。"

"嗯。"叶七七继续点头。

墨寒卿说完便掀开帐篷帘子，走了出去。

帐篷外，正好有一队巡逻的轻骑兵经过，看到墨寒卿从帐篷里出来，连忙朝他行礼道："见过靖安王殿下。"

"嗯，免礼。"墨寒卿穿着一身里衣，神色淡漠地看了他们一眼，随口道。

"殿下，夜色已深，您……出来干吗？"其中一个轻骑兵上下打量了墨寒卿一眼，忍不住问道。

墨寒卿沉默片刻，想到帐篷里的叶七七应该还没睡，可能听得见外面的对话，于是声音清冷地回答道："本王有些口渴，打算出来找些水喝。"

"哎呀，那正好，我们刚去河边打了一些水回来。"那轻骑兵一听墨寒卿这么说，立刻兴奋地奉上茶壶道，"殿下，您喝吧，这茶壶是新的，没有人用的，原本也是准备明儿一早给殿下您泡茶的。"

墨寒卿盯着递过来的茶壶，觉得有些无语。篝火摇摇晃晃地映在茶壶上，看得出来，那茶壶沉甸甸的。墨寒卿就这么沉默地注视着茶壶，一句话都没说。那轻骑兵便耐心地举着茶壶，站在旁边等着。

好一会儿过去，墨寒卿还是什么动作都没有，轻骑兵忍不住低低地喊了一声："殿下？"

"嗯。"墨寒卿脸色不太好地淡淡应了一声，伸出手，接过茶壶。

"殿下您拿去喝吧，我们继续巡逻。"那轻骑兵朝墨寒卿行了礼，便和其他几个弟兄继续巡逻去了。

墨寒卿站在帐篷门口，死死地盯着手中的茶壶。

原本他是想趁着喝水的工夫，在帐篷外转悠一段时间，等叶七七睡着后再回去，没想到，这么巧遇到了打好水回来的士兵。

眼下，帐篷里的叶七七肯定听到了外面的动静，他想继续转悠转悠，估计是不可能了。

墨寒卿在心里轻轻地叹了一口气，认命地拿着壶，走回帐篷。

叶七七依然坐在床榻上，一双圆溜溜的大眼睛闪着璀璨的光芒："公子，你回来了？"

"嗯。"墨寒卿淡淡地应了一声，拿着茶壶走到叶七七身边，声音淡淡

64

道，"刚一出门就遇到巡逻的轻骑兵，他们正好有水，就给我了。"

"嗯嗯！"叶七七用力地点了点头，眼睛里是掩盖不住的兴奋之情。

"你……还不睡吗？"墨寒卿打开茶壶，无奈地喝了几口，朝叶七七低声问道。

"不睡。"叶七七声音清脆地回答道，"我还不太困，公子，你能不能让我再拽一下？"

噗——墨寒卿刚刚喝进嘴里的水，全部喷了出来。

他剧烈地咳着，回头看着黑暗中叶七七的影子，声音带着不敢置信："你说什么？"

"公子，你没事吧？"叶七七赶忙上前，轻轻拍着他的后背，见他不咳嗽了，这才重复道，"公子，我能再拽你一次吗？"

她这个问题问完，整个帐篷陷入谜一样的寂静。

好半晌，墨寒卿低沉的声音才缓缓响起："你……想拽什么？"

"就是小时候我拽你的那个地方。"叶七七眨眨眼睛，声音清脆道，"就是咱们一起泡温泉的时候，我拽的那里。"

墨寒卿有些无语。

"为什么……要拽我？"他有些尴尬地朝叶七七问道。

"因为好奇啊。"叶七七十分坦然地朝墨寒卿道，"为什么你跟我的构造不一样啊？"

墨寒卿深吸一口气，努力让自己的声音听起来跟平时没有不同："因为我是男的。"

"每个男的，都是这样吗？"叶七七歪着脑袋，眨着一双大眼睛看着他。

墨寒卿闭了闭眼睛，一双拳头握了又松，松了又握。

他到底为什么要和叶七七在这里讨论男人的构造问题？

"一样吗？一样吗？"叶七七脑袋里关于这方面的问题，多得数都数不清。

墨寒卿深深地吸了一口气，声音淡淡道："我们，可以不讨论这个问题吗？"

"为什么？"

"因为我不想讨论。"

"哦……"叶七七点点头，沉默了一会儿，没有再说话。

就在墨寒卿以为她终于打算放过这个问题的时候，叶七七突然拽着他的袖子问道："那你说，修竹或者鸿羽，他俩愿意跟我讨论吗？要不等明天我去问问他俩？"

"不行！"墨寒卿眼眸一闪，严厉地朝叶七七吼了一声。

叶七七被他吼得一哆嗦，朝他看了一眼，缩了缩脑袋道："不行就不行呗，吼这么大声干吗？"

墨寒卿有些抓狂。

"你又不愿意跟我讨论，还不准我找别人讨论，那我岂不是永远都不知道……"叶七七说着说着，便朝墨寒卿腰部以下的位置扫了一眼道，"那里……到底是什么？"

"不会永远都不知道，"墨寒卿有些憋闷地朝她道，"再过段时间你就知道了。"

"为什么要过段时间才知道？"

"因为现在还不是时候。"

"那什么时候才是时候？"叶七七继续追问道。

"最起码……要等你及笄以后。"

"为什么要等到那个时候？"

墨寒卿觉得越来越难回答，眼眸微垂，看着她白净粉嫩的小脸，拼命压制住想要暴走的冲动，声音淡淡道："时间不早了，你该睡觉了。"

"可是我还不困啊。公子，咱们继续讨论讨论啊？"

"我困了……"墨寒卿无语道。

"哦……"叶七七有些失望地看着他，红润的小嘴瘪了一下，不情愿地道，"那你睡吧。"

"嗯。"墨寒卿淡淡地点点头，重新在床榻上躺下来，将被子拉过来盖在身上，声音低沉道，"你也早点儿睡。"

"好。"叶七七点头。

"不要想着等我睡着以后，再来研究……到底是什么。我睡眠很浅，你一碰我，我就知道了。"

你怎么知道我是打算等你睡着以后再继续研究？！叶七七睁着一双大眼睛，满是惊讶地看着他。

墨寒卿默默地瞥了她一眼，翻了个身，闭上眼睛，准备睡觉。

良久，帐篷里都没有动静。墨寒卿一直提着的心终于放下来。然而，他这颗心放回去还没几秒钟，那双软软的小手竟然攀上他的腰间。墨寒卿微微闭起的眼眸倏一下睁开，朝坐在身边的叶七七看去。

叶七七见他突然看着自己，竟然淡定地笑了笑，声音清脆地道："我没有偷偷摸摸研究啊，我这是光明正大地研究。"

墨寒卿见她直接地将这句话说出来，一时竟然不知道该怎么回答才好。

"反正，我今天就是要拽！"叶七七大言不惭道。

"不行。"墨寒卿忍无可忍地伸出一只手，死死地按住叶七七的手腕，声音低沉道，"睡觉。"

"你……"叶七七的手腕被他死死地按住，无论怎么挣扎都抽不回来。

墨寒卿朝她微微挑眉道："跟你说过，以后一定会让你知道，现在绝对不可以，除非你打得过我。"

叶七七听到他这句话，眼睛一亮，兴奋道："只要打得过你，就可以继续拽吗？"

"嗯。"墨寒卿满眼无奈地看着她，低低地应了一声。

"那我就不客气了。"

叶七七声音欢快地说了一声，便运起内力，趁墨寒卿不注意，挣脱他的束缚，紧接着在床榻上一个翻身，又朝墨寒卿扑了过去。

"你……"

墨寒卿眼睛微微眯了眯，一个没注意，便被叶七七扑了个满怀。

"嘿嘿，我不客气了啊！"叶七七跨坐在墨寒卿腰上，拼命以内力压制他的行动，一只小手又不安分地朝下摸去。

墨寒卿默默地看着她，动作稍微顿了顿，一股强劲的内力便沿着他的经脉传递到他的手掌。

他抬起手，按住叶七七的肩膀，紧接着一个翻身，又将叶七七压在自己身下。

她的一双小手被他死死按在床榻上，终于再也无力挣扎。

与此同时，修竹和鸿羽的帐篷内，墨修竹看着床榻上那一床薄被，转头看了一眼面无表情站在自己身边的慕容鸿羽，扯了扯嘴角，最终无奈道："不行，我拒绝和一个男的同床。"

"所以呢？"慕容鸿羽淡淡地转过头，看着墨修竹一脸纠结的神色，声音中没有任何波动道，"难道你要去寒卿的帐篷内，将他刚才抱走的那床被子抢回来吗？"

"抢倒是不至于，但我可以晓之以理动之以情啊！"墨修竹皱着眉头，仔细思索了一会儿，一拍手道，"他不是说七七夜里怕冷吗，那我把被子拿回来，他正好可以夜里搂着七七一起睡，这不是为他们创造了一个很好的接近彼此的机会吗？"

慕容鸿羽有些无语地听着，沉默半晌，点点头道："好主意，那你去吧。"

"好嘞！鸿羽，祝我出师顺利！"墨修竹拍拍慕容鸿羽的肩膀，便转身出了帐篷，朝墨寒卿和叶七七那边而去。

然而，慕容鸿羽只是站在原地，默默注视着墨修竹的背影，眼里写满同情两个字。

墨寒卿和墨修竹的帐篷，离得并不算远。

只是这一路，墨修竹朝墨寒卿的帐篷走过去的时候，心中却在不停念叨着过会儿怎么劝他。

"寒卿，其实七七是你的王妃，虽然婚礼还没有举行，你们睡在一张床上，没什么事情的……"

"你看，虽然现在是夏天，夜里有点儿凉我是知道的，但这不是正好，你可以搂着七七一起睡吗？"

"我这也是为了你好，为你创造机会，大家都是男人，我懂的……"

墨修竹一边想着一边走到墨寒卿的帐篷前，看帐篷里的烛火已经熄灭，他忍不住又停住了脚步。

不会吧，这么早就睡了？他挠了挠脑袋，死死地盯着帐篷的门帘，考虑到底要不要进去。

"你放开我！"就在墨修竹犹豫的时候，帐篷里突然传出叶七七极其压抑的声音。

"不行。"紧接着，是墨寒卿低沉淡漠的声音。

"墨寒卿，你快点儿从我身上起来，你好重！"叶七七清脆的声音似乎有点儿急。

"不。"墨寒卿淡定的声音里微微带着一丝喘息。

这……这这这……墨修竹站在帐篷外，俊美的脸上瞬间便浮上一抹红晕。他们两个……该不会已经开始……那什么了吧？

虽然明知道这样子偷听是不对的，墨修竹却还是忍不住竖起了耳朵，关注帐篷里面的动静。

"墨寒卿，你……你快点儿起来……"

"不行，我起来，就变成你压着我了。"

"可是你不能一直这样压在我身上啊。"

"有什么不可以的？"

"你……你该不会想保持这个姿势直到天亮吧？"

"哦……你要是不喜欢这个姿势，我也可以换个姿势。"

"你……"

"反正我必须在上面。"

"你……"

啊啊啊啊啊！墨修竹一张脸越听越红。这也太刺激了吧！想不到叶七七那么娇小一个姑娘，骨子里竟然这么豪放，她竟然想要压皇叔啊！

不过……墨修竹一想到叶七七那瘦小的身板，心中忍不住又同情起她来。不管怎么说，有理想总是好的，只是现实太过残忍。光从体形上说，叶七七就注定是那个一辈子被压在下面的人了……墨修竹一边想着一边无奈地摇头。

"墨寒卿，你再这样我就要生气了！"

帐篷内，叶七七瞪着一双乌溜溜的大眼睛，死死地看着跪在自己身上，将自己的两只手禁锢在头顶的那个人。

"是吗？"墨寒卿微微垂眸，居高临下地看着叶七七，声音低沉地问道，"你生气会怎么样？"

"我……我……"叶七七气呼呼地看着他，半晌才憋出一句话，"我要是生气，会咬你的！"

"哦。"墨寒卿眼中闪烁着意味不明的光芒，淡薄的唇角突然勾起一抹浅浅的弧度道，"咬我哪里？嘴吗？"

"你……"叶七七一怔，想不到他竟然这么直白地说出来，一时竟然不知道该怎么回答才好。

"既然娘子这么想咬我，那为夫便勉为其难让你咬一下吧。"墨寒卿微微一笑，没等叶七七反应过来，便低下头，双唇准确地覆盖在她红润的小嘴上。

"唔……唔……"叶七七只觉一阵柔软温热的触觉停在自己的唇上，下一秒，他径直撬开了她的唇齿，将滑腻的舌探入她的口中。

"唔……嗯……"叶七七终究还是抵挡不住他温柔热情的吻，只是稍稍挣扎了一下，便彻底沦陷了。

帐篷外，墨修竹竖起耳朵听着里面传来的接吻声，原本只是红了的脸颊，一下子又红到了脖子根。不是吧……这样就开始了？他还没进去要回自己的被子呢！墨修竹有些纠结地在帐篷外转悠了几圈，只得认命地往回走。

回到自己的帐篷里，慕容鸿羽还没有睡觉。他看着墨修竹红着一张脸回来，眉毛微挑，声音低沉地道："被子没有要回来？"

"嗯。"墨修竹满眼无奈地点点头。

"被寒卿打了吗？"慕容鸿羽上下打量着墨修竹，见他衣衫完好，没有一丝皱痕，看起来也不太像被揍了一顿。

"没有……"墨修竹长长地叹了一口气，走到慕容鸿羽身边坐下，声音低低道，"我都没有进他们的帐篷。"

"为什么？"慕容鸿羽有些不解地看着他，"又不想要自己的被子了？"

"不是。"墨修竹左右看了看，突然压低了声音，凑到慕容鸿羽的身边，神秘兮兮地说道，"他俩的帐篷已经熄了烛火……"

"已经睡了？"

"嗯……不仅睡了，"墨修竹一说到这个话题，顿时露出一抹诡异又八卦的笑容，"你猜我在他们的帐篷外面听到了什么？"

慕容鸿羽转过头，看着墨修竹不怀好意的笑容，沉默片刻，摇摇头道："我不想听。"

他这句话，让原本憋着一肚子话的墨修竹一下子卡住了。那些快到嗓子眼的话，就这么不上不下地卡在那里，让他难受得要死。

"哎，你为什么不想听啊？这可是劲爆的消息啊，我告诉你啊……我……"

然而，墨修竹的话刚说到一半，慕容鸿羽修长的手指就在他的胸口飞快地点了两下，下一秒，他张大嘴，却一个字都说不出来了。

慕容鸿羽神色淡漠地看了他一眼，掀开床上唯一的一床薄被，躺进去道："我刚才已经说过，我不想听。时间不早了，我要睡了。"说完这句话，他也不看墨修竹的反应，径直闭上眼睛，面朝里侧身睡了。

喂……喂！喂？你该不会就这么睡了吧？！墨修竹坐在床榻边，瞪大了眼睛，看着慕容鸿羽的身影，一双手比画了半天，终于无奈地垂了下来。

等他登了太子之位，一定要好好报复一下慕容鸿羽！罚他干吗呢……干脆罚他去茅房打扫一个月好了！这么一想，墨修竹顿时觉得心里好受了一点儿。他随手脱去外袍，看了一眼床榻上慕容鸿羽躺着的位置，也掀了薄被，挨着他躺下来。

凭什么他皇叔就能美人在怀，而他只能靠着这个冷冰冰的慕容鸿羽呢。墨修竹就在一片怨念之中，慢慢地睡着了。

而跟墨寒卿抗争了一夜的叶七七，最终被某人吻得头晕眼花，径直睡了过去。

次日一大早，雄鹰便带着三千土匪，前来他们的驻扎营地报到。他们到的时候，那些轻骑兵正帮忙将墨寒卿和墨修竹的帐篷收起来。

跟慕容鸿羽挤了一夜的墨修竹，明显精神不太好，而跟叶七七斗了一夜、生怕夜里某人醒来继续偷袭自己的墨寒卿，看起来也不是很好。

雄鹰让三千土匪在驻扎地的外围等候，自己则带着几个手下，朝墨寒卿走来，双手抱拳道："雄鹰见过帮主夫人！"

墨寒卿听到这句话，原本就不怎么好的神色更不好了。

然而，神经大条的雄鹰完全没有注意墨寒卿脸色的变化，只是看着墨寒卿有些发黑的眼圈，迟疑了一下，大声问道："帮主夫人，你昨天夜里没有睡好吗？"

墨寒卿抬眸，死死地看着他。

"您看您都有黑眼圈了，是不是在外行军，住帐篷什么的不习惯？"雄鹰见墨寒卿不回答，以为他默认了，又继续道，"但是听说靖安王以前常年在外行军打仗，所以住帐篷什么的，应该不至于睡不好……对了，我们帮主呢？"

"呵……"叶七七一边打着哈欠，一边揉着惺忪的睡眼，从墨寒卿身后钻了出来，看着精神抖擞的雄鹰，声音中带着一丝沙哑道，"是雄鹰啊，你怎么这么早就来了？"

"你们难道不是天一亮就出发吗？"雄鹰听着叶七七的话，随口问道。

"哦……啊……是的……"叶七七挠了挠脑袋，迷糊了半天，这才想起来，点点头道，"是啊，过会儿就出发了，这不是……昨天夜里体力消耗过多，一时脑袋迷糊，还没清醒过来嘛……"

站在一边的墨修竹听到这句话，忍不住轻咳了几声。看来，寒卿是奋战了一夜啊，不然精神不会这么差。

"那帮主你没事吧，继续赶路会不会累？"雄鹰不知道叶七七指的是什么，以为她连日赶路累着了，连忙关心地问道。

"没事，咱们收拾收拾便出发吧。"叶七七摆摆手，转头看了一眼已经收拾妥当的队伍，转头对墨寒卿说道。

"嗯。"墨寒卿淡淡地点头，朝不远处正在树下吃草的马儿打了个响哨，那马儿立刻乖乖地朝这边奔来。

墨寒卿牵过马缰，拍拍马儿的脑袋，紧接着一个翻身上马，朝其他人道："准备出发。"

"好！"叶七七、墨修竹、慕容鸿羽点点头，同时朝自己的马儿打了个响哨，纷纷翻身上马。

第三章　抵达北疆

整顿好后，他们便带着四千人马，朝北边继续赶路。

只不过后面的几天，墨修竹发现，墨寒卿看起来好像一天比一天疲惫。反而叶七七，却是一天比一天精神。

啧啧啧……就算寒卿体力再好，也耐不住夜夜这样啊……墨修竹这么想着，看向墨寒卿的目光越发同情起来。

一路往北，又赶了二十多天的路，叶七七他们终于到了北疆。

北疆地域辽阔，地形多样，大片的草原连着大片的山脉，一眼望去，天高地远，苍茫一片。

叶七七拉住马儿的缰绳，看着眼前辽阔的风景，转头朝墨寒卿问道："咱们是先去烟云城吗？"

"嗯。"墨寒卿淡淡地点了点头道，"烟云城就在北疆与中原交界的地方，是我们进北疆的必经之路，再往前走不久，就到了。"

"好，那咱们继续往前吧。"叶七七看着眼前与京城完全不同的风景，异常激动。

四千人马继续走了大约半个时辰，终于看见一座巍峨的城墙出现在面前。

城墙上，苍劲有力地写着"烟云城"三个字。

墨寒卿抬头看了一眼烟云城的城门，骑着马儿，缓缓地朝守在城门两边的士兵走去。

"来者何人？"那些守在城门边的士兵，眼看四千人马伫立在城门外，顿时紧张起来。

"靖安王，墨寒卿。"墨寒卿骑在马背上，眼眸微微垂下，看着那些士兵，声音清冷地说道。

"靖安王？"那些士兵怔了一下，对看一眼，收起脸上的警惕，转而朝他恭恭敬敬道，"不知靖安王大驾光临，属下有失远迎，只是……京城的来信说，靖安王只带了一千轻骑兵前来烟云城，可是眼下……这……"

"这些是……路上自愿加入我们的人。"墨寒卿淡淡地扫了他们一眼，也不多解释。

"是。"

墨寒卿不说，那些士兵自然也不敢多问，朝两边退开，比了一个请的手势道："恭迎靖安王入城。"

"嗯。"墨寒卿轻轻地点点头，转头朝等在烟云城外的四千人马挥了挥手道，"入城。"

"是！"那四千人马异口同声地应了一声，有条不紊地跟在他身后入城。

因为早就听说靖安王要来烟云城，所以烟云城的百姓这几天特别关注城门口的动静。

此刻，突然有大队人马进城，那些百姓顿时就明白过来，这是靖安王来了。

"靖安王来了，靖安王来了，快快！去喊你家闺女来看啊！"

"那个骑着马走在最前面的就是靖安王吗？啊啊啊……果然好俊美啊……"

"我得回家喊我婆娘出来看看，靖安王来了啊！"

烟云城的百姓顿时骚动起来，奔走相告。

城门口的主干道旁边有一家小茶楼。

此时此刻，小茶楼的二楼上，一个粉雕玉琢的小女孩正趴在窗口，努力伸着脖子朝城门口看去。

"小姐，小姐，你……你要注意安全啊，身子别再往外探，会掉下去的！"跟在那小女孩身后的两个侍从，看着自家小姐拼命往外探头探脑，顿时急得汗都出来了。

"靖安王怎么还没走到咱们这儿？隔得这么远，根本看不到他长什么样子。"那小女孩嘟着一张嘴，有些不高兴地嘀咕着。

"靖安王入城，肯定要去城主府，到时候小姐不就能看见了嘛，干吗急在一时？"那侍从站在小女孩的身后，着急道。

"哎！来了来了！我看到了，是不是走在最前面的那个？唔……看样子，长得还行吧，可是这年纪，看起来好像有点儿大啊？"那小女孩看到墨寒卿，忍不住皱起眉头。

"怎么会呢，靖安王今年十七岁，小姐您今年九岁，他也就比您大八岁而已，八岁，不算什么的，您看城主比城主夫人大十三岁呢！"那侍从赶紧擦了擦额头上的汗，朝自家小姐道。

"不行，我得再看看后面的……后面的……啊——"那小女孩一边拼命往窗子外面探身，一边嘟哝，然而下一秒，她脚下一滑，整个人便朝窗户外面掉去。

"小姐！"那两个侍从顿时吓得脸都白了。

"啊啊啊——"叶七七只听见一声尖叫从不远处传来，循着声音往那边看，便看到一个小小的身影正从一座茶楼的二楼掉下来。

"小心！"叶七七惊呼一声，下意识脚尖一点，便朝那抹身影飞去。

"啊啊啊——"小女孩尖叫着，原本以为自己会摔得很疼，没想到竟然被一个温暖的怀抱接住了。

从掉入那个温暖的怀抱，到她站到地面，不过短短几秒钟的时间，然而她觉得仿佛经历了一万年那么漫长。

叶七七搂着小女孩的腰，扶着她站到地上，看着她吓得惨白的小脸，声音浅浅地问道："你没事吧？"

"我……我没事……"那小女孩看着眼前的那张脸。

那是一张清秀的脸。

那人有一双清澈明亮的眼睛。此时，那人正看着自己，眼底映出自己小小的身影。

只不过一眼，她却仿佛感到风轻云淡的天空中掠过一只飞鸟，直直地撞进自己的心底。

"没事就好。"叶七七松开搂着她的手,朝她笑了笑,打算离开。

"那个……公子你……"小女孩眼看叶七七要离开,赶忙喊了一声。

"嗯?"叶七七转过头,一脸疑惑地看着她。

"救命之恩,小女子没齿难忘,就是……就是想问公子怎么称呼?"那小女孩大概是第一次这样跟陌生人说话,一张圆润的小脸上满满的都是红晕。

"我叫小七。"叶七七笑了笑,朝她好脾气道。

"小七公子……我……我叫柳云薇,我今年九岁,你呢?"柳云薇红着一张小脸,眼巴巴地看着叶七七问道。

"啊?我?"叶七七微微一怔,有些奇怪地看着她道,"我今年十三。"

"嗯!"柳云薇用力地点点头,正准备继续说点儿什么,身后茶楼中冲出两个侍从。

"小姐!小姐!你没事吧?!"

"小姐!你有没有受伤?!"

那两个侍从一边叫着一边冲到柳云薇面前,将她上下左右仔仔细细地打量了个遍。

"我没事……但是……"柳云薇看了一眼自己的侍从,再抬头朝叶七七看去,却发现叶七七已经朝自己浅浅地笑了一下,转身走了。

少年温文尔雅的笑容,让柳云薇的一颗小心脏不由自主地乱跳起来。

"小姐,你下次不能再这样了,刚才多危险啊,要不是那位公子飞过来救了你,后果不堪设想!"柳云薇的两个侍从忍不住说教道,"万一小姐出了什么意外,我们回去可怎么跟老爷交代啊。"

"对了,方才那位救你的公子呢?我看那公子好像是跟靖安王一起入城的。"

"人都走了,你们才想起来!"柳云薇有些不高兴地看着两个侍从,郁闷道,"原本我还想好好感谢一下呢。"

"这个……"

两个侍从你看看我,我看看你,挠了挠脑袋道:"反正,那个公子是跟着靖安王入城的,这会儿肯定要往城主府去。要不咱们赶紧回去吧?这样小姐就能再见到那个公子了。"

柳云薇一听，连连点头道："说得对！那咱们赶紧回去吧！"

墨寒卿他们一路行至烟云城城主府门口，接着，便让一千轻骑兵和三千土匪先在城主府外等候，他则带着叶七七、墨修竹和慕容鸿羽进府。

烟云城城主府内富丽堂皇，建筑以及装饰都格外气派。

给他们引路的侍从带着他们到了前厅，只丢下一句"请各位在此稍作等候"，便匆匆离开了。

然而，这一等，却让他们等了许久。

叶七七看着杯中早已冷透的茶水，迟疑了一下，转头朝坐在身边的墨寒卿问道："那个烟云城的城主，是不是不打算来见咱们？"

墨寒卿转头，一双眼眸在叶七七身上扫过，声音淡淡地问道："何出此言？"

"这茶水咱们都喝了好几壶了，最后一壶也喝完了，那城主还没有出来，他是不是不想见咱们？"叶七七皱着眉头，看着空无一人的前厅，声音清脆地问道。

这么长时间，除了一开始带他们进来的侍从之外，只有给他们上茶的侍从来过。

每次他们问上茶的侍从，城主到底什么时候过来，那些侍从总是说"快了快了"，却根本没见城主的影子。

"不打算来见倒是不至于。"慕容鸿羽沉默片刻，突然道，"只是估计要让我们等许久。"

"为什么？"叶七七转过头，一脸不解地看着他问道。

"天高皇帝远，在这烟云城，自然城主最大。咱们来了这儿，官职虽比他高，但到底是强龙压不过地头蛇。"墨修竹接过慕容鸿羽的话，朝叶七七解释道。

"哦……"叶七七似懂非懂地点点头道，"你的意思就是，他想给我们一个下马威？"

"嗯。"墨寒卿淡淡地点点头。

好无聊。

叶七七一双小手托着下巴，坐在椅子上，看着前厅院子里飞过的两只麻雀。

这都什么时候了，北辰国的二十万大军已经在北疆边境示威将近一个月，这烟云城的城主还有心思搞这些小动作。

他难道不知道什么叫唇亡齿寒吗？

要是墨国都没有了，他以为这小小的烟云城能够在战乱中幸存？

墨寒卿淡淡地瞥了叶七七一眼，声音低沉道："再等一会儿，别着急。"

"哦。"叶七七无奈地撇撇嘴。

大概又等了半个时辰，烟云城城主才姗姗来迟。

"哎呀呀，不好意思，不好意思，不知有贵客来此，柳某接待来迟，还望靖安王殿下不要怪罪老臣。"伴随着一道浑厚的声音，一个圆滚滚的身体朝前厅一溜小跑地进来了。

叶七七循着声音朝那人看去。只见来人穿着一身暗红色的锦袍，上面用银丝绣着锦绣山河，他的腰间配着一块晶莹剔透的玉坠。只是那件衣服，被他圆滚滚的身体撑得几乎要爆开。

墨寒卿眯了眯眼睛，动作优雅地从椅子上站起身。

"老臣柳钱元，参见靖安王殿下，参见三皇子殿下，参见慕容小将军。"那圆滚滚的柳钱元刚一迈进前厅，便直直地朝墨寒卿他们跪了下去，声音洪亮道。

整个前厅一时寂静无声。

原本墨修竹肚子里憋着一堆不满，想要对着这烟云城的城主发泄，可是没想到，这人刚一进门，就给他们行了这么大一个礼，瞬间将他的话堵在喉咙中。毕竟，伸手不打笑脸人。

这人……

墨寒卿看着跪在地上的柳钱元，半晌没有说话。他不说话，其他人便也跟着不说话。

原本那柳钱元心中还有一些得意，想着就算自己让他们等这么久，但这么大一个礼行下来，估计他们也不好意思怪罪，然而，他话说完后，整个前厅竟然连一个回应的人都没有。不管是靖安王还是三皇子，还是慕容小将军。这几个人，连一句客气话都没有。氛围一下子变得尴尬起来。

柳钱元心里的得意也在慢慢消失。

"哦，不知道柳城主在忙些什么，竟然忙了这么久才过来见本王。"

墨寒卿目光凉凉地看着他，完全没有让他起来的意思。

"这……"柳钱元怔了一下，没想到靖安王竟然敢兴师问罪，迟疑了一下，心虚道，"方才老臣并不在家中，也是听了府中侍从来报，才急匆匆从外赶回来，让靖安王殿下等候多时，老臣罪该万死。"

"嗯。"墨寒卿目光微垂，看着跪在地上的柳钱元，淡淡地应了一声。

嗯……嗯？柳钱元猛地抬起头，一脸惊恐地看着墨寒卿。刚刚靖安王说什么？他好像什么都没说，只是淡淡地嗯了一声？那个嗯是什么意思？是表示他确实该死吗？不会吧？！他只是随口一说而已，这靖安王该不会真的想要弄死他吧？

柳钱元越想，头上的冷汗冒得越多。这一瞬，他突然想起关于靖安王的传言。那个上了战场杀敌不眨眼的靖安王，那个冷血无情的靖安王……那个颇受皇帝宠爱，圣眷甚至超过太子的靖安王。

天哪！他怎么就想着天高皇帝远，皇上管不着自己呢？这对靖安王来说，不也是天高皇帝远，皇上管不着他吗？靖安王若是此刻下令把自己杀了，还不是分分钟的事，回去，他只需要轻描淡写地朝皇上说一句，本王把人给杀了。按照皇上对他的宠爱，估计连问都不会问一句的。

柳钱元想着想着，终于意识到事情的严重性，跪在地上的两条腿，忍不住颤抖起来。

"那个……殿下？"柳钱元哆嗦着抬头喊了一声。

"嗯？"墨寒卿面无表情地应了一声。

"那个……老臣……老臣实在该死，还……还请殿下责罚老臣。"柳钱元声音中带着一丝恐惧，朝墨寒卿道。

他这一招叫以退为进。

不管怎么说，靖安王今日初次抵达烟云城，纵然有许多不满，也不至于置他于死地。

更何况他现在已经主动请罪，这种时候，难道靖安王不该展现一下他的宽宏大量吗？

墨寒卿听到柳钱元的话，又是淡淡地应了一声，他停顿片刻，继续道："本王最讨厌等人。"

柳钱元抬起头来，满眼疑惑地看着他，半晌，连连点头道："是是是，老臣该死，老臣不该让靖安王殿下等候这么长时间，老臣该死，老臣该死。"

墨寒卿目光凛冽地看着他道："该死倒是不至于。"

"是是是……"那柳钱元下意识顺着墨寒卿的话点头，然而两秒钟后，立马反应过来，赶紧摇头道，"不不不，老臣让靖安王等候多时，确实是老臣的责任，老臣该死，老臣该死。"

"死罪就罢了。"墨寒卿瞥了柳钱元一眼，将头转向前厅门外。

"多谢靖安王——"

柳钱元刚打算感谢，便听得墨寒卿声音清冷地继续道："但是活罪难逃。"

"啊？"柳钱元懵懂地看着他。

"十二，去，把他拖出去打一顿。"墨寒卿看着前厅院子里争抢食物的两只麻雀，没有一丝波澜地说道。

"是。"

一道黑色的身影突然出现在墨寒卿面前，朝他恭恭敬敬地应了一声，便转身走向跪在地上的柳钱元。

柳钱元看着朝自己走来的十二，直到十二走到他眼前，打算拎起他的衣领，他才回过神来，连哭带爬地到了墨寒卿身边，一边用力磕头，一边朝他哭诉道："靖安王殿下，靖安王殿下，是老臣的错，老臣不该让您等这么久，您……您大人不计小人过，就饶过老臣这一次吧……老臣已经一把老骨头了，实在经不住打啊……"

墨寒卿收回目光，转而看向柳钱元，淡薄的唇角微微勾了勾，声音冷冽地朝他道："饶了你？"

"殿下……"柳钱元痛哭流涕地看着他。

"方才不是已经饶了你的死罪吗？"墨寒卿的脸上绽出冰冷的笑容，柳钱元看了以后，瞬间感觉骨头仿佛被冰冻起来了。

"怎么现在活罪也想逃了？"墨寒卿目光冷冷地盯着他道，"你是不是不知道本王到底是个怎样的人？"

"老臣知道……老臣知道……"柳钱元被他吓得连连点头。

"呵，你知道？"墨寒卿冷冷一笑，"你知道以前得罪本王的那些人，都是怎么死的吗？"

"知道……知道……啊，啊？不知道……不知道……"柳钱元先是将脑袋点得跟捣蒜一样，接着又将脑袋摇得跟拨浪鼓一样。

"想体验一下吗？"墨寒卿眯起一双眼睛，看着他问道。

"不不不……"柳钱元被这几句话吓得立刻转头抱住十二的大腿，"壮士，你还是赶紧带我去院子里，打我一顿吧……"

十二满头黑线地看着他。

跟在他们家王爷身边这么多年，他还是第一次看到有人主动要求挨打。

"去。"墨寒卿冷冷地说了一个字，十二便立刻动手，拎着柳钱元的领子，朝院子里去了。

不过片刻工夫，院子里响起一阵阵的惨叫声。

"爹爹，爹爹，听说靖安王他们来咱们府中了？"

就在柳钱元叫得撕心裂肺的时候，一个稚气十足的声音从院子外面传了进来。

十二听到那个声音，怔了一下，正在猛揍柳钱元的动作也停了下来。

柳云薇刚一走进院子，便看见自家老爹被揍得鼻青眼肿，脑袋肿得快要赶上两个猪头那么大了。

"爹爹！"柳云薇吓了一跳，赶忙朝柳钱元奔去。

"女儿啊……"柳钱元被揍得痛不欲生，见自家宝贝女儿过来，正好打断那个叫十二的侍卫揍人的节奏，便忍不住搂着女儿，哭了起来。

"你是什么人，为什么要打我爹爹？"柳云薇朝站在柳钱元身边的十二瞪大了眼睛，一张晶莹剔透的小脸上，满满的都是愤怒。

"我……"十二愣了一下，看着眼前的小女孩，有些尴尬道，"我只是听从我家王爷的指令而已。"

"你家王爷？"柳云薇顺着他的目光，朝站在前厅的墨寒卿看去。

那个人，就是方才她在茶楼中看到的，骑马走在队伍最前面的人。

此刻，他神色冷峻，如同数九寒天里的冰块。

原本就对墨寒卿没什么好感的柳云薇，此刻看见他，顿时更觉讨厌。

她松开手，脚尖轻点，径直飞进前厅，指着墨寒卿的脖子朝他大声骂道："你在我们烟云城撒什么野？！你凭什么让人打我爹爹？"

墨寒卿眼眸微垂,看着小女孩指着自己鼻子骂的模样,不知道为什么,眼前竟然浮现出当年叶七七那嚣张的神色。只是可惜……眼前这人,并不是他的叶七七。

墨寒卿移开目光,面无表情地淡淡道:"十二,把这个没有礼貌的小家伙,也给本王拖出去揍一顿。"

"啊?"十二忍不住扯了扯嘴角,不是吧,这种揍小女孩的活儿,为什么又是他来做啊?

"你……你竟然还让你的侍卫打我?!"柳云薇看着一脸不耐烦的墨寒卿,忍不住气急败坏道。

墨寒卿皱着好看的眉毛,看了柳云薇一眼道:"打你又怎么样?"

"你……"柳云薇气得连话都说不出来。

"十二,去。"墨寒卿声音冷冷地又说了一次。

"是……"十二一脸无奈地放下柳钱元,朝前厅里的柳云薇走去。

"殿下……殿下,求你放过老臣的女儿吧!她今年才九岁,还是个孩子,平日里骄纵惯了,她不懂礼节,殿下,还望您原谅她一次!"柳钱元一看自己的宝贝女儿要被揍,赶紧哭着朝墨寒卿求饶。

墨寒卿冷冷地看了他一眼,不说话。

就在十二快要走到柳云薇面前时,站在旁边没说话的叶七七突然道:"十二,不许打她。"

十二一怔,飞快地在墨寒卿身上看了一眼,赶紧朝叶七七道:"是,属下遵命。"说完这句话,十二赶紧纵身一跃,消失在众人眼前,速度堪比逃命。

柳云薇微怔地看着叶七七,不明白她为什么要帮自己求情。

"七七?"墨寒卿皱着眉头,看了一眼身边的叶七七。

"她还小啊,你怎么能连这么小的女孩都打?再说她又没有做错什么。"叶七七走到柳云薇面前,转身将她拉到自己身后。

柳云薇愣愣地看着叶七七瘦小的背影。这不就是刚才救自己的那个少年吗?想不到,这个少年竟然又救了自己一次。

少年瘦弱的背影逆着光,仿佛一棵尚未长大的树苗。然而,仅仅是这样一棵树苗,却在努力为她遮风挡雨。

柳云薇看着叶七七的背影，一张小脸又红了起来，一颗小心脏在胸腔里剧烈跳动，快得几乎跳出来。

墨寒卿看着叶七七，半晌，语气缓和地道："既然你为她求情，那便放过她好了。"

墨修竹、慕容鸿羽，一脸理所当然地听着墨寒卿的这句话。

可是，柳云薇的心中却是满满的惊讶。想不到这少年竟然真的护住了自己。要知道，对面的那个人，可是传说中冷血无情的靖安王啊……

柳云薇羞红了小脸，轻轻地拽了拽叶七七的袖子，低着脑袋道："小七公子，多谢你再次救了我。"

叶七七一怔，随即笑道："这不算什么。"

"算！"柳云薇猛地抬起头，想继续跟叶七七说点儿什么，却突然看到叶七七脸上的笑容。

那笑容仿佛三月里的春光，明媚、温暖，又如同枝头上盛开的桃花，刹那间，花瓣全部掉进她的心里。

"反正……就是谢谢你……"柳云薇盯着叶七七看了一会儿，又不好意思地低下头。

"嗯，不用这么客气。"叶七七看着她红通通的小脸，觉得很好玩，便学着墨寒卿平时对自己的样子，摸了摸柳云薇的脑袋。

下一秒，柳云薇的脸更红了。

院子里，柳钱元看到墨寒卿终于放过自家的宝贝女儿，顿时感恩戴德地朝屋里的某人直磕头。

墨寒卿眼看人也教训得差不多了，这才冷冷地瞥了柳钱元一眼，甩甩袍袖，径直转身走了。

"殿下，殿下，您这是去哪儿啊……"柳钱元一看墨寒卿转身要走，心中又咯噔一下，赶忙肿着一张脸追上他，小心翼翼地赔着笑脸问道。

"既然柳城主不是很想接待我们，我们便出去找客栈。"墨寒卿冷冷地瞥了他一眼，随口道，"省得继续在这里浪费时间。"

"怎么会呢，殿下，殿下，老臣真的知错了，老臣一早就给各位安排好了住处，还望殿下不要嫌弃老臣府中简陋。"柳钱元眼看墨寒卿面无表情地朝门外走，赶紧拦住他。

墨寒卿眼眸微垂，淡淡地扫了他一眼，这才停住往外走的脚步。

"殿下，请随老臣这边来。"柳钱元肿着眼睛，朝墨寒卿比了个请的手势，示意他跟着自己走。

墨寒卿低低地哼了一声，一脸高冷地跟着他去了。

叶七七、墨修竹、慕容鸿羽他们对看一眼，默默地跟在墨寒卿身后。

柳钱元给他们安排的住处，看起来颇为气派，别的不说，光是房间便装修得极为豪华。

墨寒卿看到住处，沉默片刻，朝柳钱元道："柳城主是不是不知道本王来此是做什么的？烟云城外还驻守着我一千轻骑兵和三千士兵，柳城主让本王住在如此奢华的地方，却让本王的将士们住在城外？"

"不敢，不敢，老臣哪敢这么做啊，老臣这儿有的是地方给殿下的手下住！这一点，请殿下放心。"柳钱元一看墨寒卿又变得不高兴起来，赶紧解释道。

"既然柳城主知道本王是来做什么的，那咱们是否需要商讨一下借兵的事？"墨寒卿眼眸微眯，看着柳钱元，不冷不淡地道。

"是是是，殿下请随老臣往书房来，咱们……咱们去书房讨论可好？"

"哼。"

墨寒卿淡淡地哼了一声，一言不发地跟在柳钱元身后朝书房去了。

一直等到他们的身影消失在眼前，叶七七这才转过头，看着墨修竹和慕容鸿羽，扯了扯嘴角道："你们……靖安王在外面都是这副样子啊？"

"啊？是啊……"墨修竹点点头道，"他现在脾气已经好多了，以前脾气更差。"

"呃……"叶七七额头上忍不住滑落一大颗汗珠，将怀疑的目光转向一旁的慕容鸿羽。

得到慕容鸿羽肯定的眼神，她忍不住对墨修竹、慕容鸿羽、叶承安几人感到由衷敬佩。

那家伙脾气那么差，他们还愿意和他做朋友，由此可见，绝对是真爱啊。

这么多天日夜兼程，一路上始终在骑马，她的骨头都快散架了。这会儿，她正好利用墨寒卿跟柳城主去谈借兵的时间，回屋睡一觉。

叶七七回到屋里，径直朝大床扑去。

舒舒服服地睡了一觉，叶七七心满意足地伸着懒腰，悠悠地醒过来。

只是她刚一睁开眼睛，就看到一张白皙可爱的小脸出现在自己视线的上方。

叶七七愣了一下，分不清楚是在梦里还是已经醒来。

"小七公子，你醒啦？！"柳云薇趴在叶七七床榻边，看到她睁开眼睛，立刻笑嘻嘻地朝她问道。

"你……"叶七七的眼睛里还有一丝迷茫，她盯着柳云薇好一会儿，才回过神，一个翻身，从床榻上坐起来道，"柳云薇？你怎么来了？"

"我听侍从们说，小七公子一去房间就休息了。"柳云薇笑眯眯地看着叶七七，双手托着下巴道，"我怕小七公子醒来以后觉得饿，就去厨房让厨子做了一些点心，小七公子，你要尝尝吗？这些点心都是我们烟云城的特产哦。"

"有吃的？"

这么一说，叶七七立刻感觉胃里空荡荡的，饿得不行。

"有！"柳云薇一看叶七七对吃的感兴趣，立刻从床边站起来，转身来到桌边，拿起一个精致的食盒，走回叶七七跟前。

她将食盒放在床榻边，一层一层地打开。

里面的点心十分精致，有粉色的桃花状糕点，还有散发着牛奶香的甜点。

叶七七看着精致的点心，顿时觉得更饿了。

"小七公子，因为不知道你喜欢吃什么，所以我让厨房的人做了些平时我喜欢吃的。"柳云薇看着叶七七，一脸羞涩道，"味道可能偏甜，还望公子不要嫌弃。"

"谢谢。"叶七七抬头，看着柳云薇可爱的小脸，笑眯眯地说，随即拈起一块白色的小兔子一样的点心，放到口中。

柳云薇眨着一双圆溜溜的眼睛看着她，满心期盼地问道："怎么样？好吃吗？"

叶七七只觉入口即化，口中有股香甜的味道。

她点了点头，朝柳云薇浅浅一笑道："好吃。"

"真的吗？！"柳云薇眼睛一亮，连忙从食盒中又拿出一个树叶形状的糕点，递到叶七七面前道，"试试这个。"

叶七七接过，放进口中尝了尝。嗯……味道很清新，有淡淡的青草香，又带着丝丝花香。

"好吃。"叶七七连连点头。

柳云薇听着，一张小脸乐开了花。

叶七七将点心全部吃完，摸摸自己的肚子，朝柳云薇微笑道："点心都很好吃，谢谢你了。"

"公子，不用客气。"柳云薇小脸上仍然带着微微的红晕，有些不好意思地看着叶七七道，"公子救了云薇两次，云薇感激不尽，不过送些吃食给公子而已，公子不必言谢。"

叶七七笑了。

"公子真的觉得……那些点心好吃吗？"柳云薇低着脑袋，迟疑了一会儿，又抬起头来，看着叶七七，不太确定地问道。

"嗯？"叶七七一怔，用力点点头道，"是很好吃啊，不骗你。"

"真的吗？！"柳云薇笑容顿时灿烂，"太好了，我一直都担心公子不太爱吃甜的，因为之前我给我爹爹送这些点心，爹爹就说，这些东西太甜了，他不爱吃。"

"柳城主是这样说的吗？"叶七七忍不住笑了笑，安慰她道，"一般来说，大人好像都不太爱吃甜点。"

"嗯，好像是这样的。"柳云薇点点头，盯着叶七七好一会儿，忽然问道，"靖安王喜欢吃这些甜食吗？"

"他？"叶七七愣了一下，歪着脑袋想了想，摇摇头道，"他好像也不是很喜欢这些。"

"那就好！"柳云薇听到这个答案，忍不住长长地松了一口气。

"嗯？"叶七七满眼疑惑地看着她。

"那个……没什么，公子若是喜欢这些甜点，我让厨房的人再做一些送过来。"柳云薇笑眯眯地看着叶七七，站起身，将空食盒收拾好，声音甜甜道。

"不麻烦你了。"叶七七觉得柳云薇对自己实在热情，不过顺手救了她两次，她实在不用这么大费周章地感谢自己。

柳云薇连连摇头道："不麻烦不麻烦，我本来就爱吃甜食，所以厨房一般都备着，再说我让厨房送一些吃的过来，公子也可以和自己的朋友分享啊。"

呃……叶七七迟疑了一下，想着那几个男生好像都不是很爱吃甜点……只是她这话还没来得及说出口，柳云薇已经拿着食盒，红着脸，一溜烟儿跑了。

"公子，我过会儿再来看你。"她丢下这句话，便没了踪影。

叶七七有些无奈地笑了笑，果然还是个小孩子，这么活泼好动。

吃饱了从床榻上下来，叶七七朝屋外看了一眼，太阳还高高地挂在天上，看来她这一觉睡得也不是太久。

这么想着，她推开房门走了出去，朝离自己不远的两间房看去。墨修竹和慕容鸿羽估计也去休息了吧？

看样子，他俩还没睡醒。

叶七七有些无聊地在院子里转悠了几圈，正准备出去逛逛，柳云薇又兴冲冲地跑进院子里。

"公子，公子！"她一边叫着，一边朝叶七七跑来，进院子的时候，没有注意脚下的门槛。

叶七七眼睁睁看着她一边喊自己，一边直直地朝自己摔来。

"小心点儿！"叶七七赶忙上前一步，伸出双手，将她小小的身体抱了个满怀。

柳云薇只觉鼻息之间有股淡淡的馨香飘过，下一秒她便被一个瘦弱温暖的怀抱给抱住了。

她白皙的小脸又飞上两抹红红的云朵。

"抱……抱歉……"柳云薇站稳后，赶紧从叶七七的怀抱中钻出来，红着脸，低着脑袋，不好意思地说道。

"没事，下次走路的时候小心点儿。"叶七七揉了揉她的脑袋，朝她叮嘱道。

"嗯。"柳云薇用力点点头，心中却想着，公子真的好温柔……

叶七七看她站在那里，半天没有说话，迟疑了一下，朝她问道：

"你……来找我有什么事情吗？"

"啊，有。"柳云薇回过神，不好意思地朝叶七七笑了笑，从袍袖中掏出一块干干净净的帕子，递给她道，"公子，这是……这是我绣的帕子，嗯……那个……送给你。"

"给我？"叶七七有些疑惑地接过帕子，低头看了一眼。

白色的帕子上绣着一株简单的兰花草。

下面还有一个云字。

"嗯，这是我之前跟绣娘学的。"柳云薇害羞地看着叶七七道，"我没有什么特殊的谢礼可以送给小七公子，希望小七公子不要嫌弃。"

叶七七忍不住笑了笑，习惯性地摸摸她的脑袋道："怎么会呢，你绣得很漂亮，我很喜欢。"

"真的？！"柳云薇顿时两眼一亮。

"真的。"叶七七笑眯眯地将帕子收进袍袖中，看着柳云薇，迟疑了一下道，"你……这会儿忙不忙？"

"啊？我不忙啊。"柳云薇迷茫地看着叶七七。

"那你要是不忙，能不能带我在烟云城中走一走？"叶七七满眼期待地看着她道。

"你……你是要我带你出去吗？"柳云薇惊讶地看着叶七七问道。

"嗯。"叶七七点了点头，"就是不知道你方不方便？"

"方便，我当然方便！"柳云薇有些激动地说道，她欢快地上前，拽着叶七七的袖子，朝城主府外去了。

二人这一逛，便逛到了天黑。

回到城主府，叶七七将柳云薇送回她的住处，便回自己的院子了。

然而，她刚走到房间门口，还没来得及推门，那扇门竟然自己打开了。

下一秒，一只白皙修长的手从门内伸了出来，一把将她拽了进去。

叶七七只觉自己被一个熟悉温暖的怀抱紧紧抱住，紧接着，一道低沉清冷的声音在她的头顶响了起来："上哪儿去了？"

"我……去烟云城里随便转了转……"叶七七眨眨眼睛，刚说了这么一句，一个温柔的吻便落在她的唇上。

墨寒卿一只手捏着叶七七尖尖的下巴，另一只手扶着她纤细的腰肢，让她整个人都贴在自己的怀里，沉默无声地亲吻她。

直到两人喘不过气，他才意犹未尽地松手。

"烟云城里好玩吗？"墨寒卿搂着她，将下巴搁在她的脑袋上，声音淡淡地问道。

"好玩呀！"一提到这个，叶七七顿时高兴起来，"这里有好多京城没有的东西，街头还有好多卖艺的，我看了一下午的表演。"

"嗯。"

"对了，我有东西要送给你！"叶七七从袍袖中掏出一个奇怪的东西，递给墨寒卿。

"这是……什么？"墨寒卿迟疑地接过，上下左右仔仔细细地研究了一遍，也没看出到底是个什么东西。

"这是我做的陶土。"叶七七指着墨寒卿手中那形状不明的东西，兴奋道，"我做的是公子你哦，你看，像不像？！"

墨寒卿默默地注视着手中那坨东西，不知道该怎么回答才好。

半晌，他在叶七七期待的眼神中，僵硬地点了点头道："像……挺像的……这个鼻子，捏得特别像我。"

"公子，你指的地方是耳朵。"叶七七嘟着一张小嘴，有些不高兴道。

墨寒卿沉默了两秒，声音低沉地问道："那为什么我只有一只耳朵？"

"哦，还有一只在回来的路上被我弄掉了。"叶七七大言不惭地道，"但这些是细节问题，不影响整体。公子你看，你的气质还是玉树临风。"

墨寒卿忍不住扯了扯嘴角，半晌艰难地说道："确实，这后面的披风看起来威风凛凛。"

"公子，那是你的长发！"叶七七一脸无语地看着墨寒卿道。

墨寒卿静默两秒，径直将陶土做的小人儿揣进袍袖中道："好吧，做得很好，我很喜欢。"

"真的吗？"叶七七看着他的表情，他没有一点儿欣喜的神色啊。

"真的。"墨寒卿特别诚恳地看了她一眼，赶紧转移话题道，"柳城主已经答应借兵给我们了。"

"他同意了？"叶七七一怔，随即惊喜地看着他道。

"当然。"

"太好了，之前还在想，万一他不答应，咱们该怎样劝说他呢。"叶七七高兴地扯住墨寒卿的袍袖。

"这有什么好想的。"墨寒卿无所谓地道，"他要是不同意借兵给我们，我就杀了他，抢了他的兵权。"

叶七七顿时满头黑线地看着他。大哥，你做事情，果然简单粗暴。

大概是她嫌弃的眼神太过明显，墨寒卿微微垂眸，看了她一眼，唇角勾起，声音低沉道："还不都是跟你学的，当初你抢孔雀帮和孔雀殿的做法，给我留下了深刻的印象。"

好吧。叶七七扯了扯嘴角，歪着脑袋仔细思考了一会儿，觉得这件事要是换了她来做，的确会这么处理。

"那咱们明天就可以带上三万兵力支援慕容将军了吗？"叶七七绕到墨寒卿的另一边，仰着一颗小脑袋朝他问道。

"嗯。"墨寒卿低头，修长的手指在她粉嫩的小脸上轻轻地掐了一下，"明日一大早便出发。"

"好吧，那咱们早点儿睡！"叶七七径直奔到床榻上，一个翻身上床，拍了拍身边的位置，朝墨寒卿高兴道。

墨寒卿有些无奈地摇摇头。

叶七七已经开始脱外袍，一方白色的帕子瞬间掉落。

"这是什么？"墨寒卿眼看那块帕子飘到脚边，便弯腰将帕子捡起来，瞄了一眼。

"啊，是柳云薇送给我的手帕。"叶七七看着墨寒卿将那块帕子捡起来，随口答道。

墨寒卿眼眸微垂，看着帕子，沉默片刻，微微抖开，盯着上面绣的云字，迟疑着问道："定情信物？"

"啊？"叶七七不解地看着他。

"那个柳云薇，该不会以为你是个男人，又救了她几次，就爱上你了吧？"墨寒卿抬起头来，看着叶七七，声音低沉地问道。

"呃……不会吧？"叶七七愣了一下，"她才九岁，还是个孩子。"

"当年是谁五岁的时候就盯着我不放的？"墨寒卿眯了眯眼睛，看着叶七七问道。

"听说她还给你送吃的？"墨寒卿沉默片刻，又朝叶七七继续问道。

"呃……这个……"叶七七想了想，点点头道，"是啊，不过是一些点心而已，她送来许多，还说可以分给大家吃。"

墨寒卿神色复杂地看了她一眼，却没有说什么。

叶七七坐在床榻上，歪着脑袋看着他，等了半天，见他始终不说话，忍不住问道："公子，你怎么了？"

墨寒卿轻轻地叹了一口气，走到叶七七身边坐下，摸摸她的脑袋道："你怎么这么受女孩子欢迎？"

"啊？"叶七七一脸不解地看着他。

"那个宫魅，非要做你的小妾，现在又多了个柳云薇。"墨寒卿颇为无奈地看着她，声音低沉道，"怎么不管什么年龄段的女子，都会喜欢你？"

"你……你想多了吧？"叶七七满头黑线地看着他道，"我觉得柳云薇就是觉得我跟她年纪差不多，算个玩伴而已。"

"哦，那宫魅呢？她可是你名正言顺的小妾。"墨寒卿冷脸看着她，"还是在孔雀殿诸多长老的见证下。"

"那你不也是我名正言顺的殿主夫人嘛。"叶七七撇撇嘴，不认同道，"再说了，你知道我是女的就行，她们再怎么喜欢我，我也不可能跟她们发展出什么来啊。"

"呵，那倒是。"墨寒卿长臂一伸，径直将叶七七揽进怀里，惩罚似的低头吻住她红润的唇瓣，轻轻地啃着，"别忘了，你是本王的王妃。"

"唔……你……"叶七七瞪大眼睛，想要挣扎，最终还是放弃了。

这人啊，该不会是吃醋了吧？堂堂一个靖安王，竟然跟一个九岁的小女孩吃醋，说出去会被别人笑掉大牙。

似乎察觉到某人不专心，墨寒卿微微睁开眼睛，稍一用力，便在叶七七唇瓣上咬了一下。

"嘶——疼！"叶七七的大眼睛里氤氲出一层淡淡的雾气。

"认真点儿……"墨寒卿咬过她粉嫩的唇瓣，又轻轻地舔了一下。

"唔……"叶七七眨眨眼睛，可怜兮兮地看着他。

待墨寒卿意犹未尽地吻完，叶七七那张白皙粉嫩的小脸上，满满的都是红晕。那双圆润的眼眸也水汪汪的。

墨寒卿沉默了几秒，突然站起来，缓缓地朝房外走去："我突然想起来，还有一些关于明日行军的细节要与柳城主商讨，你先睡吧。"

"啊？"叶七七满眼疑惑地看着他，还没反应过来，他已经消失在房门后了。

明日行军的细节？难道那个柳城主明日也要跟着他们一起去北疆吗？叶七七带着满肚子的疑惑，躺在床榻上，等了许久，直到她迷迷糊糊地睡着了，墨寒卿都没有回来。

第二日，天还没有亮，叶七七在睡梦中翻了个身，手一甩，突然碰到一个软软的东西。

嗯？这是什么？叶七七随手捏了几下，心中一惊，下意识睁开眼，朝手摸的方向看去。

与此同时，被叶七七摸醒的墨寒卿，也睁开眼，迷茫地朝睡在自己身边的人看去。

两人视线交会的瞬间，墨寒卿清醒过来。他盯着叶七七一会儿，视线缓缓下移，落在某人放在自己某处的那只手上。叶七七也默默地低头，看着自己的那只手。整个房间里，一时安静得不行。

半晌，叶七七朝墨寒卿尴尬地笑了笑，飞快地缩回小手，结结巴巴地道："那个……早啊，你……你醒了啊？"

墨寒卿沉默着，没有说话。

"那什么，那个……手感好像跟小时候不太一样了啊……"叶七七见墨寒卿不搭理自己，只得拼命地找话说。

墨寒卿依然沉默着，没有说话。

"呃……那个……喀，咱们是不是快出发了，我……我先起床穿衣服了！"叶七七被墨寒卿的沉默弄得心里没底，想了半天，只丢下这么一句话，便飞快地从床上爬起来，拿过挂在床头的衣服，迅速跑了。

整个房间里，只剩下墨寒卿一人。

叶七七穿好衣服，又在柳城主的热情招待下，跟墨修竹、慕容鸿羽一起用了早膳。只是他们早膳都吃完了，墨寒卿还是没有出来。

墨修竹疑惑地看着叶七七，忍不住奇怪道："寒卿呢？怎么还没出来，

92

他在干吗？"

"呃……我也不知道。"叶七七摇摇头，心虚道。

"总不至于还在睡吧？"慕容鸿羽皱了皱眉，看着墨寒卿的房间，声音低沉地问道。

"应该不会，我起床的时候，他已经醒了。"叶七七想了想，很认真地回答道。

"那他为什么不出来跟我们一起用早膳？"墨修竹继续问道。

"这个……"叶七七憋了半天，终于声音低低地道，"也许他……心情不好？"

"心情不好？为什么？"慕容鸿羽转过头来，看着叶七七道，"你们两个吵架了？"

"没有。"叶七七扁了扁嘴，低着脑袋，沉默了好久，才小声道，"可能是因为……我早上不小心摸了他不让我摸的地方……"

墨修竹和慕容鸿羽听到这句话后，忍不住对视了一眼。

"他不让你摸的地方？"

"你在说什么啊？"

两人的眼睛里写满了问号。

"就是……"叶七七迟疑要不要把这事告诉墨修竹和慕容鸿羽。

"就是什么？"墨修竹和慕容鸿羽满眼疑惑地看着她问道。

"就是……"叶七七正准备问问他们，是不是每个男人都不让人碰那里，旁边的门吱呀一声被推开。

墨寒卿阴沉着一张脸，从房里缓缓地走了出来。

"寒卿！"

"寒卿。"

墨修竹和慕容鸿羽看到他出来，同时迎了上去。

墨寒卿眯了眯眼睛，看了墨修竹一眼，声音冷冷地道："叫我皇叔。"简单四个字，噎得墨修竹半晌没出声。

"公子……"叶七七有些心虚地看了他一眼。他心情非常不好，难道还在为刚才的事生气？

墨寒卿淡淡地瞥了叶七七一眼，转过身，朝院子外走去。

墨修竹和慕容鸿羽一脸惊讶地看着彼此。不是吧，寒卿竟然连七七都不理了？

城主府外，三万士兵已经聚齐，等候出发。

而之前墨寒卿他们带来的一千轻骑兵和三千土匪，也全部站在那里，等候墨寒卿发号施令。

墨寒卿走出城主府，看了一眼三万四千人，神色冰冷地说了一句出发，便牵过自己的坐骑，翻身上马，理都没有理站在身边的柳钱元，径直朝城外而去。

墨修竹和慕容鸿羽看着眼前这一幕，扯了扯嘴角，转过头来，跟柳钱元打了声招呼，便各自上马，牵起缰绳，朝城外去了。

叶七七跟在两人身后，刚坐上自己的那匹马，就听得身后传来清脆的喊声："小七公子。"

"嗯？"叶七七转过头，一眼便看到柳云薇双手拎着裙摆，朝自己匆忙跑来。

"怎么了？"叶七七坐在马背上，居高临下地看着气喘吁吁跑到自己面前的柳云薇，随口问道。

"小七公子，这个，送给你。"柳云薇涨红了一张小脸，举着一个红色的护身符，递到叶七七面前。

"这是？"叶七七接过她递来的护身符，奇怪地看了一眼。

"这是我去城中寺庙为你求的平安符。"柳云薇仰着圆圆的小脸，看着坐在马背上意气风发的叶七七，红着脸道，"小七公子，战场凶险，你……你要多保重……"

"好，谢谢。"叶七七认真朝柳云薇道了声谢。

"嗯。"柳云薇红着小脸点了点头，转身又从身后侍从手中接过一个食盒，递给叶七七道，"公子，这是我让厨房为你准备的点心，你要是路上饿了，可以吃。"

叶七七微微一怔，接过打开一看，里面都是刚做好的点心，她低下头，迟疑了一下，朝柳云薇道："你……为什么要对我这么好？"

柳云薇看着骑在马背上的叶七七。叶七七沐浴在璀璨的阳光中，即便柳云薇看不清楚她的容颜，但那双清澈明亮的眼睛，却映出她小小的身影。

94

"因为……"柳云薇只觉一颗心在胸腔里飞快地跳着，深吸一口气，鼓足勇气，朝叶七七声音清脆道，"因为喜欢你，所以想对你好。"

叶七七听到这句话，整个人都愣住了。她……刚刚说……喜欢自己？

叶七七低头，看着站在地上的小女孩，她圆溜溜的眼睛里流露出满满的期盼，红通通的小脸写满羞涩与勇敢。

"公子……你……你有那么一点点喜欢我吗？"柳云薇憋了半天，小声问道。

"我……"叶七七迟疑了一下，沉默片刻，才朝她笑了笑，淡淡地道，"我有喜欢的人了。"

"是吗……"柳云薇脸上瞬间写满失望。

就在叶七七想着要怎么安慰她的时候，柳云薇看着叶七七，小声问道："那……那要是我努力一点儿，公子你会喜欢我吗？"

"我……已经有婚约了。"叶七七十分婉转地拒绝。

"当小妾也不可以吗？"柳云薇可怜兮兮地盯着叶七七，声音弱弱地问道。

"我……小妾也有了……"叶七七顿时觉得有些头疼，不知道为什么，她竟然想起之前那个非要当自己小妾的宫魅。

然而，柳云薇听到这句话，眼睛瞬间亮了一下："公子既然已经有了小妾，应该不会介意再多一个小妾吧？"

"啊？"叶七七瞠目结舌地看着她。

"我也要做公子的小妾！"柳云薇站在地上，信誓旦旦地看着叶七七，"公子放心，我一定不会跟两位姐姐争风吃醋，公子，只要你喜欢我做的点心就好。公子，你愿意让我当你的小妾吗？公子……公子……"柳云薇一声又一声地喊着叶七七。

叶七七只觉得想哭。为什么……会有这么多姑娘喜欢自己啊？

"公子？"柳云薇见叶七七没有回答，又喊了她一声。

"我……我考虑一下……"叶七七艰难地朝柳云薇说道。

"嗯，好！"柳云薇高兴地点了点头，朝坐在马背上的叶七七挥了挥手道，"那公子你一定要认真考虑，等你从前线回来，千万不要忘了给我回复！"

"好……"叶七七扯了扯嘴角，艰难地点了点头。

"公子，一路顺风。"柳云薇笑眯眯地朝她喊道。

叶七七有些无奈地看了她一眼，点了点头，拽了拽缰绳，骑着马，朝墨修竹和慕容鸿羽追了过去。

待她终于追上他俩，墨修竹转头看了叶七七一眼，又往后看了一眼依然站在城主府门口没有离去的柳云薇，八卦兮兮地道："小七七，那个柳城主的女儿是不是看上你了？"

慕容鸿羽听到墨修竹的话，也转过头来，朝叶七七看去。

"唉……"叶七七叹了一口气，实在不想讨论这个问题。

"唉……"墨修竹也跟着叹了一口气，摇摇头道，"何必呢，放着我跟鸿羽这两个美男子不要，非要一个女扮男装的家伙。"

慕容鸿羽瞥了墨修竹一眼，不说话。

叶七七白了墨修竹一眼，甩了甩缰绳，往前追赶墨寒卿。

他们带着三万四千人的大军，又继续朝北走了七天，终于抵达前线。早就听说墨寒卿的援军要过来，慕容大将军早早便在驿道上候着他们。眼看墨寒卿骑在马上，朝他们这边而来，慕容大将军顿时激动地策马迎了上来。

墨寒卿远远地看着慕容大将军，挥了挥手，示意身后的三万大军停下。

慕容大将军行至墨寒卿跟前，翻身下马，朝墨寒卿单膝下跪，行礼道："见过靖安王！"

"慕容将军免礼。"墨寒卿坐在马背上，声音清冷。

"是。"慕容大将军起身笑道，"终于把靖安王殿下盼来了，这段时间，北辰国加强了兵力，靖安王殿下若是再不来，我们就撑不住了。"

"他们增加兵力了？"墨寒卿皱着秀气的眉，看着慕容将军，声音低沉地问道。

"是。"慕容将军点了点头，朝墨寒卿做了一个请的手势道，"还请殿下随属下到军帐一叙。"

"嗯。"墨寒卿淡淡地点了点头，转头看了一眼跟在身后的墨修竹，朝他淡淡道，"修竹，你去把我们带来的援军安置一下，我跟慕容将军有事商量。"

"好。"墨修竹点了点头。

墨寒卿转头看了一眼慕容鸿羽，沉默片刻，继续道："鸿羽也跟我一起来吧。"

"好。"慕容鸿羽拽了拽缰绳，朝站在墨寒卿对面的慕容大将军双手抱拳，行了个礼道，"父亲。"

"鸿羽来了啊。"慕容大将军欣慰地看了慕容鸿羽一眼，点点头道，"两年不见，长高了不少。"

"是。"慕容鸿羽点点头，并没有多说什么。

墨寒卿又看了一眼坐在马背上的叶七七，唇瓣微微动了动，终究还是收回目光，一个字都没说。

"慕容将军，麻烦给我的贴身护卫安排一个住的地方。"墨寒卿朝慕容大将军声音淡淡道。

"啊？"慕容大将军愣了一下，顺着墨寒卿的目光朝叶七七看去。

那骑在马背上的少年瘦瘦小小的，大概因为长时间赶路又风餐露宿，她的脸看起来越发清减，一双眼睛在那张巴掌大的小脸上显得更大了。

"这……贴身护卫？"慕容大将军迟疑道，"那……将她安排在靖安王的帐篷中，可好？"

"不好。"墨寒卿想都没想就回绝了。

"啊？"慕容大将军一愣，不好？贴身护卫不跟着您贴身伺候吗？

不过听说靖安王向来性子清冷，不愿与人同住也是正常的。

可毕竟是靖安王殿下的贴身护卫，总不好让她跟普通士兵住在一起吧？

"那……要不安排跟修竹、鸿羽他们住一起？"慕容大将军迟疑着又提出一个建议。

墨寒卿皱了皱眉，声音清冷地道："不行。"

"也不行？"慕容大将军扯了扯嘴角，无语道，"那只能跟普通士兵挤在一起了，他们都是三十人睡一个帐篷的……"

墨寒卿顿时脸色难看起来："不可以。"

"那……"慕容大将军有些头疼道，"那殿下打算怎么安排？"

"难道就没有单独的帐篷吗？"墨寒卿皱着眉头问道。

"这……"慕容将军有些为难，"咱们这北疆，本就资源匮乏，帐篷什么的已算稀有物资，一般只有主帅才可以睡。殿下，您那个单独帐篷，还是属下搬出来后重新布置过让给您的，属下打算去跟鸿羽他们挤一挤。"

墨寒卿有些无语。

叶七七在后面，不太能听清他们说什么，只觉得墨寒卿脸色不太好。

"那殿下……"慕容大将军正想着该怎么继续，墨寒卿突然冷冷地道，"那就把本王的帐篷给她睡，本王跟你们一起挤修竹的帐篷。"

"这……这万万不可啊！"慕容大将军惊慌失措地朝墨寒卿连连摆手。

"就这样。"墨寒卿冷冷地丢下一句，便朝军营里走去。

"可是……这……"慕容大将军回头看了叶七七一眼，不知为什么，突然想起几个月前从京城流传过来的八卦。

他们地处北疆，离京城远，对于京城里的流言，经常是几个月后才当大事一样讨论。

眼下，慕容大将军不知道为什么，想起关于靖安王殿下好男风的传言。

传说靖安王殿下新收了一个贴身护卫，那护卫眉清目秀，颇惹人怜爱，就连向来冷酷无情的靖安王都特别照顾。

慕容大将军转头看了叶七七一眼，总觉这瘦小的少年越看越像传闻中的那个人。

这么一想，慕容大将军连忙吩咐身边的人去安排叶七七，而他跟着墨寒卿朝军帐走去。

叶七七满眼疑惑地看着那个朝自己走过来的士兵，听他说要带自己去帐篷休息，迟疑着点了点头，又问道："那靖安王呢？"

"靖安王殿下说要跟慕容将军去讨论军情。"士兵大概听到了墨寒卿和慕容将军之间的对话，对叶七七说话比较客气。

"哦。"叶七七点点头，想了想，又道，"那他住在哪儿？"

这几天，墨寒卿自始至终没有跟她说话，就连夜里，都是跟墨修竹和慕容鸿羽住一起。也不知道，他的气消了没有……她不就是不小心摸了一下……那里吗……

"公子是问靖安王殿下吗？"士兵看着叶七七随口问道。

"嗯。"叶七七点点头。

"靖安王殿下今夜大概和三皇子，还有慕容小将军他们住在一起。"那士兵客客气气地对叶七七说了一声。

98

"为什么？主帅没有自己的帐篷吗？"叶七七有些不解地问道。

"有啊，殿下让给你了啊。"

"为什么？"

"呃……这个……"士兵支支吾吾。

"为什么？"叶七七追问了一句。

"这……那……刚才好像听殿下说、说他不想跟你住在一起……"那士兵尴尬地说道。

叶七七咬了咬嘴唇。他果然还在生气！可这气都生了好几天了，怎么还没消呢？

"那个……公子？"那士兵眼看叶七七不说话，又低低地喊了她一声，"你……你还是先随我去帐篷休息吧。"

"哦……好……"叶七七回过神，跟墨修竹和雄鹰说了一声，便跟在士兵身后，朝帐篷的方向去了。

墨修竹和雄鹰带着三万四千人跟着另外一名士兵去安营扎寨。

北疆的战况确实太过激烈。

叶七七自从在帐篷里住下来，好几天都没有看见过墨寒卿。

慕容鸿羽也是整天看不到人影，倒是墨修竹，天天在军营里晃来晃去。

就这么过了几天，叶七七终于忍不住，抓住墨修竹的袖子，郁闷地问："墨寒卿人呢？"

"寒卿？"墨修竹看着叶七七，摊了摊手道："不知道啊，我也好几天没看到他了。"

"他难道不跟你住一个帐篷吗？"

"是，但每天我还没醒，他就出去了。晚上我睡着了，也不知道他什么时候回来的。"墨修竹一脸无奈道。

叶七七无奈地叹了一口气，转身打算离开。

"哎，不过，我今天早上听到寒卿跟慕容大将军说，这两天战况缓和了一点儿，兴许今天他回来得早一点儿。"墨修竹看着叶七七满脸失望的样子，想了想，总算给了她一个好消息。

"真的？"叶七七两眼发光。

"应该是，晚上你可以来我们帐篷看看。"墨修竹点点头道。

"好。"叶七七欢快地应了一声，又想想自己的"大业"即将完成，于是同墨修竹道了别，飞快地跑了。

夕阳西下。

叶七七长长地松了一口气。也不知道公子会不会喜欢这个。叶七七又仔细端详了一会儿，便将东西揣进袍袖中，欢喜地朝慕容大将军的帐篷奔去。

远远地，在帐篷外面，她便看到帐篷中的火光，晃动的烛光倒映出几个人影。看来今日墨修竹说的是真的，公子果然回来得比较早。

叶七七加快脚步，朝帐篷而去。守在帐篷外的士兵看见她，正准备通报，叶七七连忙比了一个嘘声的动作。几个士兵你看看我，我看看你，想了想，没有说话。

叶七七笑眯眯地走到帐篷门口，刚准备掀开门帘，便听到慕容大将军的声音传了出来："不行，殿下的这个主意，我不同意！去北辰军中直取对方将领的首级太危险了，派别人去可以，殿下若是想自己去，属下坚决不同意！"

"难道慕容将军有更好的人选？"墨寒卿清冷的声音从帐篷中传了出来。

"没有。"慕容大将军底气十足地朝墨寒卿道，"就算属下没有更好的人选，也不同意让殿下去！反正，说什么也不行！"

"若是本王执意要去呢？"

帐篷内，慕容大将军一时没有说话，紧接着下一秒，叶七七便听到扑通一声，是跪地的声音。

"属下还请殿下三思！北辰大军有二十万之多，殿下想从二十万大军中取一人首级，几乎是不可能完成的任务。万一殿下有什么闪失，咱们这十一万大军该由谁来领导？！"慕容大将军顿了顿，继续道，"更何况，若是皇上知道，怕也不会同意。"

"慕容将军也知道，我军已苦苦支撑十多天了。"墨寒卿清冷道，"以十一万军力对抗敌方二十万兵力，只能速战速决，若是拖久了，最终还是兵力强盛的一方获胜。"

"可是……"方才底气十足的慕容大将军听到这话，一下子迟疑起来。

叶七七正犹豫要不要进去，墨寒卿突然转头，隔着门帘警惕道："谁在外面？！"

呃……好像被发现了……叶七七扯了扯嘴角，硬着头皮掀开门帘，尴尬道："那个……是我……"

众人顿时转过头，朝她看去。

"七七？"墨寒卿严峻的表情终于缓和了一点儿，目光深沉地盯着叶七七，声音淡淡地道，"有什么事吗？"

"我……"叶七七看着站在沙盘旁的墨寒卿。十几天没有见面，他似乎瘦了些。大概因为这些日子在战场上，他白皙如玉的皮肤变成浅浅的小麦色，唯一没变的，是乌黑清澈的眼睛。

"我……没什么，就是……感觉好长时间没看到你了……"叶七七看着墨寒卿严肃的样子，不知为什么，心中竟然生出生疏的感觉。那种感觉让她有一丝隐隐的不安。

慕容大将军和慕容鸿羽还有墨修竹几个，对视几眼，低下头，没有说话。

墨寒卿却是直直地看着叶七七。叶七七察觉刚才那句话似乎有些不妥，于是扯了扯嘴角，尴尬地笑了笑，缩回脑袋道："我不打扰你们，先回帐篷了。"说完，她便飞快地丢下门帘，转身跑了。

帐篷内，依然没有人说话。

半晌，墨寒卿轻轻地叹了口气，朝慕容大将军、墨修竹他们说了声"我去去就来"，便掀了帐篷门帘，径直出去了。

慕容大将军懵懂地看着墨寒卿的身影消失在门帘后，半晌没有反应过来。这是什么情况……殿下竟然说走就走？就因为那个小护卫说，自己已经好长时间没有看到他了？如此看来，殿下和那小护卫的关系，果然非同一般！

叶七七一路跑回自己的帐篷，径直扑到桌旁。她随手拿起桌上的水壶，给自己倒了一杯水，拿起杯子送到嘴边的时候，却又觉得一阵莫名心慌。殿下刚才看起来好凶……他该不会真的跟自己生气了吧……他会不会以后都不理自己了……

就在叶七七端着茶杯胡思乱想的时候，帐篷的门帘突然被掀开。叶七七转头看去。一个清瘦修长的身影缓缓走了进来。

　　叶七七愣了一下，随即喊了一声："公子？"

　　墨寒卿淡淡地应了一声，面无表情地走到她身边，在她对面的椅子上坐下。

　　"你……你怎么来了？"叶七七满眼疑惑地看着他。他不是还在跟慕容大将军讨论军情吗？这么快就讨论完了？

　　墨寒卿看着她，没有说话。

　　叶七七迟疑了一下，小声问道："那个……你是不是还在生气啊？我那天早上，真的不是故意的……你、你别放在心上，我保证以后没有你的同意，绝对绝对不乱碰你，好不好？"

　　墨寒卿直直地看着她，半晌声音清冷地问道："想我了？"

　　"啊？"叶七七一时没有反应过来。

　　"我说，你想我了吗？"墨寒卿薄唇轻启，朝叶七七缓缓地问道。

　　"我……"叶七七涨红了小脸。

　　"过来。"墨寒卿端坐在椅子上，面无表情地吐出两个字。

　　叶七七乖乖地站起身，朝墨寒卿走去。她刚走到他面前，还没来得及问他为什么喊她过来，他便伸出一只手，拽住她纤细的手腕，稍一用力，将她整个人拽进怀里。那一瞬，她的鼻息间都是他身上特有的清冷味道。

　　墨寒卿将她瘦小的身子紧紧环在怀里，安静地抱着她，声音闷闷地道："我没有生气。"

　　"嗯？"叶七七将脑袋埋在他的胸口，听着他沉稳有力的心跳，疑惑地应了一声。

　　"我只是……"墨寒卿顿了顿，却没有继续往下说。

　　"你只是什么？"叶七七从他怀中抬起头，满眼疑惑地看着他。

　　"没什么。"墨寒卿沉默片刻，揉了揉她毛茸茸的脑袋道，"你是不是想我了？"

　　叶七七小脸上瞬间浮现两抹红晕，咬了咬嘴唇，不好意思地点点头。

　　"嗯，我也想你。"墨寒卿重新将她拥入怀中，低头在她耳边轻轻道。

　　他温热的气息喷洒在她的脸上，声音带着一丝蛊惑，低低地、沉沉地钻入她的耳朵，有种痒痒的感觉。叶七七忍不住侧了侧脑袋。

"我只能陪你一会儿，慕容大将军那边，我还有事情要和他商量。"墨寒卿抱着她安静地坐了一会儿，声音低低道。

"嗯。"叶七七点点头，在他怀里乖乖地趴了一会儿，突然直起身，从袍袖中拿出一块帕子，递给墨寒卿道，"对了，公子，我有一样东西要送给你！"

"什么？"墨寒卿低头看了一眼，发现是一块帕子。他将帕子摊开，勉强可以看到上面绣着几座高山，以及人字形的大雁。而帕子右下角，歪歪扭扭地绣着七七两个字。

墨寒卿仔细端详着帕子，半晌迟疑着问道："你这绣的……是山上飞着一大群鸟？"

叶七七满头黑线，无语地看着墨寒卿，扯了扯嘴角道："什么山上飞着一大群鸟，我那是绣的竹子啊！"

"竹子？"墨寒卿奇怪道，"这些不是大雁吗？"

"不是，这是竹叶！"叶七七小脸涨得通红，看着墨寒卿道，"就是……竹叶绣得有点儿分散而已。"

"那竹身呢？"墨寒卿继续问道。

"这儿啊……"叶七七指着几座高山，朝墨寒卿郁闷道。

你这……竹子的腰，弯得也太厉害了吧？墨寒卿眼里满满的都是不敢置信。

他点点头，认真想了想，又觉得有些不对劲："那你为什么要绣竹子送给我？"

"因为……君子如修竹啊！"叶七七很快地回答道。

"修竹？"墨寒卿忍不住眯了眯眼睛，目光危险地看着叶七七。

叶七七这才发现，好像跟墨修竹撞名了啊……她有些懊恼，绣的时候怎么没有想到呢！

"还给我！"叶七七去抢墨寒卿手中的帕子，声音闷闷地道，"我重绣一个。"

"不行。"墨寒卿眼明手快地躲过叶七七的小手，认真将帕子叠好，收进怀里，"娘子的心意，我会好好珍惜。"

叶七七无语地看着他，扁了扁嘴，没说话。

"好了，你早点儿睡吧，我还有事情要跟慕容大将军商量。"墨寒卿低头，在她红润的唇瓣上轻轻地啄了一下，摸摸她的脑袋，起身准备离开。

"公子，你……"叶七七连忙出声喊住他。

"嗯？"墨寒卿转头看向她。

"你……你要去北辰国的军营，刺杀他们的首领吗？"叶七七咬了咬唇，朝他问道。

墨寒卿沉默片刻，点了点头。

"什么时候去？"叶七七眼睛里闪烁着兴奋的光芒。

墨寒卿蹙了蹙眉，看着叶七七一脸兴奋的神色，道："你要干吗？"

"我想跟你一起去！"叶七七凑到墨寒卿身边，眨着一双大眼睛，看着他道。

"不行。"墨寒卿想都没想就拒绝了，"北辰国二十万兵力驻扎在边境，我知道你武功很厉害，但是想从二十万大军中取对方首领的首级，这不是开玩笑。"

叶七七眨眨眼睛，扁了扁嘴道："你也知道不是开玩笑，那还一个人去？"

墨寒卿看着她，一时没有说话。

"再说，你去找慕容大将军商量，他肯定不会同意。"叶七七眼睛转了转，一脸坏笑地朝墨寒卿道，"你跟他住在一个帐篷里，夜里你不论有什么动静，他都会知道。"

"所以呢？"墨寒卿朝她挑了挑眉。

"所以，你要是带我去，我就帮你摆脱慕容大将军。"

"……不行。"墨寒卿皱着眉，想都没想，又拒绝了。

"你要是不带我去，我就自己去！"叶七七小手叉着腰，朝墨寒卿气鼓鼓地道，"反正我一个人住在这帐篷里，夜里出去也没人知道，到时候，说不定我们还能在北辰国将军的帐篷中来一个偶遇呢。"

墨寒卿听着她的话，好看的眉毛越皱越紧。

"你再仔细想一想，要不要带我去。"叶七七朝他做了个鬼脸。

帐篷里一片安静。

许久，墨寒卿才无奈道："好吧，到时候你一定要紧紧跟着我。"

"好！"叶七七顿时开心得连连点头。

墨寒卿叹了一口气，摸摸叶七七的脑袋，沉默片刻，继续道："所以你打算怎么帮我摆脱慕容大将军？"

"这个简单，你说今天晚上睡在我的帐篷就好。"叶七七笑眯眯地凑到墨寒卿跟前，小声在他耳边说了几句，拍拍他的肩膀，朝他眨了眨眼睛。

墨寒卿沉吟了一会儿，点了点头，转身出去了。

第四章　她受伤了

是夜。

墨修竹看着准备休息的慕容大将军，迟疑了一下，忍不住道："寒卿放弃去刺杀敌方首领的计划了？"

慕容大将军皱着眉，声音浑厚道："他虽是这么跟我说的，但不知道为什么，我这心里总觉得有些奇怪。"

"是啊。"墨修竹点点头道，"他这人，决定要做的事很少会更改。"

慕容大将军点了点头道："不行，我得去殿下帐中看看，万一他偷偷去了怎么办。"

"我陪你去！"墨修竹连忙丢下手中的茶杯，起身道。

"嗯。"慕容大将军点点头，将目光转向帐篷里的另一个人——慕容鸿羽。

正坐在桌前看兵书的慕容鸿羽察觉到父亲的目光，抬起头，看了一眼站在门口的两人，声音淡淡地道："我不去，你们自己去吧。"

慕容大将军恨铁不成钢地瞪了他一眼，二话不说，带着墨修竹便出去了。

他二人行至叶七七和墨寒卿的帐篷前，刚一靠近，就看到旁边巡逻的士兵打算朝他俩行礼。慕容大将军连忙打了个手势，示意他们让开。那队士兵愣了一下，随即悄无声息地退下。

夜色已深。

军营中有篝火噼里啪啦地响着。

墨修竹抬头看了一眼叶七七和墨寒卿的帐篷。里面隐隐有火光透出来，看起来是有人的样子。

慕容大将军凑到墨修竹身边，压低声音道："好像殿下还在帐篷里。"

"也有可能只是点着烛火。"墨修竹想了想，小声道，"咱们还是靠近了看看。"

"走。"慕容大将军点点头，朝墨修竹说了一声，便压低身子，小心翼翼地朝帐篷靠了过去。

帐篷中，叶七七和墨寒卿正神色警惕地听着外面的动静。

"来了来了。"叶七七拽了拽墨寒卿的袍袖，小声地朝他道。

"我听到了。"墨寒卿淡定地应了一声。

"那咱们开始？"叶七七坏笑地朝他问道。

"你确定……"墨寒卿迟疑了一下，对于她的提议，还是觉得不太靠谱。

"确定，确定，来吧！"叶七七拽着墨寒卿走回帐篷中央，轻咳了两声，突然大声道："殿下……不要这样，这样不太好吧……"

墨寒卿满头黑线地看着她，嘴唇动了动，终究一个字都说不出来。

叶七七抬头，一双大眼睛瞪着他，拽了拽他的袍袖。

墨寒卿沉默两秒，无奈道："没事。"

"可是，这毕竟是在军营之中啊……"叶七七见他终于说话，立刻接下去道，"这里来来往往这么多巡逻的士兵呢。"

"嗯。"墨寒卿淡淡应了一声，"你若是担心，我便让他们都退下。"

墨修竹和慕容大将军赶紧停了下来，转身找了个地方藏起来。

下一秒，两人便看到墨寒卿从帐篷中走出来，朝站在门口的卫兵低声说了些什么，那卫兵点了点头，带着其他人退下。

"他们要干吗？"慕容大将军警惕地看着墨寒卿的帐篷，把卫兵都撤走，这是准备跑的节奏啊！

"不知道……"墨修竹摇了摇头,眼看墨寒卿又回到帐篷里,赶紧跟慕容大将军凑过去。

这一次,他们刚靠近帐篷,便听到里面有声音传出来:"不可以,殿下……不可以这样……"

"嗯。"墨寒卿的声音听起来很低沉,也很清冷,没有任何情绪。

"殿下……你……你别撕我衣服啊……"叶七七一边竖着耳朵听外面的动静,一边声音慌乱地说道。

墨寒卿有些无语地坐在桌子旁边,看着对面的叶七七,忍不住扶额。

叶七七一边说着,一边随便拿了一件衣服过来,内力一运,便听见刺啦几声,衣服变成了碎片。

"殿下……殿下……"叶七七小手一扬,布片顿时落了一地。

墨寒卿低着头,扶着额头,并不是很想接话。

叶七七瞪了他一眼,伸腿在桌子下面踹了他一脚。

"干吗?"墨寒卿用力吸了一口气,面无表情地朝叶七七问道。

"殿下,你这样不太好吧?"叶七七一边说着,一边朝墨寒卿做鬼脸,"哎……殿下,你别脱我的中衣啊……殿下……你的手别乱摸……"

墨寒卿听着听着觉得……自己有点儿想死……

然而,蹲在帐篷外的慕容大将军和墨修竹两个人却是听得十分起劲。

"啧啧啧……干柴烈火了啊!"墨修竹一边听着一边咋舌道。

"这……殿下竟然真的……"慕容大将军觉得自己的三观瞬间被"刷新"了。

平日不苟言笑的靖安王殿下,竟然会在军营中……按捺不住……

"真的什么?"墨修竹转头看了慕容大将军一眼,坏笑着道,"毕竟他俩十几天没有见面了,小别胜新婚,一时克制不住是正常的。"

"正常?"慕容大将军瞪大了眼睛,"难道……难道你们都知道他俩……"他……靖安王殿下喜欢男人?!

"知道啊。"墨修竹点点头,"反正皇上也同意了。"

"连皇上都同意了?!"慕容大将军吃惊得嘴都合不上了。

虽然他知道,京城中有些高官确实喜好男风,但这毕竟不是光彩的事,更何况那些高官也就是玩玩,是不敢拿到台面上来说的。

"啊……嗯……殿下……不要……"叶七七一边欢快地说着，一边拽着墨寒卿的袖子，将他朝床榻那边拉，然后将墨寒卿整个人推倒在榻上。

"你……"墨寒卿深吸一口气，正准备让她适可而止，叶七七突然问道："殿下，你别这样，你喜欢我吗？"

墨寒卿沉默片刻，明知她只是随便问问的，却还是认真地回答："我喜欢你。"

"哎？"叶七七看着他认真的眼神，一时愣住了。

躲在帐篷外的慕容大将军和墨修竹听到这句话，却是激动无比。

"表白了啊，表白了啊！"墨修竹拽着慕容大将军的衣袖，激动得不停摇晃。

"啊啊……我听到了……"慕容大将军也是一脸激动，这可是一个男人对另一个男人的表白啊！

果然，他所敬佩的靖安王，是个不为世俗所束的男人！

墨寒卿目光微垂，看着眼前的叶七七，唇角勾起一抹浅浅的弧度，拽过叶七七的手腕，将她拉进怀里，声音低沉地道："那你呢，喜欢我吗，嗯？"

"喜……喜欢……"叶七七脸红心跳地看着他，结结巴巴地道。

"嗯。"墨寒卿满意地点点头，稍一俯身，便吻住她红润的唇瓣。

帐篷里传来亲吻的声音，听得慕容大将军和墨修竹很不自在。

"那个……要不咱们还是回去吧。"慕容将军毕竟已到中年，平日里又正直，对于在外偷听这样的事，多多少少觉得有些不妥。

更何况，他们偷听的对象还是他向来敬佩的靖安王。

"不再听一会儿吗？"墨修竹却是意犹未尽地看着慕容大将军道。

"不了，不了。"慕容大将军连连摇头道，"万一过会儿听到什么别的，就不好了……"

"哦……好吧……"墨修竹有些惋惜地点点头，想到万一被墨寒卿发现，他可能会死得比较惨，只得放弃。

慕容大将军又回头看了一眼墨寒卿的帐篷，拽着墨修竹径直走了。

帐篷里，叶七七虽然被墨寒卿吻得晕头转向，耳朵却还是注意着外面的动静。

此刻，听到慕容大将军和墨修竹走远的脚步声，她连忙推开墨寒卿道：

"他俩走了！"

墨寒卿看着她半天，应了一声："嗯。"

"走走走！咱们去北辰军营吧！"叶七七一个鲤鱼打挺便从墨寒卿的腿上站起来，拽着他的袖子，兴奋道。

"嗯，不着急。"墨寒卿拽过叶七七的手腕，稍一用力，再次将她按在自己的怀里道，"等我亲完……"

"唔唔……唔……"叶七七瞪大眼睛，挣扎了几下，只得乖乖地任由某人索取。

好不容易结束绵长的吻，墨寒卿将叶七七拥在怀里，平复着气息，声音嘶哑地在叶七七耳边道："七七，你到底什么时候才能长大……"

"啊？"叶七七迷茫地抬起头，满眼疑惑地看着他。

墨寒卿沉默片刻，拽着她站起身，淡淡地道："没什么，咱们走吧。"

"哦……"叶七七跟在墨寒卿身后出去了。

两人轻松地绕过其他巡逻兵，悄悄出了军营。

军营以北大约五十里，就是北辰国军队驻扎的地方。

叶七七和墨寒卿朝北飞去，大约过了半个时辰，终于到了北辰国的军营外围。

二十万人的军营黑压压一片，间或有明亮的篝火噼里啪啦地燃烧。

叶七七和墨寒卿躲在暗处，观察了好一会儿，叶七七扯扯墨寒卿的袖子道："整个军营里，正中的位置，就是主帅的帐篷吧？"

"嗯。"墨寒卿盯着那顶最大的帐篷，点点头道，"应该是的，那边来回巡逻的士兵也是最多的。"

"那咱们过去吧。"叶七七一拍手，打算飞过去。

"等会儿。"墨寒卿连忙拽住叶七七的袖子，皱了皱眉道，"你该不会打算这样杀进去吧？"

"没有啊。"叶七七摇摇头道，"我哪有那么傻，人家二十万大军，我一个人哪打得过？我们用轻功，小心翼翼地飞过去不就好了？"

墨寒卿听她这么说，松了一口气。他目光幽深地看着她的脸，道："记住之前说过的话，跟在我身后，不要乱跑。"

"嗯嗯嗯！"叶七七点头如捣蒜。

墨寒卿轻轻地叹了一口气，虽然还是担忧，但已经到这儿了，只能硬着头皮带她去了。

夜色已深。

大部分北辰国士兵已经睡熟，只剩下来来往往的巡逻兵还在整齐划一地来回走着。

叶七七和墨寒卿动作灵巧地躲过一队又一队的巡逻兵，悄无声息地朝中央的帐篷靠了过去。距离那顶帐篷几米的时候，墨寒卿和叶七七停住脚步。

"那帐篷里好像没有点灯啊。"叶七七躲在角落里，压低声音，朝身边的墨寒卿说道。

"嗯。"墨寒卿直直地注视着帐篷，皱了皱眉，低声道，"大概已经睡了吧。"

"公子，你看。"叶七七指着帐篷前来来往往的巡逻兵道，"由南至北的巡逻兵和由东至西的巡逻兵，每隔一炷香的时间就会交会，咱们可以趁他们交会的空隙，偷偷溜进主帅帐篷。"

"嗯。"墨寒卿点点头，她跟自己的想法一样。

"咱们等一会儿吧。"叶七七见墨寒卿点头，便安静地站在原地，注视着两队巡逻兵。

等两队巡逻兵再次交会，墨寒卿朝叶七七打了个手势，两人悄无声息地朝帐篷潜了过去。

掀开帐篷的门帘，叶七七和墨寒卿一个闪身便钻了进去。帐篷里面黑漆漆一片，什么都看不到。叶七七皱着眉，回头看了一眼身边的墨寒卿，正打算朝里走，墨寒卿突然拽住她的袖子道："不对。"

"怎么了？"叶七七眨着一双大眼睛，看着黑暗中墨寒卿模糊的身影。

"这帐篷里没有人的气息。"墨寒卿皱着眉头，死死地拽着叶七七的袖子，悄声道。

叶七七愣住了，屏住呼吸，运起内力，在帐篷中感应了一番，神色严肃起来："这帐篷里面没有人。"

"看来他们的主帅不在帐篷里，这里对他们来说，只是一个障眼法。"墨寒卿沉吟片刻，朝叶七七道，"走，我们再去别处看看。"

"好。"叶七七点点头，正准备跟墨寒卿转身出去，只觉脚下好像碰到什么东西。那东西很轻，细细的，长长的，好像是……丝线……

叶七七心中暗叫不好，果然，下一秒，帐篷里响起一阵叮叮当当的铃声。

"有人！有刺客！"

"来人啊！快点儿来人！"

"谁在里面！快出来！"

刚刚安静无比的北辰军营，顿时变得嘈杂起来。

"糟了。"叶七七懊恼地看向墨寒卿道，"都怪我。"

"没事。"墨寒卿一脸淡定地将叶七七拽到身后，声音清冷道，"这本来就是他们的计谋，就算不是你，也会是我踩到那铃铛。"

"那咱们现在怎么办？"

帐篷外一队又一队的士兵举着火把，将整个帐篷都包围起来。

墨寒卿眼眸闪了闪，沉思片刻，声音淡淡道："周围出不去，只能从上面出去。"

"啊？"叶七七一怔，抬头看着帐篷顶。

墨寒卿朝叶七七挑了挑眉，优哉游哉地道："眼下不太适合震碎我的衣服，只能劳烦娘子，帮我震碎这帐篷的篷顶了。"

叶七七无语地看着他道："干吗非要提我震碎你衣服的事？"

"哦……我怕你紧张。"墨寒卿淡薄的唇角勾了勾，朝叶七七缓缓说道。

叶七七白了他一眼，拽着他的袍袖，脚尖轻点，运起内力，朝帐篷顶飞去。

围在外面的士兵，个个举着火把和长剑，严阵以待，盯着眼前的帐篷。

然而下一秒，破碎的篷顶如同纷纷扬扬的雪花，撒落一地，紧接着，两个黑色的身影蹿了出来。

"在那里，在那里，刺客在那里！"

有眼尖的北辰国士兵看到叶七七和墨寒卿的身影，立刻朝身边人大喊道："刺客从帐篷顶飞出去了！"

"放箭！"已经从睡梦中惊醒的北辰国士兵，纷纷赶到帐篷外，大声吼道。

"啧，真是麻烦！"墨寒卿护着叶七七，转头看了一眼瞬间灯火通明的北辰营地，脚上加快了速度。

然而，一支支利箭如同漫天花雨，朝他和叶七七飞速射来。

"公子，我突然想起一件事。"叶七七一边躲避利箭，一边道。

"什么？"墨寒卿一手护着叶七七，一手从腰间抽出软剑，不断砍落那些利箭。

"咱们行刺之前，应该看一下皇历，我觉得上面肯定写着，今日不宜出门。"叶七七无奈地看着墨寒卿道。

"都什么时候了，你还有心情开玩笑。"墨寒卿低头看了一眼叶七七，扯了扯嘴角。

"哎呀，这种密度的利箭不算什么，咱们要从这儿飞出去，绝对游刃有余。"叶七七眼看墨寒卿一直都在护着自己，干脆随手顺了一把北辰国士兵的长剑，拿在手里，挥舞着打掉那些利箭。

有了叶七七帮他分担，墨寒卿顿觉轻松。

被吵醒的北辰国主帅从另一顶帐篷中走出来，眯着眼睛看着那两个身影，声音低沉地朝身边的人道："去把我的弓箭拿来。"

"是。"他身边的士兵恭恭敬敬地应了一声，赶紧拿了一把巨大的弓箭过来。

北辰国的主帅眯着眼睛，将箭矢对准墨寒卿，只听嗖的一声，闪烁着寒光的利箭划破夜空，朝墨寒卿飞去。

叶七七正随意挥舞着手中的长剑，将身边的利箭打掉，下一秒，她眉心微动，突然发觉一股强劲的内力划破长空，朝墨寒卿飞去。

"公子！小心！"叶七七惊叫一声，在自己反应过来之前，便朝墨寒卿扑去。

"七七？！"墨寒卿也听到那带着强劲内力的利箭声，正准备翻身用软剑挡住，就看到一道黑色的身影迅速扑在自己面前。

轻微的利器刺入皮肤的声音在他耳边响起，下一秒，鲜红的血液喷溅出来。

几滴温热腥甜的鲜血溅到他的脸上。

墨寒卿瞳孔瞬间放大，心脏几乎停止跳动。

113

"叶七七！"他声音颤抖地喊着她的名字，下意识抱住她软绵绵的身体。

"嗯……"叶七七只觉胸口传来剧痛，意识也模糊起来，他的声音听起来忽远忽近，就像摇摆不定的风。

她努力想让自己发出一点儿声音回应他，可一张嘴，一股腥甜的味道便充斥在口腔中，紧接着人便晕了过去。

"叶七七！"墨寒卿抱着她，看着她原本粉嫩的小脸此刻变得惨白，嘴角的鲜血不断渗出，他的一颗心直往下落。

"放箭。"北辰国主帅脸色顿时冷了下来。

他身边的士兵应了一声，一个接一个拉开弓。源源不断的利箭细雨一般朝墨寒卿飞去。

墨寒卿转头，看着火光之中北辰主帅的脸，眼中绽出冰冷的光芒。下一秒，他如同闪电般，朝北辰国军营的边缘飞去。

"主帅，他逃了！"那些士兵放了一会儿箭，发现墨寒卿已经不在射程范围内，小声朝主帅禀报道。

"无妨。"北辰国主帅看着那个远远离开的身影，扯了扯嘴角，露出阴险的笑容，"他会再回来的。"他顿了顿，继续道，"毕竟那支箭上，可是有我们北辰国特制的毒药。"

墨寒卿抱着叶七七渐渐冰冷的身子，飞快地朝墨国军营赶去。

每一分每一秒的流逝，都仿佛是她的生命在流逝。他怀里的人气息越来越弱，原本被鲜血染红的唇瓣，此刻也渐渐现出暗紫色。

"叶七七，叶七七……"墨寒卿的声音里是说不出的慌乱。他从来没有想过，有一天，武功变态到离谱的叶七七会有生命危险，而这样的危险还是他造成的。

他从来没有如此后悔过自己的决定。若是他今日没有跟慕容大将军提议要去刺杀北辰国主帅……若是他之前没有跟叶七七生气……若是他在听到叶七七也想去的时候，坚决拒绝，此刻她是不是还活蹦乱跳地在军营中，等着自己回去？想到这里，他用力抱紧怀里的叶七七。

那支利箭直直地插在她的胸口，温热的鲜血流了一地。他的手指、衣襟上，沾满她的血，浓重的血腥味让他忍不住颤抖。叶七七，你一定不能死！

墨寒卿咬了咬牙，加快速度，朝墨国营地飞去。

眼看慕容大将军的帐篷近在眼前，墨寒卿抱着叶七七便直直地冲了进去。

"谁？！"慕容大将军一个翻身，随手抓起挂在榻边的宝剑，眨眼的工夫，剑已出鞘。

慕容鸿羽和墨修竹也拿着宝剑，严阵以待。

墨寒卿抱着叶七七冰凉的身子，声音慌乱地朝慕容大将军喊道："快！把所有的军医给本王喊过来！"

"殿下？"慕容大将军看清来人，愣了一下，刚准备问是怎么回事，一股浓烈的血腥味便传了过来。

他定睛一看，只见傍晚时分来过他们帐篷的少年，此刻正面无血色地躺在靖安王怀中，一支黑色的利箭插在她的胸口，殷红的鲜血正源源不断地流出来。

"七七？！"慕容鸿羽和墨修竹看到墨寒卿怀里的叶七七，心中一惊，异口同声地喊了一句。

"喊军医！听不见吗？！"墨寒卿抬起头，眼里绽出冻死人的冷意。

"是……是是是……"慕容大将军终于回过神，忙将剑收起来，掀开门帘，一溜烟跑了出去。

不过片刻工夫，所有的军医都聚集到慕容大将军的帐篷。

"殿下……这是怎么回事？"慕容大将军懵懂地看着被墨寒卿小心翼翼地放到床上的叶七七。

之前他跟墨修竹去偷听的时候，这两人不是在帐篷里准备那啥吗？怎么一眨眼的工夫，少年就胸口插箭地躺在这里呢？

等等……慕容大将军看到那支黑色的利箭，心中咯噔一下。

"这……这不是北辰主帅的箭吗？！"慕容大将军一惊，拨开几个军医，凑到箭前，仔细打量了一番，猛地抬起头，看着站在一边心急如焚的墨寒卿，震惊道，"你们两个，刚才去北辰国的军营了？"

"这事回头再跟你解释。"墨寒卿冷冷地瞥了慕容大将军一眼，朝几个军医道，"还愣着干吗，还不赶紧给本王救人？！"

几个军医你看看我，我看看你，几乎同时朝墨寒卿扑通一声跪了下来："殿下饶命，殿下饶命啊！"

"什么意思？"墨寒卿眯起眼睛，看着几个军医，声音阴沉。

"殿下，这利箭正中胸口，虽然没有射中心脏，但是受伤时间过长，这少年又流了这么多血，恐怕……恐怕是凶多吉少啊……"军医中，年龄较大的那个颤巍巍地站出来，朝墨寒卿说道。

"是啊，殿下，而且……"另外一位军医也支支吾吾地补充道，"就算没有伤到心脏，可那北辰主帅喜在箭上抹毒……这是众所周知的事，而且那毒都是北辰皇室特有的，我们……我们没办法解啊……"

两名军医说完，整个帐篷内的气氛顿时凝滞。

墨寒卿脸色难看到极点，迈开步子，走到那位军医跟前，拽住他的领子，将他整个人拎起来，一字一顿道："本王让你救人，你就乖乖给本王去救，其他任何借口，本王不想听。"

"可是殿下……"军医悬在半空，张了张嘴，还想再说些什么，墨寒卿突然松开拽着他领子的手，脸色阴沉道，"去救人，救不了她，你们都给本王陪葬！"

"是是是！"几个军医原本以为躺在床上的少年，不过是靖安王的普通护卫，不料靖安王竟对这个护卫如此重视。

几名军医眼里含泪，走到床榻前，再次打量了一番奄奄一息的叶七七，认命地伸出手，给她把脉。

然而这一把，几个军医顿时惊奇。

"这……这少年竟然没有中毒？"

"还有脉搏，虽然微弱，但还有救！"

"既然没有中毒，那我们只需止血，处理伤口便好！"

他们连忙转身，纷纷拿出药箱，取出剪刀、纱布、止血钳之类的东西，准备去脱叶七七的衣服。

"等下……"墨寒卿眼看一名老军医的手伸向叶七七的胸口，忽然喊住他。

"殿下？"那名老军医手一抖，下意识抬起头来，朝墨寒卿看去。

"这是要干吗？"墨寒卿眯起眼睛，看着那名老军医，声音冷冷地

116

问道。

"这……拔箭啊……"那老军医声音颤抖地解释道，"不然不好止血。"

"拔箭你拿剪刀干吗？"

"得把伤口附近的衣服剪开……"

墨寒卿沉默了几秒，突然转身朝周围的人道："你们都出去。"

"啊？"慕容大将军愣了一下，疑惑地看着他。

慕容鸿羽和墨修竹对看一眼，干脆利落地出去了。

"出去。"墨寒卿声音阴冷地又说了一声。

"哦。"慕容大将军应了一声，转身走了。

帐篷里只剩下几个军医和墨寒卿。

墨寒卿抬头看了一眼几个军医，声音清冷道："拔箭需要几人？"

"呃……大概两人就够了。"那名老军医赶紧道，"一个人帮我按住就行。"

"嗯。"墨寒卿点了点头，朝身边的其他军医道，"你们都出去。"

"啊？"几个军医面面相觑。

"殿下？"那名老军医疑惑地抬起头，其他人都出去了，谁来帮他按住这个少年，难道殿下亲自动手？

"出去。"墨寒卿冷冷地扫了那几人一眼，目光犹如寒冰。

"是。"几个军医下意识哆嗦几下，赶忙应了一声，便退出去了。

眼看那些人都离开了，墨寒卿走到床榻边，在叶七七身边坐下，一只手搂住她冰冷的身子，另一只手按住她的肩，看着那名老军医，目光沉沉地道："开始吧。"

"殿下？"那老军医愣了片刻，回过神，拿起剪刀，小心翼翼地剪开叶七七胸口处的衣服。这布料下方，微微隆起的弧度……这……这明显是个女孩子！

"拔箭。"墨寒卿目光阴冷地瞪了老军医一眼，声音没有一丝温度。

"哦……是是……"老军医连连点头，强迫自己镇定下来。

他朝墨寒卿道："殿下，麻烦您帮忙按住她的肩膀，过会儿拔箭的时候，可能会很疼，她也许会剧烈挣扎，但是不论怎样，您都千万不要松手。"

"嗯。"墨寒卿淡淡地应了一声，按照老军医的吩咐，将叶七七的肩膀按住。

老军医深吸一口气，朝墨寒卿低声道："我拔了啊？"

"嗯。"墨寒卿看着躺在床榻上面无血色的叶七七，拼命按捺住心中的不安，紧紧地按住她。

老军医伸出手，屏住呼吸，手腕轻抖，不过一瞬，便将那支箭拔了出来。

叶七七的身子剧烈颤抖，紧接着，有大量鲜血从伤口处喷了出来。

"殿下，按住她，千万不要让她乱动。"老军医沉着冷静地朝墨寒卿叮嘱一声，接着飞快丢下手中的箭，从医药箱中拿出止血钳以及止血药，准备给叶七七上药。

可止血药撒上去，叶七七伤口处的鲜血还在不停地流着。

"这……"汗水不停地从老军医额头上流下来，他颤抖着双手，用纱布按住叶七七的伤口，然而鲜血井喷一般，不停地冒着。

"怎么回事？！"墨寒卿皱着眉头，严厉地问道。

"这……这……我也不知道啊……"

老军医手忙脚乱，看到地上那被自己丢掉的利箭，心中一惊，连滚带爬地将箭捡了起来。

"怎么回事？"墨寒卿皱着眉。

"殿……殿下……"那老军医扑通一声跪了下来，"这……这箭头的结构与普通的箭不一样。"他一边说着，一边将手中的箭递到墨寒卿跟前，颤抖道，"殿下，你看这里。方才拔箭的时候，这箭头上的倒钩，极有可能划破了那位……那位姑娘的血管……所以、所以才造成眼下血流不止的情况。"

墨寒卿眯起眼睛，看着箭头。果然，锋利小巧的箭头上有两个极为锐利的倒钩。这北辰国的主帅，真够阴险狡诈的！箭头上不只有毒药，还有倒钩，每一步都打算置人于死地。

"本王不想听这些。"墨寒卿将目光从箭头转移到那名军医身上，声音低沉阴冷，"那北辰国的毒药都没能奈何她，你现在告诉本王，这两个小小的倒钩可能会要了她的命？给本王想办法！"

"是……是……"那军医被墨寒卿吼得一哆嗦，赶紧又低头在医药箱里乱翻。

咝咝——叶七七的袖口处，突然冒出一个翠绿色的三角形脑袋。

咝咝——小青吐着芯子，从叶七七的袖口游了出来。

老军医听到声音，抬起头，一双眼睛正对上小青的瞳孔。

"啊——有蛇！"那老军医心中一惊，两腿一软，跌坐在地上，下意识尖叫起来。

墨寒卿皱着眉头看了他一眼，声音不悦地道："乱叫什么。"

"殿下，有……有蛇啊……这蛇通体翠绿，脑袋又呈倒三角形，这……这是条毒蛇啊！"老军医一边哆哆嗦嗦，一边手脚并用地朝后面挪。

墨寒卿瞪了他一眼，转头看向小青，皱着眉头道："小青，你怎么出来了？"

咝咝——小青吐着芯子，翠绿的身子蜿蜒着爬上叶七七的身体，倒三角形的脑袋不断朝叶七七怀里钻。

墨寒卿看了一会儿，突然腾出一只手，在小青脑袋不停钻的地方摸了一下。指尖触到一个冰凉坚硬的东西。

咝咝——小青两眼放光，看着墨寒卿，似乎是在示意他将那样东西拿出来。墨寒卿怔了一下，那是白色的玉瓷瓶，似乎是用来装药物的。

小青顺着墨寒卿的胳膊，爬上他的肩膀，在他耳边咝咝吐着芯子。

"是让我把这里面的药喂给七七吗？"墨寒卿转过头，有些疑惑地看着小青。

咝咝——小青朝墨寒卿吐了吐芯子，点了点头。

那跌坐在地上的老军医，震惊地看着自家王爷竟然跟一条蛇说话，大脑还没彻底消化这个事实，就见另一条黑色的蟒蛇顺着他们家王爷的袍袖咝咝地吐着芯子，也冒出头来。

黑色蟒蛇看到墨寒卿肩膀上的小青时，一双眼睛顿时变成爱心形状，沿着主人的胳膊，飞快游了上去，盘踞在墨寒卿的肩头，蹭了蹭小青的脑袋。

咝咝——小青有些嫌弃地看着黑蟒蛇，身子朝旁边挪了挪，继续死死地盯着自家主人。

墨寒卿看着手中的玉瓷瓶，飞快拔掉瓶塞，淡淡的清香顿时从药瓶中散发出来。

原本跌坐在地的老军医吓得说不出话，却在闻到这个味道的时候，瞬间从地上爬起来，扑到墨寒卿跟前。

"殿下，这……这……这可是千丹散？"老军医一双眼睛绽出璀璨的光芒，看着墨寒卿手中的瓶子。

"千丹散？"墨寒卿转过头来，有些疑惑地看着老军医。

"对，又叫冰雪散。"老军医激动地点点头，闻了闻药瓶中的气味，点点头道，"错不了，就是这个味道，这可是天下第一神医的丹药，千金难求一颗。听说，那天下第一神医已经多年不出现在江湖了，他——"

老军医神情瞬间凝固。他们家殿下，竟然眼睛都不眨一下，把十几颗千丹散全倒进这少女的嘴里！这简直就是暴殄天物！老军医只觉心痛，快要死掉了。

"殿下……这千丹散，只需一颗便足以救她的命……"老军医一脸痛惜地看着墨寒卿，声音沉痛道。

"嗯。"墨寒卿淡淡地应了一声，却是眼也不眨地盯着叶七七。

十几颗千丹散喂下去，叶七七原本还汩汩流血的伤口，竟然止血了。而拔箭所留下的伤痕，正在缓缓愈合。她惨白几近透明的小脸，恢复了一丝血色。只是那双眼睛依然紧闭着，没有睁开的迹象。

墨寒卿守在叶七七身边，悬着的心终于放了下来。

老军医连忙上前给叶七七把脉，捋着胡子道："神了！真是神了！方才她的脉搏明明微弱得不可察觉，眼下竟然渐渐平缓下来，果然是神丹妙药！"

墨寒卿冷冷地瞥了老军医一眼，声音沉沉地道："你们有什么用？！"

"是……属下没用……"老军医擦了擦额头上的汗，结结巴巴道，"那……属下先告退了？"

"她没有生命危险了？"墨寒卿眯了眯眼睛，看着他问道。

"回殿下的话，十几颗千丹散吃下去，别说没有生命危险，就算快死的人，明天也能活蹦乱跳。"老军医汗涔涔地朝墨寒卿道。

"嗯，下去吧。"墨寒卿点了点头，声音清冷。

"是。"那老军医应了一声，赶忙收拾医药箱，弯着腰小心翼翼地退了出去。

等在帐篷外的慕容大将军、墨修竹、慕容鸿羽，一看到老军医出来，赶忙围上去，问道：

"怎么样了里面？"

"七七好点儿了吗？"

"还有生命危险吗？"

老军医先朝他们几个行礼，沉声道："回三皇子、慕容大将军、慕容小将军的话，那位姑娘已经没事了，估计明天就能醒过来。"

"姑娘？"慕容大将军听到这两个字，整个人都愣住了。他转过头来，将疑惑的目光投向慕容鸿羽和墨修竹。

却见墨修竹和慕容鸿羽两人长舒了一口气道："那便好，那便好，有劳军医了。"

"不必客气，实在是老夫也没帮上什么忙。"老军医羞愧地弯了弯腰，便告退了。

慕容大将军等那老军医走了，才转身朝慕容鸿羽问道："这什么情况？里面那少年是个女的？"

"嗯。"慕容鸿羽看着自己的父亲，言简意赅道，"是王妃。"

"王妃？"

"靖安王妃。"慕容鸿羽说完四个字，抬头又看了一眼帐篷，叹了一口气道，"看来咱们这帐篷今夜是被他俩霸占了。父亲，你要是没什么事，我就去靖安王的帐篷休息了。"

"我跟你一起去。"墨修竹一见慕容鸿羽要走，赶忙拍拍他的肩膀道。

"不是，你俩给我解释清楚！"慕容大将军懵懂地跟在他们身后，皱着眉头道，"那少年，那个贴身护卫，怎么就变成靖安王妃了？她真是女的？她跟着来军营干吗？"

"我皇婶很厉害。"墨修竹朝慕容大将军咧了咧嘴，笑眯眯道，"武功天下第一。"

"都躺在那儿了，还武功天下第一？"慕容大将军不相信地看着他。

"哦……那可能是出了什么意外。"墨修竹想了想，认真道。

慕容大将军撇了撇嘴，还是不相信。

与此同时，北辰国的军营中，北辰主帅一脸阴沉地坐在军帐里，看着自己的副将，愤怒道："二十万大军！整整二十万大军，竟然连两个刺客都拦

121

不住？！"

那些北辰国副将个个低着头，连大气都不敢出。

"要你们何用？！墨国十一万大军在边境，你们攻打了将近两个月都攻不下，眼下，竟然眼睁睁看着敌方派出两个刺客来我们军营作乱？！"北辰主帅一只手用力砸着桌子，瞪大眼睛朝他们怒吼。

北辰国的副将，个个将脑袋低得更厉害了。

就在北辰主帅破口大骂的时候，帐篷的门帘突然被掀开，一个戴着面具穿着银白色长袍的身影缓缓走了进来。

北辰主帅抬头看了一眼来人，连忙恭恭敬敬地站起身，朝那人单膝下跪道："参见七皇子殿下。"

"参见七皇子殿下。"帐篷中所有北辰国副将转头看向来人，齐刷刷地跪了下来。

"嗯。"北辰国七皇子淡淡地应了一声，走到北辰主帅面前，低声道，"其他人给本王都出去。"

"是。"那些副将顿时松了一口气，连忙出了帐篷。

等帐篷里只剩七皇子和北辰国主帅，七皇子缓缓走到帐篷中的桌子旁坐下，摘去脸上的面具。

面具下，是一张绝艳的脸。

宫魅修长白皙的手指轻轻把玩着面具，朝北辰国主帅瞥了一眼，声音冷冷地问道："今夜有刺客？"

"是！"方才嚣张无比的北辰国主帅跪在地上，双手抱拳朝宫魅恭敬道，"属下无能，竟然让两个刺客跑了。"

"跑了？"宫魅嘴角扯出一抹邪魅的笑，"二十万大军，竟然捉不住两个刺客？"

"是……是属下无能。"北辰国主帅看着宫魅唇角的笑容，不知道为什么竟然想起阎罗的笑。

"确实是挺无能的。"宫魅随手将银质面具扔到桌上，声音冷冷地道，"查到刺客是什么来头了没有。"

"殿下，"北辰国主帅恭恭敬敬地回答道，"那两个刺客，其中一个属下是认识的。"

"哦？"宫魅扯了扯嘴角，斜着眼眸看他，手指不耐烦地敲着桌面。

"其中一个，便是墨国的靖安王，墨寒卿。"北辰国主帅声音浑厚地道，"属下与靖安王曾在战场上数次交手，对于靖安王的身形再熟悉不过！至于另外一个，倒是从来没有见过，不过看身形应是一个瘦弱的少年。"

宫魅敲着桌面的手指一下子停了下来："一个瘦弱的少年？"

"是！"北辰国主帅认真地点头道，"原本属下手中的弓箭是射向靖安王的，只可惜关键时刻，那少年竟然挺身挡在靖安王身前，帮他挡了一箭。"

宫魅的手指不自觉地握紧。

那少年……应该就是叶七七吧？

她竟然愿意为墨寒卿挡箭？

"真是可惜，不然那箭若是射到靖安王身上，最起码也能要了他半条命。"北辰国主帅一脸惋惜地继续道，"属下的箭都是特制的，而且抹了我北辰国特制的毒药，墨国根本无药可解！唉……可惜啊可惜……"

宫魅突然抬起头，死死地瞪着北辰主帅，声音阴冷："你刚才说，那少年帮靖安王挡了箭？"

"是！"北辰国主帅点点头，十分肯定地道，"属下看到了，那支箭正中少年的胸口。属下估计，要不了一个时辰，那少年应该就死透了。"他顿了顿，又继续道，"护在靖安王身边的护卫死了，下次属下再用箭射他的时候，可就没人给他挡了。"

宫魅眯了眯眼睛，指尖忍不住握紧又松开，松开又握紧，半晌才声音冷冷地道："所以呢，你觉得今天的事，你一点儿责任都没有吗？"

北辰国主帅直直地朝宫魅跪了下去："是属下失职，属下没有管理好军队，竟然让那两个人逃脱了，属下甘愿受罚。"

"是吗？"宫魅手中不知何时多了一把锋利的匕首，缓缓地从桌前站起身，踱到主帅面前，一字一顿道，"任何惩罚都愿意接受吗？"

"是！"北辰国主帅刚应了一声，还没来得及看向自家殿下，便觉脖子上一凉，下一秒，一片血红喷薄而出。

宫魅站在帐篷中，目光冰冷地看着身体依然跪在地上却已身首异处的北辰国主帅，随手扯过铺在桌上的桌布，一边擦着匕首上的鲜血，一边冷漠地道："没用的家伙，你伤谁都可以，唯独不可以伤我七七娘子。"

说完，他盯着地上的头颅，突然走上前去，用方才那块桌布将头颅包起来，随便扎好，拎着出了帐篷。

那些副将恭恭敬敬地等在帐篷外，眼看自家殿下出来，连忙行礼道："殿下。"

"让两名刺客从二十万大军中逃脱，是他失职。"宫魅声音低沉道，"本王已按军法处置了他。"

"是。"没有一个人对他的决定有异议。

宫魅看着站在队伍最后的一个副将，指了他一下道："从今天开始，北辰主帅就是你。"

"我……我？"那被宫魅指到的副将，不过二三十岁的样子，是所有副将里最年轻的。

"你叫什么名字？"宫魅面无表情地问道。

"呃……属下叫齐绍钧。"那年轻的副将双手抱拳，恭恭敬敬地回答道。

"嗯，这里就交给你负责，本王还有别的事。"宫魅淡淡地扫了一眼齐绍钧，拎着那颗头颅，脚尖轻点，径直飞走了。

"是……是……"齐绍钧目瞪口呆地看着宫魅的身影消失在夜色中。

天蒙蒙亮的时候，慕容大将军、墨修竹以及慕容鸿羽在墨寒卿的帐篷中睡得正熟，忽然听到帐篷外传来咚的一声，似乎是重物落地的声音。

慕容大将军警觉地翻身坐了起来，转头看了一眼同样被惊醒的墨修竹和慕容鸿羽，飞快地拿起挂在床头的外袍，披在身上，掀开帐篷的门帘走了出去。

帐篷外，士兵正围成一个圈，盯着地上的东西。

慕容大将军皱了皱眉，走上前去。

那些士兵看到慕容大将军，纷纷让出一条路。

慕容大将军皱了皱眉，声音低沉："怎么回事？"

"回大将军的话，刚刚突然从空中飞来一个包裹。属下们已经查探了一圈，并没有看到什么人。"

墨修竹和慕容鸿羽也跟着走过来，看到地上的包裹，愣了一下，问道：

"这是什么？"

"这……还不知道。"一名士兵低低地应了一句。

"打开看看。"墨修竹皱眉命令道。

"是。"立刻便有一名士兵上前，小心翼翼地打开了染血的包裹。

一颗人头露了出来。

众人一惊："这……这不是北辰国主帅的人头吗？"

果然，虽然头发有些散乱，脸也被血弄脏了，但是那张脸，分明就是北辰国主帅的脸。

"这……北辰国主帅的人头怎么会突然出现在我们墨国的营地中？"

"天哪，这是怎么回事？北辰国主帅死了？"

一时间，所有的士兵都议论起来。

慕容大将军、墨修竹和慕容鸿羽也是满脸疑惑。

慕容大将军果断地朝慕容鸿羽道："去，喊靖安王殿下过来看看。"

"是。"慕容鸿羽应了一声，转身去找墨寒卿。

墨寒卿正守在床榻边，看着躺在床上的叶七七，眼眸里满满的都是担忧。

慕容鸿羽匆匆赶来，和他说了一下北辰国主帅的头颅出现在军营中的事，墨寒卿皱了皱眉，沉吟片刻，便站起身，跟着慕容鸿羽匆匆而去。

临走前，他吩咐守在帐篷门口的士兵，一定要注意周围的动静，这才放心地离开。

墨寒卿走后，帐篷里便只剩下叶七七一人。

一道红色的身影趁门口的守卫不注意，一闪而过，钻进帐篷。

不过一段时间没见，叶七七本就不够圆润的小脸越发清瘦了。此刻，她安安静静地躺在床榻上，呼吸微弱得几乎不易察觉，一双眼睛紧紧地闭着，仿佛一个不注意就会断气。

宫魅皱了皱眉，走到叶七七身边，轻轻地捏了捏她的脸，声音不悦道："怎么一点儿都不会照顾自己，都瘦成这样了。"他一边说着，一边从薄被下拉出叶七七的手，三根手指搭在她的脉搏上。

"想不到，北辰国特制的毒药对你一点儿用都没有。"宫魅低头，眉眼间尽是温柔，"不过，为了以防万一，这解药你还是吃下去好。"他一边说，一边从袍袖中拿出一个药瓶，从里面倒出几颗药丸，塞进叶七七嘴里。

"失血过多，这药丸也有补血的功效。"宫魅喂叶七七吃完药，在她床榻边坐了一会儿，哑然失笑道，"七七娘子，为了你，我杀了两个北辰国的人了，再这样下去，我北辰可要亡国了。不过，只要是伤害你的人，我都不会轻易放过。"宫魅一边低声说着，一边又捏了捏她的脸道，"你要快点儿好起来，下次我再来看你的时候，你可要活蹦乱跳的才好。"他恋恋不舍地看了她一眼，身形一闪，便从帐篷中消失了。

墨寒卿去了慕容大将军那边，和他一起处理完北辰国主帅的事，又匆匆回了帐篷。刚进帐篷，墨寒卿眉头便蹙了起来。似乎有人来过！他警惕地环顾帐篷四周，朝叶七七快步走去。

叶七七依然安静地躺在床榻上，原本有些惨白的小脸，此刻已经有了血色，呼吸也变得平稳不少。见叶七七没什么异样，墨寒卿终于松了一口气。只是她一直沉睡不醒，北辰那边又不退兵，情况不知何时才会好转。

"七七……"墨寒卿低低地喊着她的名字，脑海里闪过昨夜她帮自己挡箭的画面，那一瞬间，他的心里有震惊，有惊恐，有感动，有心痛。他深爱的她，愿意为了保护他，不顾自己的性命。

"七七，你要快点儿醒过来。"墨寒卿摸摸她毛茸茸的脑袋，声音低低道。

北辰国一夜之间换了主帅，整个军营中的士兵都知道这是七皇子的命令。

对于七皇子，所有人都深信不疑。

只是眼下，宫魅却在军帐中，跷着腿，优哉游哉地对副将说："北辰准备退兵。"

"退兵？为什么？"一名副将不太理解地看着他，声音中满是疑惑，"咱们已经与墨国对战了两个月，若是打持久战，最后获胜的肯定是我们。"

"是啊，七皇子，这时候退兵，是不太明智的选择。"另一位副将点点头，应和道。

"哦……打持久战？"宫魅拿着白玉茶杯，慢悠悠地把玩，瞥了一眼站在下面的副将，笑了笑道，"那你们可知，再过半个月，墨国京城中前来支援的五万大军即将到达北疆？"

"这……"

"等墨国五万大军到达，我们用什么和他们打持久战？"宫魅将茶杯送到嘴边，一仰头，将茶水全喝了下去，皱了皱眉头，又吐出来道，"这茶水怎么都凉了？"

"属下这就命人去换！"站在宫魅身边的副将赶忙上前，端起茶壶，准备出去换水。

"不用了。"宫魅喊住那人，将茶杯随意扔到桌上，站起身，缓缓道，"北疆原本只有八万大军在此，我们二十万大军攻打了一个月的时间，也攻不下；接着，墨寒卿带着三万多援军前来，墨国士兵士气大涨，凭十一万人与我们打了个平手；再过半个月，墨国京城的五万大军到达北疆，墨国军队必定士气高涨，而我们呢？从始至终只有二十万大军，这二十万大军连八万人都打不赢，到时候用什么去打赢那十六万人，嗯？"

宫魅一席话，令军帐中所有人都不说话了。

"这……可是就这么退兵，实在让人心有不甘啊……"一个年纪稍大的副将长长地叹了一口气，低声道。

"原本此次攻打墨国，便已经调集了国内的大部分兵力。"宫魅双手背在身后，在军帐中来回踱步道，"夜国不知怎么回事，从来不插手我们北辰与墨国之间的事，此次竟然也调集了一部分兵力，打算攻打我北辰，若是我们继续在这里与墨国耗下去，那么夜国必将坐收渔翁之利。"

"夜国要对我们出兵？"徐副将一脸惊讶地看着宫魅。

"嗯。"宫魅皱着眉，点了点头，沉默片刻，斩钉截铁道，"今日便退兵吧。"

"是。"几个副将听说夜国也来插手了，立刻毫无异议地点头。

墨国军帐中，一名士兵急匆匆地跑到慕容大将军的帐篷前，大声喊道："报将军，北辰国退兵了。"

"退兵了？"慕容大将军一脸震惊地走出帐篷，看着跪在外面的士兵。

"是，五十里外，驻扎在那里的北辰军营，现已开始往回撤。"那士兵点点头，十分认真地回答道。

"北辰国怎会突然撤兵……"慕容大将军蹙着眉头，不解地低声道。

墨修竹和慕容鸿羽也走出帐篷，听到这话，两人都愣了一下。

不远处，墨寒卿也听到了消息，沉吟片刻，唤来身边的冷卫，低声问道："怎么回事？"

"回殿下的话，夜国似乎打算乘机出兵，攻打北辰。"冷六跪在地上，一脸严肃地回答道。

"夜国？"墨寒卿微怔。

当今天下，最为强盛的国家便是夜国。北辰国、墨国、青鸾国，与夜国比起来，都不算什么。

平日里，夜国都在休养生息，对周边几个国家的小打小闹从不放在眼里，可是此次竟会插手墨国与北辰国之间的战事。难道……夜国不想休养生息了吗？

慕容大将军得到消息后，匆匆赶来墨寒卿的帐篷，还没说话，墨寒卿已经神色淡漠地道："本王已经知道了。"

"那殿下……可知北辰为何突然退兵？"慕容大将军迷茫地看着墨寒卿。

"可能是因为夜国。"墨寒卿蹙着眉头，沉思片刻，朝慕容大将军道，"既然北辰已经退兵，那我便带援军即日返回。不知道夜国此次出手是何用意，本王还要回去与皇上商量一下。"

"殿下的意思是……夜国开始插手几个国家之间的战事了？"慕容大将军心中一惊。

"嗯。"墨寒卿点点头，没有多说，只吩咐慕容大将军即刻安排回京事宜。

黄昏时分，昏睡了一天一夜的叶七七终于醒来。

一直守在床榻边的墨寒卿看到叶七七睁开眼睛，连忙靠过去，紧张地看着她道："七七，你醒了？"

"嗯……"叶七七迷迷糊糊地应了一声，觉得自己做了好长好长的梦，梦里一直有个人在喊她，她循着那个声音，不停地找，不停地找，却怎么也找不到那人。

"感觉怎么样，伤口还疼吗？"墨寒卿伸出手，小心翼翼地将她扶了起来。

128

叶七七茫然地转过头，看着身边的墨寒卿，半晌才反应过来："公子？"

"嗯。"墨寒卿点头，淡淡地应了一声。

"你没事吧，有没有受伤？"叶七七眨眨眼睛，想起自己昏迷前满天箭雨的画面，连忙道。

墨寒卿无奈地看着叶七七："你怎么这么傻，为我挡了箭，醒来还问我有没有受伤……"

"啊？我为你挡了箭？"叶七七愣了好一会儿，才想起来，好像确实有这么件事情，当时她还没反应过来，身体已经先动了。

说不清为什么，但那一瞬，她就是察觉有危险正朝墨寒卿逼近。

"哦……好像是，我说胸口怎么这么疼呢……"叶七七后知后觉地摸了一下胸口，那里有阵阵刺痛的感觉。

"胸口疼？"墨寒卿迟疑了一下，低头朝她的胸口看去。

半晌，他白皙如玉的脸颊上浮现出一抹淡淡的红晕，迟疑着低声道："疼得厉害吗？"

"有一点点……"叶七七皱着眉头。

她的胸口一片平滑，什么伤痕都没有，可是不知道为什么，就是一阵一阵地疼。

"奇怪，怎么没有伤口呢？"叶七七低头看了一会儿，疑惑地朝墨寒卿问道。

"昨天喂你吃了你带的药，然后你的伤口就慢慢愈合了。"墨寒卿看着她的眼睛，很认真地回答道。

"我身上的药？"叶七七愣了一下，像是想起什么一般，恍然大悟道，"哦，那个啊，那个治疗伤口确实挺管用，不过效果差了点儿，我说怎么这么疼呢……"

"效果差了点儿？"墨寒卿微微挑眉。

叶七七揉了揉胸口，皱眉道："嗯，回头得让老头子再改进改进。"

"哦。"墨寒卿淡淡地应了一声，突然伸出一只手，朝叶七七的胸口探去。

叶七七眼睁睁看某人温热的大手覆在自己胸口，整个人都僵住了。

半晌，她抬起头，迟疑道："公子……你……这是在干吗呢？"

"帮你揉一揉。"墨寒卿面不改色心不跳地回答道，"就是……有点儿平。"

五秒钟后。

叶七七抄起床榻上的软枕，朝墨寒卿砸过去："走开！你这个臭流氓！"

墨寒卿忍不住笑了出来，接住叶七七砸过来的软枕，随手将它丢回床榻上，一把将叶七七揽进怀里道："之前在王府，好歹还有一点儿，这段时间一路奔波，你整个人消瘦了不少，连带着……都平了。"

"走开！"叶七七将墨寒卿推开，又抄起另外一个软枕，朝他砸去。

"嗯。"墨寒卿搂着她，在她白皙的脸上轻轻啄了一口道，"没关系，就算变平，我也爱。"

叶七七侧过脸，躲着他的亲吻，脸颊却不争气地红了。

"殿下，大军已经收拾妥当，明日一早就可出发。"

恰好此时，有士兵来到帐篷外大声禀报，叶七七赶忙挣脱墨寒卿的怀抱，重新滚回床榻，拽过被子，把头蒙了起来。

"知道了。"墨寒卿收起脸上的笑意，清冷地应了一声，"下去吧。"

"是。"士兵简短地答了一声，转身离开了。

墨寒卿看着床榻上的叶七七，声音里满满的都是笑意："干吗呢？"

"困了，想睡觉。"叶七七的声音闷闷地从被子里传出来。

"哦……你不是刚睡了一天一夜，确定还睡得着？"墨寒卿扯过被子，挑着眉道。

叶七七躺在床榻上，眨眼看着他，神色微微懊恼。

"刚刚那个士兵说什么？咱们明天要回去了吗？"

"嗯。"墨寒卿点点头道，"北辰退兵了。"

"退兵了？"叶七七一愣，这才十几天，北辰就退兵了？

"不是因为我才退兵。"墨寒卿看出她的想法，摸摸她的脑袋道，"是因为夜国对北辰出兵，他们才不得不退兵。"

"夜国？"叶七七微微一怔，"那不是爷爷去找天山雪莲的地方吗？"

"嗯。"墨寒卿点点头，看着她半晌，低低地道，"我们先回京城，然后我便跟皇上说，咱们启程去夜国找你爷爷。"

"真的吗？！"叶七七眼睛里顿时闪烁着璀璨的光芒。

"正好也可以去夜国探查一下消息。"墨寒卿笑了笑，揉揉她的脑袋，低声道。

"好。"一听说又可以出去玩，叶七七乐得合不拢嘴。

"在那之前，你要先把身体养好。"墨寒卿的目光若有似无地扫过叶七七的胸口，声音淡淡地道，"夜国路途遥远，若是不好好照顾自己，大概到了夜国，摸你……就跟摸我自己没什么区别了。"

"嗯嗯嗯！"叶七七继续点头。

墨寒卿笑而不语。

等等……叶七七低头看了一眼自己的胸口，又抬头看了一眼墨寒卿的胸口，沉默片刻，默默地摸了摸自己，愤怒地瞪着墨寒卿。

墨寒卿低头，看着她放在自己胸口的那只小手，扯了扯嘴角："你在干吗？"

叶七七没好气地白了他一眼道："不管怎么说，我还是有的？！"

墨寒卿哭笑不得地看着她，半晌点点头道："是。"

第二日清早，三万多大军告别了慕容大将军，朝烟云城出发。

已经得了消息的柳云薇，早已满脸期盼地站在城门口等叶七七。

"小七公子！"柳云薇气喘吁吁地跑到叶七七的骏马前，仰起脑袋，看着马上的叶七七。

叶七七怔了一下，看着小脸通红的柳云薇，低声道："柳云薇？"

"是我呀。"柳云薇高兴地看着叶七七，脆生生地道，"小七公子，你终于回来了，北辰国退兵了吗？"

叶七七点点头，俯下身子，朝柳云薇伸出手。柳云薇惊讶地看着叶七七，又看了看叶七七白皙清秀的脸，小脸瞬间浮现一抹红晕，结结巴巴地道："公子……是让我跟你一起骑马吗？"

"嗯。"叶七七笑道，"我看你刚才跑过来气喘吁吁的。"

"公子……"柳云薇害羞地伸出小手，轻轻放在叶七七的手上。

叶七七用力一拉，便将柳云薇整个人拉上了马。

"我们走。"叶七七踢了一下马镫，甩了一下缰绳，身下的马儿便摇摇晃晃地往前走了。

墨寒卿骑着马，在叶七七的身后不远处跟着。

少年带着娇小可爱的少女共乘一骑，于千万大军中走过，蓝天白云，城门巍峨……

墨修竹忍不住朝身边的墨寒卿小声道："寒卿，那小姑娘该不会看上咱们家七七了吧？"

墨寒卿冷冷地转过头，看着他，阴沉地道："叫我皇叔。"

"……皇叔。"墨修竹扯了扯嘴角，认命地喊了一声。

"还有，什么是咱们家七七？"墨寒卿眯了眯眼睛，不悦地看着墨修竹。

"……是你家七七。"墨修竹额头滑过一颗汗珠，连忙改口。

墨寒卿勉强点了点头，看着叶七七，目光若有所思，不知道在想些什么。

一旁的慕容鸿羽解围道："对了，那烟云城的城主为了庆祝北辰国退兵，说晚上要宴请咱们。修竹，你跟我一起去吧？"

"好。"墨修竹应了一声。

墨寒卿微微挑了挑眉道："宴会？我也去。"

"啊？"墨修竹一怔，"你……要去？"

墨寒卿目光落在前面的叶七七和柳云薇身上，眯了眯眼睛，声音低沉道："让七七也跟我一起去。"

"哦。"墨修竹点了点头。

"去给七七准备一套华丽的衣服。"墨寒卿转过头，淡淡地吩咐道。

"哦。"墨修竹继续点头，半晌像是想起了什么，"是给七七准备男装还是女装？"

"你说呢？"墨寒卿淡淡地瞥了他一眼，声音凉凉地道。

呃……墨修竹微微一怔，迟疑着道："准备男装？"

一记眼刀朝墨修竹射来。

"我知道了，准备女装，准备女装。"墨修竹赶紧改口。

"呵，还不算太笨。"墨寒卿丢下这句话，便朝叶七七追去。

入夜，城主府里张灯结彩，一片热闹。

柳钱元满脸堆笑地站在城主府门口，恭候墨寒卿、墨修竹、慕容鸿羽。柳云薇则换了漂亮的新衣，满脸期盼。

大约一炷香的时间过去了。

道路尽头，缓缓地出现几个骑马的身影。柳钱元大喜道："来了，来了，靖安王殿下来了！"他身边的侍从赶紧摆好姿态，低下头。

眼看墨寒卿的马渐渐近了，柳钱元赶忙迎上前，朝墨寒卿大声道："在下恭候靖安王大驾。"

墨寒卿坐在马背上，眼眸微垂，看着站在地上的柳钱元，淡淡地道："柳城主不必客气。"

"哪里，哪里，应该的，应该的。"柳钱元抬起头，朝跟在墨寒卿身后的墨修竹、慕容鸿羽一一行过礼，这才疑惑地看着一身浅粉色衣袍的叶七七，奇怪道，"这位姑娘是？"

这穿着浅粉色衣衫的小女孩，不过十来岁的样子，跟自家女儿年纪差不多，容貌却是天生丽质，一双大眼闪烁着璀璨的光芒，红润的小嘴微微翘着，露出浅浅的微笑。

墨修竹提醒他道："这位是靖安王妃。"

柳钱元诚惶诚恐地看着叶七七，低头行礼道："见过王妃娘娘。"

叶七七笑了笑，没说话。

"请诸位入府。"柳钱元抬起头，朝众人比了一个请的姿势，带着他们朝府中走去。

墨寒卿翻身下马，朝叶七七伸出手。叶七七扶着他的胳膊，小心翼翼地从马上下来。

柳云薇站在府门口，期盼地看着朝她走来的人。然而，等他们走到眼前，她也没有找到那个心心念念的身影。柳云薇迟疑了一下，趁众人不注意，偷偷地拽了拽父亲的袖子，小声问道："爹爹，你没有邀请小七公子吗？"

"别胡闹。"柳钱元甩了甩袖子，朝自家女儿瞪了一眼道，"那个小七公子不过是靖安王殿下的护卫而已，靖安王殿下带不带他来，都是靖安王的意思，我哪里好过问。"

"可是……"柳云薇有些失望地嘟起嘴。

"没什么可是。"柳钱元又瞪了她一眼道，"你那小心思给我收一收，不管怎么说，你好歹是烟云城城主的女儿，嫁一个护卫像什么话。"

"我……"柳云薇有些委屈。

"你现在还小，也没见过几个男人，再过几年，等你长大，见的人多了，就知道自己现在有多幼稚。"柳钱元压低声音说了几句，便摆摆手道，"爹爹要去陪他们，你便自己玩去吧。"

"爹爹……"柳云薇忍不住跺了跺脚，转身跑了。

既然小七公子没来，那她去参加什么晚宴也没意思。

柳云薇失望地跑进花园，看着开始凋零的荷花，只觉自己的心也跟着凋零了。

之前她便听说，小七公子在战场上受了伤，几乎下不了床，他今日没有出现在这里，是不是因为伤势没有恢复呢？

柳云薇咬着嘴唇，想了想，决定出府探望小七公子。

第五章　原来是旧相识

城主府大殿。

柳钱元安排墨寒卿、叶七七、墨修竹、慕容鸿羽四人去了上座，然后拍拍手，示意舞女开始表演。

墨寒卿淡淡地在大殿中扫了一眼，却没看到柳云薇的身影。

他皱了皱眉："柳城主。"

"靖安王殿下。"柳钱元赶忙站起身，朝他恭恭敬敬地行了个礼。

"本王记得，你似乎有个年幼的女儿？"墨寒卿意味不明地盯着柳钱元，清冷地问道。

"是，有劳殿下挂记，属下确实有个女儿，名唤云薇。"柳钱元低着头，恭敬地回答道。

"她人呢？"墨寒卿皱了皱眉，若是柳云薇不在，他让叶七七穿女装还有什么意义。

"这……她？"柳钱元忍不住擦了擦额头上的汗水，不会是……

靖安王殿下看上自家女儿了吧？

柳钱元顿时心中欣喜，道："属下这就派人把小女叫来，还请靖安王殿下先行用膳。"

"嗯。"墨寒卿淡淡地点了点头，收回了目光。

坐在墨寒卿身边的叶七七疑惑地转过头看着他。他喊柳云薇过来干吗？

原本柳云薇已经打算偷偷溜出府，快到门口的时候，却被侍卫给拦了下来："小姐，城主大人请您去一趟宴会厅。"

"我爹？"柳云薇愣了一下，不情愿地看着那个侍卫，乖乖地跟着去了。

待柳云薇进了大殿，柳钱元目光落在女儿身上，上下打量了她一番，确定她今日的装扮没什么问题，这才转头朝墨寒卿恭敬道："殿下，小女已经过来了。"

"嗯。"墨寒卿淡淡地点头，朝她随口道，"你就是柳云薇？"

"是。"柳云薇愣了一下，点点头。

"坐到本王身边来。"墨寒卿指着右首边的位子，朝柳云薇道。

柳云薇朝墨寒卿左首边的叶七七瞥了一眼。他身边不是坐着他的王妃吗，怎么还让自己过去？难道不怕他的王妃不高兴？

柳钱元赶紧推了推女儿的肩膀："去，快过去。"

"可是我……"柳云薇郁闷地看着墨寒卿，她为什么要坐到那个凶巴巴的老男人身边……

柳云薇想着想着，再次不由自主地朝叶七七看去。下一秒，她的目光对上叶七七的目光。叶七七朝柳云薇露出一个浅浅的笑容。

柳云薇看到叶七七唇角的弧度，不知为什么，觉得似曾相识。她皱了皱眉，柳钱元在她身后又推了一把道："还愣着干吗？快过去啊。"

"哦……"柳云薇极不情愿地应了一声，一步一步朝墨寒卿走过去。

墨寒卿指了一下右首边，说："坐。"柳云薇便乖乖坐下来。

柳钱元顿时大喜，这情景，多像靖安王殿下带着自己的正妃和小妾啊！

墨寒卿淡淡地瞥了一眼柳钱元，问道："柳城主的女儿可曾婚配？"

"没有没有，小女今年才九岁，哪有婚配一说。"柳钱元将脑袋摇得像拨浪鼓。

"哦……还没有许配人家啊？"墨寒卿点点头，淡淡地道。

"是是是。"柳钱元立刻点头如捣蒜。

"那不知柳城主的女儿可有心仪之人？"墨寒卿看了一眼身边的柳云

薇，继续问道。

"没有没有"柳钱元抢在柳云薇开口前回答，生怕她说出喜欢靖安王的小护卫一事。

"是吗……"墨寒卿嘴唇扯了扯。

身边的柳云薇突然打断柳钱元的话道："爹爹不要乱说，女儿有喜欢的人。"

"你……"柳钱元目光凶狠地瞪了女儿一眼，示意她不要乱说。

柳云薇却固执地看着自家爹爹，仿佛生怕他把自己许配给靖安王，声音清脆地道："女儿有喜欢的人，并且女儿喜欢的人也已经答应要娶女儿。"

"别胡说！"柳钱元朝女儿呵斥一声。

呵……还答应娶她了？墨寒卿转过头，看着坐在自己左首边的叶七七。

叶七七却眨着一双无辜的大眼睛看柳云薇，努力在脑海中回想，自己到底什么时候说过要娶她。

"女儿才没有胡说！"柳云薇涨红了小脸，"爹爹明明知道女儿喜欢小七公子，为什么还要骗靖安王说女儿没有喜欢的人？"

"你……你胡说，爹爹什么时候骗靖安王了？！"柳钱元被她吓出了一身冷汗。

欺骗靖安王这样的罪名，他可担待不起。

"女儿就是要嫁给小七公子！"柳云薇顶嘴道，"小七公子出发去北疆前，已经答应女儿，等回来便娶我！"

"乱讲！"柳钱元被她气得浑身发抖。

"我才没有乱讲！"柳云薇气呼呼地道，"我就是要嫁给小七公子。"

"那小七公子明明已经成亲！别以为我不知道，你身边的丫鬟都跟我说了！"柳钱元一拍桌子，也顾不得墨寒卿在这儿了，气急败坏地吼道。

"那……那又怎么？"

"还怎么？那小七公子不仅已经成亲，连妾室都有了。"柳钱元吹胡子瞪眼地朝柳云薇道，"人家已经娶了两房，你还要嫁，嫁过去当三房吗？"

"我……"柳云薇大声道，"我愿意，我就是喜欢小七公子。"

"那臭小子有什么好，不就是一个护卫，你看上那臭小子哪一点了？个子矮，身子又瘦，一副弱不禁风的样子，前些日子帮靖安王殿下挡了一箭，能

137

不能活下来还不一定，你嫁过去年纪轻轻便想守寡吗？！"

柳钱元开始口不择言。

"我就是喜欢，我就是喜欢，我就是喜欢！"柳云薇顾不得墨寒卿坐在自己身边，扯着嗓子朝自家老爹吼道。

坐在旁边的墨修竹和慕容鸿羽尴尬地看着眼前的情景，不由自主地将目光转到罪魁祸首——叶七七身上。

墨寒卿低低地笑了一声，轻轻端起杯子，放在掌心转了转，优哉游哉地朝柳钱元道："听柳城主的意思，似乎很看不上本王的贴身护卫？"

柳钱元听到这句话，整个人一惊，低头赔礼道："属下不敢。"

"哦，是吗？"墨寒卿拖长了尾音，淡淡地瞥了柳钱元一眼，晃动着手中的酒杯道，"那怎么柳城主的女儿看上本王的侍卫，柳城主却如此不情愿呢？"

"这……"柳钱元急出一身汗，"属下的女儿年纪还小，小丫头片子，懂什么情啊爱啊的，总要长大些才知道喜欢一个人是怎么回事。"

"哦……原来是这样。"墨寒卿淡淡地点了点头，将酒杯放回桌上，缓缓地道，"柳城主的女儿才九岁，说起来，确实不太懂喜欢一个人是怎么回事。"

"是是是！"柳钱元连忙点头，"才九岁，能懂什么，都是说着玩的。"

柳云薇气不打一处来："爹爹，你乱说什么，小七公子救了我两次，要是没有小七公子，我现在说不定已经死了。我这条命是小七公子给的，我愿意以身相许，有什么错？"

"闭嘴！别乱讲！"柳钱元碍于墨寒卿在场，不敢对女儿说出太过分的话，只是吹胡子瞪眼睛地大吼。

"我就是喜欢小七公子！"柳云薇扯着嗓子喊道。

"你才九岁，你懂个屁！"柳钱元怒道。

墨寒卿淡薄的唇角勾起一抹浅浅的弧度："本王的王妃，五岁便看上了本王，照柳城主的话说，是不是也不算数？毕竟五岁的小孩子，更不懂喜欢一个人是怎么回事。"

"是是是……"柳钱元条件反射地点头，只是头点到一半，又回过神，连忙摇头道，"不不不，怎么会呢，王妃天资聪颖，伶俐聪慧，五岁便能看上靖安王殿下，实在是她好眼力啊！"

墨寒卿目光沉沉地看着柳钱元，似乎是在嘲笑他讲话前后矛盾。

柳钱元脑袋上顿时冒出更多的汗。

完了，完了，他这是造的什么孽，怎么一个不小心，又得罪了王妃呢。

"不是……靖安王殿下，是这样的，小女愚笨，自小便关在城主府中，这个……那个……"柳钱元支支吾吾语无伦次地说着。

墨寒卿只是坐在那里，似笑非笑地看着他。

柳云薇不忍心看自己爹爹窘迫的模样，便站起身，从墨寒卿的身边绕到他面前，双膝下跪，朝墨寒卿认认真真地行了个礼道："靖安王殿下，云薇虽才九岁，但也知道什么是知恩图报，什么是恩重如山，什么是举案齐眉。云薇喜欢小七公子是认真的，并不是戏言，云薇知道小七公子是您的护卫，但云薇对小七公子是真心的，还望靖安王殿下成全云薇和小七公子。"

"你！"柳钱元只觉得快要气得吐血了。

"原来柳城主的女儿真看上了我家的小护卫。"墨寒卿似笑非笑地看着跪在自己眼前的柳云薇，声音听不出一丝情绪。

"还望殿下成全。"柳云薇抬起头，坚定不移地看着墨寒卿。

"啧……"墨寒卿为难地皱着眉头，看了一眼身边的叶七七，又看了看眼前的柳云薇，"本王倒是想成全你们……可惜……"

柳云薇抬起头，看着墨寒卿，愣了一下，抢着道："是不是因为小七公子已经成亲了？没关系的，我愿意做小。"

墨寒卿扯了扯嘴角，意味深长地看着叶七七。还有人愿意给你当小妾？一个宫魅愿意给你当小妾也就算了，现在竟然又来一个？

叶七七无语地看着墨寒卿，眼神里传递着一个信息：这不能怪我，我也不知道为什么。

"这个，倒不是做不做小妾的问题。"墨寒卿清了清嗓子道，"只是你们可能不知道，本王身边的贴身护卫小七，其实是——"墨寒卿故意停顿了一下，将叶七七揽进怀中，低头在她额头上轻轻吻了一下，"只可惜，本王身边的护卫小七就是本王的王妃，叶七七。"

啥？！柳钱元惊恐地看着被墨寒卿揽入怀中的叶七七。她……那个漂亮的小姑娘，竟然是个男的？！靖安王殿下竟然娶了个男人当自己的王妃？！

柳云薇也惊讶地看向叶七七。怪不得刚刚那一瞬，她觉得王妃的笑容似曾相识，原来王妃就是之前跟在殿下身边的小七公子？可是小七公子不是个男的吗，为什么此刻穿着女装坐在靖安王殿下的身边？

柳钱元张大嘴，看着叶七七，弱弱地问道："皇上竟然同意了？"

"什么？"叶七七茫然地看着柳钱元。

"不是……"柳钱元在叶七七说话后才反应过来，不对啊，这是女子的声音，那刚才靖安王的意思是，他的贴身护卫一直是王妃娘娘女扮男装吗？

墨寒卿觉得心中无比畅快。

他揽着叶七七的肩膀，微笑着看向柳钱元，淡淡地道："本王此次出征北疆，因路途遥远，时日颇长，王妃心中牵挂不已，又放心不下，才一路女扮男装待在本王身边，想不到竟然因此引来一系列误会，实在是——"墨寒卿低低地叹了一口气，似是颇为无奈，"看来王妃的魅力，远大于本王啊。"

"呵呵……是啊是啊……"柳钱元机械地点头，已经不知道该说些什么了。

柳云薇则一脸讶异地看着叶七七，所以……她之前心心念念的那个人，其实是女子？

她轻轻咬着嘴唇，纠结地看着叶七七。

墨寒卿则十分满意地看着柳云薇，嘴角噙着一抹笑，淡淡地道："真是不好意思，柳城主的女儿竟然看上了本王的王妃，实在是恕本王不能割爱啊。"

叶七七有些无奈地翻了个白眼，该不会这就是这家伙非要自己穿女装来这儿的目的吧？

柳云薇目光直直地盯着叶七七，问道："王妃娘娘之前告诉云薇，您已经成亲，是真的吗？"

叶七七看了一眼身边的墨寒卿，弱弱地道："虽然还没有正式举行婚礼，但已经在准备大婚事宜。"

"哦……那王妃娘娘喜欢的人，就是靖安王殿下了？"柳云薇点点头道。

"嗯。"叶七七应了一声。

"那王妃娘娘之前又和云薇说，您还有一个妾室，是怎么回事？"柳云薇目光直直地看着叶七七，继续问道。

"这个……"叶七七顿时有些头疼，她要怎么告诉柳云薇，自己当初女扮男装时，招惹了阎罗殿的殿主，搞得人家非要给自己当小妾……

这种话，应该难以启齿吧？

"王妃娘娘的妾室是女子吗？"柳云薇见叶七七神色有些纠结，便换了个方式问道。

"呃……是……这个，也是因为我当初女扮男装……"叶七七有些无奈地扯了扯嘴角，低低地回答道。

"那既然王妃娘娘已经娶了一个女子做妾室，应该不介意再多一个吧？"柳云薇打断叶七七的话，声音清脆地问道。

"啊？"

"云薇就是喜欢小七公子，因为小七公子救了云薇的命，云薇的这条命就是小七公子的，而且小七公子对云薇很好，又温柔又耐心。云薇并不在意小七公子的身份，也不在意地位，既然这些云薇都不在意，又怎么会在意小七公子的性别？"

"啊？"叶七七听着她的话，顿时傻眼了。姑娘，你这长长的一句话里面，有什么逻辑可言？

"王妃娘娘可是嫌弃云薇不够漂亮？"柳云薇抬起小脸，眼巴巴地看着叶七七，委屈地问道。

"不是，你挺可爱的……"叶七七目瞪口呆。

"那是嫌弃云薇身世不好？"

"呃……也不是，你身世也挺好的……"叶七七顺着她的话道。

"那云薇也要当王妃娘娘的小妾！"柳云薇见叶七七这么说，便仰起小脑袋，认真宣布道。

叶七七瞠目结舌。

柳钱元整个人都愣在原地，石化了。

墨寒卿脸上的笑也僵了。

不在意小七公子的性别？要当王妃娘娘的小妾？这都是些什么？！

墨修竹和慕容鸿羽懵懂地看着眼前的小姑娘。敢当着靖安王的面和他抢

141

娘子的人……他们做梦也没有想到，竟会是一个九岁的小姑娘……

整个大殿内的气氛，一时有些诡异。

半晌，还是柳钱元打破谜一般的沉默，轻咳两声，尴尬地朝自家女儿道："云薇，别胡闹！王妃娘娘的身份何等高贵，岂是你能攀的？！"

"爹爹！"柳云薇转过头，一双清澈的眼眸水汪汪地看着他，快要哭出来似的。

就在这时，一个侍卫匆匆进来通报道："报城主，天下第一神医云游到烟云城，此刻正在城主府外，说希望能够借宿一晚。"

"天下第一神医？"柳钱元愣了一下，"快请他老人家进来。"

"是！"那侍卫应了一声，又急匆匆地走了。

天下第一神医？墨寒卿神色微动。叶七七身上的伤倒是没什么大碍了，但她这几天还是说胸口有些疼，若是天下第一神医来此，正好可以请他看一下。

不多时，那名侍卫去而复返，说天下第一神医已经在府中安置好了。柳钱元满意地点点头，挥挥手，便让那个侍卫下去了。

天下第一神医到来一事，正好缓解了大殿中尴尬的气氛。

柳钱元举起手中的酒杯，朝墨寒卿抬了抬道："方才是小女不懂事，还望靖安王殿下莫将她的话放在心上。"

墨寒卿瞥了柳云薇一眼，也举起手中的酒杯，朝柳钱元示意道："柳城主心中清楚便好。"

"是是是，属下自然心中清楚。"柳钱元赶忙将酒水一饮而尽。

柳云薇看着爹爹和靖安王，眼睛眨了眨，眼泪不受控制地掉下来。叶七七盯着柳云薇，无奈地叹了一口气，朝她招了招手道："你到我身边来坐着。"

柳云薇听到叶七七的话，泪眼蒙眬地朝她看去，吸了吸鼻子，慢吞吞地走到她身边。

墨寒卿有些无语地转头，看着坐在自己身边的叶七七，用眼神朝她询问道：你想干什么？！

叶七七径直瞪了他一眼：欺负一个九岁的小姑娘，你也好意思？！

墨寒卿眨眨眼睛：九岁怎么了，九岁也是情敌，她要跟我抢你。

142

叶七七白了他一眼，干脆不理他。

柳钱元忍不住头疼起来。

好在过了一会儿，墨寒卿缓缓地朝柳钱元问道："柳城主和那天下第一神医很熟吗？"

柳钱元回过神，赶忙放下酒杯，朝墨寒卿恭恭敬敬地行了个礼道："回殿下的话，属下和那贺神医也不是特别熟，只是贺神医经常来北疆寻找药材，有时候会借宿在属下府上，属下与贺神医的交情仅此而已。"

墨寒卿淡淡地点了点头："柳城主应该也听说了，之前王妃随本王上战场时，舍身为本王挡了一箭，行军途中，条件艰苦，军医的水准又不怎么样，这些日子，王妃的伤口似有复发趋势，所以本王想着，能不能请柳城主出面，让那贺神医来帮王妃看一看？"

"没问题，没问题，属下这就去请贺神医来！"柳钱元听到墨寒卿这么说，立刻点头如捣蒜，他早就恨不得离开这大殿了。

没过一会儿，柳钱元垂头丧气地回来了。

墨寒卿微微挑眉，看着站在大殿之中低着脑袋的柳钱元，淡淡地问道："神医呢？"

"这……"柳钱元有些迟疑地抬起头，苦恼地朝墨寒卿道，"神医他……他说自己今日有些累，不太方便过来，若是……若是靖安王殿下着急，可以带着王妃娘娘去他房中，若是……若是靖安王殿下不着急，明日他再来为王妃娘娘诊脉。"

"哦？"墨寒卿挑了挑眉，目光幽深地看着柳钱元。

这贺神医架子还挺大，想不到靖安王的名号都请不动他。

"这个……属下已经尽力……"柳钱元擦了擦额头上的汗水，已经快要哭出来。他今日宴请之前，肯定没看皇历，不然这一晚上，他为什么如此提心吊胆、心力交瘁呢……

墨寒卿沉默片刻，转头看了一眼正和柳云薇讨论哪个甜点好吃的叶七七，声音低沉地道："罢了，既然是天下第一神医，那本王去拜会他也是应该的。"他一边说着一边从位子上站起身，眼眸微垂，声音温柔地道："七七，走吧，我带你去见一见第一神医。"

"第一神医？"叶七七愣了一下，抬头看向墨寒卿。

143

"你这两天不是一直说自己胸口还有些疼，正好让他帮你看看，之前在军营中，那帮庸医也没处理好。"墨寒卿点点头，温柔地解释道。

叶七七应了一声，便也站起身来。柳云薇见状，连忙跟着叶七七站起来，声音中带着一丝乞求道："七七姐姐，我能跟你一起去吗？"

"嗯。"叶七七点点头，其实对于乖巧可爱又会做甜点的柳云薇，她是打心里喜欢的。

然而，墨寒卿嘴角的笑容顿时僵住了，这人也要跟着他们一起去？

墨修竹和慕容鸿羽见状，连忙跟着站了起来道："我们也去看看。"

墨寒卿无语望苍天。

柳钱元见状，赶忙低头弯腰，朝众人摆了一个请的姿势道："诸位请随我来。"说完这句话，他便朝大殿外走去。

墨寒卿瞥了柳云薇一眼，揽过叶七七的肩膀，连拖带拽地抱着她边往外走边道："娘子随我来。"

"啊……哦……"叶七七忙将手上的点心塞进嘴里。

柳云薇、墨修竹还有慕容鸿羽见状，连忙跟上。

他们一路行至贺神医所住的院子，不过片刻工夫，侍卫出来对众人恭敬道："诸位请进。"

柳钱元带着他们一路朝厢房走去。到了房间门口，柳钱元敲了敲门，试探着问道："贺神医，贺神医，你在吗？"

"在。"房内传来一个苍老却雄浑有力的声音，"是柳城主吗？请进吧。"

柳钱元应了一声，轻轻推开房门。

众人好奇地朝屋子里看去，只见屋子摆设虽然简单，却干净整洁，没有多余的装饰。桌前坐着一个花白胡子的老爷爷，看起来慈眉善目。他手里拿着一支毛笔，面前摆放着几本书，似乎正在纸上写着什么。

柳钱元带着众人走进房中，朝他作揖道："贺神医。"

"柳城主。"贺平轩抬起头，看了柳钱元一眼，也不站起来，捋了捋胡子，朝他笑呵呵地应了一声。

"这位是靖安王殿下。"柳钱元转过身子，朝贺平轩介绍道。

"哦。"贺平轩点点头，往墨寒卿的脸上瞥了一眼，神色并没有波动，

144

更没有要起身行礼的意思。

"这位是靖安王王妃。"柳钱元让了让身子，将被自己挡住的叶七七让出来，笑眯眯道。

"哦……"贺平轩继续点头，朝叶七七看去。

两人的目光在半空交会，贺平轩整个人都愣住了。他捋着胡子的手停在半空，满脸惊恐地看着叶七七道："七七丫头，你怎么会在这里？"

叶七七撇撇嘴，看着贺平轩警惕的脸，声音闷闷地道："贺老头，你每次看见我都要把你自己的胡子藏起来，有意思吗？"

"什么有意思没意思，还不是你这丫头没事就乱拽老夫的胡子。"贺平轩护着自己的胡子，死死地盯着叶七七道，"你跑这烟云城来干吗，你叶珏爷爷不是让你待在飞鹤山庄吗？"

"我……出来玩玩。"叶七七眨眨眼睛，面不改色心不跳地说道。

"玩什么，你身上的毒还没……"贺平轩话说到一半，惊觉自己说漏了嘴，赶忙改口道，"玩什么，你爷爷不是跟你说过，十四岁之前不要下山吗？"

墨寒卿眉头不经意皱了皱，声音低沉地朝贺神医道："七七身上有什么毒？"

贺平轩听到他的话，转过头来，瞥了墨寒卿一眼，不高兴道："你谁啊，我跟七七丫头说话，你插什么嘴？"

"这……"柳钱元额头上滑落一大颗汗珠，赶忙朝贺神医道，"这位是靖安王殿下，贺神医，在下刚才不是给您老人家介绍过了吗？"

"靖安王？"贺平轩皱了皱眉头，看着墨寒卿。

墨寒卿面无表情地看着他。

贺平轩点点头道："哦，我知道了……等等，刚刚柳城主说……"

他转过头看着叶七七，又看了看墨寒卿，瞪大眼睛道："七七丫头是你的王妃？"

"嗯。"墨寒卿面无表情地应了一声。

"胡闹！"贺平轩一拍桌子，终于站起来道，"我七七丫头今年才十三岁，尚未及笄，怎么能当你的王妃？！再说了，你们两个结婚，告诉叶珏了吗？告诉我了吗？告诉秦观了吗？告诉张远之了吗？告诉蔡浩轩了吗？！"

145

贺平轩激动地将桌子拍得砰砰作响。

柳钱元听着贺神医嘴里冒出来的人名，忍不住在旁边掰着手指数，天下第一高手，天下第一神医，天下第一书法家，天下第一诗圣，天下第一琴师。

这靖安王妃到底什么来头，竟然认识这么多天下第一的能人？

"呃……这个……其实……贺老头，你听我解释。"叶七七扯了扯嘴角，看着贺平轩一脸激动，想要说几句。

"不听，拒绝！"贺平轩朝叶七七摆了一个噤声的手势道，"我不同意，我七七丫头怎么能不声不响地成婚？！更何况，你身上的毒还未解，根本不适合成婚！"

毒？墨寒卿皱了皱眉，这已经是今天晚上贺神医第二次提起这件事了。他抬起头，看着贺平轩，声音清冷地道："贺神医，本王与叶七七只是有婚约在身，婚礼大典尚未举行，皇兄已经在准备请帖，昭告天下。大婚之日，必定会邀请各位前辈前来参加的。"

"我七七丫头，虽然调皮了一些，但是琴棋书画样样优秀，她未来要嫁的人，若是不能让我们几个老头子满意，我们是坚决不会同意的。"贺平轩神色稍微缓和了一点儿，但还是语气坚定地朝靖安王说道。

"那是自然。"墨寒卿淡淡地点点头，直视着贺平轩道，"若是有机会，在下一定好好拜会几位前辈。"

"哼。"贺平轩看着墨寒卿，从鼻子里不屑地哼了一声。

"只是不知前辈方才提到七七身上的毒尚未解开，到底是什么毒？"墨寒卿皱着眉头，在叶七七身上瞥了一眼。这家伙身上有毒？她不是百毒不侵的体质吗？

贺平轩沉默片刻，重新在凳子上坐下来，声音低沉地道："我干吗要告诉你？"

屋子里的气氛一时有些尴尬。

墨修竹和慕容鸿羽看着面无表情的墨寒卿，忍不住在心里给贺神医点了个大大的赞。他们还是第一次看到墨寒卿吃瘪的样子。

墨寒卿垂眸看着地面，似是深吸了一口气，努力控制着情绪，抬头朝贺平轩道："既然前辈不愿意说，那可否请前辈为七七看一下她胸口上的伤？"

"我七七丫头受伤了？！怎么回事，你都不会保护她吗？！就你这样，连自己心爱的女人都保护不了，有什么资格娶我七七丫头？！"贺平轩一拍桌子又站了起来，指着墨寒卿的鼻子愤怒道。

墨寒卿有些无语地看着他。叶七七一把拽过墨寒卿的胳膊，朝贺平轩嚷嚷道："你这么凶干吗，是我自己愿意救公子的！"

"你干吗要救这个臭小子？！"贺平轩看到叶七七护着墨寒卿，顿时觉得心中郁闷。这丫头，小时候天天缠着自己陪她玩，眼下竟然当着他的面，护着另外一个臭小子。

"我喜欢他，我就是要救他！"叶七七脸不红气不喘地朝贺平轩大声道，"废话少说，赶紧过来给我看看，我这两天胸口快要疼死了。"

叶七七这么一说，贺平轩顿时没了脾气。他无奈地叹了一口气，上前拽过叶七七的胳膊，将她按在桌旁坐下，给她诊脉。片刻，贺平轩捋了捋胡子，收回手道："七七丫头的伤势没有什么大碍，只是中的那一箭有些严重，纵然皮肉在药物作用下愈合了，但是筋脉什么的，还要慢慢生长，疼是肯定的。"

"那就没有别的办法了？"叶七七眨眨眼睛，看着贺平轩问道，"你给我的那个破药，虽然让伤口好得快，但还是会疼啊，贺老头，要不你再改进改进？"

"什么破药？！我那千丹散可是千金难求的神药！"贺平轩瞪着叶七七道，"上次给你的那一瓶，够救你好几条命了。"

叶七七低低地应了一声，朝墨寒卿看了一眼，声音弱弱地道："可是好像，上次都被我吃光了……"

"吃光了？！"贺平轩震惊地看着叶七七道，"你是把老夫的神药当成糖豆吃？"

"这不是……胸口疼吗……"叶七七讪讪地道。

贺平轩恨不得一口老血喷出来。他盯着叶七七半晌，终究无奈地从袍袖里又掏出一瓶递给她道："省着点儿用。"

"谢谢贺爷爷！"叶七七笑眯眯地接过药，揣进怀里。

"你这丫头……"贺平轩摇摇头，叹了一口气。

叶七七突然问道："你刚刚说我身上有毒，是什么毒？"

"啊？"贺平轩一愣，这才意识到，自己从来没有跟叶七七说过她中毒的事。他支支吾吾道："没……没什么啊，我没说你中毒啊，你听错了吧。"

"哦……是吗？"叶七七眯了眯眼睛，转身指着身后的众人问道，"你们刚才都听见了吗？"

墨修竹、慕容鸿羽、柳云薇点点头，齐声道："听见了。"

贺平轩一下子尴尬起来。

"快说！"叶七七凑到贺平轩面前，白皙的小手拽住他的长胡子，压低声音道，"你要是不告诉我，今天我就把你的胡子剪成花朵形状的！"

"住手，你快给我住手！"贺平轩连忙护着自己的胡子，朝叶七七愤怒道。

"告诉我。"叶七七死死地拽着贺平轩的胡子，说什么都不松手。

"不能说啊，不能说……"贺平轩脑袋摇得跟拨浪鼓一样。

"我拽了啊！"叶七七的手稍一用力，贺神医的胡子便被拽得老长。

"哎哟，疼疼疼……"贺平轩双手捂着下巴，眼里泛着泪光，朝叶七七道，"你这丫头，你快点儿松手，我就告诉你。"

"真的？"叶七七怀疑地看着他。

"真的！"贺平轩连连点头。

"那好吧。"叶七七松手，朝他仰了仰下巴道，"快点儿告诉我。"

贺平轩赶紧抚了抚胡须，抬起头，在屋内众人身上环视了一圈，沉吟道："告诉你可以，不过这些无关人等得出去。"

叶七七转头，看了看站在自己身后的那些人，还没等她说话，墨修竹便抢着道："我知道，我出去，我现在就出去。"说完，墨修竹便拽着慕容鸿羽的袖子出去了。

柳云薇担心地看了看叶七七，红润的小嘴动了动，终究一个字都没有说出来。她在原地磨蹭了一会儿，跟在墨修竹和慕容鸿羽身后出去了。

柳钱元见状，也赶紧屁颠屁颠地出去。

整个房间内，只剩下叶七七、墨寒卿和贺平轩三人。贺平轩瞪着眼睛看着墨寒卿，用手指着他道："你也得出去。"

墨寒卿眯了眯眼睛，直直地看着贺平轩道："本王身为七七的夫君，有必要了解娘子到底出了什么事。"

"不行，这是七七的事。"贺平轩吹胡子瞪眼地朝墨寒卿道，"你还没得到我们几个老头子的认可，我不能告诉你。"

148

墨寒卿沉默片刻，突然道："天香续骨草，万年寒玉断续膏，白玉赤阳蛇菰花，不知道贺神医可有想要的？"

贺平轩眼睛一下子瞪得老大。这几样东西都是墨国皇室特有的，外面根本找不到，且样样都是用来入药的好材料，要是有了这些，那他最近研究的那个药……

贺平轩连连点头道："有，都想要。"

"那贺神医觉得……"墨寒卿微微顿了顿，继续问道，"本王可有资格娶七七？"

"有有有！"贺神医忙点头。

叶七七无语地看着贺平轩，才几棵破草药，就把自己给卖了？

"贺神医告诉本王七七中了什么毒，本王便把这三样药草全部赠送。"墨寒卿幽深的眼眸中闪过一道精光，朝贺平轩说道。

"这……"贺平轩又挣扎了一下，终究抵不过草药的诱惑，只得叹气，朝墨寒卿道，"行吧，既然你已经说要娶七七丫头，那告诉你也无妨，至少让你有个心理准备。"

"嗯。"墨寒卿淡淡地应了一声。

贺平轩捋了捋胡子，坐下来，看着叶七七叹气道："七七中的这个毒，是她自娘胎里带来的。这么多年，我翻遍了所有的医书，也没查到这毒叫什么。随着七七渐渐长大，我跟他叶珏爷爷终于发现了一些端倪。"

"是什么？"墨寒卿皱了皱眉，看着贺平轩问道。

"七七丫头，今年也十三岁了。"贺平轩转头看着叶七七，目光中流露一丝悲凉道，"王爷身在京城，周围有不少官宦之女，十三岁的女孩子，大概是什么身高，应该是知道的。"

"嗯。"

"但是七七这孩子，看起来跟十岁孩童依然没有什么区别。"贺平轩长长地叹了一口气道，"刚才老夫看到屋中还有一个小姑娘，那小姑娘也就十岁左右，你是不是觉得，七七跟那小姑娘看起来年岁差不多大？"

墨寒卿沉默着，没有说话。

"大概三年前，我跟她叶珏爷爷就发现，七七似乎停止了生长。"贺平轩皱着眉头继续道，"之前我们一直在查她到底中了什么毒，如今才发现，原来她身上所带的不是毒，而是江湖上很少见的豆蔻玉人丸。"

"豆蔻玉人丸？"墨寒卿疑惑地看着贺平轩，这名字他从来没有听说过。

"对。"贺平轩点点头道，"这并不是一种毒，而是江湖上一些神秘的女子门派用来保养面容的东西，传闻吃了这豆蔻玉人丸，可以驻颜，即便到三十多岁，看起来也依然像豆蔻年纪。它能让女子的容颜停留在青春貌美的时候。七七之所以会停止生长，便是因为这个东西。"

"此丸无解吗？"

"也不是无解，只是想要凑齐炼制解药的药材，比较困难。"贺平轩叹了一口气道，"我跟她叶珏爷爷已经四处奔波大半年了，才凑了七八成药材。若是在七七十四岁之前不将这药性清除，七七大概一辈子都是孩童的模样，不能及笄，不能来月事，不能生儿育女。"

"十四岁……"墨寒卿转头看向叶七七，却发现叶七七也是一脸困惑。

"贺爷爷的意思是……"叶七七嘴唇轻轻动了动，怔怔道，"我会永远长不大吗？"

"这个……"贺平轩迟疑了一下，安慰道，"不会的，我跟你叶珏爷爷不是在四处寻找药材吗？离你十四岁生日还有大半年，在那之前，贺爷爷肯定把解药配出来。"

叶七七直直地看着贺神医，嘴唇动了动，没有出声。

"那为什么叶珏大师说七七十四岁之前不能下山？"墨寒卿只沉默片刻，便消化了这个事实。

"叶珏并不是七七的亲爷爷。"贺平轩捋着胡子低声道，"我想这事情，你们应该都知道，让七七十四岁之前不要下山的，并不是叶珏，而是七七的父母。"

"我的父母？"叶七七愣了一下，看向贺平轩，疑惑道，"贺爷爷，你知道我的父母是谁？"

贺平轩迟疑了一下，叹了一口气道："知道是知道，只是不能说。关于你父母的事情，你叶珏爷爷以后会告诉你，不该由我来说。"

许久，叶七七才动了动嘴唇道："那我爷爷说要去夜国找天山雪莲，就是为了找解药吗？"

"是。"贺平轩点点头道，"这天山雪莲是极重要的一味药材，今年冬季之前，若是找不到天山雪莲，这解药就没法配。"

叶七七低头看了看自己的双手，还有瘦小的身子，抿了抿嘴，不说话。

墨寒卿看着叶七七沉默的样子，一阵心疼。他揽过她的肩，在她额头上轻轻印下一个吻道："我会帮你找解药，别担心。"

"嗯。"叶七七点点头，脑袋却依然耷拉着。

"七七丫头，你别担心，好歹爷爷我也是天下第一神医，只要你叶珏爷爷争一口气，给我把那天山雪莲找回来，爷爷保证给你配好解药，不用多久，你就能跟正常的十三岁女孩子一样高！以后等你结了婚，生个大胖小子给爷爷抱着。"贺平轩看着叶七七低落的样子，赶紧拍胸口朝她保证。

"嗯……"叶七七点点头。

"不知道贺神医还差什么药材，本王回到京城，立刻派手下出去寻找。"墨寒卿揉了揉叶七七的脑袋，抬起头来，朝贺平轩问道。

"大概还差……"贺平轩想了想，拿起毛笔，大笔一挥写下清单，递给墨寒卿道，"还有这些没找到。"

墨寒卿低头扫了一眼，上面有些药材，墨国的国库就有，但还有一些似乎是别国皇室特有。

"其他药材我基本找得差不多了。"贺平轩看着墨寒卿手中的清单，捋了捋胡子道，"现在就差叶珏那边的天山雪莲，还有这几国皇室特有的药材。"

"嗯。"墨寒卿点了点头道，"这墨国皇室特有的药材，回去我便命人送给你。"

"好。"贺平轩满意地点点头。

"至于北辰国的……"墨寒卿眼中闪过一丝精光。

之前在战场上，北辰国的主帅让七七受了那么重的伤，他若不去北辰的皇室那儿弄点儿药材回来，岂不是对不起七七为他挡的那一箭？

"北辰国皇室现在比较乱。"贺平轩无奈地叹了一口气道，"皇帝刚刚病逝，按照北辰皇帝的遗诏，是四皇子继位，只是据说那七皇子在北辰国中颇有声望，上至朝臣，下至百姓，支持他的人非常多。四皇子怕七皇子篡位，便联合其他皇子想要杀了七皇子，听说那七皇子三年前突然失踪，最近才出现。"

"嗯。"墨寒卿淡淡地应了一声。

北辰的七皇子，别人或许不知道他失踪的那段时间去了哪儿，墨寒卿却是知道的。

这三年，七皇子在墨国中悄无声息，潜伏已久，或许是养精蓄锐，或许是查探敌情，既然现在他重新出现在北辰国众人的视野，便代表他要有所动作。

"我们先去一趟北辰。"墨寒卿摸了摸叶七七的脑袋，声音低低地道。

"啊？不是说去夜国找我爷爷吗？"

墨寒卿点点头，眼睛眯了眯，声音危险地道："得先去北辰找他们拿点儿东西。"

"哦……"叶七七心中明白，他是对自己身上的伤耿耿于怀，于是也没有多问什么。

房间里安静片刻，墨寒卿朝贺平轩道："既然七七身上的伤已经没什么大碍，那我们便回房休息了。贺前辈，叨扰你多时，请早点儿休息吧。"

贺平轩点点头，眼看墨寒卿揽着叶七七的肩膀就要离开，连忙喊住他们道："哎哎……等一下……"

"贺前辈还有何事？"墨寒卿转过头来，朝贺平轩看去。

"你们……现在就回房间了？"贺平轩看着他俩靠在一起的样子，迟疑着问道。

"是。"墨寒卿淡淡地点了点头。

"你俩……睡在一个房间里啊？"贺平轩试探着问道。

"嗯。"墨寒卿继续淡淡地点点头。

"睡在一个房间里的一张床上？"贺平轩心中一凉，紧跟着又问了一句。

墨寒卿微微蹙眉，沉默片刻，继续点点头。

"禽兽！你跟七七丫头还没有成亲，怎么能睡在同一张床上？！"贺平轩急得跳了起来，指着墨寒卿的鼻子大声骂道。

墨寒卿冷静地看着贺平轩，将喷溅到自己脸上的唾沫星子缓缓擦掉，挑了挑眉道："八年前我就跟她睡在同一张床上了，前辈想说什么？"

"呸！八年前你们都是小孩，睡在同一张床上不算数！"贺平轩跳脚道，"现在我七七丫头长大了，女孩子的名声很重要，你们绝对不能睡在同一张床上！"

"哦……长大了？"墨寒卿微微垂眸，优哉游哉道，"贺神医从哪儿看出来她已经长大了？她明明还是个十岁孩童的模样。"

"七七丫头只是看起来没长大！但她今年也十三岁了！"贺平轩气急败坏地将叶七七拽回自己身边道，"十三岁也是大姑娘了，怎么能跟你睡一张床，万一你对她图谋不轨怎么办？！"

墨寒卿深吸一口气，声音清冷："我？对她图谋不轨？"

"废话，不是你，难道还能是我家七七丫头？"贺平轩瞪着眼睛问道。

墨寒卿冷笑一声，朝贺平轩仰了仰下巴："贺前辈有空可以问问她，到底是谁没事就用内力震碎本王的衣袍，又是谁在行军路上，天天对本王上下其手……"

"你……你胡说，七七丫头才不是那样的人！"贺平轩脸色一变，大声道。

"是不是，你问问她不就知道了？"墨寒卿朝他淡淡地瞥了一眼，声音缓缓道。

贺平轩扯了扯嘴角，转过头，看着叶七七问道："七七丫头，你跟爷爷老实说，这小子平时有没有占你的便宜？"

"这个……"叶七七挠了挠脑袋，讪笑着道，"没有吧……"

"没有？"贺平轩不相信地看着叶七七道，"那他刚才说的那些话，是不是诬蔑你？"

"呃……不算吧……"叶七七小声回答道。

"你真的对他上下其手了？"

"没有。"叶七七赶忙摇头。

贺平轩转过头，一脸得意地看着墨寒卿道："看见没有，七七丫头说没有对你上下其手。"

"就是就是。"叶七七点点头道，"我就是想摸一下……唔……唔唔……"

叶七七后面的话还没说出来，墨寒卿已经一个闪身飞到她身边，捂住她

153

的嘴巴。

"你小子是不是要造反？！"贺平轩看到了墨寒卿递给叶七七的眼神，顿时火了，"快给我松手。"他一边说着，一边上前拽住墨寒卿的胳膊，把墨寒卿的手硬给掰了下来。

"七七丫头，别怕，告诉爷爷，你就是想怎么样？！"贺平轩瞪了墨寒卿一眼。

"我——"叶七七刚打算开口，一记凌厉的眼刀便飞了过来。

叶七七瞬间闭嘴，不说话了。

"你怎么了？"贺平轩看着叶七七，忍不住着急道，"你倒是说啊。"

叶七七用力摇摇头。刚刚公子飞过来的眼刀，都可以杀人了啊！她要是说了，搞不好公子又要生气，好多天都不理她！

"是不是这小子威胁你？"贺平轩见叶七七脑袋摇得拨浪鼓一样，转头又朝墨寒卿看了一眼，突然从袖子里掏出一个黑色的小瓶，下一秒，他用胳膊肘在墨寒卿胸口一顶，迅速将瓶里的药丸丢进墨寒卿嘴里。

墨寒卿下意识想将嘴里的药吐出来，贺平轩却猛地拍了一下他的后背。

"咯……"墨寒卿嘴里的东西被咽了下去。

叶七七瞪大眼睛，看着贺平轩流畅的动作，半晌动了动嘴唇，声音颤抖地朝贺平轩问道："贺……贺老头，你给公子吃断肠散干吗？"

"他威胁你！"贺平轩满意地拍拍手，看着眉头紧皱的墨寒卿道，"老夫给他吃了断肠散，解药只有我有，这样他就不敢继续威胁你了。七七丫头，别怕，有爷爷在，爷爷给你撑腰！"

叶七七瞪着一双眼睛，半晌道："贺老头，你不至于吧？"

"什么至于不至于，敢欺负七七丫头的人，就得这样对待。"贺平轩白了她一眼，拍拍她的肩膀道，"行了，说吧，到底怎么回事？"

叶七七转头看了一眼墨寒卿，某人正面无表情地看着自己。

她低头，拽着衣角，踌躇半晌，道："我说完了，你就把解药给他？"

"那是自然。"贺平轩点点头道，"他若是还敢威胁你，爷爷这儿有上百种毒药，可以一样一样地喂给他。"

"我就是……想摸摸……那里……"叶七七沉默了一会儿，朝贺平轩小声道。

墨寒卿觉得，自己已经不想说话了。

"哪儿？"贺平轩满头雾水地看着她。

"就是……那儿……"叶七七指了指。

贺平轩顺着她手指的方向看过去，整个人瞬间僵住了。

半晌，贺平轩扯了扯嘴角，僵硬地问道："你干吗要摸……那里？"

"好奇。"叶七七眨眨眼睛，满眼无辜地看着贺平轩道，"我小时候也拽过他的，我就是想知道为什么他跟我长得不一样，而且，这么多年过去，也不知道可不可以再拽一下。"

拽一下？！

"关于这个……"贺平轩看着墨寒卿铁青的脸，轻咳了两声，转身走到药箱旁，埋头翻了许久，才从里面翻出一本很旧很旧的书。他将书递给叶七七道，"七七丫头，这个给你。"

"这是什么？"叶七七接过书，低头看了一眼封面，上面写着基础构造四个大字。

"你想知道的问题，里面都有。"贺平轩尴尬地看着叶七七道，"早就说当初让你跟着我学学药理方面的知识，你叶珏爷爷非说女孩子会一些琴棋书画就可以了，现在好了吧，琴棋书画有什么用？听爷爷的话，以后有不懂的来问爷爷，别再对靖安王下手了。"

"哦。"叶七七点点头，随手翻了翻那本书，打算过会儿回房间再看看。

"行了，没什么别的事，你俩就回去休息吧。"贺平轩看向墨寒卿的眼神顿时变成了同情，他从怀里摸出一个白色的瓶子，倒出一颗解药，塞进墨寒卿嘴里，朝他俩道，"回去吧回去吧，我还要研究药方。"

"哦。"叶七七继续点头，将书揣进怀里，打算拽着墨寒卿离开。

"对了，你俩在七七服下解药之前，千万不能同房啊。"贺平轩突然喊住叶七七和墨寒卿，表情严肃地叮嘱道。

墨寒卿眯了眯眼睛，看着贺神医，周身的空气冷得可以冻死人。

"那什么，我没什么别的话要说了。"贺平轩赶紧朝他俩摆摆手，示意他们快点儿出去。

墨寒卿反手拽住叶七七的手腕，二话不说，拉着她便朝门外走。

眼看他俩的身影即将消失，贺平轩终究忍不住，朝叶七七又喊了一声："七七丫头，以后别随便拽殿下了……万一拽坏了，以后就不好用了！哎哟……怎么还有飞镖！"

贺平轩脑袋一偏，一枚闪着寒光的飞镖擦着他的脸颊没入身后的墙壁。

"好险好险……"贺平轩拍拍胸口，只觉一阵后怕。

叶七七被墨寒卿拽着手腕，一路回到他俩的房间。墨寒卿黑着一张脸，不由分说推开门，顺手又将叶七七推了进去。

"殿下，你——"叶七七觉得，墨寒卿好像有点儿不太高兴？

还没等她将询问的话说出口，墨寒卿已经反手关上背后的房门，站在她面前。叶七七似乎嗅到危险的气息。

"那个……殿下……"

叶七七用力咽了一下口水，墨寒卿已经伸手，蓦地抓住她的胳膊，将她朝自己的方向拉。叶七七脚下一个踉跄，整个人便朝墨寒卿的怀里倒去。墨寒卿紧紧搂着叶七七纤细的腰肢，另一只手捏着她精致的下巴，俯下身，吻上她红润的唇。

"唔……公子……"

他不由分说撬开她的牙关，找到她柔软的小舌，狠狠地、带着惩罚意味地吻了起来。叶七七只觉一阵天旋地转，瞪大眼睛，看着墨寒卿清秀的脸。

房间里光线有些昏暗，只有月光透过窗棂照进来。墨寒卿表情冰冷，不带情绪，那双眼眸仿佛深不见底，默默地、紧紧地注视着她。叶七七渐渐觉得身上发烫，脸也不由自主地红了，最终败下阵来，无奈地闭上眼睛。

这一次的吻，跟之前完全不同，更有力，更强势，更有侵略性，也更不容拒绝。墨寒卿一只手搂着她纤细的腰肢，手臂稍一用力，便使得她瘦小的身体紧紧贴着他的，另一只手扣住她的后脑，这样的姿势，让她根本无法动弹。

叶七七觉得大脑越来越迷糊。他的呼吸带着温热的气息，喷洒在她的脸上，带来微痒的感觉，她甚至能感觉他挺直的鼻梁顶在自己的脸上。

叶七七不知道他是不是生气了，只知道自己一点儿喘息的机会都没有，只感觉身体越来越软，连想反抗都抬不起手，只能被迫与他纠缠。

这个吻不知持续了多久，直到叶七七觉得唇瓣微微发疼，墨寒卿才缓缓将脸移开。

"那个……公子……"叶七七迟疑着抬起头,软软糯糯地喊了一声。

她只觉脚下一轻,整个人竟然被他拦腰抱起。墨寒卿将她抱到榻前,一个翻身,将她压在身下。叶七七仰面躺在床上,胆战心惊地看着他。他幽深的眼眸距她不过几寸,却仿佛广袤宇宙,吸引着她的目光。叶七七用力咽了一下口水,总觉得眼前的墨寒卿跟平时不一样。

她的双手被他死死扣住,而他一动不动地压着她,下巴微微仰起,却不说一句话。

"公子你……是不是生气了……"叶七七小心翼翼地问道。

回答她的,却是锁骨上忽然传来的温热微麻的触感。他的发梢轻轻划过她的脸颊。叶七七身子一抖,下意识低头看他。他滚烫的呼吸洒在她的皮肤上,他温热的身体覆在她身上,明明没有任何多余的动作,却仿佛一只伺机而动的猎豹,将猎物牢牢控制。

墨寒卿修长的手已经探进她的外袍,掀开一角,带着凉意的手指,缓缓沿着衣袍边角,探进她的里衣。叶七七只觉浑身一麻,仿佛一道电流在体内游走。指尖传来柔软而滑腻的触感,墨寒卿忍不住发出一声轻叹,像是猎豹享受猎物之前的低吼。叶七七尚未来得及反抗,他的另一只手已经利落地扯开她里衣的领子。

这一路往北疆行军的路上,叶七七对他各种调戏,他早已忍耐多时。此刻,当他感觉她瘦小稚嫩的身体在他掌心微微颤抖,心里竟升腾起异样的感觉。那种感觉驱使他想要更多,再多一点儿……

"公子……你……"叶七七的声音里满是慌乱,她还是第一次见到这样的墨寒卿。

墨寒卿听到她的声音,动作微微一顿,手沿着她纤细的腰肢,缓缓向下移。他修长的指尖勾住她里衣的腰带,只需轻轻一扯,便能拽下来。

叶七七慌乱的声音传进他的耳朵:"公子……你……你要做什么……"

墨寒卿的动作瞬间便顿住了。他抬起头来,目光清冷地朝她脸上看去。惊恐?在墨寒卿的记忆里,叶七七向来都是天不怕地不怕的,即便面对强盗土匪、杀手流氓,也从来没有惊恐过。然而眼下……是他让她惊恐吗?

墨寒卿微微蹙眉,低头看着衣衫凌乱的叶七七,她莹润的胸口遍布青紫色的吻痕。这些,都是他带给她的。纵然心里再气她不懂事,也不至于这样……

墨寒卿沉默片刻，拽过床榻上的被子给她盖好，接着翻身下地，默默地走出房间。

叶七七终于松了口气。她小手紧紧地抓住衣袍，将它重新理好，撑着胳膊，朝房门处看了一眼。房门敞开，外面是漆黑的夜色，而墨寒卿的身影早已消失。

所以……他就这么一言不发地吻了她，又一言不发地走了？叶七七只觉心中乱乱的，心脏还在疯狂地跳动。

月亮在地面洒下光晕，偌大的房间里，忽然只剩她一人，莫名让她有些心慌，不知道墨寒卿去哪里了，今天夜里还会不会回来……

叶七七翻了个身，抱着被褥，肌肤上残留着他指尖的温度，身体里异样的感觉，却令她怎么都睡不着。

叶七七在床上滚了大约一个时辰，才迷迷糊糊地睡去。睡梦中，墨寒卿冷漠的脸颊、清冷的眼神、沉默而热烈的亲吻交替不停地出现，直到早上窗外的鸟儿开始叽叽喳喳地欢快吵闹着，叶七七才迷迷糊糊地睁开眼睛。

这一觉非常疲惫。

叶七七摸了摸身边的位置，手心是一片冰凉的触感。昨天夜里墨寒卿出去，就再也没有回房间？她睁眼看着顶上的床幔，这才缓缓地撑着身子坐起来，脑袋沉沉的，脑海也一片空白。

叶七七掀了身上的被子，坐在床边，晃了晃脑袋，清醒了一下，这才下床，随手拿起昨天晚上被墨寒卿扯落在地的外袍。

她刚把衣服穿好，房门便吱呀一声被推开了。叶七七下意识回头看去，只见墨寒卿面无表情的脸出现在房门口。

“公子？”她低低地喊了一声，眼眸中闪过一丝惊慌的情绪。

那一抹慌乱没能逃过墨寒卿的眼睛，他默默地看着叶七七片刻，这才缓缓地道：“你醒了？”

“嗯。”叶七七胡乱点点头。

“出来用早膳吧。”墨寒卿站在房间门口没有进去，淡淡地朝她道，“用过早膳，我们便要出发回京城了。”

“哦……好。”叶七七应了一声，打算朝房间外面走。

"你……"墨寒卿目光落在她的脖子上，迟疑片刻，才声音低沉道，"你衣服的领子没有整理好。"

"啊？"叶七七微微一愣，随即走到铜镜前，对着镜子整理衣服的领子。她刚刚看到镜子里的自己，便愣住了。她白皙修长的脖子上，青青紫紫布满某人昨天留下的吻痕。这么明显的吻痕，就算把衣服领子理好，也根本遮挡不住。

"你……"叶七七转过头，一脸愤怒地看着墨寒卿。

墨寒卿依然淡然地站在房门外，目光若有似无地在叶七七的脖颈上掠过，声音凉凉地道："你要是不想和大家一起用早膳也可以，我让城主府的下人把早膳端到你的房间吧。"

"我……"叶七七还没想好要不要在房间吃，墨寒卿已经将房间门重新关上，转身离开了。

这就走了？叶七七眨眨眼睛，看着重新关上的房门，忍不住扯了扯嘴角。她转头看了一眼镜子里自己的脖子，轻轻地叹一口气。算了，这个样子，还是乖乖地待在房间里比较好。

墨寒卿离开没多久，便有城主府的下人给叶七七送来早膳。隔着半掩的门，叶七七接过早膳，说了一声谢谢，便重新关上门。

她将早膳端回自己的房间，吃完，对着镜子又发起愁来。今日便要启程回京，她总不能一直待在房间里吧，可是一出去，脖子上的痕迹就会被其他人看见，到时候又要惹来一片奇怪的目光。

叶七七郁闷地咬了咬唇。她又在屋子里转悠了一圈，终于在房间的衣柜里，找到一些漂亮的披帛，只是……这么长的披帛用来绕在脖子上的话，会不会看起来像上吊未遂？

叶七七迟疑一下，随便拿出披帛，掌心内力微聚，长长的披帛便碎成几段。她扯了一段围在脖子上，勉强遮住了那些青紫色的痕迹。

又过了不多时，便有人过来喊她出发。叶七七随便收拾了一下，忐忑地走出房门。

城主府大门口，墨修竹、慕容鸿羽还有墨寒卿正站在一起，似乎在说着什么。

他们之前带来的一千轻骑兵也已整顿完毕，安安静静地站在一旁等候命令。

叶七七低着脑袋，一声不吭地朝墨寒卿的方向走，没走两步，眼尖的墨修竹便看到她，大声喊道："皇婶，快来，这边！"

"来了。"叶七七有些无奈地看着他，状似不经意地朝墨寒卿瞥了一眼，却发现他只是背对着自己，没有任何转身的意思。

叶七七走到墨修竹身边，跟慕容鸿羽打了声招呼，便不说话了。

墨修竹却完全没有想要放过她，脸上堆着八卦的笑容，看着她问道："皇婶，你昨天夜里是不是跟皇叔吵架了？半夜还把靖安王赶出房门，你可是墨国第一人啊。"

叶七七听了他的话，有些无语地转头看了墨寒卿一眼。

"哎，皇婶，你是不知道，昨儿我皇叔来敲我俩的房门时，神色有些难看。"墨修竹继续朝叶七七叨叨，"你说我跟鸿羽两个人本来住的房间就不大，床榻就那么一张，他一个大老爷们，非要过来跟我们挤一张床，你说说，三个人怎么睡啊？这不是没有办法，便让柳城主大半夜的又给他收拾了一间房嘛。"

墨修竹一边说着一边促狭地看着叶七七道："皇婶，你快说说，昨儿我皇叔怎么惹你不高兴了？"

"这个……"叶七七忍不住扯了扯嘴角，小声道，"你皇叔还站在这里，你确定要听我说，你就不怕被打吗？"

"不怕啊。"墨修竹一脸坦然地看着叶七七，掀起自己的袖子，指着胳膊上青青紫紫的痕迹道，"昨儿晚上已经被他打过了，大不了他今儿早上再打我一顿，但是这被打的原因，我总得弄清楚啊。"

"呃……"叶七七一脸同情地看着墨修竹，忍不住在心中感慨，太惨了，实在是太惨了，身为墨国三皇子，又是墨国太子人选，却被靖安王揍得惨不忍睹，他这个太子当得还有什么意思啊。

"你都被打成这样了，就没想着要还手？"叶七七想了想，十分认真地朝墨修竹问道。

"还手？"墨修竹愣了一下，疑惑道，"还什么手，我又打不过他。"

"不是啊。"叶七七歪着脑袋想了想，"你马上就是太子了，他只是一个王爷，你身份比他尊贵，你可以用自己的身份来命令他。再说，王爷打太子

160

也是大不敬，你可以让你的手下狠狠地揍他。"

原本站在旁边面无表情的墨寒卿听到叶七七的这些话，终于转过头。

她这是……在教墨修竹怎么对付自己吗？

墨寒卿忍不住眯了眯眼睛，目光在叶七七身上扫了一圈，又朝墨修竹看过去。

接收到来自墨寒卿的目光，墨修竹下意识身子一抖，朝叶七七连连摇头道："不不不，不管怎么说，从辈分上说，他是我的长辈，长辈教育晚辈，那是应该的，我怎么能还手呢，就算我是太子，也得乖乖地听皇叔的话啊。"

"哦……就算是关于朝政的事，你也要听他的？"叶七七睁着一双大眼睛，毫不避讳地看着墨修竹问道，"那他这样算不算是干政呢？"

"不是……皇婶，你……你今天心情也不好吗？"墨修竹擦了一把额头上的汗，看着叶七七一脸无辜的表情，只觉得她的问题一个比一个难回答。

"我？我心情挺好的啊。"叶七七眨眨眼睛，很认真地回答道，"我就是看不惯他一直欺负你，所以想帮你出口气啊。"

"不是……皇婶，那什么……"墨修竹艰难地看着叶七七道，"我……我吧，从小到大，被皇叔欺负惯了，这些都没什么，以前他打我，有打得更严重的时候，所以，那什么，我真的没有怀恨在心，也不想还手。皇婶，真的，咱们能换个话题吗？"

"你为什么要这么听他的话，你这个样子，以后不会成为一个好太子、一个好皇帝。"叶七七却是看着墨修竹，继续教育道，"这家伙脾气这么差，到时候万一动不动就要你去打哪个大臣怎么办？大臣可是朝廷的栋梁，你说到时候你是听他的，还是不听他的呢？"

墨修竹额头上的汗水跟雨水一般，唰唰直往下掉。

"那个……我想起还有东西忘在屋里了，我……我回去拿一下，那什么，要不鸿羽你陪着我一起去拿吧。"墨修竹眼看这话题根本无法进行下去，干脆拽着慕容鸿羽的袖子，头也不回地朝城主府里去了。

"哦，你快去快回啊，我还有问题要问你呢。"叶七七眼看墨修竹要跑，赶忙朝他喊了一声。

正快步离开的墨修竹听到这句话，脚下一个趔趄，差点儿摔倒。

想到过会儿回来，还要面对叶七七各种奇怪的问题，墨修竹转身朝叶七七道："我想起来，我的东西已经拿了。"

"哦……那咱们继续聊一会儿？"叶七七看着墨修竹，点点头问道。

"皇婶，要不你还是跟皇叔聊一会儿吧？"墨修竹无奈地看着叶七七道。

叶七七转头看了墨寒卿一眼，刚准备说不行，贺平轩竟匆匆从城主府跑了出来："等会儿，等会儿。"

"贺爷爷？"叶七七有些惊讶地看着贺平轩，满眼疑惑道，"怎么了，有什么事情吗？"

贺平轩跑到叶七七面前，从袍袖中掏出一个玉瓷瓶，递到她手里："这是爷爷昨儿夜里刚刚配出来的新药，你拿着。不是说这两天胸口疼得厉害吗，这药你一天服一颗，胸口很快就不疼了。"

"嗯。"叶七七点点头，接过贺平轩手中的药瓶。

贺平轩看着叶七七，一副欲言又止的样子，半晌叹了一口气道："七七丫头，你别担心，爷爷肯定会在你十四岁生日之前，将那解药给你配出来。"

"嗯，我相信爷爷。"叶七七点点头，乖巧地回答道。

"回到京城，记得让靖安王把墨国皇室的那些药材都给爷爷送过来。"贺平轩摸摸叶七七的脑袋，叮嘱道。

"好。"叶七七应了一声。

"好长时间没看见你了，其实爷爷有挺多话想问问你，不过眼下时间紧迫，爷爷也就不多说了。"贺平轩看着叶七七，叹了一口气道，"回京路途遥远，你好好照顾自己。"

"嗯。"

贺平轩再次打量了一下叶七七，目光落在她脖子上的色彩鲜艳的披帛上："这是什么？"他指了指披帛，有些不解地朝叶七七问道。

"呃……这个……"叶七七愣了一下，有些尴尬地扯了扯披帛，神情不太自在地朝贺平轩道，"那个……夜里蚊子有点儿多，我脖子上被咬了好多包，所以就想用披帛遮挡一下。"

"有蚊子咬你？"贺平轩皱了皱眉头，关心地朝叶七七道，"快让爷爷看看严不严重，爷爷这儿有专门治疗蚊虫叮咬的药，保证你往脖子上一擦，那些包就没有了。"

"啊……呃……这……"叶七七眼看贺平轩从袍袖中掏出一瓶药，赶紧捂住脖子上的披帛，声音弱弱地道，"不……不用了吧，我被咬的地方又不怎么痒，就是遮一遮就行了。"

"那怎么能行呢。"贺平轩一脸不乐意地看着叶七七道，"这披帛颜色丑，跟你的衣服一点儿都不配，再说这大夏天的，脖子上捂着多难受。你这赶路又风吹日晒的，万一中暑怎么办？"

"不会的，这披帛很薄，不会中暑。"叶七七赶紧捂着脖子，朝贺平轩尴尬地笑道。

"拿下来，拿下来。"贺平轩皱了皱眉，有些不耐烦地道。

墨寒卿淡淡地瞥了他们一眼，走过来搂住叶七七的肩，声音清冷地道："时辰差不多了，我们该走了。"

"嗯。"叶七七顿时松了一口气，连忙转头朝贺平轩道，"贺爷爷，我们得走了，这药我就先收下，过会儿在路上再擦。"

一千轻骑兵跟在他们身后出发。

柳钱元在城主府门口弯着腰，恭恭敬敬地将他们送走，终于直起身子，长长地舒了一口气，总算把这尊大佛送走了。

只是，柳钱元打算进府时才发现，柳云薇似乎不见了踪影。

这孩子，这些日子不是嚷着要跟王妃娘娘一起走吗，怎么现如今王妃娘娘走了，她却不出来送一下呢？

"去，让厨房给小姐多做一点儿她喜欢的糕点。"柳钱元叹了一口气，转身朝身边的下人吩咐道。

"是。"下人应了一声，便匆匆离去。

这孩子，肯定是伤心了。柳钱元摇摇头，转身进门。

片刻后，下人又慌慌张张地跑来找他道："城主不好了！大小姐失踪了！"

"你说什么？！"柳钱元大吃一惊，瞬间撩起衣袍，朝柳云薇的厢房跑去。

这边，叶七七正骑在马上，听见某人清冷的声音突然在身后响起："七七。"

"嗯？"叶七七回过头，朝墨寒卿看去。

"你的那匹马，后腿好像受伤了。"墨寒卿策马上前，朝叶七七淡淡地道。

叶七七愣了一下，看了一眼脚下，果然，马的后腿上有一道长长的伤口，鲜血正从里面流出来。

可能是马儿路过荆棘丛的时候，不小心剐伤的。

"你，"墨寒卿随手指着一个轻骑兵，朝他面无表情地道，"把王妃的马处理一下。"

"是。"轻骑兵点点头，赶忙从马上跳下来，牵着自己的马走到叶七七身边，朝她道，"王妃娘娘，您先骑我的马，您的这匹，我帮它处理一下伤口。"

"哦，好。"叶七七应了一声，正准备从自己的马上下来，却听墨寒卿淡淡地道，"不用，七七跟我骑同一匹马就好。"

叶七七抬起头，阳光就在他的背后，散发着璀璨耀眼的光芒。因为背着光，所以她看不清楚他的容貌。他眉眼间的温柔带着清冷，仿佛枝叶上的露珠，滴入她的心海。

"嗯……"叶七七白皙粉嫩的小脸浮上一抹浅浅的红晕，将手放进墨寒卿的大手中，一个翻身便坐到了墨寒卿前面。

"坐好了吗？"墨寒卿微微低头，凑在叶七七耳边，低沉地问道。

"好了。"叶七七只觉耳朵上传来痒痒的感觉，忍不住歪了歪脑袋，稍微和他拉开一点儿的距离。

墨寒卿将她半圈在怀里，拽着缰绳，轻轻地抖了一下，让马儿继续往前走。

大半个月后。

叶七七远远地看着眼前巍峨的城门，上面有大大的京城二字，表示他们大半个月的日夜兼程，终于到了尽头。

百姓早早地便守在城门口，欢迎他们凯旋。

叶七七坐在墨寒卿身前，看着人头攒动的景象，想要翻身下马。

"你干吗？"墨寒卿握住她的手腕，皱了皱眉，低声问道。

"我……我还是自己骑吧。"叶七七有些不好意思地朝墨寒卿道，"京城里面好多人。"

"所以呢？"墨寒卿朝她挑了挑眉道，"不想让他们知道你是我的王妃吗？"

"不是……"叶七七愣了一下，低声道，"这不是为了保持你不近女色的形象嘛。"

"我？不近女色？"墨寒卿听到这句话，忍不住低低笑了一声，将叶七七圈在怀里，声音低沉地问道，"那我近什么？"

"近……我哪知道……"叶七七红着脸嗫嚅道。

墨寒卿沉吟片刻，朝叶七七道："那我更得向他们证明，我的……取向是正常的，之前听慕容大将军说，京城中开始传本王有断袖之癖，这个传言，只有娘子你才可以打破。"

"我……"叶七七瞬间无语。

眼看城门离他们越来越近，叶七七想要逃脱，却根本逃脱不了，只得坐在马上，朝京城而去。

"快看啊，快看啊！靖安王来了！"

"看到了，看到了！咦……靖安王好像抱着一个女子？"

"什么？！在哪儿？让我看看！"

"真的是个女子啊！什么情况！她跟靖安王是什么关系？！"

"我听说，靖安王妃此次也随军出征，那被靖安王抱在怀中的女子，该不会就是王妃娘娘吧？"

"靖安王真的有王妃了？！之前不是说，那只是个误会吗？"

"啊，我的心好痛，靖安王殿下竟然有王妃了……"

围在城门口的那些老百姓，看到墨寒卿怀里圈着叶七七，顿时议论纷纷。

叶七七低着头，只觉四面八方投射过来的眼刀，几乎要把自己戳死。

墨寒卿目光清冷地扫了一下四周，沉吟片刻，突然在叶七七的头发上轻轻摸了一下。

"嗯？"叶七七疑惑地看着他。

"你的头发上有片叶子。"墨寒卿眼眸微垂，目光温柔地看着她，手上拈着一片绿色的叶子。

"哦……"叶七七点点头，摸了摸脑袋。

墨寒卿随手将叶子丢掉，在她的额头落下一个温柔的吻。

周围响起阵阵女子的尖叫声。

"看见了吗？看见了吗？靖安王殿下竟然亲了那个女的！"

"啊，殿下的眼神好温柔啊！我从来没有见过如此温柔的殿下！"

叶七七的小脸又红了起来。

墨寒卿完全忽略周围的目光和尖叫声，朝叶七七笑了笑。

墨修竹和慕容鸿羽走在墨寒卿和叶七七的后面，对看一眼，无奈地摇了摇头。这大半个月，他俩对于眼前的情景，早已麻木。

回到靖安王府，墨寒卿稍作休息，便赶往宫中复命。叶七七则回到自己的西厢房休息。

与此同时，京城城门外，柳云薇眼睁睁地看着叶七七和墨寒卿消失在京城百姓的夹道欢迎中。从烟云城去京城的这一路，她都偷偷摸摸、不远不近地跟着墨寒卿他们的轻骑兵队伍，也想过去找叶七七，终究还是忍住了，她担心自己会他们被送回烟云城。眼下，她还没去找他们，自己就在京城里迷了路。

柳云薇轻轻叹了一口气，连日辛苦赶路，她大半个月没有好好梳妆打扮，原本华美的衣衫，此刻看起来有些凌乱，还有点儿脏，头发也只是随便扎在脑后，更悲惨的是，她带在身上的钱袋子，在快要到达京城的前两天，不知道丢哪儿去了。

眼下她身无分文，只能想办法打听靖安王府在哪里。这么一想，柳云薇赶忙打起精神，看着京城宽阔的道路上来来往往的行人，迟疑了一下，拦住一位看起来十分面善的大婶，声音清脆地问道："那个……请问，靖安王府在哪儿啊？"

大婶看着眼前的小姑娘，愣了一下，随口问道："你要去靖安王府？"

"嗯。"柳云薇点点头。

"去靖安王府有什么事吗？"

"呃……去找一个人。"柳云薇迟疑了一下，小声回答道。

"该不会是去找靖安王吧？"那大婶一脸意味深长的表情。

"啊？不是。"柳云薇赶忙摇了摇头道，"我……我去找我姐姐，我姐

166

姐在靖安王府。"

"哦，是这样啊。"那大婶松了一口气，看着眼前的柳云薇，弯下身子，指着前面的道路道，"小姑娘，你沿着这条路一直往前走，走到尽头朝左拐，穿过两条街后，再往右边的巷子拐，再走过三个路口，就能看到靖安王府的大门了。"

柳云薇懵懂地看着她。

"听明白了吗？"那大婶看着柳云薇，慈眉善目地又问了一遍。

柳云薇迷茫地摇了摇头。

"那我给你再说一遍，你沿着这条路……"大婶看着柳云薇，十分好心地给她又说了一遍。

这一遍，柳云薇在心中记了个大概，虽然没有全部记住，但好歹这京城里到处都是人，要是找不到地方，就再拦个人问问好了。

"好，我大概知道了……谢谢您！"柳云薇朝大婶道谢，便沿着这条路一直往前走去。

拐过好几个弯，柳云薇看着眼前长得差不多的排排房屋，彻底愣住。她……好像……走错路了？这地儿怎么越走越荒凉……刚才的那条路还人来人往，到了这里，竟然一个行人都没有。

柳云薇前后看看，正准备沿着来时路走回去，突然听到旁边一栋房屋的阴影里传来极低的谈话声：

"吩咐你做的事完成了吗？"

"回殿下的话，属下已将那些探子全部安插好了，都城内几乎每位大臣府中都有我们的人，关于朝堂中的消息，绝对第一时间掌握。"

"嗯，墨国这边呢？"

"墨国这边……探子不是很好插，毕竟不是咱们自己的国家，但属下已经成功安插了两个人，剩下的，属下会尽量安排。"

"嗯，你行事注意点儿，别被人……"

柳云薇听着他们的谈话，心中一惊，下意识后退一步，想要赶紧离开，却不留神踩到一根树枝，树枝发出细微的咔嚓声。

"谁？谁在那里！"伴随一声凌厉的质问，一道银白色的身影出现在柳云薇面前。

"我——"柳云薇惊恐地看着眼前的人，他个子很高，身材修长，一头墨色的长发竖于头顶，脸上却戴着银质面具。

一双清澈幽深的眼眸从面具后死死地盯着她。

"你是谁？"戴着银质面具的人往前一步，朝柳云薇冷冷地问道。

"我……我是柳云薇。"柳云薇仰着小脑袋，看着眼前的人，声音慌乱道。

"我问的是……"那戴着银质面具的人眯了眯眼睛，又往前走了一步，逼近她，"你是什么身份？"

"我……"柳云薇看着他，只感觉特别害怕。

"殿下。"就在这个时候，一道黑影从旁边蹿了出来。

那黑影身形利落地停在柳云薇身后，一只手飞快地掐住柳云薇的脖子，另一只手则将她的双手扭在背后，声音恭敬道："要杀了她吗？"

"不要……"柳云薇只觉脖子被死死掐住，空气正一点一点从肺里流失。这一瞬间，她是真真切切地感觉到了害怕，感觉到死亡的临近。

她抬起头，直直地看向眼前戴着银质面具的人，哀求道："不要……不要杀我……"

宫魅眼眸垂下，冷冷地看着眼前的小姑娘。她衣衫有些脏乱，头发也像许久没打理，鞋子上都是灰尘，脸上也是一道黑一道灰的，只有那双眼睛，黑白分明，清澈见底。

宫魅盯着柳云薇的眼睛，半晌，突然朝手下道："不用，放开她吧。"

"殿下？"那手下明显愣了一下。

"不过是个野丫头，不用管她。"宫魅朝自己的手下道，"放她走吧，咱们现在在京城，最好不要闹出什么动静。"

"……是。"手下迟疑了一下，终究松开柳云薇的脖子，轻轻推了她一把。

"我放你走。"宫魅看着眼前的柳云薇，声音冷冷地道，"不过今日你所看到的、听到的，最好给我全部忘掉，也不许对任何人提起，听到没有？"

"嗯……"柳云薇慌乱地点点头，清澈的眼眸里满满的都是泪水。

宫魅再次看了她一眼，朝手下说了一句"我们走"，便脚尖轻点，消失在半空。

直到那抹身影再也看不到，柳云薇才觉得双腿发软，不受控制地瘫坐在地上。刚刚那个人实在太可怕了……他的眼睛里没有一丝温度，冷得吓人，几乎可以和靖安王媲美。

　　柳云薇瘫坐在地上，好一会儿才回过神来。她双手撑着地面站起身，朝来时路走回去。

　　在京城的街道上又转悠许久，柳云薇终于找到靖安王府。她站在王府大门口，看着门口两座威严的石狮子，迟疑一下，走上前去。

　　"什么人？！"王府门口的侍卫看到柳云薇走过来，同时伸出手中的长枪，挡住她的去路。

　　"我……那个……我来找七七……"柳云薇看着眼前凶神恶煞的侍卫，弱弱地说道。

　　"什么七七？"那侍卫皱了皱眉，声音雄浑地朝柳云薇问道。

　　"就是……王妃娘娘。"柳云薇想了想，换了个方式，朝侍卫道。

　　"你是我们王妃娘娘的什么人？"那侍卫上下打量着柳云薇，看到她身上脏乱不堪的衣物，不客气地说。

　　"我……我是她的小妾。"柳云薇迟疑了一下。

　　几个侍卫顿时面面相觑。

　　为首的侍卫推了推柳云薇单薄的身子，道："去去去，哪来的神经病，我们王妃娘娘是女子，怎么可能有小妾？你是哪家的小孩，敢跑到靖安王府门口来撒野？！"

　　"我……"柳云薇没有站稳，跌坐在王府门口。原本已经凌乱的衣服，这么一跌，立刻出现了一个破洞。

　　"走开，走开！"那侍卫不耐烦地看着柳云薇道，"再不走，可不要怪我们不客气，我们靖安王可不懂得怜香惜玉，我们更不懂。你再不走，我们可要打你了。"

　　"我……"柳云薇一双眼睛微微发红。

　　"快走，快走！"侍卫朝柳云薇挥舞手中的长枪，极不耐烦道。

　　柳云薇咬了咬嘴唇，低头看了一眼自己沾满尘土的小手，眼泪掉了下来。

　　不过下一秒，她飞快地擦掉泪水。不让她从正门进，大不了她从后门进!

柳云薇吸了吸鼻子，从地上爬起来，又转头看了一眼靖安王府的大门，沿围墙朝后门走去。

靖安王府的后门，因为背阴，几乎没什么阳光照射到这里。

大门紧闭，门外也没有任何守卫。柳云薇打量了一眼，正准备撸起袖子爬墙，肩膀突然被一只白皙如玉的手给按住了。

"小姑娘，你在这里干吗？"一道温柔的声音在她背后响了起来。

柳云薇转过头来，一眼便看到一个穿着红色衣衫的漂亮女子站在自己身后。那女子面容秀美，剪水秋瞳中泛着盈盈的水光，翘挺的鼻梁下，是樱桃般红润的嘴。柳云薇看呆了。

"是你……"宫魅愣了一下。

"你认识我？"柳云薇满眼疑惑地问道。

"呃……不认识。"宫魅顿了顿，朝她露出温婉的笑容，"只是刚才在靖安王府正门口见过你。"

这话纯粹是宫魅瞎编的，然而他没想到，柳云薇眼泪唰唰流了出来："你刚才都看到了？"

"呃……看到了，你……你别哭啊……"宫魅温柔地道，"有什么好哭的。"

"呜呜……我就是……"柳云薇听着他如此温柔的声音，更加忍不住眼泪。她刚刚被人掐着脖子差点儿死掉，接着又被王府门口的侍卫当成神经病，还被推到地上。她一个九岁的小姑娘，千里迢迢从北疆赶到京城，风餐露宿都忍过来了，可是眼下，明明已经到了靖安王府门口，却进不去……

一直强忍着不哭的柳云薇，听到宫魅温柔的声音，终于忍不住哭了出来。只可惜，她根本不知道，眼前这个美若天仙、态度温柔的女子，就是刚刚那个差点儿要了她性命的人。

"你想进靖安王府？"宫魅见她哭得梨花带雨，赶紧转移话题。

"嗯。"柳云薇点点头。

"为什么？"

"我……我要去见王妃娘娘。"

"为什么？"

"因为我……我是她的小妾……"柳云薇低着头，嗫嚅着道。

宫魅在听到她的这句话后，半天没有反应。小妾？！眼前这个小丫头？他七七娘子什么时候又收了一个小妾？！

柳云薇见宫魅好长时间没有说话，抬起头看着他："那个你……你是不是不太相信？"

"确实……难以置信。"宫魅顿了顿，十分艰难地说道。

"我刚才也是这么跟门口的侍卫说的，他们都不相信。"柳云薇扁了扁嘴，歪着脑袋看着宫魅问道，"漂亮姐姐，你相信我吗？"

"我……"宫魅扯了扯嘴角，不知道该怎么回答。

叶七七那个家伙，压寨夫人、殿主夫人和小妾都有了，再多一个小妾，他有什么不能相信的，可他就是觉得……不爽。

宫魅盯着柳云薇半天，只想着暂时不要让她跟叶七七见面才好，否则，缠着叶七七的人便又多了一个。

"小姑娘，你……叫什么名字？"宫魅想了想，已经打定了主意。

"我叫柳云薇。"

"哦，虽然我相信你是王妃娘娘的小妾，但就你现在这身衣服……"宫魅顿了顿，在柳云薇的身上打量了一圈，摇了摇头，叹了一口气，"实在让人难以相信啊。"

"啊？为什么？"柳云薇低头道。

这身衣服虽然不是节庆穿的贵重礼服，但也算比较华丽，只是她这段日子长途跋涉，衣服也变得有些破旧而已。

"身份高贵的王妃娘娘怎么会有你这么邋遢的小妾？"宫魅看着她，微微一笑道，"人靠衣衫马靠鞍，你这脏兮兮的样子，谁都不会相信你啊。"

"可是我……"柳云薇低头看着自己脏兮兮的小手，咬咬嘴唇，低声道，"我身上的银子弄丢了，现在身无分文，要是见不到王妃娘娘，我……我……"

宫魅点点头，眼眸带笑地看着她道："既然这样，相遇即是缘分，不如我带你去重新买身衣服换上，你再把自己好好收拾收拾，漂漂亮亮、干干净净地去见王妃，不是更好吗？"

柳云薇抬起头，看着宫魅脸上温柔的笑，愣了一下，有些不好意思地说

171

道："那个……我，可是我与漂亮姐姐素不相识……姐姐，你为什么愿意这样帮我？"

宫魅看着她，微微一笑，温柔地道："因为……我也是王妃娘娘的小妾啊。"

宫魅说完这句话，周围再次安静下来。柳云薇不敢置信地看着她，半晌，才结结巴巴地问道："漂亮姐姐……你……你也是王妃娘娘的小妾？"

"是呀。"宫魅笑意盈盈地点了点头。

"可是你，你长得这么漂亮……"柳云薇目瞪口呆地看着他。这么漂亮的女子，随便放在哪个大户人家，都应该是正妻，怎么变成小妾了呢。

宫魅轻轻地叹了一口气道："漂亮有什么用，那个人不爱你，再漂亮也没用啊！"

"说得是。"柳云薇赞同地点点头道，"王妃娘娘最爱的就是靖安王了，我缠着她好久，她才同意让我当她的小妾。"

宫魅听到这句话，忍不住扯了扯嘴角。缠着她好久？他七七娘子也太没有原则了吧？一个小姑娘，只要多缠着她一会儿，她就同意人家当她的小妾，照这样下去，用不了几年，她岂不是要妻妾成群了？

"漂亮姐姐，漂亮姐姐？"柳云薇见他半天没有说话，忍不住又喊了两声。

"哦，姐姐在想事情。"宫魅回过神，目光复杂地看着她，努力挤出一个温柔的微笑，"别总叫我漂亮姐姐，我叫宫魅，你要是愿意，可以叫我魅儿姐姐，或者叫我姐姐就好了。"

"好，魅儿姐姐。"柳云薇点点头，笑眯眯地喊了一声。

"嗯，既然我们同为王妃娘娘的小妾，那我们便要相亲相爱、互相扶持、与靖安王为敌，努力得到王妃娘娘的宠爱。"宫魅一边说着，一边拉过柳云薇的手，轻轻拍了拍。

"呃……相亲相爱我懂，与靖安王为敌是什么意思？"柳云薇满眼不解地看着他。

"傻丫头，争宠你不懂吗？"宫魅眼中波光盈盈，"现在王妃娘娘一门心思都扑在靖安王身上，哪有空关心我们？我们只有把她从靖安王身边抢过来，她才会喜欢我们啊。"

"可是……"柳云薇还是有些犹豫。

"别可是了，走吧，姐姐先带你去买干净衣服。"宫魅看着柳云薇满是迷惑的小脸，径直冲着她笑了笑，揽过她的肩膀，朝外面的大路走去。

"我……我……"柳云薇来不及抗议，整个人便被宫魅拉走了。这个漂亮姐姐……怎么力气这么大啊……

第六章　不会是个男的吧

　　宫魅带着柳云薇，先去布庄买了一套干净漂亮又合体的衣服，接着又找了一家客栈，让她去房里沐浴，等她沐浴完毕、梳洗干净，又拽着她在客栈吃了一顿好吃的。

　　柳云薇一边吃东西，一边看着宫魅道："姐姐，你对我实在太好了。"

　　"那是自然，我把你当自己的妹妹呀。"宫魅坐在柳云薇身边，一边笑着一边看着她道。

　　"嗯，我从来都没有兄弟姐妹。"柳云薇连连点头，感动地看着宫魅道，"想不到，有一个姐姐是这么幸福。"

　　宫魅只是笑眯眯地看着她。

　　"对了，姐姐，咱们吃完东西，就去找王妃娘娘吗？"柳云薇抬起头，信任地看着宫魅。

　　"这个……"宫魅迟疑一下，北辰国内最近局势动荡得厉害，他这几天估计要回去一趟，原本他想将柳云薇一起拐回北辰，可是眼下见这姑娘傻乎乎的，他又改变主意了。

　　不如将柳云薇送去靖安王府，让她天天缠着七七娘子，好歹也能让靖安王不得安生。

这么一想，宫魅便朝柳云薇笑了笑道："对，吃完东西，我便陪你一起去靖安王府。"

"好。"柳云薇兴奋地点点头。

吃饱喝足又梳洗干净的柳云薇，看起来终于像个漂亮的小姑娘了。

宫魅默默打量着她，忍不住在心里叹了一口气。

这小姑娘长得还挺好看的，虽然年纪小了点儿，但长大以后，应该也是个大美人，看来他七七娘子的眼光挺不错啊……

柳云薇感受到宫魅的目光，忍不住抬起头，伸出小手在自己脸上摸了摸，奇怪地问道："姐姐，我脸上有东西吗？为什么你一直盯着我？"

"没什么。"宫魅收回视线，朝柳云薇浅浅地笑了笑道，"只是觉得妹妹长得很漂亮。"

柳云薇小脸一下子红了起来："哪有，姐姐才是我见过最漂亮的人。"

"是吗？"宫魅朝柳云薇温柔地笑了笑，一时玩心大起，又问了一句，"那我跟王妃娘娘谁更漂亮？"

柳云薇眨着眼睛，看了半天，认真地回答："姐姐更漂亮，比王妃娘娘还美一些。"

"是吗？那你不如当我的小妾，不要当王妃娘娘的小妾了。"宫魅笑眯眯地说道。

"不可以。"柳云薇十分干脆地拒绝。

"为什么？"

"王妃娘娘是我的救命恩人，为了报恩，我必须以身相许。"柳云薇声音清脆地朝他道，"这跟容貌无关。"

"哦……"宫魅点了点头，想不到这小丫头还挺有意思。

只是莫非她不知道，以身相许这种事，都是女子对男子吗？哪有女子对女子以身相许的。

柳云薇见宫魅敛起笑意，又半晌没有说话，忍不住忐忑地问道："姐姐，你……你是生气了吗？"

"没有。"宫魅眨眨眼睛，继续温柔地朝她笑道："若是日后我救了你，你会对我以身相许吗？"

"啊？"柳云薇满眼迷茫地看着她。

"会吗？"宫魅笑眯眯地看着柳云薇，追问了一句。

"以身相许这种事，可以许很多人吗？"柳云薇扯了扯嘴角，有些不太确定地问道。

"不可以。"宫魅正经地看着柳云薇道，"一个人一生，最多可以以身相许两次。"

"啊……"

"所以，要是以后我救了你，你就要对我以身相许。"宫魅强忍着笑意，一本正经地朝柳云薇说道。

"哦……好。"柳云薇想了想，认真地点了点头，"要是以后魅儿姐姐救了我，我就以身相许。"

"嗯，真乖。"宫魅只觉快要笑出内伤了，不过面上还是保持温婉的笑意，摸摸柳云薇的脑袋道，"走吧，咱们去靖安王府。"

"好。"柳云薇紧紧地跟在宫魅身后。

不过片刻工夫，宫魅便带着柳云薇再次来到靖安王府门口。

侍卫们看着宫魅笑意盈盈的表情，一时都愣住了。

直到宫魅走到他们面前，打算大摇大摆地朝王府里走去，他们才回过神，拦住宫魅的去路，表情严肃地道："来者何人？！"

"我吗？"宫魅惊讶地看着侍卫，朝他露出妩媚的笑容道，"我是你们王妃的小妾。"

侍卫们听到这句话，忍不住又对看一眼。怎么又来了一个小妾？他们王妃娘娘身为一个女子，哪来这么多小妾？只不过……眼前这个女子比刚才那个脏兮兮的小丫头漂亮多了，言行举止也不像有病的样子。

"胡说，我们王妃娘娘哪来的小妾！"那侍卫对宫魅的态度稍微温和了一点儿。

"哦，王妃娘娘身为女子，不能有小妾吗？"宫魅将长发绕了一缕到身前，眼眸泛着水光，"还是说，这位大哥觉得我长得不够漂亮，所以王妃娘娘看不上我？"

"不是……"

"不是？那为何拦着我们，不让我们进去？"

"这个……"

176

你要说你是我们王爷的小妾，还稍微有点儿可信度，普天之下，从来没有听说哪个女子能娶小妾的。

　　"她是谁？！"那侍卫一时答不上来，只得转移话题，看着跟在宫魅身后、像个小尾巴的柳云薇道。

　　"她呀？"宫魅回头看了一眼乖乖站在身后的柳云薇，笑着道，"她也是王妃娘娘的小妾，我们姐妹都是王妃娘娘的人。"

　　那侍卫扯了扯嘴角，瞬间无语。

　　"真的。"宫魅看着那侍卫，"你若是不信，就进去问问你家王妃娘娘，告诉她，她的两个小妾就在门外等着呢。得罪了王妃娘娘的小妾，看我以后怎么整你。"宫魅见那侍卫没有进去通报的意思，便双手掐腰，佯装生气的模样。

　　"行吧。"那侍卫迟疑片刻，只得点点头，硬着头皮道，"我给你们通报一声，到时候要是王妃娘娘不想见人，可别怪我。"

　　"知道了，知道了，快去吧。"宫魅听他这么说，立刻露出温柔的笑意，朝那侍卫挥了挥手，示意他赶紧进去。

　　那侍卫再次看了宫魅和柳云薇一眼，低低地叹了口气，转身进去。

　　两个如花似玉的姑娘，奈何脑子有问题……

　　然而过了没多久，那侍卫慌慌张张地从王府里跑出来，脸上堆满笑意道："二位，快请进去吧，王妃娘娘就在她的院子里等着你们呢。"

　　"是吗？"宫魅笑眯眯地看着侍卫，朝他眨了眨眼睛，风情万种道，"谢谢小哥，辛苦你了。"

　　"不辛苦，不辛苦，应该的，应该的。"那侍卫努力让自己的笑容看起来发自肺腑。

　　"那我们进去啦？"宫魅朝那侍卫道。

　　"进去吧，进去吧，需要在下给你们带路吗？"那侍卫点头哈腰地问道。

　　"不用了，王府里面的路我还是熟悉的。"宫魅笑着摆了摆手，便牵着柳云薇的小手，径直朝王府里去了。

　　柳云薇跟在宫魅身后，好奇道："姐姐，你以前是不是经常来这里？姐姐，你也住在靖安王府吗？姐姐，你住得离王妃娘娘近吗？"

宫魅微微低头，看着跟在身边的柳云薇，以及她清澈的眼眸中毫不掩饰的崇拜之情，只觉心中十分受用。

他想了想，摇摇头道："不，我不住在王府，过段日子，我要离开墨国一趟，你在这里好好待着，帮姐姐看住王妃，别让靖安王抢了她。"

"啊？姐姐你要走？去哪儿？"柳云薇听到宫魅说要离开，忍不住有些失落，虽然她跟这个漂亮姐姐认识没多久，却是打心眼里喜欢这个姐姐。

"嗯，以后你会知道的。"宫魅朝她笑了笑，领着她在长廊中转个弯，便看到叶七七住的院子。

院子门口，叶七七正穿着一身浅粉色的衣衫，百无聊赖地蹲在地上，低头研究地上的蚂蚁。

"七七娘子。"宫魅看着她的样子，忍不住笑了笑，温柔地喊了一声，快步走上前去。

柳云薇赶紧小跑着跟上。

叶七七听到宫魅的声音，抬头就看到穿着大红色衣衫的美貌女子笑意盈盈地朝自己走来。

而跟在她身后的那人，竟然是烟云城城主的女儿，柳云薇。

"云薇？你怎么来了？"叶七七惊讶地看着柳云薇问道。

刚刚侍卫来通报，说外面有两个她的小妾，她一开始以为侍卫说错了，毕竟柳云薇人在北疆，怎么可能出现在靖安王府，可是没想到，这个应该在北疆的姑娘，竟然活生生地出现在自己面前。

"我……"柳云薇低着头，有些不好意思地朝叶七七说道，"其实从你们离开北疆的时候，我就跟在你们后面了。我怕路上被你发现，要送我回烟云城，就想着到了京城再告诉你……"

"你就这么从北疆跟来了？"叶七七不敢相信地看着她，半晌迟疑着问道，"那……柳城主知道吗？"

"我是瞒着我爹偷偷跑出来的。"柳云薇声音弱弱地回答道，随即有些焦急地朝叶七七说道，"七七姐姐，你可千万别送我回去，我……我就想跟着你。"

叶七七觉得……有些头疼。

原本她有宫魅这么个美若天仙的小妾，已经够麻烦了，没想到，眼下还

178

蹦出一个小丫头。

一道低沉清冷的声音传来："七七，站在院子门口干吗？"

叶七七抬起头，一眼便看到墨寒卿朝自己走来。

他走到她身边，伸手揽住她的肩，这才看见宫魅和柳云薇，皱了皱眉，面无表情地问道："你们两个怎么会在这里？"

"我来给七七送小妾。"宫魅波光盈盈的眼中都是笑意，顺带揽过柳云薇的肩膀道，"这可是我七七夫君新娶的小妾，我身为姐姐，自然要关照一下妹妹。"

墨寒卿脸色瞬间难看起来。

"那什么……"叶七七眼看气氛有些尴尬，干咳了一下，"咱们还是进去说吧。"

墨寒卿目光阴冷地瞥了宫魅和柳云薇一眼，搂着叶七七的肩膀，径直朝院子里去了。

宫魅不愠不怒，看着他俩转身进去。

柳云薇抬起头，看了一眼宫魅，迟疑着喊了一声："魅儿姐姐？"

宫魅低头看着她，唇角笑意更浓："没事，有姐姐在，他不敢欺负你。走，我们也进去。"说完，他便像墨寒卿搂着叶七七的肩膀一般，搂着柳云薇的肩膀，也大摇大摆地进了院子。

房间里，墨寒卿坐在桌子旁，看了一眼不请自来的宫魅和柳云薇，朝叶七七道："我今日已经进宫跟皇兄说过，过两天咱们便出发去北辰国。"

"嗯，好。"叶七七点点头。

宫魅转过头，看着他俩，奇怪道："你们去北辰干吗？"

墨寒卿淡淡地瞥了他一眼，声音清冷道："有必要告诉你吗？"

宫魅瞬间无语。

叶七七扯了扯墨寒卿的袖子，朝宫魅笑了一下道："我们要去北辰国找些药材。"

"药材？什么药材？"宫魅顿时来了兴趣。

"嗯，就是这上面的药材。"叶七七想了想，觉得宫魅以前好歹也是阎罗殿的殿主，除了墨国的消息，应该对北辰的消息了解不少，于是便将贺平轩写给她的那张纸递给他。

宫魅接过叶七七手中的纸，低头瞥了一眼，随即抬起头来，有些惊讶地看着她道："这些……不都是只有北辰皇室才有的药材吗？七七，你要这些药材做什么？"

"做解药。"叶七七迟疑了一下，还是如实相告。

"做什么解药？谁中毒了？"宫魅看着手中的清单，这上面列举的药材，看起来不像寻常制解药的方子。

"这个……"叶七七咬了咬嘴唇，没有说下去。

宫魅抬起头，看着叶七七欲言又止的样子，愣了一下，随即笑道："七七若是不愿意说，就不说吧，只是……这上面的药材对你来说，很重要吗？"

叶七七点点头道："很重要，非常重要。"

宫魅将那张纸还给叶七七："既然是对七七十分重要的药材，我便帮你把它们弄到手。"

叶七七猛地抬起头，惊讶地看着宫魅道："你帮我？"

"我帮七七夫君，有什么不可以吗？"宫魅温柔一笑，"好歹我从前也是阎罗殿的殿主，北辰国的皇室那边，我还是认得一些人，有些人情他们还欠着我呢，我得去帮七七夫君讨要回来。"

"宫魅……"叶七七看着他白皙的脸颊，竟然不知道说些什么才好。

两人其实交集不多，甚至可以说萍水相逢，可是他一直对自己很好，特别好。

她中毒的时候，他来给自己送解药，她想要北辰皇室的药材，他就答应帮她去弄。

"嗯？"宫魅抬头看向她。

"那个……你……为什么要对我这么好？"叶七七总觉得自己欠了他很多。

"因为你是我夫君啊。"宫魅朝她温婉一笑，这话虽然挑不出问题，但总让人觉得哪里不对。

墨寒卿转过头，眼中绽出冰冷的光芒。宫魅毫不避讳地看着墨寒卿。眼看两人的目光在空中几乎擦出火花，叶七七赶紧出声道："那你是打算跟我们一起去北辰吗？"

"嗯。"宫魅笑着点了点头。

柳云薇眨着清澈的眼睛，看看这个又看看那个："你们要去北辰国？"

叶七七看向柳云薇，声音清脆道："所以，云薇你……"

"我可以跟你们一起去吗？"柳云薇眼巴巴地看着叶七七，可怜兮兮道，"我好不容易从北疆来到这里，还没在京城待几天就要回去……北疆一点儿都不好玩啊，那里人也少，东西也少，我每天都待在家里，一点儿意思都没有。"

"可是……"

"七七姐姐，求求你了，带着我吧。我肯定不会给你们添麻烦的。"柳云薇看叶七七有些犹豫，一双眼睛眨了眨，眼看就要哭出来。

宫魅转头看了一眼身边的柳云薇，笑着朝叶七七道："带上她吧，小姑娘这么远来找你，才刚刚见到你，你就要走，你也太不负责了。"

叶七七忍不住扯了扯嘴角，他们明明是去北辰国找解药，怎么搞得跟出去玩一样。

"七七姐姐……"柳云薇继续可怜巴巴地看着她。

"那，好吧。"叶七七无奈地叹了一口气，"但是我有一个条件。"

"什么条件？"柳云薇顿时高兴起来。

"这一路上，你跟着宫魅住。"叶七七指着他俩道，"让宫魅照顾你。"

"啊？"这下轮到宫魅和柳云薇愣住了。

"呵呵……"叶七七朝他们皮笑肉不笑地道，"毕竟你们两个都是我的小妾，好姐妹要互帮互助，就这么决定了。"叶七七说完，径直从椅子上站起来，朝房门走去。

墨寒卿嘴角勾起似笑非笑的弧度，意味深长地朝宫魅和柳云薇瞥了一眼，也站起身，跟在叶七七身后出了房门。

房间里，只剩下目瞪口呆的宫魅和柳云薇。

好半晌，柳云薇转过头来，看着宫魅，声音弱弱地道："那个……魅儿姐姐？"

"干啥？"宫魅低头，看着眼前的柳云薇。

"太好了，我可以跟姐姐一起住了。"柳云薇笑容越来越灿烂，忍不住扑到宫魅的怀里。

宫魅整个人瞬间僵住了。扑进宫魅怀里的柳云薇，也在下一秒僵住。她一双小手环着宫魅的腰，迟疑了一下，抬起头来，直直地看着宫魅。

"你……看着我干吗？"宫魅声音僵硬地问道。

"魅儿姐姐，你……"柳云薇红润的小嘴张了张，后面的话却说不出来。她从宫魅的怀中直起身子，沉默了两秒，径直伸出一只小手，在宫魅的胸口摸了一把。胸前一马平川，不但没有弹性，还略微硬邦邦的。

宫魅扯了扯嘴角，僵硬地低下头，看着柳云薇放在自己胸口的小手。这是他来墨国，第二次被人摸胸口。上一次，二话不说就上来摸他胸口的人，那个墨国二皇子，已经被他弄去北辰国关着。眼下，竟然是个九岁的小丫头摸他的胸口。

"姐姐你……怎么是平胸？"柳云薇已经九岁，对于男子与女子之间的差别，算是朦朦胧胧懂了些。一个女子，就算胸再平，也不可能一点儿柔软度都没有。

"这个……"宫魅有些尴尬地轻咳两声，脑海飞快地转了转，朝柳云薇温柔道，"这个……姐姐发育不好……"

柳云薇迟疑着抬起头，看着宫魅漂亮得不像样的脸，又默默地伸出手，径直朝他腰部以下的部分探了过去。

宫魅心中一跳，下意识躲过柳云薇的魔爪，直直地看着她问道："你干吗？"

"不干吗。"柳云薇眼看宫魅躲开自己的手，忍不住浮现一个大胆的猜测，"魅儿姐姐，你……该不会是个男人吧？"

宫魅被她这句话问得呛了一下："怎……怎么会呢，姐姐哪里长得不像女子了？"

"那儿……"柳云薇默默指了指他的胸口。

"这个……不是跟你说了，姐姐是平胸……"宫魅尴尬地笑着，声音中带着一丝不自在。

可是姐姐的胸，平得有些过了……柳云薇眨眨眼睛，看着宫魅漂亮的脸，憋了许久，终究没把这句话说出来。

"姐姐有些饿了，去看看靖安王府中有没有什么好吃的。"宫魅实在耐不住柳云薇探究的目光，随便找了个借口，一溜烟儿跑了。

眼看宫魅飞一般逃离了屋子，柳云薇忍不住伸出小手托着下巴。如果，她魅儿姐姐是个男的，那七七姐姐知不知道这件事呢？可是现在，她也只是怀疑，并没有确凿的证据证明魅儿姐姐是个男人。

柳云薇皱眉坐在房间里许久，终于想到一个好办法。她拍拍自己的衣服，欢快地跳着出去了。

在靖安王府休息了几天，这天早上，墨寒卿和叶七七终于要动身前往北辰国。

皇上一早就给他们准备了舒适的马车，车上堆满路上要用的东西。原本，皇上打算来靖安王府为他们送行，但墨寒卿好说歹说，劝他打消了这个念头。此次他们前往北辰国，知道的人越少越好，毕竟两国刚刚交战过。

鉴于宫魅和柳云薇也要去北辰国，墨寒卿还是命靖安王府的下人给他俩准备了一辆马车。虽然皇上御赐的马车空间够大，坐四个人完全没问题，但墨寒卿就是不想看见那两个碍眼的小妾。

路上要带的东西都收拾得差不多了，柳云薇和宫魅早早跳上了后面的马车。

"七七……"眼看她就要上马车，墨寒卿突然低低地喊了一声。

"嗯？"叶七七抬起头，满眼疑惑地朝墨寒卿看去。

"这个……给你。"墨寒卿迟疑一下，朝她伸出手。

"什么？"叶七七一怔。

下一秒，一个温润的触感落在她的掌心。叶七七低头朝掌心看去，却发现那是八年前，自己送给墨寒卿的长命锁玉。

"这是……我的长命锁玉？"叶七七猛地抬起头，朝墨寒卿看去。

"嗯。"墨寒卿点了点头，声音低沉地道，"还给你。"

"你之前不是说它坏了吗？"叶七七不解地看着他。这锁玉明明就是当年自己送给他时的模样，一点儿瑕疵都看不出来。

墨寒卿唇角勾了勾，道："之前那样说，是为了让你留在王府，但是现在……也许我们能从这块锁玉上寻找你身世的信息，说不定能知道你身上的毒是怎么来的。"

叶七七点点头，墨寒卿从她手里拿起锁玉，道："我来帮你戴。"

"好。"

墨寒卿站在叶七七身后，轻轻撩起她的长发，认真地将锁玉为她戴好。

"七月七日长生殿，夜半无人私语时……"叶七七低头，看着脖子上的锁玉，低声地将上面刻着的字念出来。

墨寒卿走回她面前，笑了笑，在她额头上轻轻吻了一下。

谁都没有注意的墙角阴影里，一个穿着黑色劲装的人却瞪大了眼睛，看着挂在叶七七脖子上的锁玉。

七月七日长生殿，夜半无人私语时。

想不到竟然是她！

那黑衣人眼睛闪了闪，朝城郊飞去。

城郊一处院子里，一个书生模样的人正坐在树荫下看书。那道黑影飞快地朝书生模样的人奔去，单膝下跪，恭恭敬敬地喊了一声："殿下！"

"嗯？"那人抬起头，朝面前的黑衣人看去。

他眼神清澈深邃，鼻梁挺直，双唇微微抿起，竟是许久之前在酒楼中与叶七七见过的白星阑。

白星阑皱了皱眉，看着手下慌张的样子，声音低沉地道："何事如此慌张？"

"殿下，属下找到公主了！"黑衣人声音带着激动，朝白星阑道。

"什么？！"前一秒还淡定无比的白星阑，下一秒已经丢掉手中的书本。他站起身，看着黑衣人，不敢置信地道，"你刚才说什么？"

"殿下，属下说，找到公主了！"那黑衣人抬起头，看着白星阑，激动地重复了一遍。

"真的是公主？你没有认错？"白星阑眼眸中闪烁着激动的光芒。

"真的！"那黑衣人点点头道，"属下看到那块长命锁玉了，跟之前殿下拿给属下看的图一模一样，绝对是公主，错不了。"

"公主人在哪儿？你在哪儿找到她的？"白星阑听到那块长命锁玉，焦急地问道。

"回殿下的话，属下是在靖安王府门口看到公主殿下的，她……她好像跟靖安王在一起。"那黑衣人有些迟疑地道，"属下回来之前特意打听了一

184

下，公主现在的名字叫叶七七，好像被墨国的皇帝赐婚给靖安王了。"

"胡闹！"白星阑皱了皱眉，声音不悦地道，"我夜国的公主，怎可随随便便被墨国的皇帝赐婚给一个王爷？！"

"这……"那黑衣人也不知道说什么好。

"等一下，叶七七？"白星阑回过神来，皱着眉想了想，不太确定地道，"叶七七……我之前应该是见过她的，当时我也觉得她长得跟姑父、姑母有些像，只是与她握手，发觉她的骨龄有些不太对，公主今年应该十三岁，但叶七七的骨龄也就十岁左右……你确定是她吗？"

"确定！"那黑衣人朝白星阑点了点头道，"殿下难道忘记了，之前我们不是查出来，当初皇后娘娘被贵妃陷害，吃下了江湖中流传的豆蔻玉人丸吗？属下听说，那药吃了以后可以永葆青春，可是皇后娘娘当时有孕在身，吃下那药便早产了，若是这样，公主殿下发育迟缓，也是有可能的。"

"如此说来……七七妹妹确实可能因为那药物才……"白星阑点了点头，沉默片刻，朝黑衣人道，"可还有其他什么消息？"

黑衣人点点头，继续道："听说墨国皇帝突然要求打开国库，拿了一些珍贵的药材出来。而那些药材无一例外，全部送到了靖安王府。"

白星阑皱了皱眉："这算什么消息？"

"属下特地打听了一下那些药材的名字，发现全是用来做豆蔻玉人丸解药的必备药材。"黑衣人的眼睛闪闪发亮，"而且，听说此次靖安王和七七公主出发前往北辰，为的就是去拿北辰皇室特有的几味药材。"

"豆蔻玉人丸的解药啊……"白星阑意味深长地将那几个字重复了一遍，唇角勾起一抹笑，"看来她确是我的七七妹妹，叶七七……其实你的名字，应该是夜七七才对。"

"那殿下，我们现在要不要追上靖安王他们，将七七公主带回夜国？"那黑衣人迟疑了一下，抬头朝白星阑问道。

"不用。"白星阑沉吟片刻，"既然七七妹妹是去寻找解药，那我这个做哥哥的也不能闲着，那解药应该还需要夜国皇室的几味药材，我得回去把那些药材弄到手。"

"殿下要回夜国？"

"嗯。"白星阑点点头，朝黑衣人道，"你继续留在墨国，替我打探消

185

息，我要回夜国一趟。"

"那七七公主怎么办，任由她跟着靖安王去北辰国？"那黑衣人懵懂地问。

"没事，靖安王会保护七七。"白星阑想了想，又朝黑衣人道，"不行，你去跟着靖安王和七七，要是那家伙想对我妹妹图谋不轨，你就杀了他。"

"是。"那黑衣人点头应了一声，消失在空中。

白星阑长长地舒了一口气。

叶七七，夜七七。

他总算找到失散十三年的妹妹了。

墨寒卿和叶七七赶了一天的路，终于在傍晚时分来到京城北面的小镇。因为靠着京城，所以小镇还算繁华。

墨寒卿掀开马车窗帘，朝外面看了一眼，声音淡淡地朝正在驾车的冷六道："去找家客栈，咱们今晚就在这个小镇里休息。"

"是。"冷六恭恭敬敬地应了一声，放慢马车的速度，时刻注意着道路两边。

片刻，冷六朝马车里大声道："殿下，前面有家悦来客栈，要不咱们今晚就住那里吧？"

"嗯。"墨寒卿应了一声，冷六便将马车停在悦来客栈门口。

虽是傍晚时分，但小镇上来来往往的人并不少，这悦来客栈却是门可罗雀。

墨寒卿掀开车帘，动作利落地跳下马车，接着转过身，朝身后的叶七七伸出手。叶七七扶着墨寒卿的手从车厢中跳出来，抬头看了一眼眼前的客栈。客栈门槛上积着许多灰，夕阳照在门前，却照不进大堂。挂在大门上的悦来客栈牌匾看起来也有些破旧。

叶七七愣了一下，迟疑着道："咱们……今晚住在这里吗？"

"这是镇里最大的客栈了。"冷六擦了一把额头上的汗水，"其他客栈还不如这个。"

叶七七点点头，朝墨寒卿看了一眼，道："那咱们就进去吧。"

"嗯。"墨寒卿应了一声，回头朝跟在他们后面的那辆马车看去。

只见宫魅和柳云薇也从马车中走了出来。宫魅抬头看了一眼客栈，眼眸中是毫不掩饰的嫌弃之色。

"走吧，进去。"墨寒卿瞥了他两一眼，搂着叶七七的肩膀，朝客栈走去。

客栈里有些昏暗，大堂内只点了几根蜡烛，照亮柜台前正在打瞌睡的小二。

冷六看着昏昏欲睡的小二，皱了皱眉，走上前，拍了拍他面前的桌子，大声道："小二，有房间吗？"

"啊！"正在打瞌睡的小二被冷六吼醒，下意识打了个哆嗦。他抬起头，看着站在自己面前的几个人。这些人穿着绫罗绸缎，衣料看起来价值不菲，一看就是富贵人家出身。

小二立刻来了精神，朝他们连连点头道："有有有，有房间，几位客官想要几间房？"

"三间上房。"墨寒卿淡淡地瞥了那小二一眼。

"好嘞！三间上房，几位客官请随小的往这边来！"那小二高兴地应了一声，从身后墙上取下三把钥匙，屁颠屁颠地走到楼梯旁，朝他们比了一个请的姿势。

"嗯。"墨寒卿应了一声，带着叶七七他们，跟在小二的身后上楼了。

小二走在前面，一边带路一边满脸歉意地道："不好意思啊，几位客官，咱们这悦来客栈年代久远，楼梯有些旧，虽然走起来有声响，但各位请不要担心，绝对没有安全问题的……啊……"小二话还没有说完，脚下木板便被他踩破一个洞。他的脚卡在了那个洞里。

"哎哟……哎哟……我的脚……"小二痛苦地蹲下身，抱着自己的腿嗷嗷直叫。

叶七七忍不住扯了扯嘴角，看着小二，满头黑线道："你不是说这楼梯绝对没有安全问题吗？"

小二苦着一张脸，快要哭出来似的看着他们，道："那什么，各位客官能不能帮个忙，帮我把脚从这地板缝里弄出来？"

周围一片安静。

墨寒卿转过头，朝站在身边的冷六使了个眼色，冷六便乖乖走上前去，

187

扶住小二的胳膊，稍一用力，便将小二整个人给拽了出来。

"哎哟……哎哟……这位大爷你轻点儿啊……"小二只觉冷六拽得他生疼。

冷六默默地看了他一眼，便站到墨寒卿身后。

"那什么……各位客官请随我来……"小二龇牙咧嘴好一会儿，这才一瘸一拐地带着他们朝二楼的房间走，"各位小心脚下的地板啊……"

墨寒卿几个颇为无语地跟在小二身后。

一直走到二楼走廊的尽头，小二才指着身边几间房，对他们道："这三间就是我们客栈的天字号房，各位客官，这是你们的钥匙，请拿好，要是有什么吩咐，吼一声就行。"

"嗯，知道了。"墨寒卿接过小二手中的钥匙，朝他点了点头。

小二点头哈腰地告退了。

柳云薇站在昏暗的走廊中，抬头看了一眼头顶的蜘蛛网，扯住宫魅的袍袖，小声道："这……这客栈里面就只住了咱们几个？"

"看起来好像是。"宫魅皱着眉头，用另一只袖子捂着鼻子，一脸嫌弃地道，"这走廊里一股子霉味，这客栈是有多久没住人了。"

"出门在外，还诸多挑剔。"墨寒卿冷冷地瞥了宫魅一眼，声音清冷，"让你别跟着来。"

"我七七夫君都住在这种地方，我自然要和她同甘共苦。"宫魅白了墨寒卿一眼，不屑道，"倒是你，身为堂堂靖安王，竟然安排自己的娘子住这么差的地方，你怎么好意思？"

墨寒卿瞪了他一眼，懒得跟他说话。

他搂过叶七七的肩膀，拿着手中的钥匙，打开身边那扇门，进门之前，朝他们几个道："冷六住我们旁边那间屋子，宫魅，你和柳云薇住离我们远点儿的那间。"

"为什么？！"宫魅看着墨寒卿指着那间朝北的屋子，一脸不乐意地问道。

"因为本王不想看见你俩。"墨寒卿淡淡地瞥了他二人一眼，便搂着叶七七的肩膀径直进了房间。

宫魅和柳云薇对看一眼，只觉好像被深深地嫌弃了……

"算了，咱们两个住就咱们两个住吧！"宫魅无奈地叹了一口气，低头看了一眼柳云薇，拿着钥匙，打开房门。

房间里面还算干净整洁，只是因为屋子朝北，加上此刻已是傍晚，里面的光线有些暗。宫魅随手拿了放在桌上的火折子，将蜡烛点着，火光一下子照亮了整间屋子。

偌大的屋子，除了一张桌子、四张椅子，就只有靠着窗户的一张床了。宫魅看到那张床，愣了一下，不着痕迹地转过头，看了一眼柳云薇，声音温柔地道："好像……咱们这个房间里只有一张床啊。"

"嗯。"柳云薇点点头道，"我看到了。"

"那晚上……要不你睡床，我去睡……"宫魅迟疑了一下，刚准备说他去睡长椅的时候，柳云薇笑了笑道，"晚上我可以跟姐姐一起睡，姐姐，我睡觉有些不太老实，你会嫌弃我吗？"

"我……"宫魅微微一怔，迟疑了一下，摇摇头道，"不会嫌弃你的……"

"那就好。"柳云薇笑眯眯地看着他，又在房间里转悠了一圈，"咱们先去吃点儿东西吧。"

"好。"宫魅点点头。

他们出去找东西的时候，恰好碰到墨寒卿和叶七七也出去找东西。墨寒卿眼神淡淡地瞥了他二人一眼，在叶七七准备说"一起去吃东西"前，便搂着叶七七的肩膀走了。

宫魅和柳云薇沉默片刻，转过头看着对方。

"我感觉又被嫌弃了？"

"我也这么觉得……"

既然被嫌弃，那他们也不打算跟墨寒卿和叶七七一起去吃东西，宫魅带着柳云薇在镇子上转了一圈，随便找了些吃的，便打算回去休息。只是走了一会儿，柳云薇有些迟疑地朝宫魅道："姐姐，你觉不觉得咱们好像一直在同一个地方转悠？"

宫魅愣了一下，抬头看着两边的建筑，声音中带着一丝不确定："好像……是的。"

"我们该不会迷路了吧？"

"不至于吧……"宫魅皱着眉头。他好歹也是阎罗殿的殿主，迷路这种事怎么可能发生在他身上。

"要不咱们还是找个人问问吧。"柳云薇见他也不是很确定,干脆朝正好路过的一个老妇人跑去。

"那个……请问一下,悦来客栈怎么走啊?"柳云薇拦住老妇人,十分有礼貌地问道。

"悦来客栈?"那老妇人明显一愣。

"是呀,悦来客栈怎么走?"柳云薇朝那老妇人又问了一声。

"你们去悦来客栈干什么?"那老妇人一脸惊恐地看着她道。

"我们住在那儿啊。"柳云薇十分自然地回答道。

"你们住悦来客栈?"那老妇人迟疑了一下,眼神警惕地看了看四周,压低了声音朝柳云薇道,"小姑娘,听大婶的话,晚上千万不能住那里,那个客栈……闹鬼。"

"啊?"柳云薇一愣,直直地看着老妇人。

"真的,我们镇上的人都知道。"老妇人一脸严肃,"在那家客栈住的人,都有去无回。"

柳云薇迟疑了一下,又回头看了一眼宫魅,低声道:"那我得去跟我的同伴说一声。大婶,你能告诉我悦来客栈往哪边走吗?"

"哎,那边。"那老妇人指了一下方向,"听大婶的话,赶紧让你的同伴不要住在那家客栈。"

"好。"柳云薇点点头,又谢过老妇人,便朝宫魅跑去。

"怎么样,问到路了吗?"宫魅看着柳云薇,笑着问道。

"问是问到了,可是那大婶说,咱们住的那家客栈闹鬼。"柳云薇满脸担心地看着宫魅,"快,咱们去找七七姐姐,得告诉她这件事。"

片刻,柳云薇气喘吁吁地跑回客栈,爬上二楼,径直来到叶七七和墨寒卿的房门口,刚准备敲门,房门吱呀一声开了。

柳云薇吓得朝后跳了一步。

"云薇?"叶七七抬头,看着站在自己面前的柳云薇,满眼疑惑地道,"你站在这儿干吗?"

"七七姐姐……"柳云薇扑上前去,双手握住叶七七的手道,"我听说这个悦来客栈闹鬼……七七姐姐,咱们要不换个地方住吧?"

"啊?你也听说了吗?"叶七七眨眨眼睛看着柳云薇,惊讶道。

柳云薇点点头道："刚才路上听一位大婶说的，她说，在这家客栈住过的人，再也没有出来过。"

"我也听说了！"叶七七眼睛里闪烁着璀璨的光芒，看着柳云薇，突然露出一脸坏笑，"怎么样，听起来是不是很好玩？我长这么大，还从来没有见过鬼长什么样呢。"

"七七姐姐，你……"柳云薇懵懂地看着她。

"咱们今天就住这家客栈吧！"叶七七满眼兴奋地看着柳云薇，声音里是掩饰不住的激动，"让我看看它到底是怎么闹鬼的。"

柳云薇圆嘟嘟的小脸瞬间惨白。

"就是不知道那个鬼什么时候来。"叶七七眼睛里写满期待。

"七七姐姐……"柳云薇忍不住倒退两步。

"好了，就这么愉快地决定了。"叶七七拍了拍柳云薇的肩膀，从房间里出去了。

宫魅一脸同情地看着柳云薇，忍不住摇了摇头，拽过柳云薇的胳膊，将她拉回房间。

第七章　寻找药材

是夜。

周围一片静悄悄的。

柳云薇睁大眼睛躺在床上，小手紧紧抓着被子，竖起耳朵听着周围的动静。

相较于柳云薇的紧张，宫魅倒是淡定不少。他侧躺在床上，一只手撑着额头，随意瞥了柳云薇一眼，声音带着一抹笑意道："你很害怕啊？"

"嗯。"柳云薇点点头，转过头，清澈的眼眸里写满担心。

"为什么害怕？世界上根本没有鬼怪这种东西。"宫魅看着柳云薇，唇角勾起好看的弧度，声音温柔地对她说道。

许是宫魅温柔的声音缓解了柳云薇害怕的情绪，柳云薇深深吸了一口气，道："你见过鬼吗？"

宫魅愣了一下，摇摇头道："没有。"

"那你怎么知道它是不存在的？"柳云薇眨眨眼睛，直直地看着宫魅问道。

"因为那些都是用来骗小孩子的。"宫魅笑了笑，回答道。

"那你见过自己的心脏吗？"柳云薇看着他，很认真地问道。

"没有。"宫魅忍不住笑出声，"我要是能看见自己的心脏，不就死了吗？"

"你没见过自己的心脏，不代表它是不存在的，对不对？"柳云薇径直贴在宫魅左胸，声音清脆道，"虽然你看不到它，却能感觉到它的跳动，同理，你没见过鬼，就能确定鬼是不存在的吗？"

宫魅一下子被她问得愣住。半晌，他才回过神，对她道："那你感觉到鬼的存在了吗？"

"感觉到了，我觉得脑袋后面有阵阵阴风……"柳云薇缩了缩脖子，小声道。

宫魅忍不住笑出来："你那是心理作用。"

"姐姐你会武功吗？"柳云薇憋了许久，终于问道。

"会啊。"宫魅点点头道。

"你武功好吗？"

"尚可。"

"那……那我能朝你那边靠一点儿吗？"柳云薇抬起头，一双清澈的眼眸中写满了乞求。

宫魅愣了一下，看着她可怜兮兮的模样，点点头道："可以。"

柳云薇立刻拽着被子，朝宫魅身边挪了挪。宫魅忍不住笑道："这下子感觉安全点儿了？"

"嗯。"柳云薇用被子遮住一半的脸，只露出一双眼睛，点了点头。

宫魅无奈地摇了摇头。

等了大半夜，客栈里依然静悄悄的，柳云薇实在熬不住，眼皮上下打架，没一会儿，便迷迷糊糊地睡了过去。

宫魅低头看着蜷缩在榻上睡去的小人儿，拉过被子给她盖好，继续保持警惕，听着四周的动静。

另一边，叶七七坐在床榻上，百无聊赖地看着坐在对面的墨寒卿，打了个哈欠，小声道："怎么那鬼还没来啊？"

墨寒卿在看书，听到叶七七的声音，抬起头看了她一眼，又看了看房间里点着的蜡烛，沉默片刻，对她道："会不会是因为我们房间里一直点着蜡烛，所以那鬼不敢来？"

"是这样吗？"叶七七双手托着下巴，歪着脑袋道。

"我也不太确定。"墨寒卿想了想，"只是以往那些关于鬼怪记载的书里，都写着鬼怪出没于阴暗之处。"

"那咱们把蜡烛熄了吧。"叶七七觉得十分在理，于是抬手挥出一道内力。噗的一声，蜡烛的火光瞬间熄灭。原本亮着的房间，一下子黑了。

叶七七眨眨眼睛，看着黑暗中的墨寒卿，迟疑一下，小声问道："鬼怎么还不来？"

"你这蜡烛才刚熄灭……"墨寒卿满头黑线地回答道。

"哦。"

又过了大约一炷香的工夫，就在叶七七快睡着的时候，原本安静的房间里忽然响起吱呀吱呀的声音。

墨寒卿倏地睁开眼眸，迅速揽过叶七七的肩膀，低头在她耳边道："来了。"

"我也听见了……"叶七七眼睛里闪烁着兴奋的光芒，压低声音说了一句，盯着漆黑的房间。

借着朦胧的月光，叶七七看到房门被轻轻推开，一道白色的影子晃晃悠悠地飘了进来。惨淡的月光下，白影的脸模模糊糊，依稀可以看到散乱的长发，还有鲜红的血迹，以及挂在半空、晃来晃去的长舌。

啧，长得一点儿都不可怕啊……叶七七眨眨眼睛，看着那白色的影子，突然玩心大起。她飞快脱去自己的外袍，只留一身白色中衣，又拆开发髻，用手打乱，接着从袍袖中拿出一瓶药水，飞快倒在自己脸上。她原本白皙清秀的小脸一下子变得狰狞可怖。

"纳……命……来……"那白影快要飘到他们床边时，声音颤抖着道。

叶七七捏住自己的鼻子，突然发出尖锐瘆人的笑声，接着她一个翻身，飞到白色影子的面前。

"啊——鬼啊！"那白色影子看到她的脸，忍不住扯着嗓子尖叫起来。

躲在叶七七他们房间暗门后的两人，听到那声惨叫，互相看了对方一眼。

"成了，他们被吓到了！"其中一人朝另外一人说道。

"走，该咱们登场了！"另外一人一边说着，一边把手中的骷髅头套戴上，按下暗门的按钮，晃晃悠悠地走了出去。

"啊——"那装扮成白色影子的"鬼"还在不停尖叫着。

叶七七无语地看着那道白影，不至于吧，她有这么恐怖吗？

房间里突然传来水滴落地的声音。叶七七闻了一下空气里的味道，转过头，看着淡定坐在床榻上的墨寒卿道："怎么闻到一股尿臊味？"

"那个人，"墨寒卿朝那白色影子仰了仰下巴，看着叶七七道，"被你吓尿了……"

叶七七扯了扯嘴角，正准备回过头再看看白色影子，突然听到身后传来两人的对话声。

"大哥，这屋子里怎么有一股尿臊味？"

"还用问吗，又有人被老三给吓尿了。"

"可是今天这尿臊味尤其刺鼻啊。"

"估计这人水喝得少，有点儿上火吧？"

什么情况？叶七七转头朝自己身后看去。只见两个骷髅一边说着，一边朝自己走来。

"大哥，咱们对面那个正在尖叫的好像就是老三啊？"等到两个骷髅走近了，其中一个看清前面的白影，迟疑了一下，转头朝身边的骷髅道。

"好像……确实是老三……"那个骷髅愣了一下，目光移到叶七七的身上道，"那这个白色的是……啊！鬼啊！"

看清叶七七狰狞的样子，他忍不住也扯着嗓子尖叫起来。

叶七七的房间里接二连三传出尖叫声，吵醒了睡梦中的柳云薇。

她睁开眼睛，听着凄厉的惨叫，忍不住朝宫魅扑去，声音颤抖道："姐姐，鬼来了吗？"

"还没。"宫魅拍了拍柳云薇的肩膀，皱着眉头道，"声音是从七七房间里传出来的。走，咱们去看看。"

"一、一定要去看吗？"柳云薇小脸变得惨白。

"要不……你留在房间里等我？"宫魅想了想，小声问道。

"我……我还是跟你一起去吧。"柳云薇用力摇了摇头，她可不敢一个人留在房间里，万一有鬼过来怎么办？

"走。"宫魅见状，一个翻身便从床榻上坐起来，柳云薇跟着他，小心翼翼地拽着他的衣角，朝叶七七的房间走去。

叶七七的房间里，三个装神弄鬼的家伙还在扯着嗓子尖叫。

实在是他们嘶吼的声音太过刺耳，叶七七忍不住大吼一声："再叫，就吃掉你们！"

这一声吼出来，三个人瞬间闭嘴，腿不停地颤抖着，下一秒，房间里又响起水声。

又有人被吓尿了？

叶七七正准备问那三人为什么装神弄鬼，房门再次吱呀一声被推开。

门口传来宫魅和冷六的声音。

"七七你没事吧？"

"公子你没事吧？"

叶七七听到声音，转头朝房门看去。

站在房间门口的宫魅和冷六，只看到一张惨白的脸转过来。那张脸狰狞可怖，皮肉朝外翻着，眼眶乌青，漆黑的头发半遮着脸，目光空洞。饶是跟着墨寒卿出生入死多年的冷六，看到眼前这一幕，心跳也停了一拍。

宫魅愣了一下，正准备问怎么回事，身后传来柳云薇的声音："七七姐姐怎么样了？魅儿姐姐，冷护卫，你们为什么站在门口？"

"没什么，她……她挺好的。"宫魅连忙转身，捂住柳云薇的眼睛，"就是……她现在的样子不太方便见人。"

"哦……"柳云薇只觉自己的眼睛被温热的大手遮住，虽然看不见，却能感觉那只手骨节分明，一点儿不像女子的手。

柳云薇心底的疑惑又多了一层。她轻轻地嗅了嗅，皱着眉头朝宫魅道："好臭啊！什么味道？"

宫魅无语地看着站在叶七七对面的三个人，迟疑了一下，低声回答："好像……有人被吓尿了。"

"那也不应该这么臭啊。"柳云薇忍不住捏住鼻子。

"还有人……吓得……拉了……"宫魅无奈地回答道。

柳云薇沉默两秒，径直朝自己的房间边走边道："魅儿姐姐，我还是先回房间吧，我觉得比起这屋子里的臭味，我更愿意看见鬼。"

叶七七看着面前的三人，缓缓地走上前去。

"你……你别过来啊……"

"你是什么人……不是，你是什么鬼……为什么……为什么会出现在这里……"

"你不是我们害死的，不关我们的事啊，别来找我们的麻烦……"

那三人声音颤抖地朝叶七七求饶。

"真有那么恐怖吗？"叶七七在脸上摸了一把，拿出另一瓶药水，倒在脸上。几秒钟后，她又变回清秀可爱的脸。

那三个"鬼"眼睁睁看着叶七七的变化，半天没有说出话来。下一秒，三个人腿一软，瘫坐在地上。

"吓死我了……呜呜呜……还以为要被吃掉了……"

"老子长这么大，还是第一次看见这么恐怖的鬼……呜呜呜……"

"大哥，我好怕……我刚才好像尿了……"

"没事……大哥也尿了……"

三个大男人，就这么坐在地上抱头痛哭。

叶七七捏着鼻子，朝墨寒卿使了个眼色，从房间里出去了。墨寒卿淡淡地瞥了一眼瘫坐在地上的三个人，一脸嫌弃的样子。他站起身，默默地跟在叶七七后面，也出去了。

许久，三个大男人哭够了，终于有人小声问道："大哥，我怎么觉得这房间里有点儿臭……"

"老二拉了，快出去！"

三个"鬼"平静下来后，终于恢复了嗅觉，个个朝房门外冲。

外面，叶七七他们正等着三人出来。

原本漆黑的走廊里点着好几支蜡烛，昏黄的烛光照亮了整个走廊。

叶七七双手抱胸，看着从里面冲出来的三个"鬼"，优哉游哉地问道："说吧，你们几个三更半夜装神弄鬼，是想干什么？"

三个大男人对看一眼，又朝叶七七看去。他们这边是三个大男人，武功都还可以，对面不过两个男人，一个女人，外加两个小女孩。虽然人数比他们多，但是，嘿嘿嘿……

那两个男人，也就穿着黑色护卫装的冷六看起来有攻击力，另外一个，一看就是富贵人家的公子哥儿，武功肯定不怎么样。至于那个女人，长得倒是挺漂亮，要是把她绑了，说不定哥儿三个还能好好玩一玩。还有两个小女孩，长得也算标致，拽起来卖到窑子去，估摸着能卖不少钱。

这么一番打算下来，三个"鬼"顿时又来了精神。

"兄弟们！上！"其中一个打扮成骷髅模样的鬼，朝另外两人吼了一声，从腰间抽出一把长剑，挥舞着便朝冷六砍去。

冷六脚尖一点，瞬间躲过他的攻击，皱了皱眉，在半空一个翻身，便朝三人攻击过去："不自量力！"

"冷六，别！把他们留给我！"叶七七突然朝冷六大声道。

"是！"冷六硬生生在半空一个转弯，差点儿掉下来。

"冷六，你退后，让我上！我好久没有揍人了！"叶七七双手握拳，满脸兴奋地看着眼前的三个人。

自从她在北疆受伤，墨寒卿便一直看着她，不让她乱动，连出门都准备了马车。

"七七小姐，你的伤……"冷六退下，一脸担忧地看着叶七七，小声提醒道。

"没事，全好了。"叶七七朝冷六摆了摆手道。

冷六转头看了一眼自家王爷，见王爷没发表意见，便识趣地不说话了。

那三人心中一阵狂喜。

老大朝另外两人大手一挥道："兄弟们，给我上，绑了她。"

"是！大哥！"两人应了一声，便掉转方向，朝叶七七攻去。

"七七姐姐，你小心啊！"柳云薇见叶七七竟然要对阵三个大汉，忍不住为她担心。

叶七七嘴角勾起一抹坏笑，飞身冲到三个人面前，不由分说地飞快出拳，砰砰砰几声，挨个打上那三人的脸。三个装扮成鬼的人，每人一口鲜血喷出来，接着身体便飞了出去。

宫魅看着眼前施暴的叶七七，扯了扯嘴角。这下好了，这三人飞出去的姿势真有点儿像鬼。

三人在半空划出三道弧度，全部砸在走廊的墙上。接着几声闷响，他们只觉自己的肋骨可能断了几根。

叶七七掰了掰拳头，嘴角噙着一抹笑，朝他们缓缓走去。

"你……你别过来……"那三个人贴着墙脚，拼命地蹬着腿，仿佛这样就能离叶七七远一点儿。他们的眼眸里写满了惊恐。

"大姐！放我们一条生路吧，我们只是想抢点儿银子……"扮成白色影子的人忍不住哆嗦着朝叶七七讨饶。

"大姐，你想要什么，我们全给你们，只求给我们留一条命啊！"他们中的大哥，也忍不住哭了起来。

"哦？"叶七七脚步顿了顿，歪着脑袋看着那三个人，"你们都有什么好东西？"

"我们……我们地下室里的东西，随便大姐挑！"大哥一看叶七七对他们的宝物感兴趣，赶紧哭着道，"只求大姐能放我们一条生路。"

叶七七回头去看墨寒卿，一脸兴奋地道："有宝物。"

墨寒卿微微挑眉，看着她，淡淡地道："什么样的宝物你没见过，还对他们的东西感兴趣？"

"哦……那当然，毕竟我曾经欠了你那么多银子。"叶七七朝墨寒卿皱了皱眉，嘟着嘴，不高兴道。

"你欠我的那些，不是都不要你还了吗？"墨寒卿满眼兴味地看着她道，"更何况，现在这种情况下，我的就是你的，你的还是你的，怎么，娘子还不满意？"

"那倒不是。"叶七七想了想，朝墨寒卿做了个鬼脸道，"虽说你的就是我的，我的还是我的，可我现在什么都没有啊，所以得搜刮点儿东西带走。"

叶七七说完，便朝那三个人道："走，带我们去地下室看看有什么好东西，要是东西能让本小姐满意，就饶你们三个不死。"

"是是是！保证让大小姐满意！"大哥一听叶七七的话，顿时觉得有了希望，连滚带爬地站了起来，"大小姐，你在这里稍微等一下，我下楼去拿地下室的钥匙。"

"哦……你该不会想一去不复返吧？"叶七七眯了眯眼睛，声音低低地道。

"怎么可能呢，我是那样的人吗？开客栈、做生意，信誉最重要。兄弟们，你们说是不是？"那大哥拍拍胸口，豪气万丈道。

"是是是是！"另外两个小弟赶紧用力点头。

"哦……信誉最重要？"叶七七鄙夷地看着他们，"你们三个开客栈，

199

装神弄鬼地吓唬客人，还好意思说信誉最重要？"

"这……"几人一脸尴尬。

那大哥挠了挠后脑勺，朝叶七七勉强笑道："那什么，这不是跟大小姐开个玩笑吗？七月半刚过去没多久，咱们兄弟几个也就为了应个景。"

"七月半……"叶七七忍不住扯了扯嘴角，"都过去快两个月了吧？"

那大哥瞬间被叶七七堵得没话说。

"那个……我先下去拿钥匙……拿钥匙……"那大哥尴尬地笑了一下，连忙转身朝楼下跑去。

墨寒卿眼神冰冷地看了他一眼，朝冷六道："去，跟着他。"

"是。"冷六恭恭敬敬地应了一声，便跟着大哥下去了。

二楼走廊里，还剩下两个小弟。

"大小姐你……你贵姓啊？"两个小弟心虚得厉害，又被他们这么盯着，只得硬着头皮没话找话。

叶七七白了他们一眼，捏着鼻子道："去把身上的衣服换了，再去把我们的房间清理一下，臭死了！"

两个小弟赶紧乖乖照做。

等他们换好干净衣服，打扫完房间，又拿了钥匙过来，叶七七朝他们大哥仰了仰下巴道："带我们去地下室，要是里面的东西不能让本小姐满意，我就一个一个打死你们。"

"是是是，保证让大小姐满意！"那大哥一脸谄媚地朝叶七七道。

一行人来到悦来客栈的地下室。

走过一段长长的阶梯，叶七七看着眼前的房间，眨了眨眼。

房间不算大，里面却堆得满满的，黄金、珠宝、玉石、字画……应有尽有。

三人中的大哥看着眼前的宝贝，自豪地转过头，朝叶七七道："怎么样，大小姐，您看看有什么喜欢的，尽管拿走！这些都是哥儿几个开客栈这么多年，残害……啊不，客人们自愿给的。"

宫魅站在叶七七身后，瞥了他一眼，啐道："呸，杀人越货就杀人越货呗，还说什么自愿的，撒谎都不脸红。"

"呵呵呵……"大哥皮笑肉不笑地站在房间里，狠狠地瞪了宫魅一眼。

200

叶七七在屋子里扫视一圈，撇撇嘴道："没意思，全是些金银珠宝。"

大哥脸上的笑容一下子僵住了。

"大小姐……不知道您……对什么感兴趣？"他看着叶七七，试探道。

"武器！兵书！"叶七七郁闷地回答。

"有有有！兵书没有，但是武器有啊！"那大哥强打起精神，朝叶七七道，"大小姐请随我这边来。"他一边说一边带叶七七朝屋子的角落走去。

角落里积满灰尘，一看就知道平时没人关注，跟前面那些堆放金银珠宝的地方比，这里简直让人不忍直视。

那大哥干笑两声，搓了搓双手，朝叶七七点头哈腰道："大小姐，所有的兵器都在这里了，那个……咱们兄弟几个，对兵器不是特别有研究，反正那些住店的人带的兵器，哥儿几个觉得不是很值钱，就全部堆在这儿了……大小姐你随便挑，有喜欢的就拿走！"

叶七七在那堆武器上面扫了一眼，看到里面最多的是长剑、匕首什么的，偶尔也能看到几个流星锤、血滴子之类的，只是那些武器乱七八糟地堆放着，看起来杂乱无章。

"这里面有什么好东西吗？"叶七七弯下腰，伸出白皙纤细的小手，在武器堆里随便翻了翻。

"这个……我们兄弟几个也不知道……"那大哥尴尬地扯了扯嘴角，他们对武器是真没有研究，在他们眼里，这些东西不过是一堆破铜烂铁，除了放在这儿，也没别的地方可放了。

叶七七蹲着扒拉半天，目光突然被一把精致的匕首给吸引住了。

匕首通体乌黑，握手上雕刻着繁复的花纹，样式看起来有些眼熟，而匕首外壳原本应该镶嵌宝石的地方，只留下一个个孔洞。

叶七七将那把匕首握在手里，转头朝身后的大哥问道："这匕首从哪儿来的？"

"啊？"那三个人中的大哥，低下头，紧紧地盯着叶七七手中的匕首，皱着眉头思索了半天，无可奈何道，"这……我真的记不得了，这匕首好像放这里也有些年月了，大概是之前某个来住店的人留下的。匕首看起来不是很值钱的样子，上面原来镶嵌着一些宝石，但都不是很大，兄弟几个无聊的时候，就把那些宝石全部抠掉了。反正，肯定不是什么富贵人家留下的东西，要

201

不然，哥儿几个应该会对它的主人有点儿印象。"

"不记得了？"叶七七迟疑片刻，转过身，面对墙壁，从自己的脖颈上拉出一条项链。

那项链还是八年前她跟墨寒卿掉下山崖的时候，那位老爷爷送给她的。项链是一把钥匙形状，上面雕刻的花纹跟匕首上的花纹一模一样，钥匙上也镶嵌着一些细碎的宝石，而且宝石镶嵌的位置，跟她手中的这把匕首一模一样。也就是说，这把钥匙跟这把匕首，应该属于同一个人。

难道这匕首……也是那位老爷爷的？

叶七七将钥匙重新塞回领子里，转过身，朝三人道："这匕首上镶嵌的宝石呢？"

那兄弟几个为难地看着叶七七，迟疑道："大小姐你该不会是看上这把匕首了吧？"

"嗯。"叶七七点点头。

"这里面好看的、漂亮的武器这么多，你为什么看上这么一把不起眼的匕首啊？"那大哥朝叶七七无奈道，"看起来黑不溜秋的，有啥好？"

"少废话，让你给本小姐找宝石，就乖乖找去！"叶七七瞪了他一眼，凶巴巴地道。

"是是是……马上就给大小姐找去！"那三个人赶紧点头哈腰地应了一声，在房间里四处寻找。

柳云薇和宫魅站在房间的入口处。宫魅忍不住道："七七，你真看上那把破匕首了？"

"嗯。"叶七七低头看着手中的匕首，说不上来为什么，她就是特别想知道，刻有这种花纹的东西到底来自哪里。八年前那个神秘的老爷爷，又到底是什么身份。为什么他给了墨寒卿一本武功秘籍，过了八年，她竟然就打不过墨寒卿了。

宫魅看着叶七七若有所思的样子，想了想，便没有再说话。

柳云薇毕竟是女孩子，对这些亮晶晶的东西完全没有任何抵抗能力。只见她目光在那些漂亮宝石上转来转去，虽然满眼向往，却还是乖乖地站在宫魅身边，一动不动。

叶七七看了柳云薇一眼，突然道："云薇，你要是有喜欢的东西，拿走

202

就好。"

"可以吗？"柳云薇愣了一下。

"嗯，可以的。"叶七七朝她笑了笑道，"这里的东西，都是我的了。"

啥？！正在房间里东翻西找的三个人瞬间转过头来，一脸快要哭出来的表情。大姐，你刚刚不是只看上了那把不起眼的匕首吗？你也没说这里所有的东西你都要啊？你把这些东西都拿走，哥儿几个活着还有什么意思啊。

"谢谢七七姐姐！"柳云薇欢呼着朝那些漂亮的珠宝玉石奔去。

"那啥……大小姐，您能给我们兄弟几个留点儿养老的东西吗？"三个兄弟中的一个，哭丧着脸，小心翼翼地问道。

"哦……想养老？"叶七七抬起头，直直地看着他。

"嗯……"那人用力点了点头。

"呵呵，要钱还是要命，自己选！"叶七七也懒得跟他们多说，径直丢下一句话，便掰了掰自己的手腕。

那三个人脸色一变，下一秒，朝叶七七低头道："要命……要命……"

"要命，就赶紧给本小姐把匕首上被抠掉的宝石找回来！"叶七七再次白了他们一眼，凶巴巴道。

"是是是……"三人应了一声，赶紧继续找了起来。

过了许久，他们才将宝石找齐全。

幸好当初他们都嫌这匕首上的宝石太小，只是抠着玩，没将它们卖掉，否则，今天要是找不齐，估计他们的脑袋就要搬家了。

三人如同献宝一样，将宝石全部送到自己面前，叶七七满意地点了点头。

她将那些宝石一一和匕首上剩下的空洞做了对比，确定没有出入，这才收起来。

"大小姐，您……满意了吗？"那三个人中的大哥搓着双手，谄媚地看着叶七七。

叶七七点点头，随即转过头，朝站在自己身边的冷六道："去，趁着咱们现在离京城还不算太远，你回去再多喊几个人来，帮我把这些宝贝全部搬走。"

"是！"冷六应了一声，便转身朝地下室外面走去。

七七小姐的吩咐，他自然是完成得越快越好，那一屋子的宝石，大概再喊上四个兄弟，三辆马车应该可以全部搬走吧。

"全部搬走？！"那三个人听到这几个字，脸色变得惨白。

"那……大小姐，我们哥儿几个……怎么办？"那大哥小心翼翼地看向叶七七。

"这个……"叶七七迟疑了一下，将询问的目光转向了墨寒卿。

墨寒卿站在房间中，朝那三个人淡淡地瞥了一眼，冷冷地道："将他们三个送去官府就好，省得我们自己麻烦。"

"对啊，可以送官府啊！我怎么没想到呢！"叶七七一拍手，高兴道。

"什么？！送官府？！"三个人听到这句话，全部瘫了下来。这下子好了，命是保住了……可是进了官府，岂不是后半辈子都要在牢狱中度过了……三个人面如死灰。

处理完了那三个人，叶七七他们在客栈中休息了一下，便继续启程前往北辰。

柳云薇坐在马车中，将自己从地下室里挑出的好看珠宝一一排开，朝宫魅笑眯眯地问道："魅儿姐姐，你觉得这些宝贝好看吗？"

宫魅低头，目光在那些珠宝上随意扫过，敷衍地点点头道："好看，挺好看的。"

"魅儿姐姐，这个送给你。"柳云薇拿起那堆宝贝中的一件，递到宫魅眼前道。

"什么？"宫魅看着柳云薇手中的东西，那是一支发簪，上面的花纹雕刻得很好看，末尾处还镶嵌着一颗晶莹剔透的红宝石，一看就价值不菲。车窗外照射进来的阳光洒在红宝石上，有种流光溢彩的美感。

"给我？"宫魅愣了一下，不解地看向柳云薇。

柳云薇点点头，看着宫魅笑眯眯道："我发现姐姐特别爱穿大红色的衣服，这个镶嵌着红宝石的发簪，很适合姐姐呢。"

"谢谢。"宫魅接过柳云薇手中的发簪，放进袍袖中。

"姐姐，你不戴起来吗？"柳云薇歪着脑袋，小声问道。

"我……"宫魅迟疑了一下，还是将发簪从袍袖中拿出来，只是有些犹豫到底要不要戴在头上。

"我来帮姐姐戴吧。"柳云薇拿过宫魅手中的发簪，站到宫魅身边，看着他的头发，思考应该把发簪插在哪儿。

正在行进的马车突然一个颠簸。柳云薇没有站稳，脚一崴，便朝后面摔去。

"啊……"柳云薇惊叫一声，下意识想扯住什么东西。

刺——只听得一道布帛撕裂的声音。柳云薇眼睁睁看着自己的手，他的领口被她扯坏了。宫魅白皙修长的脖子，精致的锁骨，还有……平坦却精壮的胸口就这么一览无遗地展现在柳云薇面前。

车厢里一片安静。

柳云薇和宫魅两个人大眼瞪小眼，对看了许久。

"魅儿姐姐……你……"

许久，柳云薇才声音颤抖着道："你……竟然是个男的……"

宫魅直直地看着跌坐在地上的柳云薇，好半天才回过神。他收回目光，低头看了一眼被扯坏的衣领，淡淡地朝柳云薇道："我是女的。"

"瞎说，你明明就是个男的……"柳云薇直直地看着宫魅的胸口。刚才那一瞬，她看得可清楚了，那绝对是男人的胸。

"哦……"宫魅依然淡定地点点头，缓缓地从座位上站起身，走到柳云薇身边，蹲下来，握着衣领的手缓缓松开，白皙的胸膛若有似无地露了出来。

"柳云薇，"宫魅压低声音，用自己原本的男声朝她一字一顿道，"刚才你什么都没有看到，知道吗？"

"啊？"柳云薇懵懂地看着他。

"在你心里，我就是你的魅儿姐姐，知道吗？"宫魅俯下身，一字一顿地道。

"可是你——"柳云薇还想再说点儿什么。

宫魅突然凑近她的耳朵，用低沉而带着蛊惑的男声对她道："你要是敢告诉别人我是男的，信不信我现在就非礼你？"

"你……"柳云薇只觉耳朵上有阵阵温热的气息，然而他说出来的话，仿佛一条毒蛇，在她耳边吐着芯子。

"听到没有？"宫魅看着柳云薇愣愣的神情，眯了眯眼睛，又朝她问了一句。

"为什么？"柳云薇回过神，下意识问道。

"你不需知道为什么。"宫魅直起身子，"不许告诉七七我是男的，更不许告诉靖安王，这件事情只有天知地知，你知我知，若是被我知道还有第三个人知道的话……"宫魅眯了眯眼睛，大手径直掐上柳云薇的脖子，声音冷冷地道，"我就先非礼你，再掐死你。"

柳云薇脖子被他掐住，脑袋不由自主地仰起，他手下力道有点儿大，让她呼吸有些困难。她用力咽了一下口水，觉得眼前这一幕似曾相识。不知道为什么，她脑海里突然闪过那个戴着银色面具的人。那个人也有一双漂亮却寒冷的眼睛，跟眼前的这双眼睛一模一样。

"你……你是那个戴着面具的人……"柳云薇看着眼前的宫魅，有些吃力地道。

宫魅眯了眯眼睛，掐着柳云薇脖子的手不由自主地用力："你竟然能认出我？"

"你……"柳云薇想继续说点儿什么，奈何他掐着自己脖子的手实在太过用力，她刚说了一个字便呛住，剧烈地咳嗽起来。

宫魅缓缓松开掐着她脖子的手，看着她咳嗽。柳云薇咳得一张脸都红了。

"说吧，你是怎么认出我来的？"宫魅见柳云薇不咳了，冷冷地问道。

"你……"柳云薇深吸一口气，平复了呼吸，看着他漂亮的眼眸道，"因为你的眼睛，很漂亮。"

宫魅皱了皱眉。因为他的眼睛很漂亮？

"你要杀了我吗？"柳云薇见他好半晌没有说话，迟疑了一下，小声问道。

"我考虑一下。"宫魅看了她一眼，走回座位上，坐了下来。

柳云薇满心忐忑地看着他。过了好一会儿，宫魅看着依然坐在地上的柳云薇，皱了皱眉，道："你还坐在那儿干吗？"

"等你思考的结果……"柳云薇小声回答道。

宫魅有些无语，沉默片刻，对柳云薇低声道："暂时还不会杀你，但你若是敢告诉别人我是男的，还有我的真实身份……那我就……"

"我不会说的。"柳云薇抢在宫魅说要先非礼她再杀她之前，赶紧道。

"呵，还算聪明。"宫魅瞥了她一眼，声音淡淡的。

柳云薇抿了抿嘴，慢吞吞地从地上站起来，走到离宫魅稍远的地方坐下。

车厢里又是一阵沉默，宫魅看着柳云薇，声音凉凉地道："离我那么远干吗？"

"你是男的。"柳云薇抬头，悻悻地道，"根本就不是姐姐。"

"哦……"宫魅应了一声，盯着柳云薇半晌，才问道，"你该不会真的喜欢女人吧？"

柳云薇抬起头，满眼疑惑地看着他。宫魅跟她对视一会儿，轻笑一声，便转过头，看着车窗外不说话。

后面几天，宫魅在叶七七和墨寒卿面前依然温柔似水，对着柳云薇的时候，也满脸笑意，一口一个妹妹，喊得勤快，只是到了他和柳云薇独处的时候，便懒得伪装，朝床榻上一躺，睡了。倒是柳云薇，因为害怕宫魅，每天只敢缩在床脚，扯着被角，占用那么一小块地方。

众人一路相安无事地到了北辰和墨国的交界处。想要前往北辰国，必须穿过烟云城。柳云薇眼看离自己的家乡越来越近，开始担心他们会将自己丢回烟云城的城主府。

叶七七迟疑一下，问道："云薇，你是不是生病了？怎么这几天看起来气色不太好？"

柳云薇抬起头，看着叶七七白皙清秀的脸庞，宫魅突然出现在她身后，一只修长的胳膊径直搭上她的肩膀，笑着道："妹妹，昨天不是说有东西要给姐姐，快给姐姐看看是什么？"

"我……"柳云薇疑惑地转过头，刚想问宫魅她什么时候说要给他东西的时候，便看到宫魅漂亮眼眸里的警告之色。

"嗯，我确实有东西要给姐姐。"柳云薇愣了一下，咬了咬唇道，"只是东西掉在马车里了，我……我这就去拿给姐姐。"

"我陪你一起去。"宫魅笑了笑，搂着柳云薇的肩膀便转身离开了。

"哎，你们……"叶七七看着他两人离去的身影，扯了扯嘴角。

墨寒卿揉了揉她的脑袋，声音低低地道："怎么了？"

"公子，"叶七七转头看着墨寒卿，迟疑了一下，"你觉不觉得，云薇这几天好像有些不太对劲？"

"是吗？"墨寒卿愣了一下，若有所思地朝宫魅和柳云薇的方向看去。

"你说……宫魅会不会趁着我们不在云薇身边的时候欺负她？"叶七七想了想，只想出这么一个可能。

墨寒卿低头，看了一眼叶七七，伸出一根手指勾起她的下巴，低头将唇瓣印了上去："有空关心别人，不如多关心关心我。"

"你……"叶七七的唇被他堵住，所有的话淹没在嗓子里。

宫魅将柳云薇带走，脸上的笑意瞬间消失。他目光冷冷地看着柳云薇，声音淡淡地道："干吗，想趁我不在的时候告密？"

"不是的。"柳云薇摇摇脑袋，低头看着地面，"就要到烟云城了……我……我家就在烟云城，我怕他们将我丢回烟云城。"

"哦？你家就在烟云城？"宫魅颇有兴味地看了她一眼。

柳云薇抬头看看，又低下头，看着地面不说话。

"呵……放心吧，就算他们想把你丢在烟云城，我也不会同意的。"宫魅冷笑一声，对柳云薇道，"你知道我所有的秘密，我得看紧你，不然不知道什么时候，你就会出卖我。"

柳云薇听着他的话，忍不住用力地咬了咬唇。

五天后。

叶七七和墨寒卿终于到达北辰国的都城。北辰因为地处墨国北边，所以气候比墨国稍冷一些，风一吹，竟然让人觉得丝丝凉意。

叶七七坐在马车中，掀开窗帘，看着繁华的街道和来来往往的行人，以及与墨国风格迥异的建筑，忍不住感慨道："这里就是北辰国啊！"

墨寒卿点了点头，朝车窗外看了一眼，低声道："北辰向来尚武，这里的人性格也比较急躁，建筑风格大多有棱有角，与墨国差别很大。"

"挺好看的。"叶七七一脸赞赏道。

这北辰国的街道上，处处都有兵书、武林秘籍以及各式武器贩卖，馆子门口，站着的不是说书人，而是舞刀弄枪的艺人，人群中时不时爆发出喝彩声。这样的氛围，让她格外高兴。

墨寒卿淡淡地瞥了她一眼，不置可否。

"咱们现在往哪儿？"叶七七收回目光，低声问道。

"之前宫魅说，北辰国曾有人求助阎罗殿，他跟那人交情尚可，咱们此次来北辰，便先暂住于那人家里。"墨寒卿思索片刻，"那人好像是北辰国的丞相，叫皇甫凌。"

"北辰国的丞相？"

一提到丞相，叶七七便想起叶丞相，她暂住于叶丞相府上的那段时间，叶丞相是真的拿她当女儿看，只是……

"你身为墨国靖安王，住在北辰国的丞相府上……会不会不妥？"叶七七迟疑道。

"无妨。"墨寒卿沉默片刻，"过会儿下车的时候我会易容，你在外只需喊我公子。"

"好。"叶七七乖乖地点了点头。

马车在都城中晃晃悠悠地走了一段时间，便在北辰国的丞相府前停下。

守在丞相府门口的人一早便得了消息，立刻客客气气地迎了上来。

宫魅从后面那辆马车中钻出来，依然一身大红衣袍，风情万种。他朝丞相府侍卫浅浅一笑，声音温柔地问道："皇甫公子可在府上？"

"魅儿姑娘，"那侍卫显然是认识宫魅的，"丞相大人刚回来没多久，说要先沐浴更衣，魅儿姑娘和几位客人的住所，丞相大人一早就安排好了，还请魅儿姑娘和几位客人随在下这边走。"

"好。"宫魅浅浅一笑，转头对叶七七和墨寒卿点了点头，便跟着侍卫朝丞相府中走去。

叶七七下了马车，看了一眼丞相府，这丞相府的风格看起来也是线条分明，她已经在脑海中自动脑补了一位五大三粗、留着络腮胡子的丞相。

墨寒卿跟在叶七七身后朝丞相府里走去，柳云薇走在最后面，不停地朝丞相府两边张望。

这位北辰丞相给他们安排的住处宽敞明亮、干净整洁。

叶七七看着偌大的院子，忍不住转头对宫魅道："你跟这位北辰丞相关系很好吗？"

宫魅愣了一下，疑惑地朝叶七七问道："为什么这么问？"

"因为……他准备的房间，还有丫鬟，一看就是用心挑选的。"叶七七指着那些房间还有那些忙前忙后的丫鬟，"要不是关系好，才不会这么细心安排。"

"呵，那照你的说法，我跟他关系确实不错。"宫魅微微一笑，正准备继续说点儿什么，便听院子外面的侍卫大声道，"见过丞相大人。"

"嗯，起来吧。"一道好听的声音从院子外传来。

叶七七循着声音朝院子门口看去，只见一个穿着月白色长袍的青年男子，缓缓地朝他们走来。

那人一头墨色长发束顶，面容干净清秀，眉眼中带着浅浅的笑意，走路的时候，有微风轻轻吹过，将他月白色的衣袍吹得飘动起来，仿佛天边的云朵。

"宫魅。"那气质卓然的青年男子一进院子，便笑着朝宫魅走去。

"皇甫凌。"宫魅转头看了他一眼，轻轻点头。

叶七七的目光在两人身上来回转了好几圈，忍不住问道："他就是北辰国的丞相？"

宫魅柔柔一笑道："我来给你们介绍一下，这位是皇甫凌。"

皇甫凌站在宫魅身边，带着温润的笑意看着他们，点点头道："你们好。"

"这位是我夫君，叶七七。"宫魅朝皇甫凌嘿嘿一笑，羞涩地介绍道。

果然，下一秒，叶七七就看到皇甫凌脸上的表情僵住了。

他上下左右来回扫视了叶七七半天，扯了扯嘴角，不敢置信地道："你的夫君？"

"嗯。"宫魅点点头。

"你……"皇甫凌嘴巴张了张，最终一个字都没有说出来。

"这位是叶七七的未来夫君，墨公子。"宫魅笑了笑，完全不顾皇甫凌一脸震惊的神情，继续介绍道。

皇甫凌神情变了变，更加不知该说些什么才好。

"还有这位。"宫魅转身又指着站在一边的柳云薇，朝皇甫凌道，"这位是我夫君的第二个小妾，也就是我的妹妹，她叫柳云薇。"

皇甫凌听完他的这番话，神情更加不自然。

"你在开玩笑？"他嘴巴张了半天，最终只冒出这么一句话。

"没有。"宫魅朝他笑了笑道，"我很认真地给你介绍。"

210

"你不就去了墨国一趟？怎么回来多了一个夫君，还有什么夫君的夫君、夫君的小妾，这都什么跟什么啊？"文质彬彬的皇甫凌忍不住朝宫魅咆哮道，"而且你那夫君还是个女的，这是什么情况？！"

"就是你眼前所看到的情况。"宫魅一脸淡定地看着皇甫凌道。

皇甫凌一时不知道该说些什么才好。

"好了，人你大概都认识了。"宫魅介绍完院子里的众人，朝皇甫凌笑眯眯道，"我们这次来北辰，也不是来玩的，主要目的是想要一些药材。"

"药材？什么药材？"皇甫凌回过神来问道。

"就这些——"宫魅从袖子里拿出一份他之前抄好的北辰国皇室特有的药材清单，递给了皇甫凌。

皇甫凌接过清单，低头看了一眼，眉头忍不住皱了起来，看着宫魅道："你要这些药材干吗？"

"你别管我要它们干吗，只要帮我把这些药材弄到手就行。"宫魅朝他仰了仰下巴，笑眯眯道。

"不行，这些药材我弄不到。"皇甫凌又在那清单上扫了一眼，摇摇头，将清单还给宫魅。

"为什么？"宫魅皱了皱眉，一脸不乐意地看着皇甫凌问道。

"这些药材全锁在北辰国库中，只有圣上才可以拿到。"皇甫凌看着宫魅道，"难道你不知道？"

"就这些东西，也好意思锁在国库？"宫魅扯了扯嘴角，一脸不屑地问道。

"这些药材都很珍贵。"皇甫凌满头黑线地看着宫魅，无语道，"其中好几味药材，都是能救人一命的，不放在国库，放在哪儿？你可别告诉我，你以前从来不知道这些。"

"药材……我对这些不是很感兴趣。"宫魅皱着眉头看着手中的清单，沉吟片刻，声音闷闷地道，"这有点儿麻烦了啊，皇帝老头儿前段时间不是挂了吗……"

"你也知道圣上前段时间驾崩了啊！"皇甫凌一脸快要抓狂的表情，"所以，现在只有新皇才能拿到国库钥匙，取那些药材，道理你应该都懂。"

"嗯。"宫魅若有所思地看着清单，也不知有没有认真听皇甫凌说话，

211

"那看来，现在只能去把国库的钥匙偷来了。"

皇甫凌深深地吸了一口气，强忍住想要揍人的冲动，尽量保持微笑，对宫魅道："钥匙，就是传国玉玺，你能把传国玉玺弄到手，等于把皇位弄到手，我这么说，你到底能不能理解？！"

叶七七眨着眼睛看着皇甫凌，忍不住扯了扯墨寒卿的袍袖，小声道："公子，我感觉那位皇甫丞相好像要发飙了……"

"嗯……他确实已经处于发飙的边缘了。"墨寒卿十分赞同地点了点头。

宫魅听完皇甫凌的话，沉默片刻，迟疑着道："你的意思是……我们得把皇位弄到手？"

"差不多，就是这个意思。"皇甫凌深吸一口气，勉强点点头道。

这个……就有点儿麻烦了啊……

宫魅低下头，看着地面上的沙石，心中忍不住盘算起来。

眼下北辰国一片混乱，皇帝去世，国内暂时没有新帝，眼下呼声最高的便是四皇子和他，只是四皇子针对他，行为有些过，他便拉了三皇子出来垫背，好不容易转移了四皇子的视线，原本还想等他们两败俱伤时，他再出场，收了皇位，只是……

要是照那个计划，怎么也得等个大半年，看七七对药材的紧张程度，应该等不了那么久吧……

叶七七站在一边，算是明白了八九成，她抬起头，看着宫魅若有所思的模样，迟疑着问道："真的……只有皇帝才能拿到？"

"嗯。"宫魅点点头，抬起头来看着叶七七道，"只是现在北辰国内……暂时没有皇帝……"

"那就不能拿到药材了？"叶七七忍不住有些失望。

宫魅看着她失望的表情，嘴唇紧紧抿起，沉默片刻，对叶七七道："也不是完全没有办法。"

"嗯？"叶七七抬起头，看向宫魅。

"皇甫凌，你来说说，现在北辰国内的情况。"宫魅转过头，对皇甫凌道。

皇甫凌愣了一下，清了清嗓子，对叶七七他们道："前段日子，北辰皇帝驾崩。据说，皇帝驾崩之前，留下一份遗诏，上面写着让四皇子继位，只是四皇子又拿不出这份遗诏，再加上朝堂上支持七皇子继位的大臣比较多，所以这皇帝的位子便一直空着，四皇子借此事针对七皇子，对外放话，说七皇子将那份遗诏藏了起来。"

"呃……那七皇子到底有没有藏啊？"叶七七满眼不解地看着皇甫凌道。

"这个……我哪知道。"皇甫凌不经意地瞥了一眼身边的宫魅，摊了摊双手继续道，"更何况七皇子殿下，大概两三年前就在北辰国内失踪了，只是偶尔才能看到他的人影，所以此事让那些支持他的朝臣也很苦恼。"

叶七七点点头。

"最近不知从哪儿来了消息，说那份遗诏其实是被三皇子的生母贵妃娘娘给藏了起来，所以这段时间，四皇子针对七皇子的行动有所减少，他跟三皇子的矛盾日益增多，大概就是为了那份遗诏吧。"

"嗯。"宫魅点点头，拍拍皇甫凌的肩膀，朝他温柔一笑，"讲得很好，谢谢了啊。"

皇甫凌有些无语地看着他。

"所以眼下，咱们就要先扶持一个皇子登上皇位，然后不就可以打开国库，拿到药材了吗？"宫魅朝叶七七眨了眨眼睛。

叶七七扯了扯嘴角，转头看了一眼墨寒卿："这……还得先扶持一个皇帝？"

他们可是墨国人啊，要是被别人知道自己国家的皇帝，竟然是墨国靖安王和靖安王妃扶持上位的，不知道那些百姓心中会怎么想。

"是啊。"宫魅笑着点点头，对叶七七温柔地道，"眼下，就有三个人选在你面前，三皇子、四皇子和七皇子，你打算扶持哪个皇子上位？"

"我？"叶七七不可置信地看着他。这扶持皇子上位，难道是去菜市场买菜吗？这位小姑娘，这青菜、白菜、豆芽菜，你想要哪个？

宫魅继续笑着道："七七，你想扶持哪个皇子上位，咱们就去扶持哪个皇子，你说怎么样？"

"这样……真的好吗？"叶七七一脸惊悚地看着宫魅。

"好啊。"宫魅竟然十分认真地点点头，指了指站在自己身边的皇甫凌道，"这位可是我们北辰国的丞相，他说的话，起码能起一大半的作用，七七你看上了哪个皇子，让他想办法，咱们不就能拿到药材了？"

"不是，这种选皇帝的事情……不是儿戏啊……"叶七七扯了扯嘴角，看着宫魅那张漂亮的脸，感觉他说得如此轻松，仿佛一切都在他的掌握之中。

"反正也是北辰国选皇帝，你那么担心干吗？"宫魅眨了眨眼睛，看着叶七七笑眯眯道。

"真的是我随便选哪个，皇甫丞相都能把他给弄上皇位？"叶七七迟疑了一下，又问了一遍。

"最起码有九成九的把握，是吧？"宫魅点点头，伸出胳膊，顶了顶皇甫凌。

"我呸，谁跟你有……"皇甫凌刚想说谁跟你有九成九的把握，便感觉脚上传来一阵剧痛。

皇甫凌低头，看着宫魅那只大红色的绣花鞋在自己脚上用力踩来踩去，忍不住在心里狠狠骂了他一句禽兽。

"皇甫丞相？"叶七七疑惑地看着皇甫凌脸上痛苦的神色。

"嗯……是……有九成九的把握……"皇甫凌忍着脚上的剧痛，点点头，语气艰难地朝叶七七道。

"看见没有。"宫魅收回脚，温柔地朝叶七七笑了笑道，"皇甫丞相都这么说了，七七你只管随便选一个就行。"

"真的可以随便选吗？"叶七七迟疑了一下，还是有些不太确定。

"嗯，随便选，喜欢哪个选哪个。"宫魅笑眯眯地点点头。

"那……"叶七七一双大眼睛转了转，突然指着宫魅道，"我选你。"

"什么？"宫魅只觉心中咯噔一下。她这话是什么意思？难道她已经知道，自己就是北辰国的七皇子吗？

宫魅忍不住转头朝站在一边安安静静的柳云薇看了一眼。该不会这小丫头趁着自己没有注意，悄悄把这件事情告诉叶七七了吧？

"我选你啊。"叶七七眨眨眼睛，一脸无辜地看着宫魅道，"你刚才不是说随便选吗？那你去当皇帝，不就肯定会把药材给我们了吗？那几个皇子，我一个都不认识，万一他们当上皇帝后反悔怎么办？"

"可是我……我是女的啊……"宫魅怔了半晌，语气艰难地说出几个字。

"女的就不可以当皇帝吗？"叶七七歪着脑袋看着他道，"反正有皇甫

214

丞相辅佐你，有九成九的把握呢，要是你真能当上皇帝，说不定皇甫丞相还能成为你的后宫之一，嘿嘿嘿嘿，这画面想想都很美好啊。"

宫魅听着她的话，瞬间满头黑线。敢情这小姑娘，根本什么都不知道，真是想随便挑一个人当北辰国的皇帝啊……

皇甫凌却是一脸嫌弃地看着宫魅道："别开玩笑了，谁要当他的后宫，再说他……我是说，宫魅姑娘又没有皇室血统，不能随便乱选。"

"哦……"叶七七一脸失望。

"重选一个吧。"宫魅面带笑意地看着叶七七道。

"那……就七皇子吧。"叶七七歪着脑袋想了想道。

"七皇子？"宫魅眼眸微微动了动，对叶七七温柔一笑道，"为什么选他？"

"因为他排行第七，我叫叶七七，我觉得从名字上说，比较有缘。"叶七七想了想，很认真地对宫魅道，"而且刚才皇甫丞相不是说了吗，朝堂之上，大多数大臣都是支持七皇子的，那说明这个七皇子平日里为人不错，能得到那么多大臣的支持，应该也不差吧。"

宫魅听着叶七七的这些话，脸上的笑意越来越深。

叶七七说完，转头朝墨寒卿问道："公子，你觉得呢？"

墨寒卿目光在宫魅身上不着痕迹地转悠了两圈，声音淡淡地回答道："娘子想选谁就选谁，为夫百分百支持你。"

"好，那就七皇子吧！"叶七七一拍小手，这件事就这么定了。

皇甫凌站在一边，无语地看着宫魅带回来的这些人，只觉自己的心好累。到底有没有搞错！这可是他们北辰国的国事啊！七皇子殿下竟然这么随便让他带回来的几个人做决定！幸好那个小姑娘最终选了七皇子，万一她一时脑抽，选了三皇子或者四皇子怎么办？难道真的让他去扶持三皇子或四皇子上位吗？！

"行吧，那就七皇子。"宫魅唇角是一抹浅浅的笑意。他点点头，对皇甫凌道，"咱们就扶持七皇子上位好了。"

"好……"皇甫凌艰难地回答道。

"嗯，最好在半个月之内，就让七皇子登基。"宫魅见皇甫凌答应了，又加了一句。

噗的一声，皇甫凌一直憋在心口的老血，终于喷了出来。什么叫半个月之内就让七皇子登基？！之前说好的大半年以后再上位呢？

叶七七看着皇甫凌面色惨白、几欲昏厥的样子，忍不住道："皇甫丞相，你没事吧？"

"我……"皇甫凌深吸一口气，朝叶七七勉强笑了笑道，"没事。"

"哦。"叶七七点点头。

"半个月之内，"宫魅对皇甫凌挑了挑眉道，"把七皇子弄到皇位上去。"

"我、缺、人、手。"皇甫凌几乎是咬牙切齿地对宫魅一字一顿道。

"缺什么人手？"宫魅依然保持着温婉的笑容，看着皇甫凌。

"缺打架的人手。"皇甫凌一脸无奈地看着宫魅道，"想短时间内把七皇子扶持上位，最好的办法就是让三皇子跟四皇子两个人身败名裂，我的计划是找个机会，趁四皇子出行的时候，将他揍一顿，嫁祸给三皇子，再找个机会，将三皇子打一顿，嫁祸给四皇子，如此来回几次，他二人在百姓、大臣中的声望肯定会降低，然后我们再放出一些小道消息，将四皇子、三皇子以前做过的事情说出去，比如强娶良家妇女、草菅人命、贪污赈灾银两之类的，再在关键时刻放出消息，其实皇上的遗诏上写的是传位于七皇子，基本上这件事就办妥了。"

宫魅一边听一边点头道："挺好的，这主意不错，那咱们就这样办吧。"

"可是……"皇甫凌面露难色，"问题的关键就是……我缺一名高手，既揍得了四皇子，又打得了三皇子的高手。"

"怎么，你丞相府上没有这种高手？"宫魅挑了挑眉问道。

"高手是有，可是我府上的高手，跟四皇子、三皇子府上的高手，身手相差无几，想要单方面殴打他们，还是有一定难度。"皇甫凌一脸为难地看着宫魅道。

"哦……那倒是。"宫魅点点头。

"单方面殴打？"叶七七顿时来了精神，"我行啊，找我啊。"

皇甫凌扯了扯嘴角，转过头来，看着身形瘦弱的叶七七道："就你这样的小身板，还想去殴打别人？人家往那儿一站，随便吹口气都能把你吹走。"

叶七七朝皇甫凌眨眨眼睛，小鼻子皱了皱，声音清脆地道："我可是天

216

下第一高手！"

"呵。"皇甫凌一个没忍住，笑了出来。

他转过头来，戏谑地看着宫魅道："怪不得她愿意娶你当小妾呢，原来脑子有问题。"

宫魅和墨寒卿同时眯了眯眼睛，眼神凌厉地看着皇甫凌。突然感觉两股杀气朝自己袭来的皇甫凌，下意识摸了摸鼻子，声音尴尬地道："当我刚才什么都没说。"

气氛一时有些尴尬。

皇甫凌轻咳了两声，对叶七七道："你说你是天下第一高手，有什么证据吗？"

"不需要证据。"叶七七挺了挺小身板，朝皇甫凌一脸骄傲地道，"我本来就是天下第一的高手！"

皇甫凌扯了扯嘴角，只觉这小妮子果然是个脑袋有问题的。

沉默片刻，皇甫凌对叶七七道："要不这样吧，只要你能打败我府上的护卫，我就承认你是天下第一的高手，如何？"

"你府上的护卫？"叶七七歪着脑袋看着皇甫凌，点点头道，"好啊，正好我也好长时间没有打架了。"

皇甫凌应了一声，转过头朝站在一边的宫魅询问道："可以吧？她打得过我府上的护卫吗？"

宫魅笑意盈盈地看着皇甫凌，却是一句话都不说。

"说话啊。"皇甫凌见他笑得一脸高深莫测，忍不住又问道，"行不行？可不可以啊？"

"我说不行就不行，我说不可以就不可以吗？"宫魅朝皇甫凌妩媚一笑，声音温柔道，"我可是十分相信我七七夫君的能力啊。"

皇甫凌沉默片刻，终于忍不住对宫魅道："你该不会脑子也坏掉了吧？"

"呵呵，你再说一遍？"

"没什么，我刚才什么也没说。"皇甫凌见宫魅并没有反对，便喊了几个府上的护卫过来。

丞相府的护卫，自然是千挑万选的。几个身形高大的护卫往那儿一站，像是一堵密不透风的墙。

叶七七抬头，数了数面前的护卫，才五个人啊。

皇甫凌看着那五人，他们人高马大，这么一对比，叶七七简直又瘦又小，不堪一击。

"你确定你行？"皇甫凌看着叶七七，迟疑着问道。

"行啊。"叶七七点点头道，"让他们一起上吧。"

"你真没病？"

"呵呵呵，我不介意你也一起上，我可以连你也一起揍。"叶七七白了皇甫凌一眼，一脸无语道。

"哦，那就算了。"皇甫凌见叶七七一点儿退缩的意思都没有，便对几个护卫道，"你们，上吧。"

那几个护卫你看看我，我看看你，都站在原地没有动弹。

丞相大人喊他们过来，就是为了揍这个小女孩？

先不说好男不跟女斗，就这小姑娘，看起来瘦瘦小小的，万一他们一巴掌把她打死了怎么办？

"过来啊。"叶七七一看几个护卫的表情，就知道他们在想什么。

人不可貌相，海水不可斗量。她不就是看起来瘦了一点儿吗，怎么每次遇到的对手都是这么一脸不屑的样子？

眼看几个护卫依然站在原地不动，叶七七脚尖轻点，径直朝那五个人飞了过去。那五个人原本还有些纠结地站在原地，想着到底要不要上去跟小姑娘打一架，结果感觉一股凌厉的杀气朝自己迎面而来。

"小心！"他们五个人中功夫最好的那个，一个后空翻，堪堪躲过叶七七的攻击。

其他几人也是心中一凛，下意识躲过了叶七七的攻击。

"身手还可以嘛！"叶七七在半空中一个转身，落在院子里的大树上，看着被自己的杀气冲得四下分散的那五个人，笑眯眯地道。

这几个人的身手，可比墨国那些朝臣府上的护卫身手好多了。只是可惜……对她来说，他们的身手依然不够好。

叶七七唇角的笑意瞬间敛去，紧接着，瘦小的身子便直直朝那五个人飞了过去。

218

皇甫凌站在一边，只觉得眼前一道弧线划过，刚刚还站在树枝上的身影便消失不见了，而下一秒，他喊来的五个护卫，竟然一个接着一个从他眼前飞了出去。

砰砰砰几声，几个护卫摔落在院子里的泥地上。有人头朝下，有人屁股朝下，还有人以极其扭曲的姿势落在地上。

宫魅和墨寒卿的脸上没有任何意外的神情。倒是柳云薇看着叶七七，眼睛里闪烁着崇拜的光芒。

那个瘦小的身影，片刻站在皇甫凌面前，笑眯眯地道："皇甫丞相，我的身手如何？"

皇甫凌张着嘴，半天都没有合起来。好半晌，他回过神来，看着眼前清秀瘦小的小姑娘，迟疑着道："你……真的把他们都打败了？"

"皇甫丞相是不是眼神不好？"叶七七忍不住笑了一声。

皇甫凌沉默片刻，转头看着宫魅道："她果然挺厉害。"

"嗯。"宫魅笑意盈盈地点点头。

"你叫叶七七？"皇甫凌转过头，再看向叶七七的时候，已经没有了之前的轻蔑。

"对。"叶七七点点头。

"叶七七，你还缺小妾吗？要不要再收我一个？"皇甫凌眼睛里闪烁着跟柳云薇一样的光芒，毫不掩饰自己对她的崇拜。

"哈？"叶七七听到他这句话，一时没有反应过来。

"真的，你武功这么好，绝对是我在北辰国见过武功最好的人。"皇甫凌一脸激动地看着叶七七道，"要不要考虑一下我？我什么都会，我可以帮你——"

宫魅和墨寒卿同时满头黑线地看着他，异口同声地从牙缝里挤出一个字："滚。"

皇甫凌再次觉得两股极其浓重的杀气朝自己袭来。他抬头看着墨寒卿和宫魅同时阴沉下来的俊脸，忍不住朝后退了一步。

"呵呵……那个，我是开玩笑的，你们干吗表情这么严肃……"皇甫凌扯了扯嘴角，看着那两个人，赶紧转移了话题："既然七七的武功这么好，那咱们便找个时间先去揍四皇子一顿好了。我看他不爽很久了。"

宫魅终于收起了自己的杀气，换上温婉的笑容，看着皇甫凌道："你对四皇子的行程有多了解？"

　　皇甫凌沉吟了一下，对宫魅道："据我所知，四皇子每日清晨都要坐马车到宫中，与三皇子一起，和那些朝臣商量朝事，所以咱们可以在下朝时将四皇子堵在路上，狠狠地揍他一顿。"

　　"可以。"宫魅笑着点了点头道，"那咱们明日清晨便行动吧。"

　　"好。"叶七七点点头，毫不犹豫地答应。

　　"今日诸位刚刚抵达北辰，在下已在府中准备好了晚宴，给各位接风洗尘。"皇甫凌见叶七七毫不犹豫地应了下来，心中颇为高兴，朝他们双手抱拳，"诸位还请先回房休息，待到晚宴时间，会有下人前来通知你们。"

　　墨寒卿淡淡地应了一声，没有多说什么，搂着叶七七的肩，转身朝房间走了。

　　柳云薇看了一眼宫魅，又看了一眼皇甫凌，迟疑一下，也转身朝自己的房间走去。

　　待他们都走了，皇甫凌这才朝宫魅恭恭敬敬地双手抱拳道："殿下。"

　　"嗯。"宫魅淡淡地应了一声，想了想，又对他道，"在他们面前别喊我殿下。"

　　"是。"

　　"这段时间都不要喊我殿下。"宫魅继续叮嘱道，"平时看见我，也要喊我宫魅姑娘。"

　　"是。"皇甫凌点点头。

　　"走吧，去书房说话。"宫魅拍了拍皇甫凌的肩膀，示意他跟着自己走。

　　"好。"皇甫凌跟在宫魅的身后朝院子外面走去。

　　"等等。"宫魅突然停下脚步，转过头，对皇甫凌道，"去，安排几个丫鬟守在我七七夫君的门外，看着点儿，别让那家伙占了我七七夫君的便宜。"

　　皇甫凌看着宫魅妩媚的脸，忍不住扯了扯嘴角："你还真把她当夫君？"

　　"怎么？我七七夫君不厉害吗？"宫魅朝皇甫凌挑了挑眉。

"厉害是厉害……只是……"皇甫凌满头黑线道，"那丫头看起来很小啊，你一个大男人，管她喊夫君，不觉得别扭吗？"

"不觉得啊。"宫魅朝皇甫凌眨了眨眼睛，温柔一笑，声音娇柔道，"我可是死缠烂打好不容易才当上她的小妾。"

皇甫凌只觉自己彻底无语。

"去，看着他们。"他随便招手，喊了个丫鬟，朝她吩咐了一句，便跟宫魅往书房的方向走了。

叶七七和墨寒卿回到房里，径直走到桌子旁坐下。她倒了两杯水，一杯给墨寒卿，一杯给自己。

她端着水杯，将里面的水一口气喝光，长长地出了一口气，对墨寒卿高兴道："想不到北辰国的药材这么容易就可以弄到手，公子，你高兴吗？"

墨寒卿手指轻轻摩挲着茶杯，微微点了点头。

"可是你看起来不像高兴的样子啊。"叶七七歪着脑袋看着墨寒卿，一脸疑惑。

墨寒卿抬起头，看着叶七七，沉默片刻，声音低沉地道："你不觉得，这一切进行得都太过顺利了吗？"

"啊？"叶七七微微愣了一下，眨眨眼睛奇怪道，"顺利不好吗？"

"也不是不好，我只是觉得……太过顺利了……"墨寒卿蹙着眉头，盯着手中的茶杯。

如果此次他们不是跟着宫魅一起来北辰国，必然要经过一番打听才能知道眼下的情况，也势必要花好长一段时间才能拿到药材。只是有了宫魅，这一切似乎变得异常简单。

凭着他和皇甫丞相的交情，也不至于能让皇甫丞相对他言听计从，毕竟这是影响整个北辰国发展的大事。更何况，他们只是制订了针对三皇子和四皇子的计划，如何接近七皇子，却是一句没有提。除非——

七皇子原本就是他们的人，或者说……宫魅就是七皇子。

墨寒卿眯了眯眼睛，端着茶杯保持着这个姿势，一直没有说话。

"公子，公子？"叶七七见他半天没说话，忍不住又喊了几声。

墨寒卿回过神来，朝叶七七看去，微微一笑道："怎么了？"

"为什么你觉得太过顺利啊？"叶七七锲而不舍地追问道。

"没什么。"墨寒卿笑了笑，随手将茶杯放回桌上，站起身，对叶七七道，"反正宫魅和皇甫丞相都已经安排好了，咱们明天就先去会一会那个四皇子。"

"嗯，好！"叶七七想到明天又可以去打人，顿时兴奋起来。

"七七。"墨寒卿走到她身边，轻轻勾起她精致的下巴，朝她俯下身去。

咚咚咚，外面传来敲门声："七七姑娘，请问需要什么点心吗？"

墨寒卿动作微微一顿，秀气的眉毛忍不住蹙了起来。

叶七七却是眼睛发光，拨开墨寒卿勾在自己下巴上的手，身子一跳，便从椅子上站了起来，一溜小跑地去开门。

门外站着一个穿着鹅黄色丫鬟服的小姑娘，一脸笑眯眯地朝叶七七福了福身子，声音清脆地问道："七七姑娘长途跋涉来到我北辰国，要不要尝一尝北辰国特有的点心？"

"有点心？"叶七七两眼发光，忙不迭地朝那丫鬟点头道，"要要要。"

"那请七七姑娘稍等片刻，奴婢这就吩咐小厨房去给七七姑娘准备点心。"那小丫鬟朝叶七七笑了笑，又福了福身子，转身要走，突然回头问道，"七七姑娘喜欢喝什么？"

"嗯……茶水就行。"叶七七想了想，随口说道。

"要不要尝一尝北辰国特有的桃汁？"那丫鬟朝叶七七轻声细语，"北辰国盛产桃子，每年到了桃子丰收的季节，都会把桃肉榨成果汁，七七姑娘尝一下吧？"

"好！"叶七七连忙点头。

"那奴婢去去就来。"那丫鬟朝叶七七笑了笑，便退下了。

既然过一会儿她要端吃的过来，那房门就不关了吧。叶七七想了想，便径直走回屋子里。

墨寒卿已经听到门外的对话，眨了眨眼睛，看着她没有说话。

叶七七走回桌子旁坐了下来，一双小手托着下巴，直直地盯着墨寒卿。大概被她盯得有些受不了，墨寒卿忍不住轻咳了一声，看着她无语道："你干吗一直盯着我？"

"啊？有吗？"叶七七回过神，眨眨眼睛，"我在等吃的过来啊。"

"哦……我还以为你在惋惜呢。"墨寒卿收回目光，不冷不热地淡淡道。

"惋惜什么？"叶七七不解地看着他。

"没什么。"墨寒卿低头看着自己的指尖，那上面还残留着她皮肤滑腻的触觉。

片刻工夫，那个丫鬟便端着精致的托盘过来了。她站在房门外，朝里面福了福身子，软声细语地问道："七七姑娘，您的点心奴婢帮您端来了。"

"快进来，快进来！"叶七七一听这话，立刻从椅子上弹了起来。

那丫鬟便笑眯眯地端着托盘进去了。她走到桌子旁边，将托盘小心翼翼地放下，一个一个给叶七七介绍道："这是七色酥饼，这是玫瑰花糕，这是梅花香饼，这是杏仁佛手……"

叶七七听着她的介绍，闻着那扑鼻而来的香气，只觉口水快要流下来了。

"这些都是我们北辰国特有的点心，七七姑娘请趁热享用吧。"那丫鬟给叶七七介绍完，朝她福了福身子，声音清脆道。

"好，谢谢你。"叶七七笑得一双眼睛都眯了起来。

"七七姑娘不必客气，若是没有其他吩咐，奴婢就先告退了。"那丫鬟笑了笑，又福了福身子，见叶七七没有再说什么，便退下了。

叶七七坐在桌子旁边，一手抓着一块点心，一脸幸福地往嘴里送。那点心带着淡淡的花香，甜而不腻，又入口即化，只留下清香与柔软在舌尖缠绕。叶七七恨不得把自己的舌头都吃下去。

"公子……你也吃啊，很好吃……"叶七七一边吃着，一边朝坐在一旁的墨寒卿招了招手道。

墨寒卿转过头，在她面前的那盘点心上淡淡地瞥了一眼，又转过头道："我对点心没兴趣。"

"你不吃吗？"叶七七有些惊讶地看着他，又笑眯眯地道，"你不吃的话，这些点心就都归我了。"

"嗯。"墨寒卿点点头。

叶七七坐在那里，三下五除二地把点心吃了个精光，终于满足地叹了一口气，摸了摸圆鼓鼓的小肚子，幸福地道："啊，真好吃。"

墨寒卿沉默片刻，声音低沉地问道："真的很好吃？"

"嗯，特别好吃！"叶七七认真地点头道。

"还有吗？"墨寒卿微微挑眉，似乎对那盘点心有了那么一点儿兴趣。

"呃……没有了啊，都被我吃光了……"叶七七愣了一下，有些尴尬地挠了挠后脑勺，不好意思地看着他道。

"嗯。"墨寒卿低低地应了一声，突然站起身，缓缓地朝叶七七走来。

叶七七抬起头，忍不住小声问道："你要干吗？"

"不干吗。"墨寒卿停在叶七七面前，微微俯身，深深地注视着叶七七白皙精致的小脸。她红润的唇瓣上还留着点心的残渣，看起来就像吃花脸的小花猫。

墨寒卿低头，轻轻吻上她的嘴角，舌尖轻轻一卷，笑着道："果然，这点心的味道还不错。"

"你……"叶七七被他的举动弄红了小脸。

墨寒卿心中微动，唇瓣转移了方向，朝她柔软的嘴唇袭去。然而，就在他的唇即将碰到她的那一刹那，门口又传来敲门声："七七姑娘，奴婢给你准备的桃汁好了，需要给您端进来吗？"

叶七七脑袋下意识一偏，满眼发光地朝房门外道："端进来吧，端进来吧。"

墨寒卿的唇堪堪落在她粉嫩的脸颊上。他直起身子，秀气的眉毛蹙了蹙，朝门外的丫鬟瞪了过去。

然而，那丫鬟完全视而不见，直直地朝叶七七笑眯眯地走去。她将手中的托盘放下，拿起水晶瓶，指着里面的浅粉色果汁道："七七姑娘，这是小厨房的师傅刚刚做好的桃汁，我给您送过来了，七七姑娘赶紧品尝一下。"

"好。"叶七七点点头，随手拿起桌子上的一个白玉茶杯，递给丫鬟。

那丫鬟接过杯子，小心翼翼地给她倒了满满一杯桃汁。

"七七姑娘，请品尝一下。"那丫鬟将杯子递给叶七七，笑着道。

"好。"叶七七接过杯子，放到嘴边尝了一口。入口的瞬间，她觉得整个世界都明亮了。

叶七七眼睛一亮，一鼓作气将满满一杯桃汁喝了下去。那丫鬟站在一边，看着叶七七问道："如何？"

"好喝！"叶七七摸了摸嘴巴，高兴地看着她道。

"七七姑娘若是喜欢，我们丞相府还有其他口味的果汁可以品尝，比如蜜瓜汁，不知道七七姑娘喜不喜欢？"那丫鬟笑意盈盈地朝叶七七问道。

"蜜瓜是什么？"

"是北辰特产的水果，很甜。"

"唔……可以尝一尝吗？"叶七七歪着脑袋期待地问道。

"可以。七七姑娘若是想喝，奴婢现在就命人去准备，还请七七姑娘稍等片刻。"

"好！"

丫鬟见叶七七应了，便又福了福身子，转身出去。

墨寒卿心中忍不住浮现一个念头。这丫鬟该不会是故意的吧？

眼看那丫鬟又出去了，墨寒卿关上门，转过头看向叶七七。叶七七愣了一下，将端到嘴边的茶杯递给他道："你要喝吗？挺好喝的。"

墨寒卿眼中闪过一丝意味不明的光芒，轻轻地点了点头，道："要喝。"

"给你。"叶七七十分自觉地给墨寒卿倒了一杯桃汁，递到他手边。

"哦，不要。"墨寒卿径直挡开她的胳膊，另一只手拽过她的手腕，将她拉到自己面前。

"不喝了吗？"叶七七不解地看着他道，"你刚刚还说要喝。"

墨寒卿低低地应了一声："不要喝杯子里的。"

"啊？"叶七七愣了一下，拿起桌上的整瓶桃汁，递给墨寒卿奇怪道，"你要喝瓶子里的？"

墨寒卿有些无语地看着她，将她递过来的瓶子拨到一边道："不要。"

"你到底还要不要喝？"叶七七有些无语地看着他道，"不喝就直说，别像以前那样，我都已经喝完了你再说要喝。"

墨寒卿唇角勾起一抹浅浅的弧度，低头径直吻上叶七七红润的唇瓣，声音喃喃地道："我只要稍微尝一口就好。"

"啊？"叶七七愣住了。

下一秒，他身上特有的清冷气息将自己紧紧包围，她还没回过神来，他滑腻的舌已经撬开她的牙关，径直探入她的口中。

"公子，你——"叶七七原本想说点儿什么，然而所有的话都被他堵在口中。她的舌尖软软的，混合着桃子特有的香甜气息和她身上的馨香味道。墨寒卿眼眸眯了眯，果然，味道很好。

咚咚咚——就在此时，屋外又响起敲门的声音，丫鬟在外面突然道："对了，七七姑娘，刚才我看你桌上的点心都吃完了，要不要给你再端一盘过来？"

"唔……那个……我……"叶七七身子一僵，刚想将墨寒卿推开，某人揽在她腰上的胳膊用力一收，将她往自己怀里带。她一下子贴在墨寒卿身上。

"七七姑娘，七七姑娘？"门外的丫鬟见屋子里半天没有回应，又敲了敲门，大声问道。

"唔……唔……"叶七七用力眨着眼睛，示意他这会儿门外有人。

"嗯。"墨寒卿依然一脸淡定地看着她，丝毫没有松开她的意思。

"七七姑娘，您还要点心吗？"门外的丫鬟声音听起来有些着急。

"呜呜……"叶七七用力推了一下墨寒卿的胸口。

墨寒卿终于松开胳膊，满意地勾起唇角，声音低低地道："那果汁的味道，果然不错。"

叶七七一脸无语地看着他。

丫鬟的声音再次响起："七七姑娘？"

"嗯，喀，来了来了……"叶七七整理了一下衣服，赶忙跑去开门。

丫鬟朝叶七七脸上看去。见她唇瓣微微红肿，丫鬟顿时愣了一下。

叶七七被她看得有些不自在，轻轻地咳了一声。丫鬟回过神，朝叶七七点点头道："奴婢帮您再拿一些吃的过来。"

"嗯，好啊，麻烦你了。"叶七七听她这么说，赶紧笑眯眯地点了点头。

"奴婢这就去。"丫鬟朝叶七七福了福身，临走之前，忍不住朝屋子里的墨寒卿看了一眼。完了，完了，一不小心就让那个男的亲了一下七七姑娘，过会儿晚宴的时候，要是被七皇子殿下发现，可怎么办……

那丫鬟朝叶七七扯出一个笑容，问道："那个……七七姑娘要不要跟奴婢一起去小厨房看看？小厨房准备了很多点心，奴婢也不知道七七姑娘喜欢哪些。"

"可以吗？"叶七七两眼发光，"好啊，好啊，我——"

就在她满心欢喜的时候，墨寒卿的声音突然从背后传来："不许去。"

叶七七愣了一下，回过头来，目光中满是疑惑。墨寒卿袍袖轻甩，缓缓走到叶七七身边，揽住她的肩，似笑非笑地道："她这会儿不能跟你去小厨房。"

"可是我——"叶七七有些着急，只想把那些东西全部弄回来。

"七七姑娘？"那丫鬟迟疑了一下，看向叶七七。

墨寒卿低声道："刚才那桃汁，确实不错，你难道……不打算再给为夫倒一点儿喝吗？"

"你不是不喝杯子里的吗？"叶七七下意识问了一句。

墨寒卿淡薄的唇角勾起一抹弧度："我确实不想喝杯子里的，所以……七七，你不能跟着她走。"

叶七七一张小脸变得通红。他的意思，难道还要她喂他喝吗？

丫鬟有些尴尬。

"七七。"墨寒卿搂着叶七七的肩膀，温柔地喊了一声。

"嗯？"叶七七抬起头看着他。

墨寒卿眼中闪烁着意味不明的笑意，揽着叶七七的肩膀，一边朝房间里面走，一边淡淡地朝那丫鬟道："麻烦你自己去小厨房帮我们拿些点心过来，哦，对了，记得顺便把你刚才说的什么蜜瓜汁也带过来。"

"是。"丫鬟咬了咬唇，低着头，朝两人福了福身子。

"去之前，帮我们把房门关好。"墨寒卿声音里听不出一丝情绪。

"好。"丫鬟憋着一口气，却又无可奈何，只得将两扇房门缓缓地关了。

墨寒卿低沉冷漠的声音又在屋子里响了起来："哦，对了，过会儿你把点心和蜜瓜汁拿来，就不用敲门了，放在门外就好，我们自己会拿。"

"可是——"丫鬟还想说点儿什么的时候，墨寒卿打断了她的话："不然你每次都会打扰我们，你难道不知道吗？"

丫鬟站在门口，深深地吸了口气，勉强扯出一个笑容，低声道："是。"

墨寒卿坐在桌边，听着丫鬟渐渐走远的脚步声，这才转过头，看向叶七七。

"每次我们打算做点儿什么，她就过来敲门，像是知道我们要干吗。"

难道……丫鬟在暗中监视他们？

叶七七转过头，看着墨寒卿，小声问道："公子，你是不是发现了什么事情？"

"没什么。"墨寒卿沉默片刻，微微一笑道，"可能是你那位貌美如花的小妾，生怕我对你做什么吧。"

"你是说宫魅？"叶七七愣了一下，摇摇头道，"怎么可能，她是女孩子，不可能真的对我有那种感情。"

墨寒卿低低地笑了一声，淡淡道："是不是女孩子……还不一定呢。"

"什么意思？"叶七七猛地抬起头，朝墨寒卿看去。

"没什么。"墨寒卿转过头。

"你是不是怀疑宫魅不是女孩子？"叶七七兴奋地看着墨寒卿道，"不如咱们来验证一下。"

墨寒卿秀气的眉毛微微蹙起："你要怎么验证？"

"很简单啊。"叶七七仰起脑袋，"等会儿晚宴结束，我找宫魅陪我洗澡，衣服一脱，不就知道他到底是男的还是女的了。"

"就算他同意跟你一起洗澡，我也不会同意。"墨寒卿狠狠地瞪着叶七七，冷冷道。

叶七七思考片刻，又朝墨寒卿道："过会儿我可以走在他身边，假装扭了脚，故意倒到他怀里去，摸一把他的胸。"

墨寒卿白了她一眼。

"难道公子你有更好的办法？"叶七七歪着脑袋，眨眨眼睛，无辜地看着墨寒卿。

"没有。"墨寒卿没好气道。

"哦……"叶七七点点头。

"你刚才想的那些办法，全部不许实践，听见没有？"墨寒卿冷冷地对她道。

叶七七再次点点头。

"很好。"墨寒卿唇角勾起好看的弧度，勾起她精致的下巴，"那么……咱们继续刚才没有完成的事情……"

"啊？唔……唔……"叶七七瞪大眼睛，看着近在咫尺的俊美脸庞，一时忘了挣扎。

这一次，终于没有人不停敲门、不停问话了。

第八章　还是喜欢她

晚宴时，有下人前来他们住的院子，为他们带路。

等他们进了大厅，发现宫魅和皇甫凌已经等着了。

见墨寒卿和叶七七过来，宫魅笑眯眯地迎了上去道："七七，你们来了。"

她的头发没有乱，衣服也没有乱，脖子上没有任何亲吻的痕迹……还好，还好，墨寒卿这家伙不算丧心病狂。宫魅满意地收回目光，声音柔美地朝叶七七问道："我听丫鬟说，给你送去的点心和果汁，你很喜欢，是吗？"

"嗯，确实挺喜欢的。"叶七七垂着脑袋，朝宫魅点了点头道。

"喜欢就好。"宫魅笑眯眯地看着她，"你干吗一直低着头，有什么东西掉地上了吗？"

"没有。"叶七七将脑袋垂得更低。

"那你……"宫魅迟疑地看着她，总觉得她的反应有点儿奇怪。

皇甫凌却没注意到叶七七的异常，只是看了一眼叶七七和墨寒卿的身后，奇怪道："那个小姑娘没来吗，那个叫柳云薇的。"

"云薇？"叶七七愣了一下，回头看了一眼道，"她刚才还跟在我们后面啊。"

"该不会迷路了吧？"皇甫凌刚说完，柳云薇小小的身影便在门口出现了。

她气喘吁吁，红着脸朝众人道："不好意思啊，刚才迷路了。"

"既然人到齐了，咱们便入座吧。"皇甫凌面带微笑道。

坐到席位上，叶七七始终低着脑袋。

宫魅满眼疑惑地看着她，推了推皇甫凌，小声道："你不觉得我七七夫君有点儿不太对劲吗？"

"有吗？"皇甫凌朝叶七七看了一眼，只见她正低头研究面前的那盘点心，摇摇头道，"没什么不对劲的啊。"

"她都不抬头看我。"宫魅一脸受伤地朝皇甫凌道，"我还特地为她换了一身华丽的衣服，她却看都不看我一眼。"

皇甫凌满头黑线地看着宫魅一脸幽怨的神情，迟疑片刻："殿下，你是不是快要忘掉自己是男的了？"

"滚。"宫魅没好气地瞪了皇甫凌一眼。

皇甫凌纠结地看着他道："她不是有夫之妇吗？下午她跟那个墨公子关在房间里……还不许丫鬟去打扰，你说他俩该不会……"

"闭嘴。"宫魅忍不住对皇甫凌狠狠道，"你不说话，没人当你是哑巴。"

"我这是劝你迷途知返。"皇甫凌苦口婆心地道，"天下好姑娘那么多，你干吗非看上一个有主的。"

"再叨叨，我就把刘尚书的女儿许配给你。"宫魅眯了眯眼睛道。

一句话，成功堵住了皇甫凌的滔滔不绝。

宫魅转过头，担忧地看着叶七七，想了想，又顶了顶皇甫凌的胳膊道："去，敬酒。"

"啊？"皇甫凌一脸"你没有搞错吧"的表情。

"快！"宫魅朝他瞪了一眼。

"哦。"皇甫凌只得无奈地应了一声，端起桌子上的那杯酒，站起身，朝叶七七走去，"七七姑娘和墨公子一路长途跋涉前来北辰国，辛苦了，今晚为你们接风洗尘，还请不要客气。"

"多谢皇甫丞相。"墨寒卿看了一眼皇甫凌，端起酒杯，朝他示意了一下。

"不必客气，都是自己人。"皇甫凌朝墨寒卿呵呵一笑，又对叶七七道，"在下特地吩咐给七七姑娘准备了果酒，度数不高，七七姑娘不必担心喝醉。"

"谢谢……"叶七七咬了咬唇，终于伸出手，拿起酒杯，对皇甫凌笑了笑道，"这杯酒敬皇甫丞相。"

她的唇看起来肿得厉害，小鸡嘴一样嘟着，一看就是被狠狠蹂躏过。

"喀……"皇甫凌用袖子半遮着嘴，咳了好一会儿才停下来。

宫魅眼睛瞬间眯了起来。

"那个……七七姑娘，你这是……怎么了？"皇甫凌意有所指地看着她道。

叶七七小脸一下子红了，不自在地咬了咬唇，声音弱弱地道："撞墙撞的……"

墨寒卿淡定从容地道："我亲的。"

整个大厅里一片安静。

丫鬟们低着头，努力憋着笑，然而她们不停耸动的肩膀，出卖了她们此刻的表情。

皇甫凌愣了一下，似有若无地瞥向旁边的宫魅："你们感情真好……呵呵……呵呵呵……"

墨寒卿但笑不语。

叶七七低头，将杯中的酒饮尽，遮掩自己的尴尬。

皇甫凌敬完酒，走回宫魅身边坐下："你看上的姑娘都被别人亲了，这口气你也忍得下？要不咱们找个机会把那个什么墨公子给做了吧。"

宫魅眯了眯眼睛，转动着手中的酒杯，沉吟片刻，低低道："可以考虑一下。"

皇甫凌嘿嘿一笑，转过头不说话。

接风宴上，皇甫凌还准备了一些歌舞表演，都颇具北辰国特色。

柳云薇眼睛眨都不眨，连食物都忘了吃。

一整场晚宴，叶七七记不清喝了多少酒，只觉眼前的东西好像都在不停地晃动。

"多谢皇甫丞相的款待。"墨寒卿缓缓站起身，朝皇甫凌双手抱拳道。

"墨公子客气了。"皇甫凌笑道。

"那在下与娘子便先回房休息了。"墨寒卿淡薄的唇角弯了弯，朝依然坐在位子上的叶七七伸出手道，"七七，走吧。"

叶七七摇摇头，伸出手，想要握住墨寒卿的手，竟然握了个空。墨寒卿微微蹙眉："七七，你到底喝了多少果酒？"

"我也不知道啊。"叶七七迷茫地看着墨寒卿，"大概五六七八杯吧？"

墨寒卿无语。

皇甫凌抬头朝叶七七身后的丫鬟看去。丫鬟一愣，赶紧朝皇甫凌福了福身子，清脆地回答道："丞相大人，七七姑娘今晚一共喝了六坛果酒。"

"六坛？！"皇甫凌被这个数字吓了一大跳。一坛果酒能倒出十杯，照这么算，七七岂不是一晚上就喝了六十杯？！

墨寒卿无奈地叹了口气，拽着她的胳膊，将她拉起来。

"呵呵呵……"叶七七抬起头，不受控制地傻笑。

他想起自己某次在车厢中的遭遇，赶紧朝皇甫凌歉意道："抱歉，她喝醉了，我先扶她回去了。"

"去吧去吧。"皇甫凌赶紧给他们让路。

"告辞。"墨寒卿淡淡地说道，打算扶着叶七七离开。

"等等啊……"叶七七眼神迷离地看着皇甫凌，笑眯眯地道，"皇甫丞相，想不到你这么年轻，我还以为能当上丞相的，都是糟老头子呢。"

皇甫凌笑了笑道："多谢七七姑娘夸奖。"

"而且你长得也很好看。"叶七七醉眼蒙眬地打量了皇甫凌一番，突然伸出手，在他胸口处摸了一把道，"嗯，看起来挺瘦，没想到很结实。"皇甫凌瞬间石化。

墨寒卿眉毛微微蹙起，眼中绽出寒冷的光芒，瞪着叶七七道："注意你的行为。"

"我的行为怎么了？小美人？"叶七七转过头，看着墨寒卿，不由自主地朝他贴去，轻轻地挑了一下墨寒卿的下巴，坏笑着道，"你对我有什么意见？"

墨寒卿脸色铁青地看着叶七七，握着她胳膊的手微微用力，对皇甫凌干脆道："告辞。"说完，他便拽着叶七七，径直朝门口走去。

叶七七跟跟跄跄地跟在墨寒卿身后，路过宫魅的时候，忽然挣脱他的手，凑过去道："天仙姐姐，你好美啊。"

"呵呵……呵呵……"宫魅不自在地朝叶七七笑了笑，"多谢七七夫君夸奖。"

"夫君？我是你夫君吗？"叶七七迷茫地看着宫魅，恍然大悟道，"哦，是了，你是我的小妾啊。"

"嗯。"

"嘿嘿嘿，小美人儿，让夫君摸一把。"叶七七一只小手不由分说朝宫魅的胸前摸去。

"你……"宫魅瞪大眼睛看着叶七七。

叶七七摸到他的胸口，愣了一下，下意识抓了抓。所有人的目光都集中在叶七七的手上。叶七七摸了一把，迟疑两秒，又伸出另一只手，朝宫魅的胸口摸去。

墨寒卿一把拽住叶七七的衣领，将她拎回自己怀里。叶七七看着自己的两只手，又看了看已经石化的宫魅，迷茫地道："好像不太对劲……"

"什么不太对劲！"墨寒卿声音里已经有隐隐的怒气。

"我小妾的胸……"叶七七盯着自己的两只手。刚才那手感，和她摸皇甫凌的差不多。

叶七七迟疑了一下，摸了摸自己的胸。墨寒卿看着她的动作，摸别人不够，还要再摸摸自己？！

叶七七目光震惊地看着宫魅道："美人儿，想不到你长得这么好看，怎么胸比我还平呢？"

墨寒卿听了她的话，皱了皱眉，目光深邃地朝宫魅看去。宫魅神色尴尬地看着叶七七，轻咳两声："夫君你喝多了，是不是感觉有问题？"

叶七七眨眨眼睛，挣脱墨寒卿的束缚，朝宫魅扑去："美人儿，你该不会是个男的吧？"叶七七眼神迷离地看着宫魅，打量他半晌，含糊不清地问道。

宫魅皱了皱眉，下意识摇摇头道："不是啊。"

"真的不是吗？"叶七七眨眨眼睛，突然一个反手，将宫魅的手腕牢牢扣住。

宫魅一愣，想用力挣脱。说时迟那时快，叶七七另一只手，径直朝宫魅的衣领处伸去，一把扯开他的领子。他白皙修长的脖颈暴露在空气中。叶七七凑上前，盯着宫魅的喉结看了半天，忍不住戳了戳。宫魅眼眸微垂，看着凑在自己跟前的叶七七，只觉一股香气混合果酒的甜味扑面而来。

"你看你，果然是个男的，嘿嘿嘿嘿……"叶七七转过头，对墨寒卿声音软软地道，"公子，你看，我——"

她话还没说完，墨寒卿黑着一张脸，不由分说地将她扛在肩上。

"再见。"墨寒卿朝皇甫凌和宫魅狠狠地瞪了一眼，便扛着叶七七，脚尖轻点，从大厅飞了出去。

皇甫凌同情地看向宫魅。宫魅震惊地站在原地好久，才回过神。他转头看了一眼皇甫凌，又看了看大厅里大气不敢出的丫鬟，突然脸色一沉，朝皇甫凌说了句"跟我来"，便袍袖一甩，朝门外走去。

皇甫凌朝周围的丫鬟使了使眼色，让她们收拾这里，然后他跟上宫魅，朝书房走去。

到了书房，宫魅径直走到书桌后坐下，没好气地道："把门关上。"

皇甫凌点点头，将身后的门关上。

二人沉默许久，皇甫凌清了清嗓子，小心翼翼朝宫魅道："那个……殿下？"

宫魅抬起头，目光深邃地看向他。

"七七姑娘和那位墨公子，好像知道你是男人了。"皇甫凌看着宫魅脸上阴晴不定的神色，小心翼翼道。

宫魅紧紧地皱着眉头，心中闪过一丝慌乱。

"殿下打算怎么办？"皇甫凌想了想，"殿下之前肯定是想瞒着七七姑娘和墨公子的，现在看来瞒不下去了，只是不知殿下可曾想过告诉七七姑娘您的真实身份。"

宫魅沉默片刻，目光深沉地看着皇甫凌，不答反问："你觉得，叶七七

235

知道我是男的以后，还会不会承认我的小妾身份？"

皇甫凌扯了扯嘴角，无语地看着宫魅："就算七七姑娘想要承认你小妾的身份，那墨公子也不会承认吧？你要是个女的也就算了，可你是个男的。"

宫魅眼睛忍不住眯了眯。

皇甫凌咽了一下口水，迟疑着道："你倒是说话啊，打算怎么办？"

宫魅冷冷地看着皇甫凌，沉默两秒："既然墨公子不愿意让我做叶七七的小妾，那就只能把他做掉，反正现在他们在北辰国境内，也不能拿我们怎么样。"

"不是，殿下，你冷静一下。"皇甫凌心中一惊，"若是墨国靖安王死在北辰境内，那墨国的皇帝肯定不答应啊，到时候搞不好又要打仗，眼下夜国正在旁边虎视眈眈，咱们可不能同时和两国开战。"

宫魅沉默片刻，点点头道："嗯，这倒是。那你说，本王什么时候做了他？"

宫魅看着皇甫凌。皇甫凌一愣，站在原地沉吟片刻："殿下之前不是说，他们此次来北辰国是要寻找药材吗，他们拿到药材，好像还要去别的地方继续找。"

"嗯，他们下一个目标就是去夜国。"宫魅点点头，声音低沉道。

"那不就妥了！"皇甫凌一拍巴掌，兴奋道，"咱们先扳倒三皇子和四皇子，等殿下登上皇位，给了他们药材，让他们离开北辰国，接着，等他们到了夜国，咱们再找人做了那个墨公子。到时候追查起来，跟咱们一点儿关系都没有。要是墨国皇帝不高兴，大可以去找夜国兴师问罪，他们两国要是真的打起来，咱们正好坐收渔翁之利。"

宫魅皱着眉头，沉吟片刻，点点头道："可行。"

"就这样定了。"皇甫凌点点头道。

宫魅迟疑了一下，看向皇甫凌，不太确定地道："我该怎么跟七七解释？"

"啊？"皇甫凌一下子又蒙了。

"七七会不会知道我是男的，就不理我？"宫魅苦恼地看着皇甫凌问道。

皇甫凌扯了扯嘴角，左右看看，不知道该怎么回答。

墨寒卿扛着叶七七，飞回皇甫凌给他们安排的院子，这才将叶七七从肩上放下来。沉默片刻，他一双胳膊环上叶七七的腰，将她抱起来，身子一闪，进了房间。

她的唇齿间有果酒甜甜的香气，墨寒卿略微迟疑了一下，便反守为攻，毫不客气地占领了她的唇舌。叶七七小手搂着他的脖颈，努力地仰起脖子，任凭他在自己口中攻城略地。

"公子……"叶七七的声音像飘在空中。

"嗯？"墨寒卿低低地应了一声。

"你亲好了吗？"

"什么？"墨寒卿微怔，低下头，看向叶七七。她脸上的笑容灿烂而甜美，一双眼睛看起来亮晶晶的，只是神色有些迷离。

"你亲好了，就轮到我亲了哦。"叶七七笑眯眯地朝墨寒卿说完这句话，便毫不客气地张嘴咬在他的脖子上。

"唔……"墨寒卿只觉得脖子上一阵剧痛，闷闷地哼了一声，刚想将叶七七扯开，她竟然伸出小巧柔软的舌尖，在自己咬过的地方轻轻打起转。酥麻的感觉从他的脖颈上扩散开，下一秒，他觉得自己连指尖都在发麻。

"七七……"他的嗓音带着一丝暗哑，"你干吗？"

"不干吗……"叶七七嘴唇覆在他的脖颈上，含混不清地道，"就是觉得你看起来很可口……"

可口？墨寒卿眉毛皱了皱。

叶七七用力一推，将他整个人推倒在床榻上。

"嘿嘿嘿……"叶七七坏笑着朝他扑了过去。

"叶七七，你……"墨寒卿话还没有说出口，便被她堵了回去。

喝了酒的叶七七，不知道为什么力气奇大无比。任凭墨寒卿怎么暗暗使用内力挣扎，都无法挣脱。那一瞬，他只觉又回到了八年前，回到了那个根本无力还手的年纪。叶七七跨坐在墨寒卿身上，脸埋在他脖颈间，才不管他内心是如何波澜壮阔，只觉他身上清冷的味道真好闻，淡淡的，香香的，特

237

别有安全感。他眼眸越来越幽深，就在他打算反压住叶七七的时候，一直坐在他身上的那个人，突然身子一软，小脑袋砸在他的胸口，开始均匀地呼吸起来。

墨寒卿微微一怔，只觉得压住他手腕的力量瞬间消失，迟疑着动了动胳膊，叶七七的小手便从他的手腕上滑落。

"七七……"他声音嘶哑地喊了一声，挣扎着坐起来，她软绵绵的身体就滑到了床榻上。

墨寒卿蹙眉，担心地朝叶七七看去，却发现她双眸紧闭，鼻翼一张一合。这家伙……是睡着了吗？墨寒卿无奈地看了自己一眼，他衣衫凌乱，胸口全是被她啃咬的痕迹，再加上他强忍了多时的欲火。某人叹了口气，只得去泡冷水澡。

一夜就这么过去了。

第二日清晨，叶七七迷迷糊糊地翻了个身，只觉摸到一个冰冰凉的东西。她皱着眉头，闭着眼睛，又摸了半天，这才一个激灵，转头朝自己身边看去。她的手指下面，是墨寒卿轮廓分明的脸，此刻摸起来跟千年寒玉一样。叶七七愣了一下，收回手，又摸了摸他的额头，那里也是一片冰凉。叶七七赶紧拽过身上的薄被给墨寒卿盖好，紧紧地搂着他。

大概是她传递了一丝热气给他，墨寒卿原本紧闭的双眼缓缓睁开。他转过头，眼中闪烁着意味不明的光芒。

"公子……"叶七七低低地喊了他一声。

"你醒了？"墨寒卿盯着她许久，淡淡地道。

"嗯。"叶七七点点头，刚想问他为什么如此冰凉，他已经掀开薄被，从床榻上坐了起来。

叶七七赶忙拥着被子也坐起来，歪着脑袋看着他。

"醒了就起床。"墨寒卿背对着她，随手拽过挂在床头的外袍，慢条斯理地边穿边道，"别忘了你今天还要去揍四皇子。"

"啊？哦……"叶七七愣了一下，点点头。

墨寒卿从床榻上站起身，将外袍穿好，看着叶七七道："时候不早了，快一点儿。"

叶七七连忙点头，却看到他脖子上斑斑点点的青紫色痕迹，愣了一下，指着那里问道："你脖子上……怎么了？"

墨寒卿微微眯了眯眼睛，不答反问道："怎么，你都记不得了？"

"记得什么？"叶七七迷茫地看着他。

沉默片刻，叶七七扯了扯嘴角，声音颤抖道："你……你该不会是想说，你脖子上的那些痕迹，全都是我弄出来的吧？"

"不然呢，还有谁？"墨寒卿淡淡地应了一声。

"我……"叶七七赶紧看了一眼自己身上的衣物，还好还好，还是昨天出门穿的那一套，那她应该没有对他做出什么不可挽回的事情。

"怎么，你什么都不记得了吗？"墨寒卿觉得心里憋着股气。

"记得，记得，怎么不记得。"叶七七赶紧点点头道，"那什么，我这不是一喝酒就容易那什么嘛……我是不是昨天晚上又非礼你了？"

"又？"墨寒卿朝她挑了挑眉。

叶七七干笑了一声，挠了挠脑袋道："我以前在王府的时候，好像也喝醉过一次……"

"真是难为你还记得这个。"墨寒卿冷笑一声，不冷不热地道。

叶七七缩了缩脑袋，只觉眼前的墨寒卿阴阳怪气的样子："反正，你都是我夫君了……让我亲几口有什么关系，你干吗一脸不高兴的样子。"

墨寒卿瞪着她，突然发现这句话让他无从反驳。

"你生气了？"叶七七看着他，小心翼翼地问道。

"没有。"墨寒卿语气生硬。

"别生气啊，不就是亲了你几口，大不了你亲回来就是了。"叶七七看着墨寒卿阴沉的表情，赶紧安慰道。

墨寒卿沉默了许久，深吸一口气，压抑道："昨天的事情，你一点儿都记不得了？"

叶七七微怔，尴尬地看着他，小声道："我可能还记得那么一点儿。"

"哪一点儿？"

"就……亲你的那一点儿？"叶七七看着他脖子上的痕迹，下意识缩了缩脑袋，小声道。

"别的呢？"墨寒卿紧紧地盯着她，继续追问道。

"别的……真不记得了。"叶七七声音小得几乎听不见。

"呵。"墨寒卿淡淡地笑了,双手抱胸,站在床榻前,居高临下地看着她,慢悠悠地问道,"要不要我提醒你一下?"

"呃……好吧……"

"你昨日喝了六坛果酒。"墨寒卿缓缓地道。

"六坛?!"叶七七吓了一跳。

"嗯。"墨寒卿点了点头道,"后来你喝醉了。"

"哦。"叶七七低低地应了一声。

墨寒卿唇角扯出一抹似笑非笑的弧度:"你还记不记得,你跑到皇甫丞相面前,摸了一把他的胸?"

"啥?"叶七七忍不住瞪大眼睛,"你说什么?我去摸皇甫丞相的胸?"

叶七七下意识看了一眼自己的胸。

"呵,还真什么都不记得了。"墨寒卿冷笑一声,"摸完皇甫丞相,你又摸了宫魅的胸。"

"我……"叶七七的小脸一下子红了起来。可她怎么都不记得了呢!

墨寒卿看着叶七七一脸懊恼的神情,以为她是不好意思,便继续道:"怎么,想起来什么没有?"

叶七七迟疑了一下,抬起头,眼巴巴地看着墨寒卿:"不记得,我真的不记得了,我竟然还摸了宫魅的胸……是不是很软?我没有做什么奇怪的事情吧?"叶七七问完,便发现墨寒卿的脸色越来越难看。

墨寒卿深深地吸了一口气,强忍住想要掐死她的冲动,阴沉着脸道:"你说他的胸摸起来很硬。"

"哦。"叶七七顿时松了一口气。

不,等等。

"我说他的胸摸起来很硬?"叶七七瞪大眼睛看着墨寒卿,"不至于吧……女孩子的胸摸起来不是很软吗?"

墨寒卿真的无语了。

"难道……宫魅是男的?"叶七七猛地抬起头,一脸震惊地看着他。

"呵。"墨寒卿冷笑一声。

房间里又是一阵尴尬的沉默。

半晌，墨寒卿声音淡淡地对叶七七道："休了他。"

叶七七抬起头，满眼疑惑地看着他："休了谁？"

"宫魅。"墨寒卿目光冷冷地道，"他若是女的就算了，既然是男的，我绝不同意他做你的小妾。"

"哦……"叶七七点点头。

"同意吗？"

"同意。"

"很好，起床，穿衣服。"墨寒卿淡淡地瞥了她一眼，转身朝房门走去。

叶七七赶紧掀了被子，利落地跳下床。

等她洗漱完毕，走出房间，却发现皇甫凌和一个陌生男子站在院子里。

墨寒卿却不见了踪影。

"七七……"宫魅看到叶七七出来，迟疑一下，喊了一声她的名字，走上前去。

叶七七一愣，疑惑地看着眼前的男子。他穿着银白色的衣袍，领口处用银丝绣着祥云暗纹，身形挺直，白皙俊美的脸上，一双漂亮的眼眸闪烁着璀璨的光芒，那双眼睛看起来似乎有些眼熟，而他一头墨色的长发束于头顶，一阵微风吹过，发丝轻轻摆动。

"你……"叶七七看着男子，疑惑道，"宫魅？"

"是我。"宫魅站在叶七七面前，微微垂眸，看着她满脸的迷茫，心中忍不住有些紧张。

"你……你真是男的？"叶七七声音弱弱地问道。

"嗯。"宫魅沉默片刻，点了点头。

"那你……其实……"叶七七眨眨眼睛，看看宫魅又看看站在他身后的皇甫凌。

宫魅回过头，朝皇甫凌瞥了一眼。皇甫凌连忙走上前，笑眯眯地朝叶七七道："七七姑娘，给您重新介绍一下，这位是北辰魅，北辰国七皇子。"

"七皇子？"叶七七有些惊讶地看着宫魅，想不到之前墨寒卿竟然猜

241

对了。

宫魅真是七皇子。

"那你……怎么会是阎罗殿的殿主？"叶七七迟疑道。

"大概三年前，我离开北辰国，去了墨国。"宫魅沉吟片刻，简略道，"因缘际会之下，遇到当时的阎罗殿殿主，他……"宫魅顿了顿，有些尴尬地继续道，"当时我是女装打扮，他非要拽着我做殿主夫人，我一时失手，就打死了他……阎罗殿的那帮长老，拽着我不放，非要我赔他们一个殿主……"

"所以你就当了阎罗殿的殿主？"叶七七扯了扯嘴角，想不到这阎罗殿还真是容易易主啊。

"嗯。"宫魅点点头。

院子里的气氛，一时变得有些尴尬。

院外突然传来墨寒卿的声音："七七，收拾好了吗？"

"嗯，收拾好了。"叶七七抬起头。

墨寒卿走到叶七七身边，十分自然地环上她的肩膀，宣示自己的所有权。

他瞥了一眼恢复男装的宫魅，淡薄的唇角勾起，声音凉凉地道："呵，七皇子，幸会。"

宫魅目光若有似无地在墨寒卿揽着叶七七的手上掠过，笑了笑，声音低沉地道："靖安王，幸会。"

叶七七眨眨眼睛，看了看墨寒卿又看了看宫魅，不知道为什么，她感觉两人的目光在半空交会时，似乎有火花迸发。

院子里安静片刻，还是皇甫凌轻咳两声，朝眼前的几个人道："时候不早了，咱们是不是该出发去干正事儿？"

"嗯。"墨寒卿淡淡地点点头，瞥了皇甫凌一眼，声音低沉地道，"确实，不过在干正事儿之前，还有件重要的事情。"

"什么事？"皇甫凌赶忙问道。

"既然宫魅是个男的，还是北辰国七皇子，"墨寒卿淡薄的唇角勾起一抹浅浅的弧度，似笑非笑道，"那他就不能继续当我娘子的小妾了。"

"啊？"皇甫凌满眼疑惑。

"不论是性别还是身份，都不可以。"墨寒卿看着皇甫凌，继续道，"皇甫丞相，你说是吧？"

皇甫凌有些尴尬地扯了扯嘴角，点点头道："好像……是吧……"

宫魅瞪向皇甫凌，皇甫凌赶紧低下头。

又是片刻的沉默，宫魅笑着看向墨寒卿道："我知道了，既然如此，那也只能让七七休了我。"

"呵，你明白就好。"墨寒卿冷冷地丢下一句话，便朝叶七七道，"走吧。"

叶七七转头又看了宫魅一眼，迟疑一下，便跟着墨寒卿朝院子外面走去。

眼看两人的身影消失，皇甫凌小心翼翼地转过头，朝宫魅看去。怎么办呢，这种时候，是不是不说话比较好？

宫魅突然对皇甫凌道："半个月就能登基，对吧？"

皇甫凌微微一怔，点点头道："对，照咱们之前的方案，半个月殿下就可以登基了。"

"呵，等他们去了夜国，看我怎么收拾墨寒卿。"宫魅眯了眯眼睛，咬牙切齿道。

"是是是。"皇甫凌连忙点头附和。

宫魅转过头来，瞪了一眼站在身边的皇甫凌道："还傻站在这儿干吗，跟上去啊，我七七今天要去揍四皇子。"

"是是……"皇甫凌赶紧擦了一把额头上的冷汗，拎起衣摆，朝院子外面去了。

虽然皇帝驾崩，但都城依然一片繁荣之景。

街上行人络绎不绝，小贩也在卖力吆喝着。

叶七七换了从三皇子府中偷来的护卫服，脸上蒙着黑色面罩，趴在屋顶上，直直地盯着皇宫的方向。

墨寒卿则优哉游哉地坐在她身边，眼神扫了一下繁华的街景，道："确定不要我陪你一起去？"

"不用。"叶七七拒绝道，"这北辰国护卫的武功虽然比墨国的稍微高了一点儿，但离我的水准还差好大一截，你只要坐在这里，看我怎么揍他们就行。"

墨寒卿点了点头，正准备继续说点儿什么，身后突然传来皇甫凌的声音："七七、墨公子，你们在这儿啊。"

墨寒卿皱了皱眉，回头看到皇甫凌和宫魅。两人几个起落，便来到他和叶七七身边。

"你们怎么也来了？"叶七七听到声音，抬起头问道。

"来看看呗。"皇甫凌笑眯眯地朝叶七七道，"看你是怎么揍人的。"

"昨天在丞相府里，你不是看过了？"叶七七撇了撇嘴，对皇甫凌道。

"嘿嘿。"皇甫凌只是神秘一笑。

宫魅目光幽深地看着叶七七，站在一边不说话。

街道上来来往往的人群和热闹的景象，跟屋顶上的沉默形成鲜明的对比。

皇甫凌突然拍拍她的肩膀，小声道："四皇子的马车来了。"

叶七七朝路的尽头看去。

长长的街道上扬起阵阵尘烟，护卫骑着两匹马在前面开道，大声吼道："都让一让，让一让，四皇子驾到。"

原本不慌不忙走着的行人听到这句话，立刻慌乱地朝道路两边跑去。

不一会儿，一辆富丽堂皇的马车飞快驶来，车夫扬起马鞭，用力抽打着马儿，口中还在不停地喊着："让开，让开，都让开！"

叶七七忍不住皱了皱眉，转头朝身边的人看了一眼，小声道："这四皇子一直都这么嚣张？"

宫魅点点头，朝四皇子的马车看了一眼，声音淡淡地道："四皇子的母亲是皇后，他自幼便身份尊贵，嚣张惯了。"

"小心！"

就在他们说话的时候，百姓突然齐声喊了起来。

只见一个老妇拽着一个小孩，走路有些慢，眼看就要被马车撞上。

好在离妇人不远的青年拽了一把，不然，肯定就被马车给撞飞了。

"……这也太嚣张了。"叶七七皱着眉头，重新看向朝他们这个方向疾驰而来的马车，咬牙切齿道，"确实该教训教训他！"

叶七七说完这句话，便脚尖轻点，朝那辆马车飞去。

车夫原本正意气风发地扬着手中的鞭子，突然看到一个影子朝自己飞过来。

他心中一惊，连忙拉紧缰绳。

马儿长长地嘶鸣了一声，扬起蹄子，停了下来。

车厢内顿时传来重物掉在地上的声音，一只又短又肥的手掀开车帘，紧接着，出现一个肥胖的脑袋。四皇子朝车夫大吼道："搞什么鬼！怎么驾车的？！"

"四皇子恕罪！"车夫连忙朝四皇子跪下，哆哆嗦嗦道，"属下刚才……刚才明明看到有一个人影朝我飞来。"

"人影？"四皇子朝街道看了一眼，除了站在两边畏畏缩缩的百姓，哪有什么人影。

他一巴掌拍在那车夫的脑袋上道："什么人影，哪有人影？我看你是不想继续混下去了吧？"

"殿下息怒，殿下息怒。"车夫跪在马车的车板上，朝四皇子不停地磕头。

四皇子却毫不留情，一巴掌接一巴掌地拍在那车夫的头上。

"殿下，殿下，属下真的知错了，属下刚刚是眼花，还请殿下再给属下一次机会！"车夫一边磕头，一边哀求。

四皇子打得有些累了，便停了手，直直地瞪了他一眼，转身钻回车厢中道："给本王好好驾车，不行的话，就换个车夫。"

"是是！"那车夫连连点头，想要拿马鞭来让马儿继续往前走的时候，却发现，他刚刚还放在座位旁边的马鞭竟然不见了。

这怎么回事……刚刚马鞭还放在这里的啊！车夫愣了一下，转过身，四下找起自己的马鞭。

四皇子大概是在车厢里等了好一会儿，还没见到马车开始往前走，便再次掀开车帘，朝车夫大吼道："怎么回事，怎么还不往前走？"

"殿下，属下的马鞭……找不到了……"那车夫急得满头大汗，一边朝四皇子点头哈腰，一边团团转地找马鞭。

"真是个没用的东西！"四皇子一甩手，丢下车帘，将肥肥的脑袋又缩回车厢里。

就在车夫越找越急的时候，叶七七清脆的声音突然在马车顶上响了起来："你是不是在找这个东西？"

车夫听到声音，抬起头来，朝车厢顶上看去。一个娇小瘦弱的蒙面人正托着下巴蹲在车厢上，手里甩着他的马鞭。

"你……你是什么人？"那车夫看着蒙脸的叶七七，心中一凛，大声吼道，"来人啊，护驾！"

"什么情况！"刚刚钻回车厢没多久的四皇子，听到车夫这一声吼，掀开车帘又探出脑袋。

然而他刚刚把头探出车厢，叶七七便将马鞭一甩，鞭子径直在四皇子又短又肥的脖子上绕了个圈。

"谁……救……本王……"四皇子只觉得自己的脖子被什么东西缠住了，心中一惊，两只胖手在脖子上抓着。

"来人啊！快点儿救四皇子殿下！"那车夫声音颤抖地吼着。

护卫们立刻手持长矛围了上来。

"都站那儿别动。"叶七七蹲在车厢顶上，朝那些想要围上来的护卫摆了摆手道，"再往前一步，我立刻勒死他。"

"你……你们别动……千万别动……"四皇子使劲扯着脖子上的马鞭，声音哆嗦地朝那些护卫道。

手持长矛的护卫，立刻站在原地不动弹。

"女侠……敢问女侠是何人……"四皇子迟疑着抬头，朝自己的脑袋顶上看去，看到叶七七那张蒙面的脸，不解道，"本王自问从未见过女侠，也从未得罪过女侠，不知道女侠为何要……劫持本王？"

"哦，你当然没有见过我。"叶七七眨眨眼睛，对四皇子道，"我只不过受人之托，让你吃些苦头。"

"受……受谁之托？"四皇子立刻追问道。

"这个……"叶七七眼珠子转了转，笑眯眯道，"这种事情自然是不能说的，说出来，我就没生意可做了。"

"那人给了你多少银子？"四皇子一听到"生意"两个字，脑子立刻一转，对叶七七道，"他出了多少银子请你，我……我出双倍的价格。"

"哦，你的命就只值双倍的银子？"叶七七手中马鞭收了收，四皇子白白胖胖的脸顿时被勒成猪肝色。

"不不不，我出五倍！我出五倍的银子！"四皇子连忙挥舞着胳膊，使劲扯着脖子上的马鞭，急匆匆道。

叶七七歪着脑袋，似乎思考了一下，点点头道："行，成交。"

她将马鞭稍微放松了一点儿，四皇子开始大口喘气。

"不知那人给了女侠多少银子？"四皇子赶紧喘了几口气道。

"哦，不多，也就……三千两吧。"叶七七扒拉扒拉手指，随便报了一个数。

才三千两？！那四皇子的脸色顿时有些难看。要知道，他们这些皇子，随便一身衣服都要上千两银子，那人竟然只出了三身衣服的钱，就买凶来杀他？

不过……四皇子转念一想，这江湖上的人，估计也没见过多少银子，普通人家，百两银子都能过好几年了。

"我给你一万五千两！"四皇子连忙对叶七七大声道，"女侠，求你放过我！"

"行。"叶七七想了想，对四皇子道，"先把银子拿来。"

"去，去给女侠拿银子！"四皇子连忙朝车夫道。

"是是……"那车夫立刻连滚带爬地朝附近的钱庄奔去。

不多时，车夫便拿着一沓银票跑了回来。

"女侠，这是一万五千两银票。"车夫朝蹲在车厢顶上的叶七七，挥舞着手中的银票道。

叶七七低头看了一眼车夫，收回绕在四皇子脖子上的马鞭，一个纵身跳到他的面前，接过那些银票。

就在她低着脑袋数银票的时候，四皇子朝站在周围的护卫使了个眼色，护卫顿时心领神会，握着长矛便朝叶七七冲去。

"小心！"周围的百姓又发出一声惊呼。

说时迟，那时快，只见叶七七飞快地将手中的银票塞进袍袖，一个后空翻，堪堪躲过那些护卫朝自己戳来的长矛。

那些护卫眼见扑了个空，立刻调整方向，朝叶七七再次冲去。

247

四皇子一边往车夫身后躲，一边朝那些护卫大声嚷嚷道："给我上，都给我上，给我狠狠地揍她！活捉她！问她到底是谁派来的！"

"是！"那些护卫齐声应了一句，挥舞着长矛便刺了过去。

叶七七在空中几个起落，眯了眯眼睛，看着那些护卫，喊道："最讨厌你这种说话不算话的人！"

"呸！跟你这种杀手讲什么信用，刚才是被你钻个空子，眼下老子已经不在你手里，这些护卫可都是在我北辰国排得上名次的高手，臭丫头片子，你就等死吧！"

"哦。"叶七七眼睛弯了弯，"还不知道等死的人是谁呢。"

她一边说着，一边身形飞快地从那些护卫身边穿过，起落间，一个接一个的护卫应声倒地。

不过片刻，原本还气势汹汹的护卫，便纷纷倒在地上，痛苦地喊叫着。

四皇子眼睁睁看着一切，当叶七七冲到他跟前的时候，瞬间哭喊道："女侠，女侠饶命啊，我刚刚不过跟你开个玩笑而已，女侠，女侠……"

"现在想求饶了啊？"叶七七笑眯眯地凑到四皇子跟前，径直将挡在他身前的车夫打晕，一把拎起他的领子，将他拽到车顶上。

"女侠！女侠！"四皇子脸色惨白。

他脚下悬空，眼前这个子矮小的家伙，竟然一只手就将他拽了起来。

"刚才不是还让人揍我吗？"叶七七欠扁地看着四皇子道，"人呢，你们四皇子府就这么点儿护卫吗？简直比蚂蚁还不经打啊。"

"女侠，女侠放过我吧！刚才真的不是我下的命令，是……是他，都是他下的命令……"四皇子两条腿在半空中乱蹬，用又短又肥的手指着已经被叶七七敲晕的车夫，声嘶力竭道。

"呵，我耳朵还没聋呢，眼睛也没瞎，刚才是谁下的命令，我可是看得一清二楚。"叶七七冷笑一声，看着四皇子，突然玩心大起，"不如，我们来做个实验吧？"

"什么实验？"四皇子声音颤抖道。

"周围的这些百姓，只要有超过五个为你求饶的，我就放了你，如何？"叶七七满眼兴奋地看着四皇子，声音清脆地问道。

四皇子愣了一下，朝围观百姓瞥了一眼，声嘶力竭地吼道："耳朵都聋了吗？都听见没有，还不赶紧跪下来，帮本王求饶？！"

周围的那些百姓，无声地看着四皇子，可是那一双双眼睛里，却是难以掩饰的兴奋。

他们平日里看多了四皇子嚣张跋扈的样子，眼下终于有个人能收拾他了，他们怎么可能为他求饶？

那四皇子顿时恼羞成怒，朝人群大声吼道："本王命令你们跪下来！都给本王跪下来，听见没有？！不跪的人，本王让你们全家抄斩！"

他这一句吼下去，原本安静的人群中响起议论的声音。

没多久，一颗颗鸡蛋、青菜叶子朝他飞来。

"你抄斩啊！你有本事杀了全城的百姓！"

"我们今天就不跪！你能把我们怎么样！"

"砸他，使劲砸他！"

"砸死他！"

他身上华美的衣袍瞬间变得惨不忍睹。

叶七七一只手拎着他的衣领，距离他太近，也被几个鸡蛋砸到了。

坐在屋顶上的墨寒卿眯了眯眼睛，见叶七七被鸡蛋砸到，飞快地拽过几片树叶，暗地里运起内力，将树叶朝扔鸡蛋的几个人射去。

几个乱砸鸡蛋的人，手腕上顿时多了几条伤痕。

"你看，为你求饶的人都没有。"叶七七似笑非笑地看着四皇子，一脸惋惜地道，"看来，你今日只能挨揍了。"

"女侠……女侠饶命啊……"四皇子听到叶七七这句话，整个人抖得跟筛子一样。

"嘿嘿，不行。"叶七七十分干脆地拒绝了他的求饶，小手轻轻松开。

"啊——"四皇子惨叫一声，如同一个巨大的球，直直地从车顶掉落在地面。

他掉落的地方立刻扬起阵阵尘土，地上的鸡蛋壳、烂菜叶粘了他一身。

叶七七一个纵身从车顶上跳下来，拽着四皇子的领子，胳膊一抡，将他甩了出去。

砰的一声，四皇子落地的地方，又扬起阵阵尘土。

"哎哟……"四皇子痛苦地揉着腰，哼哼着。

叶七七紧跟着跳到他面前，两只小手左右开弓，不由分说地朝他肥胖的脸上扇去。

周围的百姓只觉眼前有道道白光闪过，揍人的声音混合着四皇子痛苦的喊叫声，充斥在他们耳边。

不过片刻，四皇子便由撕心裂肺的惨叫变成了哀号，接着是断断续续的求饶声，再后来只剩下哼哼了。

叶七七把他按在地上，一顿狂揍，终于觉得心情好了一点儿，于是松手站了起来。

原本白白胖胖的四皇子，被叶七七揍得像开了花的猪头，躺在地上一动不动。

"今日先放过你。"叶七七朝躺在地上的四皇子冷哼一声，又从袍袖中掏出刚刚那车夫拿给她的一沓银票，朝空中一撒，银票洋洋洒洒落了一地。

周围的百姓碍于刚才叶七七的暴力，没有一个人敢上去哄抢那些落在地上的银票。

叶七七黑白分明的眼睛眨了眨，朝周围的百姓笑道："这些是四皇子的钱，现在都归你们了。"

"谢谢女侠！谢谢女侠！"

百姓朝她跪下，不停磕头道谢。

叶七七一笑，脚尖轻点，纵身飞走了。

等到叶七七的身影消失，他们才朝地上散落的银票冲去，一个接一个地踩上那些护卫和四皇子。

"哎哟……我的胳膊……"

"哎哟……我的手……"

"谁踩了我的脚……"

刚才被叶七七打倒在地的护卫，忍不住骂了出来。

只有四皇子奄奄一息，连说话的力气都没有。

"殿下……"护卫们鼻青眼肿地看着他，一副快要哭出来的神情。

"到底是谁……找人来打本王的……"四皇子说完这句话，两眼一翻，晕了过去。

"快快快！殿下就在前面。"

就在四皇子晕过去没多久，四皇子府里的护卫听到消息，终于赶来了。他们抬起晕过去的四皇子，又扶起自己的兄弟，狼狈地回去了。

两个时辰后，四皇子终于从昏迷中醒来。府上的大夫赶忙朝他行了个礼，道："殿下终于醒了，不知道殿下这会儿感觉如何？"

"什么感觉如何？"四皇子的眼睛原本就不大，被叶七七揍过之后，更是肿得只剩下一条缝。

"殿下可有什么恶心想吐的感觉？"那大夫捋了捋胡子，又问道。

"没有。"四皇子勉强撑着胳膊从床上坐起来，摸了一下自己的脸。

他的脸只要轻轻一碰，就火辣辣地疼。

"殿下千万别乱碰，属下刚刚给你敷过药。"那大夫连忙制止四皇子道，"好在殿下受的只是皮外伤，虽然看起来有些严重，但只要休养大半个月，就没什么了。"

"大半个月？"四皇子用力睁大眼睛，对大夫吼道，"本王明日还要进宫，你让本王怎么去？"

"属下建议殿下还是休息半个月比较好。"大夫弯着腰，恭恭敬敬道。

四皇子忍不住骂了一句，转头看了一眼同样被揍得鼻青眼肿的护卫，愤怒道："查出来到底是谁干的了吗？"

"回殿下的话……"那护卫迟疑了一下，朝他低声道，"那个刺客虽然穿了一身很普通的布衣，但属下刚才眼尖，看到她里面的衣服，有三皇子府上的纹绣。"

"三皇子？"四皇子眯了眯眼睛，阴恻恻地看着护卫不说话。

"殿下最近跟三皇子不是非常不对盘吗？"那护卫低下头，对四皇子小声道，"之前听说三皇子的母妃将先皇的遗诏藏了起来，导致四皇子现在不能名正言顺地继位，所以这次，难道是三皇子想要针对您？"

"他想针对我？那也要看他有没有这个本事！"四皇子的胖手紧紧握起，用力砸了一下床榻。

"哎哟，疼死本王了……"

"殿下小心，您的小手指被人给踩断了，千万不能轻易用力。"站在一旁的大夫忍不住皱了皱眉。

251

"你不早说……"四皇子甩着自己的胖手，用力瞪了大夫一眼。

丞相府中。

叶七七坐在桌子旁，一脸乐不可支的样子。

皇甫凌一边给叶七七添茶，一边赞赏道："七七姑娘真是太厉害了，这是从生理上到心理上，对四皇子的一次羞辱啊。"

"确实。"宫魅点点头，看着叶七七道，"最后你撒钱的时候，四皇子躺在地上，眼里的光都灭了，一脸生无可恋的样子，真想找个画师当场给他画下来。"

"哈哈哈。"叶七七笑嘻嘻地看着他俩道，"这叫取之于民，用之于民。那四皇子，一看就不是什么好东西，他那些钱，肯定都是搜刮平民百姓的。"

墨寒卿拿起茶杯，放到唇边，轻轻地啜了一口，抬头道："过会儿就去三皇子府上，继续揍人。"

"啊？"叶七七愣了一下，满眼不解地看着他道，"这么快就去吗？"

墨寒卿点了点头道："算算时间，四皇子这个时候应该也醒了，像他这样睚眦必报的人，肯定一醒就会去找人报仇。你刚刚在揍他的时候，故意露出了三皇子府上的标记，我估摸着，他这会儿应该已经派人去三皇子府上了。"

"好，那我现在就去。"叶七七放下手中的茶杯，站起身来，打算朝外走。

"我跟你一起去。"皇甫凌赶紧放下手中的杯子，朝叶七七道。

叶七七满眼疑惑地看着他道："打人这种事情，你这么爱掺和吗？"

皇甫凌扯了扯嘴角，朝站在身边的宫魅看了一眼，笑着道："对啊，看看七七姑娘你的英姿。"

叶七七觉得有些奇怪，却说不上来哪里奇怪，想了半天，摇了摇头，转身飞了出去。

墨寒卿冷冷地瞥了皇甫凌和宫魅一眼，没有说什么，跟在七七后面出去了。

他们抵达三皇子府的时候，四皇子府的人刚来不久。

只是两边旗鼓相当，武功水平也差不多，四皇子府的人在门外闹了一阵子，也没闹出什么名堂来。

叶七七过去的时候，他们正僵持不下。

她躲在旁边的树上看了好一会儿，随手打晕了一个四皇子府的人，接着换上他的衣服，几个起落间，便跳到四皇子府的那帮人前面，大声道："兄弟们，别跟他们废话，上！"

四皇子府的人也已经休息了好一会儿，这会儿突然看到一个护卫精神抖擞地上了，于是也打起精神，举起手中的武器，又朝三皇子府的人打去。

这一次，有了叶七七，他们打三皇子府的人，简直跟捏死一只蚂蚁一样。

眼看三皇子府的护卫们快要坚持不住了，终于有人进去通报，三皇子急急忙忙地赶了出来。

叶七七眼尖，一眼看到穿着皇子制式衣袍的三皇子，又扯着嗓子大喊了一声："兄弟们，三皇子出来了，给我打他！"

"上啊！"四皇子府的人，顿时朝三皇子扑去。

可怜三皇子刚刚跑到自家大门口，还没来得及说一句话，便被围殴了。

围殴他的那群人中，叶七七打得最欢。

三皇子府的护卫赶紧冲上前去护驾，门口又是一片混乱。

眼看三皇子被揍得快要不省人事，叶七七眼中闪过一道精光，脚尖轻点，从人群中飞了出来。

她飞回自己刚才蹲着的树上，朝正在看热闹的墨寒卿他们道："走吧，回去吧。"

"嗯。"墨寒卿点点头，搂过叶七七的肩膀，抱着她走了。

皇甫凌和宫魅却站在原地，好半天都没有反应过来。这……这么快就结束了？这小丫头的战斗值也太高了吧。

三皇子和四皇子不对盘的事，众人早有耳闻，只是没想到双方人马竟然在大街上火拼起来。

自从叶七七冒充三皇子府的人打了四皇子，又冒充四皇子府的人揍了三皇子，两边的人马哪怕是在街上遇到都会打起来。

几天后，京城中又开始流传各种各样的小道消息。

有说四皇子强抢民女的，有说三皇子贪污赈灾银两的，有说四皇子卖官买官的，也有说三皇子玷污宫女的。

总之各种消息层出不穷，一开始百姓只是随便听着乐和乐和，只是听着听着，感觉不太对劲。

原来之前自家闺女哭哭啼啼地回来，是在街上被四皇子非礼了。

原来南风镇的亲戚会饿死，是因为赈灾的粮食被克扣了。

原来传说中的状元郎竟然是花钱买来的。

原来隔壁村的阿花当宫女这么多年从没回来过，是因为跳井死了。

于是每一天，都有成百上千的百姓堵在三皇子和四皇子的门口，举着锄头菜刀，要找他们讨个说法。

眼看局势快要控制不住了，不知道从哪儿又传出一个消息，说是失踪好久的七皇子终于回来了。

京城中的百姓如同见到救星，每天高呼七皇子继位，让他主持公道。

皇甫凌变得异常忙碌。

丞相府中基本看不到他的人影，就连宫魅也跟着失踪了。

叶七七百无聊赖地坐在院子里的石桌旁，拿着北辰国特产的水果，一颗接着一颗往嘴里丢："好无聊啊……"

墨寒卿坐在她身边，眼眸微垂，看着某人快要发霉的样子，笑了笑道："怎么，好几天没有出去揍人，又觉得难受了？"

"是啊。"叶七七叹了一口气，她也就第一天出去施展了一下拳脚，后面几天，全部都是皇甫凌在操作。

墨寒卿揉揉她的脑袋，笑着道："也用不了几天了，等到宫魅登基，拿到药材，我们就可以出发去夜国。"

"夜国……是个什么样的国家？"叶七七歪着脑袋，好奇地问道。

墨寒卿想了想，还没来得及回答，皇甫凌便急匆匆地进来道："成了成了。"

"成什么了，你这么慌慌张张。"叶七七抬起头，随手朝他丢了一颗果子。

"明天，就能宣布七皇子继位了！"皇甫凌接过叶七七丢过来的果子，兴奋道。

"这么快！"叶七七吃了一惊，一下子从凳子上站了起来。

她绕着圆桌转了两圈，满眼疑惑道："之前不是说，最起码要大半个月吗？"

皇甫凌点点头，随手将叶七七丢来的果子扔进嘴里，边吃边道："可是没想到三皇子和四皇子掌握了对方那么多的料，基本上已经将京城中的百姓惹怒了，就连朝中大臣都联名要求选七皇子为新皇。向来不管国事的太后被那帮朝臣闹得不得安宁，只得出来宣布，让七皇子继位。"

"这也太顺利了吧。"叶七七听着皇甫凌的话，只觉这皇位怎么好像唾手可得的样子。

"还好还好，多亏七七姑娘你，否则我们也找不到突破口。"皇甫凌高兴地朝叶七七双手抱拳道。

叶七七眨眨眼睛，看了墨寒卿一眼，又看看皇甫凌，笑眯眯道："哪里，哪里，小事一桩而已。"

"这几日，殿下可能会非常忙碌，估计没什么时间陪二位，你们来了我北辰国，应该还没见识过我北辰国的风土人情，明日我便安排几个人，让他们陪你们在京城中转一转。"皇甫凌笑着道。

"不用了，我们自己转就好了。"叶七七连忙摆手，让一堆不认识的人跟在自己身后，感觉多奇怪。

皇甫凌迟疑了一下，点点头道："七七姑娘若是不愿意让人跟着，那就算了，主要是在下担心你们在京城的安全，毕竟现在三皇子和四皇子闹得也挺大，街上时不时就有两边的人打群架，不过……"他顿了顿，又笑着继续道，"以七七姑娘的身手，在这京城中，应该没人是你的对手。"

"嘿嘿。"叶七七朝皇甫凌一笑，不说话了。

第二日，果然从宫中传来了消息，久未露面的太后宣布，新任帝王是消失多年的七皇子北辰魅。

消息一出，正在街上打架的三皇子和四皇子的人，一下子就停手了。

他们对看一眼，丢下兵器，飞快地跑回各家主子那里汇报消息。

要说这北辰国的太后，也是个雷厉风行的主，刚刚宣布了七皇子继位没多久，就张罗着举行登基大典。

京城中的百姓顿时高兴起来，等到新皇登基，那三皇子和四皇子就有人收拾了。

登基大典前一天，许久没有露面的宫魅终于出现在叶七七的面前。

彼时叶七七正在院子里，拿着一根树枝比画着剑法，转头间，就看到穿着一身银白色衣袍的宫魅朝自己走来。

"宫魅！"叶七七生生停住动作，一个转身便落在他跟前。

"七七。"宫魅脸上带着一抹浅浅的笑容，看着落在眼前的叶七七，低低地喊了她一声。

"好几天没看见你了。"叶七七眨眨眼睛，看着男装打扮的宫魅，想了想，忍不住笑了出来，"当初你问我要选谁当皇上的时候，我随手一指，说选你，想不到还真是你当皇上了。"

宫魅微微一怔，笑了笑道："这说明你有看人的眼力。"

"那倒不是。"叶七七将手中的树枝丢到地上，笑眯眯地说道，"当日我只是觉得，这天底下为什么当皇帝的都是男人，难道女人就不可以当皇帝吗，更何况还是你那么漂亮的美人儿。你要是当了皇帝的话，那帮朝臣光冲着你的美貌，也要对你死心塌地啊。"

宫魅听着她的这番话，忍不住扯了扯嘴角，无语道："我……谢谢你的赞美啊。"

"不客气。"叶七七朝他摆了摆手道，"对了，你今天怎么有空来找我？"

宫魅迟疑一下，朝叶七七道："明日便是我的登基大典。"

叶七七一愣："明天就登基了？这么快？"

"嗯……"宫魅低头，看着眼前的叶七七，沉默片刻，声音低沉道，"我想邀请你来参加我的登基大典。"

"可以去吗？"叶七七顿时兴奋起来，"我要去我要去，宫魅你这么漂亮，穿上龙袍一定很美！"

宫魅听着她的话，额头上滑落一大颗汗珠："你知道，以前当着我的面说我漂亮的那些人都去哪儿了吗？"

"去哪儿了？"叶七七随口问道。

"被我杀了。"宫魅声音平淡地说道。

叶七七猛地抬起头，看着宫魅的脸，扯了扯嘴角道："你该不是想杀我灭口吧？"

"不。"宫魅认真地看着她，声音淡淡地道，"我想说，你是唯一一个说我漂亮还能活着的人。"

"哦……"叶七七顿时松了一口气，歪着脑袋想了几秒，又朝宫魅道，"还是说，其实你是想杀了我，只是因为打不过我？"

宫魅听到她这句话，顿时哭笑不得。

这家伙怎么就这么笨呢，难道就听不懂他话里的意思吗？

难道她就不明白，对他而言，她是一个特别的存在吗？

"对了，我怎么去参加你的登基大典？要穿正式一点儿吗？"叶七七跟宫魅调侃了半天，终于想起这个问题。

"我想问你……"宫魅迟疑了一下，看着叶七七白皙粉嫩的脸，声音中带着一丝紧张，"叶七七，你愿不愿意做北辰国的皇后？"

"啊？"叶七七听到这个问题，一下子就愣住了。

"你……"宫魅脸上浮现出一抹浅浅的红晕，"你愿意吗？"

"为什么啊？"叶七七满眼迷茫地看着他，奇怪道，"为什么要我做北辰国的皇后？"

宫魅低下头，一脸认真地看着她道："七七，我喜欢你。"

"呃……啊？"

"你愿意嫁给我，做北辰国的皇后吗？"宫魅漂亮的眼眸直直地看着她，一字一顿地朝她问道。

"可是我……"叶七七还没来得及回答，一道墨色的身影便朝她飞来。

下一秒，她整个人被揽入一个温暖熟悉的怀抱。

"怎么，我不过才离开一会儿，就有人把墙脚挖到我这里来了？"墨寒卿清冷的声音在叶七七的头顶上响了起来。

叶七七抬起头，一眼就看到墨寒卿那双乌黑深邃的眼眸。

宫魅看着揽住叶七七站在自己面前的墨寒卿，唇角微勾，声音温润道："窈窕淑女，君子好逑，男未婚女未嫁的，我追求一个姑娘，不可以吗？"

"呵。"墨寒卿冷笑一声，目光凛冽，仿佛数九寒天里的冰块，"谁不

257

知道，叶七七是我墨寒卿的未婚妻？"

"未婚妻，也就是还没成婚。"宫魅不慌不忙地看着墨寒卿，优哉游哉道，"在正式成婚之前，一切都有变数。再说，就算正式成婚，也还有离婚的。"

墨寒卿眯了眯眼睛，眼神冷冷地看着宫魅，不说话。

宫魅笑了笑，低头对叶七七道："七七，你再好好考虑考虑，只要你愿意，这整个北辰国都是你的，到底要当北辰国的皇后，还是当墨国一个小小的靖安王妃，你再认真想一想，我先走了，明日的登基大典，我会派人来接你。"

"那个……那他参加吗？"叶七七指着自己身边的墨寒卿问道。

"他？"宫魅抬眸看了墨寒卿一眼，笑了笑道，"不好意思，我可没有打算邀请他。"

宫魅说完这句话，朝叶七七抛了一个媚眼，摆摆手道："我先走了，还有别的事情要忙。"

"哎……可是……"叶七七还想再问点儿什么，宫魅已经消失不见了。

整个院子里面，只剩下叶七七和墨寒卿。

"他邀请你去参加明天的登基大典？"墨寒卿低下头，声音低沉地问道。

"嗯。"叶七七十分实诚地点点头。

"不许去。"墨寒卿皱着眉头，看着叶七七一脸兴奋的样子，声音冷冷地道。

"为什么啊？"叶七七愣了一下，朝墨寒卿道，"都答应他了，不去不太好吧？"

"登基大典有什么好看的。"墨寒卿一脸淡漠地朝叶七七道，"不就是跪来跪去，听宫里的公公宣读那些又长又烦的诏书。"

"可是……"叶七七迟疑了一下，声音弱弱地道，"可是宫魅长得那么好看，他穿龙袍的样子，肯定也很美啊……"

墨寒卿听着这句话，忍不住将眉头皱得更紧了。

"我……我就是想看看他穿龙袍的样子……"叶七七看着某人危险的眼神，忍不住缩了缩脑袋，小声道。

"哦。"墨寒卿沉默片刻，淡淡地应了一声。

哦？叶七七抬起头来，满眼不解地看着他："哦的意思就是……我可以去看吗？"

"可以。"墨寒卿淡淡地瞥了她一眼，转身朝房里走，随口道："如果你明天起得来的话。"

"我当然起得来啊。"叶七七立刻兴奋地跟上墨寒卿，滔滔不绝道，"你不知道这几天我憋在院子里有多无聊，每天早上太阳还没出来，我就起床了，比鸟儿还早呢，明天的登基大典，我肯定早早起来去看。对了，要不你也跟我一起去看吧，我还从来没有参加过这种大型的典礼呢。"

"再议。"墨寒卿丢下一句话，便进了房间。

叶七七看着眼前砰的一声被关起的房门，忍不住摸了摸自己的鼻子。这人怎么又不高兴了？不过想到明天可以看宫魅穿龙袍的样子，叶七七顿时又兴奋起来。

这一整天，墨寒卿都没怎么理叶七七，乐得清净的某人，干脆去小厨房找了一些点心端回房间，大快朵颐。

临近睡觉，墨寒卿却突然来了叶七七的房间。叶七七正好洗漱完毕，站在床前宽衣解带，忽然听到自己的房门吱呀一声被推开，她便回头看了一眼。

墨寒卿面无表情地站在房间门口，直直地看着她。

"公子？"叶七七眨眨眼睛，看着他奇怪地道，"你……找我有事？"

"嗯。"墨寒卿淡淡地应了一声，袍袖轻甩，朝她走来。

"什么事情啊？"叶七七问道。

墨寒卿一言不发地走到叶七七跟前，停住脚步，白皙修长的手勾起她精致的下巴，目光微垂，看着她那张粉嫩的小脸，声音低低地问道："你明日当真要去参加宫魅的登基大典？"

"是啊，怎么——"叶七七点了点头，墨寒卿便低下头，堵上她红润的嘴唇。

他身上特有的清冷气息将她整个人包围起来。

叶七七瞪大眼睛，看着近在咫尺的清秀脸庞。

他柔软的唇瓣覆在她的唇上，轻轻地摩挲，舌尖缓缓地撬开她的牙关。

叶七七愣了一下，一双小手下意识推了推墨寒卿的胸口，声音含糊不清道："你……你干吗……"

墨寒卿眼眸微微眯了眯，用修长的胳膊环住叶七七纤细的腰肢，将她整个身子朝自己怀里搂了搂，深吻住她，将她所有的疑问全部堵在口中。

"唔……"叶七七刚开始的时候还微微挣扎，渐渐地，她的身体不由自主地瘫软下来。

墨寒卿安静地站着，低头亲吻了许久，一个打横将她抱起来，径直朝床榻走去。

"唔……你要干吗……"叶七七心中一惊，赶紧结结巴巴地问道。

"不干吗。"墨寒卿淡薄的唇角勾起浅浅的笑容，"娘子不必担心，只是最近这段时间，为夫和你总是分房睡，夜里没有你睡在为夫身边，为夫有点儿害怕。"

"害怕？"叶七七眼神古怪地看着墨寒卿，刚想继续问点儿什么的时候，身子已经被他动作轻柔地放了床榻上。紧接着下一秒，他便覆身而上。

"你……"叶七七平躺在床榻上，看着压在自己身体上方的墨寒卿。他乌黑深邃的眼中闪烁着璀璨的光芒，一不小心就摄人心魄。

"我什么？"墨寒卿看着眼前的叶七七，唇角勾起一抹浅浅的弧度，声音低沉，带着一丝蛊惑。

"你……你……"叶七七却是看着他的眼睛，一时说不出话。

"你这个样子……"墨寒卿顿了顿，朝她缓缓地俯下身子，吻住她白皙粉嫩的脖颈，低低道，"让人看了忍不住想欺负你。"

他如墨的长发散在身后，偶尔有几缕绕过她的脸，带来微痒的感觉。

"七七……"墨寒卿低低地念着她的名字，修长的指尖却轻轻勾住她的腰带，稍微用力一扯，便将她的衣袍扯掉了。少女白皙如玉的肌肤展露在他面前。

"别……"叶七七心中一惊，身体宛如被电流击中，不受控制地轻轻颤抖，什么力气都用不上了。

"公子……"

"嗯。"墨寒卿低低地应了一声，牙齿轻轻地啃咬着那抹殷红。

260

叶七七一双小手不由自主地紧紧抓住身下的被褥，绷直了脚尖。所有的词汇到了嘴边，都变成凌乱的轻哼。

"别……"惊觉他要做什么，叶七七拒绝的话刚刚出口，一阵晕眩迷离的感觉便铺天盖地地袭来。一切的事物都静止了，她的耳边，所有的声音都消失了。她只觉脑海中有一道白光闪过，一阵又一阵强烈而难以控制的晕眩感朝她汹涌而来。

墨寒卿仿佛故意惩罚她，每一次在她快要抵达云端的时候，便挪开自己的唇舌，转而亲吻她细腻白嫩的小腿。

叶七七感觉身体仿佛被浸泡在温暖的泉水中，水波一下又一下地冲刷着她的肌肤，她觉得自己在水中浮浮沉沉，昏昏沉沉，渐渐地，意识也散乱起来。她不知道自己是怎么睡着的，只是觉得最后那一刻，当她身体里的每一个细胞都不由自主地颤抖时，整个人被巨大的难以言喻的喜悦包围着。

墨寒卿低头，看着已然昏睡过去的叶七七，沉默片刻，拉过床脚的薄被给她盖好。只有他自己知道，在他变着法地折磨叶七七的时候，其实也是在折磨自己。

她的身体软软的、小小的，每一次都让他快要无法克制，忍不住想彻底占有她。只是……解药还没有找到，他现在还不能对她那样做。

墨寒卿轮廓分明的额头上，缓缓地滑落一滴汗水。

被墨寒卿温柔地折磨了一夜，第二天，叶七七会起不来简直是天经地义的事。宫魅派来接她的护卫，在外敲了许久的门，也不见人应答，只得安安静静地站在那里，等这位大小姐自然醒了。

皇宫中，新帝登基仪式正在按部就班地举行。

穿着一身明黄色龙袍的宫魅踩着大红色的地毯，缓缓走向龙椅，忍不住转头看了一眼他特地留给叶七七的位子。

周围的所有朝臣、宫女、太监都虔诚地跪拜，然而他心心念念的那个人，终究没有来。

"皇上，皇上？"跟在宫魅身后的公公，见他半天也不挪一步，低低地提醒他道："您怎么不往前走了？"

"没什么。"宫魅收回目光，抬起头，看向面前的龙椅，沉默片刻，迈开步伐，朝龙椅缓缓地走去。

待到他稳稳地坐在龙椅上，跪在殿堂之上的所有人，异口同声地朝他大声喊道："吾皇万岁万岁万万岁。"

宫魅眼眸微垂，长长的睫毛轻轻眨动，眼中流露出一抹孤寂："平身。"

"谢万岁。"雄壮而浑厚的喊声在殿堂中回荡着。

北辰国的天终于变了。

新皇登基后，便是一系列的交接仪式，从国库的钥匙到御书房的笔墨，大到传国玉玺，小到御用的毛笔，跟在宫魅身后的公公事无巨细地交代着。

宫魅听了一会儿，终于抬了抬手，打断大太监滔滔不绝的话语。

"皇上，您有什么吩咐？"跟在宫魅身后的大太监，小心翼翼地哈着腰低声问道。

"把国库钥匙给朕。"宫魅皱着眉头，朝大太监伸出手。

"啊？"大太监愣了一下，赶忙行礼道，"是，皇上请稍等。"

他说完这句话，便转身朝放着国库钥匙——也就是传国玉玺的托盘走去。

待到宫魅拿到国库钥匙，淡淡地瞥了大太监一眼，便朝御书房外面走去。

叶七七一觉睡到中午才迷迷糊糊醒来，身体还是绵软的，一点儿力气都用不上。

窗外灿烂刺眼的阳光透过纸糊的窗纸照进屋子里，她躺在床上半晌，想起昨天夜里墨寒卿对自己做的那些事情，还是忍不住脸红心跳。

叶七七懒洋洋地在床上翻了个身，总觉得好像还有一件事没做，是什么呢……她翻来覆去好一会儿，突然心中一惊，从床上坐了起来。糟了，今天是宫魅的登基大典，她昨日答应了他要去看的。

叶七七手忙脚乱地起身，扯过凌乱的衣袍，匆匆忙忙地穿上，准备下床的时候，房门却被推开了。墨寒卿踩着满满一地的阳光，缓缓地走了进来。

叶七七看着他，愣了一下，问道："现在什么时辰了？"

"已经午时了。"墨寒卿淡淡地瞥了她一眼，随口问道，"你起来了？

正好，宫魅就在外面说要找我们。"

"宫魅他……"叶七七愣了一下，挠了挠脑袋，疑惑道，"登基大典这么快结束了？"

"不知道。"墨寒卿丢下一句话，便又转身出去了。

叶七七挠了挠脑袋，迟疑一下，还是跟在他后面出去了。

院子里面，宫魅穿着一身明黄色的龙袍，头发用玉冠束于头顶，正站在树下。午时的阳光璀璨夺目，透过细碎的树叶洒下斑驳的光影，落在他明黄色的龙袍上。

叶七七眨眨眼睛，看着他绝色的容颜，忍不住笑道："宫魅，你穿龙袍的样子果然很好看，特别霸气。"

宫魅心中堆积整整一上午的烦闷，瞬间全部消失。

墨寒卿站在叶七七身边，低低地哼了一声，没有说话。

"那个，不好意思啊，我好像……睡过头了。"叶七七夸完宫魅，又有些不好意思地看着他道。

"无妨。"宫魅朝她笑了笑，声音低沉道，"幸亏你今日没有来，登基大典简直无聊透顶，那宣读诏书的公公，念得我都快要睡着了。"

"那典礼，这么快就结束了吗？"叶七七有些疑惑地问道。

"差不多吧。"宫魅模棱两可地朝叶七七道，"后面还有一些事情，让那些下人去做就可以了。"

"哦。"叶七七点点头，又盯着宫魅半天，这才问道，"那你来找我，是有什么事吗？"

"嗯。"宫魅点点头，从袍袖中掏出一个小小的包裹，递给叶七七道，"这个给你。"

"这是什么？"叶七七低头，看着那个包裹。

"你需要的药材。"宫魅双手背于身后，笑着道，"我拿到了国库钥匙，就连忙去把这些药材找出来了。"

叶七七猛地抬起头，看着他温润的笑容，感激道："谢谢你。"

"和我不必客气。"宫魅微微一笑，朝站在叶七七身边的墨寒卿看了一眼道，"既然北辰国的药材你们已经拿到手，接下来是不是就该启程去夜国了？"

"嗯。"叶七七点点头道，"夜国皇室那边，再拿到几味药材，就差不多了。"

"可惜夜国那边并没有什么我认识的人，否则，还能帮你们一下。"宫魅听了叶七七的话，一脸惋惜地道。

"没关系，你已经帮了我们很多。"叶七七抱着手中的药材，感激地对宫魅说道。

就在他们说话的工夫，皇甫凌风风火火地跑进院子道："皇上，您吩咐属下准备的马车都已经准备好了。"

"嗯。"宫魅淡淡地应了一声，转身朝叶七七和墨寒卿道，"去夜国的马车已经帮你们准备好了，马车上有一路上会用到的物品，到夜国路途遥远，希望你们一路平安。这几天，我可能会非常忙，所以不能来送你们了，先帮你们准备好东西，算是我的一点儿心意。"

叶七七看着宫魅，一脸感激道："太谢谢你了。"

"不必客气。"宫魅朝叶七七笑了笑，唇瓣张了张，一副欲言又止的样子，最终还是摆摆手道，"原本想陪你们一起去夜国，只是事情太多，实在走不开。"

"没关系，你能帮我们这么多，真的已经很谢谢了。"叶七七认真地对宫魅道。

"嗯。"宫魅点点头。

一个穿着宫中太监服饰的人匆匆跑来，朝宫魅行礼道："皇上，太后正在找您呢，说是有重要的事情要与您商量，关于三皇子和四皇子。"

宫魅微微蹙了蹙眉，沉默片刻，点点头道："朕知道了，你先回去吧。"

"皇上，太后命奴才赶紧将您带回宫中。"那太监赶紧跪了下来，继续道。

沉默片刻，宫魅终于轻轻地叹了一口气道："朕知道了，这便走吧。"

"是。"那太监赶紧站起身，弯着腰，朝他做了一个请的姿势。

宫魅无奈地看了叶七七一眼，摇了摇头，跟在太监身后走了。

皇甫凌眼看宫魅走了，赶紧也朝叶七七打了个招呼，跟着一起走了。

"我去收拾一下东西，我们明天一早便出发去夜国。"墨寒卿站在叶七七身边，沉默片刻，低头朝她声音淡淡地道。

"哦，好。"叶七七点点头。

"你要是……"墨寒卿迟疑了一下，转头看了一眼柳云薇的房间，"没什么事的话，就跟柳云薇一起出去逛逛吧，快要离开北辰国了，你有什么喜欢的东西，可以买了一起带走。"

"好。"叶七七想了想，干脆地应了一声，转身去找柳云薇。

第九章　你对我来说很重要

北辰国都城的街道上，叶七七和柳云薇一边走一边逛，好像一对小姐妹。

天色渐渐晚了，就在她俩准备打道回府的时候，一只硕大的麻袋朝她二人劈头盖脸地套下来。紧接着，叶七七便觉得脖子后面传来剧痛，下一秒，她便晕了过去。

叶七七再次醒来的时候，发现自己被装在麻袋里，周围黑漆漆的，什么都看不见，她双手被反绑着，嘴里塞着一块破布。

这是什么情况？！叶七七心中一阵慌乱，强迫自己冷静下来。她现在应该是在一辆马车上，马车在颠簸地行进，她的身体就像散了架一样。只是不知道抓她的人是谁，又是为了什么。

叶七七仔细听了一会儿，发现马车上应该只有车夫和她两个人，也不知道柳云薇去哪儿了。不过眼下，她还是先脱身比较好。

叶七七深深地吸了一口气，运起内力，绑在她手腕上的绳子瞬间断了。活动活动手腕，叶七七将塞在嘴里的破布拿掉，手掌贴着麻袋，稍一用力，麻袋立刻被她的内力给震碎了。

叶七七抬头看了一眼，拉着破板车的竟是一头老牛。她身上散落着乱七八糟的稻草，一个戴着草帽的老头坐在牛车上，手中拿着鞭子，往前赶车。

叶七七眨眨眼睛，身形一动，悄无声息地靠近赶车的老头，从袍袖中掏出黑色的玄铁匕首，轻轻抵上老头的脖子，压低声音道："不许动。"

"别……别杀我……"老头原本好好地赶着车，突然在自己的脖子上多了一把匕首，顿时吓得不敢动弹。

"我有些话问你，要是不乖乖回答，我马上就杀了你。"叶七七眯起眼睛，看着眼前那个老头的背影，声音凶狠道。

"好好……你只管问……"那老头僵硬着脖子，声音颤抖地说道。

"你这车上，运的是什么？"

"就是一些大米。"那赶车的老头声音颤抖，"我……我是给四皇子府送米的。"

"大米？"叶七七愣了一下，回头仔细看了一眼，果然那些稻草下面放着好多麻袋，看起来确实像大米。

"是啊，就是大米……"老头也不知道说些什么才好。

"谁让你送的？"

"就是四皇子……"那老头僵硬着身体，知无不言地道，"我、我每天都要给四皇子府送东西，有的时候是送些大米，有的时候是送些瓜果蔬菜。"

"所以现在这车上的所有东西都是送到四皇子府的吗？"叶七七压低声音又问了一遍。

"是，是。"那老头赶紧点点头。

"车上除了大米，再没有别的东西了？"

"没了，没了。"老头赶紧颤抖着回答。

"我知道了。"叶七七说完这句话，便脚尖轻点，飞走了。

老头只觉抵在脖子上的匕首瞬间消失，整个人松了一口气。

叶七七从牛车上飞走，蹲在路旁的大树上，紧紧盯着老头的一举一动。

只见老头四下打量了一番，好像在确认刚刚威胁自己的那个人是不是真的离开了，然后从车上跳下来，绕到牛车后面的车板上，看了一眼。

放在牛车车板上的那些麻袋完好无损，只有装着叶七七的那个碎了。

然而，老头只是有些疑惑地看着那些碎布，又低头看了看车下有没有散落的大米，确认没有米漏出来，他又清点了一遍麻袋的数量，确定无误后，才

267

重新跳到车上，赶着牛车继续往前驶去。

叶七七安安静静地看着，悄悄地跟在牛车后面，一路到了四皇子府。

四皇子府门口，有护卫看到老头过来，立刻迎了上去。

"这是今天要送的大米。"老张头跳下车，朝护卫们打了个招呼，便打算去车后卸大米。

"不用，不用，老张头，今天的大米，我们来卸就好了。"几个护卫朝老张头摆了摆手，便朝牛车后面去了。

"啊？那……那怎么好意思呢。"老张头局促地朝那些护卫道。

"没事，今天都这么晚了，你年纪也大了，先休息一会儿吧。"几个护卫的首领朝老张头假装客气了一番，便动作利落地卸起大米。

等把牛板车上的大米都卸掉，护卫首领却皱着眉头，朝老张头道："老张头，今天的大米数量好像不太对吧？"

"怎么不对呢？"坐在一旁休息的老张头听到这句话，立刻站了起来，从怀里掏出一张皱巴巴的纸条，递到护卫首领的面前道，"你看看，这是今儿下午你们四皇子府上的人送来的条子，上面清清楚楚地写着让我送三十袋大米，你再数数，这门口的大米是不是三十袋。"

"这……"护卫为难道，"这数量确实是三十袋……可是……"

"可是什么？"老张头看着那护卫，锲而不舍地问。

"没什么，没什么。"那护卫首领挥了挥手，对老张头道，"既然米已经送到，你就先回去吧。"

待老张头赶着牛车离开，几个护卫立刻便将护卫首领围了起来道："不对啊，不是说今天送米的车上，会有三十一个麻袋吗？怎么兄弟们数了好几遍，还是只有三十个啊？"

"具体我也不是很清楚，待我去问问管家。"护卫首领也是一脸迷茫的样子，他想了想，丢下这么一句话便走了。

叶七七跟在那护卫首领的身后，进了四皇子府。

院子里，一个管家打扮的人正跟手下说话，那护卫进去，对管家耳语一番，就看到那管家一脸吃惊。

"什么？！只剩下三十个袋子了？"

"是。"那护卫首领点点头。

268

"意思是跑了一个？"管家震惊道。

"这……"

"没什么，没什么……"那管家显然不想跟他解释，在院子里转了几圈，嘀咕着，"希望三皇子那边没有抓错人，唉……怎么就让她跑了呢……"

三皇子？叶七七蹲在树枝上，眯了眯眼睛，难道柳云薇在三皇子那儿？

得到这个消息，叶七七也懒得管管家和护卫首领怎么去跟四皇子解释，脚尖轻点，便朝丞相府飞去。

丞相府中一片混乱，大概是得到叶七七和柳云薇在大街上失踪的消息，跑来跑去的护卫乱成一团。墨寒卿和皇甫凌正站在院子中，一脸阴沉地安排那些护卫分成几队，出去寻找她们的下落。

一片混乱之中，叶七七朝墨寒卿飞去。

感觉有人朝自己飞来，墨寒卿冷眼看去。下一秒，她柔软温暖的身子直直冲进他的怀里。

"七七？"墨寒卿阴寒的脸，瞬间仿佛冰雪融化。

"七七姑娘？"皇甫凌看到叶七七，也愣了一下，"七七姑娘，你回来了？刚才我听到下人说，你跟云薇姑娘被人抓走了。"

"嗯。"叶七七从墨寒卿怀里抬起头道，"快，柳云薇被三皇子抓走了。"

"三皇子？"皇甫凌愣了一下，难以置信地看着她。

"对。"叶七七点点头道，"四皇子的人抓了我，三皇子的人抓了柳云薇，虽然不知道他们为什么这么做，但是眼下，咱们得把云薇救回来。"

"三皇子和四皇子……"墨寒卿眼睛微微眯了眯，难道宫魅登基以后，还没有将那两个人处理掉吗？

皇甫凌皱着眉头道："我这就进宫告诉皇上，你们先去三皇子府上救人。"

"好。"墨寒卿应了一声，便带着叶七七，脚尖轻点，朝外面飞去。

皇甫凌急急忙忙地朝皇宫的方向飞去。

皇宫中，陈公公正倚在门上打瞌睡，皇甫凌匆匆地走过去，见到陈公公，着急地问道："皇上呢，睡了吗？"

"啊？啊……"陈公公一惊，瞬间醒来，抬起头来，看了一眼皇甫凌，点点头道，"是皇甫丞相啊，皇上刚才便睡下了。皇甫丞相这会儿进宫，是有要事找皇上商量吗？"

"嗯。"皇甫凌点点头，对陈公公道，"你快进去通报一声。"

"好，好，老奴这就去。"陈公公连连点头，转身推开门便进去了。

不过片刻工夫，陈公公便着急地跑了出来，朝皇甫凌道："皇甫丞相，不好了，皇上他……皇上他不在寝殿里。"

"什么？不在寝殿里？"皇甫凌一愣，赶忙推开陈公公，跑了进去。

偌大的寝殿空空荡荡的。

皇甫凌四下张望，大声喊道："皇上，皇上，你在吗？"

"皇甫丞相，皇甫丞相，您快看看这里。"陈公公的声音突然从纱幔后传来。

皇甫凌抬起头，朝陈公公的方向看去。

只见陈公公指着柱子上钉着的一支箭，声音颤抖地道："这……这是不是有刺客？是不是有刺客行刺了皇上？！"

皇甫凌眯起眼睛，看着那支箭，低下头寻找着什么。

"皇甫丞相，您这是在找什么？"陈公公赶紧凑到他身边问道，"要不要老奴帮着您一起找？"

"我在找纸条。"皇甫凌皱着眉头，朝周围看了看，突然道，"在那里，找到了。"

他快步朝柱子旁边摆放的花盆走去，弯腰捡起那张纸条。

"这是什么？"陈公公凑上前，看着皇甫凌手中的纸条，奇怪道。

皇甫凌没有说话，轻轻打开纸条，上面凌乱地写着几行字：

"你的女人在我们手里，想要她活命，就在今晚亥时来三皇子府。"

"这……"陈公公迟疑了一下，转过头看着皇甫凌道，"这是……三皇子打算造反了？"

"看来有人比我们先一步通知了皇上。"皇甫凌将纸条捏紧，匆匆朝殿外走去。

三皇子府中，宫魅穿着一身中衣，皱眉看着眼前的人，声音冷冷地道："你们两个，怎么会在一起？"

270

"呵。"三皇子和四皇子站在院子里，看着宫魅，同时冷笑了一声。

"怎么，就准许你挑拨我们，不许我们联手对付你？"三皇子眼睛里闪烁着阴鸷的光芒，看着宫魅，声音阴沉道。

"老七，你这一招行啊。"四皇子脸上的赘肉，随着他说话的节奏一抖一抖的，"眼下这皇位，你终于得手了，是不是做梦的时候都在笑啊？"

宫魅皱紧了眉头，看着眼前的两个人，淡淡地道："那张纸条，到底是什么意思？"

四皇子冷笑一声，对宫魅道："就是字面上的意思，你的女人在我们手里，呵，真是想不到啊，之前找我麻烦的那个臭丫头，竟然是你一直喜欢的人。想来这臭丫头应该也挺喜欢你的吧，否则，为什么肯帮你做事情？"

宫魅沉默片刻，对四皇子问道："你怎么知道的？"

四皇子怪笑一声，转头看了三皇子一眼，大声道："三哥，他竟然问我是怎么知道的，好笑不好笑？"

四皇子一边说着，一边转过头来，看着宫魅道："怎么，只许你在我们府中安插眼线，不让我们在你府中安插眼线？"

"就是。"三皇子点点头附和，"我还以为你能看上什么不一样的女人呢，竟然是个黄毛丫头，七弟，你该不会有恋童癖吧？"

宫魅眉毛紧紧皱了起来，看着眼前的两个人，不为所动道："她人呢？"

"人自然是在我们手上。"四皇子嘿嘿一笑，"不然我们让你过来干吗。"

"说吧，什么条件。"宫魅实在懒得跟他们多说。

"我就是喜欢跟聪明人打交道。"三皇子听到宫魅的话，从袍袖中掏出一瓶药，递到宫魅面前道，"这个，给你。"

"这是……"他打开药瓶，一股难闻的味道顿时散发出来。

"断肠露。"三皇子的眼睛里闪过怪异的光芒，看着宫魅，怪笑道，"你把这瓶断肠露喝了，我们就把你心爱的女人还给你。"

宫魅一时没有说话。这断肠露是他们北辰国皇室中，最烈的毒药。喝下去后，只要短短两个时辰，就会肝肠寸断而死，因此很久之前就被先帝列为禁药。

"这断肠露……你们是怎么弄到的？"宫魅抬起头，眼神冰冷地朝三皇子和四皇子问道。

"这个嘛……"三皇子和四皇子嘿嘿一笑，朝宫魅道，"俗话说，有钱能使鬼推磨，只要肯花钱，总会有人帮你制作这些毒药的。"

"你也别指望喝完这毒药，回去从国库中取解药。"四皇子道，"你那国库中的解药，我已经让眼线趁你不注意的时候偷走了，也就是说，现在这断肠露的解药，只有我们才有。"

宫魅皱着眉头，脸色阴冷地看着他俩，没有说话。

"四弟，还跟他废话什么。"三皇子看了四皇子一眼，对宫魅道，"这毒药，你喝还是不喝？要是不喝，我们可就要喂给你心爱的女人了。"

宫魅沉默片刻，问道："七七在哪儿？"

"怎么，你还怕我们骗你不成？"四皇子坏笑一声，对身边的护卫道，"去，把人带出来，给他看一眼。"

"是。"那护卫恭恭敬敬地应了一声，便转身朝后面的柴房走去。

不过一会儿，护卫便架着一个被五花大绑的姑娘走了回来。那姑娘的手腕被反绑起来，头上套着麻袋，身上穿着叶七七常穿的那套浅粉色的衣服。

宫魅淡淡地瞥了一眼，便认出衣服是叶七七的——她平日最喜欢穿浅粉色的衣服。

"怎么样，这下子相信了吧？"三皇子指着被护卫扛在肩上的姑娘道，"反正这毒药我们就制作了一瓶，你们两个，总要有一人喝下。"

宫魅沉默着，捏着药瓶的手忍不住收紧。

"只要我喝下这瓶药，你们就肯定放了七七吗？"宫魅皱着眉头，看着他二人问道。

"那肯定的，我们想要的不过是皇位而已。"四皇子肥胖的脑袋点了点，朝宫魅一脸嫌弃地道，"再说了，这小丫头还没发育，我们哥俩对这种女人可不感兴趣。"

宫魅眯了眯眼睛，眼神危险。

"哦，你要是不放心，"三皇子想了想，对宫魅道，"我们可以让你把她带走，你当着我们的面把她带走，总会放心吧？"

"好。"宫魅沉默片刻，朝他们点了点头。

"哎呀，话说回来，要不是咱们七弟用情极深，咱们也没有办法威胁他啊。"三皇子坏笑着道，"行了，废话少说，赶紧看着他，让他把那瓶毒药喝下去。"

四皇子连连点头道："对，喝吧，快喝，喝了以后，我们就把这姑娘还给你。"

宫魅沉默片刻，一仰头，便将手中的药喝了。

"哎哟，爽快！"三皇子和四皇子拍手叫好道，"就是喜欢像你这么爽快的人！"

宫魅眯了眯眼睛，看着眼前的两个人，随手将药瓶扔在地上道："把人还给我。"

四皇子朝站在身边的下人使了个眼色，掩饰不住笑意道："去，把人给他。"

下人便将装在麻袋里的人丢了出去。宫魅脚尖轻点，连忙将她接住，搂在怀里。她的身子瘦瘦的，小小的，软软的，热热的。他曾经幻想了无数次，将她拥抱在怀里的样子，没有想到，当这一刻来到，竟然会是这样的场景。

"人，你带走吧。"三皇子对宫魅大声道，"想要带去哪儿就带去哪儿，好好珍惜你们最后的两个时辰吧，哈哈哈。"

宫魅脚步顿了顿，继续往前走。

"对了。"四皇子眼看宫魅的身影快要消失在夜色中，突然扯着嗓子朝他大吼了一声道，"忘了告诉你，你怀里的那个姑娘，也被我们喂了一瓶断肠露，哈哈哈哈哈，不过你放心，解药我们藏在她身上的，只是可惜，解药只有一颗，要么你吃要么她吃，要么你死，要么她死，不过我想，你对她如此深情，肯定会把那唯一的一颗解药给她吃吧？"

宫魅突然顿住脚步，转过头，眼神阴冷地看了三皇子和四皇子一眼，突然从袍袖中抽出软剑，挥舞着朝三皇子和四皇子飞去。

"放弃吧。"三皇子和四皇子同时闪身，躲过了他的攻击。

几个回合下来，宫魅便觉得自己心跳加速，呼吸也急促起来。

三皇子和四皇子趁着打斗的空隙，对宫魅道："劝你还是赶紧带着你的女人离开吧，好好珍惜最后的两个时辰。你越是用内力，身体里的毒发散越快，到时候，可别连两个时辰都撑不过去。"

宫魅怒视着他二人，嘴唇紧紧抿起，没有说话。

半晌，宫魅丢下手中的软剑，抱起怀中的人，转身离开了。

"真是个傻子。"三皇子和四皇子看着宫魅离开的身影，乐了起来。

宫魅抱着怀中的人儿一路飞离三皇子府，来到街边的凉亭，小心翼翼地将怀中的人儿放在椅子上，动作轻柔地将罩在她身上的麻袋解开。

明月散发出柔和的光芒，一张清秀美丽的脸出现在他面前。

宫魅看到那双眼睛，愣了一下，声音带着惊愕："柳云薇？"

"唔唔……"柳云薇扭动着胳膊。

宫魅沉默片刻，将堵在柳云薇嘴里的布拿掉。

"公子，七七姐姐被坏人抓走了，你快点儿去救她！"柳云薇焦急地对宫魅道。

宫魅看着她，解开绑住她手腕的绳子，语气冷淡地道："你为什么会穿着叶七七的衣服？"

柳云薇迟疑了一下，低头看了一眼自己身上的衣服，摇摇头道："我也不知道啊，我就记得我跟七七姐姐在逛街，后来准备回丞相府，突然有人用麻袋套住我们的头，紧接着就有人在我的脖子上用力打了一下，等我恢复意识，已经是这个样子了。"

宫魅死死地盯着她，半晌没有说话。

柳云薇被他盯得有些不自在，只得低下头，片刻，她又抬起头来，从袍袖中掏出一粒小小的药丸来道："这个是解药，你……你快点儿吃下去吧。"

"给我？"宫魅挑了挑眉毛，看着柳云薇道，"刚才三皇子和四皇子不是说你也吃了毒药吗，怎么，你不想要这解药吗？"

"我……"柳云薇愣了一下，低下头道，"我没有吃毒药啊。"

"没吃？"宫魅不相信地看着她。

"是啊。"柳云薇抬起头，直直地看着他，眼神特别真诚，"他们给我喝，但是我都吐出来了。"

宫魅眯了眯眼睛，依然不相信地看着她。

"真的，没有骗你。"柳云薇仰着脑袋，"不然你觉得，我愿意自己去死，却把药丸留给你吗？别开玩笑了，我才九岁好不好，我还这么年轻，还有好多地方没有去过，还有好多东西没有吃过，我才舍不得离开这个世界呢。"

"嗯……"宫魅疑惑的神色稍微缓和。

"不过，这个……"柳云薇将解药朝宫魅的方向又递了一下，"你再仔细看看，三皇子和四皇子那么坏，说不定他们给的是假药呢。"

宫魅想了想，将解药接过来。他将那粒药丸放在手心，低头闻了闻，又用手指轻轻地捻下一层粉末，揉了揉，点头道："这确实是解药，国库中的，我曾经见过。"

"哦，那就好。"柳云薇松了一口气道，"那你赶紧吃了吧，七七姐姐在四皇子府上，你快去救她。"

"嗯。"宫魅点点头，不疑有他，一仰头，将手中的那粒解药吃了下去。五脏六腑中那种隐隐难受的感觉终于消失了。

宫魅又看了一眼坐在凉亭中的柳云薇，沉默片刻，皱着眉头道："我先送你回丞相府。"

"不用。"柳云薇连忙朝宫魅摆了摆手道，"还是先救七七姐姐，我认识回丞相府的路，自己走回去就好了。"

"但现在已经很晚了。"宫魅看着柳云薇，"你一个女孩子单独行走，不安全。"

"可是七七姐姐在四皇子府里，更不安全啊。"柳云薇有些焦急地朝宫魅道，"万一他们给七七姐姐喂药怎么办？"

宫魅犹豫了一下，再次低头看了柳云薇一眼，月光下，她的小脸白皙莹润，几近透明，清澈的眉眼仿佛山涧中潺潺的泉水，不染尘埃。

"快点儿去。"柳云薇强忍着嗓子中腥甜的感觉催促道。

"好。"宫魅点点头道，"我先去救七七，你不要乱走，这里没人会过来，等我救了七七，就回来找你。"

"嗯。"柳云薇点点头。

宫魅又嘱咐了她几句，这才飞快地离去。

直到看不到宫魅的身影，她才捂着心口，喷出一口腥甜的血液。

三皇子和四皇子早在宫魅赶到之前就给她灌下断肠露的毒药，算算时间，现在也不过才一个时辰，为什么她的身体会那么痛。柳云薇低头看了一眼自己的双手。原来这个世界上，真的有这样一种感情，让人心甘情愿为另一个人去死。什么时候，她才能拥有这样的感情呢？大概，没机会了吧……

柳云薇抬起头，看了一眼天上的月亮。今晚的月光真的很明亮，可她觉得身上越来越冷，疼痛感不停袭来，意识也渐渐模糊起来。

她记得小时候，曾听奶奶说过，一个人临死之前，眼前会浮现出她最想见的那个人。她想了想，觉得自己最喜欢、最想见的应该是七七姐姐，可为什么出现在她眼前的那个人，竟然会是宫魅呢？

"柳云薇！"一道急促而慌乱的声音忽远忽近。

这个声音听起来好像很熟悉……只是那一刻，柳云薇自己也分不清楚，那到底是不是幻觉。

宫魅刚刚离开没多久，突然想起来，他把柳云薇救出来的时候，她的双手被反绑，嘴巴里还塞着一块布，这种情况下，她怎么可能把灌下去的药再吐出来？他只觉心中一惊，转身赶了回去。

远远地，他看到柳云薇依然安静地坐在凉亭中，莫名地松了一口气，可是等他走近，看到她嘴角不停涌出的血，忍不住慌乱起来。

不知道她是不是看见了他的身影，脸上浮现出绝望而凄美的笑容。

宫魅喊了一声她的名字，一个箭步冲上前，她小小软软的身子，就这么冰冰地倒在他的怀里。他刚才怎么没有注意到，她的脸色已经不太对劲了呢。

宫魅只觉心头的恐慌在蔓延，一点一点占领了他所有的感官。他飞快地抱起柳云薇的身子，朝丞相府疯狂地奔去。

路过三皇子府的时候，他在半空朝下看了一眼。原本热闹非凡的三皇子府死一般寂静，满院的护卫歪七扭八地躺在地上，院子的正中央，三皇子和四皇子以极其诡异的姿势躺在地上，眼睛瞪得老大。

宫魅身形顿了顿，虽然觉得奇怪，却根本没有时间研究三皇子府上到底发生了什么，这时，身后突然传来喊声："宫魅，宫魅，等等！"

宫魅愣了一下，不敢置信地回过头，竟然看到叶七七和墨寒卿出现在他身后。

"终于找到你了。"叶七七追上宫魅，长长地舒了一口气道，"刚才皇甫丞相回来说，你已经在我们之前赶往三皇子府，我还担心会不会遇不到你，好在你没什么，不过三皇子和四皇子已经被我杀了。"

墨寒卿站在叶七七身边，看向宫魅怀中抱着的那个人。那个女孩脸色苍白，几近透明，深黑色的血从她的嘴角不停地流出来。

墨寒卿皱了皱眉，问道："柳云薇怎么了？"

宫魅低头看了一眼快要没有气息的柳云薇，将她塞到墨寒卿怀里道："帮我抱一下。"说完，他朝三皇子府院子中躺着的那两个人飞去。

他蹲在三皇子和四皇子的尸体旁边，在他们怀里摸了好一阵，也没有摸到解药。墨寒卿和叶七七赶到他身边，看着他奇怪的动作道："到底是怎么回事，你在找什么？"

宫魅失魂落魄地站起身，看着墨寒卿怀里抱着的柳云薇，声音落寞地道："他们……给她喂了断肠露。"

"断肠露？那是什么？"叶七七有些不解地看着他问道。

"北辰国特有的毒药，服用的人在两个时辰之内，必定肝肠寸断而死，死的时候痛苦异常。"宫魅拼命掩饰心中的慌乱，尽量让声音听起来平静。

"柳云薇被他们喂了这种毒药？！"叶七七吓了一跳，赶紧转过头看了柳云薇一眼。

下一秒，她飞快地从怀中掏出白玉药瓶，不管三七二十一地倒出好几粒药丸，掰开柳云薇的嘴，将药丸全部塞了进去。

"这是……什么？"宫魅看着叶七七的动作，心中浮现出一丝希望。

"这是千丹散。"叶七七似乎不太放心，干脆将药瓶对着柳云薇的嘴，把剩下的药全部倒了进去。

"千丹散？"宫魅愣了一下，这药丸他还是听说过的。

天下第一神医制作的药丸，能解世间百毒。当初他还在阎罗殿的时候，不少人向他打听千丹散的下落。传说中千金难求的药，叶七七竟然有一瓶？并且她还把这满满一瓶全部倒进柳云薇的嘴里？

不过片刻，柳云薇惨白得几乎没有血色的小脸变得红润起来，也终于不再吐血了。

宫魅长长地松了一口气。他朝叶七七说了一声谢谢，便伸出手，将柳云薇抱回自己怀里。她小小的身子在他怀里，软软的、暖暖的，终于抚平了他心中的不安。好在还有叶七七在，好在叶七七的身上还有天下第一神医的药。若是柳云薇就这么死了，他大概会自责一辈子。

只是……宫魅低头看着怀里的柳云薇，忍不住皱了皱眉头，这个小丫头，到底是为了什么，才愿意把仅有的一颗药丸让给自己呢……宫魅漂亮的眼眸中浮现出一抹迷惑。

"宫魅，宫魅？"叶七七喊了他几声。

宫魅回过神，看着眼前的叶七七，沉默片刻，朝她露出一个笑容："你没事吧？"

"我没事。"叶七七摊了摊双手，得意地看着宫魅道，"那帮人想抓我，结果半路上我就醒过来了，用内力震碎了手上的绳子，又顺便震碎了麻袋，就跑出来了。只是听说柳云薇在三皇子府上，然后我才跑回丞相府去找皇甫凌，让他到宫中通知你。"叶七七顿了顿，继续道，"不过没想到，你竟然在我们之前就赶到三皇子府，还把柳云薇救了出来。"

"呵。"宫魅苦笑一声。

他赶到三皇子府的原因，大概只有他和皇甫凌两人知道。只是他不说，皇甫凌也永远不会说。至于断肠露的事，他大概一辈子都不会告诉叶七七，他曾经为了救她，甘愿放弃自己的生命。

只是……宫魅低下头，看着柳云薇，眼眸中依然满满的都是疑惑。他愿意为了叶七七放弃自己的生命，是因为他知道自己深深爱着叶七七。但是柳云薇呢？她又是为了什么，宁愿让他活着，而主动放弃那颗解药？

"不管怎么说，没事就好。"叶七七想了想，对宫魅道，"咱们先回丞相府吧，找个大夫给云薇看一看，那千丹散能不能解开断肠露的毒，我也不是特别清楚。"

"好。"宫魅应了一声，抱着柳云薇朝丞相府走去。

丞相府中。

叶七七、墨寒卿、宫魅、皇甫凌都围在柳云薇的床边，死死地盯着正给柳云薇诊脉的大夫，谁也没有说话。

头发花白的大夫，一只手搭在柳云薇的手腕上，另一只手捋着胡子，时而皱眉，时而沉思，时而闭眼，搞得叶七七他们跟着他的动作，大气都不敢出。

良久，大夫终于收回手，站了起来。

叶七七赶紧迎上去问道："大夫，怎么样，我妹妹她没事吧？"

"这个……"大夫迟疑了一下，朝叶七七无奈道，"有些话，我得如实跟你们说。这个小姑娘还是个孩子，抵抗力没有成年人强，被人喂了断肠露，一个时辰左右就毒发实属正常，眼下，虽有千丹散及时抑制她体内的毒性，但是后续不太好说。"

"什么叫不太好说？"宫魅皱着眉头，看着大夫，声音阴沉地问道。

大夫迟疑着对他们道："这小姑娘醒不过来，是因为体内哪里有了损伤。"

"你不知道？"皇甫凌难以置信地看着大夫道，"难道你诊不出来她的身体有什么异样？"

"这个……"大夫抹了一把额头上的汗水，朝皇甫凌恭恭敬敬道，"皇甫丞相，这么说吧，断肠露的毒，除了会损伤人体五脏六腑，还会损伤一个人的视力、听力、味觉、触觉，老夫通过把脉，可以确定这姑娘的五脏六腑并没有什么损伤，即便有，也已经自动修复了，只是……这视力和听力，乃至味觉、触觉，都要等小姑娘醒来，我们才能知道，靠诊脉是诊不出来的。"

"那……"叶七七迟疑了一下，对大夫道，"万一她的感官受了伤害，还能恢复吗？"

大夫有些不太确定地看着叶七七道："这个……要视具体情况而定，要是严重，那估计只有天下第一神医才能治好她了。"

"天下第一神医？"叶七七想了想，松了一口气道，"那应该还好。"

就在他们说话的工夫，躺在床上的柳云薇突然动了动手指。

一直盯着柳云薇的宫魅，赶紧在床榻边蹲了下来，看着她，小心翼翼地喊了一声："柳云薇，柳云薇？"

"嗯……"柳云薇低低地应了一声，缓缓地睁开眼睛。

"云薇，你醒了？"叶七七赶忙凑到床边，高兴地问道。

"七七姐姐？"柳云薇迷茫地转过头，朝叶七七看去。

"是我，是我。"叶七七点点头，想起刚才那大夫说的话，赶忙抓起她的小手问道，"云薇，你能听见我说话吗？"

"嗯，能啊……"柳云薇刚刚醒来，身子还有些虚弱，所以说话的时候，声音低得几乎让人听不见。

"那就好。"叶七七悬着的心顿时放了下来。

宫魅看着虚弱的柳云薇，关切地问道："你……有没有觉得哪里不太舒服？”

“嗯……好像没有。”柳云薇迟疑了一下，摇摇头。

“那就好。”宫魅悬着的一颗心，也放了下来。

墨寒卿安静地站在床榻旁，看着他们，没有说话。

大夫见柳云薇已经醒来，又说没什么不舒服的，便打算告退。

“对了，七七姐姐。”柳云薇迷茫地看着叶七七，声音虚弱，“现在天黑了吗？”

“是啊。”叶七七点点头道，“已经子时了。”

“那你们……”柳云薇眨眨眼睛，目光像是没有焦距，朝叶七七奇怪道，“为什么不点蜡烛呢？”

这句话一出口，整个房间顿时死一般安静。所有人都看向桌上点着的灯，又将目光转回柳云薇身上。

叶七七看着灯火通明的屋子，迟疑了一下，在柳云薇的眼前晃了晃手：“你眼前是黑的吗？”

柳云薇点点头道：“一片漆黑。”

“让一让，让一让，让老夫看一看。”那大夫赶紧推开围在床榻旁边的叶七七和宫魅。

他翻开柳云薇的眼睑看了看，又用手指在她的眼睛周围按了按。

叶七七紧张兮兮地盯着他问道：“怎么样啊？”

大夫长长地叹了一口气，一脸忧伤地道：“老夫也不知道。”

叶七七扯了扯嘴角道：“你不知道？”

大夫点点头道：“从脉象上看，应该是没什么大碍，只是她这眼睛看不见东西，老夫也不知道是暂时性的还是永久性的，最好还是……再观察两天……”

叶七七眨着一双黑白分明的眼睛，盯着那大夫半天，吐出两个字：“庸医。”

“你！”大夫瞪大了眼睛，看着叶七七半晌，袖子一甩，拎起自己的药箱出去了。

“哎……大夫，大夫！”皇甫凌眼看大夫出去，赶紧跟在后面追出去。

一直躺在床榻上的柳云薇，听到他们的对话，大概知道自己身上发生了什么，对还能活着这一点感到很疑惑，忍不住安慰道："没关系的，只是眼睛看不到，至少我还活着。"

叶七七低头，看着柳云薇，拍了拍她的肩膀道："没事的，我认识天下第一神医，你的眼睛肯定能好，别听刚才那个庸医的话。"

"嗯，好。"柳云薇努力朝叶七七露出灿烂的笑容。

叶七七看着她巴掌大的小脸，沉默两秒，对她道："也不知道贺老头现在还在不在烟云城，我去找孔雀殿的人给你打听打听，你放心，我肯定让他过来为你把眼睛治好。"

"嗯！"柳云薇用力点头道，"我相信七七姐姐。"

叶七七轻轻地抱了她一下，便和墨寒卿出去了。

偌大房间里，只剩下柳云薇和宫魅两人。宫魅蹲在床边，盯着柳云薇许久，问道："你……为什么要把唯一的一颗解药给我？"

柳云薇愣了一下，没想到房间里还有人，她迟疑地喊了一声："宫魅？"

"嗯。"宫魅淡淡地应了一句，锲而不舍地问道，"为什么？"

"什么为什么？"

"为什么要把唯一的一颗解药给我？"

柳云薇听着他的话，半晌才眨了眨眼睛道："因为你救了我的命，我想报答你。"

"我救了你的命？"宫魅愣了一下，没有想到她的回答竟然是这样。

"嗯。"柳云薇点点头，笑了笑道，"虽然那时你以为我是七七姐姐，但不管怎么说，都是你救了我，你是我的救命恩人，我不能把救命恩人的解药据为己有。"

宫魅看着她满是笑容的脸，迟疑着问道："就是这样？"

"对啊，不然呢？"柳云薇迷蒙地看着他的方向问道。

"没什么。"宫魅只觉松了一口气。

只要不是因为爱他，把解药给他吃的就行。

"嗯。"柳云薇见宫魅不说话，便也不说话。

"你先休息一下，我去宫里看看，让太医再过来给你看看。"宫魅这才想到，皇宫里还有许多德高望重的太医，那帮太医的医术应该比丞相府的大夫好些吧。

"好。"柳云薇乖巧地点头，再次闭上眼睛。

宫魅又守在床榻旁看了她一会儿，帮她把被角掖好，这才站起身，出去了。

院子外面，叶七七和墨寒卿正站在树下商量着什么，看到宫魅出来，叶七七朝他笑着挥了挥手。

宫魅走上前去，有些纳闷地看着叶七七问道："你不是说去找天下第一神医了吗？"

"嗯。"叶七七点点头道，"已经飞鸽传书去烟云城了，要是贺老头还在烟云城，看到了就会过来，要是他不在烟云城，孔雀殿的人也会想办法通知他过来。"

"那就好。"宫魅应了一声。

"我跟公子商量了一下，我们打算明日一大早就启程去夜国。"叶七七继续道，"只是云薇现在看不见，我们不能带她一起上路。宫魅，我把她留在皇甫丞相这里，你能替我好好照顾她吗？"

"明日一大早就走？"宫魅愣了一下，随即道，"好，我会帮你们照顾好柳云薇。"

"嗯。"叶七七点点头，想了想道，"今天发生了很多事情，我还没有来得及跟你说一声，恭喜你登基。"

"谢谢。"宫魅唇角勾了勾，目光深邃地看着叶七七。

"嗯，等我们找到夜国的药材，回了墨国，你要记得来找我们玩啊。"叶七七笑眯眯地道。

"好。"宫魅点点头。

出了院子，墨寒卿转过头，看着站在身边的叶七七，沉默片刻，声音低沉地问道："你不打算问他吗？"

"问他什么？"叶七七抬起头来，满眼疑惑地看着他。

"问他……在三皇子府时，发生的事情。"墨寒卿脸色看起来不太好。

"那件事情啊……"叶七七听到这句话，一时沉默。

她和墨寒卿赶到三皇子府的时候，正好听到三皇子和四皇子一边喝酒一边嘲笑宫魅，说他竟然愿意为了一个女人，心甘情愿地喝下毒药，还说，他已经是皇上了，想要什么样的女人没有，非要在一棵树上吊死。

叶七七气得立刻跳了下去，拎起两人的领子一顿狂揍，只是她揍人的动静太大，引来了三皇子的侍卫，她便干脆连侍卫一块儿揍了。

后来等她冷静下来，才回过神。他们说宫魅为了一个女人，心甘情愿地喝了毒药，那……那个女人……难道指的是她？！她跟宫魅说熟也不算熟，说不熟也不算不熟，可是不管怎么说，她都觉得自己对宫魅还没有重要到让他愿意为自己付出性命的地步……

墨寒卿盯着叶七七纠结的小脸看了半天，突然道："如果是我，我也会这么做。"

"什么？"叶七七抬起头来，有些不解地看着他。

"如果有人用你的性命来要挟我，我也会这么做。"墨寒卿紧紧地盯着叶七七，一字一顿地对她说道。

"啊？"

"我也愿意，为了你，付出我的性命。"墨寒卿声音低沉地补充道。

"哦……"叶七七茫然地点点头。

丞相府的庭院小路上，极其安静。

大概说出这样的话，让墨寒卿觉得不太好意思，他有些尴尬地轻咳两声，牵过叶七七有些冰凉的小手，转身朝前面走道："走吧，回房间。"

"嗯。"叶七七还处于他带给她的震惊里，回不过神。

"你刚刚说，你也愿意为了我而喝毒药？"叶七七问。

"是。"墨寒卿继续点点头。

"你是不是傻？"叶七七一巴掌拍在他的胳膊上道，"万一人家只是骗你呢，万一你喝了毒药后，他们也不肯放我呢，到时候你能拿别人怎么办？"

墨寒卿皱了皱眉，看着叶七七那张白皙粉嫩的小脸，一时没有说话。

"再说，别人要挟你，你就真的按照别人说的去做啊？"叶七七挑了挑眉，很不高兴地道，"你那一身好武功是用来做什么的？上去揍他们啊！难道这世界上，除了我之外，还有能打败你的人？"

墨寒卿听了她的话，顿时哭笑不得："这个不是问题的关键吧？"

"什么不是问题的关键？"叶七七一脸不高兴地看着他道，"敢欺负我的人，你就得给我双倍欺负回来，不然我会很不高兴，很不高兴。"

"我的意思是……"墨寒卿深吸一口气，对叶七七认真地道，"你很重要，对于我来说，比我的命还重要。"

"哦……"叶七七看着他清秀帅气的脸，愣住了。

"哦？"墨寒卿朝她挑了挑眉道，"就只有哦吗？"

"呃……不是。"叶七七眨眨眼睛，看着墨寒卿，突然朝他怀里扑去，"我懂你的意思。"

"嗯。"墨寒卿淡薄的唇角终于勾起一抹浅浅的弧度。

"但我还是希望你只是说说就好，真有这么一天的话，你一定要狠狠地、狠狠地揍那些欺负我的人，知道吗？"叶七七将毛茸茸的脑袋在墨寒卿的怀里蹭了又蹭，十分认真地叮嘱道。

"我知道了。"墨寒卿回答。

"嗯，我们走吧。"叶七七点点头道，"明天早上还要出发去夜国。"

"好。"墨寒卿点点头。

第十章　一个深吻

十五天后，叶七七百无聊赖地坐在摇摇晃晃的马车中，一双小手托着下巴，眼睛眨也不眨，看着坐在对面的墨寒卿，郁闷道："夜国怎么这么远啊……怎么还没有到……我在马车上都快要发霉了。"

墨寒卿抬起头来，将目光从手中的那卷书移到叶七七的身上，盯着她好一会儿，唇角微勾道："这已经是你今天第四十三次说这句话了。"

"可是真的很无聊啊。"叶七七嘟起小嘴，不高兴地看着墨寒卿道，"从北辰国到夜国，这路程也太远了吧，而且路况还不好，一路上颠得我都快散架了。"

"不是跟你说了，今天天黑之前就能到达夜国都城吗？"墨寒卿放下手中的书，伸出手，握住叶七七纤细的手腕，稍一用力，便将她拽到自己身边。

"那天怎么还没黑啊？"叶七七靠在墨寒卿身边，眨着一双黑白分明的大眼睛。

墨寒卿无奈地看着她，掀开马车的窗帘，指着外面的大太阳道："现在才下午，离天黑还有很久，这十几天你都熬过来了，怎么到了这最后一天，你反而坐不住了呢？"

"我这不是想快点儿到夜国的都城嘛。"叶七七转头瞥了一眼外面的蓝天白云，有些不好意思地小声嘟哝道。

赶车的车夫突然大喊一声："殿下，就要到夜国都城了。"

叶七七混乱的脑子一下清醒起来，飞扑到车窗边，掀开窗帘朝外面看去。果然，道路尽头，依稀可见巍峨的城墙。那城墙比北辰国和墨国的都要高，城墙上飘扬着深蓝色的夜国旗帜。

叶七七激动地看着车窗外的景象，转头对墨寒卿大声道："公子，快来看！我们要到夜国了。"

墨寒卿目光幽深地盯着叶七七，好一会儿，长长地叹了一口气道："嗯，我看到了。"

"夜国的都城，光是城墙看起来就很气派啊。"叶七七双手撑着下巴，满眼向往地道，"不愧是天下第一国。"

墨寒卿起身，走到叶七七的身边坐下，挨着她的脑袋，朝外面看了一眼，声音淡淡地应了一声。

"公子，夜国的皇帝，为人怎么样？"叶七七感慨了一番，终于想起来，他们要拿的药材，只有夜国皇室才有，可是对于夜国，她除了知道它是天下第一大国外，其他一无所知。

"夜国皇帝……"墨寒卿沉默片刻，声音缓缓地道，"是个好皇帝吧，毕竟在他的统治下，十几年来，夜国一直国泰民安、繁荣兴盛，夜国这一任皇帝崇尚和平，十几年来都没有对周边国家发动过战争。"

"这一任皇帝？"叶七七对这几个字突然产生莫大的兴趣，"那夜国之前的皇帝呢？"

"夜国之前的皇帝，据说生性好战。"墨寒卿沉默片刻，对叶七七道，"二三十年前，其实这天下分为十七个国家，夜国之前的皇帝，武功高强，想要一统天下，于是连年发动战争，十几年间，搞得民不聊生，但也渐渐吞并了许多小国，直到他逝世，天下大局基本稳定下来，就剩下墨国、北辰国、夜国和青鸾国。"

"哦……从十七个国家变成四个国家，他还是很厉害啊！"叶七七一脸崇拜地道。

"嗯，不过夜国前任皇帝去世，现任皇帝就没有继续扩张领土了。"墨寒卿点点头，继续道，"只是……"

"只是什么？"叶七七歪着脑袋看着墨寒卿，奇怪地问道。

"只是这夜国的现任皇帝，据说这么多年来，一个子嗣都没有……"墨寒卿迟疑着道。

"没有子嗣？"叶七七满眼疑惑地看着墨寒卿问道，"为什么呀，他没有娶妻吗？"

"那倒不是。"墨寒卿沉默片刻，对叶七七道："现任夜国皇帝，除了皇后，据说是有后宫佳丽三千的，只是不知道为什么，这么多妃子……竟然没有一个能为他生出子嗣。"

"呃……这个……"叶七七忍不住扯了扯嘴角，一时不知道该说些什么才好。

娶了这么多妃子，还一个孩子都生不出来，这个问题应该就不是出在妃子的身上了吧……

"也不是一个孩子都没有。"墨寒卿想了想，"据说很多年前，夜国皇帝有一个特别宠爱的妃子，当时那妃子怀孕，生下一个小孩，只是可惜没过多久，那小孩就夭折了，那个妃子没过多久也跟着去世了，自那以后，夜国皇帝便冷落了后宫所有人。"

"是这样的？"叶七七愣了一下，想不到这夜国的皇帝，竟然是个如此深情的人。

"大概吧，具体的我也不是很清楚。"墨寒卿随口应了一句。

"哦……"叶七七转过头去，看着离自己越来越近的夜国都城，不知道为什么，心中产生了一丝好奇，一个如此深情又能够把国家治理得如此繁荣的人，不知道会是什么样子。

日落时分，他们终于进入夜国都城。

夕阳西下，橘色光芒照耀着大地，夜国都城中，街道上来往的行人有说有笑，一点儿都没有着急回家的意思，相反，倒是有很多人一个接一个地从家中走了出来。

街道上到处张灯结彩，尚未点亮的灯挂在街道两边，映着人们脸上喜庆的表情，显得格外热闹。

叶七七有些奇怪地看着，忍不住问道："今天是什么节日吗？为什么这么多人在街上？"

"今天？"墨寒卿愣了一下，低头思考片刻，恍然道，"今天是夜国的兰缘节。"

"兰缘节，是什么？"叶七七不解地看着墨寒卿问道。

"就是夏日最后一天，夜国的百姓会在傍晚到街上来，每个人手里都有一盏花灯，人们聚在一起放灯，或将写着心愿的灯放到河里，祈祷明年风调雨顺。"墨寒卿解释道，"这一天也是义结金兰、寻找情缘的日子，若是有喜欢的人，可以选择在这天告白。"

"听起来好像很好玩啊。"叶七七眼巴巴地看着街上那些漂亮的花灯，忍不住央求道，"咱们找家客栈住下来，就出来玩吧，好不好？"

"你之前不是说，找到客栈就要躺下来大睡一觉吗？"墨寒卿朝叶七七挑了挑眉毛，一脸兴味地问道。

"是啊。"叶七七坦然地朝墨寒卿点了点头，"那是因为之前我不知道夜国都城这么好玩，现在知道了，肯定要出去玩呀，在客栈里躺着睡觉有什么意思。"

墨寒卿无奈地摇了摇头，声音里满满的都是宠溺："怎么说都是你有理。"

"嘿嘿。"叶七七朝墨寒卿灿烂一笑。

马车行至夜国都城最大的客栈。

找小二要了一间上房，叶七七在房里休息了一会儿，喝了两杯茶，便拉着墨寒卿的胳膊，直嚷着要出去玩。

他们走出客栈时，太阳已经落山，明月升起，星星闪烁着光芒。

夜国都城的街道上，花灯悬挂在道路两旁，卖花、卖灯、卖面具的小摊贩不遗余力地吆喝着。

叶七七时不时地在小摊前停下来，拿起花灯或面具，转头询问墨寒卿的意见。

不过片刻工夫，两人手里就各多出一盏花灯，脸上也各戴着一张精美的面具。

叶七七隔着面具，看着跟在身后的墨寒卿，笑着道："公子，我发现这面具还挺适合你的。"

"是吗？"墨寒卿挑了挑眉，随口应道。

"嗯！"叶七七点点头道，"正好能把你的脸挡住，免得周围那么多女孩都朝你看。"

"哦？"墨寒卿有些好笑地看着她，转头朝四周看了看，声音中带着促狭道，"我怎么没看到有女孩子朝我看？"

"那、那边，站在卖首饰摊后面的那个姑娘，还有跟另外一个姑娘一起提着灯、在小声说话的那个，还有那个，躲在树后面、假装在看花灯的。"叶七七拽着墨寒卿的袖子，很认真地一个一个指给他看。

墨寒卿看着她认真的样子，唇角勾起一抹浅浅的弧度道："你观察得这么仔细？"

"那当然。"叶七七得意地对他道，"你是我的，我得看好你，不能让你被别人抢走了。"

"嗯。"墨寒卿配合地点点头道，"那你要不要给我打上标记，说明一下，我是你的？"

"怎么打上标记？"叶七七满眼疑惑地看着他问道。

"这样……"墨寒卿笑了笑，一只手掀起脸上的面具，另一只手掀起叶七七的面具，微微俯下身，轻轻地吻在她红润的唇上。

叶七七只觉一切似乎静止。一阵好闻的气息从他身上传来，萦绕在她的鼻息之间。她不知道有没有人在看着他们，也不知道有没有人在议论他们，只知道大脑此刻一片空白。

这个吻并没有持续很长时间，墨寒卿看着叶七七傻傻地站在那里的样子，忍不住笑了笑，挥了挥手道："发什么呆呢？"

"你……"叶七七回过神来，小脸瞬间变得通红，"你怎么能在大庭广众之下做这种事情？"

"哪种事情？"墨寒卿眼中满满的都是笑意，"在大庭广众之下吻你吗？"

"嗯……"叶七七红着脸，声音如同蚊子，低低地应了一声。

"怕什么。"墨寒卿唇角勾起一抹浅浅的笑容道，"反正我们两个戴着面具，谁也不认识我们。"

叶七七轻轻地咬了咬嘴唇，迟疑片刻，将刚刚被墨寒卿掀开的面具重新戴好，有些害羞地抬起头，朝四周看了一眼。

周围的一道道视线，几乎要将叶七七看穿了。叶七七有些懊恼地跺了跺脚道："这下可好，周围所有的人都在看我们！"

　　"这样不是更好吗？"墨寒卿的眼眸里有浓浓的笑意，轻轻地勾起叶七七精致的下巴，"这下子，所有的人都知道我是属于你的了。"

　　"你……"叶七七红着小脸，瞪着他，却不知道说些什么才好。

　　"走吧，我们去那边看看。"墨寒卿看她快要恼羞成怒，终于不再逗她，收回勾着她下巴的手，转而握住她的手腕，牵着她，朝不远处的空地走去。

　　空地那里聚了很多人，每人手里都拿着孔明灯。

　　旁边也有卖孔明灯的小摊，旁边还有一些摊子。有书生模样的人坐在摊子前，手里拿着笔，替想要放灯的人将心愿写在灯上。

　　"你想放吗？"墨寒卿看着周围的人，转过头来，微微俯下身子，在叶七七耳边小声地问道。

　　"嗯。"叶七七从小到大没有放过孔明灯，对这东西感觉很好奇，此刻墨寒卿说要放灯，她忙不迭地点头道："要要要，我们也一起放一个吧。"

　　"好。"墨寒卿点点头，牵着叶七七的手，朝卖孔明灯的小摊走去。

　　叶七七仔细选了一盏孔明灯，朝书生模样的摆摊人走去。

　　她看了一眼摊子前的长队，思考了一下，走到书生面前，声音清脆地道："小哥，能借我一支笔吗？"

　　那书生忙得不可开交，听到叶七七的话，抬起头朝她看了一眼，又低下头，随口问道："你要笔干什么？"

　　"在灯上写心愿啊。"叶七七理所当然地回答道。

　　"就你？"那书生再次抬起头，眼眸里满满的都是不屑，"小姑娘，你认识字吗？你会写字吗？我把笔借给你，你会拿吗？"

　　叶七七有些无语地看着书生，半晌接了他的话道："不会写字我跟你借笔干吗？你是不是读书读傻了？"

　　"你！"那书生抬头瞪了叶七七一眼，重新低头道，"不借！"

　　"不借就不借，有什么了不起，我找别人借！"叶七七冲书生做了个鬼脸，便拽着墨寒卿的手，打算往别的摊位走。

　　"喂，你们都听着啊。"书生朝周围几个帮人写心愿的摆摊人道，"你们都不许把毛笔借给她，听见没有。"

周围几个书生听到这句话，不约而同地朝叶七七这边看来。

那书生一脸得意地看着叶七七道："这几个都是我的同窗，我不让他们借笔给你，他们就不会借，想要写心愿，就乖乖到后面去排队，小小年纪，装什么有文化。"

"你！"叶七七听了他的话，顿时气不打一处来。

叶七七想都没想，一巴掌拍在书生面前的桌上道："你到底借不借？！"

"我就是不借，你能把我怎么样？"那书生瞥了叶七七一眼，一脸欠扁地道。

叶七七低着头，咬牙切齿地告诉自己要克制。

书生继续朝叶七七挑衅道："小姑娘，不是我看不起你，我这会儿站起来，你要是能够到我手中的笔，我就把它借给你，如何？"

墨寒卿站在叶七七身边，眯了眯眼睛，刚想上去教训那不知好歹的书生一顿，叶七七突然伸出一只胳膊，二话不说，拽着那书生的领口，将他整个人拎了起来。

"哎……你……你……你快点儿放我下来。"那书生一双脚在空中踢腾，却怎么也踩不到地面。

叶七七眯着眼睛，看着自己手里拎着的那个人。

"现在还要不要我抢你手上的笔？"叶七七阴森森地看着他，声音从牙缝里飘出来。

"不不……不要了……"那书生赶紧摇头。

叶七七冷哼一声，松开手，那书生就从半空掉了下来。

他站在地上，两只手前后甩了甩，看了一眼叶七七，赶紧低下头，从摊位下拿出一支毛笔，递给叶七七。

叶七七瞥了他一眼，一脸骄傲地接过，径直在砚台里蘸了一些墨，低头在自己的孔明灯上写字。

只见叶七七大笔一挥，径直写下"在天愿作比翼鸟，在地愿为连理枝"这么一句。

书生看到叶七七的字迹，顿时愣住了。好半晌他才反应过来，激动地看着叶七七问道："你……你认识天下第一书法家？！"

叶七七抬起头来，满脸不屑："不认识。"

"那你的字……怎么会和他那么像？！"那书生不敢置信地对她道，"你是不是得到过他的指点？"

叶七七眨眨眼，看着书生，笑眯眯道："没有啊，我就是从小照着他的字帖临摹，随便写一写，就写成现在这个样子啦。"

"临摹的？随便写一写？"那书生愣了一下，走到叶七七面前，二话不说朝她跪了下来，磕了一个头道，"师父在上，请受徒儿一拜！"

"你干吗？！"叶七七吓了一跳，朝后面退了一步，看着他道。

"你不过是自己临摹，就能将天下第一书法家的字学得九成像，这说明你很有天赋和悟性！"那书生激动地看着叶七七道，"还请师父指点徒儿一二！"

"谁说要当你师父？！"叶七七翻了个白眼道，"你刚刚不是还嘲笑我不识字，不会写字吗？"

"不不不，刚才是徒儿有眼无珠！"那书生十分虔诚地看着叶七七道，"还请师父莫将徒儿的无礼放在心上！"

墨寒卿朝那书生翻了个白眼，低头问道："心愿写好了吗？"

"嗯，写好了！"叶七七点点头，将手中的毛笔放回书生的摊位。

"写好了就走吧。"墨寒卿搂过叶七七的肩膀，转身便朝人群外走去。

"哎，哎，师父，师父您别走啊！"那书生眼看墨寒卿和叶七七要离开，赶紧从地上站起来，追过去道，"师父，刚才确实是徒儿不对，徒儿知错了，还望师父不要生气。师父你能不能稍微指点一下徒儿？"

叶七七转过头，无语地看着书生。

"师父！"那书生抬起头来，可怜巴巴地看着她。

叶七七歪着脑袋想了半天，从怀里掏出一本旧了的书，递给他道："这个，送给你。"

"这是？"那书生迟疑着接过叶七七手中的书，翻了翻，这本书真的非常旧，而且还有好多纸张有缺失，然而他只看了一眼，就认出来，这是天下第一书法家平日用来练字的本子。

书生如获至宝，朝叶七七又跪了下来道："谢谢师父！谢谢师父！师父果然是天下第一书法家的闭门徒弟，否则不会有这么珍贵的手稿！"

"啊……嗯……算是吧！"叶七七有些敷衍地朝那书生挥了挥手，看着他激动的神情，扯了扯嘴角道，"那我现在可以走了吗？"

"师父的恩德，徒儿没齿难忘！"那书生十分认真地朝叶七七又磕了个头道，"徒儿姓张，单名一个林字，不知道师父叫什么名字？！"

"我啊，我叫叶七七。"

"七七师父，请受徒儿一拜。一日为师，终身为父，徒儿从此以后……"张林跪在地上朝叶七七恭恭敬敬地磕了一个头后，抬起头，正想对她说些感谢的话，却发现叶七七和那男子早已不见了踪影。

墨寒卿和叶七七施展轻功飞到一个没人的地方，叶七七转过头，看了一眼远处的人群，长长地松了一口气道："真是吓死我了，那人也太奇怪了吧，明明上一秒还对我十分不屑，怎么下一秒就朝我跪下来了？"

墨寒卿笑了笑，揉揉叶七七的脑袋道："书生一般都这样，在他们眼里只有是非对错、好坏曲直，只要你身上有值得他们学习的地方，他们还是很愿意不耻下问。"

"你别以为我不知道不耻下问是什么意思。"叶七七朝墨寒卿白了一眼道。

"呵。"墨寒卿唇角勾起浅浅的弧度，"我没别的意思。"

"嗯。"叶七七低头看着手里的孔明灯，"来，咱们把它放了吧。"

"好。"墨寒卿应了一声，接过叶七七手中的孔明灯，问道，"你刚才给那个书生的，真的是秦观老前辈的手稿吗？"

"啊？"叶七七愣了一下，点点头道，"是啊，以前秦老头来乐清山玩，没事就喜欢在空白的本子上乱涂乱画，我爷爷给我准备的练字本，都被他给用掉了。"

"那你……"墨寒卿有些迟疑地看着她道，"为什么出来还带着他的手稿，是为了随时随地学习书法吗？"

叶七七愣了一下，有些不好意思地挠了挠脑袋，红着一张小脸道："那倒不是，我是把他的手稿当手纸用……"

墨寒卿愣了半天，不敢置信地冒出一句话："当手纸用？你用天下第一

293

书法家秦观大师的练字手稿……当手纸？"

叶七七低着脑袋，看着地面小声道："他的手稿又不是什么珍贵的东西，我乐清山上的书房里，还有好几摞呢，放在那儿又碍事又占地儿，我也是没办法……只能拿来当手纸了。"

墨寒卿沉默，多少达官贵人捧着真金白银，希望秦观大师能够赐他们一幅字，却求而不得，眼下竟有人把大师的手稿拿来当手纸用？

"哎呀，好啦，那种东西，对我来说真是一文钱都不值啊。"叶七七见墨寒卿没有说话，干脆拍了拍他的肩膀，安慰他道，"就那种手稿，我带着的包袱里还有好几本呢，你要是想要，我送你几本好了。"

"不用了。"墨寒卿深吸一口气，淡然地对叶七七道，"并不是很想要你的手纸……"

叶七七扯了扯嘴角，竟然答不上话来。

墨寒卿见她不说话，沉默片刻，转移话题道："咱们把孔明灯放了吧。"

"好。"叶七七点点头，看了一眼自己手上的孔明灯，又纠结起来，"可是咱们怎么点燃它呢？"

"买的时候，摊主应该有送打火石吧。"墨寒卿想了想，在孔明灯中摸了摸道，"在这里，用打火石点燃就好。"

"嗯。"叶七七看着墨寒卿摸出来的打火石，应了一声，便站在旁边，看着他点火。

原本扁扁的孔明灯，随着里面的火焰越烧越旺，渐渐膨胀起来。

墨寒卿捏着孔明灯的两个角，等它鼓得差不多的时候，低头问道："我松手了？"

"它现在能飞上去了吗？"叶七七有些不太确定地问道。

"能。"墨寒卿点了点头。

"那松手吧！"叶七七满眼期待地看着。

墨寒卿笑了笑，手指轻轻松开，孔明灯晃悠两下，直直地朝天空飞去。

叶七七抬起头，看着圆圆的孔明灯越飞越高，灯上她写的字也越来越模糊。

"七七，我们要一直在一起。"墨寒卿的唇覆盖在她红润的唇上，声音含混不清地道，"今生今世一直在一起。"

"嗯……"叶七七心中有些动容，暖暖的感觉在心底蔓延。她伸出双臂，主动搂住墨寒卿的脖子，认真地回应这个吻。

夜空中，孔明灯一盏接一盏地朝远方飞去。

放完灯，游完夜国都城的花灯街道，叶七七已经困得不行。她一边走路一边打着哈欠，眼皮上下打架，几乎要睡过去。

墨寒卿有些无奈地看着她，突然朝她弯下腰道："上来。"

"啊？"叶七七满眼迷茫地看着他。

"到我背上来，我背你回去。"墨寒卿目光幽深地看着叶七七，低声道。

"嗯。"叶七七揉了揉眼睛，轻手轻脚地爬上墨寒卿的背。她将脑袋放在他的肩上，软软的小脸紧紧贴着他的衣服，鼻息间是好闻的清冷味道，莫名让她感觉心安。

"要是觉得困，先睡一会儿。"墨寒卿将她背起来，稍稍转过头，朝背上的叶七七道。

"好。"叶七七点点头，又长长地打了一个哈欠，便不说话了。

墨寒卿背着她，朝城中客栈的方向走去。

墨寒卿听着自己背上传来均匀的呼吸声，知道她软软的小脸就贴着自己，觉得仿佛背着全世界。

快到客栈门口的时候，叶七七醒了。她揉着惺忪的睡眼，看着眼前点着灯的客栈，又看了看背着自己的墨寒卿，声音迷茫地道："到了吗？"

"嗯。"墨寒卿听到她的声音，转过头问道，"怎么醒了？"

"刚刚睡了一会儿，感觉不是那么困了。"叶七七一边说着一边又打了个哈欠，戳了戳他的肩膀，示意他将自己放下来。

墨寒卿蹲下身子，小心翼翼地将叶七七放到地上。

"我睡了多久？"叶七七站到地上，看着墨寒卿问道。

"没多久。"墨寒卿对她笑了笑道，"半个时辰都不到。"

"嗯……"叶七七点点头，有些疑惑地看着他问道，"公子，你都不困吗？"

"不困。"墨寒卿朝她勾了勾唇角，摸摸她的脑袋道，"走吧，回去了，夜里降温，别在外面受了凉，明日我们还有重要的事情要做呢。"

"好。"叶七七应了一声，眼角余光突然瞥到一个熟悉的身影。

她怔了两秒，立刻一个转身，朝那个身影追去。

"七七？"墨寒卿惊愕地朝她喊了一声。

"我……我好像看见爷爷了！"叶七七一边追着，一边喊道。

"爷爷？"墨寒卿一愣。叶珏大师吗？之前似乎听说叶珏大师在夜国，难道他们这就遇见他老人家了？

墨寒卿想了想，不是很确定，默默地跟上叶七七。

叶七七紧紧跟着不远处的那个身影，可是不论她脚下怎么加速，都追不上那个影子。这世间，能让她追不上的人，只有她叶珏爷爷了。

好在追了没多久，那道身影便在一处大宅院前停下。叶七七松了一口气，脚下加速，口中喊着"爷爷、爷爷"，便飞到那个影子跟前。

那人听到有人喊自己，愣了一下，转过头来，看到叶七七，微微一怔，不太相信地道："七七？"

叶七七看着那人慈眉善目的模样，一身青玉色的衣袍，长长的胡须，不是自己的爷爷是谁？

"爷爷，你怎么会在这里？！"叶七七追到叶珏大师跟前，仰起脑袋，眨着黑白分明的大眼睛问道。

"这话应该是我问你吧？"叶珏大师皱着眉头，看着眼前的叶七七，声音带着不悦，"你不是应该在飞鹤山庄的吗，怎么会出现在夜国？"

"呃……这个……"叶七七顿时被问得卡住了。

墨寒卿终于追了上来，看了一眼站在叶珏大师身边的叶七七，朝叶珏大师双手抱拳，声音淡淡道："叶珏大师，好久不见。"

"靖安王殿下？"叶珏大师有些疑惑地看着墨寒卿，目光在叶七七和墨寒卿的身上来回转悠了两圈，奇怪道，"你们两个怎么会在一起？"

"这个……说来话长……"叶七七有些尴尬地摸了摸自己的鼻子，一想到自己和墨寒卿已经被墨国皇上赐婚，便觉得心中一阵恐慌。

叶珏大师沉默片刻，袍袖一甩，朝宅院内边走边道："既然说来话长，那就跟我进来再说吧。"

"哦……"叶七七点点头，跟在叶珏大师身后，乖乖地进了院子。

墨寒卿想了想，也跟在后面进去了。

宅院内的布局很简单，一个偌大的院子，外加一间房。

叶珏大师领着他们走进房间，拿起桌上的火折子，将烛火点燃，转过头看着叶七七道："七七，你又偷偷跑下山了？"

"呃……这个……"叶七七低着脑袋，仿佛做错事情的小孩，对叶珏大师道，"谁让爷爷这么久都不回山上看我，我……我想你了……所以就下山来找你。"

叶珏大师看着叶七七低头认错的样子，有些无奈地叹了一口气道："你啊，真是想爷爷了，还是想下山偷偷出来玩？"

"嘿嘿，两个都有啦。"叶七七朝叶珏大师灿烂一笑，便扑进他的怀里道，"爷爷，我都好久没有看到你了，我过生日你都没有送礼物给我！"

"爷爷这不是……有重要的事情要做嘛……"叶珏大师欲言又止地看着叶七七，含糊不清地说道。

"是为了找解药的药材吗？"叶七七仰起头，看着叶珏大师，清脆地问道。

"你怎么知道？"叶珏大师惊讶地看着她。

"我们在烟云城中遇到了贺老头！"叶七七朝叶珏大师露出灿烂的笑容道，"是贺老头告诉我的。"

"什么贺老头，跟你说了多少次了，要叫贺爷爷。"叶珏大师朝她翻了个白眼，语气严肃道。

"好吧，贺爷爷。"叶七七吐了吐舌头，对叶珏大师道，"是贺爷爷告诉我的。"

叶珏大师皱了皱眉，从她这句话中抓到了不少信息："你还去烟云城了？什么时候去的？贺平轩都跟你说了什么？你知道自己身上……"

叶珏大师说到这里顿了顿，他不确定贺平轩到底有没有告诉叶七七她中毒的事，万一她不知道……

叶七七点点头道："对啊，我去过烟云城，还去过北辰国，贺爷爷都告诉我了，他说我中了豆蔻玉人丸的毒，所以爷爷才会常年不在山上，四处给我搜集解药。"

"这家伙真是……"叶珏大师有些无语。

这贺平轩还真是一点儿秘密都守不住。

以前在飞鹤山庄的时候，好几次都被他差点儿将这个秘密给说出来，不过好在那个时候，他也在山上，所以能看着贺平轩，不让他说漏嘴。

这下倒好，他不过下山的时间久了一点儿，叶七七这丫头就偷偷从山上跑下来。

跑下来也就算了，竟然还遇到贺平轩，那家伙最经受不住叶七七的威胁，他几乎可以想象当时贺平轩是怎么被叶七七逼着说出这个秘密的。

叶珏大师无奈地叹了一口气，只觉得心好累。

"爷爷，你别叹气呀。"叶七七眨眨眼睛，看着叶珏大师，笑眯眯道，"我知道搜集解药比较辛苦，而且还有许多解药没有搜集到，所以我跟墨公子也帮忙搜集了一些。"

她一边说着一边献宝一般，将之前贺平轩写给她的那张药方拿出来，递到叶珏大师的面前道："爷爷你看，这张清单上面打了钩的药材，我们都已经拿到手了哦。"

叶珏大师皱了皱眉，接过叶七七递过来的药方，低头看了一眼，有些惊讶道："这……这墨国皇室、北辰国皇室专有的药材，你竟然都已经拿到了？"

他原本是打算将其他药材都搜集好，再去各国皇室想办法偷，没想到，眼下叶七七竟然已经将它们找齐了。

"你这是……怎么弄到的？"叶珏大师不敢置信地看着叶七七问道。

"嗯……北辰国皇室的药材，是他们的新帝北辰魅送给我的。"叶七七歪着脑袋对叶珏大师道，"墨国皇室的药材，是墨公子去跟皇上要来的。"

"墨公子？"叶珏大师将目光转向一直站在叶七七身后的墨寒卿，迟疑了一下，奇怪道，"墨公子为何愿意将墨国皇室特有的珍贵药材送给七七？"

墨寒卿忍不住笑了笑，声音低沉道："七七是本王的娘子，娘子想要什么，身为夫君，自然要想方设法弄到手。"

叶珏大师张大嘴，结结巴巴地问道："你……你刚才说什么？谁是你的娘子？"

"七七。"墨寒卿淡淡一笑，薄唇轻启，淡定地吐出两个字。

"你……你什么时候变成他的娘子了？"叶珏大师颤抖地指着叶七七，

疑惑道。

"这个，又是一件说来话长的事了……"叶七七挠了挠后脑勺，简要地将自己下山以后遇到的事情给叶珏大师说了一遍。

待她将前因后果说完，叶珏大师坐在椅子上，目光复杂地盯着叶七七和墨寒卿，语气艰难地道："所以，你就这么被这小子给坑了？"

叶七七和墨寒卿对看了一眼。

叶七七奇怪地道："什么叫我被坑了？"

"没什么。"叶珏大师低下头，一只手撑着额头，沉思片刻，又对叶七七问道，"你说你们两个是墨国皇上赐婚的？"

"是呀。"叶七七点点头。

"呵，他有什么资格给我家七七赐婚？！"叶珏大师一拍桌子站起来，声音不悦道，"这桩婚事，我不同意。"

"为什么？"叶七七愣了一下，一脸不解地看着叶珏大师道，"爷爷，我很喜欢公子啊，公子也很喜欢我，虽然说是皇上赐婚，但我们两个是真心喜欢对方的。"

"你还小，懂什么喜欢不喜欢的。"叶珏大师瞪了她一眼，语气坚决道，"不同意就是不同意。"

"为什么呀？！"叶七七也着急起来，"爷爷你不同意，好歹也给我一个理由呀。"

"你们两个，身份不合适。"叶珏大师看着叶七七，憋了半天，终于憋出来这么一句。

"啊？"叶七七顿时蒙了。

"他贵为墨国的靖安王，而你……"叶珏大师顿了两秒，心虚道，"你身为武林第一高手的孙女，一个在朝堂，一个在江湖，你们两个的家庭出身、成长背景都不一样，所以……不适合在一起。"

墨寒卿听了叶珏大师的话，忍不住皱了皱眉，声音低沉地对叶珏大师道："若是大师担心的是这个，那我愿意放弃靖安王的身份，陪着七七一起退隐江湖。"

叶珏大师听了墨寒卿的话，颇不赞同地摇摇头道："有些东西，不是你说放弃就能轻易放弃的，身份可以轻易放弃，但是血脉呢？你身体里终究流着

299

墨国皇室的血，有些事情，是身不由己的。"

墨寒卿听着叶珏大师这别有深意的话，忍不住蹙眉道："大师的这番话意思是——"

"就是字面意思。"叶珏大师显然不愿意多说，冲叶七七和墨寒卿摆了摆手道，"趁着你二人现在感情还不算深，赶紧分开吧，否则若是有一天，你们站到敌对的位置上，更加难以抉择。"

墨寒卿目光幽深地盯着叶珏大师，半晌，声音沉沉地道："我永远都不会与七七为敌。"

叶珏大师摇摇头，无奈地叹了一口气道："唉，日后你二人……"他顿了顿，摇摇头，不说话。

叶七七满眼疑惑地看着叶珏大师，奇怪道："爷爷，为什么我跟公子会站到敌对的位置上？难道江湖要造反？"

"你这孩子，这话不能乱说！"叶珏大师听到叶七七的这句话，赶紧捂住她的嘴巴道，"乱说话，可是会惹来杀身之祸。"

"那是为什么啊？"叶七七眨眨眼睛，声音含糊地问道。

"待到日后，你们自会明白。"叶珏大师沉默片刻道，"行了，多说无益，趁着你二人还没发生什么，赶紧分开吧。"

墨寒卿眯了眯眼睛，盯着叶珏大师片刻，优哉游哉道："那若是本王说，本王已经跟七七发生了一些什么，叶珏大师该如何是好？"

"什么？！"叶珏大师瞪大眼睛看着墨寒卿，声音颤抖道，"你这个禽兽！你对我家七七做了什么？"

墨寒卿淡淡地瞥了叶珏大师一眼，随口道："你自己想象。"

"禽兽！你给我说清楚！"叶珏大师朝墨寒卿的衣领伸过手，"你都对我家七七做过什么？"

"呵……该做的都做了。"墨寒卿一个闪身，躲过了他。

叶珏大师瞪大眼睛。七七还未成年啊！七七还未及笄啊！七七中了豆蔻玉人丸的毒，现在还是个孩童的模样啊！这家伙，竟然能对着他可爱的七七孙女下手！简直是禽兽不如！

叶珏大师愤慨万分，当下便招式凌厉地朝墨寒卿打去。

"爷爷！"叶七七一看自己的爷爷使出攻击招式，心中一惊，大叫一声。

叶珏大师这次出手是真的不留一丝余地，然而墨寒卿轻松应付着，身形转动间，轻而易举化解了他的每一招。

叶珏大师越是朝他出手，心中越是震惊。直到墨寒卿第七十四次化解他的招式，叶珏大师终于收手站稳，眼神中满是惊愕，看着墨寒卿问道："你跟夜甄，是什么关系？！"

"夜甄？"墨寒卿也站稳身子，满眼疑惑地抬起头，看着叶珏大师，重复了一遍他刚刚提到的那个名字。

若是他没有记错，夜甄应该是夜国前任皇帝的名字，也就是将天下十七国的混乱局势变成四国鼎立局面的那个人。

"这世间，能在我手上过这么多招的人，除了夜甄，再无其他！"叶珏大师按捺住心中的震惊，看着墨寒卿清秀帅气的脸庞，追问道，"即便是七七，也只能在我手上过三四十招，更何况你的武功招式，几乎和夜甄一模一样，你和他到底是什么关系？！"

墨寒卿皱着眉头，不解地看着叶珏大师。他说自己的武功招式和夜甄一样？他的武功，是八年前和叶七七掉进墓穴的时候，从那位老者身上学到的，难道……那位让七七喊他甄爷爷的人，就是夜甄？

叶珏大师盯着墨寒卿许久，忍不住问道："你是不是见过夜甄？他现在在哪里？"

墨寒卿转过头，看了叶七七一眼，摇摇头道："没有见过。"

"那你的武功招式……"叶珏大师不相信地看着他。

"八年前，我跟七七迷路，掉进了一个墓穴中，我在那里找到武功秘籍，上面记载了那些招式。"墨寒卿沉默片刻，对叶珏大师道，"墓穴中没有人，只有数不清的金银珠宝。"

"墓穴？"叶珏大师愣了一下，满脸失落地道，"是啊，夜甄早就去世了，十几年前就去世了，他的墓穴就在乐清山附近，我怎么就忘了呢……已经过去这么多年了啊……他若是还在世，怎么可能不来找我切磋武功呢……"

"爷爷？"叶七七看着叶珏大师失魂落魄的样子，迟疑地喊了一声。

"嗯。"叶珏大师抬起头，看了叶七七一眼，对她摆了摆手道，"没事，爷爷就是突然想起从前的一些事情，你跟墨公子……要是没什么事的话，就先回去吧……"

"那我们两个……"叶七七有些不太确定爷爷这句话是什么意思，让他俩回去，那到底是同意还是不同意他们在一起？

"你俩反正不能在一起。"叶珏大师再次瞥了叶七七一眼。别说是墨寒卿的身份，就是叶七七的真实身份，也不允许他二人在一起。

"爷爷……"叶七七有些不甘心地又喊了一声。

叶珏大师只是朝她挥了挥手道："别说了，今日时间已经不早，你们赶紧回去吧。"说完这句话，他便转身走进了内室。

叶七七叹了一口气，正准备和墨寒卿离开，叶珏大师突然又从屋子里面探出脑袋道："等会儿！"

"爷爷？！"叶七七惊喜地转过头去，以为自家爷爷改变了主意。

"七七留下来，陪着爷爷，你——"叶珏大师指了指墨寒卿，声音严肃道，"自己一个人回去。"

"啊？"叶七七整个人都愣住了。

墨寒卿挑了挑眉，问道："我一个人回去？"

"那当然。"叶珏大师理所当然地看着墨寒卿道，"我七七还这么小，你不能对她做那些过分的事，让她跟着你，我不放心。"

"哦。"墨寒卿淡淡地点了点头，没有说什么，唇角勾起一抹浅浅的弧度道，"该发生的都已经发生了，还能怎么继续过分下去？"

"你……"叶珏大师被他气得吹胡子瞪眼。

"再说，叶珏大师不让我带她走，难道我就带不走她吗？"墨寒卿轻轻地眨了一下眼睛，下一秒，修长的胳膊揽住叶七七纤细的腰肢，稍一用力，便将她整个人抱进怀里。

他脚尖轻点，带着叶七七飞了出去。

"叶珏大师早点儿休息吧，年纪大了，晚睡的话，怕要睡不着了。"墨寒卿冷冷地丢下一句话，便不见了身影。

"你……你……"叶珏大师被气得话都说不出来。

墨寒卿速度实在太快，叶珏大师还没反应过来，叶七七已经被他带走了。半晌，他长长地叹了一口气。这两个孩子，小的时候若真在一起，倒也挺好。可两人身上，流着各自宗室的血。若真有一天，战争爆发，他们处于敌对

302

位置，又有谁知道，他们是会选择国家还是选择爱情。叶珏摇了摇头，再次长叹了一口气。

墨寒卿抱着叶七七飞回客栈，这才小心翼翼地将她放下。

叶七七有些无语地看着某人，戳了戳他的胳膊道："你就这么把我扛走了？我爷爷会被你气死的。"

"不会的。"墨寒卿低头看了她一眼，摸摸她毛茸茸的脑袋道，"叶珏大师好歹是武林第一高手，这么点儿心理承受能力还是有的。"

"呸，我说的不是这个。"叶七七白了他一眼道，"我又没有答应跟你走，你干吗什么都不问就把我带走？我要回去跟爷爷住。"

墨寒卿低头，看着她白皙粉嫩的小脸，认真问道："你确定？"

"确定。"叶七七用力地点点头。

"哦。"墨寒卿想了想，对她道，"那你去吧。"他说完这句话，便转身朝客栈里走去。

他竟然就这么轻易放她走了？不像是公子的风格啊！她看着空荡荡的街道，迟疑一下，挠了挠脑袋。这个……她应该是往左边走，还是往右边走呢？刚才瞥见爷爷的时候，好像是往左边去追的，可是往左边走，应该往哪儿走呢？

叶七七站在客栈门口，纠结了好一会儿，才发现自己刚才光顾着追爷爷，根本没有注意路线。所以眼下，就算她想去找爷爷，也根本找不着路。

叶七七在客栈门口站了一会儿，认命地转身进去。

她上了二楼，去了墨寒卿的房间，吱呀一声推开房门。墨寒卿正在床榻前脱外袍，听到推门的声音，朝叶七七看了一眼，低头解开衣袍道："你不是去找叶珏大师了吗，怎么又回来了？"

"我……"叶七七有些尴尬地轻咳两声，走进房间，顺手关上房门道，"我觉得这会儿太晚了，爷爷已经休息了，我现在去找他，不是打扰他嘛。"

"哦。"墨寒卿停下手中的动作，抬起头看了她一眼，点点头道，"是吗？"

"呵呵呵呵……是啊。"叶七七走到桌子旁边，拿起茶壶给自己倒了一杯水。

"我还以为你是因为不认识路，才回来的呢。"墨寒卿转身坐在床榻上，一双乌黑深邃的眼眸绽放出促狭的光芒。

"呃……这个……怎么可能？"叶七七扯了扯嘴角，结结巴巴道，"我又不是路痴，怎么可能不认识路，那个什么……反正时间也不早了，我们还是早点儿睡觉吧，明儿一早再去找爷爷好了。"

"嗯……好。"墨寒卿沉吟片刻，点点头，严肃道，"过来。"

"干吗？"叶七七心中咯噔一下，迟疑两秒，迈步走过去。

"坐下来。"墨寒卿拍了拍自己身边的位置，声音淡淡地道。

叶七七忐忑不安地坐了下来，巴巴地看着墨寒卿。

墨寒卿沉默了两秒，低沉地问道："你……想要跟我分开吗？"

"啊？"叶七七愣了一下。

"你想和我分开吗？"墨寒卿紧紧地盯着叶七七，又问了一遍。

"不想。"叶七七下意识摇摇头。

"嗯……就算你爷爷反对，你也愿意跟我在一起？"墨寒卿声音中带着一丝不确定，追问道。

"愿意。"叶七七看着眼前的墨寒卿，认真回答道。

她话音刚落，下一秒，一个柔软的吻便落在她红润的嘴唇上。墨寒卿喃喃道："你要记住你的话，以后绝对不可以离开我。"

"好……"叶七七应了一声。

墨寒卿揽过叶七七瘦削的肩，稍一用力，便将她整个人推倒在床上。接着，他埋头于她的脖颈间，热烈执着地亲吻她。

"公子……公子？"叶七七缩了缩脑袋，朝墨寒卿低低地问道，"那个……你……你不困吗？时间已经很晚了……唔……"

"不困。"墨寒卿舌尖在她脖颈上轻轻转了一下，抬起头，声音低低地道，"你若是困，就闭上眼睛休息一会儿。"他漆黑的瞳仁仿佛夜空，闪烁着璀璨的星光。

"我……"叶七七看着他的眼睛。

墨寒卿唇角微微勾起，重新俯下身，唇瓣在她的脖颈、锁骨、胸口上游移。叶七七的呼吸渐渐急促起来，脸上的温度也越来越高。她咬了咬嘴唇，感觉身上一凉，她的衣袍带子竟然被他勾开了。

"你……"叶七七小脸羞红，用力推了推墨寒卿的胸口，声音弱弱地道，"别……放开我。"

"别什么？"墨寒卿居高临下地看着她，唇角勾起一抹浅浅的弧度。

"别这样……"叶七七声音跟蚊子哼一般。

"别哪样？"墨寒卿明知故问道，"我还什么都没做呢。"

叶七七红着脸，转过头，不看他，不说话。墨寒卿轻笑一声，低下头，吻住她细嫩的脖颈。直到两人呼吸都开始急促，墨寒卿额上的汗水一滴接着一滴地滑落。叶七七眼眸迷蒙，胸口剧烈地起伏着。

墨寒卿强迫自己冷静了一会儿，沙哑地喊了一声："叶七七。"

"嗯？"叶七七的声音慵懒中带着颤抖。

"等你的解药制作完了，我们……"墨寒卿顿了顿，呼吸急促，没有将后面的话说出来。她的身体那么软，那么香，每一次的靠近都让他情不自禁，然而，他还没有给她一个应有的名分，在那之前，无论如何，他都必须让自己忍住。

"我们什么？"叶七七睁着雾蒙蒙的眼睛，红着脸看向墨寒卿。

"没什么……"墨寒卿抿了抿唇，胳膊微微撑起，直起身子，轻轻捏了捏她的脸颊道，"时辰不早了，你早点儿睡吧。"

"啊？"叶七七转过头，看着翻身下床的某人，"你要干吗？"

"不干吗。"墨寒卿沉默两秒，对叶七七道，"屋子里有点儿闷，我出去透透气。"

叶七七小手拽着被角，看着墨寒卿的背影，低低地应了一声。墨寒卿看了一眼她窝在被子里的模样，只觉心中的冲动更加强烈。他赶紧推开门，头也不回地走了出去。

叶七七红着脸，想到刚才他温热修长的手抚过她的身体，脸就更烫了。

夜已深，蛐蛐在屋外一声接一声地叫着。

叶七七只觉脑袋越来越迷糊，不知不觉便睡着了。

第二天早上，她醒过来的时候，顺手在身边摸了一把。身边空空荡荡、冰冰凉凉的，显然一夜都没有人睡。叶七七心中一惊，赶忙一个翻身坐起来，身上的被子缓缓滑落，露出布满青青紫紫的肌肤。

正好此时，房门吱呀一声被推开，墨寒卿走进来，刚一抬头，就看到叶七七满眼迷茫地坐在床榻上，被子半遮半掩。

叶七七听到声音，朝墨寒卿看去，竟然意外地看到他白皙如玉的脸颊渐渐变红。

"公子？"叶七七喊了他一声，"你……昨天一夜没睡吗？"

墨寒卿盯着叶七七好一会儿，突然转过头，一言不发地出去了。

哎？叶七七迷茫地看着某人刚进门又出门，不知道他怎么了。

墨寒卿深吸一口气，又缓缓地吐出来，暗暗后悔刚才去得不是时候。刚睡醒的叶七七，一脸迷糊地坐在那里，像极了迷路的小鹿，莫名惹人怜爱。墨寒卿只觉平息了整整一夜的冲动……又起来了。

某人正思考要不要去泡第三次冷水澡，房门吱呀一声被打开。已经穿好衣服的叶七七探出一颗脑袋，看了一眼站在外面的墨寒卿，羞涩地笑了一下："公子，你站在门口干吗？"

"不干吗。"墨寒卿声音淡淡的，听不出一丝波澜。

"那……咱们现在就去打听夜国皇室那些药材的消息吗？"叶七七歪着脑袋，看着他轮廓分明的侧脸，小声问道。

墨寒卿沉默片刻，对叶七七低沉道："不，我们先去找叶珏大师。"

"找爷爷？"叶七七愣了一下，点点头道，"也对，药材基本上都是爷爷在搜集，现在他人在夜国，说不定已经搜集了一些夜国皇室特有的药材呢。"

墨寒卿声音淡淡地道："不，我只是去找他要名分而已。"

名分？叶七七眨眨眼，疑惑地看着他道："什么名分？"

"身为你夫君的名分。"墨寒卿唇角微微勾起，朝叶七七笑了笑，拽住她纤细的手腕，"走，先去用早膳，然后我们就去找你爷爷。"

叶珏大师宅院中，他正忙着将之前搜集来的草药研磨成粉。

"爷爷！"叶七七欢快地朝叶珏大师喊了一声，朝他扑去。

"别过来！"叶珏大师听到叶七七的声音，身子一抖，赶紧朝叶七七比了一个禁止靠近的手势。

"爷爷？"叶七七站在离叶珏大师一丈远的地方，声音委屈地问道。

叶珏大师指着桌上的器具，耐心道："这可是爷爷好不容易采到的天山雪莲，这天山雪莲好几年才长一两株，还开在夜国极寒之地，爷爷在那儿守了

306

将近两个月，才守到这么一株，眼下正在研磨呢，你可别过来给我弄坏了。"

叶七七点点头，乖乖地站在那里不动了。

一道青色的身影风风火火地从外面冲进来："师父，师父，我跟皇叔要到你想要的那些草药了。"

"站那儿！别动！"叶珏大师顿时一副如临大敌的样子，朝正往他冲去的那人大声吼道。

"呃……"那人在叶七七身边堪堪停住。

叶七七好奇地转头看了一眼，来人有一张俊秀的脸，许是因为跑得急，额头上隐隐有汗珠，漂亮的眼眸中闪烁着温润的光芒。

"你是……星阑哥？"叶七七愣了一下，惊讶地道。

白星阑听到叶七七的声音，朝自己身边看了一眼。当他看到叶七七的脸，笑容顿时灿烂起来："小七！"

叶七七刚想问他怎么会在这里，整个人就被白星阑抱住了。他身上有完全不同于墨寒卿的味道，是如同橙花一样淡淡的清香。

墨寒卿眯了眯眼睛，下一秒便走上前，拎住叶七七的衣领，将她从白星阑的怀里拽了出来。白星阑只觉怀里一空，一道凌厉的掌风朝自己劈头盖脸而来。他赶紧一个侧身躲过那道掌风，站稳了身子，朝墨寒卿看去。

"你想干吗？"墨寒卿盯着白星阑，声音冷冷地问道。

"靖安王，"白星阑回过神，看清楚攻击自己的人，露出一个灿烂的笑容，"不干什么啊，就是抱一下我妹妹，毕竟好久没有见到她了。"

"谁是你妹妹？"墨寒卿阴着脸，对白星阑道，"她是我娘子，你别碰她。"

白星阑眨眨眼睛，露出一抹高深莫测的笑容："是不是你娘子，可不是你说了算。我师父绝不同意你俩这门婚事。"

"师父？"叶七七转过头，疑惑地看着爷爷，"爷爷，你什么时候收了星阑哥当你徒弟？"

"很久之前。"叶珏大师低着头，紧紧地盯着正在研磨的天山雪莲，头也不抬地对叶七七道。

叶七七还想再问点儿什么，白星阑却笑眯眯地打着哈哈道："你看，这下我不仅是你哥哥，还是你师兄呢。"

307

墨寒卿听着白星阑的话，眯了眯眼睛，充满敌意。

"嘿嘿，靖安王，你别瞪我啊。"白星阑朝墨寒卿笑了笑道，"我可没兴趣跟你抢七七，我对她如同哥哥对妹妹，就算你俩不能成婚，最后也不可能是我跟她成婚，所以，你别吃醋。"

"滚。"墨寒卿听了他的话，咬牙切齿地道。

白星阑摊了摊手，一脸无奈。

许久，叶珏大师擦了擦额头上的汗，拿出一个白玉瓶，将之前研磨成粉的天山雪莲全部装进去。做完这一切，他才抬起头，朝叶七七他们看了一眼。

白星阑抢先一步上前，朝叶珏大师兴奋地道："师父，我拿到你需要的那些药材了。"

"是吗？"叶珏大师顿时高兴起来，连忙将白玉瓶揣进怀里，"快拿出来，给我看看。"

"是。"白星阑小心翼翼地掏出一摞纸包，上面贴着药材的名字。

叶珏大师接过那些纸包，低头仔细研究了一下，连连点头道："对，就是这些！没错！"

叶七七好奇，凑过去一看，白星阑带来的药材，竟然就是他们来夜国想要寻找的那些。

"爷爷……这是？"叶七七抬起头，疑惑地看向自己的爷爷。

"既然之前贺平轩都告诉你了，那爷爷也不瞒你。"叶珏大师叹了一口气道，"这些都是用来解你身上的毒的，星阑拿到的这些，加上之前你们从墨国和北辰国皇室拿到的那些，这解药的药材算是搜集齐了。"

"就是说，可以做解药了？"叶七七听到这句话，顿时高兴起来。

"是。"叶珏大师点了点头，眼角眉梢都是笑意，"我这就飞鸽传书，让贺平轩赶来夜国。"

"太好了！"叶七七觉得万分开心。

叶珏大师捋了捋胡子，笑呵呵地看着她，然后目光一转，看着站在叶七七身边的墨寒卿，笑容顿时收了起来："你怎么也来了？"

"我来要名分。"墨寒卿站在叶七七身边，看着叶珏大师，声音淡淡的。

"不给。"叶珏大师站在桌前，一边收拾东西，一边淡定地朝墨寒卿道，"反正你跟七七是不可能在一起的，死心吧。"

"为什么？"墨寒卿皱着眉头，目光幽深地看着叶珏大师，追问道。

"不为什么。"

"我要理由。"

"没有理由。"叶珏大师抬起头，看着墨寒卿半晌，长长地叹了一口气道，"爷爷不让你们在一起，也是为了你们好，你们感情越深，将来分开就会越痛。"

"你怎么知道我们将来一定会分开？"墨寒卿朝叶珏大师挑了挑眉，声音不悦地问道。

"人生在世，很多事身不由己。"叶珏大师看着墨寒卿，意味深长地道。

"我相信，谋事在人，人定胜天。"墨寒卿目光直直地看着叶珏大师，一字一顿道。

"你这孩子，别跟我犟。"叶珏大师摇摇头，背着手在房间里转了两圈，对墨寒卿道，"放弃吧。"

叶七七看看自己的爷爷，又看看墨寒卿，总觉得他们好像在打哑谜。

叶珏大师又转悠了几圈，突然站在叶七七的面前道："七七，你告诉我，你喜欢他什么？"

叶七七愣了一下，朝墨寒卿看去，迟疑几秒，声音糯糯地道："我也不知道。"

"不知道？"叶珏大师看着她，"你连喜欢他什么都不知道，还说自己喜欢他？爷爷看啊，你就是见过的男子太少，才会跟靖安王相处不久就莫名其妙地喜欢上他。"

叶七七听着叶珏大师的话，皱了皱眉，想要反驳，却发现好像无从反驳。

"行了，爷爷现在也不是特别反对你们在一起。"叶珏大师想了想，怕激起叶七七的逆反心理，"不过爷爷跟你说，只有见遍繁华，甘心归于平淡的感情，才是真正的感情，你们连风浪都没有经历过，怎么知道他就是你要找的那个人？"

"他就是。"叶七七嘟着小嘴，不高兴地看着爷爷道，"我从八年前第一次见到他的时候，就喜欢他了！"

"那是因为你一直都在飞鹤山庄，从来没有下过山，从来没有见过其他优秀的男子啊。"叶珏大师苦口婆心地道，"你想想，要是八年前去咱们飞鹤山庄的是墨国三皇子，或是叶家公子，或是慕容小将军呢？他们都是优秀的男子，说不定那时候，你看上的就是他们中的某一个了。"

叶七七歪着脑袋想了想，总觉得这话有点儿不对劲，可又说不出到底哪里不对劲。

"那我不管。"叶七七思考片刻，仰起脑袋，看着叶珏大师，声音清脆地道，"就算我见过许多许多优秀的男子，喜欢的还是只有公子一个！"

"这话可是你说的！"叶珏大师一拍大腿，对叶七七道，"你要真的见遍优秀的男子，还是只喜欢靖安王一个，爷爷就勉强同意你们在一起。"

"别开玩笑了。"墨寒卿站在叶七七身边，淡淡地瞥了叶珏大师一眼道，"这世间优秀的男人多了去了，你总不能要求七七见遍所有人吧？要是她有生之年都见不完那些优秀的男子，岂不是不用成婚了？"

"这……"叶珏大师眼睛闪了闪，想不到这家伙脑子转得这么快。

"要不这样吧。"叶珏大师想了想，对墨寒卿和叶七七道，"爷爷要求也不多，只要七七见过十个优秀男子，并且没有对任何一人动心，爷爷就勉强承认你对靖安王的感情是真的，好不好？"

叶七七眨眨眼睛，看着自家爷爷道："爷爷，你承认了我对公子的感情是真的，是不是就表示同意我们在一起了？"

"那不行，我承认了你对靖安王的感情，还得承认靖安王对你的感情。"叶珏大师朝叶七七白了一眼，转头朝白星阑道，"先给我七七丫头找十个优秀的男子。"

白星阑愣了一下，随口问道："师父，你想干吗？"

"让我七七丫头相亲。"叶珏大师双手背在身后，在屋子里一边转悠一边道，"首先，家世必须好；其次，学问必须好。嗯，容貌嘛，男人不需要太帅，只要看得过去就好，要么性格好，能够听我七七丫头的话，要么能镇住我七七丫头……"叶珏大师念叨了一大堆条件，拍了拍白星阑的肩膀，"去吧，就照着这些条件找十个夜国优秀的男子过来。"

白星阑忍不住扯了扯嘴角，看着叶珏大师道："师父，你是认真的？"

"为师当然是认真的！"叶珏大师白了白星阑一眼，捋了捋胡子道，"要是我七七丫头对十个优秀男子都看不上，只看得上靖安王，那我就勉强给靖安王一个机会。"

"哦……"白星阑点点头，问道，"那，师父想什么时候要这十个男子过来？"

"越快越好。"叶珏大师想了想，"最好明天上午就给我找齐了。"

"行，我这就去！"白星阑一拍手，转身朝屋子外面走。

叶七七眨眨眼睛，看看自家爷爷，又看看站在一边的墨寒卿，忍不住擦了一把额头上的汗水。

第二天一大早，白星阑便兴冲冲地跑到客栈里，找到叶七七，要她跟着自己去相亲。

叶七七懵懂地看着白星阑，挠了挠头，声音弱弱地重复了一遍："相亲？"

"是啊。"白星阑点点头，完全不顾一边墨寒卿几乎杀人的眼神，兴奋地道，"昨日师父不是让我找十个优秀的男子来给你认识嘛，虽然说一天之内要找到十个稍微有点儿费力，但是以我的能力，先找那么三四个人是完全没问题的。"

"所以呢？"叶七七扯了扯嘴角，一边用筷子戳着面前的包子，一边漫不经心地问道。

"所以你赶紧吃完早饭，跟着我去城中茶楼见第一个人。"白星阑看着叶七七，很认真地朝她说道。

叶七七无语地看了白星阑一眼，转头看了看坐在自己身边的墨寒卿。

墨寒卿什么表情都没有，看不出来是高兴还是不高兴。

"那个……公子？"叶七七小心翼翼地喊了他一声，生怕他不高兴。

墨寒卿淡淡地应了一声，抬起头，目光深邃地看了叶七七一眼，声音低沉道："去就去吧，省得你爷爷再想其他办法折腾我们。"

叶七七点点头，将碗里的最后一个包子吃掉，拍拍手朝白星阑道："我吃好了，咱们走吧。"

白星阑朝叶七七笑了笑，转身准备带着她离开，突然又转过头，朝依然坐在桌边没有动弹的墨寒卿问道："靖安王不打算跟我们一起去看看？"

311

"不用了。"墨寒卿目光淡淡地看向白星阑，声音中没有一丝波澜道，"本王对娘子还是十分有信心的，你们自己去就行了。"

白星阑点点头，盯着墨寒卿半晌，意味深长地说："妹夫不必担心，哥哥我是站在你们这一边的。"

"啊？"叶七七满眼疑惑地看着他。

"没什么。"白星阑唇角微抿，轻轻地笑了一声道，"走吧，七七。"

城中茶楼。

白星阑早已订好包间，带着叶七七进去后，指了指靠窗的位子，对叶七七道："你就坐那边，过会儿那个人就来了。"

"谁来啊？"

"就是哥哥给你选中的男子啊。"白星阑朝叶七七眨了眨眼睛道，"哥哥知道你武功好，所以先给你找了个夜国今年的武状元，你们聊起来，比较有共同话题嘛。"

"武状元？"叶七七扯了扯嘴角，总觉得她见过的武状元，好像都不是特别厉害啊。

"嗯，别担心，哥哥跟爷爷就在那边的屏风后面看着，保证你的安全。"白星阑拍拍叶七七的肩膀，安慰道，"不用害怕。"

叶七七认真地点点头道："我不担心，也不害怕，唯一的担心，是你找的那个武状元会怕我。"

"这个，也是有可能的。"

白星阑轻咳两声，正准备再说点儿什么，外面传来茶楼小二的声音："客官，您请这边走，松竹厅在前面左拐第一间。"

"来了，来了……"白星阑一听到小二的声音，赶紧推了叶七七一把，朝屏风后边跑边道，"别担心，哥哥在呢。"

叶七七扯了扯嘴角，真是一点儿都不担心啊。

她刚刚坐下，包间的门便吱呀一声被推开了，一个极壮硕的男人，大步流星走了进来。叶七七转头看去，看清楚来人的长相，忍不住扯了扯嘴角。我的哥啊……你到底是怎么挑人的？这人络腮胡，眉毛倒竖，脸上还有好几道刀疤，看起来怎么也有三十多岁了吧？

叶珏大师看到进来的人，忍不住皱了皱眉，压低了声音，对身边的白星阑不乐意道："这人年纪多大？怎么看起来可以当七七丫头的爹了？"

"师父，他今年才二十一岁，虽说是比七七大了那么一些，但也就八岁而已，男人，稍微成熟一点儿，才懂得照顾人。"白星阑眨眨眼睛，小声地对叶珏大师道，"再说了，这种长相，显得稳重。"

叶珏大师一时竟无话可说，只能继续观察。

传说中的武状元进了房间，一双眼睛便凌厉地扫视了一下四周，看到坐在窗户旁边的叶七七，眼睛顿时一亮，迈开步子，直直地朝叶七七走去。

"你就是叶小七吧？"那长满络腮胡的男人站在叶七七身边，声如洪钟般道。

"呃……呵呵呵……对，我就是叶小七。"叶七七愣了一下，赶紧站起身，仰起脑袋看着眼前魁梧的男人，迟疑着道，"不知阁下怎么称呼？"

"我姓蔡，叫蔡云龙。"蔡云龙朝叶七七咧嘴一笑，露出两排黄牙。

"呵呵呵……你好。"叶七七尴尬地笑了笑，朝他比了一个请的姿势道，"你请坐。"

"谢谢，你也坐吧。"蔡云龙朝叶七七点点头，在她对面坐了下来。

叶七七低着头，还在想该说点儿什么，蔡云龙已经将叶七七上上下下打量了一番，道："小七姑娘应该知道我是今年夜国的武状元吧？"

叶七七抬起头，朝蔡云龙点点头道："我听哥哥提过。"

"你要知道，习武之人，平日都很注重锻炼身体。"蔡云龙仰着脑袋，用眼角余光看着叶七七道，"小七姑娘这么瘦小，一看就是不怎么运动的，想做我蔡云龙的妻子，首先得有强健的体魄才行。"

"呃……这个……"叶七七扯了扯嘴角，有些无语地看着他。

大哥，你也太自来熟了吧？

"不知道小七姑娘，今年多大了？"蔡云龙说完那番话，又朝叶七七问道。

"呃……我今年十三了。"叶七七随口答了一声，反问道，"你呢？"

"我今年二十一。"蔡云龙大着嗓门道，"十三岁，尚未及笄吧？最起码要等到你及笄，我们才能成婚，那时候，我都二十三岁了，我觉得最好成婚立刻生个小孩，毕竟不孝有三，无后为大。"

"呃……这个……"

"还有啊，我们家就我这么一棵独苗，三代单传，好不容易到了我这一代才有了点儿出息，所以，要是生孩子，必须多生男孩。"

蔡云龙没等叶七七说话，继续道："女人，只要待在家里服侍好公婆就行，我娘她脚有旧疾，行走不方便，希望你嫁给我后，能帮我多照顾照顾娘，毕竟平日都是我背我娘出门的，像你这样的小身板，估计背不动我娘。"

"我……"叶七七目瞪口呆地看着他，不知道该说什么才好。

"我再想想……"蔡云龙皱着眉头又思考了一下，才对叶七七问道，"对了，不知道你娘家是做什么的，家在何处，咱俩的关系确定后，我好派人上你娘家提亲。"

叶七七扯了扯嘴角，深深地吸了一口气，对蔡云龙道："咱俩今天只是见个面吧？也没说就要把关系定下来。"

"是啊，见面，见面不就是定关系吗？"蔡云龙有些愕然地看着叶七七问道，"我今儿过来看看你，觉得你长得还挺好看，虽然年纪小了点儿，不过再长几年，应该能长成一个大美人，我对你挺满意的。"

叶七七按捺住心中的不爽，抬起头，一双黑白分明的眼睛眨了眨，看着蔡云龙，努力挤出一个笑容道："那你怎么不问问，我有没有看上你呢？"

"你？"蔡云龙听着叶七七的这句话，仿佛听到什么好笑的笑话，"这个就不用问了吧，你怎么可能看不上我？好歹我也是夜国武状元，身强力壮，俊美非凡，平日里忙着要给我说亲的人多着呢，只不过我一个都没看上。"

俊美非凡？

叶七七看着他那满是横肉的脸，大哥，你到底是从哪块镜子看出自己又俊又美的？你跟这两个字完全沾不上边好吗？！

"对了，小七姑娘，你会做饭吗？"蔡云龙伸出手，端起茶杯，一口喝掉，随便用袖子擦了擦水渍，继续问道。

叶七七目光直直地盯着蔡云龙刚才端杯子的手看。他的手指又粗又短，指甲还很长，里面黑乎乎的，也不知道都是些什么东西……

"小七姑娘，小七姑娘？"蔡云龙见叶七七半晌没有说话，忍不住又喊了她几声。

叶七七回过神，一脸复杂地看着蔡云龙道："我啊，我不会做饭啊。"

314

“那洗衣服呢？”

“洗衣服也不会啊……”叶七七扯了扯嘴角道，“平时这些事都是府上的丫鬟做的。”

“打扫？”

“也没有打扫过……”

“那你这样肯定不行啊。”蔡云龙将手中的茶杯重重地放到桌子上，语重心长地对叶七七道，“你要是嫁给我，就不住自己府里，我家可没有什么丫鬟护卫，像做饭、洗衣服、打扫什么的，还是得你来。”

“我来？”叶七七嘴角抽了抽，看着他。

“对。”蔡云龙理所当然地点点头道，“请丫鬟什么的，每个月还得给工钱，多浪费啊，我虽是武状元，但每个月的月俸并不多，咱们一起过日子，能省一点儿是一点儿。”

叶七七沉吟片刻，问道：“那你家里现在都是谁在做饭、洗衣服、打扫呢？”

“自然是我娘。”蔡云龙一脸自豪地对叶七七道，“我娘什么都会做，等你嫁过来，我让我娘教你，不过我娘现在年纪大了，这些家务活，她也做不动了，虽说要等到你及笄才能娶你，但反正已经确定关系了，你要是没什么事，就经常来我家，帮我娘做点儿事情，也算提前上手吧。”

“可是我——”叶七七正打算继续说点儿什么，屏风后面，叶珏大师早已忍不住，蹿出来就朝蔡云龙一巴掌扇去。

“我呸，还给你做饭、洗衣服、打扫房间呢！”叶珏大师一拳接着一拳，一巴掌接着一巴掌地揍在蔡云龙的身上，一边揍一边骂道，“谁给你的脸，让你这么有自信？我们家七七难道嫁不出去吗？你以为只有你才要她吗？我呸！我七七从小锦衣玉食、养尊处优，除了被我逼着练武，什么粗活重活都没干过，你凭什么让她嫁给你，给你做这个做那个？！”

蔡云龙一边躲避叶珏大师的攻击，一边大吼道：“你是谁，哪来的糟老头子！我警告你，你再打我，我可要还手了，我可是夜国的武状元，我这一巴掌下去，万一把你打死，可别怪我！”

他这话一说，叶珏大师瞬间暴怒：“兔崽子，还敢喊我糟老头子，给你脸了，知不知道我是谁，你还能把我打死？！你倒是打啊，你倒是打啊，我倒

315

要看看你怎么一不小心就把我打死了。"叶珏大师一边吼着，一边拳头更重地朝蔡云龙砸了下去。

白星阑见状，赶忙也从屏风后钻了出来，上前拉住叶珏大师道："师父，师父，冷静，冷静啊！"

"看我不揍死这臭小子！"叶珏大师一边吼着一边朝蔡云龙怒道，"你也不回去照照镜子，就你这样，谁看上你谁眼瞎，给你生个南瓜球出来还差不多。"

"你有病吧？"蔡云龙举起拳头，打算朝叶珏大师身上打去。

叶珏大师一看这臭小子竟然真的敢还手，瞬间便将全身内力提至最高，准备跟他来场硬的。

他还没来得及出手，叶七七已经抢先一步，一把拽住蔡云龙的手腕。

"哎哟……疼疼疼……你……你干吗？"上一秒还气势汹汹打算揍人的蔡云龙，手腕被叶七七捏住时，瞬间疼得五官扭曲。

"还想打我爷爷？"叶七七眯了眯眼睛，看着眼前的蔡云龙，二话不说，一脚踹了过去。

大山一样的蔡云龙，顿时如同断线的风筝，从窗口飞出去了。叶七七脚尖轻点，也跟着从窗户飞了出去。

叶珏大师一愣，赶紧跟白星阑趴到窗边，对叶七七大声喊道："七七，冷静！冷静啊！"

蔡云龙被叶七七踹出来，便重重地落在外面的街道上。过往的行人眼见一个庞然大物从空中掉落，尖叫着朝道路两旁散去。叶七七冲到蔡云龙掉落的地方，一只小手揪住他的衣领，另一只手则毫不客气地朝他那张"俊美非凡"的脸揍去。

"哎哟……哎哟……别打脸啊……"蔡云龙感觉自己被一股蛮横的力量拽了起来，紧接着，拳头便如同雨点般在自己脸上落下。

蔡云龙赶紧伸出手，想要护住自己的脸。正在气头上的叶七七不管三七二十一，一下接一下地揍蔡云龙的脸。一开始，蔡云龙还大叫了两声，后来渐渐只能哼哼，再后来，就连哼哼声都没有了。

叶珏大师和白星阑从茶楼里飞奔出来的时候，那蔡云龙已经瘫在地上不动了。

"行了，行了，七七别打了。"叶珏大师赶紧上前拉住叶七七的胳膊，语重心长地道，"再打，这家伙就要死了。"

"哼！"叶七七不情不愿地收了手。

而那躺在地上的蔡云龙，早已被叶七七揍成了一个猪头。

白星阑看着被揍得惨不忍睹的蔡云龙，忍不住捂住了自己的眼睛。他这个妹妹也太暴力了吧，这么暴力的小姑娘，估计只有靖安王那种人才压得住她吧？

叶珏大师拉住叶七七，便回过头，瞪了白星阑一眼道："你看看你，给我七七丫头找的这是什么人啊？"

"师父，我这是按你的要求找的啊。"白星阑一脸无辜地看着叶珏大师道，"你看看，有官职，家世还可以，偏武学，还是个武状元，再说是师父您自己说长相不是很重要，至于这人品，我打听的时候，别人都说当今武状元为人豪爽，助人为乐，谁知道他对自己的媳妇有这么多要求呢。"

叶珏大师深吸一口气，对白星阑道："不行，得加一条，长相必须俊美！"

"哦，好！"白星阑点点头。

叶珏大师转过身，指了指躺在地上一动不动的蔡云龙，竖着眉毛道："不是这种'俊美'！"

"呃……徒儿明白……"白星阑愣了一下，点头如捣蒜。

"哼，走，回去！"叶珏大师一甩袖子，拽着叶七七的手腕便离开了。

白星阑又回头看了一眼躺在地上的蔡云龙，想了想，还是上去踹了他一脚才走。

由于叶珏大师已经飞鸽传书，让贺平轩赶往夜国都城，因此解药的材料全部准备好后，他们也没什么特别重要的事。

于是，白星阑开始每天给叶七七物色优秀男子。离见过蔡云龙刚过一天，白星阑又兴冲冲地跑去客栈找叶七七："七七，快，我给你找到第二个了。"

那会儿，墨寒卿正斜靠在美人榻上，手里拿着一本书认真地看着。叶七七趴在他的腿上，有一下没一下地打着瞌睡。

墨寒卿缓缓地抬起头，用清冷的目光在白星阑的身上凉凉地扫了几圈，又继续看书。叶七七则迷迷糊糊地睁开眼，看着站在房间门口的白星阑，打了个哈欠道："这么快就又找到了？"

"对！"白星阑点点头，目光在叶七七和墨寒卿身上来回转悠了一番，声音温润地道，"这次绝对是按照师父的要求找的，有家世，又有官职，而且长相俊美。"

叶七七兴致缺缺地从墨寒卿的腿上爬起来，揉了揉眼睛，无聊地又打了个哈欠道："这次又是哪儿的啊？"

"九门提督的儿子，武学世家，人品良好，关键长得俊美。"白星阑认真地给叶七七介绍道。

"好吧……"叶七七觉得她真是一点儿兴趣都没有，可是爷爷提的要求，又不得不完成。

墨寒卿放下手中的书本，站起身，在叶七七的脑袋上揉了揉，声音低沉地道："去吧，早点儿回来。"

叶七七满眼疑惑地看着他道："你真的不跟着一起去吗？"

墨寒卿微微一笑，眉眼间闪烁着自信的光芒："你自己去就好，毕竟……没有对比，你怎么能明白我的好呢！"

叶七七扯了扯嘴角，看着墨寒卿唇角那抹欠扁的笑，忍不住朝他翻了个白眼，便跟着白星阑走了。

这一次见面，还是在上次的茶楼里。不仅是同一个茶楼，就连包间都是同一个。叶七七坐在上次靠窗的位子上，满眼无语地看着不远处的屏风。那后面，她爷爷和白星阑也跟之前一样，躲在里面偷听。

叶七七轻轻地叹了一口气，一只小手撑着下巴，朝窗户外面的街道看去。

门外传来一阵脚步声，紧接着，小二的声音响起来："客官，您这边请。"

叶七七打起精神，转头朝包间的入口处看去。包间房门吱呀一声被推开，一个穿着天青色衣袍的身影缓缓走了进来，看起来确实比上次那个蔡云龙强多了。

叶七七眨眨眼睛，盯着那人看了一会儿，这人个头还算高，身材也比较匀称，长相属于比较清秀的那种，一双眼睛含着浅浅的笑意，看向别人的时候，仿佛一阵春风吹过。

那人先看了一眼叶七七，彬彬有礼地朝她笑了一下，道："这位想必就是叶姑娘了。"

"呃……你好。"叶七七愣了一下，站起身朝他打了个招呼。

"小七姑娘不必客气，快请坐，快请坐。"那人走到她对面的位子坐下道，"只是见面一叙，姑娘不必多礼。在下姓陈，名未熙，姑娘若是不嫌弃，可以唤在下陈公子，在下也可唤姑娘小七姑娘。"

"哦……好。"叶七七点了点头。

陈未熙朝叶七七温文尔雅地一笑，接着拿过放在桌上的茶壶，先给叶七七倒了一杯茶，再给自己倒了一杯。

叶珏大师躲在屏风后面，看着这人连连点头，转身朝猫着腰跟在自己身后偷看的白星阑竖起大拇指道："这次不错，懂礼貌，长得也好，配得上我们家七七。"

"是是是。"白星阑笑眯眯地连连点头道。

"小七姑娘平日里可有什么爱好？"陈未熙给自己倒过茶，将茶壶重新放回桌子上，声音温润地朝叶七七问道。

"呃……没什么特别的爱好，就练练武吧。"叶七七歪着脑袋想了想，回答道。

"是吗？"陈未熙对叶七七笑了笑，赞叹道，"女儿家多喜欢女红刺绣之类，喜欢练武的姑娘，我还是头一次见到，小七姑娘实在是很特别。"

叶七七眨眨眼睛，问道："陈公子喜欢做什么？"

陈未熙笑了笑道："平日里喜欢吟诗作画，不过家父身为九门提督，掌管京城治安，所以也经常耳提面命，让我注意武学方面的修养。"

"嗯……"叶七七点点头，总觉得这个陈未熙说话比蔡云龙中听得多。

"在下对小七姑娘比较有好感。"聊了一会儿，陈未熙直直地看着叶七七，声音温润道，"不知道小七姑娘对在下感觉如何？"

"啊？还好吧。"叶七七愣了一下。

"那不知道小七姑娘愿不愿意嫁给在下，当在下的正妻呢？"陈未熙目光炯炯地看着叶七七，继续问道。

"正妻？"叶七七见他特意强调这两个字，不由得有些疑惑。

陈未熙笑着点点头道："实不相瞒，在下家中已有九房姨室，还有几个通房丫鬟，只是一直没有娶正妻，因为在下一直没有遇到心灵相通的女子。"

"……九房姨室，还有通房丫鬟？"叶七七扯了扯嘴角，声音弱弱地重复了一句。

"对。"陈未熙坦然地看着叶七七道，"男人，总归会有那方面的需求，不过，我虽与她们有那样的关系，但是你放心，我的心是在你这里的。这么多年，我所遇见的姑娘里，只有你能与我心意相通，古往今来、琴棋书画聊这么久，在下实在是对小七姑娘万分折服。"

叶七七有些无语地看着他，嘴唇动了动，不知道该说些什么才好。

"当然，小七姑娘现在还小，可能对于男女之事不是很了解。"陈未熙笑眯眯地看着叶七七道，"不过没关系，在下府中姨室相处甚欢，小七姑娘嫁给在下，可以多向她们学习学习闺房之术，嗯……另外，在下有一事，不知当讲不当讲。"

叶七七低着脑袋，盯着桌面看了好一会儿，对陈未熙抬起头，笑眯眯道："这种不知当讲不当讲的事，一般还是不要讲比较好。"

"呃……这……"陈未熙一时卡住了。

"陈公子，我觉得我们两个吧……可能……"叶七七歪着脑袋想了想，尽量让自己的话听起来委婉些。

她话还没说完，陈未熙便制止道："小七姑娘，良药苦口利于病，忠言逆耳良行，在下知道这话说出来你可能不高兴，但在下为了小七姑娘着想，觉得应该讲出来。"

叶七七眨眨眼睛，看着他，半晌只得无奈道："陈公子请讲。"

"是这样的。"陈未熙一本正经的脸突然浮现一抹淡淡的红晕，直视着叶七七道，"小七姑娘虽然还小，但有些方面，该补的还是得补。"

"什么方面？"叶七七满眼疑惑地看着他，不知道他在讲什么。

"那个方面……"陈未熙朝叶七七胸口瞥了一眼，压低声音道，"这个吧，虽然都是天生的，据我那些姨室讲，平日里多多按摩，可以让它长大一些。"

"长大？长什么？"叶七七懵懂地问道。

"咯，那儿……"陈未熙朝叶七七仰了仰下巴。

叶七七顺着陈未熙的目光，低头朝自己的胸口看了一眼。她的胸可以说一马平川。

"当然，我并不是嫌弃小七姑娘，毕竟小七姑娘还只是个孩子。"陈未熙见叶七七的脸色看起来不太好，赶紧解释道，"只是女子嘛……窈窕淑女，君子好逑，这里面的窈窕，指的就是女子的身段，婀娜多姿，那什么才是婀娜多姿呢？在下认为，就是该有的地方都有……小七姑娘生得如此美丽，若是日后长大，身段也迷人，才是最好的。"

叶七七闭了闭眼睛，深吸一口气，一道身影又从屏风后蹿了出来。

叶珏大师上前，一巴掌扇在陈未熙的脸上，啐了一口道："呸，登徒子，眼睛往哪儿乱看呢？！我们家小七，还没嫌弃你娶了那么多姿室，你竟敢嫌弃小七身材不好？！"

陈未熙一只手捂着脸，懵懂地看着站在面前的叶珏大师，声音惊愕道："你……你是谁啊？"

"我是谁？我是小七的爷爷！"叶珏大师双手叉腰，对陈未熙怒道，"看你生得一表人才，想不到思想如此肮脏。不过也对，你小小年纪就已经娶了那么多姿室，还有那么多通房，一看也不是什么正人君子。你看看你，肯定是夜夜欢歌，不然怎么会气若游丝，脚步虚浮，连走路都在晃悠！"

"你——"陈未熙竟然不知道该如何反驳。

"你什么你？！我告诉你，就你这样的，我们家小七才看不上呢！"叶珏大师朝陈未熙一挥手道，"回去找你的那些小姿吧，咱们跟你不合适！"

陈未熙站在原地，好半晌才回过神，目光在叶七七和叶珏大师身上转悠了两圈，丢下一句"神经病"，转身出去了。

等到陈未熙出去，白星阑才从屏风后面缓缓地走出来。

叶珏大师转过头，朝白星阑瞪了一眼道："这是什么人啊？啊？家里都有九个姿室了，你也好意思过来给我七七丫头介绍？"

白星阑有些尴尬地对叶珏大师笑了笑，挠了挠脑袋道："师父，你之前也没说，家里不能有姿室啊，再说了……这男人有三妻四姿不是很正常的吗？皇上还三宫六院呢。"

"不行！"叶珏大师十分坚决地朝白星阑道，"我七七丫头绝对不能嫁给那种三妻四姿的男人，这种男人不靠谱！不专情！以后也没多大出息！给我

321

七七丫头找个身家清白的。"

"哦……"白星阑点点头，掰着手指数道，"要家世好，要有官职，要文武双全，还要人品好，长得要俊秀，还要家里没有娶过妾室的……"

"对，就按着这些条件给我七七丫头找！"叶珏大师点点头，十分认真地应了一声。

"这条件这么好的男人，那得多少女人抢啊……"白星阑咂咂嘴，朝叶珏大师嘀咕了一声。

"你甭管有多少人抢，反正给我把人抢过来就行！"叶珏大师朝白星阑瞪了瞪眼睛，不容置疑地说道。

"好吧……徒儿尽力……"白星阑认命地叹了一口气。明明那墨公子就是最符合师父条件的人，可惜师父就是看不上人家。不过……要是墨公子是夜国人，那就好了……只可惜他是墨国人，还是……

白星阑摇摇头，朝叶珏大师双手抱拳，行了个礼道："那徒儿继续出去找人了。"

"去吧去吧！"叶珏大师挥挥手，"记得这次找个靠谱点儿的！"

"是。"白星阑应了一声，便转身出去了。

叶珏大师转过头，看了一眼站在自己身后的叶七七，长叹一口气道："七七啊，你也别灰心，爷爷相信这世间还是有好男人的，只是你还没有遇到罢了。"

"我遇到了啊。"叶七七有些无语地看着自家爷爷，嘀咕道，"我们家公子，不是各方面都符合你的要求吗？"

叶珏大师朝叶七七瞪了瞪眼，没有说话。

眼下，叶七七只想回到客栈，舒舒服服地躺在床上睡一觉，等贺老头赶到夜国都城，给她把解药做好，她就可以跟墨公子一起回墨国成亲了。一想到墨寒卿，叶七七便加快脚步，朝客栈的方向奔去。

房间里，墨寒卿还保持着叶七七出去之前的姿势，斜靠在美人榻上，神情专注地看书。

墨寒卿听到门口的声音，抬起头朝叶七七看了一眼，便收回目光，继续看书："回来了？"

"嗯……"叶七七应了一声，径直走到墨寒卿身边坐下，长叹一口气。

"这次的这个怎么样？"墨寒卿白皙修长的手指随意翻过一页书，声音淡淡地问道。

"挺好的啊。"叶七七转过头，看着他，眼珠子转了转道："家世挺好的，也有官职，长得也很俊俏，和人说话的时候也有礼貌，天南海北，古往今来，都能跟我聊。"

墨寒卿听到叶七七的这番话，忍不住抬起头来，朝她瞥了一眼，挑了挑眉道："哦？看你的意思，你对他还挺满意的？"

"嗯……还凑合吧。"叶七七一双小手托着下巴，将胳膊放在他的腿上道，"比上次那个稍微靠谱一点儿。"

墨寒卿眼睛闪了闪，语气也由刚才的漫不经心变得稍微严肃："所以呢？"

"什么所以？"叶七七眨眨眼睛，明知故问地看着他。

"所以……还有后续呢？"墨寒卿迟疑了一下，声音低沉道。

"嘿嘿……"叶七七朝他灿烂一笑，语气有些欠扁道，"什么后续呀，没有后续了啊，那人被我爷爷给揍了一顿。"

"为什么？"墨寒卿愣了一下，挑挑眉问道。

"那个人虽然还没娶妻，但已经有了九房姨室，还有好几个通房。"叶七七嘟着小嘴，不乐意道，"我不喜欢这么花心的男人。"

"哦。"墨寒卿若有所思地点点头。

叶七七歪着脑袋，看着窗户外面的景色，想了想，突然转过头，对墨寒卿道："还有你也是。"

"我也是什么？"墨寒卿满眼不解地低下头，看着她。

"你以后绝对不可以像那个人一样。"叶七七认真地看着他道，"不可以像他一样，娶那么多姨室。"

"嗯。"墨寒卿笑了笑，摸摸叶七七毛茸茸的脑袋，点点头道，"好。"

"这还差不多。"叶七七皱了皱小鼻子，满意地说了一句。

墨寒卿眉眼带笑地看着她，忍不住想逗她："那要是我以后娶了姨室，你会怎么办？"

"我？"叶七七仰起脑袋，盯着他半晌，"我就先把你的姨室打成猪

323

头，再把你也打成猪头，让你们两个猪头自己过去，我离家出走，自己去浪迹天涯！哼！"

墨寒卿唇角的笑意止都止不住，捏了捏叶七七软软的脸颊，声音中带着笑意道："这么凶啊？"

"嫌我凶，你可以不娶啊。"叶七七不乐意道。

"那不行。"墨寒卿低头在她白皙粉嫩的脸上轻轻吻了一下，笑着道，"我就喜欢你这么凶巴巴的样子。"

叶七七一边躲着他的亲吻，一边在他的胳膊上掐了一把道："别闹，我有正经事要问你。"

"嗯，你说。"墨寒卿低头，在她红润的唇瓣上又啄了一下，才笑着道。

"我们两个要是成婚，需要我做饭吗？"叶七七歪着脑袋看着墨寒卿，满眼疑惑地问道。

"做饭？"墨寒卿愣了一下，眼中闪烁着璀璨的光芒，"怎么，你突然对做饭有兴趣吗？"

"不是啊。我就是问你一下。"叶七七双手托着下巴，直直地看着他道，"快点儿回答。"

"你要是想做，就做着玩；你要是不想做，靖安王府中不是有厨子吗，让他们做就是了。"

"嗯……那洗衣服，打扫呢？"叶七七点点头，继续追问道。

墨寒卿眼神奇怪地看着她，半晌才摇摇头道："这些也不要你做，府里自然会有丫鬟做的。"

"那就好。"叶七七轻轻地哼了一声道，"我可事先告诉你，除了打架，我什么都不会。"

墨寒卿满眼笑意地看着她道："你以后只要负责我靖安王府的安全就好，要是有刺客来行刺，你上去揍他们一顿。"

叶七七点点头，想了想，又戳戳墨寒卿的肩膀问道："那……那以后生小孩呢？"

墨寒卿听到这句话，整个人都愣了一下，半晌也没反应过来："生小孩？"

324

叶七七想起蔡云龙对自己说的那些话，声音闷闷地问："你喜欢男孩子还是女孩子？想生几个？该不会要我一直生，直到生出男孩为止吧？"

墨寒卿目光微垂，盯着叶七七的脸许久，没有回答她的问题。

"说话啊，你一直看着我干吗？"叶七七见他不回答，心中顿时不安，又戳了戳他。

"你想……跟我生小孩？"墨寒卿眼中闪烁着璀璨的光芒，淡薄的唇勾起一抹浅浅的弧度，声音中带着一丝促狭。

叶七七一下子不好意思起来，凶巴巴地瞪着墨寒卿道："我是说如果，如果你懂不懂？！再说我还不一定嫁给你呢！现在只是探讨一下未来可能发生的事而已。"

墨寒卿意味深长地应了一声，想了想，认真地回答道："你想生几个就生几个，男孩女孩我都喜欢，只要是你生的就行。"

"那我要是一个都不生呢？"叶七七听了他的回答，突然道，"万一爷爷的解药解不了我身上的毒，我一辈子都长不大，一辈子都不能生小孩怎么办？"

"没关系，只要你愿意一辈子陪在我身边就好。"墨寒卿伸出胳膊，将叶七七搂在怀中，低头在她光洁的额头上轻轻吻了一下，声音低沉道，"我可以什么都不要，只要你。"

叶七七的脸颊贴在他的胸口上，听着他沉稳的心跳声，鼻子一酸。

"以后你要是想要小孩，我们就去把修竹家的小孩抢过来养。"墨寒卿抱着叶七七，沉默片刻，在她耳边道，"反正他以后当了皇上，三宫六院，会有很多妃子给他生小孩。"

"嗯。"叶七七将脑袋埋在他怀中，用力地点了点头。

"这下子安心了？"墨寒卿低头在她的头发上吻了一下，声音中带着浓浓的宠溺。

"嗯。"叶七七继续点头。

"还有什么别的问题要问吗？"

"有……还有一个……"叶七七从墨寒卿怀中抬起头，直直地看着他，小声道，"还有一个问题。"

"什么？"墨寒卿挑了挑眉道。

"那个……"叶七七低下头，有些不好意思地看着地面，纠结了一会儿，"你……你会不会嫌弃我胸小啊？"

墨寒卿听到她这句话，整个人都愣住了，眼睛里写满问号。

"就是……"叶七七的小脸瞬间变得通红，"就是今天，星阑给我找的那个人，他……他当着我的面，说我胸小……还让我多按摩……"

"那个人竟然这么说？"墨寒卿眯了眯眼睛，一双拳头紧紧地握起又松开。他突然有点儿后悔没有跟叶七七一起去茶楼，否则，那个男人说出这种混账话的时候，就可以冲出去，狠狠地修理那人一顿。

叶七七赶紧推了推他的胳膊道："你别生气啊，爷爷今天已经揍过他了。"

"嗯……"墨寒卿声音闷闷地应了一声，脸上的怒意却是显而易见。

"那……你会嫌弃我吗？"叶七七小心翼翼地看着他，歪着脑袋又问了一遍。

"嫌弃你什么？"墨寒卿低下头，看着她问了一句。

"就是……嫌弃我……胸小……"叶七七白皙粉嫩的脸上带着一抹浅浅的红晕，声音低低地问道。

墨寒卿紧紧地盯着她，沉默片刻，声音淡淡道："我不确定。"

"啊？"叶七七听到他的回答，猛地抬起头，朝他俊秀的脸看去。

墨寒卿眼眸微垂，目光深邃地看着叶七七："我不太确定，你的胸是不是真的小……所以，这种事等我确认以后再告诉你，我到底会不会嫌弃你。"

"啊？怎么确认？"叶七七愣了一下，下意识朝墨寒卿问道。

"这样确认……"墨寒卿唇角勾起浅浅的弧度，低头吻住叶七七红润的嘴唇，下一秒，他温暖的手掌轻轻地覆盖在叶七七的胸口，认真又仔细地摸了一圈。

叶七七的小脸，瞬间红得跟熟透的苹果一样。她刚想抗议，墨寒卿却已将舌头探入她的口中。被吻得无力反抗的叶七七，只能任由某人抱着，胸也被某人的大手摸了个遍。许久，墨寒卿才喘息着松手。他眼中闪烁着晦暗不明的光芒，直直地盯着叶七七。叶七七早已被他吻得晕头转向，此刻他松开，她才回过神来。

墨寒卿低着头，看着叶七七好一会儿道："稍微有点儿。"

"什么？"叶七七满眼迷茫地看着他。

墨寒卿嘴角噙着一抹笑意，朝叶七七的胸口扫了一眼，一本正经道："稍微有点儿小。"

叶七七顺着他的目光看了一眼自己的胸，下意识抱起双臂。

"不过没关系。"墨寒卿强忍着笑意，一字一顿道，"我不嫌弃。"

"你！"叶七七红着一张小脸，死死地瞪着他。

墨寒卿将她搂进怀里，下巴抵着她毛茸茸的脑袋，笑道："不过如果娘子嫌弃自己，为夫倒是十分乐意帮你改善改善。"

"怎么改善？"叶七七脑袋埋在墨寒卿的怀里，声音闷闷地问道。

墨寒卿严肃地点点头道："按摩，讲究的是穴位、力道、速度。"

"嗯，有道理。"叶七七歪着脑袋想了想，点点头道，"那是不是要找个大夫？"

"不用。"墨寒卿强忍着笑意，声音缓缓道，"这种事情，为夫代劳就好了。"

两秒钟后，叶七七挥舞着拳头朝他砸去："墨寒卿！"

从烟云城赶到夜国都城，就算快马加鞭，大概也要十五天。

叶七七掰着手指数着贺平轩到来的日子，眼看还有三天，她的贺爷爷就要到夜国都城，白星阑竟又笑眯眯地出现在她面前。

"七七，我来告诉你一个好消息！"白星阑站在叶七七和墨寒卿的房间门口，对她说道。

"哦……"叶七七正趴在窗户前，听见白星阑的声音，懒得回头看他一眼。

"七七，你在看什么呢，这么入神？"白星阑走到叶七七身边，探头朝窗外看了一眼，发现不过就是普通的街景。

叶七七双手撑着下巴，依然看着外面，对白星阑道："你怎么又来了啊？"

"我给你找了个相亲对象。"白星阑站在叶七七身边，声音低沉道，"这次保证你爷爷满意，家世好，有官职，长得俊美，人品好，而且还没娶妻，不仅没有娶妻，还连一个妾室、通房都没有。"

"哦……"叶七七百无聊赖地应了一声。

"怎么了？"白星阑忍不住问道，"你在等谁吗？"

"嗯。"叶七七点点头道，"之前爷爷说，贺老头已经收到了飞鸽传书，并且从烟云城开始往夜国都城赶了，我算了一下时间，应该还有三天他就要到了。"

"嗯，差不多。"白星阑在心中默算了一下，大概也就是这两天了。

"所以我在等。"叶七七看着窗户外面，安静了一会儿，突然对白星阑道，"星阑哥，你说，万一解药做不出来，我是不是就一辈子都是小孩子的模样？"

白星阑低头看了一眼瘦小的叶七七，拍拍她的肩膀道："不会的，有贺神医在，解药一定会做出来，放心吧。"

"唉……"叶七七叹了一口气。

"没事的，别多想。"白星阑揉揉叶七七的脑袋，笑着道，"走吧，跟哥哥去看看新物色的优秀男子，好歹能给你的生活增添一点儿乐趣。"

"好吧。"叶七七兴致缺缺地从窗户前直起身，整理了一下衣服，打算跟着白星阑出去。

"靖安王呢？"白星阑目光在房间里转了一圈，奇怪地问道。

"他出去买东西了。"叶七七看着白星阑，奇怪道，"你找他吗？"

"不，我就是随口问问。"白星阑摆摆手道，"咱们走吧，还在上次那家茶楼。"

"为什么又是那家茶楼？"叶七七满眼好奇地看着白星阑问道，"那家茶楼的老板跟你很熟吗？"

"嗯……算熟吧。"白星阑想了想，点点头道。

"哦。"叶七七应了一声，便跟着白星阑出去了。

这一次，叶七七到包间的时候，白星阑给她介绍的那个人已经到了。

白星阑想了想，对叶七七道："他到了，我就不跟你一起进去了。不过你放心，师父还在屏风后，你是安全的。"

叶七七转头看了一眼房间内的屏风，无语地扯了扯嘴角。

"去吧，去吧。"白星阑拍拍叶七七的肩膀，又将她朝屋里推了推，便转身离开了。

叶七七站在原地，迟疑了一下，朝房里走去。

靠窗的位子上坐着一个长相清秀的男人，他听到声音，转过头朝叶七七看了一眼，眉眼清澈，仿佛山涧里的泉水。

叶七七愣了一下，对他笑了笑，道："不好意思，我来晚了。"

"没关系。"男人朝叶七七笑了笑，笑容绽放的时候，仿佛千树万树梨花开，"你就是小七姑娘吧，在下余渊。"

"嗯，我是叶小七。"叶七七冲余渊点了点头，走到他对面坐了下来。

余渊看了一眼叶七七，笑着夸赞道："小七姑娘天生丽质，品位也十分独特。"

"是吗？"叶七七有些惊讶地看着余渊。

"对。"余渊笑了笑，朝叶七七点点头道，"小七姑娘肤色白皙，穿浅粉色的衣衫，衬得气色特别好。再者，小七姑娘发色如墨，头上的这支玉簪特别显气质。"

"真的吗？"叶七七一听，顿时高兴起来，朝余渊的方向凑了凑道，"我也觉得，我可喜欢那支玉簪了。我跟你说，我在店里第一眼看见它的时候，就觉得它特别好看，很喜欢。"

"是吗？"余渊笑眯眯地看着叶七七道，"我买东西时，也会有这样的感觉。"

"对吧，对吧，就是那种遇到自己喜欢的东西忍不住想买的感觉。"叶七七看着余渊，如同找到知音。

"但有的时候，因为买到一个喜欢的东西，又会忍不住想买其他东西来配它。"余渊点点头，朝叶七七道，"像我买到一支心仪的毛笔，笔杆雕刻古朴，我就会想着再去买个跟它风格一样的砚台来搭配。"

"对对对，我也是这样，我要是买到特别好看的发簪，就会想买一副耳环或手链来搭配。"叶七七激动地连连点头道。

"说到首饰，我知道都城有一家首饰店，里面的首饰很适合小七姑娘这样可爱的女孩子。"余渊笑眯眯地对叶七七道，"那家首饰店的老板是我多年的至交，小七姑娘若是有什么看上的，我可以让他给你优惠一点儿。"

"真的吗？"叶七七听说有漂亮首饰可以买，笑得更加灿烂，"那什么时候你有空了，带我去看看吧。"

"择日不如撞日，小七姑娘若是接下来没什么事情，咱们可以一同去那家首饰铺逛一逛。"余渊见叶七七一脸向往，便建议道。

　　叶七七歪着脑袋想了想，反正今日除了跟余渊见面，好像也没什么重要的事情。贺老头还要两三天才能到都城，墨寒卿又一个人去书铺了，她这会儿要是回客栈，估计又要对着窗户发呆。思及此，叶七七朝余渊点点头道："好，那咱们去吧，反正也没什么事情。"

　　"那我们现在便走？"余渊看了一眼叶七七，站起身，朝她做了一个请的姿势。

　　"好！"叶七七连忙站起身，高高兴兴地跟在余渊身后出去了。

　　躲在屏风后面的叶珏大师顿时着急起来，这要是出去了，两人说什么话，他就听不见了。万一那个叫余渊的臭小子，对他们家七七丫头做出什么过分的事，怎么办？叶珏大师心中一急，赶紧从屏风后跑了出来，朝叶七七和余渊追了过去。

　　那家首饰铺离茶楼并不算远，余渊征求了叶七七的意见，决定带着她一边散步一边过去。一路上，叶七七和余渊相谈甚欢，有些女儿家的东西，叶七七随口一提，余渊都能接话。这么一来，叶七七更加高兴。

　　叶珏大师远远地跟在叶七七和余渊身后，眼看两人有说有笑地往前走，心中悬着的大石头也放了下来。这是好事！听白星阑说，这个叫余渊的男子，在朝为官，家世清白，人品相貌都是一流。更为难得的是，这家伙从来不乱搞男女关系，京城中暗恋他的女子不在少数，只是他向来洁身自好，从不轻近女色。

　　叶珏大师捋了捋胡子，不错，不错，看来是个有希望的。他就说嘛，七七这孩子，还是见过的男子太少了。

　　余渊带着叶七七去了他朋友开的首饰铺，叶七七果然对铺子里的东西特别喜欢。从发簪到耳环，从项链到手链，还有玉钗、扳指，叶七七但凡看见喜欢的，通通让掌柜包了起来。

　　最后结账时，老板看着叶七七，笑得嘴都合不拢，加上叶七七长得可爱，嘴巴又甜，老板干脆少收了几样首饰的钱，直说是自己送给她的，让她下次还来自家铺子。叶七七这一趟，算是满载而归。

　　余渊则陪在叶七七身边帮她参考，提议什么首饰配什么发型或衣服。

萌妃七七

完结篇

忘记呼吸的猫

著

MENG
FEI
QIQI

[下册]

青岛出版社
QINGDAO PUBLISHING HOUSE

第十一章　爱是无法隐藏的

第二天，余渊再来找叶七七时，身边跟着另一个长相颇为清秀的男子。

叶七七有些好奇地看着那个人。那人穿着一身月白色的衣袍，文质彬彬，看起来像是一个书生。

余渊笑眯眯地对叶七七介绍道："这位是我的发小，我二人从小一起长大，他叫桓世杰。这家伙平日没什么特别的爱好，就是对都城中好吃的地方特别熟悉，所以，今日我便想着让他带你去吃一吃那些好吃的。"

"小七姑娘。"桓世杰对着叶七七笑了笑，简单地打了个招呼。

"你好。"叶七七眨眨眼睛，看了看余渊，又看了看桓世杰，只觉得他二人的气质特别相像。

"小七姑娘喜欢吃什么？"桓世杰唇角带着一抹暖意融融的微笑，朝叶七七问道，"是喜欢吃甜的还是喜欢吃咸的？是喜欢吃油炸类的还是喜欢吃清爽点的？"

"我喜欢吃甜的！嗯……就是好吃的糕点。"叶七七想了想，很认真地回答道。

"那好，在下便带你去都城最有名的一家点心铺子。"桓世杰笑了笑，朝叶七七做了一个请的姿势道，"七七姑娘请随我来。"

"好。"叶七七点点头，活蹦乱跳地跟在余渊和桓世杰身后去了。

要说这桓世杰，确实是对都城中的小吃铺子了如指掌，一天之内，他带着叶七七和余渊两个，几乎转遍都城的大街小巷，尝了各式各样的点心。

这么一天下来，叶七七的小肚子吃得圆滚滚的。

分别之前，叶七七约他二人第二天继续在都城里转悠。

叶七七回到客栈，墨寒卿正姿态悠闲地坐在桌子后面，朝叶七七淡淡地瞥了一眼，声音凉凉道："怎么，这一次的相亲对象，很合你的胃口？"

"嗯……"叶七七看着墨寒卿明明特别吃醋还是装作毫不在意的模样，笑了笑，"对啊，这一次的这个，不仅家世好、有官职，而且人也帅，人品也好，既没娶妻也没纳妾，为人还彬彬有礼，最重要的是，他跟我有很多共同话题，那些什么衣服首饰之类的，我们都能聊到一起去，而且他朋友也很好，今天还带着我们吃遍了都城呢。"

"哦……连他的朋友都见了？"墨寒卿阴阳怪气地朝叶七七道，"再过两天是不是都要见双方家长了？"

"噗……"叶七七终于笑了出来，凑到墨寒卿面前，歪着脑袋看着他问道，"公子，你是不是吃醋啦？"

"没有。"墨寒卿转过身去，眼眸转向别处，不去看她的脸。

"真的没有吗？"叶七七眨眨眼睛，跟着他转了个方向，继续歪着脑袋看着他，"那你为什么一脸不高兴的样子啊？"

墨寒卿沉默片刻，没有说话。叶七七笑眯眯地看着他，背着双手绕着他转了几圈，突然戳了戳他的肩膀道："真的不高兴了啊？"

墨寒卿依然沉默着不说话。

"那要不，咱们先用个晚膳，我带你去看点东西？"叶七七绕到墨寒卿的面前，神秘兮兮地朝他道。

"看什么？"墨寒卿终于低下头来，眼眸微垂，看着她问道。

"嘿嘿，过会儿你就知道了。"叶七七笑了笑，拽着墨寒卿的袖子去用晚膳了。

晚膳过后，天色已黑，叶七七带着墨寒卿在都城的大街小巷中不停地穿梭。远远地，可以看到前面有处宅院，朱红色的大门上悬着两盏灯笼，牌匾上余府两个字赫然在目。

墨寒卿秀气的眉毛微微蹙了蹙，眼中带着一丝疑惑，转过头看着叶七七问道："余府？你带我来这儿干吗？"

"带你看点东西。"叶七七瞥了一眼余府的大门，从墙上翻了进去。

余府中的人估计已经睡下，只剩蛐蛐还在草丛中一声接着一声地叫。

叶七七带着墨寒卿绕过府中长廊，穿过假山庭院，最终来到一处院子前。院子里的主厢房还亮着灯，昏黄的灯光在窗纸上照映出两个人的影子。

叶七七凑到窗户前，伸手在窗纸上戳了一个洞，朝墨寒卿招了招手。墨寒卿虽然心中满是疑惑，却还是走过去，弯腰透过那个洞朝房间里面看。昏黄的灯光下，一个长相清秀的男子坐在书桌前，手中拿着毛笔，低着头在纸上写着什么。另一个俊秀的男子站在他身边，手中拿着墨条，正耐心地研墨。房间里没有人说话，气氛却是一片宁静和谐。

墨寒卿盯着房间里的两人看了一会儿，没看出什么异样，于是转过头，满眼疑惑地看向叶七七。叶七七朝他眨了眨眼睛，用口型朝他道：再等一会儿。

墨寒卿皱了皱眉头，转过头继续朝房间里看去。

大概写字有些累，长相清秀的男子将毛笔搁下，转过头朝身边的男子说了什么。研墨的男子先是点点头，朝他笑了笑，下一秒，突然俯下身，在他唇角落下一个吻。长相清秀的男子显然愣了一下，随即反应过来，伸出手，将研墨男子的手腕拽住，接着稍一用力，便将他拽进自己怀里，不由分说地低头吻了下去。

墨寒卿看着眼前的场景，沉默两秒，突然伸手抱过叶七七纤细的腰肢，接着脚尖轻点，从院子中飞了出去。

叶七七有些惊讶地看着他，反手搂着他，声音清脆道："公子，不看了吗？"

"嗯。"墨寒卿脸上浮现一抹浅浅的红晕，沉默片刻，朝叶七七问道，"你是什么时候发现的？"

"就今天下午呀。"叶七七眨眨眼睛，笑眯眯地看着墨寒卿道，"今天我们一起逛都城时，我从他们的谈话间，得知他二人其实是住在一起的。不过这不重要，重要的是，每次桓世杰看向余渊时，眼神都带着特别特别浓烈的宠溺之情，那种眼神就像你看我一样，我再熟悉不过了。"

墨寒卿低头看了看她，一时没有说话。

"喜欢一个人时，那种感情是根本隐藏不住的，你从他的眼神、他的动作里，都能看出来，他的心里只有一个人。"叶七七很认真地朝墨寒卿道，"所以当时我觉得这两人的关系，不一般。"

"是吗？"墨寒卿声音淡淡道，"那你看向我时呢？是不是也心里满满当当的，只有我一个人？"

"呃……"叶七七被他这话问得不好意思起来，有些害羞地低下头，声音如同蚊子哼哼，"这个……这个……要靠你自己感受，嗯……就是只可意会不可言传……"

"那你再看看我？让我好好感受一下……"墨寒卿抱着叶七七在一处房顶上停下来，声音低沉地问道。

"啊？"叶七七抬起头，满眼疑惑地看着他。当她抬起头，墨寒卿淡薄的唇瓣便落在她红润的嘴唇上。

一轮明月挂在空中，散发着柔和的光芒。今晚的月色，真美。

余渊还是照常来找叶七七和他一起出去玩，叶七七也十分乐意和他出去。叶珏大师总是盼着他俩能擦出火花，却怎么也没有后续。

就在叶珏大师纠结时，贺平轩终于从烟云城抵达了夜国的都城。

贺平轩刚一到达叶珏大师的宅院，就被叶珏大师拽进房间。叶珏大师小心翼翼地捧出那堆已经搜集好的药材，眼巴巴地盯着贺平轩。

贺平轩的目光在那些草药上一一扫过，点点头道："嗯，可以，确实都搜集全了，可以开始制作解药了。"

叶珏大师听到他的这句话，终于长长地松了一口气。

只不过，这解药制作还需将近七天时间。这期间，叶珏大师左右闲来无事，干脆跑去关心叶七七的感情状况。眼瞅着叶七七和余渊越来越熟，叶珏大师喜笑颜开，一个劲儿地催促白星阑去问问那个余渊，到底对他们家叶七七是什么样的想法。

白星阑实在拗不过叶珏大师，只得硬着头皮去了。没过多久，白星阑便带回消息说，余渊只是把叶七七当妹妹，对她完全没有那方面的想法。

叶珏大师一听这话，顿时不乐意了，两人都天天出去玩了，怎么还没那方面的想法呢？

在他的追问下，白星阑只得支支吾吾地向叶珏大师透露，余渊其实已经有了心上人……

叶珏大师顿时感慨万分，这么好又专情的一个小伙子，可惜了。不过，叶珏大师感慨了一会儿，又开始催着白星阑去给叶七七继续寻找优秀的男子。

这一次，没隔两天，白星阑便又物色到一个。只是叶七七明显已经对相亲这件事提不起任何兴趣，她兴致缺缺地窝在客栈的房间中，朝白星阑挥了挥手道："不去，不去，没意思，我一点都不想见那些所谓的优秀男子了。"

"七七，你就去吧，最后一次好不好，哥哥给你保证，见完这个，哥哥再也不给你找别的了，行吗？"白星阑一脸央求地站在叶七七身边，可怜兮兮道，"哥哥我帮你找这么几个人，也是费了九牛二虎之力，你总不能让哥哥白花力气吧，好歹也让哥哥跟师父有个交代啊。"

"反正就是不想去。"叶七七转过头去，完全不想看白星阑。

"哥哥带你去买云想阁新出的衣服，还有花月阁刚出的首饰好不好？"白星阑可怜兮兮地朝叶七七道，"哥哥保证这是最后一次，要不哥哥再带你去暖香坊，买新出的胭脂水粉？"

"真的？都买？"叶七七听完这句话，瞬间转过头，眼睛发光地看着他问道。

白星阑一怔，伸手捂着自己滴血的心口，艰难地点了点头。

"好，那买好了再去见你找的那个人。"叶七七一双黑白分明的眼睛转了转，朝白星阑坏笑着道。

"好。"白星阑点点头，艰难地答应了。

等到叶七七笑容满面地从云想阁、花月阁以及暖香坊出来时，白星阑面如土灰，手上抱着一堆盒子和袋子。

"七七，咱们现在可以去见那个人了吗？"白星阑费力地从一堆东西后面探出头，朝正在前面欢快走着的叶七七问道。

"可以啊。"叶七七明显心情大好，朝白星阑点点头，声音清脆道，"还是在上次的那家茶楼吗？"

"对。"白星阑点点头。

"那走吧。"叶七七蹦蹦跳跳地朝茶楼的方向去了，只是苦了白星阑，抱着一堆东西跟在她身后。

依然是上次那个房间，叶七七推门进去，就看到一个穿着浅茶色布袍的青年男子坐在靠窗的位子上。

那人看到叶七七进来，眼睛一亮，接着站起身，对叶七七笑着道："小七姑娘，你来了。"

"你好。"叶七七点点头，径直走到他对面的位子上坐了下来。

"在下白敬山，莱州人，今年二十四岁，尚未娶妻。"白敬山在叶七七坐下来后，便简单地介绍了一下自己。

"我叫叶小七。"叶七七迟疑了一下，报上名字。

"不知道小七姑娘是哪里人？"白敬山看起来对叶七七好像非常感兴趣。

"呃……我小时候是在墨国长大的。"叶七七想了想，随口回答道。

"墨国？"白敬山眉毛皱了皱道，"想不到那种小国，也能长出小七姑娘这样的美人来。"

叶七七扯了扯嘴角，眼睛里满满的都是问号。

这人是在夸她吗？可为什么这话听起来那么奇怪？

"小七姑娘家中都有何人？"白敬山见叶七七不怎么说话，也不太在意，只是不停地朝叶七七发问。

"我……是爷爷带大的。"叶七七迟疑了一下，"我还没有见过我的父母。"

"哦……那你小时候一定过得很苦吧？"白敬山点点头，一脸同情地看着叶七七。

啥？叶七七看着白敬山，不知道该如何接下去。

"我小时候过得也挺辛苦。"白敬山滔滔不绝道，"家乡恰逢旱灾，那几天乡亲们都没有东西吃，我爹和我娘就带着我到处挖草根，后来连草根也没的吃时，就只能吃树皮了。后来我爹和我娘带着我从家乡逃了出来，一路流浪到漳州，在那里遇到一个教书先生，教书先生救了我们一家，给我们东西吃，还给我们找了房子住，我也是跟着那个教书先生读书认字的。"

"嗯……那确实挺辛苦的。"叶七七点点头，附和着道。

"是啊，所以从小我爹和我娘就教育我要省吃俭用。"白敬山朝叶七七笑了笑，突然话锋一转道，"我看小七姑娘身上这衣服料子不错，款式也好，是最近都城里流行的吧？"

"啊？这个啊……"叶七七低头，看着自己身上的衣袍。

这是刚刚在云想阁时，她看上的衣服，试穿了一下，觉得挺好看，就穿在身上过来了。

"对啊，这是云想阁刚出的款式，怎么样，还可以吗？"叶七七朝白敬山笑了笑，声音清脆道。

大概因为之前经常跟余渊探讨衣服、首饰，叶七七很自然地朝白敬山问了一句。

白敬山笑了笑，点点头道："是挺好看的，不过……"他顿了顿，朝叶七七道，"衣服这种东西，够穿就行了。你看我身上这件浅茶色的衣袍，其实原本是深茶色的，之所以会变成这种颜色，是因为洗的次数太多了。不过这衣服又没有坏，只是稍微旧了一点而已，所以我舍不得扔了它。"

"哦……"叶七七愣了一下，点了点头。

"小七姑娘平日里爱买衣服、首饰吗？"白敬山抬起头，继续朝叶七七问道。

"还好……"叶七七迟疑着回答道，"不算特别爱买，但是看到喜欢的就会买下来。"

"小七姑娘看上的衣服、首饰应该都挺贵的吧？"白敬山看了一眼叶七七头上的玉簪，那玉簪通体光滑，花式也很繁复，一看就价值不菲。

"这个……还行吧……"叶七七也不知道什么样的衣服算贵，什么样的衣服算不贵。

反正比起墨寒卿动不动就五百两银子一身的衣服，她觉得她的衣服都算便宜了。

"小七姑娘自小和爷爷相依为命，难道就没有想过，你用在衣服和首饰上的这些钱，可以省下来，留着将来等你爷爷年纪大了养老吗？"白敬山一脸不赞成地看着叶七七道，"更何况这些衣服你也穿不了多久，很快就又买新的了。"

"啊？"叶七七懵懂地看着白敬山。

"我这么说只是给小七姑娘一个建议。"白敬山朝叶七七滔滔不绝道，"做事总要有备无患，谁知道人生是不是永远一帆风顺？你想想，你爷爷年纪大了，容易生病，要是哪天生了病，看病买药要用不少钱呢，到时候你再后悔没省钱，就来不及了。"

叶七七有些无语地看着白敬山，半晌才憋出一句话："你爷爷老了才生病呢！"

"我爷爷当年确实生了点小病。"白敬山点点头道。

"就因为那个时候闹旱灾，我爹跟我娘身上没有任何积蓄，爷爷的病拖久了，小病就拖成了大病，最后去世了。"白敬山说到这里，稍微顿了顿，轻轻地叹了一口气，朝叶七七继续道，"小七姑娘可能会觉得我说话不中听，但是人生原本就是这样，你现在年纪还小，没有经历过这些，等你经历过这些时，就会明白我刚才说那番话的用意了。"

叶七七看着白敬山，只觉得心里憋了一口气，却又发作不出来。

这人确实是一番好心，可是不知道为什么，这提醒听在她耳朵里，就是莫名不舒服。

"我方才还看到小七姑娘买了一些胭脂水粉。"白敬山见叶七七不说话，便又开始找话题了。

"是啊。"叶七七勉强朝他笑了笑，点点头道，"暖香坊新出的香粉，我看着挺好看的，就买了一点。"

"这女人吧……"白敬山手指在桌上轻轻敲了敲，朝叶七七道，"还是不要擦那些胭脂水粉什么的，素颜才最好看。"

"啊？"叶七七愣了一下，满眼疑惑地看着他。

"你看那些风尘女子才喜欢天天涂脂抹粉，正经人家的女子，哪个天天对着镜子涂这些东西？"白敬山一脸不赞成地朝叶七七道，"更何况小七姑娘天生丽质，莫要让那些世俗的东西污染了你这张脸。成婚后，都是男子赚钱养家，女子勤俭持家，像小七姑娘这样，总是乱买衣服、首饰、胭脂水粉，岂不是要将人一个月赚来的钱全部花光？"白敬山苦口婆心地朝叶七七道。

叶七七只觉得越来越窝火，深吸了一口气，勉强扯出一个笑容，朝白敬山问道："不知道白公子一个月的月俸是多少？"

"不多不多，也就五十两银子而已。"白敬山摆了摆手，嘴上说着不多，脸上却流露出得意之色。

"那白公子可知我方才买的那堆东西，一共多少银子？"叶七七笑眯眯

340

地看着白敬山问道。

"那些……"白敬山朝地上那些袋子、盒子瞥了一眼，估摸着道，"大概三十多两银子？"

"呵呵呵……"叶七七笑容越来越灿烂，摇了摇头，冲白敬山伸出四个手指头。

"四十多两银子？"白敬山嘴角抽了抽，不敢置信地朝叶七七问道。

"不。"叶七七摇摇头，直直地看着他，一字一顿朝他缓缓道，"是四百七十八两银子。"

"四百七十八两？！"白敬山震惊了，"这……这么多！我一年的俸禄也不够养你啊！"

"谁要你养了？！"叶七七朝白敬山翻了个白眼道，"我有说要嫁给你吗？我让我哥给我买点衣服首饰胭脂水粉，你就叨叨个没完，搞得好像花的是你的钱一样，至于吗？我虽然同情你小时候的遭遇，但是并不打算把日子过得跟你一样。"

叶七七瞥了一眼他泛白的衣袍道："你觉得衣服没坏不可以扔，这是你的想法，我没有评价你的想法是对是错，也请你不要随便评价我的想法。"

"你……"白敬山看着叶七七，眼睛里的震惊挥散不去，"我只是让你节俭一点而已。"

"我浪费吗？"叶七七看着他，反问道，"难道我买了新衣服，就把以前的衣服都扔了吗？我有这么说过吗？我不过今天恰好拽着哥哥逛了个街而已，你就叨叨这么久，至于吗？"

"可你……可你逛了一次街，就花了我将近一年的俸禄啊……"白敬山目瞪口呆地看着叶七七。

"那又怎么了？让你给钱了吗？"叶七七有些不耐烦地朝他道，"你觉得四百七十八两银子很多是不是？这四百七十八两，连有些人的一身衣袍都买不到。你没错，我的生活方式也没错，只不过咱们两个不适合而已。"

"为什么不适合？"白敬山看着叶七七，捺着性子劝她道，"只要你节省一点就好了，你少买点衣服首饰，不就什么问题都没有了？"

"我为什么要少买啊？"叶七七只觉根本无法跟这个人沟通，"我说过我要嫁给你了吗？你管我买不买东西干吗？"

"我……"白敬山看着叶七七，神情由震惊变得窘迫。

"白公子要是没什么事，我就先走了。"叶七七看着白敬山的表情，顿觉无趣，她弯腰抱起地上的一堆东西，朝他丢下一句话，便头也不回地出去了。

只是这一次，她刚刚出去没多久，叶珏大师便也轻功一点，朝叶七七追来。

叶七七没有回头，知道爷爷在身后，便道："爷爷你别来劝我，本来今天星阑哥带我去买东西，我还挺开心，现在见了这人，开心的感觉全没了。"

"爷爷不是来劝你的。"叶珏大师叹了一口气道，"这年轻人其实还不错，就是成长经历太坎坷，导致他观念有点老旧。算了算了，你们刚才说的爷爷都听见了，要是跟着他，你什么都不能买，那不跟也罢。"叶珏大师想了想，挥挥手道。

叶七七停住往前走的脚步，回过头来看着自家爷爷，半晌道："爷爷，你怎么不让星阑哥跟我在一起？"

"谁？"叶珏大师一时没有反应过来。

"星阑哥啊。"叶七七眨眨眼睛，看着叶珏大师道，"白星阑，他不是你的徒弟吗？而且他也是夜国人，家世看起来好像还不错，为人彬彬有礼，嗯……他认识这么多有官职的夜国人，说明他在夜国应该也有官职吧？再说星阑哥长得也很帅，又没有娶妻，爷爷，你为什么不让星阑哥跟我在一起？"

叶珏大师大吃一惊，下意识拽住叶七七的手腕问道："你该不会看上你星阑哥了吧？"

叶七七歪着脑袋想了想，朝叶珏大师道："爷爷，你不觉得跟那些奇葩的相亲对象比起来，还是我星阑哥比较正常吗？"

"那不行啊，你俩不能在一起啊！"叶珏大师一脸震惊地朝叶七七道。

"为什么？"叶七七有些疑惑地看着自家爷爷。

其实她也就随口一问，没想到爷爷会有这么大的反应。

"那我要是非要跟星阑哥在一起呢？"叶七七眼珠子转了转，试探着朝叶珏大师问道。

"不行，绝对不行，你俩绝对不能在一起！"叶珏大师一脸严肃地看着叶七七道。

"那我跟墨公子在一起也不行，跟星阑哥在一起也不行……"叶七七扯了扯嘴角，朝自家爷爷道，"为什么我身边优秀的男子爷爷你都看不上，非得让我去找那些奇葩到不行的人？与其那样，我还不如不成婚呢。"

"不是……爷爷不是这个意思……"叶珏大师一愣，赶忙朝叶七七解释道，"爷爷……爷爷这也是为了你好啊。"

"哦……是吗？"叶七七瞥了自家爷爷一眼，嘟着嘴道，"没看出来。"

"这……"叶珏大师有些懊恼地看着叶七七，嘴巴动了动，半晌憋出一句话，"反正，爷爷宁可你跟墨公子在一起，也不愿意你跟星阑哥在一起。"

"为什么？"

"没有为什么。"

"那我就是要跟我星阑哥在一起。"

"你！"

叶珏大师瞪着眼前的叶七七，被她气得说不出话来。

"我去找星阑哥了。"叶七七朝叶珏大师做了个鬼脸，语气欢快道，"毕竟我星阑哥长得又帅，脾气又好，还能带着我天天买买买。嘿嘿嘿……"

叶七七说完这句话，便朝相反的方向走去。

"你给我站住！你绝对不能跟你星阑哥在一起，听见没有！"叶珏大师心中一急，赶紧跟在叶七七身后。

"我不听，我不听，我不听！"叶七七一边往前跑，一边回头朝叶珏大师做鬼脸。

她这样不看路，就撞在一个人身上。

"哎哟……对不起啊……"叶七七伸手揉了揉被撞疼的脑袋，抬起头，朝那个人道歉。

她一抬头，才发现原来自己撞到的是白星阑。

"七七？"白星阑低头看了一眼，赶紧伸手扶住她道，"怎么了，怎么在路上跑得这么急，小心点。"

"星阑哥！"叶七七看到白星阑，一双眼睛转了转，紧接着便一个反手抱住他道，"星阑哥，我要跟你在一起！"

"啊？！"白星阑被叶七七这突如其来的告白吓到了。

"星阑哥，我要嫁给你，要不咱们两个在一起吧，好不好？"叶七七仰着一张白皙粉嫩的小脸，一双黑白分明的大眼睛直直地盯着白星阑，声音清脆而欢快地问道。

"啊？这……这……不是……我……"白星阑听到叶七七这句话，一下子变得结结巴巴，"你……你干吗要跟我在一起啊？"

"因为星阑哥你各方面都符合爷爷的条件啊。"叶七七很认真地看着白星阑道，"你还是爷爷的徒弟，爷爷对你肯定知根知底，这样就算以后我嫁给你，也不怕你欺负我，对不对？"

"不是……这个……"白星阑目瞪口呆地看着叶七七，半晌抬起头，朝叶珏大师投去求救的目光。

叶珏大师赶上前来，一把将叶七七和白星阑拉开道："不行，你们两个不能在一起。"

"为什么不能在一起？！"叶七七不高兴地看着自家爷爷道，"是不是我看上的人，都不可以跟我在一起？爷爷，你难道就不觉得那些相亲对象奇葩吗？难道我在那几个人里面随便挑一个嫁了，你就开心了？"

叶珏大师愣了一下，语气有些憋屈道："不是，七七，你还小，咱不着急，可以慢慢挑啊，这几个不行，咱可以让你星阑哥继续给你物色啊……"

"不要，我不想继续相亲，我就是要嫁给星阑哥！"叶七七打断自家爷爷，态度坚定地说道。

"不行就是不行！"叶珏大师也生气了，凶巴巴道，"你不准嫁给墨寒卿，也不准嫁给白星阑，除非等我死了，否则，就是不许！"

叶珏大师说完这句话，又瞪了叶七七一眼，便转身离开了。

叶七七站在原地，眼巴巴地看着自家爷爷生气离去的身影，半晌才转过头来，看着白星阑问道："星阑哥，你们是不是有什么事情瞒着我？"

"呃……没有啊……"白星阑有些尴尬地笑了笑。

"真的没有？"叶七七眯起眼睛，眼神危险地看着白星阑，伸出一只手，拽着白星阑的领口，一把将他拉到自己面前，咬牙切齿地一字一顿道，"给我老实交代……你要是不说，我就吻你了！"

"别……"白星阑心中一惊，赶紧伸手捂住嘴。

"呵……你以为这样我就亲不到你了？"叶七七冷笑一声，看着他道，

"不如我回去告诉墨公子，说你在光天化日、大庭广众之下，拽着我，强吻我，如何？"

"别别别，千万别。"白星阑顿时将脑袋摇得跟拨浪鼓一样，"我连你都打不过，更别提靖安王了，你要是这么跟他说，他非把我打死不可。"

"哦……那你是选择告诉我点什么呢，还是选择被墨公子打死？"叶七七唇角勾起好看的弧度，笑眯眯地看着他问道。

白星阑一下子不说话了。

叶七七也不着急，就这么拽着他的领子站着。

良久，白星阑终于轻轻地叹了一口气，眼眸微微垂下，盯着叶七七半晌，声音低低道："你不能嫁给我。"

"为什么？"叶七七反问道。

"因为……你是我妹妹。"白星阑迟疑了一下，声音低低道。

"啊？"叶七七愣了一下。

"堂妹。"白星阑眨眨眼睛，伸手轻轻揉了揉叶七七的脑袋道。

"呃……"叶七七拽着他衣领的手不由自主地松开，"堂妹？你的意思是……咱们两个，是有血缘关系的？"

"嗯。"白星阑轻轻地点了点头，沉默片刻，朝她笑着道，"还记得我第一次在靖安王府中看见你的情景吗？那个时候你虽是男孩子打扮，但我还是一眼看出你是女孩，因为你的脸，长得跟我皇叔、皇婶实在太像了，像到我不由自主地多看了你几眼，后来在酒楼中遇到你，我告诉你，我一直都在寻找我的妹妹。"

"对啊，我记得。"叶七七迟疑了一下，点点头道，"但我也记得，当时你说你跟我握过手，说我跟你妹妹的年纪不符合。"

白星阑笑了笑道："因为你看起来实在是太瘦小了，和你握手时，我感觉得出，你的骨龄也就十岁左右，而我的妹妹，今年应该十三岁了。"

"你的意思是……"叶七七抬起头，紧紧地盯着他。

"当时我并不知道你十三岁，只是觉得你的骨龄只有十岁，年龄和妹妹不符。"白星阑点点头，朝叶七七继续道，"可是我忘了，当年我皇婶生产之前，曾被人喂食过豆蔻玉人丸，当日，我和你握手时，感觉不出你真实的骨龄，大概就是因为那药。"

"你的皇婶……"叶七七迟疑了一下，不敢确定道，"是我的娘亲吗？"

"嗯。"白星阑叹了一口气，轻轻地点了点头。

"那……其实我不叫叶七七，而应该叫白七七？"叶七七脸上的表情有些僵硬。

"不。"白星阑低头看着她，嘴角挂着一抹温暖的笑容道，"你叫夜七七，只不过，夜是夜国的夜，而不是叶子的叶。"

"夜七七？"叶七七愣了一下，"夜……不是夜国的国姓吗？"

"是。"白星阑点点头道，"你的父亲……就是夜国当今圣上。"

叶七七愣在原地，半晌没有动静。许久，她才动了动嘴唇，结结巴巴道："你……你的意思是……我爹是夜国……的皇上？"

"嗯。"白星阑轻轻点了点头道，"我也不姓白，白只是我出门在外时用的姓，其实我的名字是夜星阑。"

叶七七动作利落地转身，边走边道："我肯定听错了，要不就是我星阑哥精神错乱了，我怎么可能是夜国的公主……"

白星阑听着她的自言自语，有些哭笑不得，他追上前去，拽住叶七七的袍袖，低头看着他，认真道："我说的都是真的，你若是不相信，我可以带你去见你父皇。"

叶七七顿时傻站在那儿。

许久，她才有些不确信地朝他问道："那之前为什么都不告诉我？为什么现在才告诉我？"

"这里面有些事情……比较复杂。"白星阑沉默了一会儿，朝叶七七道，"原本我跟师父商量过，想着等你身上的毒解了再告诉你，可是没想到，你会跟师父嚷嚷要嫁给我，反正，贺神医已经在配制解药了，离你身上的毒性解除也就还有几天，早几天告诉你，也没什么关系。"

叶七七沉默片刻，抬起头朝白星阑问道："你刚才说，我娘亲在怀我时，被人喂了豆蔻玉人丸……那我娘亲她现在……"

白星阑神色一怔，轻轻地叹了一口气道："你娘亲她……生下你没多久，就去世了……"

"去世了？"

346

白星阑沉默片刻，声音低低道："你应该也听过关于你父皇的一些事情，当年你父皇最宠爱的就是你的娘亲，你娘亲去世，他再也没有宠幸过任何一个妃子，后宫三千，不过成了摆设，夜国皇室从那以后再也没有诞生过一个小孩。"

"那我……"叶七七有些不解地看着白星阑。

"当年你娘亲将你托付给师父，为的就是不让宫中那人继续害你，否则，此刻你应该也是一缕孤魂了。"白星阑叹了一口气，朝叶七七无奈道。

"害了我娘亲的人，到现在还没找到？"叶七七不敢置信地看着他。

"嗯。"白星阑点了点头道，"宫中人口众多，到底是谁给你娘亲吃了豆蔻玉人丸，根本无从得知，那药虽然在江湖上流传不广，但并不是什么稀奇的药物，只要肯花钱，总还是能找到的。"

叶七七低着头，沉默了许久，突然抬起头，朝白星阑道："我要进宫！"

白星阑愣了一下，点点头道："好，等贺神医将解药做出来，我便带你进宫，去见你父皇。"

"不。"叶七七摇摇头道，"我明日就要进宫。"

"明日？"白星阑迟疑了一下，点点头道，"也行，反正也不差这么几天，你若是急着见你父皇，我可以现在便带你过去。"

"不！"叶七七继续摇了摇头道，"我确实想进宫，也确实想见我父皇，但却不是以女儿的身份去。"

"不是以女儿的身份去？"白星阑疑惑地看着叶七七问道，"那你想以什么身份去？"

"我要以秀女的身份去。"叶七七直直地看着白星阑道。

白星阑听到她的这句话，僵在原地好半晌，用力地咳嗽了两下，一脸惊恐地道："你说什么？！秀女？！"

叶七七点点头，认真地看着白星阑道："星阑哥刚才说，我跟我娘亲长得很像，对吧？若是当年宫中真的有人害死了我娘亲，那个人要是看到一个跟我娘亲很像的女子，你猜，她会不会再次有所行动？"

"这……"白星阑迟疑着没有说话。

"我要去给我娘亲报仇。"叶七七咬了咬嘴唇，愤慨地说道。

347

白星阑站在原地好半晌，才扯了扯嘴角道："你的心情，我可以理解，你想去报仇，我也不阻拦你，只是……"他说到这里时，稍微顿了顿。

"只是什么？"叶七七歪着脑袋看着他，满眼疑惑地问道。

"只是你这小身板……"白星阑一脸嫌弃地在叶七七一马平川的胸上扫了一眼，摇摇头道，"就算说你是去选妃的，也没有人相信……"

叶七七顺着他的目光，低头看了一眼胸口。

"我皇叔今年都三十五岁了，可是你这小身板，看起来也就十岁左右……"白星阑有些无语地看着叶七七道，"你觉得我皇叔能看上你这小屁孩？"

叶七七瞬间被白星阑堵得无话可说。

"要我说，你要进宫报仇这事儿，还得从长计议，最起码你得让自己看起来像个能俘获圣上的人吧？"白星阑紧紧地盯着叶七七，朝她声音低沉道，"你还是先吃了解药，恢复成正常的十三岁女孩的样子，该有的都有了，再进宫当妃子吧……"

叶七七看着白星阑半晌，转身丢下一句再见，便离开了。

"哎，怎么说走就走了？"白星阑赶紧追上叶七七，跟在她身后叨叨着，"哥哥的提议也是为你好，你仔细想一想，是不是这么个理儿，你现在就是一可爱的小姑娘，好歹得长成倾国倾城的大美人儿再说啊！"

"我知道了！"叶七七转过头来，瞪了白星阑一眼。

"知道就好，知道就好。"白星阑点点头。

叶七七白了他一眼，继续往前走。

"哎，你这是去哪儿啊？"白星阑跟在叶七七身后，看她走的方向并不是往客栈，又问道。

"我去找爷爷啊。"叶七七有些无语地朝白星阑道，"我得去催一催贺老头，让他快点把我的解药做出来。"

"哎……又不差这一两天的。"白星阑顿时松了一口气，道，"正好这几天，我给你补习补习关于夜国皇室的知识，到时候等你进了宫，好歹也知道自己面对的是谁。"

叶七七回头看了一眼白星阑，脚尖轻点，丢下他飞走了。

五天后。

叶七七、墨寒卿、白星阑来到叶珏大师的院子里，死死地盯着院子中那间关着房门的屋子。

白星阑抬头看了看太阳，皱着眉头低声道："贺神医之前不是说，今日午时就能将那解药做出来，这会儿都已过了午时，他怎么还不出来？"

蔚蓝天空中，太阳散发出耀眼的光芒。一阵暖风吹过，叶子随着微风轻轻摆动。

墨寒卿低头看了叶七七一眼，伸手摸摸她的脑袋，声音低沉地道："再等一等吧。"

"嗯。"叶七七点点头。

明明这么长时间都等过来了，可是到了眼下，每一分每一秒都变成煎熬。叶七七低头看着地上几只蚂蚁爬过，又有两片叶子打着旋儿掉落，她伸脚踢了踢泥土。

又过去半个时辰，那扇紧闭的房门终于吱呀一声被推开。叶珏大师红光满面地从房间里走出来，抬头看着院子里站着的三人，不由得愣了一下，道："你们几个……怎么站在这儿？"

"师父！"

"爷爷！"

白星阑和叶七七连忙迎了上去。

"爷爷，解药做好了吗？"叶七七眨着黑白分明的眼睛看着叶珏大师问道。

"你们就是在这儿等解药的？"叶珏大师一怔，看着眼前的三个人，随口问道。

"是啊，贺神医不是说，今日午时就能将解药做出来吗？"白星阑皱着眉头，朝叶珏大师问道，探头朝他身后看了看，"他人呢？"

"他人不在这儿啊。"叶珏大师一脸无奈地看着他们，"前几天他就换了个屋子做解药去了，嫌这个屋子太小，东西放不下……"

院子里，三个人顿时没了声音。

"那爷爷……你在这屋子里干吗呢？"叶七七沉默了两秒，朝自家爷爷问道。

349

"睡午觉啊。"叶珏大师理所当然地看着他们道。

所以说，他们等在院子里这么久，是在等叶珏大师午觉醒来？墨寒卿和白星阑神色瞬间变了。倒是叶七七，一脸疑惑地继续问道："那贺老头呢？"

"他啊，他搬到——"叶珏大师正准备告诉他们贺平轩搬去哪里了，一道洪亮的嗓音从院子外面传来："原来你们都在这里啊！我说怎么我去客栈找七七，她人不在呢！"

众人循着声音转过头去，一眼就看到贺平轩拎着一个盒子，正满头大汗地朝他们跑来。

"贺老——"叶七七刚打算喊他一声贺老头，就感觉脑袋被什么东西给砸了一下，她赶忙改口道，"贺爷爷！你去客栈了？"

"是啊。"贺平轩拎着盒子跑到他们面前，气喘吁吁地道，"不是跟你们说了，今日午时就能将解药做出来吗？"

"呃……那个……我们跑来找你。"叶七七扯了扯嘴角，无奈地道。

贺平轩翻了个白眼，将盒子朝叶七七怀里一塞，道："给你。"

"这个……就是解药？"叶七七低头看着怀中硕大的盒子，迟疑地问道。

"对。"贺平轩点点头，笑眯眯地道，"打开看看。"

叶七七应了一声，想了想，将盒子放到院子里的石桌上，小心翼翼地打开盖子。盒子里密密麻麻、满满当当地摆放着一堆药瓶。那些药瓶连颜色都有好几种，叶七七一时看得愣住了。她转过头，看着站在身后的贺平轩，迟疑了一下，嘴唇轻轻动了动，半晌冒出一句话来："这些……都是我的解药？"

"是啊。"贺平轩点点头，走到石桌前，指着那些瓶瓶罐罐道，"这个红色瓶子里的药，是早上吃的，一次五颗，白色瓶子和黑色瓶子的药，是中午吃的，一次各六颗，蓝色瓶子里的药是晚上吃的，一次九颗，还有这黄瓶里的药，每隔两个时辰服用一次，一次二十颗，还有这个……"

贺平轩滔滔不绝地讲着，叶七七脸色却越来越惨白，伸手拽住贺平轩的袖子，打断他道："贺老头，等一下，我一天要吃这么多药丸？"

"是啊。"贺平轩点点头道，"不然呢，你该不会以为我弄了那么多药材回来，最后就只做出来一个大金丹，你一口吞下去，身体里的毒就解了？"

"难道不是吗？"叶七七眨着黑白分明的眼睛。

350

"丫头，你想得也太天真了吧？"贺平轩白了叶七七一眼道，"你这身体里的毒，是从娘胎里带来的，这都十三年过去了，老夫说句不好听的，那就是病入膏肓，这种情况下，想要根治，必须慢慢将身体里的毒排出。"

叶七七懵懂地看着贺平轩问道："那我得吃多久的药啊？"

"也不用太久！"贺平轩伸手捋着胡子，朝叶七七得意道，"好歹我也是天下第一神医，你吃上半个月，保证就能完全解毒。"

"半个月？！"叶七七扯了扯嘴角，低头看着那满满一大盒的药瓶。

这一天几十颗药丸下去，她都可以不用吃饭了好不好！

"哎呀，吃吧吃吧，不就半个月的事儿吗，吃完了，你身上的毒就解了，老夫的任务也算完成了。"贺平轩点点头，一脸"那都不是事儿"的表情，朝叶七七摆了摆手。

叶七七叹了一口气，只得点点头道："好吧，那我现在开始。先吃哪个？"

"这个，还有这个！"贺平轩动作利落地从盒子里拿出一个白色药瓶和一个黑色药瓶，将十二颗药丸递到叶七七的手里。

叶七七长长地叹了一口气，捏着鼻子，将十二颗药丸一颗接着一颗吃了下去。

院子里所有人就这么眼睁睁盯着叶七七吃药。

等她将那些药丸吃下去，白星阑一脸紧张地看着她问道："怎么样，七七，有没有什么感觉？"

"有……"叶七七艰难地抬起头，看着白星阑道。

"什么感觉？！"白星阑赶紧追问道。

"我……"叶七七用力咽了一下口水，朝白星阑道，"噎得慌……"

白星阑一愣，正准备进屋给叶七七倒水，一盏茶已经被递到叶七七面前。叶七七伸手接过茶杯，仰起头，咕咚咕咚几口，将茶杯里的水全部喝掉。

墨寒卿眉头微蹙，道："还要吗？你吃得那么急干吗？"

"不用了……"叶七七伸手擦了擦嘴边的水渍，将茶杯递还到墨寒卿的手里，"我这不是……着急解毒嘛。"

墨寒卿挑了挑眉，别有深意地看着她。叶七七愣了一下，脸瞬间变得通红，朝墨寒卿摆了摆手道："不是你想的那样啊，我……我解毒不是为了……

351

为了那个……"

"哦……那个是哪个？"墨寒卿声音中满是戏谑。

"那个……就是……就是……"叶七七抬头看着他，一句话都说不出来。

"嗯？"墨寒卿朝她挑了挑眉。

"什么都不是。"叶七七红着脸，用力地瞪了墨寒卿一眼，低头看着鞋面道，"我要赶紧长大，进夜国皇宫，当妃子。"

叶七七这句话刚一说完，院子里，除了白星阑，所有人的脸色均是一变。叶珏大师那张满是皱纹的脸瞬间一白，朝叶七七态度坚决地道："不行！"

贺平轩也是连连点头道："对，七七你不能进宫当妃子。"

墨寒卿眯了眯眼睛，眼眸中绽出冰冷的光芒："谁允许你进夜国的皇宫？难道你忘了你是我娘子这件事？"

"呃……"叶七七迟疑了一下，挠了挠脑袋道，"你们……听我解释啊……"

"这有什么好解释的？"叶珏大师朝她瞪了一眼道，"反正爷爷绝对不同意，你就是嫁给靖安王，也不能嫁给皇上！"

"对对对，不能嫁给皇上！"贺平轩连连点头。

墨寒卿一脸无语地转过头，朝叶珏大师和贺平轩看了一眼。他们这句话，到底想表达几个意思？

"为什么啊？"叶七七满眼不解地看着叶珏大师道，"我还没说我为什么要进宫呢。"

"你不是想进宫当妃子吗？"叶珏大师白了她一眼道，"爷爷告诉你，这皇宫是个是非之地，你能离它多远，就离它多远，爷爷也不求你一生大富大贵，只要这辈子健康平安就好。"

"你们的意思，我都懂……"叶七七无辜地看着叶珏大师道，"但我必须要进宫去。"

"不行！"叶珏大师语气坚定地丢下两个字。

"为什么不行？！"叶七七也有些生气，嘟着一张红润的小嘴瞪着自家爷爷，"为什么不让我进宫当妃子，就因为皇上是我爹吗？"

"废话，爷爷——"叶珏大师白了叶七七一眼，正准备说点什么时，所有话却卡在喉咙里。他瞪大眼睛，看着眼前的叶七七，迟疑了半晌，扯了扯嘴角，声音里满满的都是不敢置信道，"七七你……你刚才说什么？你都知道了？"

"知道了啊！"叶七七坦然地看着自家爷爷道，"我星阑哥都跟我说过。"

"你……"叶珏大师愣了一下，目光在叶七七和白星阑的身上转悠了两圈，长长地叹了一口气。

墨寒卿秀气的眉毛却是微微蹙起，幽深的目光落在叶七七身上，里面满满的都是探究。当今夜国的皇上……是七七的父亲？

"你既然都知道，为什么还要进宫当妃子？"叶珏大师神色缓和了一点，看着叶七七那张白皙粉嫩的小脸，迟疑着问道。

"我要找出当年害了我娘的人，替我娘报仇。"叶七七仰着小脸，目光坚定地看着叶珏大师，一字一顿道。

叶珏大师皱着眉头，半晌没有说话。

贺平轩也是懵懂地看着叶七七，好久才轻咳了两声，朝叶七七低声道："七七啊，不是爷爷们不让你去，实在是……那皇宫是个吃人不眨眼的地方，你孤身一人进去，万一在皇宫里遇到什么意外，你爷爷和我，都不好进去救你啊。"

贺平轩叹了一口气，顿了顿，继续道："其实你是当今圣上独生女这件事情，我跟你爷爷是打算等你体内的毒全部解除再告诉你的。到时候，你想怎么样，由你来决定，你可以去找当今圣上，认祖归宗，快乐地当一个夜国的公主，也可以选择认回你爹，继续闯荡江湖。但是无论怎么样，我和你爷爷都没打算让你进宫当妃子。"

叶七七转过头，看着贺平轩道："我知道，可是要为我娘报仇，最好的方式就是这样。毕竟以一个妃子的身份待在皇宫，会比一个公主的身份更招人恨；更何况，做公主，皇上也许会为了保护我，另赐宅院，让我搬出宫去，这样我岂不是一辈子查不到当年害了我娘的那个凶手？"

"可是……"叶珏大师纠结地看着叶七七道，"让你一个人进宫，我们不放心啊。"

"星阑哥不可以陪我进宫吗？"叶七七有些疑惑地问道。

"他毕竟只是皇侄，不能长期在宫中，再说你若是真的进宫当妃子，跟皇上的侄子天天待在一起，这成何体统。"叶珏大师朝叶七七道。

"哦……说得也是。"叶七七点了点头。

要是宫魅在就好了，让他假扮成丫鬟陪她进宫，应该是最好的方法。

院子里，众人沉默片刻。

墨寒卿突然淡淡地道："你确定要进宫？"

"嗯。"叶七七点点头，神色坚定。

"我陪你去。"墨寒卿薄唇轻启，声音低沉地吐出四个字。

"啊？"叶七七懵懂地看着墨寒卿，半晌才张了张嘴，不敢置信地问道，"你……你刚才说什么？"

"我说我陪你去。"墨寒卿目光微垂，看着站在自己面前的小人儿，重复了一遍。

"呃……不是，你……你一个大男人，怎么陪我进宫啊？"叶七七目瞪口呆地看着他问道。

"我可以男扮女装。"墨寒卿面无表情地朝叶七七道。

男扮女装？！叶七七震惊地看着他。

叶珏大师和贺平轩愣了一下，随即拍手叫好道："这个主意好，要是让靖安王跟着你进宫，最起码你的人身安全有保障。"

"可是他……"他不像个女人啊……叶七七扯了扯嘴角，总觉得这话说不出口。

贺平轩一边捋着胡子，一边点头道："咱们正好趁这半个月准备准备，看看进宫要带哪些东西，咱们七七不能两手空空就去，衣服首饰什么的，得打点起来。"

叶珏大师的态度也缓和了许多："靖安王的身手，老夫还是放心的，既然七七想要给她娘亲报仇，那咱们就去！俗话说得好，有仇不报非君子，咱们可不是那种任人欺压的！"

"好，这些事情，就交给徒儿来准备。"白星阑听了叶珏大师的话，连忙应了一声。

叶七七转头，看看这个又看看那个，懵懂地扯了扯嘴角，结结巴巴道："这……这问题的关键是……公子他、他长得不像个女的啊……"

白星阑朝墨寒卿看了一眼，笑眯眯道："七七别担心，这种事情交给哥哥就行了，哥哥认识都城中擅长易容的高手，让她来给靖安王易容，绝对没问题。"

"真的？"叶七七还是有些不太相信。

"真的！不信哥哥现在就去把她找过来，让你见识见识！"白星阑见叶七七神情迟疑，一拍巴掌，朝她丢下这么一句话，就转身去找人了。

要说白星阑去找的那个人，来得确实还挺快。

那易容师到了，便拽着墨寒卿进了房间，速度快得叶七七都没看清楚她长啥样。

白星阑陪着叶七七坐在院子里的石凳上，有一搭没一搭地聊天。

一个时辰过去。

他们眼前的那扇房门吱呀一声被推开。一个身形苗条的女子缓缓走了出来。叶七七百无聊赖地抬头看了一眼，只是一眼，她的目光就再也挪不开。眼前的女子穿着白色拖地烟笼梅花长裙，裙摆处是一层清雾般的薄纱，衣袍剪裁得体，衬得她身段窈窕、气若幽兰。她看向别人时，眼里带着沁润人心的水汽，又仿佛三月的春风，轻轻拂过，带了一丝凉意。她黛眉轻点，樱桃唇瓣不染而赤，浑身散发着兰草般高贵清冷的气息。

叶七七看得入了迷。

白星阑也愣了一下，随即便回过神，伸手推了推叶七七的胳膊。叶七七赶紧从石凳上起身，三步并作两步跑到那美人面前，声音中带着羞涩和紧张，小声问道："那个……美人姐姐，公子他……易容好了吗？"

她眼前的那个美人神色一僵，低下头，目光直直地盯着她。

"你喊我什么？"美人儿轻轻地挑了挑眉，声音低沉地问道。

叶七七吓得朝后跳了一步，震惊地指着眼前的墨寒卿道："你你你……你是墨公子？"

"不然呢，你以为我是谁？"墨寒卿一脸无语地看着她。

"我……我以为你是易容师姐姐啊。"叶七七扯了扯嘴角，只觉得实在难以接受眼前的事实。

就在她说话时，一个其貌不扬的女子从墨寒卿身后的屋子里走出来，朝叶七七笑了笑道："怎么样，是不是感觉很震撼？"

"你……才是易容师姐姐？"叶七七看着站在墨寒卿身后、五官平淡得没有一点特色的女子，有些不敢相信地问道。

355

"对。"那易容师笑了笑，转头看了一眼浑身不自在的墨寒卿，朝叶七七笑眯眯地问道，"怎么样，姑娘对这样的易容结果可还满意？"

"满意，满意，太满意了！"叶七七听了她的话，连连点头道，"这简直比宫魅还美啊！"

只是她说完这句话，没两秒钟，又摇摇脑袋道："不行，不满意。"

"怎么又不满意了？"易容师一脸疑惑地看着叶七七问道。

"不行，不行，他太美了，比我还美，却来当我的丫鬟，他往我身边一站，我看起来更像丫鬟还差不多。"

"他……不是说进宫选妃吗？"那易容师愣了一下，满眼疑惑地看着叶七七道，"怎么又当丫鬟了？"

"进宫选妃的是我。"叶七七伸手指了指鼻子，又指了指墨寒卿道，"他是去给我当丫鬟的。"

那易容师沉默了两秒，点点头道："行，我知道了，公子，咱们再改一下妆容。"

墨寒卿转头看了那易容师一眼，又回到房间里。

又是半个时辰过去。

房门再次被打开，这一次，一个长相平凡、身材高挑清瘦的女子，缓缓地走了出来。

叶七七看着女子，迟疑了好几秒，才不太确定地喊了一声："公子？"

"嗯。"墨寒卿眼眸微垂，看着眼前的叶七七，淡淡地应了一声。

"这……这变化也太大了啊。"叶七七绕着墨寒卿走了一圈，"刚才还美得不可方物，怎么才一会儿，就变得这么平凡了？"

"怎么样，姑娘这次可还满意？"那易容师看着叶七七，笑眯眯地问道。

"满意，满意，就要这样的。"叶七七连连点头道，"这样才能衬托出我的美！"

"好。"那易容师点了点头，朝叶七七继续道，"那我就按照现在这样的妆容，给公子制一张易容的面具，到时候公子只需将那面具戴在脸上，不用每天化妆。"

"可以。"墨寒卿淡淡地点点头。

白星阑走到他们面前，将墨寒卿上下左右仔细地打量了一圈，赞叹道："这跟刚才完全就是两个人，兰儿，你的手艺是越来越精湛了。"

"白公子过奖。"那个叫兰儿的易容师朝白星阑笑了笑道，"若是白公子没有其他吩咐，那兰儿便回去为这位公子制作易容面具了。"

"好，辛苦你了。"白星阑点点头。

兰儿朝白星阑行了福身子，又朝叶七七和墨寒卿行了个礼，便转身进去收拾东西，准备离开。

墨寒卿低头看了一眼自己身上的女装，只觉浑身不自在。他朝叶七七说了一声，便回去换衣服。

院子里，只剩下叶七七和白星阑两个人。叶七七抬头，看了一眼蔚蓝的天空和碧绿的树叶，深深地吸了一口气，高兴道："太好了，这下子，万事俱备只欠东风了！"

白星阑朝她笑了笑道："等你身上的毒解了，哥哥就安排你进宫见皇上。"

"好。"叶七七点点头。

"只是……"白星阑迟疑了一下，朝叶七七不太确定地问道，"我们要不要提前告诉皇上，你就是他的女儿？不然到时候，万一——"

"嗯……这个……"叶七七歪着脑袋想了想，朝白星阑摆摆手道："先别告诉他吧，万一他不同意我的计划怎么办？"

白星阑迟疑了一下，还是点点头道："那行，就依你吧。"

日子在一天接着一天的煎熬中过去。

贺平轩给叶七七做的药丸，叶七七已经吃得差不多了，可她本身没有任何感觉。镜子里的她看起来依然是十来岁的样子，个子也没有长高，面容也没有变化。

叶七七撑着下巴坐在梳妆镜前，长长地叹了一口气。她这毒，到底能不能解啊？

夜晚来临，墨寒卿走进房间，就看到叶七七跟石像一样坐在梳妆镜前唉声叹气。

"怎么了？"墨寒卿转身将房门关好，边走边问道，"你在这镜子前坐了整整一个下午了吧？"

"公子……"叶七七转过头，眼巴巴地看着墨寒卿问道，"你觉得我有什么变化了吗？"

墨寒卿愣了一下，仔细朝叶七七看去，上下打量了一圈，迟疑着问道："你想……表达什么？"

"我就是觉得……"叶七七可怜兮兮地看着墨寒卿，"这解药我也吃了十多天了，可是身体并没有什么变化……你说解药该不会没有用吧？"

墨寒卿笑了一下道："别乱想。"

"呃……不说一夜长大吧，但好歹该有点变化……"叶七七歪着脑袋想了想，朝墨寒卿道，"至少让我有那么一点感觉啊。"

"可是你解药还没吃完。"墨寒卿眨眨眼睛，眼神清澈地看着她。

"公子？"叶七七抬起头，看着站在面前的人。

"早点睡吧。"墨寒卿在她红润的唇上轻轻啄了一下道，"明天再吃一天的解药，你就解放了。"

"嗯……好吧。"叶七七轻轻地叹了一口气，只得无奈地接受了他的提议。

清晨，叶七七觉得有点冷，朝墨寒卿的怀里靠了靠。翻身时，她手指碰到身下的被褥，只觉指尖有滑腻的触感。叶七七心中一惊，睁开眼睛，将手指伸到眼前一看。这是……血？

叶七七愣了一下，再次在被褥上摸了一圈。

"啊啊啊啊——"叶七七尖叫一声，一个鲤鱼打挺坐起来。

"怎么了？"墨寒卿听到叶七七的尖叫声，瞬间睁开眼睛，下意识搂住叶七七瘦小的身子。

"有血！"叶七七将沾满鲜血的小手伸到墨寒卿的眼前，晃了晃。

墨寒卿看着叶七七手指上的鲜血，愣了一下，随即掀开被子，朝床榻上看去。

叶七七就坐在一片鲜血中，小脸惨白惨白地看着他。

清晨的院子，被墨寒卿的喊声打破了宁静。

"贺神医！"墨寒卿抱着叶七七，飞快地冲到贺平轩屋子里，一脸焦虑地看着他道，"快，快给七七看一看。"

"看什么啊？"贺平轩揉着眼睛，迷迷糊糊看着眼前的两个人。

"她流血了，好多血。"墨寒卿努力让声音听起来镇定一点。

"哪儿？！"贺平轩一下子被他的这句话惊醒。

叶七七可怜巴巴地窝在墨寒卿怀中，将小手举起来，沾满鲜血的手在贺平轩眼前晃了晃。

"什么情况？！"贺平轩也被吓了一跳。他赶紧拽过叶七七纤细的小胳膊，伸出三根手指，搭在她的脉上。

墨寒卿眼里满满的都是担忧。

贺平轩一边把脉，一边眉头紧皱，捋了捋胡子，好长时间都没有说话。

"贺神医，七七到底怎么了？"墨寒卿见贺平轩半晌没有开口，终于问了一句。

"这个嘛……"贺平轩神色一下子变得复杂。他叹了一口气，死死地盯着叶七七，接着又摇了摇头，就是不说话。

"七七她到底怎么了？"墨寒卿看着贺平轩的样子，只觉一颗心被吊在嗓子口。

"七七，你有没有什么其他感觉？"贺平轩抬头看了墨寒卿一眼，却没有回答，而是转头朝叶七七问道，"有没有手脚发冷，或是头疼脑热，或者哪里酸痛难受？"

叶七七迟疑了一下，歪着脑袋细细回想，小声道："我觉得有些冷，肚子还有点疼……"

"这就对了！"贺平轩一拍大腿，顿时一脸欣喜。

什么对了？！叶七七和墨寒卿懵懂地看着贺平轩。

"我们七七，她这是、她这是……"贺平轩满脸喜悦地看着他二人，缓缓道，"来癸水了！"

"癸水……是什么东西？"叶七七满眼疑惑地看着贺平轩问道。

墨寒卿脸上飞快地浮现两抹红晕。

"癸水，就是每个女子长大成人时，必须要来的东西。"贺平轩一脸激动地看着叶七七道，"你既然来了癸水，就说明老夫给你吃的那解药有用了！"

"长大成人？"叶七七听到这四个字愣住了。半晌，她才回过神来，激动地看着贺平轩道，"贺老头，你刚才是说，我长大成人了？"

"这只是长大成人的第一步。"贺平轩点点头，伸手捋了捋胡子，眉眼间都是笑意，看着叶七七道，"来了癸水，就代表你不再是个小姑娘了，而是一个女人，你已经有了孕育生命的能力。"

"孕育生命？"叶七七歪着脑袋想了想，满眼喜色地转过头，朝墨寒卿问道，"那公子，咱们可以生小孩了？"

墨寒卿被叶七七问得心中一惊，下意识咳了几声。

贺平轩也轻咳两声，瞪了叶七七一眼道："女孩子，要矜持。"

叶七七迟疑一下，朝贺平轩继续问道："那……这个癸水就一直这样？不停地流血吗？"

"怎么可能。"贺平轩白了叶七七一眼道，"正常女子，癸水一般持续三到五天，在这期间，一定要注意保暖，千万不可贪凉，不要喝冷水，不要吃生冷食物。"

"嗯。"叶七七点了点头。

"让靖安王抱你去房间里换衣服吧。"贺平轩头疼地看着叶七七，朝她挥了挥手道，"记住，武功什么的，最好别用，听到没？"

叶七七有些无奈地应了一声。

贺平轩摆摆手，让他们走了，又随手拽了一个丫鬟，对她吩咐了几句，让她去伺候叶七七。

叶七七换上干净的衣服，又换上传说中的月事带，觉得浑身不自在。她僵硬地坐在桌前，紧紧地盯着墨寒卿，声音弱弱地问道："那个……未来几天我都要这样吗？"

"听贺神医的意思，应该是这样的。"墨寒卿迟疑了一下，有些不太确定地应了一句。

"可是这样好无聊，什么都不能吃、不能做……"叶七七崩溃地看着墨寒卿，她才坐在这里一个时辰，已经觉得要发霉了。

"这个……"墨寒卿沉默了两秒，朝叶七七道，"要不，我去找本书看一看，学习学习相关的知识？"

叶七七连忙点头，又朝他道："也找本给我，好歹让我明白这到底是怎么回事。"

"嗯……"墨寒卿应了一声便出去了。

360

自从叶七七来了癸水，身体也在一天天发生变化。原本瘦小的身躯慢慢地开始长高，胳膊腿儿看起来也不再纤细得像个小孩子，而她原本一马平川的胸口，也开始渐渐地凸显出弧度，原本圆溜溜的一张娃娃脸，慢慢地也开始长出精致的尖下巴来。

又过了大约半个月，叶七七的模样终于像个十三岁的少女。她长高不少，墨寒卿和白星阑每隔几天就得为她准备新衣服。

这一天，当墨寒卿再次拿着新买的衣衫推开叶七七的房门时，只见一个身形窈窕的女子缓缓转过头。女子眉如远黛，鼻梁翘挺，如墨般的长发披在身后，衬得她肌肤胜雪。

墨寒卿站在叶七七身后，盯着她道："明日，白星阑会带我们进宫去见皇上。"

"明日？！"叶七七一惊，下意识转过头，看向墨寒卿。

墨寒卿轻轻点了点头："你不是一直嚷着要进宫吗，明天白星阑先带你进宫，毕竟能不能留在宫里，是皇上说了算，等你能够留在宫中，我再进宫陪你。"

墨寒卿抚了抚叶七七的长发，声音低沉地朝她解释道。

"嗯……"叶七七点点头，"公子，你说我爹他长什么样子？"叶七七转过身，搂住墨寒卿的腰，仰着脑袋看着他问道，"之前星阑说我跟我爹娘简直长得一模一样，那我爹是不是跟我很像？"

墨寒卿笑了笑，捏捏叶七七柔软的脸颊，声音低低道："我也没有见过夜国的皇帝，等你明天进宫，看见他后，再回来告诉我，好不好？"

"好。"叶七七用力点点头。

"那么，我们现在再来复习一下宫中礼仪好了。"墨寒卿唇角勾起一抹促狭的笑，朝叶七七道，"进了宫一定要记住，千万不能随便找人打架，也不可以随便打人，知道吗？"

叶七七苦着一张脸，在墨寒卿的注视下，乖乖复习宫廷礼仪。

第十二章　你是不是月儿

第二日，一大清早。

白星阑驾着一辆豪华的马车来接叶七七入宫。

上车之前，叶七七抬头看了一眼天空。蔚蓝的天空中飘浮着软绵绵的白云，璀璨的阳光照射在大地上，一阵微风吹过，带来丝丝暖意。这样好的天气，去见她从未谋面的爹爹，算不算一个好的开始呢？

马车驶到宫门口，侍卫看到白星阑，齐刷刷地朝他行礼道："参见小王爷。"

"嗯。"白星阑淡淡地点了点头，将马车停在宫门口。

下了马车，换了宫中轿辇，白星阑带着叶七七朝太极殿而去。

叶七七还是第一次来夜国皇宫，此刻满眼好奇地打量着周围的一切。夜国的宫墙和北辰国以及墨国的不同，不是那种砖红色，而是白色，看起来光滑整洁。宫内建筑多以白色为主，衬着琉璃瓦，散发耀眼的光芒。

叶七七四下打量了一番，朝白星阑小声道："怪不得你行走在外时，要把姓改成白呢，是不是因为你们夜国皇宫的主色调是白色？"

白星阑抬头看了叶七七一眼，笑了笑，道："不，这只是一个巧合。"

"哦……"叶七七点点头。

白星阑笑了笑，摇摇头道："其实以前，夜国皇宫的宫墙也是红色的。"

"那为什么……"

白星阑朝叶七七道："曾经的贵妃娘娘，她居住的宫殿，就是这种白色石头的外墙。自从她去世，皇上极其思念她，先把自己住的太极殿的外墙改成白色，接着又把御书房给改了，再后来，皇上想起哪个地方就把那个地方的外墙改成白色，十几年下来，几乎整座皇宫的宫墙都被他改成了白色。"

"因为……贵妃娘娘喜欢？"叶七七愣了一下。

白星阑说的那个贵妃娘娘，应该是指她的娘亲。她的娘亲，到底是个什么样的女子，才会让她的爹爹在她的娘亲死后十几年还念念不忘呢……

轿辇行至太极殿门口。

守在太极殿门口的护卫早已得了命令，见到白星阑时，只是朝他行了行礼，并没阻拦他和叶七七。叶七七跟在白星阑身后，一步一步走进太极殿。

寻常皇帝的寝宫，多以明黄色为主，这夜国皇帝的寝宫却到处是浅紫色的纱帐。叶七七看了一圈，朝白星阑问道："我爹他……是不是有一颗少女心？"

"不是的。"白星阑有些尴尬地轻咳了两声，朝叶七七解释道，"是因为……贵妃娘娘生前的寝殿都是浅紫色的装饰，所以后来……皇上他……"

叶七七点点头，一脸恍然大悟的表情。

"这会儿，皇上应该还在上早朝。"白星阑在寝殿中转悠了一圈，示意叶七七在椅子上坐下来，"咱们就在这儿等他吧。"

"好。"叶七七应了一声，继续打量太极殿的装饰。

大约过了一炷香的时间，太极殿外传来阵阵脚步声。

叶七七心中一喜，转头朝白星阑问道："星阑哥，是不是皇上下朝回来了？"

白星阑一脸疑惑，迟疑着道："应该……不是吧，现在距离下朝还有一段时间……"

"那是——"

叶七七还没问完，便听得太极殿外的护卫高喊一声："皇后娘娘驾到——"

皇后娘娘？叶七七转过头，满眼疑惑地看了白星阑一眼，却见白星阑神色一变。他们这才第一天进宫，还没见到皇上，就先遇到皇后了？

白星阑额头冒出许多汗水，赶忙示意叶七七站起身，迎接皇后娘娘。

"我听护卫说，星阑今日来了太极殿，是来看皇上的吗？"一道极为傲慢的声音在太极殿外响起，下一秒，一个雍容华贵的女子在婢女搀扶下，缓缓地走了进来。

"侄儿星阑，叩见皇后娘娘。"白星阑连忙拽着叶七七单膝下跪，朝皇后娘娘声音低沉道。

"免礼吧。"皇后娘娘目光微垂，看了一眼跪在白星阑身边的淡粉色身影，唇角勾起一抹讥讽的笑容，"哟，原来不止皇侄一人啊，这旁边跪着的，是你的丫鬟吗？"

白星阑身子一僵，朝皇后娘娘笑了笑道："回皇后娘娘，这不是侄儿的丫鬟。"

"那是什么人，居然进得了皇上的太极殿？"皇后娘娘紧紧地盯着叶七七，一字一顿地朝白星阑问道。

"这……"白星阑伸手擦了擦额头上的汗水。

"不说吗？"皇后娘娘冷笑一声道，"呵……不说我也知道，这大概是你给皇上新物色的姑娘吧？这么些年，你四处寻找长得像月贵妃的女子，不要以为我不知道，结果呢，画皮画虎难画骨，那些女子终究不是她。"

"是……"白星阑低着头，只能顺着皇后娘娘应了一声。

皇后娘娘看着跪在地上的两人，目光死死地盯着叶七七，声音傲慢地道："把头抬起来，给本宫瞧瞧。"

叶七七迟疑了一下，缓缓地将头抬起来。皇后娘娘死死地盯着眼前的那张脸。她上前一把拽住叶七七的领子，目光凶狠地瞪着她道："月璃，你怎么突然变得这么年轻？！说！你用了什么办法，才变得这么年轻？！"

"啊……我……"叶七七懵懂地看着皇后娘娘近在咫尺的脸。那张脸其实很端庄大方，只是表情有些扭曲，让她看起来格外恐怖。

白星阑和一旁的侍女连忙劝道："皇后娘娘，皇后娘娘，冷静……"

皇后娘娘拽着叶七七晃了一会儿，突然将手松开。她目光呆滞地看着叶七七，缓缓地道："不对，你不是月璃，月璃已经死了，死人是不可能复生的。说，你到底是谁？！"

"我是——"

叶七七刚打算开口，太极殿外传来护卫的通报："皇上驾到——"

所有人忙面朝殿门跪下。

叶七七低着头，看着地面，只觉一颗心脏疯狂跳动着。皇上……她的爹爹……要来了吗？

片刻，一个明黄色的身影缓缓踏入太极殿。

"怎么，今日朕的寝殿倒是热闹啊。"一道低沉磁性的声音响起，"皇后也在？"

"是。"皇后朝皇上福了福身子道，"臣妾想着，快要中秋了，所以来问问皇上，这宫中的中秋晚宴，今年打算怎么办。"

"中秋晚宴啊。"皇上沉吟片刻，随口道，"都起来说话吧。"

"是。"皇后应了一声，站起身。

白星阑和叶七七也跟着站起。

皇上目光落在白星阑身上，笑着道："今日阑儿也在啊。"

"星阑见过皇叔。"白星阑朝皇上双手抱拳，恭恭敬敬地行了个礼，抬起头笑着道，"皇叔，好久不见。"

"嗯，确实好久不见。"皇上看着白星阑，目光掠过叶七七，微微顿了顿。

因为叶七七低着头，身上的衣服也不是很隆重，所以皇上以为她是白星阑身边的小丫鬟。

"都坐吧。"皇上朝白星阑和皇后娘娘挥了挥手道，"朕先跟皇后娘娘商量中秋晚宴的事情，再跟阑儿叙叙旧。"

"是。"白星阑应了一声，便在一旁的椅子上坐下来。

皇后娘娘目光复杂地看了一眼低着脑袋跟在白星阑身后的叶七七，张了张嘴，原本打算说点什么，却一个字都没有说。

"皇上，今年中秋宴请的大臣及臣妇的名单，臣妾已经拟好了。"皇后娘娘坐下来，伸手从袍袖中拿出纸牒，跟在她身后的宫女立刻走上前去，接过纸牒，双手捧着递到皇上面前。

皇上随意地扫了几眼，点点头道："皇后办事，朕一向是放心的，往年的中秋晚宴也一直都是皇后负责，朕想着，还是按照以往的规格来吧。"

"是。"皇后低低地应了一声，迟疑着道，"还有一件事情……"

"嗯，什么事？"皇上低头看着手中的名单，漫不经心地问道。

"今年秋季参加选秀的秀女，臣妾想安排她们在中秋晚宴上表演才艺，皇上若有看得上的，也好当场留下，给了位分。"

皇上抬头看了皇后一眼，将手中的名单合上，面无表情道："皇后想怎么办就怎么办吧，反正选进宫中，也都是在那儿放着。"

"这……"皇后听了这句话，一时不知道该说些什么。

"皇后还有别的事吗？"皇上看着妆容精致的皇后，随口道，"要是没有其他事情，就先退下吧。朕许久没有看见阑儿，想问问他最近去过什么地方。"

"皇上，臣妾确实有事禀报。"皇后硬着头皮坐在椅子中，朝皇上柔声道。

"什么事？"皇上朝皇后挑了挑眉问道。

"是……中秋将至，宫中各位妃嫔的月例，臣妾想着已经多年没有涨过，今年正好是皇上登基十五周年，臣妾想为宫中姐妹们讨点赏钱。"

皇后憋了半天，终于憋出这么一句话。

皇上愣了一下，随即点点头道："皇后说得是，就按照皇后的意思去办吧。"

"是，臣妾想跟皇上商量一下，各宫嫔妃要涨多少才恰当。"皇后笑着点点头，朝皇上柔声道。

皇上皱了皱眉，表情明显开始不耐烦，朝皇后挥了挥手道："你自己决定就好，朕没什么意见。"

皇后用袖口擦了擦额头上的汗，结结巴巴道："那个……臣妾来时，为皇上准备了一些新做的甜点，正好阑儿也在，要不让阑儿也一同品尝品尝？"

被点到名的白星阑愣了一下，抬起头，下意识想要摇头："啊？我不——"他刚说了两个字，就接收到皇后警告的眼神。

"那个，正好我这一路赶来，也有些饿了，要不皇叔让星阑尝一尝皇后娘娘的手艺？"白星阑赶紧舌尖打转，朝皇上尴尬地笑了笑道。

皇上点点头，没有注意白星阑尴尬的神色，随口道："既然阑儿也想品尝一下皇后的手艺,那便让人拿上来吧。"

"是。"皇后笑眯眯地点点头,朝站在身边的宫女打了个手势。

宫女福了福身子,便退了出去。

过了没多久,那宫女便拎着一个食盒又折了回来。

站在皇上身后的公公立刻上前,从食盒中拿了一份点心,放到皇上身前。

皇上看了一眼那鲜果糯米丸子,这种东西,他倒不是特别爱吃,只是皇后有时想起来做一些,他也跟着尝几口而已。

那公公给皇上拿完甜点,便自动站回原处。

皇上转头看了一眼白星阑,奇怪道:"阑儿刚才不是还嚷着要吃皇后做的甜点吗?怎么这会儿又不动弹了,让你身边的丫鬟帮你拿。"

白星阑怔了一下,转头看了一眼站在身后的叶七七,正纠结该怎么跟皇上说她不是丫鬟,叶七七就学着刚才宫女的样子福了福身,低着脑袋走到食盒前,轻手轻脚地拿了一份,便转身朝白星阑的方向走去。

皇后死死地盯着叶七七,趁她经过时,不经意地探出一只脚。叶七七只觉好像被什么东西绊了一下。下一秒,她不由自主地朝前扑去。

"啊——"叶七七惊呼一声,眼看手中的鲜果糯米丸子就要飞到皇上身上,赶忙脚尖轻点,在半空漂亮地回旋一圈,往前探手,稳稳地接住快要掉到皇上身上的碗碟。

太极殿里一片安静。

叶七七接住碗碟,赶紧低下头,朝皇上福了福身,快步走回白星阑身边,将碗碟放到他手边的桌子上道:"公子,你的甜点。"

皇上颇有兴味地看着站在白星阑身后的叶七七,随口道:"阑儿,你这丫鬟还会武功?"

白星阑一阵干笑,结结巴巴道:"她……多多少少会那么一点,惊扰了圣驾,是她的不对。"

"确实不对。"皇后连忙声音严厉道,"你这个丫鬟毛手毛脚的,东西都拿不住,刚才差点就将点心撒在皇上身上,依本宫看,这样的丫鬟,下次就不要带进宫了。"

"是……皇后娘娘教训得是……"白星阑有些无奈地站起身,朝皇后行了个礼道。

"这要是本宫身边的宫女，做出这等大不敬的事情来，按照本宫的规矩，是要拖出去打上十大板的。"皇后死死地盯着叶七七，一字一顿道，"不知道阑儿府里有没有这规矩。"

白星阑心中一惊，这是在针对叶七七，他可不能顺着皇后，让她把叶七七拖出去打了。

"呵呵呵……"白星阑伸手擦了一把额头上的汗水，朝皇后赔着笑脸道，"星阑府中的规矩并没有宫中这么严格，这些丫鬟平日若是做错了事情，府中的婆子们会训斥她们几句，只要她们记得，下次不要再犯就好了。"

"只是训斥几句？"皇后有些不屑地朝白星阑轻哼了一声，声音傲慢道，"怪不得你府上的丫鬟这么没有规矩。也罢，今日她能进皇宫，也是她的福分，但她在这宫中犯了错，就要按照宫中的规矩来，不过，本宫念在她是你府上的人，对她可以酌情处理，这样吧，就把她拖出去，打五大板好了。"

"打五大板？"白星阑抬起头，一脸震惊地看着皇后。

"怎么，阑儿不满意？"皇后笑了笑，转头朝皇上问道，"皇上，您说臣妾这样决定，行吗？"

皇上愣了一下，随即摆摆手道："就照皇后说的办吧，让她下次长点记性就好。"

"是。"皇后唇角露出一抹得意的笑容。

"可是……"白星阑顿时着急起来，这皇上还没看见叶七七长什么样子，眼下这计划怎么往下进行？

一直低着脑袋站在白星阑身后的叶七七听到这话，十分不乐意。她抬起头，朝皇上不高兴道："为什么要打我？刚才明明有人故意伸脚绊我，要不是我一个转身接住了碗，这会儿你的衣服早就脏了。"

皇上有些不悦地皱了皱眉，转过头，正打算教训她几句，却一眼看到叶七七的脸。那张脸是他念了十几年、每每午夜梦回时只能依稀看到的脸。

"月……月儿！是你吗？！"皇上死死地盯着叶七七半晌，终于声音颤抖着问道。

月儿？叶七七愣了一下，随即反应过来。他喊的该是月璃，也就是她娘亲。

368

白星阑顿时松了一口气，只要皇上看见叶七七的脸，一切就可以按照计划进行。

"回皇上，我不是月儿，我是小七。"叶七七连忙朝皇上福了福身，声音清脆地回答道。

"你不是月儿？"皇上怔怔地看着她，半晌才回过神来，神色有些黯然，"是啊，你当然不是月儿，月儿已经离开我十几年了……她若是还活着，今年也该三十多岁，月儿……我的月儿……"

皇后看着皇上的样子，只觉心里难受。她转过头，狠狠地瞪了叶七七一眼，这个死丫头，和月璃长得那么像，眼下又被皇上看见了脸，她若是再想动手，恐怕有些难度。

皇上盯着叶七七的脸，又看了看坐在旁边的白星阑，突然转头朝皇后道："皇后要是没有其他事情，就先退下吧。"

"皇上，臣妾——"

皇后还打算说些什么，皇上却朝她挥了挥手道："就算有什么事，也留着明天再说吧，朕这会儿有些事情要问一问阑儿。"

"皇上！"皇后叫了他一声，皇上却已将目光转向叶七七。这个贱人！

皇后死死地瞪了叶七七一眼，深吸一口气，站起身，朝皇上行了个礼道："臣妾告退。"

等到皇后退下，皇上转过头，朝白星阑满眼好奇地问道："阑儿，这位小七姑娘，是你府上的丫鬟？"

"不是。"白星阑朝皇上摇了摇头道，"她是侄儿在墨国遇到的，因为觉得她长得极像皇婶，所以想着将她带回来，给皇叔见一见。"

叶七七有些好奇地朝白星阑看去。

按理来说，白星阑既然喊皇上皇叔，那也应该喊皇后皇婶，可是眼下，他管她去世的娘亲叫皇婶，只管皇后叫皇后娘娘，这实在有些说不过去。

"墨国？"皇上怔了一下，像是突然想起什么，轻叹一口气道，"当年你皇婶总是嚷嚷要去宫外转转，还跟朕说，若是真的出宫，第一个要去的国家便是墨国……"

她娘亲想去墨国？叶七七满眼好奇地看着皇上，关于她的娘亲，她知道得并不多，此刻听她的爹爹提起，不知道为什么，莫名觉得有些亲切。

369

"不知小七姑娘家中还有何人？"皇上看向她的目光变得柔和很多。

"回皇上，"叶七七朝他行了个礼，恭恭敬敬地回答道，"小七自小便与爷爷相依为命，从未见过父母。"

"从未见过父母？"皇上怔了一下，叹了一口气，道，"也是个身世可怜的孩子。"

白星阑听着这句话，扯了扯嘴角。这货的身世哪里可怜了。她那个爷爷是武林第一高手，她自小接触的不是天下第一的书法家，便是天下第一的琴师，再不然就是天下第一的神医，但凡占了天下第一四个字的，她几乎都认识好不好？！

"你今年多大？"皇上见叶七七不说话，以为她感伤身世，便继续朝她问道。

"回皇上，小七今年十三岁。"叶七七很认真地回答道。

"十三岁……"皇上再次叹了一口气道，"想当年，朕第一次遇见月儿，那个时候她也刚满十三岁，正是豆蔻年华。她骑在马上，转过头，朝我甜甜地笑，那神采飞扬的样子朕只看了一眼，便决定这辈子非她不娶……"

叶七七眨眨眼睛，也不知道该说些什么。

白星阑赶紧打岔道："皇叔，刚才听皇后娘娘说，过段时间的中秋晚宴上，您要选秀女，要不，也让小七参加吧。"

"她？"皇上愣了一下，转头看了叶七七一眼。

"这……不行吗？"白星阑扯了扯嘴角，迟疑着问道。他总不能跟皇上说，皇叔就收了她做妃子吧？

皇上沉默半晌，摇摇头道："小姑娘才十三岁，还是找个好人家嫁了吧，何必在这宫中蹉跎了年华。"

白星阑瞬间无语，半晌憋出一句话："皇叔，难道你看着小七，不觉得她很像皇婶吗？"

皇上怔了一下，再次朝叶七七看去，沉默片刻，点点头道："是像，简直就是一个模子刻出来的。"

"那皇叔你——"白星阑迟疑了一下，还是硬着头皮问道，"就不打算留下小七吗？"

"把她留下来干吗？"皇上满眼疑惑地看着白星阑。

"留下来，当妃子啊。"白星阑尴尬地笑了笑，万般无奈之下，只得提醒皇上道。

皇上皱了皱眉，没有说话，良久才轻轻地叹了一口气，道："其他姑娘进宫当嫔妃的结局，你也看到了，难道要让小七也跟她们一样吗？"

"可是小七她——"白星阑张了张嘴，将后面的半句话留在嗓子里。

她长得像皇婶啊！这句话，他却不能当着皇上的面一提再提。

"我知道你心里想的是什么。"皇上看着白星阑一脸憋屈的表情，笑了笑，声音低沉道，"你想说，她长得像月儿，让我把她留在自己身边，是吗？"

"呃……皇叔英明……"白星阑尴尬地笑了笑，硬着头皮道。

"就算她再像，她也不是月儿。"皇上叹了一口气道，"朕曾经对着满天的繁星发过誓，这一生只爱月儿一人，不论她在不在朕身边，不论她爱不爱朕，君子一言，尚且驷马难追，更何况朕身为皇上，怎可出尔反尔？"

"可是……"白星阑还想说点什么，皇上却朝他挥了挥手道，"阑儿别再说了，就算朕同意让小七姑娘去选秀，让她进宫，也不过是害了她，在这宫墙之中待一辈子，做另外一个人的影子，这种事情，太残忍了。"

"可我就是想在宫里蹲着啊。"叶七七听了半天，发现她亲爹这是想方设法把自己往宫外赶，终于道，"要是皇上不愿意让小七做妃子，那小七当个宫女丫鬟什么的也行。"

皇上满眼狐疑地看着她问道："你为什么想在宫里蹲着？嗯……蹲着？"

"不为什么。"叶七七眨眨眼睛，很认真地回答道，"我爷爷出去云游四海了，我爹娘又不知道在哪儿，左右我也没其他事情，不如皇上就让我在宫里蹲着。"

"呵呵呵。"皇上听了她的话，笑了出来。按理说，叶七七这些话已经算大不敬，可是不知道为什么，他就是不想惩罚她。

皇上摇了摇头道："不行，这宫里关系错综复杂，你若是长成别的样子，留在宫里也就罢了，偏偏你长得如此像月儿，会有许多人针对你。"

"可是——"

叶七七张了张嘴，还想说点什么，皇上又朝她摆了摆手道："小姑娘，朕是为了你好，若是想好好活下去，就离皇宫这个是非之地远一点。"

叶七七转头和白星阑对视了一眼。这就麻烦了啊。她爹说什么也不愿意让她进宫当妃子，连让她留在宫里都不行，那她还怎么报仇？

白星阑也是没有想到，皇叔对于月贵妃深情至此，就算看见和她长得一模一样的人，都不会动心。那他们这计划，就进行不下去了。

就在白星阑纠结时，叶七七突然抬起头，朝皇上一字一顿地问道："皇上可知道，小七的全名叫什么？"

"嗯？"皇上抬起头，看着叶七七，眼里闪过一丝疑惑。

"我叫叶七七。"叶七七迟疑了一下，声音清脆地继续道，"叶，是叶子的叶，皇上可知，当今天下武林第一高手叶珏大师？"

"叶珏？"皇上愣了一下，点点头道，"朕知道，叶珏大师当年与先皇是至交好友，两人为了这天下第一的名头争了许久。"

"我爷爷，就是叶珏大师。"

"哦……"皇上满眼疑惑地点点头，不知她为什么突然提起叶珏。

"我娘临终前将我托付给了爷爷。"叶七七咬了咬嘴唇，朝皇上缓缓道，"七月七日长生殿，夜半无人私语时……便是我名字的来历。"

"什么？！"皇上听到叶七七这句话，神色僵住了。

七月七日长生殿……夜半无人私语时……当年月儿曾经坐在长生殿的台阶前，看着漫天璀璨的繁星，朝他轻声道："若是以后我们有了孩子，就叫她七七好不好？"

可是后来，他们好不容易有的那个孩子，出生后没多久就夭折了。他还记得，那婴儿的身体软软的，没有一丝温度，眼睛就那么闭着，安静得像是睡着了。

"你……"皇上抬起头，目光震惊地看着叶七七，声音颤抖，"你是谁？"

叶七七咬了咬唇，伸手从脖子上拿下那块长命锁玉，递到皇上面前，声音清脆地问道："皇上可认识这个？"

"这……"皇上死死地盯着叶七七手中的那块长命锁玉。

他轻轻拿起那块玉，翻到背面看了一眼。

七月七日长生殿，夜半无人私语时。

"这是……朕当年亲自命都城中最好的工匠给朕的女儿刻的长命锁玉……"皇上手指颤抖地抚摸着那块玉。

那长命锁玉的表面雕刻着繁复的花纹，指尖触碰上去，有凹凸不平的触感，玉身带着一丝暖热的温度。

"你是……你是……"皇上再次抬头看向叶七七，激动得说不出话来。

"我是七七。"叶七七看着爹爹，眨眨眼睛，很认真地回答道。

"是……我跟月儿的七七吗？"皇上激动得甚至忘了以朕自称，眼睛眨也不眨地盯着叶七七。错不了，肯定错不了。

"我也不知道。"叶七七歪着脑袋，想了想，小声道，"我从来没有见过我的爹娘，所以……我也不知道……"

"肯定是，你肯定是！"皇上从椅子上站起身，激动地走到叶七七面前，仔细打量着她，深邃的眼眸中隐隐有泪光，"虽然不知道当年到底是怎么回事，但是我的女儿还活着……这……真是太好了，太好了！"

叶七七轻轻地咬了咬嘴唇，抬头看着神色激动的皇上，迟疑一下，轻声喊道："爹爹？"

"哎！"皇上激动地一把抱住七七道，"我的乖女儿！"

叶七七脑袋靠在皇上怀里，他身上有淡淡的龙涎香的味道，他的胳膊轻微地颤抖，不知道为什么，她有种莫名安心的感觉。这就是……有爹爹的感觉吗？

叶七七迟疑了一下，反手抱住皇上，将脑袋埋在他的怀里，声音闷闷地问道："爹爹，那我能在宫里住下来吗？"

"能！能！当然能！"皇上高兴得几乎手舞足蹈，低头看着怀里的叶七七，"爹爹这就让人去给你收拾宫殿，你就住爹爹旁边的揽月殿，那里原来是你娘亲住的地方。"

"好！"叶七七用力点点头。

只要她能在宫中住下来，那就有机会查到当年是谁害了她的娘亲。一想到这里，叶七七赶忙抬起头，朝皇上道："爹爹，你能不能先别告诉其他人我是你女儿？"

"为什么？"皇上满眼疑惑地看着她问道。

"因为……"叶七七眼睛转了转，声音清脆地道，"当年我娘亲将我送出宫去，肯定有原因，在查出原因前，爹爹先不要告诉其他人我是你女儿好不好？"

"可是……"皇上迟疑了一下。若是不告诉别人七七是他女儿，她住在那揽月殿中，估计会有人找她的麻烦。

"爹爹可是怕人找我麻烦？"叶七七抬起头，看着皇上。

"是……"皇上点点头，满眼担忧地看着叶七七。

"那要是真有人找七七麻烦，爹爹是站在别人那边，还是站在女儿这边？"叶七七眨巴眨巴眼睛。

"自然是站在七七这边。"皇上皱了皱眉，十分肯定道。

"那爹爹还怕什么？"叶七七朝他灿烂一笑道，"女儿自小跟着叶珏爷爷学武功，虽然目前还打不过爷爷，但是想要打赢其他人是没有任何问题的，要是真的有人来欺负七七，我可以揍她啊，只要到时候爹爹不责怪七七就好。"

"这……"皇上迟疑了一下，还有些犹豫。

"好不好嘛，爹爹。"叶七七见皇上还在犹豫不决，干脆拿出对付叶珏大师的撒手锏，伸手扯住皇上的袖子，可怜巴巴地看着他，声音弱弱道，"爹爹，女儿就这么一个愿望，你帮一下女儿好不好……"

皇上看着叶七七粉嫩可爱的小脸，那双水汪汪的眼睛可怜兮兮地眨巴着，再听着她软糯的声音，顿时觉得心都软了，当下便头脑一热，点点头道："行吧，七七说什么就是什么。"

"谢谢爹爹！"叶七七高兴地一把搂住皇上，又蹦又跳。

当天，叶七七住进揽月殿的消息便传遍了皇宫。

一时间，后宫沸腾了。

住在长乐宫的皇后听到这个消息，恨得牙痒痒。那臭丫头不过仗着自己长得跟死去的月贵妃有几分相像，便住进了揽月殿，皇上就这么对那人念念不忘吗？！

"皇后娘娘，皇后娘娘？"站在皇后身边的宫女轻喊她几声。

"什么事？"皇后回过神，淡淡地瞥了一眼身边的宫女，随口问道。

"咱们宫外站着好多嫔妃呢。"那宫女朝皇后福了福身子，声音轻轻道，"据说都是吵着过来要您主持公道的。"

"主持公道？"皇后冷笑了一声，抚着手上的护甲，声音傲慢道，"本宫才没空去管这些事情，她们想要去看新人，就去看吧，本宫管不着。"

那宫女听了这话，眼睛转了转，朝皇后福了福身子道："奴婢知道了，奴婢这就出去回了各宫娘娘。"

"嗯。"皇后漫不经心地应了一声，便转身进了内室。

那宫女走出长乐宫，朝等在门外的妃嫔们福了福身，轻声细语道："奴婢给各宫娘娘请安，皇后娘娘说了，那新来的妃子，各宫娘娘若是想去看看到底是个什么样子，只管去就是了，大家本就是宫中姐妹，见见面、联络联络感情什么的，实属常事，这种事情不必来请示娘娘。皇后娘娘今日身子有些不舒服，已经先行歇息了，待到身子好些，再和各位娘娘一起去看新来的姐妹。"

"这……"那些站在门外的妃嫔听到这番话，面面相觑。

这帮妃嫔中，向来比较机灵的玲嫔回过神，赶紧朝那宫女笑了笑道："既然如此，那我们先告退了，皇后娘娘若是身子不舒服，还是好好歇息，我们不打扰了。"

她这么一说，其他几个妃嫔也回过神，连忙福了福身，三三两两散去了。

几个跟玲嫔关系比较好的妃子，立刻朝玲嫔问道："咱们就这么走了？"

"走什么，去揽月殿看看那位到底长什么样。"玲嫔掩嘴一笑道，"皇后娘娘刚才不是说了，她可不管咱们怎么闹腾。"

"你的意思是……"

"咱们只管去找那个新人的麻烦就是了，反正皇后娘娘是站在咱们这一边的。"玲嫔粲然一笑，压低了声音道，"甭管那住在揽月殿中的人长什么样，现在皇上还没正式给她册封，她的身份就比咱们几个低上那么几级，好歹咱们也是进宫好几年的了，做姐姐的，给新来的妹妹上点规矩，也是应该的。"

"说得是！"那几个妃子连忙点头附和。

"走，去揽月殿。"玲嫔伸手扶了扶发饰，带着身后的几个人便朝揽月殿过去。

揽月殿内，皇上给叶七七的赏赐正一拨又一拨被搬进去。叶七七和白星阑坐在揽月殿大厅的椅子上，看着堆积如山的赏赐，扯了扯嘴角。

"看来，你爹挺疼你的。"白星阑感觉要被那些金银珠宝刺瞎眼睛。

"我感觉也是……"叶七七动作僵硬地点了点头道，"早知道我爹爹这么有钱，早点来跟他相认就好了，不然当初也不会为了五百两银子，傻不拉唧去给墨公子当什么贴身护卫。"

"你那个……"白星阑正准备说点什么，殿外突然传来一声通报，"玲嫔娘娘、珍常在、琴答应等求见！"

"玲嫔，珍常在？"叶七七有些疑惑地转过头，看了一眼白星阑道，"你认识她们吗？"

"你爹的妃子，我怎么可能认识？"白星阑白了叶七七一眼，用"你是白痴吗"的眼神看着她。

叶七七点点头，奇怪道："你都不认识，我更不可能认识，她们来我这儿干什么？"

"还能干什么，当然是来看你的。"白星阑有些无语地看着叶七七道，"你一进宫就住进月贵妃以前的宫殿，她们自然对你很好奇。"

"哦，好吧，那快让她们进来。"叶七七听说有人来看她，顿时高兴。

白星阑有些迟疑地看着叶七七，张了张嘴，压低了声音朝她道："你要小心一点。"

"嗯？小心什么？"叶七七满眼疑惑地看着他问道。

"知人知面不知心，谁知道这些人来你这儿到底是干吗的。"白星阑朝她认真道。

"你刚才不是说她们来看我吗？"叶七七歪着脑袋，满眼不解地看着他问道。

"……那只是表面的理由。"白星阑觉得以叶七七这样的性格，根本就不适合在这深宫常年待着，"善者不来，来者不善，我担心——"

"哎呀，别担心了。"叶七七朝他摆摆手道，"我这才第一天进宫呢，大不了兵来将挡水来土掩，走，看看去！"叶七七说完，便从椅子上跳了下来，整理一下衣袍，朝揽月殿的外间而去。

外面大厅里，玲嫔、珍常在还有琴答应几个已经站在那里等着叶七七。眼下她们看到叶七七走出来，不由得同时抬起头，朝她看去。她没有佩戴太多珠宝首饰，也没有穿名贵的衣物，就是安安静静地站着，宛如出水芙蓉。

叶七七看着那几人，迟疑了一下，声音清脆地问道："你们是？"

玲嫔回过神来，道："我是玲嫔，这位是珍常在，旁边这位是琴答应，还有这位是——"玲嫔赶忙朝叶七七友善地笑了一下，将站在身边的几个姐妹挨个介绍了一遍，"我们听说新来了一位妹妹，就想着过来看看。"

叶七七点点头，朝她们笑道："我叫小七，各位姐姐可以叫我小七妹妹。"

"小七妹妹。"玲嫔朝叶七七笑了笑，声音柔柔地喊了她一声。

"姐姐们是特地来看我的？"叶七七歪着脑袋，看着玲嫔几人，声音清脆地问道。

"是啊，自然是来看妹妹的。"玲嫔用手绢掩着口鼻，浅浅一笑道，"啊，小王爷也在这儿啊，玲嫔见过小王爷，听说此次皇上新得了这位妹妹，还是小王爷帮忙找来的呢。"

白星阑站在叶七七身后，皮笑肉不笑。

"那姐姐有给妹妹带礼物吗？"叶七七却是眨眨眼睛，目光直直的，声音里满满的都是期待。

礼……礼物？玲嫔扯了扯嘴角，有些尴尬地笑道："这个……因为来得匆忙，所以礼物也没带，是姐姐想得不周，还望妹妹见谅，不要责怪姐姐。"

叶七七点点头，朝玲嫔灿烂一笑道："没事的，姐姐记得下次过来时，给妹妹带礼物就好。"

"好。"玲嫔尴尬地看着叶七七，心中却是对她蔑视万分。这小丫头一看就不是什么好人

白星阑有些无聊，可他跟叶七七还有些事没有商量好，所以只能在这儿干等着，打算等那些嫔妃走了，他再继续跟叶七七商讨。

几个嫔妃看到满屋子的宝贝，瞬间两眼发亮，三三两两走到那些珠宝前。

"妹妹，你看，这条项链我戴着好看吗？"

"妹妹，你看，这发簪衬姐姐的发型漂亮吗？"

"妹妹，你觉得这玉镯的颜色跟姐姐的皮肤配吗？"

叶七七百无聊赖地看着她们，随意点头敷衍道："好看，漂亮，挺

配的。"

几个嫔妃听着叶七七的回答，又扯了扯嘴角，妹妹，难道你听不出来我们话里的意思吗？这在宫里，要是有人拿着一件首饰问别人，这首饰跟我配吗，那人一般就该顺势将这件东西送给对方。

玲嫔咬了咬牙，瞪着叶七七半晌，扯出一抹谄媚的笑道："妹妹真是好福气，这么受皇上宠爱。我们这些进宫多年的老人，别说受宠了，这一年到头的，见皇上的次数屈指可数。这些好东西妹妹有这么多，姐姐可是见都没有见过。"

叶七七点点头，朝玲嫔灿烂一笑道："那姐姐趁这机会多看看，把没见过的都见了吧。"

玲嫔听了这句话，瞬间恨得牙痒痒。

就连坐在叶七七旁边的白星阑都伸手捂住了眼睛。这丫头到底是成心的还是无意的啊？她难道看不出来，几个嫔妃的脸色已经发青了吗？

"姐姐的意思是……"纵然对叶七七恨不得千刀万剐，玲嫔却还是堆着笑，朝叶七七继续道，"妹妹能不能送几样宝贝给姐姐啊？其实做姐姐的……这么说也不是很好意思……但是……"

玲嫔说着说着，一张脸红了，这么跟别人要东西，在她还是第一次。

叶七七愣了一下，直直地看着玲嫔，声音带着疑惑道："姐姐的意思是，你特地过来看我，不仅没有给我带礼物，还想从我这儿拿走东西？"

大厅又是死一般寂静。

玲嫔咬了咬牙，恨恨地将手中的东西放下，刚打算说不要了，叶七七却朝她点点头道："不过没事，姐姐要是想要，就拿走好了。"

玲嫔刚刚将手中的项链放到面前的托盘里，听到叶七七的话，她迟疑一下，又将那条项链拿起来，僵笑着道："那……姐姐就先谢过妹妹了。"

"姐姐不用客气，只是千万记得多来看看妹妹。"叶七七笑眯眯地朝玲嫔道。

"那是自然的……"玲嫔僵笑着点点头。

"还要记得下次来看妹妹时，给妹妹带礼物！"叶七七耿直地朝玲嫔道，"对了，姐姐，我不是特别喜欢这些金银珠宝啊，所以你要是来看我，千万不要给我带这些，我喜欢吃甜点，姐姐给我多带点甜点就好。"

"好……没问题……"玲嫔扯了扯嘴角，朝叶七七道。

其他几个嫔妃见状，连忙学着玲嫔的样子，一边承诺给叶七七带好吃的过来，一边跟她要自己喜欢的首饰。

揽月殿外突然传来一声通报："皇上驾到——"

几个嫔妃神色一喜。想她们一年到头见不到皇上几次，这一来揽月殿，就遇到了。于是，几个嫔妃赶紧整理了一下衣服，又将刚跟叶七七要到的珠宝首饰戴在身上，转身朝揽月殿大门的方向跪了下来。

皇上踏进揽月殿大厅，便看到跪了满满一屋子的人。他微微一愣，朝依然坐在贵妃椅上、没有任何下跪意思的叶七七看去，奇怪道："小七这儿有客人？"

"嗯。"叶七七点点头，一个飞身便从贵妃椅上跳下来，朝皇上直直地跑去，冲进他的怀里，抱着他撒娇道，"姐姐们都是来看我的。"

皇上点点头，看着怀里的叶七七，只觉一阵柔软。他伸手摸摸她毛茸茸的脑袋，声音里满满的都是宠爱："小七累不累，饿不饿，有没有吃东西？要不要让御膳房给你做些吃的？"

"这么一说，好像确实饿了。"叶七七赶紧点点头道，"那你给我弄点甜点？"

跪在地上的几个嫔妃，顿时惊出一身冷汗。

没想到，皇上不仅不生气，还特别高兴地转身吩咐身后的公公，让他去御膳房准备一些点心。几个嫔妃跪在地上咬牙切齿。这臭丫头，是真得宠！

皇上跟叶七七寒暄了一会儿，这才想起还有几个嫔妃依然跪在地上，于是转头朝她们声音低沉道："其他人也都起来吧。"

"谢皇上。"几个嫔妃低低地应了一声，便规规矩矩地站起来，满眼期盼地朝皇上看过去，只希望皇上的目光能在自己身上停留一会儿。

皇上却只顾低头和叶七七说话，没有一点朝她们看的意思。

"皇上……"站在一旁的玲嫔低低喊了一声。

皇上这才转过头，朝玲嫔看去，只一眼，他脸色一变，皱着眉头道："你脖子上的这项链……"

玲嫔见皇上注意到自己脖子上的项链，心中不免有些得意，朝皇上福了福身子，声音妩媚道："回皇上，嫔妾的这串项链，还是小七妹妹送的呢。"

"小七送的？"皇上满眼疑惑地转过头，朝叶七七看去。

"是啊。"玲嫔手中拿着帕子，莞尔一笑道，"小七妹妹说，她一点都不喜欢皇上送的这些金银珠宝，只喜欢吃甜点，看嫔妾喜欢，就转手送给嫔妾了。"

皇上将眉头皱得更紧。

玲嫔看着皇上的表情，心中一阵窃笑，面上却是无辜，朝皇上道："哎呀，这也就是小七妹妹颇受皇上的宠爱，所以性情如此直爽，要是换了嫔妾，别说皇上送给嫔妾的是金银珠宝，就算送的是一块石头，嫔妾也愿意好好保存，绝不转送他人。"

白星阑脸上的表情变了变。这深宫中的女人，搬弄是非的本领简直太可怕了。

皇上低头看着叶七七，迟疑着问道："你不喜欢这些珠宝首饰吗？"

玲嫔心中大喜。看来皇上要生气了！

"对呀！"叶七七点点头，朝皇上道，"你送得太多了，我根本就用不了这么多，再说这些珠宝首饰拿出去卖掉也比较麻烦，还不如变成银子赏赐给我呢！"

玲嫔心中更是窃喜不已。这傻丫头，是个见钱眼开的主，皇上可是最讨厌这种人了。

果然，皇上不解道："为什么要全部换成银票？"

"因为我穷……"叶七七眨眨眼睛，很直白地道，"我以前还欠过别人五百两银子，为了还债，给那人当了许久护卫。"

玲嫔撇了撇嘴角，这小姑娘还是穷苦人家出来的，那更好，门不当户不对，背后又没什么靠山，就算皇上宠爱她，册封等级也不会超过嫔位。

皇上却是一脸心疼地看着叶七七道："你还去给别人当护卫？就为了区区五百两？"

"嗯。"叶七七点点头。

"行，朕这就叫人把这些珠宝首饰全部换成银票和金元宝给你送过来！"皇上挥了挥手，朝站在身边的公公吩咐一句，那公公连忙出去。

什么？！玲嫔和其他几个嫔妃眼睁睁看着皇上不仅没有生气，还非常爽快地答应了叶七七的要求，一时不知道该用什么表情来面对。

380

皇上跟叶七七又说了一会儿话，突然转过头，看着依然站在大厅中的玲嫔几人，皱着眉头，声音不悦道："你们怎么还在这里？还有其他事情吗？"

　　"呃……回皇上，没有……"玲嫔愣了一下，下意识回答道。

　　"既然没事，还站在这里干吗？"皇上瞪了她们一眼，挥挥手道，"没事就赶紧退下吧，朕还有别的事情要跟小七商量。"

　　"是……"

　　玲嫔几个十分不甘愿地朝皇上行礼，正准备转身离开，皇上又喊住她们道："等一下。"

　　"皇上有什么吩咐？"玲嫔惊喜地转过头，满眼期盼地问道。

　　"把你们身上那些首饰都给朕拿下来。"皇上有些不高兴地看着她们戴的珠宝玉石，这几个人还真是会挑，专门要贵重的东西，他家小七那么穷，要是让她知道这些东西到底值多少银子，说不定会心疼死的。

　　"啊……啊？"玲嫔几个一时愣在了原地。

　　"怎么，听不懂？"皇上蹙了蹙眉头，朝她们几个道，"朕送给小七的东西，岂是你们想拿就随意拿的？没有朕的同意，谁送给你们也不行。"

　　"是……是……"玲嫔眼看着皇上朝自己一瞪眼，顿时吓得两腿发软，连忙将挂在脖子上的项链取下，又拿下戴在手腕上的玉镯，小心翼翼地放回托盘。

　　玲嫔这么一动作，其他几个嫔妃赶紧也将身上的东西取了下来。

　　皇上冷眼看着她们将东西取下，这才轻哼了一声，放她们走了。

　　等到几个嫔妃出去，皇上朝叶七七语重心长道："这宫中钩心斗角、争风吃醋的女子多了，七七，你要小心她们，那些人表面看起来对你好，实际上每一句话、每一个动作，都在算计你。"

　　"嗯，我知道呀。"叶七七点头道，"我又不傻，谁真的对我好，谁只是表面敷衍我，我看得出来，那几个人口口声声说是来看望我，结果两手空空什么都没带，连最起码的礼节都没有，好歹也给我带朵宫殿门口摘的花儿啊。"

　　白星阑转过头，看着叶七七，似乎松了一口气道："原来你知道她们来者不善啊……"

　　"是啊，她们进门之前，你不是说过吗？"叶七七眨眨眼睛问道。

"……我以为你没注意听啊。"白星阑有些无语地看着她。

"七七……"皇上有些担心地看着她道，"今日还好朕过来看你，若是朕没有过来，她们几个说不定还要想出什么法子找你的麻烦，你一个人在这宫中，朕又不能时时护着你，你——"

皇上刚打算劝她不要继续待在宫中，叶七七打断他道："爹爹，我能带一个丫鬟进宫吗？"

"什么？"皇上愣了一下，满眼疑惑地看着她。

"就是……一直陪着我的一个丫鬟。"叶七七歪着脑袋，眨眨眼睛看着皇上道，"他可聪明了，武功又好，武功比我爷爷还好，让他进宫陪着我，行吗？他绝对可以保护我的安全。"

"一个丫鬟？"皇上有些不太相信地看着她。

"对，我曾经对他有救命之恩，把他从土匪寨子里救了出来，他便立志待在我身边，保护我的安全。"叶七七撒娇道，"好不好，爹爹，他真的很厉害，你要是不相信，可以让星阑哥带他进宫来给你看一看啊。"

"那丫鬟真的这么厉害？"皇上转过头去，看着白星阑问道。

"呃……是，确实很厉害。"白星阑扯了扯嘴角，表情有些僵硬地回答道。

那可是墨国的靖安王啊……

"那就让星阑把她带进来给朕看看吧。"皇上想了想，"毕竟你星阑哥也不能天天留在皇宫中保护你，要是那丫鬟真的有你说的那么厉害，朕便让她留下来。"

"好！"叶七七顿时眉开眼笑。

第十三章　你想当皇帝吗

当天傍晚，白星阑带着易容的墨寒卿，回到皇宫。

揽月殿里，皇上正陪叶七七用晚膳，殿外侍卫报了一声小王爷求见，叶七七立刻便站起来。

皇上看到叶七七的动作，也跟着抬起头，朝揽月殿大门的方向看去，连声道："快，让阑儿进来。"

不过片刻，白星阑便带着墨寒卿走了进来。

皇上直直地看着跟在白星阑身后的"丫鬟"。

那丫鬟看起来个子很高，站在阑儿身边，几乎和他不相上下。她身上的衣服很普通，款式就是阑儿府中丫鬟穿的，样子嘛，还算清秀，却是让人看一眼不太记得住。

白星阑带着墨寒卿走进来，双手抱拳朝皇上行了个礼道："见过皇叔。"

墨寒卿低着头，跟在他身后，默默地朝皇上福了福身子。

"这就是七七说的，那个武功高强的丫鬟？"皇上不太相信地看着墨寒卿，这丫鬟看起来也就个子高一些，相较一般丫鬟可能显得人高马大，但要说她能打败七七的爷爷，他是说什么都不相信的。

"对啊，就是他。"叶七七一看墨寒卿过来，直直地跑到他面前，一把牵住他的手，拽着他走到皇上面前道，"爹爹，他可厉害了。"

"呵呵呵……"皇上看着墨寒卿干笑了几声。

"真的，爹爹，"叶七七看着皇上不太相信的样子，朝他催促道，"不然你可以喊几个侍卫过来试一试，他们绝对打不过他的。"

皇上敷衍地点点头，盯着墨寒卿，问道："你叫什么名字？"

墨寒卿抬起头，默默地看着皇上，没有说话。

"嗯？"皇上见他半晌不说话，便转过头，满眼狐疑地看着叶七七。

"呃……他……"叶七七这才想起来，之前他们光顾着给公子易容，完全忘了，他若是一说话，还是男人的声音，眼下在皇上面前，岂不是就露馅了。

"那个……他……他是个哑巴。"叶七七心里一急道，"他不会说话的。"

"哑巴？"皇上愣了一下，扯了扯嘴角，有些无语地看着叶七七。

"喀，他……嗯，就是个哑巴……"叶七七也觉得这个理由有些牵强，但现在只能硬着头皮继续道，"不过他会写字的，呵呵呵……会写字。"

"那你们平时怎么交流？就靠写字？那岂不是随时准备纸和笔？"皇上皱了皱眉，随口问道。

"不啊。"叶七七愣了一下，摇摇头道，"我有什么吩咐，告诉他就行了，他要是想跟我说点什么，可以打手势啊。"

皇上没有说话，但从表情看，他对于墨寒卿这个"丫鬟"，是有些不满的。

"哎呀，爹爹，"叶七七拽着皇上的袍袖又开始撒娇道，"就让他留下来嘛！"

"行吧，行吧，那就留下来吧。"皇上最怕的就是叶七七撒娇，只要她一央求，他便什么都答应下来，"反正你这揽月殿，朕也给你安排了不少人守着，要是有人找你麻烦，会有人第一时间通知朕的。"

"好。"叶七七笑眯眯地朝皇上点了点头。

用过晚膳，皇上又跟叶七七聊了一会儿，便离开了，走之前还特地叮嘱七七好好休息。

送走了皇上和白星阑，叶七七转过头，看着一身丫鬟打扮站在大殿里的墨寒卿，顿时笑得嘴都合不拢。

　　墨寒卿一脸无语地看着她，等她笑够了，才低声道："干吗一直傻笑？"

　　"公子，你这一身还挺适合。"叶七七乐不可支地走到墨寒卿身边，伸手扯了扯他的袍袖，"换衣服的速度挺快，该不会是我一出门，你就换好了衣服，等着我召你进宫吧？"

　　墨寒卿白了她一眼，懒得理她。

　　"嘿嘿，不说话就是默认了。"叶七七扑进墨寒卿怀里道，"一日不见，甚是想念。"

　　墨寒卿低头，温柔地看着扑进自己怀里的叶七七，声音低沉道："想谁？"

　　"想你，嘿嘿。"叶七七仰起脑袋，看着墨寒卿清秀却毫无特色的脸，一个没忍住，又笑了出来道，"公子你现在的样子，看起来好好玩。"

　　墨寒卿瞬间无语。

　　"对了，我不能一直喊你公子啊。"叶七七歪着脑袋看着墨寒卿道，"要不当着别人的面，我喊你小卿卿吧？"

　　小卿卿？

　　墨寒卿扯了扯嘴角，这名字听起来怎么这么……恶心……

　　"不可以拒绝！"叶七七看墨寒卿脸上的表情变了变，赶忙道，"现在这揽月殿是我的，一切都是我说了算！"

　　墨寒卿沉默不语。

　　"嘿嘿嘿，小卿卿，咱们——"

　　叶七七正准备继续说点什么时，就听得揽月殿外传来一声通报："皇后娘娘驾到——"

　　叶七七愣了一下，下意识回头看了墨寒卿一眼道："皇后娘娘？这么晚了，她怎么会来？"

　　"夜国的皇后？"墨寒卿迟疑了一下，皱了皱眉道，"看来你真是招惹了一个大人物啊。"

　　"什么叫我招惹的？"叶七七白了他一眼道，"我才第一天进宫好不

385

好，明明是她们想来招惹我！"

"那就先看看吧。"墨寒卿淡淡地说了一句，便站到叶七七的身后，低下头，不说话。

穿着华贵的皇后，在一群人的搀扶下缓缓地走来。

"见过皇后娘娘。"叶七七朝走进殿门的皇后恭恭敬敬地行了个礼。

皇后进来，却是没有说话，只是目光傲慢地将揽月殿上下左右打量了一番，才缓缓道："这么些年没有来这儿了，这揽月殿倒是一点都没变。"

"是。"站在皇后身后的宫女轻轻地应了一声。

"那些精致淡雅的装饰就跟它原来的主人一样，看着让人讨厌。"皇后环顾了一圈，收回目光，看着站在自己面前低着头正在行礼的叶七七，皮笑肉不笑道，"哟，这不是小七吗，怎么还行着礼呢，快起来吧。"

"谢皇后娘娘。"叶七七在心里已经朝皇后翻了一百八十个白眼，但表面上仍恭恭敬敬地应了，站起来。

"本宫今儿早上刚见了小七姑娘，这到了晚上，小七姑娘已经是这揽月殿的主人了。"皇后娘娘眼眸微垂，看着眼前的叶七七，不屑道，"小七姑娘果然有一身迷惑男人的好本事啊。"

站在叶七七身后的墨寒卿皱了皱眉。

叶七七却是朝皇后呵呵一笑道："不知道皇后娘娘这么晚了还过来揽月殿，可是找小七有要紧事？"

"没什么事，本宫就不能过来？"皇后不屑地瞥了叶七七一眼道，"你以为皇上让你住在揽月殿里，这揽月殿就是你的？本宫告诉你，这后宫都是本宫的。"

"……哦。"叶七七有些无语地看着她，所以，你是过来宣示主权的吗？

"不过，妹妹今日第一天进宫，就能住进揽月殿，实在是妹妹的造化。"皇后转过身去，朝身后的宫女招了招手，继续道，"于情于理，本宫身为后宫之首，都得来探望一下妹妹，来人啊，把本宫准备的礼物送上来。"

"是。"宫女们低低地应了一声，便一个接一个走到叶七七面前，将手中的锦盒举到她眼前。

"这些都是本宫送给妹妹的礼物。"皇后娘娘高傲地抬了抬头，朝叶七七道，"虽然比不上皇上送你的名贵，但也不至于被人说不知礼数。"

叶七七转过头去，看了看墨寒卿。

看样子，玲嫔那些人是跑去皇后那里告状了。

叶七七沉默片刻，朝站在身后的墨寒卿低声道："小卿卿，去，把礼物都收下来吧。"

墨寒卿朝她福了福身子，默默地走到那些宫女面前，毫不客气地将所有礼物都收了。

"呵，妹妹住在这揽月殿里还真是心安理得。"皇后看着墨寒卿将那些礼物都收下，这才继续朝叶七七道，"你可知道，原先住在这揽月殿中的人是谁？"

叶七七猛地抬起头，看着皇后。

"呵，看你的样子，也是不知道。"皇后傲慢地看着叶七七，将目光微微垂下，看着自己葱白一般的玉手，一字一顿道，"这揽月殿里，曾经住着月贵妃，可是皇上心尖儿上的人，月贵妃在世时，皇上从来都没有往后宫其他嫔妃身上看过。"

"不过月贵妃命不好。先是生了个孩子，结果孩子夭折，紧接着自己也跟着去世了。"皇后端详完指甲，这才抬起头，看着叶七七，嘴角带着一抹讥讽的笑道，"可惜她死了以后，皇上还是没有往后宫的其他人身上看过。"她顿了顿，突然凑近叶七七，眯着眼睛看着她问道，"你可知道，为什么你一来，皇上就看上了你？"

"不知道。"叶七七一脸平静地看着眼前的皇后，随口回答道。

"因为你长得太像月贵妃了。"皇后娘娘咬牙切齿地朝叶七七道，"你跟她，简直就是一个模子刻出来的。看着你这张脸，我都想用指甲把它挠花。"

叶七七皱了皱眉，下意识往后退了一步。

"所以说白了，你不过是一个替身而已。"皇后突然扯出一抹灿烂的笑容道，"你也不过是别人的影子，皇上第一眼看到你，不过觉得新奇，时间长了，皇上就会明白，你终究不是他爱的那个人，到那个时候，恐怕你就要从这揽月殿中搬出去了。"

"哦……"叶七七盯着皇后，不温不火地答了一个字。

387

"哦?"皇后朝她讥讽地笑了笑道,"你倒还挺冷静的。"

"以后会怎么样,那是以后的事。"叶七七眨眨眼睛,不慌不忙地朝皇后道,"至少我现在受宠,总好过有人从来没有被爱过。"

"你!"皇后气得牙痒痒道,"你什么意思?"

"小七多谢皇后娘娘提醒。"叶七七朝皇后福了福身子,声音清脆道,"皇后娘娘的心意,小七心领了,若是娘娘没有其他事情,还是早点回去歇息吧。"

"你有什么好得意的?"皇后眯了眯眼睛,看着叶七七道,"本宫刚才已经听人汇报过了,皇上今夜并不会留在你这里过夜,说到底,你也就是长得像而已,以前月贵妃活着时,皇上可是夜夜留在这里陪她。"

"反正皇上就算不留在我这儿过夜,也不会去你那儿过夜。"叶七七有些无语地看着皇后,小声地说了一句。

"你说什么?!"皇后瞪着一双丹凤眼,死死地看着叶七七,面色通红,她一转头,便朝自己身后的宫女道,"给我掌她的嘴!用力打!"

"这……"站在皇后身后的宫女迟疑了一下,一时没有动静。

她们第一次来揽月殿,没说两句话就要揍人,这好像……不太好吧?

"怎么,本宫的话你都不听了?"皇后见宫女迟迟没有动静,便转过头,皱着眉朝她道,"你怕什么,这丫头不过第一天进宫,连个名分都没有,别说是什么答应、常在,她现在连宫女都算不上。再说,就算她有了名分,撑死也就是个贵妃,本宫身为皇后,还是这后宫之首,教训一个妃子难道还不可以?"

"是,娘娘说得是。"站在皇后身后的宫女低低地应了一声,便朝叶七七走去,伸手朝叶七七脸上招呼过去。

叶七七眯了眯眼睛,一伸手,便握住那宫女扇向自己的巴掌。

"你……"那宫女一时动弹不得,用力抽了抽,却没能将手抽回来。

"皇后娘娘别太过分了。"叶七七握着那宫女的手,转过头来,朝皇后道,"在这揽月殿里,我劝你还是不要动手的好。"

"我怎么就不能动手?"皇后眼看着宫女被叶七七挟持住,顿时火冒三丈道,"本宫想要教训谁就教训谁,你还敢动本宫的人?"

叶七七皱了皱眉,看着皇后,只觉得她不可理喻。

"来人啊。"皇后声音发抖，朝跟着自己来的一众宫女命令道，"去，给我上去扇她，狠狠地扇！"

"是！"跟在皇后身后的另外九个宫女，应了一声，便一个接着一个朝叶七七走去。

"看来皇后娘娘是不到黄河心不死啊。"叶七七冷笑一声，松开宫女的手，挺直腰背朝那几个宫女大声道，"我丑话说在前面，你们谁要是敢动手，别怪我不客气，打我的人，我绝对不会放过。"

皇后声嘶力竭地朝那些宫女吼道："别理她！给我上去打！"

那些宫女立刻朝叶七七扑了过去。女人打架，除了抓头发，便是撕衣服。那十个宫女不过是平日里跟在皇后身边服侍她的，几乎没有一个人会武功。

叶七七有些鄙视地看着她们，在十个人中灵活地穿梭，两只小手飞快扯下那些宫女头上的装饰，等到她们长发垂落，就将她们十个人的头发全部绑在一起。不过片刻，原本气势汹汹的十个宫女便尖叫着伸手护住头发。她们的头发被叶七七扯得生疼。

"来继续打我啊。"叶七七扯着十个人的发尾，笑眯眯道。

"啊啊啊……快松手，好疼……"

"我的头发……别再扯了……"

"你住手啊，快点住手！"

那十个宫女龇牙咧嘴地朝叶七七大声喊道。

"想要我住手？"叶七七笑得一脸恶劣，朝十个宫女道，"可以啊，你们给我去打皇后娘娘。"

"你、你说什么？！"皇后听到叶七七的这句话，瞪大了眼睛。

叶七七抬起头，朝皇后娘娘笑眯眯地看了一眼，用力扯了扯那十个宫女的头发道："去不去？！"

"小七姑娘……不要啊……"

"求求你，放过我们……"

"打皇后娘娘，可是大不敬的事情……"

那十个宫女顿时愁眉苦脸地哀求道。

"哦，那就是不去打了？"叶七七点点头，应了一声，拽着她们头发的手更加用劲，"那我只能继续拽你们的头发了。"

"不要！好疼，你快松手！"

叶七七这么一用力，那些宫女顿时尖叫起来。

"我刚刚已经说过，想要打我的人，我是绝对不会轻易放过的。"叶七七依然笑眯眯地朝那些宫女道，"既然你们不按我的吩咐去做，那我只能找你们算账，过会儿我的手稍微用点力，你们的头发就会一根根从头皮上脱落，我再用点力，你们的头发就会一片一片脱落，啧啧，那个样子，你们自己想象一下。"

十个宫女吓得哭了出来道："不要，求求你，快点松手！"

"哦，那到底听不听我的？"叶七七扯着她们的头发，声音清脆道。

回答她的，只有沉默。

"那就是不听。"叶七七笑了笑，手腕稍一用力。

那十个宫女便感觉头皮一紧，一些地方的头发好像绷紧的弦断裂一样，掉了下来。

"不要，不要，你快住手！"那些宫女尖叫着捂住头，朝叶七七哭着道，"听你的，我们听你的。"

"你们！"皇后娘娘听着那些宫女的哭喊声，后退了两步，脸色瞬间变得惨白。

"真的听我的？"叶七七嘿嘿一笑，力道稍微松了一点道，"去，给我打。"

那十个宫女红着眼睛，一边哭着，一边缓缓朝皇后走去。

"你们，你们疯了吗？！"皇后朝她们吼道，"本宫倒是要看看，今日你们哪个敢动本宫一下子，谁要是敢碰本宫，本宫立马便命人灭了你们九族！"

皇后这话一出口，那些宫女一下子不敢动了。

叶七七嘿嘿一笑，朝皇后道："还以为你多厉害呢，原来只会威胁别人。你的宫女不敢打你，可是我敢啊。"

"你什么意思？"皇后后退了两步，向站在叶七七身后的墨寒卿看去。

"嘿嘿。"叶七七朝皇后咧嘴一笑，声音清脆道，"小卿卿，你去！"

墨寒卿迈开步子朝皇后走去。

"你、你别过来……"皇后看到墨寒卿面无表情地朝自己走过来，后退了两步道，"我警告你，我可是夜国的皇后，你敢对我动手，我就让人杀了你全家！"

墨寒卿眯了眯眼睛，浑身散发出冰冷的寒意。

皇后接触到墨寒卿的眼神，不由自主地打了个冷战。

"你……你……"皇后看着墨寒卿一步步朝自己靠近，心中一颤，下意识拎起裙摆，一转身，便朝揽月殿外奔去。

"来人啊，快来人啊！护驾！护驾！"皇后一边跑一边声嘶力竭地喊着。

在揽月殿周围巡逻的侍卫，听到皇后的喊声，一下子全朝这边跑来。不过片刻，揽月殿的门外便被围得水泄不通。

皇后躲在那些侍卫身后，指着揽月殿的大门，声音颤抖地道："快，给本宫进去将那个贱人抓起来！她想要害死本宫！"

那些侍卫听到皇后娘娘的话，面面相觑。那里面住的，不是皇上今日刚刚看上的姑娘吗？怎么皇后娘娘才进去一会儿，就吓成这样跑出来了？！

就在场面僵持不下时，远远地，一声通报传来："皇上驾到——"

所有侍卫松了一口气，朝声音传来的方向齐刷刷地跪了下来。

"这是怎么回事？"已经脱去一身龙袍、只穿着常服的皇上背着双手，皱着眉头走来，看着眼前乱糟糟的情形，声音低沉地问道。

"皇上，皇上，你要救救臣妾啊！"皇后立刻朝他扑了过去道，"那揽月殿里的小七姑娘，她……她想要杀臣妾啊！"

皇上低头，看着惊慌失措的皇后，皱着眉头道："谁要杀你？"

"那个小七……"皇后抬头看着皇上，眼睛眨了眨，落下几颗泪珠。

"进去看看。"皇上迈开步子，朝揽月殿里走去。

那些围在揽月殿外的侍卫，立刻给皇上让出一条道。揽月殿里，皇后身边的十个宫女瑟瑟发抖地跪在地上，低着头嘤嘤啜泣。倒是叶七七，仿佛没事人一般，坐在大厅的桌子边端着一杯茶在喝。

皇上在殿内扫视了一圈，直直地朝叶七七走去。

"咦，你怎么来了？"叶七七听到脚步声，抬起头朝老爹看去。

皇后瞬间一怔，这死丫头，见到皇上连礼都不行，还对着皇上大呼小叫?

"朕正准备睡觉，便听到下人来报，说是皇后来了你这儿。"皇上长叹一口气道，"朕不放心你，所以过来看看。"

不放心她？皇后一脸不可思议地转过头，看着皇上。

"没什么事呀。"叶七七眨眨眼睛，放下手中的茶杯，笑眯眯地看着皇上道，"就是皇后娘娘想要让她手下的宫女教训教训我，结果被我教训了一下。我准备让人打皇后娘娘时，皇后娘娘跑了。"

"她们想要教训你？！"皇上听到这句话，顿时紧张地看着叶七七问道，"你有没有受伤？"

"没有呀。"叶七七站起身，在皇上面前转了一圈，摊摊双手道，"我武功这么好，她们怎么可能伤到我？倒是那些宫女被我扯掉不少头发。"

"那就好。"皇上见叶七七没有受伤，这才松了一口气，朝皇后不悦道，"这么晚了，你还来这里做什么？想要找小七的麻烦吗？"

"不是，皇上，你听臣妾解释——"皇后脸色惨白地看着皇上。

"朕不想听。"皇上瞪了她一眼道，"朕只告诉你一件事，没事不要来揽月殿，听到没有？"

"臣妾……"皇后张了张嘴，刚想说点什么时，皇上又打断她道，"就算有事，也别来找她，想要来揽月殿，必须得到朕的同意。"

"可是，臣妾只是——"

"行了，时间不早了，皇后还是回去歇着吧。"皇上面无表情地看了皇后一眼，没有一丝感情道，"回去好好看看，你现在的样子成何体统！"

"是。"皇后惨白着一张脸，低低地应了一声，便福了福身子道，"臣妾告退。"

皇后一走，跪在揽月殿中的那些宫女也被叶七七给轰走了。皇上又安慰了叶七七几句，这才带人离开。

第二日，新来的宠妃大败皇后的事，便在朝堂传开了。

那些将自家女儿送进宫中当妃子的大臣，原本想着反正谁也不受宠，正好局面平衡，谁知道半路杀出个程咬金，关键是，这新来的宠妃不是他们之中任何一方的人。更重要的是，在皇上眼里，显然这位新宠妃的地位是高于皇后的，这也意味着，他们夜国可能要换皇后了。

一时群臣激愤，每天上奏皇上的折子里，有不少都是弹劾新妃的，说她来历不明、狐媚惑主，恳请皇上一定要查明她的身份，还皇后娘娘一个公道。

皇上看到那些奏折，不以为意地丢到一边。那些大臣眼睁睁看着皇上不为所动，只得曲线救国，又提议让皇上早日决定太子人选。毕竟皇上无子嗣，这太子最好是从皇亲国戚里选一个。

皇上每日上朝，被这些大臣嚷得头疼，下朝后只能躲到叶七七的揽月殿去，求个清净。这么一来，便形成恶性循环。那些大臣叫嚷得越厉害，皇上越是跟叶七七亲近；他越是跟叶七七亲近，那些大臣的反应就越是激烈。

眼看事态一发不可收拾，叶七七终于反应过来，最近她老爹看起来心情不是很好。于是晚上，皇上再次来到揽月殿时，叶七七一双小手托着下巴，眨巴着眼睛看着自家老爹问道："爹爹，你最近好像总是愁眉苦脸的，是发生什么事情了吗？"

皇上抬起头，看了叶七七一眼，又低下头去，长长地叹了一口气。

"爹爹，怎么了？"叶七七站起身，挪到自家老爹身边，一双胳膊搂着皇上的胳膊，关心地问道，"是不是有什么烦心的事，说出来，女儿帮你想办法。"

皇上长叹一口气，抬起头看着叶七七，迟疑半晌，低声道："七七，现在朝野上下都逼着朕立太子呢。"

"太子？"叶七七满眼疑惑地看着皇上，奇怪道，"爹爹不是没有儿子吗？"

"是啊。"皇上有些无奈地点点头道，"朕这辈子只跟月儿有过一个孩子，就是你，可是那帮大臣不知道你是朕的女儿……他们以为你是我新看上的妃子，天天提议，让我在皇亲国戚里找个年龄适合的，立为太子。"

"那爹爹随便立一个就好了。"叶七七歪着脑袋想了想，朝皇上道，"星阑哥不是挺好的吗？他挺合适啊。"

"可是朕……"皇上迟疑了一下，目光落在叶七七身上，无奈地道，"朕更想让朕和月儿的孩子做下一任皇帝啊。"

"呃……爹爹的意思是……让我当下一任皇帝？"叶七七伸手指着鼻子，扯了扯嘴角，一脸惊恐道。

"嗯。"皇上点了点头。

"可我是女的啊……"叶七七不敢置信地看着皇上道，"当皇上的不都是男的吗？"

"谁说的？！"皇上一瞪眼睛，朝叶七七严肃认真道，"在朕的眼里，男娃娃跟女娃娃都是一样的，当年朕的月儿还活着时，朕就对她许诺，以后我们的孩子不论男女，我都要把皇位传给他。"

"呃……爹爹……"叶七七扯了扯嘴角，只觉自家爹爹的想法确实惊世骇俗。

"七七，难道你不想当皇帝吗？"皇上低下头来，看着坐在身边的叶七七，语气中带着一丝蛊惑道，"当皇帝想要什么就有什么，想让人做什么别人就得做什么，所有人都得听你的，难道你就一点都不想当皇帝吗？"

"真的？！"叶七七一听这话，瞬间两眼一亮。

站在叶七七身后的墨寒卿皱了皱眉，正想提醒叶七七不要轻易答应，某人已经点头如捣蒜，朝皇上兴奋道："要要要，我要当皇帝！"

"好孩子！"皇上一听叶七七这话，也激动万分。

"那是不是爹爹明日上朝时，宣布完毕，我就可以当皇帝了？"叶七七眨巴着眼睛看着皇上，兴奋地问道。

"这个……还不行。"皇上迟疑了一下，摇摇头道，"七七，实话跟你说，咱们夜国眼下虽然看起来风平浪静，但是朝堂势力盘根错节，利益勾连，朕也是无奈，后宫那么多妃子，都是那帮大臣硬塞进来的。"

"所以呢？"叶七七有些迷惑地看着皇上道。

"所以，朕得先帮你把路铺好。"皇上伸手摸了摸叶七七毛茸茸的脑袋道，"等朕把那几个老顽固解决掉，再……"

皇上说到这里，突然顿住。

"再怎么？"叶七七歪着脑袋，看着自家爹爹追问道。

"朕忘了一件事！"皇上突然站起来，懊恼地拍着桌子道，"当年月儿过世时，朕心如死灰，便将那件传国玉玺放入月儿的棺木之中，以表朕对她的忠贞之心，眼下七七若是要登基，没有传国玉玺是不行的。"

"呃……"叶七七一时不知道说些什么。

皇上却是背着双手，在揽月殿的大厅里转来转去，急得如同热锅上的蚂蚁道："这可怎么办，这可怎么办，朕不能去挖了月儿的坟墓啊。"

"那就算了吧。"叶七七想了想，朝皇上道，"我还是不要当皇帝了，我不能去惊扰了娘亲休息。"

"那不行！"皇上转过头来，看着叶七七，迟疑了一下，"其实咱们夜国的传国玉玺有三样东西，其中两样已经没有办法拿到了，眼下只剩下朕手上的一枚玉印，实在不行，只凭一枚玉印，七七应该也是可以登上皇位的。"

"玉印？"叶七七有些疑惑地看着皇上。

皇上点点头，从袍袖中拿出一个造型精致的盒子，只见里面是一枚雪白的印章。

"这个……就是玉印？"叶七七看着皇上手中的印章，只觉十分好奇。

"嗯。"皇上将那枚印章递给叶七七。

叶七七接过玉印，仔细端详了一眼，不由得愣住。这玉印上雕刻的花纹和宝石镶嵌的顺序，看起来怎么这么眼熟呢？

墨寒卿站在叶七七身后，看了一眼她手中的玉印，微微蹙了蹙眉。

"爹爹……"叶七七抬起头，满眼疑惑地看着皇上，声音清脆地问道，"这玉印上的花纹和宝石镶嵌的顺序，有什么特别的意义吗？"

"嗯。"皇上点了点头，朝叶七七语重心长道，"这玉印上的花纹，是夜国皇室的图腾，凡是夜国皇室的人，所用的东西上都有这样的花纹。"

"那这些宝石呢？"

"这些宝石也是有讲究的。"皇上走到叶七七身边，指着她手中的玉印，朝她缓缓道，"凡是夜国皇室之人，按照品级，所持物品上镶嵌的宝石数量和颜色各有不同，这里的讲究比较多，但大致分为五级，最低品级镶嵌的是黑曜石，其上是紫水晶，再上是蓝宝石，再上是红宝石，只有皇帝才可镶嵌金宝石。当然，每一品级按照官位不同，镶嵌宝石的数量也各有差别，但只有传国玉玺的那三样，可以镶满所有颜色的宝石。"

叶七七回头看了一眼墨寒卿。

墨寒卿乌黑深邃的眼眸中闪过一丝浅浅的光芒，瞬间消失不见。

"不过眼下，三样传国玉玺只剩下一样了。"皇上叹了一口气，有些无奈地朝叶七七道，"一样被朕放进了你娘亲的棺木之中，还有一样当年被你亲爷爷带走了。"

叶七七低头看着手中的那枚玉印，迟疑许久，才抬起头，朝皇上低声

395

道："我见过和这个花纹一模一样、镶嵌宝石顺序也一模一样的东西。"

皇上愣住了，半晌才不敢置信地朝叶七七问道："七七，你说什么？你见过？在哪儿见过？！"

"在这儿……"叶七七迟疑了一下，从领口扯出一条项链来。

那枚金色的钥匙项链上雕刻着精致繁复的花纹，钥匙上镶嵌着和玉印上颜色顺序一模一样的宝石，只是大小有些差异。

"这……"皇上震惊得说不出话，"这不是朕放进你娘棺木中的那条项链吗？"

"呃……啊？"叶七七扯了扯嘴角，这是她娘亲棺木中的项链？不对吧，这不是甄爷爷给她的吗？

"这项链怎么会在你这儿？！难道你娘亲还活着？是不是……是不是你娘亲给你的？你见过她吗？你见过你娘亲吗？"皇上看着叶七七，声音中有抑制不住的激动。

"没见过啊……"叶七七摇摇头，认真地回答道，"这是一位老爷爷送给我的。"

一位老爷爷？皇上眼睛里禁不住闪过一抹失望的光芒。

"还有这个……"叶七七低头从袍袖里掏出一把黑色的玄铁匕首，那玄铁匕首上的花纹和宝石，跟玉印与金钥匙上的一模一样。

"这……怎么也在你这儿？！"皇上看到那把玄铁匕首，震惊道，"父皇曾用它斩下无数敌军的首级，特地将它奉为传国之宝。只是朕记得，十几年前父皇就将它带出宫了啊……"

啊？叶七七更加不解了。她爹爹的父皇，那不就是她皇爷爷吗？这匕首既然被她皇爷爷带走了，又怎么会落到那家奇怪的客栈呢？

"玉印、金钥匙、玄铁匕首……"皇上看着眼前的三样东西，激动道，"朕刚刚还在担心这传国玉玺丢了两样，眼下就这么凑齐了！朕明天就去宣布，你是朕的女儿，朕要立你为太子！"

"呃……不是，爹爹，你先冷静一下。"叶七七看着老爹激动的模样，朝他问道，"你刚刚不是还说要为我铺路什么的吗？"

"怕什么，传国玉玺在这儿，你还怕那些大臣不承认你吗？"皇上朝叶七七激动道，"你别管他们，等你当了皇帝，想干什么就干什么。"

叶七七沉默了几秒，突然抬头看着自家爹爹，语气严肃道："爹爹，你跟我老实说一件事。"

"嗯？"皇上低头，满眼疑惑地看着她。

"你是不是老早就不想当皇帝了？"叶七七死死地盯着他，一字一顿地问道。

"呃……"皇上一怔，脸上浮现一抹尴尬。

"爹爹？"叶七七眯起眼睛，拉长声音朝皇上喊了一声。

"那什么……"皇上轻咳了两声，不太自在地四处乱瞥几眼，声音低低道，"怎么会呢，这世上有不想当皇帝的人吗？"

叶七七将信将疑地看着老爹，沉默片刻，突然问道："那你让我当皇帝，你干吗去？"

"我？"皇上愣了一下，想了想，认真道，"我就当太上皇啊，没事出宫转转，游历一下大好河山，完成你娘未完成的心愿。"

"那说到底，你还是不想继续当皇上……"叶七七有些无语地看着自家老爹道。

"女儿啊，你不知道，"皇上无奈地叹了一口气，朝叶七七道，"这当皇帝，呃……嗯……没什么，当皇帝挺好，御膳房里你想吃什么，他们就随时随地给你做什么，女儿啊，到时候你可以一天三顿都吃甜点！"

"爹爹。"叶七七喊了他一声，抬起头，直直地盯着他。

皇上被叶七七盯了许久，终于泄气道："好吧，爹爹确实不想继续当皇帝了。"

"为什么？"叶七七满眼不解地看着他。

"当皇帝有什么好，那些大臣一天到晚想着法儿地把自家闺女往皇宫里塞，朕只想跟你娘亲一生一世一双人，根本就不想看见那些让人心烦的妃子，还有朝堂之上那些老顽固，朕想方设法维护他们之间利益的平衡，可是眼下似乎也快控制不住了，有几个老顽固现在越来越嚣张，可是朕又不能杀了他们。"皇上长叹一口气，转身坐了下来，继续道，"朕原本想着，就这么过一辈子吧，反正是在这皇宫里，反正你娘亲已经不在了，可是现在，上天既然让我遇到了我的女儿，那是不是意味着，朕的生活终于可以改变了呢？"

叶七七半晌才声音清脆道："所以爹爹是想留个烂摊子给我，自己出去玩？"

皇上扯了扯嘴角，有些尴尬地看着叶七七道："好歹这不是个烂摊子，对不对？再说，你反正也没有做过皇帝，做着玩玩有什么关系。"

"爹爹，你就不怕我把夜国搅得鸡犬不宁？"叶七七瞪大眼睛看着他，不敢置信道。

"朕连你娘亲都没了，还在乎什么夜国。"皇上声音淡淡道，"要不是因为这皇宫里还有你娘亲生前用过的东西，还有你娘亲喜爱的景色，朕才不愿意继续待在这里，可朕若是走了，那新登基的皇帝，必定会将宫中的装饰全部改掉，所以朕也是无奈，才继续留在这里。可是七七，你是朕和月儿的女儿，朕相信，你一定会善待你娘亲生前最爱的东西，是吗？"

叶七七一时有些无语。

"爹爹，你就不怕我当了皇帝，那些大臣将自己家中的儿子塞给我？"

"这有什么好担心的。"皇上突然转头看了一眼一直跟在叶七七身后默默无言的墨寒卿，嘴角勾起一抹浅浅的弧度道，"朕相信会有人帮你解决他们。"

"爹爹？"叶七七眨眨眼睛，不解地看着他。

察觉到皇上的视线，墨寒卿突然抬起头，猛地朝皇上看去。

两人的目光就这么在空中交会，下一秒又各自移开。

"女儿，爹爹自小便出生在这皇宫之中，受的都是些帝王之术的教育，看的都是宫中的钩心斗角，只有你娘亲，曾经在这冰冷的皇宫中带给朕一些温暖，可是你娘亲已经去世了。女儿，你真的忍心爹爹守着这冰冷的皇宫过一辈子？"皇上突然改了语气，一脸悲痛道。

叶七七看着自家爹爹伤心的模样，脑子一热，便朝她爹爹点点头答应道："好吧，那我当皇帝，你出去玩吧。"

"乖女儿！"皇上顿时大喜，上前一把抱住叶七七，低头便在她额头上亲了一口。

"爹……"叶七七有些无语地看着他，"你悲痛的神情能不能多维持几秒，你转变这么快，让我有种上当受骗的感觉。"

"呃……这个……哈哈哈……"皇上愣了一下，哈哈大笑起来。

既然已经集齐玉印、金钥匙和玄夜刀，皇上便满心欢喜地回寝殿了。

叶七七送走自家爹爹，回到大厅坐下，一双小手托着下巴，发起呆来。

墨寒卿伸手在她眼前挥了挥，声音淡淡地问道："在发什么呆呢？"

"公子……"叶七七回过神，小脸上浮现一抹灿烂的笑容，"想不到我可以当皇帝，听起来好像很好玩的样子。"

墨寒卿顿时满头黑线。

"当皇帝也不是你想的那么好玩。"墨寒卿白了她一眼，无语道。

"我知道啊，可是听起来感觉很好。"叶七七托着下巴看着墨寒卿道，"你说，我当了皇帝要干吗呢？嗯……让御膳房给我做好吃的？还是……让他们找一些杂耍的人过来给我表演节目？"

墨寒卿听着她的话，只觉得自己根本没法接下去。

"啊！我想到了！"叶七七突然一拍桌子，朝墨寒卿兴奋道，"我当了皇帝，第一件事就是把皇后给休了！"

"你哪有皇后？"墨寒卿白了她一眼，无语道，"等你当了皇帝，那原本的皇后就变成太后，你还能休了太后？"

"呃……不能吗？"叶七七一愣。

"不能，所有的妃子都会晋升为太妃，反正跟你没什么关系。"墨寒卿摇摇头，随口道。

"哦。"叶七七想了想，笑眯眯道，"没关系，反正那些人还在宫中，我当了皇帝，可以慢慢找凶手。"

"嗯……"

"对了！我要立一个皇后！"叶七七看着墨寒卿，兴奋道，"公子，要不你来给我当皇后吧？"

墨寒卿抽了抽嘴角，一双幽深的眼眸眯了眯，看着她白皙粉嫩的小脸，一字一顿地问道："你说什么？"

"我说，公子，要不你来给我当皇后吧！"叶七七笑嘻嘻地重复了一遍道，"当我的皇后！"

他的身份，好像一直没有正常过，从孔雀帮的寨主夫人，到孔雀殿的殿主夫人，现在要变成夜国的皇后？

他算不算是一路晋升？

"公子，公子？你怎么不说话？"叶七七见墨寒卿面无表情地坐在自己对面，完全没有要答应的意思，于是伸手推了推他的胳膊道，"好不好嘛，你来当我的皇后。"

墨寒卿冷笑一声，目光凉凉地看着叶七七问道："你喜欢夜国这个名字吗？"

"啊？"叶七七一脸疑惑地看着他。

"你怎么不把这夜国改成孔雀国呢？"墨寒卿语气里满满的都是嘲讽，朝叶七七道，"这样，我不就变成孔雀国的皇后了吗？"

叶七七一时愣住，半晌没有说话。

墨寒卿用力瞪了她一眼，正打算说话，叶七七一拍桌子，满眼兴奋地看着他道："公子！好主意啊！就这么愉快地决定了，等我登基以后，就把这夜国改成孔雀国！"

墨寒卿默默地看着叶七七，缓缓地伸出手，捂住胸口。

第二日早朝时，皇上一脸严肃地朝站在朝堂之中的所有大臣道："今日早朝，朕有一件重要事情宣布。"

所有的大臣都眼巴巴地盯着皇上，等着他宣布那件重要的事情。

皇上轻咳两声，目光淡淡地看着朝堂之下的那些大臣，缓缓道："朕要退位。"

什么？！所有大臣都惊呆了。

"退……退什么位？"终究还是老丞相见识的风雨多，愣了一会儿，他满眼疑惑地看着皇上问道。

"退皇位。"皇上轻描淡写地道。

"皇上，不可啊，这……国不可一日无君，皇上退位了，咱们这夜国可怎么办？"老丞相朝皇上跪了下来。

"哦，朕说错了。"皇上想了想，接了这么一句。

那老丞相顿时松了一口气。

"朕不是要退位，朕是要禅让。"皇上继续朝老丞相道，"朕前些日子终于找到失散多年的女儿，所以朕决定要将皇位禅让给女儿。"

那帮大臣再一次惊呆了。

他们皇上什么时候多了一个女儿？这女儿是从哪里冒出来的？

"七七是朕和月儿的女儿。"皇上见大臣们都不说话，便继续道，"原本朕想着，若是朕没有子女，就将皇位禅让给星阑。眼下朕既然找到了女儿，便决定把皇位禅让给女儿。"

"不是……皇上，您等等……这，从来也没有听说过，有女子当皇帝的啊。"

"是啊，皇上，这到底是不是您的女儿，还不一定呢，说不定是有人假扮成您的女儿来骗您的呢？"

"皇上，三思啊，这皇位不是说让就让的啊！"

那些大臣一下子便急起来。

"朕十分肯定，七七是朕的女儿。"皇上有些不耐烦地朝那些大臣道，"更何况，夜国的规矩是，只要是拥有三件传国玉玺的皇家人，便可继承皇位。那消失多年的金钥匙和玄夜刀，就在朕的女儿身上，你们说，这是不是天意？"

"金钥匙和玄夜刀？"那些大臣愣住了。

消失多年的金钥匙和玄夜刀又出现了？而这两样东西就在皇上刚找到的女儿身上？

这个……那些大臣一下子迟疑起来。

"好了，别多说了。"皇上摆了摆手，朝那些大臣道，"朕今日就是来通知你们一下的，明日早朝，朕会带着七七来见你们，过几天就准备登基典礼。行了，有事启奏，无事退朝！"

"皇上……皇上……"

敢情皇上今日来上早朝，就是来通知他们一下？皇上，您好歹也听听我们的劝啊！一时，所有的大臣都六神无主。

"章丞相，这可怎么办啊！"那些大臣将章丞相围了起来。

章丞相在朝中的权势，仅次于皇上。

章丞相捋了捋胡子，看了一眼站在身边的另一个老丞相，斟酌了一下，问道："老丞相对这件事情怎么看？"

众大臣顿时看向老丞相。

"这……"老丞相迟疑了一下，纠结道，"老臣觉得，如果皇上真的要将皇位禅让给女儿，从情理上说，似乎也没什么不可。更何况，皇上的女儿手中还有消失多年的金钥匙和玄夜刀。当年先皇说过，只要是皇室中人，手中有这三样传国玉玺，就可继承皇位。"

"老丞相，你可真是老糊涂了。"章丞相眯了眯眼睛，看着老丞相道，"且不说这三样传国玉玺是不是真的集齐，这么多年来，你可曾听说哪个国家是由女子来当皇上的？这要是真随了皇上的意思，那我们夜国岂不是要沦为各国的笑柄？"

"这……可是……"老丞相还是有些迟疑。

"臣自会上书禀明皇上，希望皇上重新考虑，哼。"章丞相瞪了老丞相一眼，便袍袖一甩，带着一众大臣径直退出大殿。

当天下午，皇上便收到章丞相的谏书。谏书陈词激烈，逐条写出反对叶七七当新皇的理由，并且语气嚣张地威胁皇上，若是真让叶七七继承皇位，那么他和一众大臣便告老归田，再不为官。

皇上看完章丞相的谏书，气得将那本奏折扔在地上。叶七七就坐在皇上身边，看着自家爹爹发这么大的脾气，问道："爹爹，你怎么了？好像很生气的样子？"

"这章丞相是越来越嚣张了，都敢威胁朕！"皇上用力地拍了一把桌子，胸口起伏地朝叶七七道，"这老家伙平日作恶多端，是不是以为朕不知道？朕不过是睁一只眼闭一只眼，给他留点面子而已，他还真以为他能威胁朕了？"

威胁？叶七七眨眨眼，弯腰将奏折捡起来。

翻开奏折，叶七七随便瞄了几眼，转过头朝自家爹爹问道："这个章丞相，是爹爹想要处置的人吗？"

"嗯。"皇上深吸一口气，努力平复了一下情绪，点点头道，"只是朕现在还没有找到足够拿下他的理由。"

"除了他，爹爹还想处置谁？"叶七七眨眨眼睛，看着皇上问道。

"还有罗将军和崔尚书。"皇上沉吟片刻，"这三人是一丘之貉、狼狈为奸，奈何他们在朝中权势太大，朕现在还不能轻易动他们。"

叶七七一双黑白分明的眼睛转了转，朝皇上道："那女儿帮你吧。"

皇上抬起头，满眼疑惑地看着叶七七问道："你有什么好办法？"

"爹爹只管明日带着我去上朝就好。"叶七七朝皇上神秘一笑，便继续低头看着自己手里的奏折，不说话了。

皇上怔了一下，看着叶七七胸有成竹的样子，也开始期待自己这个女儿有什么出其不意的办法。

第二日早朝。

皇上果真带着叶七七一起去上朝了。

朝堂之上，所有的大臣眼睁睁看着叶七七穿着一身浅粉色的衣衫，毫不避讳地坐在皇上身边，一时没有一个人说话。

皇上坐在龙椅上，一只手搭在叶七七的肩膀上，朝站在下面的大臣们声音缓缓道："朕给诸位介绍一下，这是七七，朕的女儿。"

"皇上！"章丞相看着坐在皇上身边的叶七七，痛心疾首地道，"老臣昨日给您的奏折，难道您没有看吗？！这皇位大事，岂能儿戏？！这小姑娘看起来不过十三四岁，皇上就这样草率地将皇位交给她，她懂什么？！"

皇上眯了眯眼睛，看着咄咄逼人的章丞相，慢条斯理道："其他话朕也不想多说，眼下，玉印、金钥匙、玄夜刀就在这里，朕宣布，这夜国的皇位是夜七七的了。"

大殿里一片安静。

皇上挑了挑眉，朝傻站在朝堂之上的大臣声音低沉道："还愣着干什么，不给新皇行礼吗？"

那些大臣你看看我，我看看你，没有一个人动弹。

叶七七看着眼前的场景，笑了笑，从龙椅上站起身，朝诸位大臣声音清脆道："原来父皇说的一点用处都没有啊，你们这些大臣，敢公然违抗父皇的命令。"

"姑娘此言差矣。"罗将军站出来，瞪着叶七七道，"皇室血统不容混淆，谁知道你是哪条道儿上冒出来的野丫头，不过仗着自己长得跟去世的月贵妃有几分相像，就假装是圣上的女儿，皇上相信，我们才不相信呢！"

"罗将军说得极是。"站在罗将军身旁的崔尚书站出来，朝叶七七道，"你有什么证据证明自己是皇室中人？你怎么证明皇上是你的父亲？！"

"就算你能证明，这自古以来，也从未有女子当皇帝的！"罗将军又补充了一句。

"是！说的就是这个意思！"章丞相一脸嚣张地朝叶七七道，"就算皇上说了将皇位禅让给你，但只要我们这些大臣不承认，你就算不得夜国的新皇！"

"章爱卿……"皇上皱了皱眉，看着站在大殿之中的章丞相，声音隐隐透出一丝不悦道。

"皇上，老臣也是为了夜国着想啊！"章丞相双手抱拳，朝皇上行了个礼，慷慨激昂地道。

"你……"

皇上一拍龙椅，正准备发怒，叶七七突然转过头，朝他露出一个灿烂的笑容道："爹爹，别着急。"

叶七七说完，看着眼前的章丞相，微微一笑道："章丞相，今日上朝之前，我爹爹一直跟我讲，凡事要忍让，要包容，能动口的决不动手，所以，我能站在这里跟你心平气和说话，已经尽力了。"

"你什么意思？"章丞相看着眼前笑得一脸灿烂的叶七七，冷哼了一声，不屑道，"怎么，你还想动手打人不成？就算你打了我，我也不会承认你是夜国的新任皇帝！"

叶七七脸上的笑容更加灿烂，她迈开步子，缓缓地走下大殿，声音清脆而响亮地朝大殿中的每一个人道："先礼后兵，我已经尽力，忍让和包容，那是我爹爹的优良品德，对我来说，没有什么事情是一顿暴揍解决不了的，如果有，那就多揍几顿。"叶七七一边说着一边走到章丞相面前，抬起头，笑眯眯地道，"所以章丞相，你可别敬酒不吃吃罚酒。"

那章丞相在朝为官这么多年，还从未被人当面如此嚣张地威胁过，顿时气不打一处来，道："你有本事就来打我啊，我倒要看看，你一个小丫头片子还能……啊——"

章丞相还没说完，就觉得眼前一道白光闪过，紧接着，他的脸上便传来一阵剧痛感。下一秒，他只觉得自己头晕眼花，耳朵都在嗡嗡作响。

那些站在大殿之中的大臣，就这么眼睁睁看着叶七七一拳朝章丞相的脸颊挥了过去，有两颗白色的东西，从章丞相的嘴里飞了出来。

章丞相晕头转向地站在那里，好一会儿才回过神，伸手捂住自己被叶七七一拳揍下去的脸颊，瞪大了眼睛，看着眼前的小姑娘，声音颤抖道：

"你……你打我？！"

叶七七冷笑一声，一字一顿地问道："我父皇说的话，到底有没有用？"

"老臣不承认，就是不承认！"那章丞相也来了脾气，朝叶七七大声吼道。

"那就别怪我不客气。"叶七七看着章丞相，突然露出极其灿烂的笑容。

叶七七左右开弓，朝章丞相毫不客气地打了过去。大殿之中，一时回荡着章丞相的哀号。

叶七七的拳头可是毫不客气，实打实全部砸在章丞相的身上，不过片刻，原本挺直腰杆站在那里的章丞相，便被叶七七给打趴下了。叶七七终于心满意足地停了手。那章丞相趴在地上，只剩进的气，没有出的气。

叶七七居高临下地站在他面前，声音清脆地一字一顿道："我父皇说的话，有用吗？"

章丞相鼻青眼肿地抬起头，看着叶七七，咬牙切齿地道："老臣死都不会承认你是夜国的皇帝，你有本事就杀了我！"

叶七七冷笑一声，看着地上的章丞相，缓缓地道："章丞相大概还不了解，要是了解我……"她一边说着，一边从袖子中亮出一把锋利的匕首。

刀光剑影之间，那把锋利的匕首已经插入章丞相的喉咙。上一秒还怒视着叶七七的章丞相，下一秒便没了气息。

叶七七若无其事地拍了拍双手，嘴唇微微勾起，笑着道："你要是了解我，就不会对着我说出那种话。"她顿了顿，轻描淡写地道，"我最讨厌别人威胁我。"

大殿之中，一片寂静。

所有大臣都盯着躺在地上，汩汩流血的章丞相的尸体。这……这是怎么回事？

好半晌，罗将军颤抖地指着章丞相的尸体，不敢置信地看着叶七七道："你……你在大殿之上，就这么杀了章丞相？"

"他让我杀他的啊。"叶七七理所当然地看着罗将军道。

"你……你……"罗将军颤抖着嘴唇，指着叶七七说不出话来。

下一秒，他伸手成爪，直直地朝叶七七抓来："贱人！纳命来！我要为章丞相报仇！"

"你？"叶七七眨眨眼睛，身形一闪，便躲过他的攻击。

她在原地回旋了一下，顺手劈下他的胳膊，接着反手握起，将他朝自己攻击而来的招式全部化解。

叶七七将罗将军的手背在他背后，声音清脆道："罗将军跟章丞相果然好感情，眼下章丞相已经去了，罗将军是不是也想随他而去？"

"贱人！你敢杀我？！"罗将军暗暗用力，想要摆脱叶七七的束缚，让他没想到的是，这小姑娘虽然看起来身子单薄，可是不知为什么，他就算调用全身的内力，也无法挣脱她。

"呵……你喊谁？"叶七七眯了眯眼，看着眼前的罗将军道，"现在，这夜国的皇帝是我才对！"

"呸，做你的春秋美梦吧。"罗将军朝叶七七大声道，"满朝文武都在这里，没有一个认可你当皇帝，你能把大殿上的人全部杀光吗？"

叶七七不怒反笑，握着罗将军手腕的手稍稍用力，众人只听咔嚓一声响，下一秒，一颗豆大的汗珠从罗将军的额头上滑落。

那一声清脆的响声，大概是罗将军手腕上的骨头断裂的声音。

众人光是听着，都觉得疼。

叶七七笑眯眯地看着罗将军道："将军是在战场上厮杀惯了的人，是不怕死，我要是就这么将你杀了，又有何用？"

"哼，算你识相。"罗将军咬牙切齿，强忍着手腕上的剧痛，朝叶七七冷哼了一声。

"只是像罗将军这样的人，虽不怕死，但不知道怕不怕生不如死？"叶七七笑眯眯地看着罗将军，一字一顿地说道。

"你……你什么意思？"罗将军愣了一下，一时没有明白叶七七的意思。

"没什么意思。"

叶七七笑了笑，随手从怀里拿出一个药瓶，从里面取出一颗通体乌黑的药丸，接着手肘用力撞了一下罗将军的腹部。

"啊……"罗将军吃痛地叫了一声。

叶七七手疾眼快地将那颗药丸丢进罗将军的嘴里。

"你……"罗将军下意识将口中的东西吞下去，这才一脸惊恐地看着叶七七问道，"你给我吃了什么？"

"毒药啊。"叶七七一脸坦然地朝罗将军道，"不然我还能喂你吃糖丸？"

"你……什么毒药？！"罗将军刚刚问完这句话，便觉得手心、脚心传来奇痒无比的感觉。他赶忙伸手挠了挠手心。罗将军还没来得及思考，奇痒无比的感觉接着从他的胳肢窝、腹部传来。

"你……你给我吃了什么？"罗将军开始到处抓痒。

"痒痒丸呗。"叶七七随口报了一个简单粗暴的药名，"听名字就知道，就是那种吃了以后会全身上下奇痒无比的药。"

"你……贱人，你以为你给我吃了这种药，我就会承认你的地位？"罗将军一边龇牙咧嘴地挠着，一边朝叶七七破口大骂。

叶七七淡淡地瞥了他一眼，将手中的药瓶重新放回袍袖中，声音清脆道："说吧，再过一会儿，你可就说不出话了。"

"你什么意思，不就是痒吗？我随便挠挠就是！"罗将军一脸不屑地看着叶七七。

叶七七冷眼看着他，不说话。

罗将军原本只是觉得身上有些痒，但是渐渐地，他觉得脸上、耳朵上、鼻子上甚至是眼睛里都开始痒了。

他挠痒的手也越来越用力。

站在大殿中的大臣，眼睁睁看着罗将军将自己挠出一道又一道的血痕，血顺着他的皮肤往下流，看起来格外瘆人。

更可怕的是，罗将军开始用力抠眼睛、扯耳朵。

"啊……啊啊啊……贱人，你对我做了什么……"罗将军躺倒在地上，到处乱滚，借此抵消身上奇痒无比的感觉。

"只是让你觉得痒而已。"叶七七笑了笑，好心地朝罗将军解释道，"将军放心，现在只是觉得皮肤有些痒，再过一会儿，你就会觉得五脏六腑都在痒了，那个时候，你就是想挠都挠不到了。"

"你！"罗将军只觉胆战心惊，"贱人……你……你杀了我……"

407

罗将军一边在地上滚着，一边不断地挠着自己。

"哦……那我父皇说的，算不算数？"叶七七蹲下身子，笑眯眯地看着罗将军问道。

罗将军死死地瞪着叶七七，就是不说话。

"看来罗将军还没想好。"叶七七看着罗将军，笑了笑，站起身来，走回皇上身边，重新坐了下来，缓缓道，"没关系，我有足够的时间，等罗将军好好想清楚。"

大殿之上一片寂静。

罗将军在地上拼命翻滚许久，突然手脚并用地朝龙椅的方向爬去。

叶七七眼角余光瞥到他的动作，唇角勾起一抹弧度，她站起身，优哉游哉地走到罗将军身边，微微弯腰，看着他血肉模糊的脸，戏谑地问道："怎么样，罗将军考虑好了吗？我父皇说的，到底有没有用，我到底是不是这夜国的新皇？"

罗将军一边挠着脸，一边拼命朝叶七七点头，声音模糊不清地道："……是……你是……求你，给我个痛快……"

叶七七笑了笑，看着眼前的罗将军，一字一顿道："罗将军对新皇出言不逊，侮辱谩骂，可知罪？"

"臣……臣知罪……求皇上……给个痛快……"罗将军眼神空洞，一脸痛苦地趴在叶七七脚下，声音破碎道。

"念在罗将军对夜国有功的分上，朕便留你个全尸。"叶七七微微一笑，手中匕首快速翻转，噗的一声刺进罗将军的胸口。

"罗将军已经承认我是夜国的新皇。"叶七七表情淡然地站在罗将军的尸体旁，朝大殿之中的大臣扫了一眼，缓缓地问道，"还有哪位大臣有意见吗？我们再好好沟通沟通？"

一时间，所有的大臣都低下头，不敢抬头看叶七七。

叶七七扫了一圈，目光落在崔尚书身上，眉毛轻挑，慢悠悠地点名道："崔尚书，听说你跟章丞相还有罗将军的关系很好，不知崔尚书对此事有何看法？"

早已吓破胆的崔尚书听到叶七七点自己的名，腿一软，朝叶七七跪了下来，声音颤抖道："没有，没有，臣……不敢有任何意见，微臣叩见皇上，吾皇万岁万岁万万岁。"

崔尚书这么一跪，其他大臣赶紧一掀衣袍，朝叶七七齐刷刷地跪了下来，异口同声道："微臣叩见皇上，吾皇万岁万岁万万岁！"

叶七七转过头，朝自家爹爹灿烂一笑，挤眉弄眼地传达一个信息：爹爹，你看如何？

太上皇扯了扯嘴角，恨铁不成钢地看着那些跪在下面的大臣。

叶七七坐在龙椅上，笑眯眯地看着大殿中的众人道："自今日起，朕便是夜国的皇帝。"

大臣们赶忙又道："臣等参见皇上，吾皇万岁万岁万万岁。"

"行了，都起来吧。跪了又跪，也不嫌累。"叶七七有些无语地看着那帮大臣。

"是，臣等知错。"那些大臣赶紧又磕了个头，这才站起来。

"嗯，朕有件事要宣布。"叶七七清了清嗓子，朝殿中众人道，"自今日起，咱们夜国便更名为孔雀国。"

"啊？"所有的大臣听到这句话，瞬间愣住。

"这个……皇上……不可啊……"到底还是老丞相经历的风雨比较多，他斗胆朝叶七七道，"国名不可任意更改。"

"为什么？"叶七七挑了挑眉，看着老丞相，随口问道。

"这……这……"老丞相转头看看身边的同僚，却见所有人都低着脑袋，生怕叶七七一个不高兴，跳下来咔嚓了自己。

老丞相顿时将求救的目光转向太上皇。刚刚晋升为太上皇的七七爹爹，也是懵懂地看着自家女儿。改国名为孔雀国？

太上皇愣了好半晌，才幽幽地朝自家女儿问道："这……为什么啊？"

叶七七眼中闪过一丝狡黠的光芒，天真无邪地朝自家爹爹道："因为女儿喜欢孔雀啊，爹爹难道不觉得，孔雀国这个名字很好听吗？"

太上皇伸手擦了擦额头上的汗水，无语地看着叶七七道："你喜欢孔雀……就要把国名改为孔雀？"

"是啊。"叶七七强忍着笑意，"爹爹，不是你跟我说，只要我能当皇帝，就可以随心所欲，想做什么就做什么吗？像改国名这样的事，应该只是小事一桩吧？"

太上皇顿时被呛得说不出一个字。

大臣们抬起头，愤怒地朝太上皇看去。

"这个……"太上皇擦了擦自己额头上的汗水，一脸憋屈地朝叶七七道，"女儿啊，这国名不能乱改，这国姓是皇室的姓氏，你要这么改，难道你以后不叫夜七七，要改叫孔雀七七？"

"呃……啊？"叶七七愣了一下，满眼不解地看着太上皇道，"我自己还要改姓？"

"这是自然。"太上皇赶紧正经地对叶七七道，"你看看墨国，皇帝姓墨、皇子也姓墨，你看看北辰国，新上任的皇帝，是不是叫北辰魅？你再看看青鸾国，他们的皇姓便是鸾。七七，你不能瞎改啊。"

"但是孔雀七七也很好听啊。"叶七七眨眨眼睛，露出一个坏坏的笑容，看着自家老爹。

"可是……"太上皇顿时一脸纠结，她一个女孩子叫孔雀七七确实没什么，可他一个大老爷们，不能也叫孔雀啊……

太上皇沉吟片刻，一脸悲怆朝叶七七道："这样吧，七七，你再想想还有没有别的要求，国名真的不能改，只要你不改国名，爹爹和所有大臣会答应你所有的要求！"

"真的吗？"叶七七歪着脑袋，不敢相信地看着他。

"真的！"太上皇点点头，转头朝大臣们挑了挑眉道，"众位爱卿可同意？"

太上皇见大臣们没有反应，便皱了皱眉。

大臣们赶紧朝叶七七跪了下来道："求皇上三思，只要不改国名，臣等愿意答应皇上的任何要求！"

叶七七笑眯眯地看着他们，声音清脆地朝他们道："此话当真？"

"君子一言，驷马难追。"所有的大臣朝叶七七异口同声地喊道。

"哦……好吧。"叶七七点了点头，坐在龙椅上不说话，看起来似乎在沉思。

那些大臣便站在大殿中，紧张地看着叶七七，生怕她又冒出什么不靠谱的想法。

许久的安静后。

410

叶七七猛地抬起头，朝众人道："我想到了。"

"皇……皇上请讲……"老丞相一脸紧张地看着叶七七，声音颤悠悠的。

"朕打算立个皇后。"叶七七十分严肃认真地朝所有人道。

她这句一说出来，站在大殿之中的所有人顿时松了一口气。

"好。"老丞相点点头，几乎没有任何犹豫便答应下来。

"立谁为皇后，要朕说了算。"叶七七见老丞相点头答应，又补充了一句。

"这……"老丞相迟疑了一下，转头看了看站在自己身边的同僚。

"老丞相可答应？"叶七七看着老丞相，笑眯眯地问道。

"这……老臣不敢不答应。"老丞相迟疑了一下，朝叶七七道，"只是这皇后之位，向来尊贵，不是寻常人等可以轻易坐上去的，皇上若是执意要自己选择皇后，那必须在臣等给出的范围之内。"

"哦？什么范围？"叶七七眨眨眼睛，一脸兴味道。

"第一，必须相貌端正，不得是猥琐小人之辈。"老丞相朝叶七七双手抱拳，行了个礼，直起身子，慷慨激昂道，"第二，要人品可靠，不得是奸诈狡猾之辈。"

"嗯，没问题！"叶七七想了想，点头应了下来。

"第三，必须要家世显赫，能够与皇上的身份相匹配，不能是市井草民之流。"老丞相义正词严道。

"可以。"叶七七继续点头。

"这第四……"老丞相皱着眉头想了想，有些不太确定地朝叶七七问道，"皇上，你这是准备立个男皇后还是女皇后？"

叶七七愣住了，半晌才懵懂地看着老丞相道："朕还能立个女皇后？"

"皇上！万万不可啊！"老丞相吓了一大跳，立刻朝她跪了下来道，"自古以来，天为乾，地为坤，世间万物皆有阴阳，阴阳相合才是自然之道。皇上身为女子，千万不能再立女子为后，你俩要都是女的，这……我们夜国岂不是又要无子嗣了吗？"

叶七七有些尴尬地看着跪在地上、几乎痛哭流涕的老丞相，声音弱弱地道："朕就这么随口一问而已，老丞相不必太过激动。"

"随口问问的？"老丞相愣了一下，饱经风霜的脸上痛哭的神情一下子便收起来。

　　"嗯……那就立个男皇后吧。"叶七七点点头，轻描淡写地道。

　　"好嘞，没问题。"老丞相一听，顿时大喜，赶忙朝叶七七又叩了个头，从地上站起来。

　　"那我只要找个相貌端正、人品可靠、家世显赫的男子当我的皇后就可以了吧？"叶七七眨眨眼睛，又重复了一遍老丞相的要求。

　　"对。"老丞相仔细斟酌了一下，这似乎没什么问题，于是放心点了点头。

　　"诸位都没有意见？"叶七七见老丞相点头，于是扫了一圈大殿中的其他人，声音淡淡地问道。

　　"臣等没有意见。"大臣们双手抱拳，朝叶七七行了个礼，恭恭敬敬地回答道。

　　"很好。"叶七七满意地点了点头，从龙椅上站起来，小手背在身后，深吸一口气，朝殿中众人大声道，"朕要立墨寒卿为皇后。"

　　墨寒卿？大殿之中的所有人听到这个名字，一时愣住。这……他们皇上说的……该不会是墨国的那个靖安王吧？那个传说中杀伐决断、冷酷无情、从不靠近女人的靖安王？

　　许久，还是老丞相再次打破沉寂，颤巍巍地问道："皇……皇上说的……是哪位？"该不会是和那个墨国的靖安王同名同姓的人吧？

　　"墨寒卿啊。"叶七七一脸淡定地看着老丞相道，"就是那个墨国的靖安王。"

　　老丞相顿时吓得呛住，伸手拍着胸口，不停咳嗽道："皇上是在开玩笑？先不说这靖安王符不符合皇上立后的条件，就算他全部符合，那人家同不同意，也是个问题啊。"

　　"怎么不符合？"叶七七歪着脑袋看着老丞相，很认真地说道，"世传靖安王是个俊美非凡的男子，这相貌绝对符合老丞相的条件吧？"

　　"这……"

　　"而且靖安王的人品，想必在场诸位也都有所耳闻，他统率十万大军，将士们对他恭敬有加，言听计从，这人品肯定也没有问题吧？"

412

"这……"

"还有家世就更不用说了，据说靖安王是墨国皇帝的亲弟弟，自小便十分受墨国皇帝的宠爱，有一位皇帝当哥哥，这家世绝对配得上朕吧？"叶七七眨眨眼睛，十分认真地看着老丞相问道。

"这……"

老丞相说不出一个字来。

"所以朕决定了，就立靖安王为皇后吧。"叶七七笑眯眯地宣布。

老丞相伸手擦了一把额头上的汗水，朝叶七七又跪了下来道："这靖安王不是您想立他为皇后，就可立他为皇后的啊！不管怎么说他都是墨国的人，还是墨国皇帝的弟弟，人家愿不愿意嫁给你，还是个问题呢。老臣听说，这靖安王从不近女色，有断袖之癖啊……"

叶七七点点头，歪着脑袋朝老丞相问道："那又怎么样？"

"这……"老丞相跪在地上，瞪着叶七七，汗水直往下淌，"这……靖安王身为男子，应该不会愿意做皇上的皇后吧？他要是不同意，岂不是会引发两国的战争？"

"会吗？会引发战争？"叶七七转头看着站在自己身后的爹爹，笑眯眯地问道。

太上皇高深莫测地看着叶七七，又看了看大殿中那些被她吓了一上午的大臣，清了清嗓子，为众人解围道："夜国与墨国联姻结盟，是件好事，只是这事也不是七七这么一宣布就能成的。要不，咱们还是问问靖安王的意见，如何？"

叶七七乖乖地点点头，想了想，清脆道："好，我回头去问问他的意见。"

大殿中的那些大臣，顿时又松了一口气。

"行了，无事退朝吧。"叶七七想了想，好像也没什么重要的事情，便朝大殿之中的众人挥了挥手道，"顺便找几个人，把这大殿上的两具尸体给处理了，放在这儿真是碍眼。"

"是！吾皇万岁万岁万万岁！"那些大臣立刻朝叶七七跪下，高呼万岁，便小心翼翼、心惊胆战地退下了。

第十四章　你愿不愿意当我的皇后

退朝后，叶七七满心欢喜地跑回揽月殿，扑进墨寒卿怀里，一把将他抱住，声音清脆地问道："公子，公子，那帮大臣让我来问问，你愿不愿意当我的皇后？"

墨寒卿脚尖离地，被某人抱在怀里，满头黑线道："你能先把我放下来吗？"

"啊？哦……好……"叶七七愣了一下，看着被自己抱在怀里的墨寒卿，赶紧松开手。

他无奈地整理了一下身上的衣物，眼眸微垂，看着叶七七，声音淡淡地问道："你要立我为皇后？夜国的皇后？"

"是啊。"叶七七用力地点了点头，兴奋地看着墨寒卿问道，"公子，你高兴吗？"

墨寒卿沉默片刻，半晌从牙缝中挤出几个字道："我……怎么觉得……这么憋屈呢？"

"憋屈？哪里憋屈了？"叶七七满眼不解地看着他道，"夜国皇后的身份，难道不比什么孔雀殿的殿主夫人、孔雀帮的帮主夫人高贵吗？你要是不满足，那等我当了皇帝，我带着你征战四方，把周围的几个小国全部吞并，让你当这天下第一大国的皇后怎么样？到时候，你就是一人之下、万人之上，嘿嘿嘿……除了我，就是你最大啦！"

墨寒卿淡淡地看着她，嘴角抽了抽，声音缓缓道："你确定除了你，皇后就是最大的了？还有太上皇和太后呢？"

"你要是不想当皇后，我们也可以生个孩子出来，把皇位扔给他，到时候就像我爹爹一样，出宫云游四海去。"叶七七伸手拍了拍墨寒卿的肩，一脸那都不是事儿的表情看着他道。

"这不是皇后、太后的问题……"墨寒卿有些无语地看着她道，"我明明是个男人，为什么要当什么夫人、皇后？"

叶七七想了想，无奈地摊了摊手道："我也没办法啊，谁让我是老大！"

墨寒卿翻了个白眼。

"公子，公子，你还没说愿不愿意当皇后呢。"叶七七见墨寒卿半晌没有说话，便又朝他扑了过去，一双小手拽着他的衣袖，用力摇了摇，声音清脆地问道，"快点回答我啊。"

"……好。"墨寒卿沉默许久，终于咬牙切齿地应了一声。

"嘿嘿嘿，太好了！"叶七七欢呼起来。

"但是，有一个条件，你必须答应。"墨寒卿朝叶七七眯了眯眼睛，声音淡淡道。

"什么条件？"叶七七抬起头，看着他问道。

"后宫只能有我一个皇后，别的什么妃子都不许有。"墨寒卿看着眼前的叶七七，一字一顿地说道。

叶七七愣了一下，回过神来，用力地点了点头道："没问题，我保证后宫只有你一个皇后！"

墨寒卿淡淡地应了一声，声音低沉道："既然你这么诚心诚意地让我当皇后，那我便勉为其难地答应吧。"

"嘿嘿嘿，太好了，那我明天就告诉那帮大臣。"叶七七看墨寒卿点头答应，十分高兴。

"明天？"墨寒卿有些好笑地看着她道，"我现在只不过是以你丫鬟的身份待在宫里，你拿什么去告诉你的大臣啊？"

"啊？那怎么办？"叶七七愣了一下。

"等找到杀害你母亲的凶手，我们便回一趟墨国吧。"墨寒卿想了想，朝叶七七道，"你身为夜国的皇帝，想要娶我这个墨国的靖安王，已经属于两国联姻。"

"哦……我爹爹今日在大殿之上也是这么说的。"叶七七点了点头，附和道。

"嗯。"墨寒卿沉默片刻，朝叶七七道，"你在宫中的这些天，有没有打听到什么消息？"

"暂时……还没有。"叶七七迟疑了一下，朝墨寒卿无奈道，"毕竟是十几年前的事情，宫中的人来来去去，想找几个知道当年事情的老人，也有些难度。"

墨寒卿看着叶七七垂头丧气的模样，沉默片刻，朝她问道："你为什么不先从皇后下手？"

"皇后？"叶七七愣了一下，抬起头看着他。

"皇后显然是认识你母亲的，当年的事情，也许她或多或少知道一些。"墨寒卿直直地看着她道。

"你的意思是……皇后极有可能是杀害我母亲的凶手？"叶七七脑海里浮现出皇后高傲蛮横的样子。

"不。"墨寒卿沉吟片刻，摇摇头道，"她不是杀害你母亲的凶手。"

"你怎么知道？"叶七七抬起头，满眼疑惑地看着他问道。

"如果她真的是凶手，看到和当年的月贵妃那么相像的你，心中应该是有一丝慌乱或者恐惧的，但是她没有，那天她表现出来的情绪完全就是愤怒加嫉妒。"墨寒卿微微低头，看着站在自己面前的叶七七，笑了笑道，"所以她肯定不是凶手。"

"那……"叶七七有些不太确定地看着他。

"或许咱们应该去皇后，哦不，太后娘娘那里一趟。"墨寒卿牵起她的手，朝殿外走去。

皇后的常宁宫中。

一名宫女急急忙忙跑进殿中，气喘吁吁地对正做刺绣的皇后行了个礼，结结巴巴道："皇……皇后娘娘，大事不好了。"

"怎么了？"皇后娘娘缓缓抬起头，凉凉地看着她道，"出什么事了，慢慢说。"

"那天、那天那个揽月殿中的丫头……"那宫女跪在地上，看着坐在椅子上的皇后，慌乱道，"今日上朝时，皇上突然宣布……"

"宣布什么？！"皇后一听到这几个字，顿时全身都绷紧，"皇上宣布立她为妃了，还是宣布……还是宣布……要立她为后？"

"都不是。"那跪在地上的宫女朝皇后摇了摇头，深吸一口气道，"皇上宣布，要将皇位禅让给那个丫头。"

"什么？！"皇后听到这句话惊呆了。她手中的绣盘掉在了地上。

好半晌，皇后才回过神，不敢置信地看着跪在地上的宫女道："你刚才说什么？你再说一遍，皇上宣布要干吗？"

"皇上说，他要将皇位禅让给那个丫头。"那宫女跪直了身子，朝皇后认认真真地回答道，"现在，那个叫小七的姑娘，已经是夜国的皇上了。咱们原来的皇上，现在变成了太上皇，皇后娘娘您……现在也已经变成太后了。"

皇后瞪大眼睛，震惊得嘴都合不拢。

"那臭丫头当了皇上？"皇后眼睛眨也不眨地盯着宫女，又追问了一遍，"为什么？皇上怎么会这么做？"

"听皇上说，那丫头是他和月贵妃的女儿。"跪在地上的宫女朝皇后解释道，"皇上便将皇位传给了女儿。"

"他和月贵妃的女儿？！"皇后听到这句话愣住了。

那个臭丫头是月贵妃的女儿？！怪不得……可是月贵妃的女儿不是出生没多久就夭折了吗？眼下怎么又冒出来了？

皇后娘娘皱着眉头，心中却是千回百转。

就在她纳闷时，侍卫突然通报道："皇上驾到——"

皇上？！皇后心中一喜，赶忙将手中的针线放下来，站起身，整理了一下服饰和发型，接着便满心欢喜地朝常宁宫的大门迎去。

"皇上，您今儿个怎么有空……"看到常宁宫门口那个清瘦的身影时，皇后堆了满脸的笑容顿时僵住。

一身淡粉色衣衫的叶七七带着"丫鬟"墨寒卿，缓缓地走来。

417

皇后的表情变化，叶七七看得一清二楚，她朝皇后露出一个甜甜的笑容道："太后娘娘不必客气，朕来看你，你还亲自到门口迎接，真让朕心里过意不去。"

"你……"皇后一言难尽地看着她，嘴角抽了抽，神情有些扭曲。

"不过看到你现在是太后的面子上，朕便免了你行礼吧。"叶七七学着皇后傲慢的样子，朝她缓缓道。

皇后眯了眯眼睛，咬紧牙关看着她。

"朕今日来此，是有事情想跟太后娘娘打听。"叶七七朝太后笑了笑，径直迈开步子，朝常宁宫的大厅边走边道，"咱们还是进去再说吧。"

新上任的太后看着叶七七不请自来的样子，咬了咬牙，默默地跟在她后面，也进去了。

走到大厅内，叶七七径自在圆桌旁的白玉凳上坐了下来，自顾拿过桌上的茶壶，给自己倒了一杯茶。

太后默默走到叶七七的对面坐下，斜斜地看着她问道："你跑来这里，想跟本宫打听些什么？"

叶七七朝太后看了一眼，举起手中的杯子，一口将杯子里的水喝下，这才满意地舒了一口气，声音清脆地问道："自然是想问关于我娘亲的事。"

"月贵妃？"太后愣了一下，冷冷一笑，朝叶七七道，"她是我最讨厌的人，我为什么要告诉你关于她的消息？"

"是吗？"叶七七抿起嘴笑了笑，目光落在太后脖子上的一块玉坠上，"既然太后娘娘最讨厌的人是我娘亲，那为什么我娘亲的东西，你还时时刻刻挂在脖子上？"

"什么？"太后娘娘愣了一下，下意识朝脖子摸去。

"那块玉坠，"叶七七仰了仰下巴道，"应该是我娘的东西吧？或者说，是我娘亲送给你的东西。"叶七七顿了顿，笑眯眯地看着太后道，"你若真讨厌一个人，又怎会时时刻刻将她的东西戴在身上呢？"

"谁说这个东西是她的？"太后脸色有些难看，瞪了叶七七一眼，声音傲慢道，"这宫中，玉坠类的首饰多了去了，你凭什么说本宫脖子上的这条就是你娘亲的？"

"可是，我在玉坠上看到了月璃两个字啊。"叶七七似笑非笑地看着皇后道，"月璃难道不是娘亲的名字吗？还是说，太后娘娘除了我娘亲之外，还认识别的叫月璃的人？"

"你……"太后下意识低下头，朝脖子上的那块玉坠看去。玉坠的反面，确实很不起眼地刻着月璃二字，只是因她天长日久地抚摸，那字迹已经有些模糊了。

眼前这个臭丫头，明明离自己还有一丈的距离，竟然这么眼尖地看到了这两个字？！

太后一时没有说话。叶七七盯着她，声音缓缓地道："太后娘娘若真的讨厌我娘亲，也不会将这玉坠时时戴在身上吧？"

"我确实最讨厌她，皇宫之中，我最讨厌的人就是她！"太后突然抬起头，声音激动地朝叶七七道。

叶七七一脸平静地坐在那里，就这么直直地盯着她。太后朝叶七七吼了一声，目光便落在她白皙粉嫩的小脸上。那双眼睛，还有她看人的眼神，都跟当年的月璃一模一样。

太后咬牙切齿地盯着叶七七道："你不要盯着我，你现在这副模样，就跟你娘当年一样，讨厌死了！"

"哦。"叶七七淡淡地应了一声，唇角勾起一抹浅浅的笑，"不知道太后娘娘有没有听说过一句话，叫爱之深恨之切？"

太后愣了一下，脸上的表情古怪起来。

叶七七却不说话了，只是默默地拿起茶杯，将里面的水全部喝掉："算了，既然太后娘娘不乐意看见朕，那朕便告辞了。"她一边说着，一边站起身，头也不回地朝常宁宫外走去。

"等一下！"就在叶七七即将迈出常宁宫的大门时，太后突然喊了一声。

叶七七顿住脚步，唇角勾起一抹浅浅的弧度，却没有转过身。

"你想知道关于你娘亲的事情？"太后的声音一如既往地带着傲慢。

"对。"叶七七转过头，看着太后，轻轻地点了点头。

"既然那么想知道……"太后眼睛眨了眨，朝叶七七道，"那便每日清晨来本宫这边，给本宫请安，再给本宫抄写佛经一百遍，抄完了，本宫便告诉你。"

叶七七微微一愣，眼睛眨也不眨地盯着她。

"怎么？不愿意？"太后满脸嘲讽地笑了笑，转过身，扶了扶发髻，声音缓缓道，"不愿意就算了，冬梅，送皇上出去吧。"

"是。"一直站在太后身边的小宫女福了福身子，款款走到叶七七身边，朝她比了一个请的姿势道，"皇上，请这边。"

叶七七咬了咬牙，半晌才憋出一个字道："好。"

"什么？"太后抬起眼，目光凉凉地看着她。

"朕每日来这里给你请安，再帮你抄佛经。"叶七七一字一顿地朝太后道，"等朕抄完了，你便告诉朕关于我娘亲的事情。"

"成交。"太后直直地盯着叶七七，微微一笑。

离开常宁宫，叶七七有些郁闷地回了揽月殿。

墨寒卿这一路都跟在她身后，没有说一句话。等到进了房间，叶七七才转过头，朝墨寒卿气呼呼地道："你不是说，她肯定会把我娘亲的事告诉我的吗？"

墨寒卿淡淡地应了一声，朝叶七七挑了挑眉，道："她不是已经答应告诉你了吗？"

"可是我还得替她抄佛经啊。"叶七七声音闷闷地朝墨寒卿道，"我不管，抄佛经这么枯燥的事情，我才不要做，到时候你来帮我抄。"

"我帮你？"墨寒卿淡薄的唇角微微勾起，满眼兴味地看着她问道。

"对啊，反正我就是不要抄。"叶七七有些郁闷地说道。

墨寒卿沉默片刻，点点头，应了一声道："好。"

"真的？你这么干脆就答应了？"叶七七不敢置信地看着他，这不像是公子的风格啊。

"当然不可能这么干脆。"墨寒卿微微一笑，直直地看着她道，"我帮你抄佛经，你总得给我一点报酬吧？"

"什么报酬？"叶七七满眼不解地问道。

"比如说……这样……"墨寒卿长臂一伸，将叶七七揽进怀里，一低头，淡薄的唇瓣便吻上她红润的嘴唇。

"嗯……"叶七七只觉唇上传来温暖柔软的感觉，一股好闻的清冷味道充斥着她的鼻息。

420

"把眼睛闭起来。"墨寒卿眼眸微微垂下，长长的睫毛挡住他满眼的光华，他有些无奈地看着眼前某个瞪大眼睛的人，声音带着一丝沙哑。

"哦……"叶七七听到这句话，乖乖地将眼睛闭起来。

下一秒，她便觉得一阵天旋地转，某人将她拦腰抱起，径直朝卧室内的床榻走去。

"你要干吗？"叶七七身子刚一碰到床榻，便下意识弹起来，某人的一双大手却按在她的肩膀上，让她无处可逃。

"索取我的报酬。"墨寒卿半俯着身子，直直地盯着她的眼睛，淡薄的唇一开一合，声音低缓。

就在他打算去解她衣袍的带子时，揽月殿外的侍卫突然大声通报道："太后娘娘驾到！"

墨寒卿的动作一下子便顿住了。

叶七七听到那声通报也愣住了。

两人对看一眼，在彼此的眼眸中看到了满满的疑惑。太后怎么来了？

叶七七一把将墨寒卿推开，飞快从床榻上跳下来，整理了一下衣衫，又摸了摸头发，狠狠瞪了墨寒卿一眼，这才朝外面大厅去了。

她刚走进大厅，太后便带着一众宫女进来。那些跟在太后身后的宫女，见到叶七七，同时朝她福了福身子道："参见皇上。"

"免礼。"叶七七不太自然地说了一声，毕竟几天前，这帮宫女还打算打她，她还揪过这些宫女的头发。

"谢皇上。"那些宫女却是低着头，低低地应了一声，便站直了身子。

"太后娘娘怎么过来了？"叶七七抬起头，朝站在大厅之中的太后奇怪地看了一眼，随口问道。

"本宫一想到要等明天你才能来常宁宫抄写佛经，心中顿时觉得，这时间过得也太慢了。"太后娘娘高昂着头，傲慢地看着叶七七道，"不如从现在就开始抄吧？左右是要抄一百遍，你早些抄完，我也好早点将你娘亲的事情告诉你。"

叶七七扯了扯嘴角。现在就抄？不是吧，她难道要在太后的监视下抄佛经？

"去，给皇上把纸墨笔砚准备好。"太后微微转头，朝站在自己身边的宫女吩咐道。

"是。"那宫女柔柔地应了一声,便朝大殿之中的桌子走去。

"皇上不必担心,为了让您安心地抄写佛经,本宫还特地让宫女带了笔墨纸砚过来。"太后转头看着叶七七,一脸得意道,"就为了防止你说你这揽月殿里没有笔墨。"

"劳太后娘娘费心了。"叶七七扯了扯嘴角,声音弱弱地朝她道。

"为皇上分忧解难是本宫的职责。"太后朝叶七七笑了笑,比了一个请的姿势道,"皇上请吧。"

叶七七转头,看了一眼默默跟在自己身后的墨寒卿,顿觉欲哭无泪。不是吧,她抄写佛经,这太后还要坐在旁边看着?那她怎么让公子帮自己抄啊……

桌上铺着一沓宣纸,宣纸旁,一本佛经已经翻到第一页。叶七七轻轻地叹了一口气,只得认命地拿起毛笔,坐到凳子上,开始一笔一画认真地抄写。

墨寒卿安静地站在她身后,唇角勾起一抹幸灾乐祸的弧度。

太后心安理得地坐在大殿中,直直地盯着正在低头抄写佛经的叶七七。她又伸手摸了摸挂在脖子上的玉坠,玉坠角上的那个名字,已经快被她摸得看不见了。

时间就这么一分一秒地过去。

大殿里一片安静。

许久,太后才站起身,缓缓地走到叶七七身边,低头看去:"你这字写得……也太难看了吧?"太后看着叶七七那龙飞凤舞、苍劲有力的字道。

叶七七正在书写的动作一下子顿住。她抬起头,不可思议地看着太后道:"你说什么?"

"本宫说,你这字写得也太难看了。"太后皱着眉,一脸嫌弃地看着叶七七的字道,"你看看你,这字写得哪有一点女儿家的秀气,女孩子就应该写写蝇头小楷。"

叶七七扯了扯嘴角,无语地看着太后道:"蝇头小楷我可不会写,你要是不喜欢我这字,那我就不抄了。"

太后抬头看了一眼叶七七,又低头看了一眼她的字,摇摇头道:"啧啧,你这字写得比你娘亲差多了,你看看你娘亲抄写的佛经,上面的字多清秀。"

"我娘亲抄写的佛经？"叶七七愣了一下，转头朝桌上摊着的那本佛经看去。

佛经上的字端庄秀气，工工整整，每个字都透出沉静的气息。

叶七七盯着佛经好一会儿，又抬起头，朝太后看去。

"多学学你娘的字。"太后朝叶七七白了一眼，转身回到椅子上坐下。

叶七七有些无奈地扯了扯嘴角。拜托，她跟她娘完全就是两个风格。

过了没多久，又有宫女拎着一食盒的点心过来。太后接过点心，坐在大厅中，慢条斯理地吃起来。那些点心散发出香甜诱人的气息，惹得叶七七直咽口水。

这太后是故意来气她的吗？叶七七觉得，自己有些郁闷。

太后吃了一会儿点心，便站起身，朝叶七七道："时候不早了，本宫要回去歇息了。"

叶七七抬起头，有些疑惑地看着她。这女人刚来揽月殿也没多久啊！

"这些点心，本宫不想吃了。"太后斜斜地瞥了叶七七一眼，缓缓道，"就放在这里给皇上尝一尝吧，这可是你娘亲生前最爱做的点心。"

"我们走。"太后说完这番话，便朝身边的宫女说了一声，带着一群人又浩浩荡荡地离开了。

叶七七有些莫名其妙地转过头，看了一眼身边的墨寒卿，半晌才扯了扯嘴角，朝他问道："这人是不是闲着没事干？"

墨寒卿眼眸微垂，看了她一眼，笑了笑，没有说话。

不过，既然太后走了，她就不用继续抄佛经了。叶七七欢快地将手中的毛笔朝桌上一丢，三步并作两步地走到太后刚才坐过的地方，低头看了一眼她留下来的食盒。食盒里满满当当都是各种各样精致的点心。里面少了一个，应该是刚才太后坐在这里吃掉的。

叶七七抱着满满一食盒的点心，笑得嘴都合不拢："这些点心看起来好好吃。"

"你也不怕她给你下毒？"墨寒卿缓缓走到叶七七身边，看着她一脸没出息的样子，随口道。

"怕什么。"叶七七伸手从食盒里拿出一个梅花形状的糕点，嗯，这糕

423

点还是热乎乎的，"我贺爷爷说了，我现在已经是真正的百毒不侵体质，别说她在点心里给我下毒，就算她拿来一整瓶毒药，我也能面不改色心不跳地全部喝下去。"

"呵，瞧你那点出息。"墨寒卿一脸鄙视。

"怎么了，我就是爱吃点心。"叶七七笑眯眯地看着墨寒卿道，"哎，这个糕点好好吃，你要不要尝一尝？"

"不要。"墨寒卿嫌弃地转过头去，"我不爱吃这些。"

"那全部归我啦。"叶七七抱着点心，开心地大快朵颐。

墨寒卿站在她身边，默默地看着她。

只是吃着吃着，叶七七突然抬起头，有些疑惑地看着他道："公子，你觉不觉得太后有些奇怪？"

"嗯？"墨寒卿朝她挑了挑眉。

"她这样做，算不算特地给我送我娘亲抄写的佛经，又特地给我送吃的？"叶七七歪着脑袋想了想，朝墨寒卿继续道，"她好像也不是那么坏。"

"是吗，一点吃的就把你收买了？"墨寒卿有些好笑地看着她。

"愿意给我好吃的，肯定都不是坏人。"叶七七拿着点心，很认真地朝墨寒卿道。

墨寒卿有些无语地看着她，半晌朝她催促道："快点吃。"

"嗯？干吗？"叶七七三两口将手中的点心吃下去，随口问道。

"吃完了，我好继续收报酬。"墨寒卿朝叶七七微微一笑，声音低沉地缓缓道。

"呃……"叶七七愣了一下，眨眨眼睛，迷茫地看着他问道，"什么报酬？"

"抄佛经。"墨寒卿朝摊在桌上的佛经仰了仰下巴道，"难道你忘了？"

"不是，"叶七七一下子站起身，语速飞快地道，"这佛经根本就不是你抄的啊，你刚刚也看到了，太后就坐在这里看着我，那些可都是我自己一个字一个字抄出来的，你连毛笔都没有碰一下，还收什么报酬。"

"是吗？"墨寒卿有些好笑地看着叶七七，低声道，"可是现在太后已经离开了，你是打算继续自己抄呢，还是打算让我帮你抄？"

叶七七愣了一下。

"嗯？"墨寒卿朝她挑了挑眉，好笑地看着她。

"呃……你帮我抄。"叶七七迟疑了一下，朝他道。

"那我可以索取报酬？"墨寒卿眼中闪过一丝难以察觉的情绪。

"不是……你……"叶七七下意识伸手环住胸口，警惕地看着他道，"你你你……你到底想怎样？"

"你觉得呢？"墨寒卿低头看着她，不答反问。

叶七七张了张嘴，却一个字都没冒出来。

"你这是在干吗？"墨寒卿往前走了一步，伸手将叶七七环住自己胸口的胳膊拽了下来。

"不干吗……"叶七七扯了扯嘴角，悻悻道，"防火防盗防公子。"

"防我什么？"墨寒卿长臂一揽，将叶七七揽进怀里，低头在她毛茸茸的脑袋上轻轻地吻了一下。

"防你……"叶七七正准备说话，他却低下头来，吻上她红润的嘴唇。

"七七……"

墨寒卿拦腰抱起叶七七，正打算朝内室走，殿外突然又传来通报："太上皇驾到——"

墨寒卿的脚步一下子停了下来。他无奈地看着怀里的叶七七，半晌说不出话。叶七七窝在他怀里，红着脸，无辜地看着他。两人保持这个动作僵了一会儿，叶七七伸手推了推他的胳膊，小声道："还不赶紧放我下来。"

墨寒卿低低地叹了一口气，将叶七七缓缓地放了下来。叶七七整理了一下衣服，赶快走到揽月殿门口，伸着脑袋朝外张望。

不一会儿，七七她爹的身影便出现在揽月殿的院子里。

"爹爹！"叶七七满脸笑容地朝他跑去。

太上皇紧张地看着朝自己跑来的叶七七，伸手将她抱进怀里，朝四周环顾了一圈，才问道："七七，你没事吧？皇后……啊不，太后是不是过来找你麻烦了？"

"没有啊。"叶七七愣了一下，摇摇头道，"爹爹为什么这么说？"

"我听到有侍卫汇报，说是太后带着一堆宫女又来了你这里，我便赶紧过来了。"七七她爹没有看到太后的影子，松了一口气。

"没事的，太后娘娘就是送了一本佛经，还有一堆吃的来。"叶七七笑眯眯地朝自家爹爹道，"爹爹不用担心。"

"她给你送这些？"太上皇愣了一下，显然不敢相信。

"是啊。"叶七七点点头，想了想，又朝自家爹爹问道，"爹爹，太后以前……我是说，大概十几年前，我娘亲还活着时，她俩的关系是不是很好啊？"

"她和月儿？"太上皇愣了一下，一脸气愤道，"好什么好，那个时候她天天欺负月儿，也就是月儿脾气好，才让她欺负，换了别人，早跑来我这里告状了。"

"啊？"叶七七听着自家爹爹的回答，一时没有反应过来。

太后和她娘亲以前的关系不好？

那为什么……她要将刻着自家娘亲名字的玉坠天天戴在身上呢？

"她俩……一直关系不好吗？"叶七七有些迟疑地问道。

太上皇皱着眉头思索片刻，声音低沉地道："也不是一直不好吧……至少在她被封为皇后之前，她跟月儿的关系还算可以。"

"那后来呢？"

"后来她当上了皇后，就仗着身份比月儿高，处处欺负月儿。"

叶七七越听越迷糊："爹爹，你爱的人不是娘亲吗，那为什么又要让她当皇后啊？"

七七她爹听到这句话，愣了一下，长叹了一口气道："当初不肯让月儿当皇后的人，是你爷爷。"

"我爷爷？"叶七七满眼不解地看着他。

"是啊……"七七她爹长长地叹了一口气道，"当年你爷爷武功盖世，带着夜国军队南征北战，征服了周边的许多小国，手下还有一名副将，跟着他出生入死，最后那副将为了救你爷爷，自己牺牲在了战场上。当时你爷爷便对天发誓，一定要好好照顾那个副将的家人，让他的女儿做未来夜国的皇后。"

"那个副将的女儿……"叶七七迟疑一下，小声问道，"就是现在的太后？"

七七她爹无奈地摇摇头道："当初我已经很明确地告诉你爷爷，我喜欢的人是月儿，不愿意立别人为皇后，可是你爷爷非要立她，还以死相逼，你娘亲原本是个心软的人，见你爷爷那样，便说只要能留在我身边，她不做皇后也甘愿。"

"后来呢？"

"后来，皇后便天天欺负你娘亲！"七七她爹一脸愤怒道，"宫里总有人告诉我，皇后每天变着法子欺负你娘亲，可是你娘亲总是笑一笑就过去了，从来不跟我抱怨。她这个人啊……就是心太软……"

叶七七皱了皱眉。不应该吧……要真的像她爹说的那样，现如今的太后应该很讨厌她娘亲才对，可是她并没有这样觉得。

常宁宫中。

太后斜斜地靠在床榻上，迷迷糊糊地眯着眼睛。

自从月璃走后，已经过去十三个年头了吧……她觉得时间走得真慢，可是这一晃眼，也这么多年过去了。

耳边似乎有欢快清脆的声音响起："灵雨，快来看啊，这儿有好多鱼呢。"

灵雨？太后迷迷糊糊地想着，是了，灵雨是她的名字，这么多年，被人天天喊着皇后娘娘、皇后娘娘，她都快忘记自己原来的名字是什么了。

眼前似乎浮现一个曼妙的身影，有一张跟叶七七极为相似的脸，她朝自己灿烂笑着，声音欢快地道："快，来看，那些鱼都在抢吃的呢。"

"这鱼有什么好看的，天天月月年年都在这里，你还没看够吗？"

"哎，这宫里不是太无聊了吗？只能喂喂鱼、绣绣花，打发打发时间呀。"

"嫌无聊，找你的皇上去啊。"

"他那么忙，我也不能一直找他啊！哎呀，皇后娘娘你是不是吃醋了啊？"

"再这么叫我，小心我打你啊。"

"你打我，你就是恶皇后，嫉妒我这个美貌又得宠的妃子的恶皇后。"

"我就打你，你看我今天不打得你求饶为止！"

"哈哈哈，救命啊，灵雨，灵雨，别挠我了……"

"太后娘娘，太后娘娘……"恍惚间有人在耳边低声地喊着。

427

太后一个激灵醒来，转头看了一眼站在床榻旁的宫女，缓缓地坐起身子，慢条斯理地整理了一下发髻，声音傲慢道："什么事？"

"娘娘，时候不早了，早点歇息吧。"那宫女站在床榻边，一脸关切地看着太后道。

"嗯……"太后微微闭了闭眼睛，缓缓地从床榻上起身，"本宫还不是很困，扶本宫去院子里坐坐。"

"是。"那宫女低低地应了一声，动作轻柔地扶起太后，小心翼翼地挽着她朝常宁宫外面的院子去了。

几日后，叶七七终于在墨寒卿的帮助下，抄完了一百遍佛经。

她欢天喜地地拿着那一沓抄好的佛经，跑到常宁宫，远远地在院子外就开始大声喊着："太后、太后！快出来！朕抄完了！"

正在屋子里梳妆打扮的太后听到她的声音，皱了皱眉，朝身边的宫女问道："什么情况？"

"回太后娘娘，是皇上来了。"那宫女笑了笑，朝太后福了福身子道，"好像是在喊，她已经抄完那一百遍佛经了。"

太后转过头，盯着镜子里的自己看了一会儿，突然伸手拿起桌上的梅花玉簪，放到头上比画了一下，随口问道："你觉得这玉簪配本宫的发型怎么样？"

"太后娘娘今日的发型配什么都好看。"那宫女笑眯眯地朝太后道。

"呵，那就用它吧。"太后随手将那支玉簪交到宫女的手中，等着她给自己小心翼翼地簪好，这才伸手扶了扶发髻道，"走吧，出去看看。"

"是。"那宫女低低应了一声，上前扶着太后站起身，便朝外间去了。

外间大厅里，叶七七正坐在桌前，随手拿起点心，正往嘴里送。

太后看到这一幕，冷笑一声，声音傲慢道："皇上来了本宫这儿，还真是不客气，招呼都不打一声，便拿着吃的往嘴里送。"

叶七七转过头，兴许这几日已经习惯了她的毒舌，不以为意地朝她摇头晃脑道："朕有打招呼，在院子外面时，已经跟你打过招呼了。"

太后瞪着她，一时说不出话来。

"我抄的佛经，给你。"叶七七一边吃着东西，一边把佛经放到桌子

428

上，朝太后的方向推了推。

太后微微低头，看着桌上摆放的厚厚一沓纸，随手拿起来翻了翻，又放回桌子上。

"怎么样，朕答应你的事已经做到了，现在你可以说我娘亲的事情了吧？"叶七七笑眯眯地看着她，声音清脆地问道。

太后一脸嫌弃地看着叶七七的字，抬起头，面无表情地问道："你想知道关于你娘亲的什么事？"

"嗯，这个嘛……"叶七七眼睛转了转，将手中的食物放了下来。

太后依然傲慢地坐在那里，斜斜地打量着叶七七。

"太后娘娘，听说过豆蔻玉人丸吗？"叶七七想了想，决定还是从药丸入手。

"豆蔻玉人丸？"太后愣了一下，便皱着眉头仔细思索道，"听说过，十几年前，很流行的一种药丸，据说女子吃了，可以永葆青春美丽。"

"很流行？"

"当时宫中女子几乎都在服用那玉人丸。"太后一脸不屑地朝叶七七道，"只是不知道什么原因，后来那药丸便从江湖上消失了。"

"你的意思是……"叶七七迟疑着朝她问道，"我娘亲也服用过那个药丸？"

"你娘亲……"太后仔细回想了一下，点点头道，"应该有服用过吧，女孩子哪个不愿意永葆青春，再说服用了药丸，你娘亲的皮肤、气色什么的，确实看起来好了很多。"

"这……"叶七七顿时不知道该说什么了，"可是据我所知，那豆蔻玉人丸似乎很少见啊。"

"那是自然。"太后点了点头道，"那玉人丸价格很高，一般民间女子哪里买得起，也只有宫中嫔位以上的妃子，才舍得买。"

"是这样吗？"叶七七皱了皱眉，总觉得哪里不太对劲。

那些王公贵族哪个不是有钱有势的，若是他们的女眷想买这药丸，肯定买得起，可是眼下看起来，这豆蔻玉人丸似乎只在宫中流传。

太后见叶七七半晌没有说话，便问道："你问这个干吗？你也想要？"

叶七七迟疑了一下，刚打算说点什么，太后皱着眉头朝她道："那种药丸不要乱吃，是药三分毒，永葆青春什么的，本宫才不相信。"

"那你……吃过没有？"叶七七歪着脑袋问道。

"没有。"太后干脆利落地回答道，"当时的太上皇，也就是你爷爷，曾经十分严肃地告诉本宫，不要相信那些江湖上流传的奇怪药丸，谁知道里面的成分都是些什么。"

"我爷爷？"叶七七满眼疑惑地看着她。

太后想了想继续道："当时你爷爷很反感这个药丸，千叮咛万嘱咐让本宫不要吃，本宫既然答应他了，便一定要做到，只是本宫劝你娘亲不要吃时，你娘亲却是根本不听，她只说这药丸吃了以后，并没有感觉哪里不舒服，相反还神清气爽，本宫劝了几次，便不再劝了。"

"那这药丸是从什么时候开始自江湖上消失的呢？"

"这个……"太后皱着眉头仔细思索片刻，摇摇头道，"这就不太记得了，毕竟本宫又不服用那药丸，对它的关注自然也少多了。"

太后顿了顿，才继续道："但仔细回想一下，似乎自从你娘亲去世，那药丸就渐渐销声匿迹了。"

"自我娘亲去世？"叶七七皱着眉头，总觉得这件事情有些古怪，可到底哪里古怪，她却说不上来。

一直站在太后身边端茶倒水的宫女，此刻端着一杯热气腾腾的茶水朝叶七七走来，福了福身子道："皇上，请用茶。"

"嗯。"叶七七低低地应了一声。

在常宁宫又待了一炷香的工夫，叶七七便跟着墨寒卿离开了。

走在皇宫中的小路上，叶七七眉头紧紧地锁着。

墨寒卿跟在她身后没有说话。

"公子，你觉不觉得这件事情有些古怪？"叶七七想了许久都没有想出头绪，只得满眼无奈地转过头，朝身后的墨寒卿低低地问了一声。

"嗯。"墨寒卿点点头，眼眸微微垂下，声音低沉地问道，"七七，你刚刚在常宁宫时，有没有注意到太后身边的宫女？"

叶七七愣了一下，满眼疑惑地抬起头，看着他道："没有啊，我注意她身边的宫女干吗？"

"你刚刚提到豆蔻玉人丸时，"墨寒卿声音微微顿了顿，"太后身边那位正在斟茶的宫女，手下意识抖了一下。"

"呃……啊？"叶七七不解地看着他。

墨寒卿朝她微微一笑道："太后似乎确实不知道其中情况，但是她身边的宫女，可就不一定了。"

"你的意思是……"叶七七顿时恍然大悟，道，"太后身边的宫女应该是知情人？"

墨寒卿点点头，道："就算不是完全知情，至少知道得比太后要多。"

"那咱们今天夜里就去会一会那个宫女！"叶七七高兴起来，这么一来，他们终于找到头绪，或者说是突破口了。

"好。"墨寒卿应了一声。

是夜。

叶七七和墨寒卿换上一身夜行衣，动作利落地行走于皇宫的琉璃瓦上。

墨寒卿跟在叶七七身后，沉默了许久，才淡淡地问道："以你现在的身份，就算想在皇宫里横着走，都没有人会拦你，你为什么还要穿着一身夜行衣出来？"

"哎呀，你懂什么。"叶七七转头，朝跟在身边的墨寒卿白了一眼道，"只有夜行衣才配得上这样的夜色，再说了，这样才有感觉啊。"

"有什么感觉？"

"做贼的感觉。"

墨寒卿瞬间无语了。

"哎呀，前面就到了，公子，你别说话，快跟上我。"叶七七脚尖在屋檐上飞快地点着，直直地朝常宁宫飞去。

常宁宫的后院有一排整齐的屋子，每间屋子里都住着两名不当夜班的宫女。

叶七七跟墨寒卿落在屋檐上，四下里查看了一番，才一个翻身，落到了地面上。

"公子。"叶七七压低了声音朝身边的墨寒卿道，"你还记得那宫女长什么样子吗？这儿住的全是常宁宫的宫女，咱们要找的，到底是哪一个啊？"

墨寒卿目光缓缓扫过那一排屋子，声音低沉道："能在太后身边当差的，自然不会是新进宫女，也不可能是扫地洗衣的宫女，最重要的是，十三年前她便已经待在太后身边，那说明她的资历应该已经很老了。"

"嗯……所以呢？"叶七七漫不经心地点了点头。

"所以，她住的应该是比较靠近主殿的屋子。"墨寒卿沉默片刻，脚尖轻点，朝叶七七道，"走，过去看看。"

"哦。"叶七七见他往前飞过去，便赶忙跟上。

来到最靠近主殿的那间屋子前，墨寒卿伸手在窗纸上戳了一下，借着月光朝里面仔细看了看。

"怎么样？"叶七七紧张地站在他身后，探着脑袋也想朝里面看。

"就是这间屋子。"墨寒卿回过头来，压低声音朝叶七七道，"里面就住了她一个人，走，咱们进去。"

"好嘞！"叶七七一听这话，顿时兴奋起来，摩拳擦掌地打算往房间里面冲。

"等会儿。"墨寒卿拽住叶七七的领子。

"怎么了？"叶七七转过头，满眼疑惑地看着他。

"旁边有巡逻的侍卫，等他们过去了，我们再进去。"墨寒卿伸手揽着叶七七纤细的腰肢，稍一用力，便带着她躲到了柱子后面。

叶七七窝在墨寒卿的怀里，眼看一队巡逻侍卫过去了，这才松了一口气。

只是她转念一想，不对啊，这是在她的皇宫里，她怕什么啊。

还没等她想好，墨寒卿已经拽着她的胳膊，一个翻身便进了屋子。

那宫女刚刚睡下，恍然间见到两个黑色的身影钻了进来，刚打算尖叫，叶七七便一个箭步冲上去，伸手捂住了她的嘴巴。

"不许叫，否则我现在便拧断你的脖子！"叶七七压低了声音，在那宫女的耳边小声道。

"嗯……嗯嗯……"那宫女满脸惊恐地点了点头。

"我现在松手，你若是敢叫，下一秒，你的脑袋就会从脖子上飞出去，听到了没有？"叶七七语气凶狠地朝她威胁道。

那宫女赶忙用力地点了点头。

叶七七转头看了一眼墨寒卿，在他眼神的示意下，缓缓地松开捂着那宫女嘴巴的手。

"你……你们是什么人，想……想要干什么？"那宫女看着眼前的两个黑衣人，声音不受控制地发抖。

"你别管我们是什么人，你只要回答我们一些问题就好。"叶七七袖子一抬，一条青色的小蛇便从她的袍袖中钻了出来。

那条青色的小蛇长着倒三角形的脑袋，吐着鲜红的蛇芯子，顺着叶七七的胳膊，一路爬到了宫女的肩膀上，冰凉的蛇芯子在宫女惨白的脸上若有似无地扫过。

"不要……不要咬我……"那宫女看到小青，吓得声音几乎走调。

"要是不想小青咬你，就乖乖地回答我们的问题。"叶七七精致的下巴微微仰起，看着眼前的这个宫女。

"你……你问……"那宫女一直死死地盯着小青，生怕一个不注意，就被这毒蛇咬一口。

"你叫什么名字？"叶七七想了想，决定先问一些无关紧要的问题，缓和宫女的情绪。

"我……我叫桃。"那宫女结结巴巴地回答道。

"你入宫多少年了？"

"我……十四岁时入宫，到现在已经有十五年了。"那宫女仔细回想了一下，小心翼翼地回答道。

"你一直跟在太后娘娘身边？"

"这……"那宫女迟疑了一下，没有回答。

小青吐着蛇芯子，咝的一声便朝她的脸上扑去。

"不要！不要！奴婢入宫时，只是先皇身边负责打扫的小丫鬟，后来……后来才去了太后娘娘身边。"那宫女只看到一个碧绿的蛇头朝自己飞来，顿时吓得一哆嗦，连忙回答道。

"先皇？"叶七七蹙着眉头，看着她。

"就是……当今太上皇的父亲。"那宫女哆哆嗦嗦地解释道。

"那你今日听到那豆蔻玉人丸时，为何有那么大的反应？"叶七七进一步逼问道，"你是不是知道当时的一些内幕？"

宫女迟疑了一下，再次看向叶七七时，嘴唇张了张，不太确定地问道：

"你……你是皇上？"

"少废话！"叶七七瞪了她一眼道，"我问你话呢。"

"奴婢什么都不知道，奴婢什么都不知道啊！皇上，请放过奴婢吧，奴婢今日手抖，不过是因为茶水有些烫手而已，奴婢不是故意的，皇上！"那宫女猜出叶七七的身份，朝地上一跪，不住地磕起头。

叶七七转头看了一眼站在身边的墨寒卿。

墨寒卿目光微微闪了闪，朝叶七七仰了仰下巴。

叶七七咬了咬嘴唇，朝小青道："小青，去！"

"嗞——"小青吐着芯子，碧绿的身体缓缓地缠绕上那宫女的脖子。

"皇上……不要……"那宫女只觉得脖颈处传来冰凉的触感，蛇的鳞片缓缓地沿着她的皮肤滑过。

"我问你，这豆蔻玉人丸是从什么时候开始在宫中流传的？"叶七七死死地盯着那宫女，声音不带一丝感情。

"是……是自月贵妃怀孕。"那宫女一张脸涨得通红，结结巴巴地说道。

"那它又是怎么在宫中流传起来的？"叶七七继续追问道，"究竟是谁第一个知道了这药？"

"是……是……"那宫女颤抖地闭着眼睛，迟疑许久，咬了咬牙道，"奴婢真的什么都不知道，求皇上杀了奴婢吧。"

叶七七眯了眯眼睛看着她。

那宫女明明害怕得颤抖，一双眼睛却死死地闭着，一副狠下决心的样子。

叶七七冷笑一声，转身踱步到桌旁坐下，借着窗外灯笼昏暗的光，朝那宫女一字一顿道："杀了你，自然容易，不过既然你已经知道我就是皇上，那就别忘了，朕除了能杀你，还能杀了你的家人。"

叶七七这句话一说出口，那宫女的身子便下意识抖了抖。

"你的兄弟姐妹、父母长辈……"叶七七顿了顿，微笑了一下，"可是都会因为你的这句话而陪着你死的哦。"

"皇上！"那宫女猛地睁开眼睛，一脸哀求地看着她道，"求你不要杀了我的家人，奴婢……奴婢……"

"哦，那你到底说不说？"叶七七冷笑一声，伸手将挡在脸上的黑色面罩拿了下来。

那宫女直直地盯着她的脸，突然朝她磕了个头道："奴婢……奴婢说出来以后，皇上会放过奴婢的家人吗？"

"可以。"叶七七目光淡淡地看着她，应了一声。

那宫女闭了闭眼睛，深吸一口气，朝叶七七缓缓道："当年，那豆蔻玉人丸其实是先皇研究出来的药丸。"

"先皇？"叶七七愣了一下，显然没想到这药丸会是亲爷爷研究出来的。

"当年太上皇独宠月贵妃一人的事，京城内外、朝堂上下，每个人都知道，所以太后当时虽然是太上皇的皇后，不过占了一个名头而已。"那宫女叹了一口气，朝叶七七继续道，"原本这样的日子也相安无事，可是后来有一天，月贵妃突然怀孕了。"

"当时月贵妃去给先皇请安，只说自己最近总是觉得头晕，又懒得动弹，感觉什么东西都吃不下，先皇便说给月贵妃把个脉。"

"先皇当年的武功也曾是天下第一，跟现如今的武林第一高手叶珏大师是多年好友，所以他也曾跟着天下第一神医学过一些医术。先皇给月贵妃把脉，便知道她是怀孕了，只是当时并没有告诉月贵妃，而是说月贵妃有些受凉，让她回去注意保暖，多休息。"宫女顿了顿，这才继续道，"月贵妃走后，先皇一个人在寝殿中关了好多天，之后拿着一瓶药丸走出来。"

"那瓶药丸就是豆蔻玉人丸？"叶七七皱着眉头，朝那宫女问道。

"是。"那宫女点点头，咬了咬嘴唇道，"当时奴婢正好在先皇的院子里打扫，先皇看到奴婢，便喊了奴婢过去，让奴婢服用了一颗。"

"你也吃过那药丸？"叶七七有些惊讶地看着她。

"奴婢吃过药丸，先皇又问奴婢一些服用后的感觉，便让奴婢继续打扫。"那宫女跪在地上，手指颤抖地朝叶七七道，"过了没两天，先皇突然拿了好多瓶豆蔻玉人丸给奴婢，说让奴婢想办法给嫔位以上的各宫娘娘送去，并且告诉她们，这药丸是江湖上流传的可以永葆青春的药物，要花大价钱才可以买到。奴婢便按着先皇的吩咐，先在宫中散布了一些消息，又偷偷摸摸地去给嫔位以上的各宫娘娘送药丸。做完这些事情，先皇便将奴婢派到了太后娘娘身

435

边，说让奴婢看着太后娘娘，千万不能让她吃这个药。"

墨寒卿沉默片刻，突然朝那宫女问道："是不是先皇怕月贵妃将肚子里的孩子生下来，会母凭子贵，而太上皇会将当时的皇后废掉，重新立后？"

"这……先皇的意思……奴婢也不敢揣摩……"那宫女赶紧磕了个头，"只是那段时间，后宫之中，几乎每一位嫔位以上的妃子，都以自己能够买到大量的豆蔻玉人丸为荣……再后来，月贵妃的肚子越来越大，太上皇便知她是怀孕了，自月贵妃怀孕，她的起居饮食都有特别的人照料，月贵妃便再也没有从奴婢这里拿过那豆蔻玉人丸。可是不知道为什么，月贵妃将孩子生下来没多久，听说那孩子便……便夭折了……"

那宫女抬起头，有些害怕地看着叶七七道："孩子夭折，太上皇勃然大怒，便命人查是怎么回事，后来太医说，可能是月贵妃怀孕初期吃了一些奇怪的药，导致胎儿有些不太正常，所以才……才……但是太上皇查了以后发现，宫中的妃子大部分都在吃那个药丸，而且其他妃子，并没有出现什么不适的症状，所以便不了了之了……只是在那以后，月贵妃积郁成疾，没过多久便去世了……

"月贵妃去世，太上皇对宫中其他妃子不闻不问，先皇为此没少跟太上皇吵架，只是后来有一天，太上皇和先皇吵得特别厉害，先皇便一个人离开了皇宫……奴婢、奴婢知道的，就只有这些了。"

那宫女结结巴巴地说完，用力地给叶七七磕着头道："求皇上放过奴婢，奴婢当时……奴婢当时真的不知道那个药丸会导致月贵妃腹中的孩子夭折……奴婢只以为是先皇研究出了什么新鲜药丸，闹着玩的……"

叶七七听完，一时没有说话。

也就是说，当年想要害她娘亲的人，是她的亲爷爷？

那宫女更加紧张，不住地在地上磕着头道："皇上，求皇上放过奴婢吧，奴婢当年真的不知道，那药丸会害了贵妃娘娘啊……"

叶七七转头看了她一眼，又看了看站在自己身边的墨寒卿，袍袖一抬，小青便迅速钻回她的袍袖之中。

"我们走。"叶七七声音闷闷地朝墨寒卿说了一声，便脚尖轻点，朝屋子外面飞去。

墨寒卿看了一眼依然跪在地上的宫女，暗暗运起内力，指尖轻点，那宫

436

女立刻晕了过去。

夜色下，叶七七以极快的速度在宫中飞着。

墨寒卿紧紧地跟在她身后，陪着她穿梭在无边无际的夜色中。

叶七七也不知自己到底飞了多久，回过神时，脚下早已不是金碧辉煌的皇宫。

她此刻似乎站在一座山上，周围都是树，阵阵风吹过，带来明显的凉意。

墨寒卿见她终于停住，便伸出胳膊，将她轻轻搂入怀中。

"公子？"叶七七只感觉一阵温暖将自己环绕起来，转过头去，一眼便看到墨寒卿那张清秀帅气的脸。

墨寒卿将她搂在怀中，下巴抵在她毛茸茸的脑袋上，声音低沉道："心情不好吗？"

叶七七沉默着，一时没有回答他。

山顶的风呼啸而过，周围的树木发出簌簌的响声。

许久，叶七七才闷闷地应了一声："嗯。"

墨寒卿没有说话，搂着她的手臂又紧了紧。

"我一直以为，会是宫中哪个嫉妒我娘亲得宠的妃子偷偷地下毒害她……"叶七七将脑袋埋在墨寒卿宽阔的胸膛里，声音低低地朝他道，"可没想到，真正想要害我娘亲的人，会是我爷爷……虽然，我没有见过爷爷，但是……在我的想象中，他应该是跟爹爹一样慈祥又和蔼的人……他就这么讨厌我娘亲跟我吗？"

她的语气仿佛受了伤的小动物，让他心疼。

"他也许……只是想让当时的皇后保住位子而已。"墨寒卿轻轻地拍了拍她的肩膀，低声在她耳边安慰道，"他不会讨厌你的，他若能亲眼见到这么可爱漂亮的你，一定会跟你爹爹还有我一样喜欢你。"

叶七七抬起头，眨着黑白分明的眼睛看着他，贝齿用力咬了咬嘴唇。

"别咬自己。"墨寒卿低下头，温柔地吻住她的唇瓣，声音喃喃道。

他的唇瓣沾染了夜风的微凉，带着温柔落在她的红唇上。

叶七七闭上眼睛，伸出胳膊，紧紧环住他的脖子。

天上的星辰闪烁着璀璨的光芒，寂静的山顶上，叶七七和墨寒卿相拥而立，仿佛天地间只剩下他二人。

许久，墨寒卿伸手摸了摸她的脑袋，声音温柔道："回去吧，夜风凉，再这样吹下去，你要生病了。"

"嗯。"叶七七将脑袋埋在墨寒卿的胸口，低低地应了一声。

从山顶再次回到皇宫，夜已经深了。

叶七七躺在床榻上翻来覆去睡不着。

一直以来她都在想，要找到那个害死她娘亲的凶手，狠狠地揍她一顿，再给她喂些贺老头特制的毒药，让她生不如死几天，才算报仇，可是现在，当她得知害她娘亲的人是爷爷时，一下子迷茫起来。

叶七七在床榻上又翻了几个身，身边终于传来一道低沉的声音："睡不着吗？"

"嗯。"叶七七索性坐起来，伸手捞过外袍披上，转过头看了一眼躺在床榻上的墨寒卿，声音小小道，"是不是吵到你了？"

"没有。"墨寒卿朝她笑了笑，坐起来道，"要不要出去走走？"

"嗯……"叶七七想了想，伸手按住他道，"我自己一个人出去走走，你别跟着，好吗？"

"嗯？"墨寒卿朝她扬了扬眉毛。

"我就是觉得……心里有些烦。"叶七七叹了一口气道，"我想一个人待一会儿。"

"好。"墨寒卿侧身过去，在她粉嫩的脸上轻轻地啄了一下，看着她披着外袍出去，这才从床榻上下来，跟着出去了。

叶七七漫无目的地在皇宫中走着，偶尔遇到巡逻的侍卫，那些侍卫便停下来朝她行礼，继续巡逻。

走着走着，她走到自家爹爹的寝殿前。

侍卫看到她来了，赶忙行了个礼，恭恭敬敬地道："皇上是来找太上皇的吗？"

"我……"叶七七回过神，看着眼前的寝殿，一时不知道该怎么回答。

"太上皇已经歇息了，还请皇上稍等片刻，容属下进去通报一声。"那侍卫见叶七七没有说话，便当她是默认了，于是又朝她双手抱拳行了个礼，便转身进去。

438

"哎，我——"叶七七刚想喊住那个侍卫，那侍卫的身影已经消失。

过了没多久，那侍卫便急匆匆地走出来，朝叶七七比了一个请的姿势道："皇上，太上皇请您进去。"

"哦……好吧。"叶七七愣了一下，想着反正也没有别的地方可去，这一路走来也有些累了，便朝寝殿里走去。

寝殿里，大部分烛火都已熄灭，只留下几盏微弱的灯。

叶七七进到内室，一眼便看到自家爹爹披着外袍等着自己。

"爹爹。"叶七七声音低低地喊了他一声。

"七七，"太上皇抬起头看着女儿，声音中带着笑意问道，"这么晚了，还没有睡吗？"

"嗯。"叶七七咬了咬嘴唇，低低地应了一声。

太上皇看女儿有些落寞，愣了一下，声音低沉地问道："怎么了，七七不高兴？有人欺负你了？"

"没有。"叶七七声音闷闷地回答道，走到内室的桌子旁边坐了下来。

"那是怎么了？"太上皇看着叶七七白皙粉嫩的小脸，迟疑了一会儿，小心翼翼地问道，"跟靖安王吵架了？"

叶七七猛地抬起头，震惊地看着自家爹爹问道："爹爹，你说什么？"

"我说，你跟靖安王吵架了？"太上皇眨眨眼睛，看着叶七七问道。

"爹爹，你怎么知道靖安王？"叶七七的眼睛里写满了疑惑。

太上皇笑了笑，伸手拍拍叶七七的肩膀道："爹爹好歹也做了这么多年的皇帝，这点看人的本领还是有的。再说，你在进宫之前的一些消息，星阑已经跟我说过了。他说你在墨国时，跟靖安王已经有了婚约，是吗？"

"嗯……"叶七七点点头。

"那靖安王就是每天跟在你身后的宫女吧？"太上皇笑眯眯地问道。

"嗯……"叶七七又点了点头。

"看来爹爹猜得没错。"太上皇叹了一口气道，"这一转眼的工夫，我跟月儿的女儿都已经这么大了，你小时候，爹爹不知道你还活着，没能参与你的成长，好不容易见了面，我的女儿却已经是个要嫁人的大姑娘了，唉……说吧，靖安王怎么你了，跟你吵架了吗？"

"不是。"叶七七抿了抿嘴唇，抬起头，看着自家爹爹，迟疑着道，

"我就是……知道了一些事情。"

"什么事情？"

太上皇关切地看着叶七七问道。

"就是……"叶七七犹豫了一会儿，终究把今天晚上听到的消息告诉了他。

太上皇沉默片刻，什么都没说。

"爹爹，你知道的，是吗？"叶七七抬起头，眨着一双黑白分明的眼睛，看着他问道。

太上皇长长地叹了一口气，朝叶七七招了招手，示意她坐到自己身边来："当年，其实也是朕不好，你娘亲在吃些什么、用些什么，我都没有一一了解，我若是早些知道她曾经服用过什么豆蔻玉人丸，说什么我也不会让她继续吃下去。当年我知道了事情的真相，跟你爷爷大吵了一架，月儿尸骨未寒，你爷爷便急着让我去宠幸别的妃子。"七七她爹悲哀地道，"当时我明确地告诉他，我这辈子就只爱月儿一个人，她活着时我只爱她，她死了我依然只爱她，他原本可以有一个可爱的孙女，可他不懂得珍惜，那这辈子都别想见到一个孙子或孙女，他那么重视他的皇位，我便要让这夜国没有后继之人。"

"爹爹？"叶七七有些惊讶地抬起头。

她从未想过，爹爹如此深爱她的娘亲。

"也许你爷爷从来没有想过，我会如此决绝，也从来没有想到我对月儿的感情如此之深，直到那个时候，他才开始后悔。"七七她爹深深地叹了一口气道，"其实就算月儿将她腹中的孩子生下来，只要她不想要皇后之位，我也不会硬将皇后的名分加在她的身上。

"月儿去世后的几年，皇宫就像一个巨大的坟墓，我每天走在这皇宫里，看着一样的蓝天，一样的砖墙，只觉得日复一日，了无生趣。

"你爷爷看我那个样子，便留下一封信，说他要离开皇宫，去给自己修建墓地，一辈子留在坟墓里，不想看见我这行尸走肉的样子。"七七她爹低头看着自家女儿白皙粉嫩的小脸，苦笑了一下道，"他这一去，也有十几年了。"

"爷爷去修建坟墓了？"叶七七有些惊讶地看着自家爹爹，不知道为什么，脑海里浮现八年前在乐清山迷路时，遇到的那位老爷爷。

"嗯。"

"爷爷他……是不是胡子很长很长，看起来很和蔼，左手的大拇指根处有一道十字疤？"叶七七张了张嘴，声音颤抖地问道。

七七她爹愣了一下，有些不敢置信地看着叶七七道："那是他当年出征时留下的伤疤，你……你见过你爷爷？"

"我……八年前见过。"叶七七有些激动地道，"那把金钥匙就是爷爷给我的，他还跟我说，让我喊他甄爷爷。"

"你爷爷的名字，就叫夜甄！"七七她爹一脸激动地站起来道，"你在哪里见过他？"

叶七七赶忙将八年前自己和墨寒卿在乐清山上迷路的事情跟他详细说了一遍。

"没错！那肯定是你爷爷！"七七她爹激动地朝叶七七大声道，"肯定是他！那乐清山是叶珏大师飞鹤山庄的所在地，你爷爷以前跟叶珏大师是至交，两个人经常在一起切磋武功，为了争夺天下第一高手的名号，闹个没完没了！"

"那……"叶七七眼睛闪了闪，心中涌现一种说不清道不明的感觉。

七七她爹背着手，在房间里转悠了两圈，突然朝叶七七道："不行，我得去找你爷爷。"

"那咱们是去乐清山？"叶七七愣了一下，抬起头，满眼疑惑地看着自家爹爹。

"是得去！"七七她爹点了点头，朝叶七七继续道，"不过在去乐清山之前，咱们还有一件事情要做。"

"什么事？"叶七七歪着脑袋，随口问道。

"去跟墨国的皇室提亲。"七七她爹一拍手掌，朝叶七七道，"明日你便命人写封信，先送到墨国，就说咱们要跟他们和亲，过两日，咱们便出访墨国。"

"咱们？"叶七七扯了扯嘴角，有些不解地看着自家爹爹。

"那是自然，我女儿的亲事，我自然得亲自出马！"七七她爹一脸得意地道，"等商议完你的亲事，咱们就去找你爷爷。"

"咱们不是应该先找爷爷，再商量亲事吗？"叶七七有些无语地看着他。

"不。"七七她爹摇了摇头，认真地看着叶七七道，"谁让当年他对月儿下毒手？我就是要告诉他，他当年放弃了孙女，那便没有权利参与自己孙女的婚事，等到婚事都定下来，再告诉他，才能气死他。"

"气死……爷爷？"叶七七有些不敢置信地看着自家老爹。

七七她爹脸上顿时闪过一丝不太自然的表情，挥了挥手道："我就是这么说说而已，放心吧，你爷爷气不死的。"

"哦……"叶七七迟疑着点点头。

"行了，这事就这么定了，明日你先派人送信去！"七七她爹一拍桌子，事情就这么定了下来。

第十五章　本王愿意娶你

十日后。

墨国皇宫。

墨国皇帝低头看着手中的那封书信，一双眉头紧紧地皱起来。

墨修竹站在他身边，看着父皇的神情，迟疑了一下，小声问道："父皇，怎么了？那夜国新任皇帝的来信上，说了些什么？"

墨国皇帝抬起头，看了一眼儿子，将书信朝桌子上面用力一拍道："气死朕了！"

"父皇？"

"这夜国，不知道从哪儿冒出一个丫头，继承了夜国的皇位，紧接着便写了一封书信过来，说她看上了我墨国的靖安王，要娶我靖安王为夜国皇后！"墨国皇帝一脸激动地敲着桌子道，"这不是欺人太甚吗？！她以为自己是哪根葱？！我墨国堂堂靖安王，岂是她说想娶就能娶的？！"

"娶皇叔？"墨修竹听到这句话，也扯了扯嘴角，他那面无表情的皇叔，还有人想娶？

"夜国不就是仗着自己国力雄厚吗？平日里我们对他忍让几分也就算了，眼下想要骑到我们头上来！"夜国皇帝继续气呼呼地道，"去，命人修书一封，就说我们墨国的靖安王已经有王妃了，不能嫁给夜国新任皇帝。"

"哦。"墨修竹点点头，应了一声，便打算转身出去。

"等等。"墨国皇帝突然抬头，一双眼睛直勾勾地盯着墨修竹。

"父皇，怎么了？"墨修竹被他盯得莫名其妙。

"皇儿，要不，你去和亲怎么样？"墨国皇帝盯着墨修竹半天，突然冒出这么一句话。

"啥？！"墨修竹一下子便愣住了。

墨国皇帝尴尬地轻咳两声，不急不缓地朝他道："是这样的，父皇想了想，觉得夜国毕竟是当今天下第一大国，就这么回绝人家，似乎有点不留情面，朕觉得，那夜国新任皇帝也就刚刚上位，以前听说过一些关于你皇叔的传说，所以一心想着跟他成亲，毕竟他们两个又没见过面，又没相处过，你说她能喜欢你皇叔什么呢？"

"呃……父皇这话的意思是？"墨修竹扯了扯嘴角，满眼疑惑地看着父皇。

"朕的意思是，咱们委婉一点告诉她，你皇叔靖安王已经娶妻了，有王妃了，不太方便再嫁到夜国去给她当皇后。"墨国皇帝看着墨修竹，笑眯眯道，"反正你跟你皇叔长得有几分相似，年龄也相仿，身份还是太子，太子可比靖安王尊贵多了，要不你去给夜国皇帝当皇后？"

墨修竹震惊地看着父皇，半晌才伸手指了指鼻子，声音中带着满满的不确信道："我？"

"嗯。"墨国皇帝用力地点了点头。

"这……不太好吧？"墨修竹有些结结巴巴地朝父皇道。

"毕竟这夜国是天下第一大国……"墨国皇帝见状，长长地叹了一口气，苦闷道，"俗话说得好，新官上任三把火，这夜国皇帝刚刚上位，提出的第一个要求就是想跟咱们国家和亲，咱们要是拒绝了，你说她会不会发兵攻打咱们啊？眼下你皇叔又不在京城，真的打起来，咱们可怎么办啊……"

"父皇……"墨修竹看着自家父皇唉声叹气的样子，一时不知道说些什么，"要不，咱们先问问皇叔的意见再说？"他顿了顿，又补充了一句，"说不定皇叔愿意呢。"

"算了吧。"墨国皇帝连连叹气道，"寒卿那个人，原本朕还担心他会

444

不喜欢女孩子，眼下好不容易看上了叶七七，让朕不再担心他的性取向，朕可不觉得他会轻易放弃叶七七，转而去当那什么劳什子的夜国皇后。"

那……那也不能就让我去啊……

墨修竹在心里埋怨了一句，只是没敢将这句话说出来。

"就这么定了，你先命人修书，委婉一点告诉那夜国新任皇帝，咱们靖安王已经有婚配了，再委婉一点告诉她，咱们墨国京城内，好男儿多的是，等她来了墨国，一个一个慢慢挑选，就是想多挑几个走，也没有问题。"墨国皇帝沉吟片刻，一拍桌子，这事就这么定了。

墨修竹站在房间里，看着父皇，张了张嘴，终究一句话都没有说出来。

"怎么了，皇儿有什么话要对父皇说吗？"墨国皇帝看着墨修竹欲言又止的样子，挑了挑眉朝他问道。

"没什么……"墨修竹赶紧低下头，看着地面。

"想说什么就说，你我二人是父子，有什么话是不能说的。"墨国皇帝有些好笑地看着他道，"难道你还怕朕怪罪于你不成。"

"儿臣不敢。"墨修竹连忙双手抱拳，朝皇上行了个礼，恭恭敬敬地道。

"有什么不敢的，说。"墨国皇帝大手一挥，目光炯炯地看着他。

墨修竹张了张嘴，憋了半晌，终于十分委婉地朝父皇道："父皇，你觉不觉得咱们这个做法……又没骨气又没节操？"

皇上愣了一下，轻咳两声，脸色有些尴尬地瞪了墨修竹一眼道："出去。"

"哦。"墨修竹低头应了一声，又朝他行了个礼，这才转身出去。

那边，墨国正忙着命人修书寄往夜国，这边，叶七七他们已经大张旗鼓地出发前往墨国了。

他们的队伍行了大概二十天，终于快要接近墨国的边境。

叶七七骑在马上，回头看了一眼身后长长的车队和护卫的士兵，轻轻地叹了一口气。

真是麻烦，出访墨国，还要带上这么多人和这么多东西，车队行走的速度又慢，根本不如她跟公子骑马来得快。

可她现在的身份是夜国的皇帝，又不能两手空空地奔往墨国。

好在走了这么多天，终于能够看到墨国的影子了。

墨寒卿策马上前，来到叶七七身边，顺着她的目光，看了一眼石碑，声音低沉地朝她道："终于回到墨国了。"

"嗯。"叶七七用力地点了点头。

"七七，"墨寒卿转过头，目光深邃地看了她一眼，声音淡淡地道，"我想先回京城。"

"啊？为什么？"叶七七抬起头，满眼迷茫地看着他问道。

"不管怎么说，我现在的身份是墨国的靖安王，而你的身份是夜国的皇帝，我混在你们的队伍中，终归不太好。"墨寒卿顿了顿道，"再说你不是要去墨国向我提亲吗？我总得回去准备准备。"

"嗯……说得有道理。"叶七七歪着脑袋想了想，朝他点了点头道，"那你先回去吧，回头我们京城见。"

"好。"墨寒卿朝她微微一笑，突然侧过身，声音低低道，"娘子，亲我一下。"

"啊？"叶七七听到这句话，一下子便红了脸。

她眨眨眼睛，四下环顾一圈，低着头声音小小地道："不太好吧，这儿还有这么多人呢。"

"哦，不好意思了？"墨寒卿转过头，默默地看着她。

叶七七低着脑袋，不说话。

"那我亲你吧。"墨寒卿看着她的模样，淡薄的唇角勾起一抹浅浅的弧度，修长的手臂朝叶七七纤细的腰肢扣了过去，稍一用力，便将她拉向自己，一低头，准确无误地吻上她的唇。

"你……"叶七七的脸一下便红了。

"我先走了。"墨寒卿看着她害羞的样子，低低地笑了出来，他伸手在她毛茸茸的脑袋上轻轻地摸了一下，声音温柔地朝她道，"我在京城，等你过来提亲。"

"嗯……"叶七七窘迫地点了点头。

墨寒卿又朝她笑了笑，这才扬起手中的马鞭，朝墨国边境快马加鞭而去。

待墨寒卿的身影消失不见，叶七七这才怅然若失地叹了一口气。

她坐在马背上，拽着缰绳，一回头，便看到自家爹爹正笑呵呵地站在后面看着自己。

叶七七愣了一下，满脸通红地迎了上去，声音弱弱地道："爹爹，你不是在马车里吗，怎么出来了？"

"我都在马车里晃悠了二十多天，怎么着也得出来透透气啊。"七七她爹朝她嘿嘿一笑，满脸促狭地看着她问道，"怎么，靖安王先走了？"

"嗯……"叶七七迟疑着点了点头，咬了咬嘴唇问道，"爹爹，你站在这里多久了啊？"

七七她爹朝自家女儿挑了挑眉毛，声音低沉地道："你是想问爹爹都看见什么了吗？"

"我……我不是这个意思……"叶七七好不容易恢复的脸色又红起来。

"嗯，爹爹也没看见什么。"七七她爹一本正经地朝叶七七道，"就看见靖安王亲了你，你又亲了靖安王，靖安王又亲了你。年轻人嘛，分别时难舍难分，爹爹也是能够理解的。谁没有年轻过啊，想当年爹爹和你娘在一起时，也是你侬我侬，舍不得分开一秒，你和靖安王……"

"爹爹！"叶七七越听脸色越红，眼看自家爹爹唠叨个没完，终于提高声音喊了他一声。

"嗯？"七七她爹停住话头，抬头看向她。

叶七七坐在马背上，看着站在地上的自家爹爹，憋了半天，终究闷闷地来了一句："爹爹别说了，咱们还是赶路吧。"

"现在就要赶路？"七七她爹一脸惊讶地看着她道，"不是说好休息半个时辰的，这才刚刚过去一炷香的时间，你不能因为靖安王刚刚离开，就急着让我们也跟去啊。"

这一席话，说得叶七七又红了脸。

"爹爹你别说了。"叶七七轻轻地蹬了蹬马镫，手中的缰绳收了收，便拽着身下的马儿朝另外一个方向去了。

七天后，叶七七率领的大队人马终于抵达墨国京城的城门口。

因为一早便听说夜国的新任皇帝即将来访墨国，所以京城的百姓早早便

447

等在城门口，翘首以盼。

直到夜国的旗帜出现在京城外的道路上，等候多时的百姓终于躁动起来。

"快看，快看，那好像是夜国的旗帜！"

"看见了，看见了，听说夜国最近新选了个女娃子当皇帝。"

"听说这女娃子还看上了咱们靖安王呢！"

"哟！不会吧？！咱们靖安王可是向来不近女色啊，除了他那个宝贝王妃之外。"

"不过话说回来，咱们靖安王妃也不是省油的灯，要是被她知道有人想要抢她的夫君，搞不好她会去找那个夜国的新任皇帝打一架呢！"

"别说了，别说了，快看，夜国的队伍来了！"

百姓一边议论着，一边睁大眼睛，朝缓缓向京城而来的队伍投去目光。

走在队伍最前面的是夜国的士兵，后面紧跟着的是骑兵，再往后是两辆极为豪华的马车，马车四周跟着许多侍女，走在队伍最末端的，依然是一些骑兵和士兵。

"看不到啊，听说夜国原来的皇帝，也就是现在的太上皇也来了呢。"

"是啊，怎么都坐在马车里，这样什么都看不到啊。"

"哎哟，你俩死心吧，人家夜国的皇帝和太上皇哪是随便能让我们看的。"

就在百姓的纷纷议论中，长长的队伍缓缓进入城门。

已经入冬，太阳依然璀璨地照耀着大地，但是阵阵寒风吹过，让人有些冷。

马车的窗帘在寒风的吹拂下，被掀开一道缝隙。

站在车窗这边的百姓，透过那道缝隙，看到一张绝美的容颜。

这……这世间居然有如此绝色的女子？

等到百姓回过神，叶七七的队伍已经走出去好远了。

皇宫大门一早便敞开，文武百官在太子墨修竹的带领下，早早地等候在皇宫门口，迎接夜国的来访队伍。

因为夜国士兵和骑兵是不能进入墨国皇宫的，所以，墨修竹带着那些侍女以及两辆豪华马车，来到太极殿前。

448

"诸位请先在这里休息，晚上有为诸位准备的接风宴，到时本宫会为诸位带路。"墨修竹十分客气地朝身后的两辆马车说了一声。

"有劳太子殿下。"后面的那辆马车里传来一道低沉的声音，紧接着，马车车帘被掀开，侍女连忙上前，扶着那人下来。

墨修竹抬起头，看着从马车上下来的人，那人俊眉星目，身形高大，浑身散发着威严的气息，只是脸上已经留下岁月的痕迹，想来应该就是夜国原来的皇帝，现在的太上皇。

"见过太上皇。"墨修竹朝他笑了笑，双手抱拳，朝他说了一句。

"太子殿下不必客气。"七七她爹朝墨修竹笑了笑，转头打量了一下眼前的太极殿，"多谢贵国陛下的款待，晚上的接风宴，我们一定准时到场。"

"好。"墨修竹笑了笑，朝另外一辆豪华的马车看了过去。那辆马车里面坐着的人，应该就是夜国皇帝了，只是她似乎不打算露面，难道因为长得太丑？

察觉到墨修竹的目光，七七她爹笑了笑，朝那辆马车道："女儿，下来吧。"

"好。"马车里传来一个清脆悦耳的女声，下一秒，一只白皙纤细的小手轻轻掀开马车的车帘。

墨修竹紧紧地盯着那只小手，好奇车帘后的人到底是什么样子。下一秒，一张倾国倾城的脸出现在车帘后面。大概因为长时间赶路，她的神情带着浅浅的疲倦。不过……墨修竹皱了皱眉，不知道为什么，这张脸隐隐约约让他觉得眼熟。可他又想不起来自己到底在哪里见过这般绝色。

"太子殿下。"叶七七看着站在自己面前发呆的墨修竹，笑了笑，声音清脆地喊了他一声。

"陛下。"墨修竹听到她的声音，回过神来，赶忙双手抱拳朝她行了个礼，低低地喊了一声。

"有劳太子殿下等候多时，不知太子殿下还有什么吩咐？"叶七七强忍着笑意，朝他问道。

"吩咐不敢。"墨修竹赶忙朝她摆了摆手道，"只是觉得……皇帝陛下看起来似乎有些眼熟，仿佛在哪里见过。"

"哦，是吗？"叶七七眨眨眼睛，以袖口轻掩红唇，声音清脆道，"太子殿下在哪里见过朕？"

"这个……"墨修竹有些尴尬地挠了挠脑袋，"一时想不起来，但是陛下确实跟我认识的一个人长得有几分相似，只是陛下比她年长几岁。"

"是吗？"叶七七朝他挑了挑眉，却没打算告诉他，自己就是叶七七。

"是。"墨修竹有些不好意思地笑了笑，"陛下长途跋涉，还请歇息，若有什么事情，可以吩咐太极殿中的宫女，傍晚时分，本宫会带陛下前去参加接风宴。"

"多谢太子殿下。"叶七七微微一笑，朝他双手抱拳道。

墨修竹也以同样的姿势回了个礼，又简单寒暄了几句，便告辞离开。

他一离开太极殿，便飞快地朝御书房跑去。御书房里，墨国皇帝和靖安王墨寒卿已经等在那里了。

一见墨修竹过来，墨国皇帝赶紧朝他问道："怎么样，你可见过那夜国的新任皇帝，长什么样子？"

"看到了。"墨修竹朝自己父皇点了点头道，"长得还挺漂亮的。"

墨国皇帝听到这句话，朝身边的墨寒卿看了一眼。墨寒卿却是面无表情地看着他，没有一点反应。

墨修竹抬起头，朝墨寒卿看去，迟疑了一下，小声道："皇叔，那夜国皇帝长得真的挺好看，平心而论，我觉得比皇婶好看多了，人也比皇婶温柔得多，那什么……皇叔你要不要考虑一下？"

墨寒卿朝墨修竹翻了个白眼。

"寒卿啊……"墨国皇帝转过头，朝站在自己身边的墨寒卿道，"你看这……怎么办，要不让修竹去代替你，嫁给那夜国皇帝怎么样？"

墨寒卿沉默片刻，朝皇上道："不用。"

"不用？"墨国皇上愣了一下，问道，"你什么意思？"

"我的意思是，我可以嫁给那夜国皇帝。"墨寒卿微微一笑，声音低沉地朝他道。

"那七七怎么办？"墨国皇上震惊地看着墨寒卿，"你之前不是说，等你从外面回来，就要和她成亲的吗？对了，七七怎么没进宫？你回来这么些天了，朕却一次都没有见过七七，母后还念叨着让七七进宫来看她呢。"

"她……"墨寒卿顿了顿，继续道，"她过两天再进宫看望母后。"

"可是眼下，你真的要嫁给那个什么夜国皇帝？你都还没见过她啊。"墨国皇上焦急地看着他问道。

"皇兄，"墨寒卿沉默片刻，朝皇上道，"当今天下，夜国为第一大国，他们实力雄厚，兵力强盛，新帝登基，第一件事便是与我们联姻，若是我们拒绝，岂不是不给夜国面子？到时候，万一夜国发兵攻打我们，岂不是又要民不聊生？"

"话是这么说没错，可是咱们可以想别的办法啊，联姻不一定非要你不可。"墨国皇上迟疑着道，"七七是个好姑娘，朕明白她在你心中的分量，母后也十分喜欢七七，成天念叨着她，你这样做，她会伤心的……"

"皇兄不必多言，臣弟主意已定。"墨寒卿看着皇上，实在懒得跟他解释，便打断了他。

"可是这……"墨国皇帝叹了一口气，半晌没有说话，只是心中对那夜国新任皇帝的不待见又多了一分。

傍晚时分，华灯初上。

墨修竹按照皇上的吩咐，前去太极殿迎接夜国皇帝和夜国太上皇参加接风宴。

已经梳洗打扮过的叶七七，穿着明黄色的龙袍，衬得她秀美的脸庞更加明艳。她的发髻用金色龙纹发冠盘在头顶，发冠上插着一支九天凤鸣的玉簪，象征她夜国天子的身份。

墨修竹看到这样的叶七七，愣了一下。这还是他第一次看到女子穿龙袍，那龙袍给她绝色倾城的容颜增添了一抹霸气。

"二位请随本宫这边来。"墨修竹朝叶七七和七七她爹双手抱拳行了个礼，便比了一个请的姿势。

"好。"叶七七应了一声，跟在墨修竹的身后，缓缓朝接风宴所在的大殿过去。

昭明殿中，文武百官已经随墨国皇帝早早地就座，等着夜国皇帝和太上皇出现。

今晚的接风宴上，就连向来不怎么露面的墨国太后都来了。

叶七七和她爹在墨修竹的带领下，一步一步朝昭明殿的大殿走去。那些原本坐在位子上的大臣，看到他二人过来，齐刷刷地站起来，双手抱拳，朝他们保持着行礼的姿势。

墨寒卿站起来，注视着一步步走来的叶七七，淡薄的唇角勾起一抹浅浅的笑意。

叶七七和她爹爹走到大殿的正中央，朝墨国皇帝双手抱拳，行礼道："见过陛下。"

墨国皇帝连忙站起身，朝他二人笑眯眯道："夜国陛下多礼，还请快快上座。"

"多谢皇兄。"叶七七朝墨国皇帝微微一笑，声音清脆地说了一句。

皇兄？墨国皇帝愣了一下，只觉满头雾水。他什么时候变成这夜国新任皇帝的皇兄了？

还没等他回过神来，叶七七已经自顾走到为他们准备好的座位上坐了下来。

"这位是我们墨国的太后。"墨国皇帝见叶七七已经落座，便朝她介绍道，"也是朕和靖安王的母后。"

叶七七连忙又站起身，朝太后行了个礼，声音清脆道："见过母后。"

太后唇角的笑意一下子僵在那里。母后？这女娃子也太自来熟了？跟她才第一次见面，就叫她母后，还真不把自己当外人。

太后脸色变得难看起来："夜国皇帝客气了，哀家怎么不记得，哀家还生了这么一个俊俏的女儿。"

"没关系，太后娘娘只要记得，自己生了一个帅气的儿子就好。"叶七七朝太后笑眯眯地回答道，"反正朕马上就要娶靖安王了，靖安王是您的儿子，朕跟着他一起唤您母后，也是应该的。"

太后听到叶七七这么说，一句话都说不出来。这是她第一次见到脸皮这么厚的女娃子。

太后终于道："我们靖安王已经娶过妻了，夜国皇帝若真想跟我们靖安王成亲，就只能做小妾了。"

墨国皇帝听到这番话，伸手轻轻推了推太后的胳膊。太后却朝墨国皇帝翻了个白眼。场面一下子变得尴尬起来。

叶七七只觉心中有阵阵暖意，朝太后笑了笑，声音清脆道："我觉得，靖安王妃应该不会介意我。"她朝太后说话时，没有用朕这个字，是因为她觉得，太后是真的把她当女儿一样维护。

"那也只是你觉得而已，等我们七七回来，你就知道她到底介不介意了。"太后只觉眼前这个姑娘，长得虽然漂亮，但这人品实在不怎么样，明明知道靖安王已经娶妻，还要贴上来，这不是不要脸吗？

"就算靖安王妃介意，只要靖安王不介意就好。"叶七七强忍住心中的笑意，转过头来，朝一直安静地坐在墨国皇帝身边的墨寒卿看了过去，道，"当着这么多人的面，我就想问问，靖安王殿下愿意娶我吗？"

一时，所有人都将目光转向墨寒卿。那些大臣满眼期待地看着靖安王，只希望他能当场拒绝这个不知天高地厚的丫头。没想到，他们向来杀伐决断、冷酷无情、不近女色的靖安王，此刻笑得仿佛三月里的春风，看着夜国皇帝道："好，本王愿意娶你。"

大殿里，顿时一片哗然。

当初的靖安王妃也是千挑万选出来的，据说跟靖安王也是琴瑟和谐、举案齐眉的璧人，想不到今日在这太极殿上，他们靖安王就这么答应了夜国皇帝的婚事。

可惜啊……可悲啊……可叹啊……

墨国皇帝和太后的脸色不是很好，只是碍于情面，他们还是勉强笑着，朝叶七七道："既然寒卿愿意娶你，那这婚事便这样定下来吧。从此以后，我们墨国与夜国便是一家人了。"

一直坐在叶七七身后没有说话的七七她爹，此刻也笑呵呵地站起来，朝叶七七道："七七，还不赶紧拜见你未来皇兄和母后。"

"是，爹爹。"叶七七原本没打算这么早揭穿身份，只是眼下自家爹爹都这样喊她了，她也只得强忍着笑意，走到墨国皇帝和太后的面前，朝他二人盈盈一拜道，"七七见过皇兄，见过母后。"

墨国皇帝和太后瞬间僵住了。

许久，墨国皇帝才回过神，惊恐地看着眼前的叶七七问道："你……你叫朕什么？"

"皇兄啊。"叶七七抬起头，一脸坦然地看着他，又喊了一声。

"你叫什么名字？"墨国皇帝仔仔细细地打量着叶七七，这才发现，眼前的这个姑娘，眉眼与他印象中的叶七七确有几分相似。

只是之前的叶七七明显还是小孩子的样子，眼前这个姑娘，五官已经长开，个子也比叶七七高很多，再加上那身明黄色的龙袍，他无论如何无法将眼前之人跟那个可爱霸道的叶七七联系到一起。

"七七……你是七七？"

"是我呀。"叶七七笑得一脸灿烂，看着墨国皇上道，"怎么，才几个月不见，皇兄都不认识我了？"

"不是你……"墨国皇上震惊地道，"你怎么变化这么大？"

"嗯……这几个月里发生了一些事情，等有空时，我慢慢讲给皇兄听。"叶七七笑眯眯地看着墨国皇上道。

站在一旁的太后好半晌才回过神，不敢置信地看着叶七七道："你是七七？真的是七七？"

"是呀。"叶七七笑着朝太后扑了过去道，"怎么，母后都不认识我了？"

"七七，你长大了……"太后抱着扑进自己怀里的七七，低头仔细端详了她一番，低声道。

"嗯。"叶七七将脑袋在太后的怀里蹭了蹭，感受着她身上的温暖。

这是什么情况？墨修竹站得离他们不远，听到他们的对话，眼眸瞬间瞪大，看着叶七七，结结巴巴地问道："你你你……你真的是七七？"

墨国皇上当场宣布，半个月后，靖安王和夜国新任皇帝的婚礼将在墨国举行。

七七她爹满头黑线地看着自己的未来亲家，只觉一时无语。今儿晚上这接风宴，他好像才说了一句话吧？怎么突然之间，墨国皇帝就宣布要举行婚礼？

墨国皇帝宣布接风晚宴正式开始，便端着一壶酒来到七七她爹面前，一杯接着一杯地不停敬他。几杯酒下肚，两人开始勾肩搭背，互称兄弟……

叶七七有些好笑地看着自家爹爹，摇了摇头，端着酒杯走到墨寒卿的桌前。墨寒卿抬起头，看着叶七七，微微一笑，声音低沉地问道："陛下有何指示？"

"朕要坐在你身边。"叶七七朝墨寒卿仰了仰下巴，声音中带着一抹笑意。

454

"嗯……既然娘子这么想坐在为夫身边，那……为夫便恭敬不如从命。"墨寒卿淡薄的唇角勾起一抹浅浅的弧度，朝桌子旁边稍微挪了挪身子，示意叶七七坐到身边来。

叶七七端着酒杯刚刚坐下来，还没说话，墨修竹、慕容鸿羽、叶承安几个人便端着酒杯直直地朝他二人走来。

墨寒卿朝那几人瞥了一眼，低低地笑了一声，朝叶七七道："完了，完了，兴师问罪的人来了。"

"嗯？"叶七七抬起头，顺着他的目光看去。

墨修竹、慕容鸿羽、叶承安走到他俩这一桌前，先是一丝不苟地双手抱拳，朝叶七七行了个礼，恭恭敬敬地说了一声"臣等见过夜国皇帝陛下"，叶承安才朝叶七七挑了挑眉，道："七七你行啊，这才出去一趟，怎么就当上夜国皇帝了？还跑回来要娶我们靖安王殿下，你不知道，修竹一听到这个消息，吓得脸色都白了。"

墨修竹朝叶承安白了一眼道："少说我两句，你会死吗？"

"会。"叶承安笑嘻嘻地看了墨修竹一眼，朝叶七七继续道，"七七你不知道，修竹为了寒卿后半生的幸福，都打算把自己搭进去了，他原本想着实在不行，就由他来嫁给你。哈哈哈哈……"

墨修竹把手中的酒杯朝叶承安嘴边一送，手腕一抖，便将满满一杯酒倒进叶承安正在大笑的嘴里。

慕容鸿羽有些无奈地看了一眼身边的两个伙伴，端着酒杯，朝叶七七和墨寒卿示意一下，声音低沉地道："恭喜你们，大婚在即，我先干了这杯酒。"他说完便一仰头，将酒喝了下去。

墨寒卿和叶七七对看一眼，心中明白，这几位小伙伴今天是不会轻易放弃的，于是便也大大方方地将面前的酒杯满上，将杯中酒全部喝了下去。

"行，够爽快！"墨修竹看着墨寒卿和叶七七，高兴地一拍手，立刻上前给他俩继续将酒杯满上，"来来来，还有我跟承安的酒，你俩可不能赖掉。出去这么长时间，连封信都不给我们写，太过分了。"

"哎，这个不重要。"叶承安伸手推开墨修竹，上下打量着叶七七道，"我更好奇，我七七妹妹怎么好像一夜之间突然长大了……"他不怀好意地朝墨寒卿瞥了一眼，"该不会你对我七七妹妹做了什么不可告人的事情吧？"

墨寒卿微怔，唇角勾起一抹似笑非笑的弧度，拿着酒杯朝他示意了一下，便喝了下去。

叶承安看着他笑而不语的样子，便也心领神会地朝他眨了眨眼睛，紧跟着将手中的酒给喝掉了。

叶七七满眼疑惑地看着两人打哑谜一样的动作，歪着脑袋问道："你们这是什么意思？"

"嘿嘿，没什么意思。"叶承安朝叶七七诡异地笑了笑，伸手端起一杯酒递到叶七七面前道，"来，七七，这杯该你喝了。"

叶七七愣了一下，刚打算伸手将那杯酒接过来，墨寒卿已经拦住叶承安手中的酒杯。

叶承安抬起头，目光带着一丝疑惑，朝墨寒卿看了过去，道："你干吗？"

"她不能多喝酒。"墨寒卿接过叶承安手中的酒杯，面无表情地朝他道。

"为什么？"叶承安下意识问了一句，两秒后，他回过神来，眼神里带着一抹促狭，朝他问道，"该不会是我七七妹妹她……有了吧？"

叶七七一张白皙粉嫩的小脸瞬间变得通红。

墨寒卿却有些好笑地看着叶承安道："你想什么呢，我不让她喝酒，是因为她酒品太差。"

叶承安点了点头，又追问道："有多差？"

"差到你难以想象。"墨寒卿一本正经地朝叶承安说了一句，便从桌子上的茶壶里倒了一杯茶给叶七七道，"你就以茶代酒，不然会喝醉。"

叶七七低下头，一言难尽地看着手中的那杯茶。

叶承安看看墨寒卿，又看看叶七七，一双眼睛转了转，用自己手中的酒杯跟叶七七手中的茶杯碰了碰道："算了，算了，以茶代酒就以茶代酒吧，只要有诚意就行，咱们也不为难七七妹妹，是吧？"他说完便一仰头，将酒一饮而尽。

叶七七看了看他，又低头看了看自己的茶杯，只得放到唇边啜了一口。

叶承安喝完酒，见她只喝了一口茶水，顿时不乐意起来："七七妹妹，你不能这样吧，咱们都允许你以茶代酒了，你只喝一口，也太不够意思了吧？

456

好歹也干掉啊。"

"干掉？"叶七七扯了扯嘴角，沉默片刻，无奈地将手中的茶水一饮而尽。

"好样的！"叶承安十分给面子地拍了拍手，又给她添了满满一杯茶道，"来来来，这一杯，是修竹敬你的。"

叶七七有些无语。她转头看了一眼身边的墨寒卿，却见他面色淡然地将自己手中的那杯酒喝了下去。

墨寒卿喝完，转过头来看着叶七七，朝她挑了挑眉。叶七七长叹一口气，只得无奈地将手中的那杯茶给喝光。叶承安见状，立刻又给叶七七满上。

墨寒卿面不改色心不跳，叶七七就不行了，那么多茶水下肚，没一会儿，她就开始往厕所跑。如此这般跑了好几回，叶七七终于不干了。

"不要再敬我茶水了！"她瞪着圆溜溜的眼睛，看着眼前的三人，愤怒道，"这才多久，我都往厕所跑了七趟了！"

"那怎么办啊。"叶承安一脸无辜地看着叶七七道，"寒卿不让你喝酒，我们也没办法啊，反正茶水喝多了又不会醉，大不了你再多跑几趟就是了。"

"不要！"叶七七郁闷地将手中的茶杯放下，转而拿过被墨寒卿放在一边的酒杯，气呼呼道，"我宁可喝醉，也不想再往厕所跑了。"

墨寒卿看着她，皱了皱眉，刚要伸手将她手中的酒杯再次拿过来，叶七七已经一手抓着酒壶，一手抓着酒杯，倒了满满一杯，一口气喝了下去。

"好！好样的！"墨修竹和叶承安赶紧起哄。

叶七七喝完手中的酒，朝墨寒卿做了个鬼脸道："反正我不要再喝茶水了！不管你说什么，我就是不要喝！"

墨寒卿有些无语。

叶七七却转过头去，一脸豪迈地朝叶承安、墨修竹、慕容鸿羽挥了挥手中的酒壶道："来来来，咱们今日不醉不归！"

"好！"叶承安拍手叫好。

墨寒卿伸手抚了一下额头，完了，完了，待会儿他又得面对醉酒的七七了。

昭明殿中，众人知道夜国新任皇帝就是原来的靖安王妃，气氛变得其乐

457

融融起来。

夜已深，来参加接风宴的人一个接一个离开。

慕容鸿羽无奈地一手搀扶着叶承安，一手架着墨修竹，朝墨寒卿满脸歉意地道："这两个家伙喝醉了，我先送他们回去。"

"好。"墨寒卿眼中绽出浅浅的笑意，道，"你将他二人送回去，也早些回去歇息吧。"

慕容鸿羽点了点头，看着挂在墨寒卿身上正在傻笑的叶七七，迟疑了一下，小声问道："她……没事吧？"

墨寒卿低头，看了一眼叶七七，有些头疼，朝慕容鸿羽笑了笑道："没事，这家伙也不是第一次喝醉了，就是喝醉后有些棘手而已。"

"嘿嘿嘿嘿，你说谁棘手，你说谁棘手？"叶七七脸上带着难以抑制的笑容，朝墨寒卿问道。

墨寒卿无奈地看着她，声音中带着满满的宠溺道："我说你。"

"我棘手？我怎么棘手了？"叶七七嘟着一张红润的小嘴，有些不高兴地朝他道，"你说，我到底哪里棘手了？"

"……没什么。"墨寒卿沉默了两秒，朝叶七七认真地道，"我刚才说错了，我不是说你棘手。"

"那你是说谁棘手？"叶七七锲而不舍地追问道，"你说别人？哪个人？男的还是女的？老的还是少的？跟你是什么关系？"

墨寒卿被她给问住了，半晌才无奈道："我刚才确实是说你棘手了，我错了，我以后再也不说了。"

"嗯？你觉得你这样简单道个歉，我就会放过你吗？"叶七七朝墨寒卿皱了皱小鼻子，声音清脆地问道。

"那你想怎么样？"墨寒卿低下头，在她红润的嘴唇上轻轻地吻了一下，声音低沉地问道。

叶七七歪着脑袋，似乎很认真地思索了一下，朝他笑眯眯道："你要跟我说二十遍，娘子我错了，说一句，亲我一下。"

慕容鸿羽架着叶承安和墨修竹，有些尴尬地看着眼前的二人，迟疑了一下，朝墨寒卿道："那个……我先走了，就不打扰你们两个人慢慢算账了。"

他刚准备转身离开，叶七七却喊住他道："鸿羽，别走！"

慕容鸿羽回过头，满眼疑惑地看着她。

"嘿嘿嘿，鸿羽你不能走。"叶七七朝慕容鸿羽露出一个璀璨的笑容道，"你帮我数着，他到底有没有说满二十遍。"

慕容鸿羽的眼睛里满满的都是问号。

叶七七冲着他又傻笑了一番，转过头去，看着眼前墨寒卿那张清秀帅气的脸庞，撒娇道："快，跟我说，娘子，我错了。"

墨寒卿唇角勾起一抹浅浅的弧度，看着眼前的叶七七，声音低低地说了一声："娘子，我错了。"

"嗯。"叶七七点头应了一声，嘟起红润的嘴唇道，"亲一下。"

墨寒卿低头，在她的唇上轻轻地吻了一下。

慕容鸿羽有些无语地看着眼前的一幕，不知道该说些什么。

"一遍。"叶七七转过头朝慕容鸿羽道，"就这样数着啊，帮我们数到二十遍。"

"……哦。"慕容鸿羽面无表情地应了一声。

叶七七又朝墨寒卿踮了踮脚道："继续，继续。"

"嗯。"墨寒卿低低地应了一声，继续声音温柔地道，"娘子，我错了。"

亲一口。

"娘子，我错了。"

亲一口。

"娘子，我错了。"

亲一口……

慕容鸿羽看着眼前的这一幕，只觉十分地……刺目，这一刻他万分后悔，自己刚才怎么就没有多喝几杯，他要是像叶承安和墨修竹那样醉了，就一了百了了。

"娘子，我错了。"墨寒卿说完第二十遍，低头吻住叶七七红润的唇瓣……就没有抬头了。

慕容鸿羽满头黑线地看着眼前吻得忘我的两人，半晌，终究轻咳了一声道："那个……"

墨寒卿低着头，依然吻着叶七七，没有任何反应。

459

"寒卿？"慕容鸿羽沉默片刻，有些尴尬地提高声音喊了一句。

"嗯？"这一次墨寒卿终于有了反应，抬起头，朝慕容鸿羽淡淡地瞥了一眼，"什么事？"

"你都已经说了二十遍'娘子，我错了'，我可以走了吗？"慕容鸿羽一脸无语地看着墨寒卿，声音低沉地问道。

墨寒卿刚打算说"你可以走了"，叶七七突然睁开眼睛，朝慕容鸿羽道："数满二十遍了？"

慕容鸿羽十分实诚地点点头道："正好二十遍。"

"哦……"叶七七眨眨眼睛，看着墨寒卿，嘟着嘴巴不高兴地道，"二十遍好少啊，要不你说五十遍好不好？"

"好。"墨寒卿一脸宠溺地看着叶七七道，"娘子想让我说几遍，我就说几遍。"

叶七七用力点点头道："鸿羽，你帮我们数着。"

慕容鸿羽沉默了两秒，道："拒绝。"

"啊？"叶七七眨眨眼睛，迷茫地看着他。

"我要送他俩回去了。"慕容鸿羽声音低沉地朝叶七七和墨寒卿道，"你们两个想要秀恩爱，麻烦回房间里面。"

"呃……啊？"叶七七还想说点什么，慕容鸿羽已经架起墨修竹和叶承安转身离开。

待到他们离开，叶七七一脸迷茫地转过头，看着墨寒卿问道："他好像……看起来不太高兴的样子？"

"嗯……"墨寒卿沉吟了一下，缓缓地点了点头。

"为什么呢？"

"大概是因为……鸿羽到现在还没对象吧……"墨寒卿随口编了一个理由。

叶七七点点头，很认真地思索片刻，又朝墨寒卿露出璀璨的笑容道："没关系，反正咱俩有就行了。"

墨国皇帝尴尬地看着他俩，迟疑了一下，声音低低地道："朕也不想打扰你俩，实在是……朕在旁边已经等了许久，好不容易等你俩亲完二十遍，朕就是想问一句，在你俩继续亲之前，能不能先让一让，让朕先过桥？"

墨寒卿愣了一下，朝四周看了看，他们所在的地方，恰好挡住皇上往大殿外面走的那座小拱桥。

两秒钟的沉默后，墨寒卿抱着叶七七朝旁边挪了挪，给他让了一条路。

墨国皇帝轻咳两声，目不斜视地从两人身边走过，跟在皇上身后的太后，则用袖子轻轻掩着嘴角，一边偷笑一边走了。

墨寒卿又朝七七她爹看了过去，他的老丈人已经醉得不省人事，身边五六个护卫正在努力将他抬起来。

殿外凛冽的寒风吹过，叶七七打了个哆嗦，朝墨寒卿的怀里缩了缩。

"冷吗？"墨寒卿低头，看了她一眼，将自己宽大的袍袖覆在她的身上。

"有点……"叶七七轻轻点了点头，抬起眼睛，看着他轮廓分明的侧脸，犹豫了一下，声音小小地道，"公子？"

"嗯？"墨寒卿抱着她，一边朝自己停在宫门口的马车飞去，一边随口应了一声。

"我想和你同房。"叶七七眨着黑白分明的眼睛，看着墨寒卿，声音清脆地朝他说道。

"你知道同房是什么意思吗？"墨寒卿声音喑哑，缓缓地问道。

"知道啊。"叶七七点了点头，一字一顿地朝他解释道，"同房就是在同一个房间里睡觉啊。"

墨寒卿眼睛闭了闭，强忍住想要将她扔下去的冲动，微微一笑道："好，那就同房吧。"他无奈地摇了摇头，抱紧叶七七，加快速度朝马车飞去。

靖安王府。

墨寒卿抱着叶七七飞快地回了院子，一只手托着她，另一只手推开房门。

"行了，到了……"

墨寒卿闪身进了房间，刚刚将大门关上，怀里的叶七七已经伸出一双胳膊，搂住他的脖子，将自己的唇贴了过去，不由分说吻上他的唇。那股淡淡的酒香味，瞬间又传了过来。

461

墨寒卿眼眸暗了暗，抱着叶七七的胳膊用力收了收，一低头，加深了这个吻。他抱着她，安静地站在房里，温柔而投入地吻着。

许久，叶七七终于抬起头，黑白分明的眼眸中氤氲着雾气。她看着眼前清秀帅气的墨寒卿，灿烂一笑，脑袋在他怀里又蹭了蹭，声音清脆道："公子，你好香哦……我好喜欢你……"

片刻安静后，墨寒卿动作温柔地将叶七七放在榻上，伸手将裹在她身上的厚披风拿了下来。叶七七已经衣衫凌乱，中衣和里衣几乎挂在身上，而她白皙莹润的肌肤露了一大片出来。墨寒卿按捺住心中的冲动，伸手拽过床上的丝被，将她盖起来。

叶七七不安分地在被子里扭动："公子，我不舒服。"

"怎么了？"墨寒卿挑了挑眉，低声问道。

"我身上的衣服好像有些乱……"叶七七蹙着眉头，朝他声音低低地道。

她身上的那些衣服，在马车上时就被她自己扒得差不多了，刚才下车前，她几乎在墨寒卿的半强制下才重新穿好。

墨寒卿长长地叹了一口气，伸手将盖在她身上的被子掀开，耐心十足地给她整理衣物。一只白皙纤细的小手突然攀上他的腰。墨寒卿微微一怔，低下头，看着躺在床榻上的叶七七。

"你干吗？"墨寒卿挑了挑眉，声音低沉地问道。

"公子……"叶七七低低地喊了一声，突然一个翻身，扑进他的怀里，将他再次压在了身下。

墨寒卿被她压得朝后一仰，重重地摔在了床榻上。而叶七七那双不安分的小手就放在他的胸口，到处乱摸着。

"叶……七七……"他的嗓音一下子变得沙哑，低低地喊了她一声，修长的大手紧紧地握住她纤细的手腕。

"嗯？"叶七七抬起头，无辜地看着他。

"从我身上下去。"他紧紧地盯着她的脸，依靠仅存的一丝理智，"否则，我不保证自己会不会对你做出一些过分的事情。"

"什么过分的事情？"叶七七歪着脑袋，眨着一双眼睛直直地看着他。

墨寒卿抿了抿唇角，一时没有说话。

"什么过分的事情？"叶七七一边问着一边扭了扭身子。

墨寒卿只觉腹部蹿起一阵阵的热流。

"别乱动。"他握着她手腕的大手微微用力，"有些事情……"墨寒卿沉默片刻，艰难地一字一顿道，"我更希望留在我们大婚那晚。"

"为什么？"叶七七眨眨眼睛追问道，"有什么区别吗？"

墨寒卿沉默了几秒，深吸了一口气，温柔道："乖，早点睡觉吧，反正过不了多久，我们就要大婚了。"

"哦……大婚？"叶七七听到这两个字，愣了一下，歪着脑袋仔细想了半天。

"嗯。"墨寒卿淡淡地应了一声，伸手推了推她的胳膊道，"等到大婚之日，我们……"

"那大婚时，我是不是就能跟你洞房了？"叶七七满眼憧憬地朝他问道。

墨寒卿眯了眯眼睛，看着坐在自己身上的某人，沉默片刻，终究按捺住自己，点点头道："是，到时候就能洞房了，所以我们……"

"反正再过几天就要大婚，早几天晚几天又有什么区别……"叶七七蹙着一双秀气的眉，很认真地朝他道，"公子，来吧，春宵苦短。"叶七七说完便低下头，又吻上他淡薄的唇。

墨寒卿突然生出秀才遇到兵，有理说不清的感觉。叶七七却不管不顾地黏在他身上，柔软的舌探入他的口中，盘旋着，亲吻着，一点一点地侵占他的领地。墨寒卿只觉身体越来越热，而某个人还在他身上不停地添油加醋。

叶七七红润的唇沿着他的下巴、脖颈，直吻到他的锁骨。墨寒卿闭了闭眼睛，终于忍无可忍，一个翻身将她从自己身上掀下来，推倒在床榻上。叶七七心中一惊，睁大了眼睛，满眼疑惑地看着他。

墨寒卿欺身而上，声音嘶哑道："不要再挑战我的耐力。"

"什么耐力？"叶七七满眼无辜地看着他问道，"我们来洞房，不好吗？"

墨寒卿深吸一口气，看着眼前天真无邪的叶七七，只觉得有打人的冲动。

"夫君……"叶七七眼睛转了转，朝他低低地喊了一声。

墨寒卿微微一怔，眼眸微垂，看着她道："你喊我什么？"

叶七七笑嘻嘻地道："夫君。"

墨寒卿沉默了两秒，低头狠狠地吻住她红润的唇："七七，我不想等了……"

"嗯……等什么……"叶七七愣了一下，被他清冷的气息包围住。

墨寒卿没有再回答她的任何问题，唇瓣沿着她小巧的耳垂，缓缓地来到她白皙修长的脖颈。他温暖修长的大手，缓缓地褪下她身上的衣物。叶七七伸出手，搂住他的脖子，紧紧地抱着他。

墨寒卿的动作瞬间顿了一下，抬起头，声音沙哑地问道："怎么了？"

"我……我突然有点紧张……"叶七七脸上浮现一抹浅浅的红晕。

墨寒卿沉默片刻，低头在她粉嫩的脸上轻轻吻了一下，凑在她的耳边，声音低低地道："七七，一旦开始……"他笑了笑，"就不能停下来了，知道吗？"

"知道……"叶七七下意识点了点头，应了一声。

不过片刻，叶七七的中衣、里衣便全部被褪去，只剩一件粉色的兜肚。少女柔软白皙的身体毫无保留地呈现在他眼前。墨寒卿眼眸暗了暗，低头认真地吻着。叶七七因为喝了酒，感官一下子变得敏锐。她心中莫名生出一股强烈的渴望。

墨寒卿缓缓地沉下身，额上的汗水不断滴落。

"不要！"叶七七突然绷紧身子，突如其来的疼痛让她下意识伸手，想要将墨寒卿推开。

"乖，别乱动。"墨寒卿按住她的手腕，低头吻住她红润的唇瓣道，"娘子……乖……"

等到两人完全结合在一起，他修长的胳膊从她的身下搂着她，低头轻轻地亲去她眼角的泪珠。

"别哭，乖。"他有些心疼地看着她，忍着内心的冲动，直到她渐渐适应。

大概因为压抑了太久，墨寒卿刚刚热了个身，还没正式开始，叶七七便已晕了过去。

第二天清晨，叶七七迷迷糊糊地醒来。她睁开眼睛，看着头顶上的床幔，发了好一会儿呆，看了一下屋子里的装饰。

这里……好像是靖安王府？她记得昨天晚上应该是在昭明殿参加接风宴……后来……后来，好像墨修竹、慕容鸿羽、叶承安他们跑过来敬酒，一杯又一杯，再后来呢？

她怎么什么都不记得了？叶七七伸手揉了揉疼痛的脑袋，又闭上眼睛眯了一会儿。眼下，她既然是在靖安王府，那就说明昨天应该是公子把她给抱回来的。

叶七七想明白便翻了个身，想要坐起身。只是她这么一动，却感觉浑身酸痛得不行。特别是她的两条腿，几乎抬不起来。

就在她满心疑惑时，头顶突然传来低沉而沙哑的声音："你醒了？"

"嗯？"叶七七抬起头，朝上面看去。

只见墨寒卿眸中闪烁着意味不明的光芒，正深深地看着她。

叶七七点点头，两条腿在被子里面又动了动，龇牙咧嘴地道："我的腿好酸啊……"

墨寒卿脸上浮现一抹浅浅的红晕。

"公子，昨天你……"叶七七正准备问些什么，突然瞪大一双眼睛，看着眼前的他。他身上没有穿衣服！被褥下露出他白皙如玉的胸膛，几缕墨色的发丝垂下，和他白皙的肌肤形成鲜明的对比。

叶七七心中一惊，下意识朝自己身上看了一眼。她也没有穿衣服！而且她身上到处都是青青紫紫的痕迹，看起来仿佛跟什么人狠狠地打了一架。只是，叶七七再笨也不可能认为自己身上的那些痕迹是伤痕。

叶七七一脸震惊地看着自己，猛地用被子裹住身体，抬起头朝墨寒卿问道："昨天晚上到底发生什么事情了？"

墨寒卿朝她挑了挑眉，好看的眸中闪过危险的光芒道："怎么，娘子什么都不记得了？"

叶七七沉默片刻，瞪着他道："我应该记得什么吗？"

房间里面是死一般的寂静。

墨寒卿眯了眯眼睛，看着无辜的叶七七，声音低低地道："哦……为夫昨夜那么卖力地满足你的愿望，娘子什么都不记得了？"

"我的愿望？什么愿望？"叶七七迷茫地看着他问道。

"娘子说……"墨寒卿顿了顿，紧紧地盯着她的眼睛，一字一顿道，"想要和为夫洞房。"

房间里又是一阵沉默。

许久，叶七七看着墨寒卿道："我昨天这么说了？"

"嗯。"墨寒卿缓缓地点了点头。

叶七七动作艰难地转过头，一双小手拽着被角，半晌没有说话。

墨寒卿看着她的动作，微怔了一下，伸手搂过她的肩膀，在她的脸上轻轻地亲了一下，声音温柔道："怎么了，后悔了吗？"

"不是。"叶七七机械地摇了摇头。

"那怎么，还疼吗？"墨寒卿有些心疼地看着她，突然有些后悔自己一时冲动，就那么要了她。

"也不是。"叶七七又摇了摇头，委屈地道，"我……我什么都不记得了。"

"什么？"墨寒卿愣了一下，有些不解地看着她。

"我都不记得昨天晚上发生了什么，呜呜呜……"叶七七眨眨眼睛，豆大的泪珠便落下来，"人家都说女子第一次时会很疼，我什么感觉都没有，现在除了腿酸就是腿酸，我连洞房是什么都不记得了，呜呜呜……"叶七七一边说着，一边哭了出来。

墨寒卿满头黑线地看着她。

"七七……"墨寒卿有些无语地看着她，声音低沉道，"你就在哭这个？"

"嗯……"叶七七伸手抹了抹脸上的泪珠。

"你……不后悔吗？"

"后悔什么？"

"没什么……"墨寒卿沉默片刻，摇了摇头。

叶七七睁着一双黑白分明的眼睛看着他，眼泪一颗又一颗地落下来："我就是……什么感觉都不记得了……呜呜呜……"

墨寒卿拭去她脸上的泪珠，低头吻住她红润的唇瓣，一个翻身压住她道："这有什么难的，娘子若是什么都不记得，那为夫便帮你再回忆一次好了。"

"怎么回忆？"叶七七的眼泪一下子收住，睁着水汪汪的眼眸，无辜地看着他问道。

"这样……"墨寒卿淡薄的唇角勾起一抹浅浅的弧度，舌尖缠上她小巧的舌，极尽温柔地吻起来。

"嗯……"叶七七只觉浑身的力气都被抽走了。

再一次将叶七七拆吃入腹，墨寒卿终于心满意足地在她红润的唇上轻轻啄了一下。叶七七早已累得一点力气都没有了，原本酸痛无比的身子，现在已经麻木到什么感觉都没有。

"娘子，这一次可记住洞房是什么感觉了？"墨寒卿眸中带着一丝浅浅的笑意，看着她，声音低低地问道。

叶七七歪过头，瞪了他一眼。墨寒卿看着她生无可恋的模样，唇角勾了勾，俯身过来，声音淡淡地道："娘子不想起床吗？"

"不想动弹……"叶七七朝他翻了个白眼，声音弱弱地道。

墨寒卿低头在她的脸上吻了一下，声音中满是宠溺："第一次，难免感觉有些疲惫，娘子习惯了就好。"

"习惯？"叶七七抬起头，惊恐地看着他。这种事情难道不是做一两次就好了吗，怎么还有以后？

"娘子不是向来体力很好吗？"墨寒卿微微一笑，转移了话题。

叶七七气鼓鼓地看着他。

墨寒卿笑了笑，伸手将她散落在枕头上的头发抚了抚，声音低沉地道："既然娘子不想起来，那为夫还是去小厨房端点食物，为娘子补充一下体力吧。娘子只管在床上休息。"没等叶七七回答，他便径直出去了。

叶七七眼睁睁看着他的背影消失在门口，伸手扯过被子蒙住脑袋，只想再睡一会儿。

屋外，一道黑影从她的窗前闪过，很快不见了身影。

光线昏暗的屋子里。

一个挺拔修长的人影背对着窗户坐着。

片刻，一道黑影从屋子外面翻了进来。

"让你去打探的事情怎么样了？"那道背对着窗户的人影冷冷地朝身后人问道。

467

"启禀二皇子殿下，"黑影跪在地面上，恭恭敬敬地朝他双手抱拳道，"属下已经打探清楚了，那靖安王确实是七日后就要成婚，成婚的对象便是之前叶丞相的养女叶七七，不过属下还打探到了一些别的消息。"

"哦，什么别的消息？"那道身影转过身，白皙俊秀的脸上有一道狰狞的疤痕。

"二皇子殿下，"黑影抬起头，朝眼前的人压低了声音道，"属下打听到，那叶丞相的养女叶七七，就是夜国最近刚刚登基的皇帝。"

"夜国的皇帝？"二皇子愣了一下，不敢置信地看着属下道，"此话当真？"

"千真万确！"黑影点点头，很认真地回答道，"这事在墨国已经不是秘密了，京城里所有人都在说，靖安王的王妃就是夜国的新任皇帝。眼下，王妃成了皇帝，靖安王又成了夜国的皇后，而夜国的皇帝又是墨国的靖安王妃，这事儿真是天赐良缘，墨国和夜国从此以后便不再交战了。"

"呵……天赐良缘。"二皇子不屑地哼了一声，伸出手，重重地砸在桌子上。

那两个贱人，把自己害得这么惨，眼下他们要成婚了。

成婚也就算了，那臭丫头还成了夜国的皇帝。

凭什么他靖安王的命就这么好，自小便得到父皇的宠爱，眼下又能娶一个身份如此尊贵的人当王妃。

黑影看着自家主子脸色阴晴不定，迟疑了一下，还是道："殿下，咱们的计划……"

"咱们的计划，时间需要改一改。"二皇子眯了眯眼睛，朝跪在眼前的黑影道，"就放在他墨寒卿成亲的那一日好了，我要让他也尝一尝生不如死的感觉。"

"这样……会不会太仓促了？"那黑影有些不太确定地朝二皇子问道。

"我让你安插进靖安王府和皇宫的奸细，你可都安排进去了？"二皇子朝眼前的人问道。

"回二皇子，属下已经安排妥当。"

"那便这样定了。"二皇子拍了一下桌子，转头看着窗外明媚的阳光，声音阴森道，"墨寒卿，这些都是你欠我的。"

468

第十六章　大婚之日

七日后。

按照两国的约定，叶七七和墨寒卿先在墨国京城举行婚礼，再回夜国进行封后大典。

婚礼当日，京城刚刚下了一场大雪，道路上覆盖着皑皑白雪，道路两旁张灯结彩，挂着红彤彤的大灯笼，显得喜气洋洋。

叶七七是从丞相府出嫁的。

丞相府门前的大道上，除了两旁的灯笼，还撒满红色锦缎做成的花朵。

府门口人头攒动。大家纷纷伸长脖子，朝府里张望，希望看一看传说中的靖安王妃。

叶七七坐在叶丞相为她准备的闺房中，听着丞相府外面震耳欲聋的爆竹声，不知道为什么，有些紧张。

她身边服侍她的丫鬟来去匆匆，忙着给她穿喜服、梳妆，叶七七手心攥着一只红彤彤的大苹果，不过片刻，手心便全是汗。

"好啦，咱们靖安王妃真真是个美人坯子。"给叶七七梳妆打扮的丫鬟放下手中的梳子，笑眯眯地朝她低声道，"王妃娘娘看一下，可还满意奴婢的手艺？"

叶七七抬起头，朝面前的铜镜看去。铜镜里映出她白皙粉嫩的面容。她看着镜子里的人影，一时愣住。镜子里的人，瓜子脸，肌肤白皙，额间点缀着一朵红梅，嘴唇仿佛新鲜樱桃，头发高高绾起，插着精致的珠宝首饰，那些首饰数量并不多，每一样都衬托得她更加动人。

"这是……我？"叶七七看了好一会儿，不敢置信地问道。

站在她身后的一众丫鬟，听到她的这句话，捂着嘴笑了出来。

"王妃娘娘，镜子里的人自然是你。"给叶七七梳妆打扮的那个丫鬟，声音中带着满满的笑意，"王妃娘娘若是满意，那奴婢就帮您把凤冠戴上。"

"啊……好。"叶七七有些不好意思，自己被自己美呆了这种事情，要是说出去，会被别人笑死的。

那丫鬟见叶七七点头，便笑着和另外一个丫鬟一起抬着那顶做工精致的凤冠，小心翼翼地给她戴上。

叶七七瞬间觉得头变得好重。

她摇了摇脑袋。

"王妃娘娘，千万别乱动。"那几个丫鬟赶忙朝叶七七道，"这凤冠上镶着许多珠宝玉石，娘娘觉得重是肯定的，但还请娘娘稍微忍耐一下，毕竟这是一个女子一生中最重要的一天。"

叶七七弱弱地应了一声，只得乖乖地不动了。

那几个丫鬟帮叶七七将头上的凤冠固定好，又拿过一块红盖头给她盖上，这才福了福身子朝她道："时辰快到了，过会儿王爷来迎亲，还请王妃娘娘慢慢走路，动作幅度千万不要太大。"

"我知道了……"叶七七有些无语地应了一声。

就这么一句话，那些丫鬟已经叮嘱了无数遍。她不就是在她们化妆时没忍住，随便动了动，害得她们重化了好几次妆容吗？

就在叶七七有些不耐烦时，外面突然传来嘹亮的喊声："吉时到——靖安王殿下驾到——"

"快快快！靖安王来了！"丫鬟们听到这喊声，一阵手忙脚乱，好几个人同时上前搀扶叶七七。

可怜叶七七在椅子上坐了整整一个上午，任她们摆弄，此刻突然要她站起来，她才发现腿已经坐麻了。

"王妃娘娘？"几个丫鬟拽了叶七七两下，发现她还是坐在椅子上没有起来，低低地喊了她一声。

"我……腿麻了……"叶七七隔着红盖头，可怜兮兮地朝周围的几个丫鬟道。

"噗……"有人轻轻地笑出声来，只是因为红盖头挡在她的头上，所以她看不到是哪个丫鬟在笑。

"奴婢帮王妃娘娘捶一捶吧……"几个丫鬟笑完，立刻有一个走上前来，蹲在叶七七的身边，伸出一双手，握成拳头，朝叶七七的腿捶了下去。

"啊——"叶七七惨叫了一声。

原本等在门外的墨寒卿听到叶七七这声惨叫，立刻翻身下马，打算朝丞相府里飞。

"王爷，王爷，冷静啊！婚礼不是这种流程！"守在墨寒卿身边的冷六和十二，赶紧上前挡住墨寒卿的去路，一脸焦急地道。

墨寒卿怔了一下，朝冷六看了过去。

冷六一愣，赶紧双手抱拳朝他道："属下这就替殿下去看一下。"他话音刚落，便转身朝丞相府里面去了。

不过片刻，冷六便从府里飞了出来，朝等候在门外的墨寒卿憋着笑意道："启禀殿下，王妃娘娘没什么大碍，就是在椅子上坐了整整一上午，腿麻了。"

腿麻了？墨寒卿有些无语地扯了扯嘴角，一颗提着的心放了回去。他再次看了一眼丞相府的大门，转过身去，翻身上马，继续在门口等着。

不多时，叶七七便在喜娘的搀扶下，缓缓从府里走了出来。她穿着大红的喜服，莲步轻移，走得极为缓慢。

墨寒卿自她的身影出来的那一刻起，便深深地注视着她，淡薄的唇角勾起一抹浅浅的弧度。

好不容易在喜娘的搀扶下，没有任何错误地走到墨寒卿面前，叶七七终于松了一口气。她原本想着，只要自己上了轿子就没事，结果一只白皙修长的手突然伸到她的面前。叶七七看着那只手，有些怔忡，不明白这是怎么个情况。

"上马。"墨寒卿坐在马上，面带笑意地朝叶七七温柔地道。

啥？！

"怎么了？不上来吗？"墨寒卿看着站在地上没有动弹的叶七七，微微挑了挑眉，朝她问道。

叶七七低头看着红盖头下面的那只手，沉默片刻，朝他福了福身，声音里满满的都是疑惑道："新娘子……不都是坐轿辇的吗？"

墨寒卿点点头，满脸笑意地看着她道："可是这十里长街的繁华，我想和你共同欣赏。"

叶七七听到他这句话，微微愣了一下，只觉心中有种说不出来的感动。

她迟疑了一下，便将手放在他的手心。

他的手宽厚而温暖，握在一起时，正好将她的小手包住。

墨寒卿看着她笑了笑，手腕微微用力，想要将叶七七拽上马背。

只是他拽了几下，叶七七却依然站在原地没有动弹。

"娘子……这是不想上马？"墨寒卿朝她挑了挑眉，声音低沉地道。

"不是……"叶七七有些尴尬地扯了扯嘴角，低着头，声音弱弱地道，"实在是……刚才腿麻得厉害。"

"哦，无妨。"墨寒卿笑了笑，声音低沉而缓慢，"为夫可以等你一会儿，娘子不必着急。"

你等了也没用啊。叶七七咬了咬嘴唇，有些迟疑该怎么跟他说。

一炷香的工夫后，墨寒卿看着站在马下的叶七七，又问了一句："娘子的腿可好一点了？"

红盖头下的叶七七，一张脸早已红成了猴子屁股。她用另一只手紧紧地攥着苹果，张了张嘴，终究小声地朝他道："我……我腿酸……"

"嗯？"墨寒卿只听到一个极低的声音，可是周围实在吵闹，迎亲队伍吹唢呐、喇叭的声音，围观百姓的喝彩声，全部盖过了叶七七说话的声音。

"我……我……"叶七七红着脸，只觉得在大庭广众之下，不大好意思将那句话说出来。

"都给本王安静一点。"墨寒卿听不清楚叶七七说什么，便眯了眯眼睛，抬起头朝周围的那些人冰冷地说了一句。

他话音刚落，吹奏乐器的人便停了下来，而百姓也一下子住了口。热闹非凡的丞相府门口，寂静得连根针掉在地上都能听见。

墨寒卿重新转过头，朝被喜娘搀扶着站在马前的叶七七温柔地问道："娘子刚才说什么？"

"我……我腿酸……"叶七七红着脸，咬了咬牙，声音如同蚊子哼，朝墨寒卿低低道。

这轻飘飘的三个字，一字不落地钻进墨寒卿的耳朵。某人一愣，看着站在自己面前的叶七七。两秒后，他轻声笑了出来。叶七七听着他的笑声，一张小脸更红了。

"嗯……是为夫考虑不周。"墨寒卿强忍住笑意，朝叶七七说。

叶七七咬了咬唇，想着这下自己终于可以安心地去坐轿辇，墨寒卿却翻身下马，落在她的面前。

叶七七正准备问他要干吗，他已经伸出双臂，将她打横抱起，紧接着脚尖轻点，又重新回到马背上。

"既然娘子腿酸，不能自己上马……"墨寒卿低头，声音低低地道，"那为夫抱着你上好了。"

叶七七觉得……自己完全不想说话了。

天空中飘起大片大片的雪花。

穿着一身红衣的叶七七和墨寒卿坐在马背上，走在白雪铺成的道路上，路过身边那一盏盏大红灯笼。

墨国皇帝和太后一早便抵达了靖安王府。

靖安王府门口有重兵把守，都是为了保证皇帝和太后的安全。

那些进了靖安王府的宾客，看到墨寒卿和叶七七的身影，面带笑意地站起来。

叶承安、慕容鸿羽、墨修竹站在靖安王府门口，用力朝坐在马背上的墨寒卿招手道："来了，来了！新娘子来了。"

墨寒卿笑着看了一眼几个小伙伴，抱着叶七七，动作潇洒地从马背上飞了下来。

守候在靖安王府门口的喜娘，赶忙上前扶住叶七七的胳膊，跟随她和靖安王一同朝府内缓缓走去。

静安王府前厅，墨国太后和夜国太上皇已经坐在高位上，他们一个是靖安王的母亲，一个是叶七七的父亲。

而墨国皇帝和叶珏大师以及贺平轩等一众天下第一大师，则分别坐在两侧。

墨寒卿牵着叶七七的手，在众人的注视下，缓缓走了进来。

主持婚礼的司仪见两人走进来，伸手敲了一下锣鼓，大声道："吉时到——"

屋子外面，礼乐声停了下来。

"一拜天地——"司仪大声地喊道。

墨寒卿牵着叶七七的手，转了个身，朝前厅的门外拜了拜。

"二拜高堂——"

坐在主位上的墨国太后，笑眯眯地看着墨寒卿和叶七七，一只手却不停地用袖子擦着眼角的泪花。

而夜国皇帝不停地朝他二人点头，脸上满是笑意。

"夫妻对拜——"

墨寒卿和叶七七面对面站着，朝对方弯下腰。

叶七七看着红盖头下两人紧紧握着的一双手，只觉一颗心跳得极快。

"送入洞房——"

司仪最后一句话喊完，便有喜娘上来，扶着叶七七朝前厅的后面走去。

墨寒卿自然是被留了下来，应付那些参加婚礼的宾客。

就在喜娘搀扶着叶七七的胳膊，缓缓朝后院走时，谁都没有发现，一道黑影紧跟着她们而去。

与前厅的热闹非凡不同，后院安静得多。

喜娘将叶七七搀进房间，让她在床榻上坐了下来。

紧接着，喜娘又拿了一些红枣、花生、桂圆、莲子，一把接着一把地撒在叶七七身下的床榻上。

撒完，喜娘朝叶七七福了福身子，笑眯眯道："祝王妃娘娘和靖安王殿下早生贵子。"

叶七七头顶红盖头坐在那里，听着这句话，红了脸颊。

"王妃娘娘，这桌子上的酒是等王爷回房要喝的交杯酒。"喜娘站在叶七七身边，一句一句地朝她交代道，"王妃娘娘和王爷喝完交杯酒，要将衣角缠绕在一起，打个结，才可以开始洞房。王妃娘娘都记住了吗？"喜娘说完，声音柔柔地朝叶七七问了一声。

"嗯。"叶七七胡乱点了点头。

"那王妃娘娘在房中歇息着，奴婢去给娘娘拿一些吃的过来。"那喜娘朝叶七七福了福身子，轻声说了一句，便转身出去了。

听到房间里终于没有动静了，叶七七松了一口气，一把扯下头上的红盖头，活动了一下被凤冠压得发酸的脖子，站起身，在房间里转悠了两圈。

那顶凤冠，实在是太重了。

叶七七犹豫了一下，还是伸手将它拿了下来，脑袋顿时轻松了许多。

叶七七长长地松了一口气，随手将凤冠扔到床上。

房内的桌子上，摆放着桂圆、莲子之类，叶七七瞥了一眼，觉得那些东西自己都不太爱吃，便坐在桌子旁边，一只手托着下巴，打算等喜娘拿食物回来。

片刻，房间外面的走廊里果然响起了脚步声。

叶七七心中一喜，看来是喜娘回来了。

她连忙站起身，满怀期待地朝门口看去。

房门吱呀一声打开，进来的人却是一个穿着黑色夜行衣、脸上蒙着面罩的男人。

叶七七瞪着眼睛，直直地看着那个进来的人。

黑衣人懵懂地看着眼前的叶七七。什么情况？！新娘子不是都应该头上顶着红盖头，乖乖地坐在床榻上一动不动吗？怎么眼前这个家伙不仅没顶红盖头，连凤冠都没有戴啊？

那黑衣人动作僵硬地转过头，看了一眼叶七七随手丢弃在床榻上的凤冠，又转回头来，看着眼前的叶七七。

两秒的沉默后。

叶七七一拍桌子，脚尖轻点，飞到那黑衣人面前，径直朝他的衣领抓去。

那黑衣人回过神，赶忙一个闪身，躲开叶七七的攻击，朝桌子那边滚了过去。

"哪来的刺客！"叶七七朝黑衣人大喝一声，一个后空翻，紧紧跟上黑衣人。

那黑衣人顿时后悔万分，扑到桌子前，手指轻轻一抖，一枚白色的药丸不偏不倚地掉进了桌子上的酒壶中。

叶七七只顾着看他往哪儿飞，根本没有注意他指尖的小动作。

那黑衣人眼看事情已经成功，便打算一个翻身从窗户飞出去。

叶七七动作却比他快了两倍，蹿到那黑衣人面前，飞快拍上那黑衣人的后背，同时大喊道："来人啊！有刺客！"

那些守在院子外面的侍卫，听到叶七七的话，飞快地冲了进来。

糟了！那黑衣人看着眼前的情形，心中大叫不好，眼看叶七七朝自己扑来，心中一横，用力咬下藏在牙齿间的毒药。

"王妃娘娘！王妃娘娘，你没事吧？！"

叶七七转头看了一眼站在门口的侍卫，又看了一眼被自己拎在手里的黑衣人，尴尬地笑了笑，一松手，那黑衣人的尸体就这么直直地掉在地上。

"不好意思，已经处理完了。"叶七七扯了扯嘴角，朝站在房间门口发呆的侍卫摆摆手道，"你们把他的尸体抬下去，仔细检查一下，看他到底是什么来头。"

"是！"那些侍卫回过神，赶紧双手抱拳，朝叶七七行了个礼，飞快地进去，抬起那黑衣人的尸体便朝门外走。

他们怎么就忘了，王妃娘娘是个高手呢？

侍卫们前脚刚走，墨寒卿与一众宾客便赶来了。

"七七……你没事吧？"墨寒卿担心地冲进房间，将叶七七一把抱入怀中，上上下下，左左右右，仔仔细细地将她打量了一番，确定她没有受伤，这才放下心来。

"我没事啊。"叶七七朝墨寒卿笑了笑，一脸不在意道，"不就是一个小小的刺客吗，我这么厉害，他怎么可能是我的对手。"

"嗯……"墨寒卿点点头，看着眼前的叶七七，又皱了皱眉道，"你的红盖头呢？"

叶七七一愣，顿时低下头，声音如同蚊子哼："那个……我嫌它挡着视线，就……就把它给掀开了……"

这种应该由新郎做的事情，就被她轻描淡写地做了？

墨寒卿挑了挑眉，沉默片刻，又追问道："那凤冠呢？"

"凤冠……太沉了……我就……也拿掉了……呵呵呵……"叶七七干笑了几声，一双小手扯着衣角，声音弱弱道。

墨寒卿面无表情地点了点头，声音低沉道："要是那刺客不来，是不是过一会儿，你自己就把喜服脱掉了？"

"那倒不至于。"叶七七听到这句话，猛地抬起头，有些尴尬地看了他一眼，又低下头道，"睡觉时才要脱衣服，我……我还没那么早睡觉。"

墨寒卿朝她挑了挑眉，一脸无语地看着她。

"那刺客是你制伏的？"

"是啊！"叶七七一听这话，眉飞色舞地抬起头，朝墨寒卿骄傲地道，"我只用了三招就将他给制伏了，厉害吧？那家伙还想从窗户飞出去，我脚尖一点，就冲过去给了他一巴掌！"

墨寒卿微微垂眸，看着眼前开心的人儿，声音低沉地道："哦……脚尖一点就冲过去了？"

"是啊！"叶七七骄傲地点点头道，"速度是他的两倍！"

墨寒卿皮笑肉不笑地朝她扯了扯嘴角，眉头轻挑，声音淡淡道："早上不是还说腿酸，连马都上不去吗？怎么，转眼就能用轻功去抓刺客了？"

叶七七垮了一张小脸，身子软软地朝墨寒卿怀里一倒，皱着眉头道："哎哟……哎哟……突然之间，我觉得腿酸得厉害，哎哟……都站不住了……"

墨寒卿低头，有些无奈地看着倒在自己怀里的人儿，只得伸手将她搂住。

"寒卿，七七她没事吧？有没有被刺客伤到？"墨国皇帝、太后、夜国太上皇等站在门外，担心地问。

"无妨。"墨寒卿弯下腰，将叶七七打横抱起，转过身，朝站在房门外的宾客低声道，"只是我看七七似乎受了一些惊吓，所以还是留下来安抚一下她比较好。诸位客人，恕寒卿不能继续奉陪。"

"没事，没事！"墨国皇帝挥了挥手道，"你先好好安慰七七。"

"是。"墨寒卿朝他应了一声。

太后担忧地看着房中的二人道："这大婚之日，怎么会有刺客来靖安王府行刺呢？门外的那些侍卫，难道一点都没有察觉到？"

这时，一名侍卫飞快地跑了回来道："启禀殿下，刚才那刺客的尸体我们已经检查过了，他身上并没有什么能够证明身份的东西，只是……"

"只是什么？"墨寒卿皱着眉头，声音阴冷地问道。

"只是那刺客原是靖安王府的一名杂役。"那侍卫单膝跪在地上，双手抱拳，朝墨寒卿恭恭敬敬地回答道。

"是府中的杂役？"墨寒卿听到这句话，蹙了蹙眉。

"是！"侍卫应了一声，继续道，"方才属下已经命人去查过他的身世，那杂役早在八年前就进了王府，这些年来，在府内一直小心做事，并没有什么异常，至于他进府之前……"

"嗯？"

"那杂役进府之前，似乎在二皇子府上待过一段时日，据说因为得罪了二皇子，被毒打了一顿，丢了出来。"那侍卫认认真真地禀报道。

"二皇子？"墨寒卿听到这三个字，一双眼睛微微眯了眯。那个在天牢中消失的二皇子，后来再也没有了踪迹。难道……是他派来的杀手？

"那黑衣人进来，都做了什么？"墨寒卿低下头，朝怀里的叶七七问道。

叶七七愣了一下，下意识摇摇头道："没做什么啊，他什么都没来得及做，就被我给逮住了，他就咬了藏在牙齿间的毒药，自尽了。"

"是吗？"墨寒卿微微蹙眉，在房间内环顾了一圈。

不知道为什么，他总觉得有什么地方怪怪的。

"孽子！"墨国皇帝听到二皇子三个字，顿时气不打一处来，他一甩袍袖，朝身后的侍卫道，"传朕的旨意下去，不论天涯海角，都要把那个孽子给朕抓回来！"

"是！"跟在墨国皇帝身后的侍卫恭恭敬敬地应了一声，便转身跑下去传达命令。

夜国太上皇又看了看叶七七和墨寒卿，沉吟片刻，道："既然七七没什么事情，那咱们便回去继续喝酒吧，让寒卿好好安慰一下七七，咱们就不打扰他们了。"

"好。"墨国皇帝点点头，又吩咐了身边的侍卫一定要护好这院子，正准备转身回前厅，便听到人群中有人起哄。

"来都来了，不如让殿下和王妃娘娘喝杯交杯酒吧？"

"对对对！喝杯交杯酒，压压惊！"

站在最前面的墨国皇帝和夜国太上皇对看了一眼，眼里也满满的都是笑意道："是啊，来都来了，要不你俩就先喝杯交杯酒吧。"

墨寒卿低头看了一眼怀里的叶七七，又看了一眼站在房门外等着看热闹的众人，迟疑了一下，点了点头。他将叶七七小心翼翼地放到桌子旁边，伸出手，拿起白玉酒壶，动作优雅地倒了两杯酒。

叶七七眨眨眼睛，看着姿态优雅正在倒酒的墨寒卿，一张小脸瞬间便红了。他……他该不会真当着这么多人的面，和自己喝交杯酒吧？那多不好意思啊……

就在叶七七纠结时，墨寒卿已经把酒杯递到她面前。

"喏，你的……"他朝叶七七挑了挑眉，声音淡淡地说了一句。

"哦……"叶七七低着头，接过他递来的酒杯，有些不好意思。

"娘子是想坐着喝，还是站着喝？"墨寒卿站在叶七七面前，目光微垂，低声问道。

"啊？"叶七七下意识抬起头，看向他。

墨寒卿唇角勾起一抹浅浅的弧度道："哦，为夫想起来了，娘子的腿酸得厉害，大概是站不起来的，那咱们还是坐着喝吧。"他一边说着，一边在叶七七身边坐了下来，伸出手腕。

叶七七微怔地看着他，一时没有回过神来。

"这第一杯酒，愿我们夫妻恩爱、白头偕老。"墨寒卿注视着叶七七，声音温柔地朝她道。

"嗯……嗯……"叶七七下意识点点头，红了脸。

墨寒卿朝她微微一笑，一仰头，将酒喝了下去。

叶七七连忙照做。

喝完这杯酒，墨寒卿拿起桌上的酒壶，又给他和叶七七的杯子里斟满酒："这第二杯，愿我们儿女双全、子嗣繁多。"他顿了顿，突然凑到叶七七的耳边，低声道，"为夫会努力实现你想生养四十个孩子的愿望。"

"呃……这个……"叶七七羞红了脸。

墨寒卿看着她害羞的样子，唇角微勾，一仰头，将酒再次一饮而尽。

叶七七咬了咬嘴唇，红着脸，将自己手中的酒也喝了下去。

"这第三杯酒……"墨寒卿再次将二人的酒杯斟满，递给叶七七，正准备说点什么时，突然觉得眼前晕眩，下一秒，他握着酒杯的手一松，便倒在桌子上。

"公子！公子？！"叶七七赶紧丢下手中的酒杯，上前推了推他的肩膀。

"怎么了，这是？"墨国皇帝和太后看到墨寒卿倒下，赶忙冲进房间，跑到墨寒卿身边，想要伸手扶他，却不知道发生了什么事情。

叶七七皱了皱眉，转过头去，朝站在门外的宾客看了一眼。

黑压压的一片人中，有一人正朝相反的方向跑去。

"往哪儿跑？"叶七七脚尖轻点，一个飞身便冲到那个人面前，一把拎住他的领子，将他提到屋子里。

"王妃娘娘，王妃娘娘，饶命啊！"那被叶七七拽住领子的人，一脸惊恐地看着她求饶道。

"刚刚让我们喝交杯酒的人是你？"叶七七眯了眯眼睛，看着眼前的人，声音冷冷地问道。

那人愣了一下，使劲摇了摇脑袋，道："没有啊，小的没有喊过。"

"是吗？"叶七七上下打量着他。

这人看起来面生得很，却穿着靖安王府小厮的衣服。

"冷六。"叶七七低低地喊了一声。

"属下在。"一道黑影瞬间从屋顶上闪过，跪在叶七七的面前。

"去，把他关起来，严刑拷打，问他到底是从哪里来的。"叶七七一伸手，便将那个小厮扔到冷六的面前。

"是！"冷六应了一声，抬起头，目光担忧地看向自家主子。

要不是殿下刚才吩咐他去帮忙招呼客人，他也不会让那个刺客进了新房。

今日来王府的客人实在太多，冷卫们都被分散在各处……

"还不快去！"叶七七瞪了冷六一眼，不高兴道。

"是，是。"冷六赶紧收起心思，拎着那小厮便飞走了。

夜国太上皇看了一眼冷六和那小厮离去的背影，迟疑了一下，朝叶七七问道："七七啊，你就这样让那冷卫把人带走了？你也不问问他们到底是下了什么毒？"

叶七七回过头看着自家爹爹，抿了抿嘴唇，声音冷静道："爹爹以为，女儿问了，他就会说吗？他们——"

她还没说完，刚刚走了没一会儿的冷六便又折了回来，手里拎着那小厮软绵绵的尸体，一脸沮丧道："王妃娘娘……他……他服毒自尽了。"

"看吧。"叶七七无奈地摊了摊手，看着自家爹爹。

"那寒卿中的毒怎么办？"夜国太上皇顿时心急起来。

"爹爹别急。"叶七七转头又看了一眼门外的那些宾客，叶珏爷爷和那帮老头子好像并不在此处啊，"今日贺老头不是也来参加婚宴了吗，让他来给公子看一看。"

"对啊！我怎么把这事儿给忘了！"夜国太上皇一拍手，赶忙吩咐身边人去把贺神医给请过来。

不过片刻，贺平轩和叶珏还有另外几个老头子便匆匆赶来。

"爷爷！"叶七七朝叶珏大师喊了一声，便一个箭步上前，拽着贺平轩的袖子焦急道，"贺老头，快，快看看公子这是怎么了。"

贺平轩瞪了叶七七一眼，伸手在她脑袋上敲了一下道："都嫁人了，还这么没大没小的，叫爷爷。"

"贺爷爷。"叶七七吐了吐舌头，拽着贺平轩便来到墨寒卿面前，催促道，"哎呀，称呼什么的，别太在意了，快帮忙看看。"

贺平轩伸手捋了捋胡子，看了一眼倒在桌子上的墨寒卿，又看了一眼放在桌上的酒壶，蹙了蹙眉头道："他是怎么倒下去的？"

"喝交杯酒时，"叶七七有些心急道，"喝到第三杯，他就晕过去了。"

"交杯酒？"贺平轩的目光落在酒壶上。他伸出手，拿过那酒壶，在壶口处闻了闻，一股淡淡的酒香飘入鼻中。这酒……闻起来似乎没什么异常，看起来也是十分清澈。

贺平轩将那酒壶重新放回桌上，坐在墨寒卿身边，抬起他的手腕，将手搭在他的脉搏上。

周围人屏住了呼吸，眼巴巴地看着贺平轩。

贺平轩一边给墨寒卿把脉，一边捋着胡子，片刻，他收回手，朝众人道："公子并没有中毒。"

"没有中毒？"叶七七先是愣了一下，又满眼疑惑地看着依然倒在桌子上没有醒过来的墨寒卿奇怪地道，"那他这是……"

"他这是中了蛊。"贺平轩朝站在门外的侍卫挥了挥手道，"先把殿下抬到床上去。"

"中了蛊？"叶七七满眼不解地看着贺平轩。

"嗯。"贺平轩点点头，伸手从袍袖中拿出一包药粉，撒了一些到酒壶里。

不过片刻，原本清澈的酒水便变成血一般的红色。

"这……"叶七七震惊地看着，不知道该说什么。

"这酒里面，没有毒药。"贺平轩举起那酒壶给众人看了看道，"里面只有极其细小的蛊虫，那蛊虫名唤血蛊，无色、透明，又极其微小，所以一般来说，很难被察觉。"

叶七七只觉得一阵阵反胃，她刚刚似乎也喝了两杯酒。等等……她也喝了这酒，怎么她就没事呢？

似乎是看出叶七七的疑惑，贺平轩转过头朝叶七七笑了笑道："傻丫头，你早就是百毒不侵的体质了，别说是百毒不侵，你的血液本身也含有一定的毒性，那蛊虫一到你的身体里，已经被你的血液给毒死了。"

"我的血液……这么厉害？"叶七七懵懂地低头看了一下双手，抬起头看着贺平轩问道，"那是不是我割个手腕，放一碗血给公子喝下去，公子就没事了？"

贺平轩听到叶七七的这句话，朝她翻了个白眼，道："你以为你的血是万能良药啊？且不说这蛊虫进了寄主的身体，会疯狂繁殖，就算你的血真的有用，你得喂他几大碗才能彻底清除啊？"

"几大碗没关系啊，我反正身体结实，又不会晕倒。"叶七七想了想，还是朝贺平轩认真道。

贺平轩再次朝她翻了个白眼，道："没听懂我刚才说的吗？就算你的血真的有用，就算，就算，你懂不懂？老夫的意思就是，你的血不仅没用，而且血里面的毒性还会让公子雪上加霜！"

"啊？"叶七七一怔，顿时急起来，"那怎么办，贺老头，你赶紧想办法救救公子啊！"

"别急，别急！"贺平轩朝叶七七摆了摆手，伸手捋了捋胡子道，"这血蛊，虽然听起来有些骇人，其实想要解除，是十分好解的。"

"怎么解除？"叶七七眼巴巴地看着他，焦急地问道。

"血蛊，顾名思义，也要鲜血才能彻底解除。"贺平轩摇头晃脑地朝叶七七道，"只需要取两位至亲之人的血……"贺平轩说着说着，突然声音就顿住了，而他的手还比着二的姿势。

"取两位至亲之人的血干吗？"叶七七见他突然不讲话，催促他。

贺平轩神情僵了半晌，突然用手一拍脑袋，满脸郁闷道："坏了，坏了，我怎么忘了呢！他是靖安王啊！"

"靖安王怎么了？"叶七七一看贺平轩那六神无主的样子，心也吊起来，"贺老头你干吗说话只说一半？取两位至亲之人的血，那就取啊，公子的娘亲、皇兄，还有皇侄都在这儿呢，你随便挑两个赶紧的啊！"

"不行啊！"贺平轩转过头来，一脸无奈地看着叶七七道，"这至亲之人，只能是直系血亲啊！要爹娘或是儿女才可以啊！"

"什么意思？"叶七七眨着一双黑白分明的大眼睛看着贺平轩。

"意思就是，要取公子的父亲或者是母亲，或者是儿子、女儿的血，才可以做药引，将他身上的蛊虫全部引出！"贺平轩一拍脑袋，朝叶七七一脸懊恼道，"我怎么就忘了，公子他是先帝的儿子呢，可是先帝早已仙逝，眼下你跟公子尚无一儿半女……这……"

叶七七听着贺平轩的话，顿时愣住了。

他的意思是，眼下他们只有公子的娘亲一人在这儿，而他们能够取到的也只有公子娘亲一人的血。

皇上是公子的哥哥，修竹是公子的侄儿，这样的关系都不算是至亲之人……

贺平轩皱着眉头，一拍桌子，坐了下来，叹气道："这下蛊之人实在恶毒，他明知道公子与你刚刚成亲，尚未有一儿半女，而公子的父亲又早已去世，要不是因为七七你本身就是百毒不侵的体质，此刻，恐怕你也找不到两位至亲之人啊，你娘亲，不也是十多年前就去世了吗？"

叶七七愣了一下，仔细想想，似乎确实是这样的。

这下蛊的人，虽然下的是很好解除的蛊毒，但对于他二人来说，却是根本无法可解。

"那这……这怎么办？"叶七七目光怔怔地跌坐在椅子上，看着躺在床榻上双眼紧闭，脸色苍白的墨寒卿，眼泪一下子夺眶而出。

"都怪我不好，都怪我……我要是再仔细一点，小心一点，注意一下那刺客是什么时候在这酒壶里下蛊的就好了，那样……那样公子也不会喝下这有蛊毒的酒了……"叶七七一边抹着眼泪，一边扑到贺平轩面前，拽着他的袖子朝他道，"贺老头，你快想想办法啊，除了这个法子，肯定还会有别的办法可以解公子身上的蛊毒，是不是？"

贺平轩无奈地拍了拍叶七七的脑袋，安慰她道："丫头，你先别光顾着自责，俗话说得好，明枪易躲暗箭难防，那刺客故意对着你做点小动作，你又怎么可能察觉到，至于这救公子的法子……目前老夫知道的只有这么一个，要不，还是让老夫回去再翻翻别的医书，看看有没有其他法子吧……"

"那公子他……"叶七七眼泪汪汪地看向躺在床上的墨寒卿。

那个上一秒还在微笑着温柔地和她说着情话的人，下一秒就这么了无生气地躺在床榻上。

"公子他……"贺平轩顿时面露难色，"我只能先给他服用几颗千丹散，保住他的性命，可是这蛊虫毕竟不是毒药，千丹散对它们来说，并没有什么作用，但不管怎么说，只要公子的性命还在，咱们总是能找到法子的，丫头，你说是不是？"

叶七七一边抹着眼泪，一边点点头。

两人的话尽数落入太后和皇帝的耳中。

太后和墨国皇帝对看了一眼，脸上满满的都是忧心之色。

而站在门外的那些宾客，也是不知道如何是好。

眼下这个情形，似乎留在这里也不是，离开也不是……

还是夜国太上皇先回过神来，他转过头，朝门外的宾客朗声道："今日是七七和寒卿大喜的日子，发生了这样的事，实属意料之外，眼下，怕是不能再继续招呼各位，大家还是先请回去吧，待到小婿的蛊解了，我们再设宴款待大家。"

夜国太上皇这话一出口，那些宾客便赶忙行礼告退，只是临走时都摇头叹气。

按照贺神医的说法，他们这靖安王怕是没救了，这好好的大喜日子，发生这种事情，要是没有解药，搞不好再过一段时间，他们就该来参加葬礼了……

眼看那些宾客的身影消失在房门外，叶七七转过头，看了一眼躺在床榻上脸色惨白的墨寒卿，又看了看站在旁边正喂他吃千丹散的贺平轩，迟疑了一下，小声问道："贺老头，公子他这样，能坚持多久？"

"这个嘛……不好说……"贺平轩长长地叹了一口气，将手中的药丸全部喂进墨寒卿的嘴里，抬起头，看着叶七七缓缓道，"眼下爷爷也只是用千丹散先保住他的性命，但是这血蛊一日不解，公子便一日不会醒来，这血蛊虽说不是什么稀奇古怪的蛊毒，甚至可以说是蛊毒里最基础的那种，但眼下的困难在于公子的父皇……也就是先帝，已经去世了。"

"那……可有别的办法？"叶七七咬了咬嘴唇，眼巴巴地看着贺平轩问道。

"这个……"贺平轩微微低头，盯着叶七七的肚子。

"看……看什么？"叶七七低下头来，顺着贺平轩的目光看了一眼，并没发现什么异常。

"这大婚之日，尚未洞房花烛……唉……"贺平轩摇摇头，惋惜道，"就算想等你生个儿子或者女儿出来，也有难度啊。"

一席话，顿时让叶七七满脸通红。

等等，这话的意思是，如果她现在已经有了身孕，是不是只要等她把孩子生下来，公子就有救了？

叶七七眼睛一亮，一个箭步冲到贺平轩面前，朝他伸出手腕。

贺平轩被她突如其来的动作吓了一跳，还以为她准备伸手揍自己，便赶紧一个翻身远离床榻，紧张地看着叶七七道："我说七七丫头，治不好他不是我的医术问题，实在是……没有药引啊，这种事情，你可不能怪爷爷……想要揍爷爷这种事情，更是使不得啊！"

叶七七翻了个白眼道："谁说我要揍你了？我是想让你给我把把脉，看看我有没有身孕。"

485

"给你？把脉？"贺平轩愣了一下，又朝墨寒卿看了一眼道，"你俩……已经……那什么了？"

叶七七红了一张脸，白了贺平轩一眼，低下头去，不说话了。

贺平轩看着叶七七害羞的样子，又看了看身边站着的几个人，众人脸上皆是一副明了的样子。

"来，七七丫头，你过来。"贺平轩眼睛转了转，朝叶七七招了招手。

"哦。"叶七七点点头，走到贺平轩身边。

"让爷爷给你看看。"贺平轩伸出三根手指搭在叶七七的手腕上，一边捋着胡子，一边闭上眼睛，仔细地诊脉。

屋子内的一众人等屏住呼吸，眼巴巴地看着他。

片刻工夫，贺平轩睁开眼睛，长长地叹了一口气，摇摇头道："没有，你没有身孕。"

"啊？"叶七七听到他的这句话，有些失望。

"眼下……咱们还是先保住公子的性命，再想别的办法吧。"贺平轩捋着胡子在屋子里走来走去，来来回回许久，突然转过头朝叶七七道，"有了！我想到了，我有一个小师妹，自小便不好好学医，只爱研究些毒药蛊虫什么的，当初师父拿她也是没办法，又看她确实是这方面的人才，便将毕生的制毒养蛊经验都传授给了她，若是能够找着她，说不定公子这血蛊就能解了。"

"真的？！"叶七七顿时高兴起来，"那你那师妹在哪儿呢？"

"这……"贺平轩迟疑了一下，低着头仔细想了一会儿，朝叶七七无奈道，"这个我也不知道……自从三十年前师门一别，我便再也没有见过她了。"

叶七七顿时满头黑线。

那你这话说了跟没说有啥区别？

"不管怎么说，咱们也只能先找找看。"贺平轩叹了一口气，伸手拍拍叶七七的脑袋道，"别的不说，至少爷爷能保他暂时性命无忧。"

"好吧……"叶七七只觉得有些沮丧。

一直站在一旁没有说话的太后，此时突然伸手扶着额头道："哀家……突然觉得有些头晕……"

"太后娘娘？！"周围的一群人呼啦一下围了上来，一脸关切地问道，

"您没事吧？"

贺平轩连忙上前给太后把了一下脉，朝众人道："太后娘娘没什么大碍，就是今日大喜大悲了一场，休息一会儿便好。"

太后抬起头，朝众人扫了一眼，视线落在墨国皇帝的身上："皇上先扶哀家回宫休息吧……"

"是！"墨国皇帝点点头，上前扶住太后，又朝屋内众人打了声招呼，便离开了。

墨国皇帝扶着太后刚回了寝殿，原本面色苍白、有气无力的太后，便立刻站直了身子，颤抖地拽着皇帝的袖子，哀求道："皇上，你可一定要救救寒卿啊！"

墨国皇帝看着眼前的太后，叹了一口气。

他伸手拍拍太后的手，声音低沉道："朕何尝不想救他……可是……可是他是我们儿子的事情，不能说出去！"

"难道你就忍心看着寒卿这么了无生气地躺在床上？"太后怔了一下，下一秒，眼泪便一颗接着一颗掉落下来，"今日可是他大婚的日子，可是眼下……眼下只有你我二人的血能救他啊！"

"朕知道，可是……"皇上一脸悲哀地看着太后道，"云儿你要想清楚，此刻我二人若是站出来，宣布寒卿是你我的孩子，那……那这墨国上下，该怎么看你，该怎么看朕？你是先帝的妃子，朕是先帝的儿子，咱们两个……这让先帝的面子往哪儿搁？原本，朕是想着让他做个王爷，享尽荣华富贵，不用参与夺位，安安稳稳地过一生，不是也挺好？可是现在，一旦昭告天下，他是朕的儿子……"

"我知道，我知道……"太后一边用帕子擦着泪水，一边朝皇上点头道，"可是现在，寒卿的性命才是第一位的啊，他若是死了，我……我也跟着去了算了。"

"云儿……"皇上看着哭得梨花带雨的太后，伸手将她揽进自己怀中，安抚她道，"你也别想得太极端，那贺神医不是说，还有他师妹吗？"

"可是他师妹，根本就不知道在何处啊……"太后扑在皇上怀中，终于痛哭出来道，"若是不行，就说寒卿是我的私生子，你偷偷给他点血，我就说

487

他是我和别人的儿子，大不了救活了他，我以死谢罪……"

"云儿！"皇上皱了皱眉，双手扶着她的肩膀，看着她道，"你这样，让寒卿以后以何脸面见人？别傻了……乖，别哭，朕给你想想办法，可好？"

"嗯……嗯……"太后一边擦着眼泪，一边点了点头。

太后寝殿外，一道身影快速闪过。

阴暗的房间内，二皇子一脸震惊地看着跪在自己眼前的宫女，不敢置信地问道："你刚才说的可是千真万确？！"

"奴婢绝无半句虚言！"跪在二皇子面前的宫女抬起头，认真地看着他道，"奴婢在太后娘娘的寝殿外面听得一清二楚，那靖安王是皇上和太后偷情生下来的，算一算时间，靖安王出生时，先帝还没有去世呢！"

"呵……"二皇子冷笑一声，站起身，踱步到窗前，看着外面的景色，缓缓道，"那时候先帝当然没有去世，先帝若是去世了，那靖安王是从哪儿来的，岂不就是个谜了吗？"

"是……"那宫女柔柔地应了一声，继续低下头。

二皇子沉默片刻，唇角突然勾起一抹邪魅的笑容道："墨寒卿啊墨寒卿，想不到我喊了你皇叔这么多年，原来你是我的皇弟啊……"

"殿下，咱们现在该怎么办？"那宫女迟疑了一下，终究还是抬起头朝他问道。

"怎么办？"二皇子眯了眯眼睛，看着眼前的宫女，冷笑一声道，"自然是不能让皇上和太后救了墨寒卿。"

"那咱们……绑了太后娘娘？"那宫女犹豫了一下，小心翼翼地提议道。

"绑了太后？"二皇子朝她邪笑了一声道，"绑了太后有什么用，她能干什么？要绑，自然是绑皇上。"

"绑皇上？！"那宫女顿时一惊，看着二皇子结结巴巴道，"这……这可是杀头之罪啊……"

"不然呢，你以为我给那靖安王下蛊毒就不是杀头之罪了？"二皇子缓缓走到那宫女面前，低下头，伸出两根手指，用力扣住她的下巴，一字一顿地问道，"我就问你，愿不愿意跟我一起去绑了那皇帝？"

"奴婢，奴婢……"那宫女满眼惊恐地看着面前的人，慌乱地点头道，"奴婢愿意。"

"乖。"二皇子朝她阴戾地一笑，低头在她的嘴唇上轻轻啄了一口道，"绑了皇上，逼他退位，等我继位，便封你做皇后，如何？"

"奴婢……奴婢谢过二皇子……"那宫女满脸通红地说了一声，又连忙改口道，"不不……奴婢谢过皇上。"

"哈……哈哈哈哈……"二皇子松开扣着她下巴的手，放声大笑起来。

当天夜里，墨国皇帝的长乾宫里突然传出阵阵惊呼声："有刺客！快！抓刺客啊！"

皇宫中的消息，不过短短半个时辰便传到了靖安王府。

叶七七震惊地看着跪在自己面前的冷六，不敢置信道："你说啥？！皇上被人抓走了？！"

冷六朝叶七七点了点头道："皇宫中，大概是出了内鬼，据说皇上当时正在院子里喝酒，迷迷糊糊中，有人前来将皇上带走了，速度之快，让那帮侍卫根本无从反应，过后也从皇上喝过的酒中，检查出了残留的迷魂药。"

"那就是……皇上被人给下药带走了？"叶七七懵懂地看着眼前的冷六，蹙着眉头问道，"可知道是谁做的？"

"目前还不知道。"冷六摇摇头道，"那人来无影去无踪，根本就追不上，只不过，同时消失的，还有皇上身边的一个宫女。"

"宫女？"

"就是服侍皇上用膳更衣的那位。"冷六迟疑着道，"属下派人去查了一下，这宫女原本是二皇子殿中的……"

"又是二皇子！"叶七七一只手紧紧地握拳，狠狠地砸在桌上。

这家伙到底想干吗？！

他先给墨寒卿下毒，后掳走当朝皇帝，他这是想要造反吗？！

"王妃娘娘，眼下该怎么办好？"冷六抬起头，着急道。

墨国皇帝被绑走了，太后气急攻心晕了过去，靖安王又躺在床榻上不省人事，一天之内发生了这么多事。

叶七七沉吟片刻，朝冷六问道："太子知道这件事了吗？"

489

"太子？"冷六怔了一下，随即回过神来，点点头道，"十二已经去太子府给太子殿下送消息了。眼下，太子殿下应该已经知道。"

叶七七想了想，随手拽过挂在衣架上的外袍披起来，起身道："既然皇上不在，那咱们只能找太子商量了。"

"是！"

冷六点点头，正准备跟在叶七七身后出去，便听得门口的侍卫通报道："太子殿下驾到——"

叶七七转头看了冷六一眼，还真是说曹操，曹操到。

不过片刻，墨修竹一脸焦急地冲了进来，朝叶七七慌张道："七七，快！父皇被人绑走了！"

"我知道……"叶七七看着他满头是汗的样子，显然是一路跑进王府的，随手倒了一杯茶递给他道，"先喝杯茶休息一下，眼下着急也没用。"

墨修竹接过叶七七递来的茶水，却只是拿在手里，没有喝。他看着叶七七冷静的表情，追问道："七七，你是不是想到什么对策了，咱们眼下该怎么办？"

叶七七歪着脑袋想了想，忽然眼睛一亮道："我知道了，咱们找贺老头去！"

"贺神医？"墨修竹一脸不解地看着她。

"对！快走！"叶七七却是来不及和他解释，一把拽过他的袍袖，朝屋子外面冲去。

与此同时，某个昏暗的地下室。

哗的一声，一整盆冷水全部浇在墨国皇帝的身上。睡得昏昏沉沉的墨国皇帝，一下子便被这冷水给激得清醒过来。他睁开眼睛，看着昏暗的房间，转头打量了一下。他双手被绑在架子上，脚上也拴着重重的铁链，身旁有个烧得通红的炭炉，上面放着一柄长长的烙铁。

墨国皇帝抬起头，朝正前方看去，看到那个熟悉的身影时，怔了一下，随后用不可置信的声音低低地喊了一声："是你这个孽子？！"

"孽子？"二皇子朝皇帝冷笑了一声道，"父皇，难道我就没有名字吗？为何父皇每次看到我，都喊我孽子？"

"你给朕住口！"墨国皇帝朝二皇子大吼一声，胸口剧烈起伏，"你还想让朕喊你的名字？！你这个孽子！你把朕绑起来，打算干什么？！"

二皇子阴冷地看着墨国皇帝道："父皇还是先冷静一下，儿臣有些问题一直想不明白，思来想去，还是决定将父皇请来，好好问一问方可解除儿臣心中的疑惑。"

"你这样，算是请朕？你请人，就是这么请的？"墨国皇帝狠狠地瞪着二皇子道。

二皇子嘴角扯了扯，一脸好笑地看着他道："我不过是嘴上客气一下，说是请你过来，你还以为我当真是请你的？"

"你！"墨国皇帝被他这番话给气得胸口剧烈起伏。

"父皇先别生气。"二皇子从椅子上站起来，慢悠悠地走到皇上身边，转头问道，"儿臣就是想问问父皇，那靖安王到底是不是父皇的亲生儿子。"

"你……"墨国皇帝脸色瞬间变得惨白，看向别处，声音中带着一丝紧张道，"你乱说什么！寒卿是先帝与太后的儿子，这种事情岂是你能够乱说的？"

"哦……是吗？"二皇子拖长了声音，死死地盯着皇上，咬牙切齿道，"寒卿？父皇喊他的名字还真是喊得亲切，这么多年，估计父皇根本就不记得儿臣叫什么了吧？不，不对，应该是……父皇除了墨寒卿以外，其他儿子叫什么，对你来说，根本就无所谓吧？"

"你不要乱说！"皇帝脸色一阵红一阵白地朝二皇子吼道。

"我是在乱说吗？"二皇子朝皇上冷笑了一声，缓缓道，"自小时候开始，父皇对墨寒卿的关注就比其他任何人都多，别的人要守的规矩，他一样都不用遵守，别的人只有宫中的普通侍卫保护，而他一下子就有二十个冷卫保护。父皇每次看到他，脸上笑得跟开了花儿似的，可是看见我们几个，就一脸严肃，即便是先前，父皇立了儿臣做太子，可是政事上只要墨寒卿与儿臣有不同的意见，父皇必定会偏颇他！"

墨国皇帝听着二皇子的这些话，微微皱了皱眉。

"怎么，儿臣说的这些可有错？"二皇子转过头来，眯着眼睛看着皇上继续道，"那墨寒卿若非是父皇的亲生儿子，父皇为何要对他关注这么多？为何要如此宠爱他？"

"自……自然是因为他是先帝最小的儿子，是朕的皇弟……"墨国皇帝的脸色看起来有些不太好。

"是吗？"二皇子冷冷一笑，拿起那烧得通红的烙铁，走到皇上面前道，"可是不知道为什么，今日儿臣安排在父皇宫中的宫女却告诉儿臣，父皇与太后商量着，说那墨寒卿是你们的亲生儿子……父皇，你说我这小宫女，是不是听错了？"

"你……"墨国皇帝听到这话，脸色变得惨白，"你在朕的身边安排奸细？"

"安排了又怎样，没安排又怎样？反正纸永远是包不住火的，父皇，你说是不是？"二皇子凑到皇帝的面前，阴恻恻地笑着。

"你到底想干吗？！"皇上瞪着他，愤怒地问道。

"儿臣也不想干吗。"二皇子一边坏笑着一边朝皇上道，"就是想请父皇写一纸诏书，宣布自己退位，将皇位传给儿臣。"二皇子顿了顿，又继续道，"哦，对了，还要顺便废了太子墨修竹，再将靖安王墨寒卿贬去蛮荒之地，最好呢，再将靖安王妃赐婚于儿臣。"

"呸！"皇上一口啐到二皇子脸上道，"做你的白日梦去吧！"

二皇子冷笑一声，缓缓伸出手，拭去脸上的唾沫道："你不要敬酒不吃吃罚酒，儿臣先告诉你，这个地方，外人是绝对找不到的。父皇若是死在这里，那墨寒卿可就一辈子躺在床榻上不能动弹了。"

"你！"皇上睁着一双眼睛，死死地瞪着他。

"父皇可要想清楚。"二皇子不紧不慢地朝他说道。

"孽子！你想要弑君！"

"弑君，也不算吧……"二皇子想了想朝皇上道，"既然父皇都舍得将儿臣打入死牢，儿臣总得给父皇什么作为回报吧？"二皇子一边说着，一边低头看了一眼烙铁，嘿嘿笑着，靠近皇上，缓缓道，"要不，父皇先尝一尝这烙铁的味道？这可是儿臣在死牢中学到的酷刑……"

"你……混账东西！"皇上又惊又怒，死死地盯着二皇子手中的烙铁，慌乱地喊道，"来人啊，来人！"

"父皇再怎么喊，也不会有人来救你。"二皇子冷笑一声，举着手中的烙铁便朝皇上烫了过去。

他手中的烙铁还没碰到皇上，便有凛冽的疾风擦着他的耳边吹过。

下一秒，他的手腕仿佛被什么东西狠狠击中，手中的烙铁也不受控制地掉落在地上。

"谁？！"二皇子心中一惊，伸出另一只手，捂着手腕，慌乱地转过身来，四下张望着。

"啊——"

地下室的门外突然传来一声又一声的惨叫，那些惨叫声带着极度的恐惧传进二皇子的耳中，让他心里咯噔一下，更加慌乱。

"谁？！是谁？！"二皇子死死地盯着地下室的入口处，另一只手捡起地上的烙铁，当作防身武器。

地下室的门被砰的一声踹开，紧接着，一道粉色的身影迅速飞了进来。

那身影直直地朝被绑在架子上的皇上过去。

待到近了，二皇子才看清楚，来人是叶七七。

"叶七七？！怎么会是你？！"二皇子一脸惊恐地看着眼前那张绝美的脸孔，声音恐惧得变了调。

"二皇子，别来无恙啊。"叶七七眯着眼睛看着眼前的二皇子，白皙的小手却轻轻地在绑着皇上的铁链上拍了几下。

只听得咔嘟嘟几声，绑在皇上身上的铁链断成了一截又一截。

跟在叶七七身后冲进来的墨修竹和冷卫，赶忙上前将皇上扶住。

"你们！"二皇子看着他们，后退了几步，结结巴巴地问道，"你们……怎么可能找到这个地方？！"

叶七七听到他这句话，转过头来看着他，冷冷一笑道："说起来，二皇子这地下室还真是不太好找，可惜啊可惜，你若是换了别的日子来绑皇上，说不定我们还真的就找不着了，但你偏偏要挑我大婚的日子来绑皇上。"叶七七顿了顿继续道，"你可知道，今日婚宴上的酒，全都是我贺爷爷亲手酿造的，那酒的香气三天不散，我们便是循着那酒香一路找到这里的。"

"你们！"二皇子心中一惊。

"说起来，你对我夫君下血蛊，又绑了我夫君的皇兄来此。"叶七七眯着眼睛看着二皇子，声音阴冷道，"我看你是不想活了吧！"

"皇兄？哈……皇兄？"二皇子听到叶七七的这句话，不怒反笑，他抬起头，仰天大笑了几声，狠狠地瞪着他们道，"你们还真以为，他是墨寒卿的皇兄吗？我告诉你们——"

"孽子！"皇上听到二皇子的这句话，朝他怒吼了一声。

二皇子一怔，随即便哈哈大笑起来："对，我不会告诉你们的，告诉了你们，你们岂不是知道救他的法子？呵……依我看，父皇最爱的不过是他自己罢了，否则，他又怎么会忍心让靖安王继续躺在床榻上呢，哈哈哈……"

叶七七皱了皱眉道："不要在这里疯言疯语，说，那血蛊有没有别的解药？"

"没有。"二皇子止住了笑声，朝叶七七一字一顿道，"你就看着他一日一日慢慢走向死亡吧，哈哈哈……"

"你……"叶七七飞身上前，正准备抓住他的衣领，二皇子的嘴角却突然流出一股乌黑的血。

"不好，他服毒自尽了！"墨修竹见状，朝叶七七大声道。

叶七七眼睁睁看着二皇子口吐黑血，笔直地朝后倒了下去，不过片刻，便没了气息。

"死了！"叶七七恨恨地看着二皇子倒在地上，只觉得就这样让他死了，实在太过便宜他了。

墨修竹转过头，看着皇上，关切地问道："父皇，你没事吧？"

"没事……"皇上看起来似乎一下子苍老了许多，他抬起头看着叶七七，迟疑了一下，问道，"寒卿怎么样了？"

"他……还没有醒过来的迹象。"叶七七叹了一口气，朝皇上无奈道，"我决定明日一早便启程去找贺爷爷的师妹，若是能找到她，说不定公子还有一线希望。"

皇上沉默片刻，没有说话。

"咱们先回去吧。"叶七七有些勉强地笑了笑，朝他们声音低低道。

"走吧。"墨修竹长长地叹了一口气，转身吩咐那些侍卫将地上二皇子的尸体抬走，便扶着皇上缓缓地朝外走去。

皇上的脸色看起来不太好，那些侍卫抬着二皇子的尸体路过他身边时，他终究朝那些侍卫喊了一声："等一下。"

"皇上？"那些侍卫停住脚步，抬起头，恭恭敬敬地朝他喊了一声。

皇上没有说话，只是目光带着怜悯，低头看着被他们抬在手里的二皇子，许久都没有出声。

末了，他长长地叹了一口气，挥挥手道："抬走吧，好好安葬他。"

"是。"侍卫异口同声地应了一句，这才抬着二皇子的尸体走了。

"父皇……"墨修竹看了一眼站在自己身边的皇上，一时不知道该说些什么。

"修竹啊……"皇上抬起头，看了他一眼，嘴唇动了动，突然朝他问道，"这些年来，父皇是不是对你们兄弟几个都不怎么好？"

"啊？"墨修竹愣了一下，摇摇头道，"没有啊，父皇对我们几个挺好的，虽然有时是严厉了一些，但儿臣知道，父皇都是为了我们好。"

"那朕……对寒卿那么好，你们就一点都不嫉妒？"皇上想了想，换了个方法问道。

"皇叔啊……"墨修竹想了想，点点头道，"父皇对皇叔确实很好，比对我们兄弟几个还要好，不过皇叔天资聪颖，从小便什么都一学就会，父皇偏爱他，也是正常的。"

"是吗……"皇上长长地叹了一口气，摇摇头，没有再说什么。

叶七七跟在皇上和墨修竹身后，一路将皇上护送回宫，这才转身和冷卫们一起回了靖安王府。

早上还热闹万分的靖安王府，此刻在夜色中显得有些沉寂。

叶七七抬头看了一眼天上的月色，无数璀璨清冷的星星正在闪耀。

今日是她大喜的日子，却不曾想到出了这么多事情。

一阵寒风吹过，叶七七裹紧身上的披风，朝靖安王府的院子走去。

第二日清晨。

叶七七是被一阵急促的敲门声给惊醒的。

"谁啊？"她转头看了一眼依然双眼紧闭躺在床榻上的墨寒卿，声音中满是低落。

"七七，快！快开门啊！"门外传来贺平轩略显激动的声音，"公子有救了！"

"真的？！"叶七七听到这句话，一个鲤鱼打挺从床上跳了下来，飞奔到门口去给贺平轩开门。

吱呀一声，门打开了。

贺平轩正一脸兴奋地站在大门外。

"公子有救了？"叶七七看着贺平轩脸上的表情，激动地问道。

"对！"贺平轩连连点头，伸手从怀中拿出两个白玉做的小瓶子来，递到叶七七面前晃了晃道，"知道这里面装的是什么不？"

"是什么？"叶七七接过贺平轩手中的瓶子，拔开瓶塞看了一眼，似乎是暗红色的液体，闻起来……有点像是鲜血？

"这是公子的父亲和母亲的血液。"贺平轩神秘兮兮地朝叶七七道。

"公子的父母？"叶七七愣了一下，随即不敢置信地看着贺平轩道，"不是吧，先帝都已经逝世这么多年了，你该不会还跑到皇陵里面去放他的血吧？"

贺平轩朝她翻了个白眼，伸手用力在她的脑袋上敲了一下道："你傻啊，先帝都逝世这么久了，就算老夫真的跑到皇陵里去，他那尸体还能放出血来吗？"

"也是哦……"叶七七伸手揉了揉被他敲的地方，懵懂地看着他道，"那你说公子的父母……"

"这瓶里面装着的，是太后的血液。"贺平轩朝叶七七挤了挤眼睛，压低了声音道，"你可知道，另外一个瓶子里装的是谁的血？"

"不知道。"叶七七摇摇头，根本就不敢乱猜。

"是皇上！"贺平轩一字一顿地朝叶七七道。

"皇上？！"叶七七心中一惊，声音便提高了一点。

"嘘……小点声！"贺平轩瞪了叶七七一眼，用手比了一个噤声的姿势。

"可是……皇上他……他不是公子的皇兄吗？"叶七七用手捂着嘴巴，结结巴巴地问道。

"唉……这其中的事情，说来话长……"贺平轩叹了一口气，正准备娓娓道来，叶七七伸手拍拍他的肩膀道："长话短说。"

贺平轩白了她一眼，伸手捋了捋胡子道："当年的太后娘娘是先帝的宠妃，正好那个时候皇上的生母去世，先帝便将皇上交由太后娘娘抚养，只是这太后娘娘和皇上年龄相差不过几岁，天长日久的……两人就暗生情愫……再……你懂的。"

"那……先帝知道吗？"叶七七听了以后愣住了。

"废话，先帝要是知道，那皇上早就死了八百次了好吗？"贺平轩再次白了她一眼道，"反正这事儿是个秘密，谁都不能告诉。"

"那眼下……"叶七七看着贺平轩手中的两个玉瓶，咬了咬嘴唇，没有说话。

要是靖安王这么快就醒过来，那别人不就知道靖安王的生父还活着吗？

"皇上说……他自有他的安排……"贺平轩长长地叹了一口气道，"这些事情，不在咱们的考虑范围之内，咱们眼下最要紧的事情，就是赶快把公子身上的血蛊给解了。"

"嗯！"叶七七用力点点头，跟在贺平轩身后走到床榻前。

贺平轩伸手探了一下墨寒卿的脉搏，沉思片刻，从药箱中拿出十根银针。

他将银针一根一根地扎在墨寒卿的指尖，不过片刻，就有黑色的血液顺着银针流了出来。

叶七七站在贺平轩的身边，看着墨寒卿指尖上不断滴落的黑色血液，只觉得胆战心惊。

贺平轩打开两个白玉瓶，紧接着又取出一个小玉碗，将两个白玉瓶中的血液全部倒进玉碗里。

暗红色的血液混合在了一起。

贺平轩又从药箱中拿出一些瓶瓶罐罐，依次将里面的东西倒进玉碗中。

片刻后，那玉碗中的液体便呈现出诡异的粉色。

"成了。"贺平轩端着那玉碗，走回床榻前，用一根细细长长的银针，将碗中粉红色的液体均匀地涂抹在墨寒卿的指尖。

原本还在缓缓滴落的黑色血液，碰到那粉色的液体，加快了滴落速度。叶七七只看到墨寒卿的十个指尖血流如注。

"贺……贺老头，这……公子没事吧？"叶七七小心翼翼地问道。

"没事。"贺平轩将墨寒卿的指尖全部涂完，看着那些滴落在地的黑色血液，轻蔑地笑了笑，从怀中拿出一个瓶子打开，将里面的药粉洒在地上。

随着嗞嗞几声响，地上的那些黑色血液碰触到药粉，瞬间泛起白色的泡沫，眨眼间，黑色全部褪去，变成了血红色。

"这是……"叶七七看着地面上的变化，突然想到了昨天晚上，贺平轩也是倒了一些药粉在那酒壶里，那酒壶里的酒水便全部变成了血红色。

"这些都是血蛊虫的尸体。"贺平轩不慌不忙地朝叶七七解释道，"那血蛊虫虽然无色无味，但是遇着这药粉，便会融成一摊血水，地上的这些血红色的东西，便是它们的尸体。"

叶七七看着地面上大片大片的血红色，只觉得头皮隐隐有些发麻。

床榻上，从墨寒卿十根手指流出来的黑色血液，颜色正在慢慢地变浅，又过了大约一炷香的工夫，从他指尖流出来的血液终于恢复成正常的鲜红色。

"他体内的血蛊虫应该已经清除干净了。"贺平轩看了一会儿，将他指尖的银针一根一根拔了下来。

"这样就好了？"叶七七不敢置信地看着他问道，"就这么简单？"

"嗯。"贺平轩不紧不慢地将那些银针全部收好，捋着胡子朝叶七七道，"这血蛊原本就是很初级的蛊虫，解开的方法也很简单，这二皇子千算万算也没有算到，公子的生父其实是……"

贺平轩顿了顿，没有继续说下去，而是转身看了一眼依然躺在床榻上的墨寒卿，又随手往他嘴里塞了一颗药丸。

"再过一个时辰，他就能醒过来了。"贺平轩伸手拍拍叶七七的肩膀道，"你也别太担心了。"

"嗯。"叶七七听到他这么说，长长舒了一口气。

"爷爷还有别的事情要处理。"贺平轩给墨寒卿解好蛊毒，收拾了一下东西，朝叶七七打了声招呼，便转身离开了。

叶七七将他送走，转身回了房间。

床榻上，墨寒卿的脸色看起来已经不像昨天那样惨白，他闭着眼睛，安静地躺在床榻上，阳光照在他白皙如玉的脸庞上，是岁月静好的感觉。

叶七七盯着他看了半天，伸出手，用力掐了掐他的脸颊道："你要赶紧醒过来啊……"

"嗯……"叶七七这句话刚刚说完，躺在床榻上的那个人便低低地应了一声。

那双方才还紧紧闭着的眼睛，下一秒，缓缓地睁开了。

叶七七微怔地看着眼前的人，半晌没有反应过来。

墨寒卿躺在床榻上，眼中光华流转，仿佛摄人心魄。

他朝叶七七挑了挑眉道："怎么，不是你让我快点醒过来的，眼下我醒了，你怎么一点反应都没有？"

"你……你……"叶七七伸出一只小手，颤抖地指着他，结结巴巴道，"贺老头不是说你最起码要一个时辰才能醒过来吗？"

"呵。"墨寒卿唇角微勾，仿佛听到什么好笑的笑话，朝叶七七声音低沉道，"寻常人差不多要一个时辰才能醒过来，可惜你夫君并非寻常人。"

墨寒卿一边说着，一边撑着胳膊从床榻上坐起来，伸出修长的胳膊，揽过叶七七纤细的肩膀，将她搂入怀中，低头在她的额头上轻轻吻了一下道："怎么，为夫醒过来了，你好像一点都不开心？"

"我……我挺开心的啊……"叶七七终于回过神来，将他紧紧地搂住，用力在他的脖子上咬了一口道，"你知不知道，昨天你突然倒在桌子上，有多吓人！"

"我知道……"墨寒卿怔了一下，声音低低地应了一声。

其实从昨天他倒下的那一刻起，他的知觉便一直都在，只是不知道为什么，全身上下都使不出一点力气，只能任人将他抬到床榻上。

他听着贺平轩说的那些话，一颗心却是不停往下坠。

若是需要父母的鲜血才能解了这蛊毒，那他的父亲，也就是先帝，早就已经仙逝了……

那一瞬，他突然有些后悔，也许自己不应该这么着急将她娶回来。

这一晚，他想了很多。明明知道叶七七就睡在身边，他却根本无法伸出手去拥抱她。

直到他听见贺平轩说的那个秘密。

震惊是肯定有的，那一瞬，他的开心却远远多过震惊。

"公子，公子？你在想什么呢？"

"没什么。"墨寒卿回过神来，低头深深地吻住叶七七红润的唇瓣，声音中带着浅浅的遗憾道，"昨夜本该是我们的洞房花烛之夜，我却中了血蛊，没能给你一个完美的洞房花烛……"

"我……"叶七七阵阵脸红，这种事情，他干吗非要说出来啊？

"七七……"墨寒卿低低地念着她的名字，嘴唇轻轻地蹭着她的耳郭。

"嗯？"叶七七歪了歪脑袋，她的耳朵最怕痒了。

"去沐浴更衣，好吗？"墨寒卿一边亲吻着她的耳朵，一边声音低低地问道。

"啊？"叶七七愣了一下，随即转头看了一眼窗户外面，迟疑着问道，"这……一大早的……你确定？"

"嗯。"墨寒卿点了点头。

"我？沐浴更衣？"叶七七满眼疑惑地看着他问道，"为什么啊？"

墨寒卿低下头，目光深沉地看着她，半晌，唇角勾起一个浅浅的弧度道："因为……为夫想要好好补偿一下欠你的洞房花烛夜。"

"呃……"叶七七一时不知道该说些什么。

她红润的唇张了张，半晌才声音弱弱地道："这个……可以先欠着，我也不是那么着急的……再说……你这身上的蛊毒刚刚解开，难道不需要再休息休息？"

"不用了。"墨寒卿低头，在她柔软的唇瓣上轻轻啄了啄，声音低低地道，"欠什么都可以，唯独这洞房花烛之事，是万万不能欠的。"他顿了顿，唇瓣离开叶七七红润的嘴唇，低下头来，目光中带着一丝促狭的笑意看着她道，"娘子一直都不动弹，其实是想邀请为夫与你共浴吗？"

"不用了，不用了，我这就去！"叶七七一听这话，立刻一个转身，朝房间外边走边道，"我我我……我这就去沐浴更衣。"

她还没走到门口，墨寒卿已经从床榻上飞到她面前，挡住她的去路道："你上哪儿去？"

"我去沐浴更衣……"叶七七抬起头，睁着一双黑白分明的大眼睛，无辜地看着他回答道。

"不用出去了，就在房里沐浴更衣吧。"墨寒卿的下巴朝房内的屏风后面仰了仰。

"这……那……"叶七七顺着他的目光朝屏风后面看了一眼，"那……我去喊人打水？"

墨寒卿沉吟片刻，突然提高了声音，朝外面喊了一声："来人。"

"殿下，有何吩咐？"一直把守在新房外面的冷卫们隔着一扇房门，异口同声地回答道。

"王妃想要沐浴更衣，速去打水。"墨寒卿声音清冷地朝门外的冷卫们吩咐道。

"是！属下这就去！"冷六应了一声，正准备转身离开时，便听到自家殿下冷冷道，"其他人也一起去。"

站在门外的那些冷卫怔了一下，随即应道："是！"

不过片刻，那些冷卫便抬着一桶又一桶的热水回来了。

将墨寒卿房内的浴桶装满热水，冷六带头朝墨寒卿单膝下跪，恭恭敬敬道："启禀殿下，热水已经准备好了，王妃娘娘可以沐浴了。"

"嗯，都退下吧。"墨寒卿朝他们几个淡淡地点了点头，袍袖一挥，便让他们都退下了。

叶七七就这么被墨寒卿抱在怀中，眼睁睁看着那些冷卫将热水准备好，嘴唇张了张，半晌才朝墨寒卿道："那什么……我……我去沐浴了……"

说完这句话，她便挣扎着离开墨寒卿的怀抱，飞快地朝屏风后面去了。

隔着一道屏风，叶七七磨磨蹭蹭地将自己身上的衣服脱掉，又朝屏风外墨寒卿的方向看了一眼，确定他什么都看不到，这才缓缓地迈进浴桶中。

暖乎乎的热水瞬间将她包围起来。

叶七七长长地舒了一口气。

说实话，昨天发生的事情实在太多，她又来来回回地折腾了好几趟，眼下往这热水里一泡，只觉浑身舒畅了不少。

墨寒卿站在屏风外，听着里面的动静，半晌声音低低地道："七七？"

"嗯？"叶七七半眯着眼睛，靠在浴桶中，低低地应了一声。

"娘子对为夫房中的浴桶可还满意？"墨寒卿的声音听起来十分平淡。

叶七七睁开眼睛，看着眼前的浴桶，这浴桶比正常的浴桶大上三倍左右。

寻常的浴桶，只能坐在里面，而这浴桶大得她都可以躺平了。

怪不得刚刚他让门外的冷卫们全都去打水呢。

"挺好的。"叶七七伸出手，在水中划了划，点点头应道，"这么大的浴桶，都可以坐两个人了。"

"哦……"墨寒卿声音中突然带了一抹笑意，"娘子这是邀请为夫共浴吗？"

"不是！"叶七七赶忙在浴桶中坐直了身子道，"我我我……我只是随便说说的，我并没有邀请你的意思啊……"

"哦……"墨寒卿的声音听起来似乎有些惋惜，"那娘子需要一个帮你擦背的人吗？"

"也不需要！"叶七七警惕地看着屏风外面道，"我警告你啊，不要随随便便找什么借口进来，我……我会打你的！"

"是吗？"叶七七话音刚落，墨寒卿修长的身影便出现在了屏风后面。

他目光微垂，看着坐在浴桶中的叶七七，唇角勾起一抹似笑非笑的弧度道："娘子的意思是，为夫不需要找借口，想进来，光明正大进来就可以了？"

"你！"叶七七瞪大了眼睛看着他，赶忙低下身子，沉入水中，只留了一颗脑袋在水面上，"你怎么可以随便进来！"

"这是为夫与娘子的新房，为夫自然可以随意走动。"墨寒卿笑得老奸巨猾，走到浴桶旁边，开始慢慢地解身上衣袍的带子。

"你你你……你要干吗？！"叶七七惊恐地看着他，结结巴巴地问道。

"也没什么。"墨寒卿慢条斯理地脱着衣服，面带笑意看着她，"就是为夫突然想到八年前，娘子曾经特别热情地邀为夫共浴，转眼八年过去，不知娘子想不想同为夫追忆一下小时候。"

"我不要……你赶紧出去！"叶七七瞬间便红了脸。

就在叶七七抗议时，墨寒卿已经将身上的衣袍全部褪去。

"啊——"叶七七尖叫一声，伸手捂住双眼，红着脸道，"你你你……你走开。"

"为夫曾经听冷六说过，"墨寒卿微微一笑，缓缓迈入浴桶中，声音低沉而温柔，"女人都是口是心非，所以……娘子嘴上说着让为夫走开，实际上是希望为夫留下来？"

"怎么可能……你……"叶七七正准备反驳，手腕却被他修长的大手牢牢抓住，紧接着，他的手腕稍一用力，她便跌入他的怀抱。

两人的肌肤贴在一起，那一瞬，仿佛有上好的丝绸滑过她的皮肤，带来莫名滑腻的触感。

叶七七趴在墨寒卿的怀中，一张小脸红得几乎看不出原来的颜色。

他他他……他身上什么都没有穿啊！

"娘子……"墨寒卿低头，在她耳边轻轻地唤了一声，握着她手腕的大手却是缓缓朝腹部下方移去。

"娘子可还记得，当年你曾经问为夫，这是什么？"墨寒卿的声音里带着一丝不易察觉的沙哑，缓缓地朝她问道。

"我……我不记得了……"叶七七的脸已经红得发烫。

她只觉身上越来越热，泡在这热水中，被他如此热烈地吻着，头越来越昏沉。

哗啦一阵响，墨寒卿已经抱着她从浴桶中站起来。

她微微张开嘴，有些急促地呼吸着，那样强烈的感觉让她想要尖叫出声。

墨寒卿低下头，一言不发地吻起她的脖子。

这迟来的洞房花烛夜还没正式开始，她已经有种快要见不到明天的太阳的感觉。

她躺在床榻上，心脏跳得特别厉害，身体都在颤抖。

她明明很想喊停，可是不知道为什么，连一个简单的音调都发不出来。

刹那间，室内一片旖旎。

终于，叶七七累得快要晕过去时，墨寒卿结束了这一切。

"我爱你……此生只爱你……"墨寒卿一边亲吻着她的唇瓣，一边喃喃地朝她道。

将衣物穿戴好，墨寒卿神清气爽地站在床榻边，看着生无可恋的叶七七，微微一笑道："娘子还不起床吗？"

"不想动……没力气……"叶七七声音弱弱地吐出这六个字。

"嗯……那娘子再休息一会儿。"墨寒卿走到叶七七身边，俯身在她的额头上轻轻亲了一口，"为夫要进宫一趟。"

"进宫？"叶七七睁开眼睛，满眼疑惑地看向他。

"有些事情，我要去同皇兄……父皇商量一下。"这么多年喊皇兄喊习惯了，突然之间要改口称作父皇，墨寒卿一时还有些不太适应。

"哦，好……"叶七七想了想便点头应了一声。

关于他身世的问题，大概他是想亲自去皇宫同皇上好好谈一谈吧。

"乖，等我回来。"墨寒卿朝她笑了笑，便转身朝屋子外面走了。

第十七章　两情相悦

几日后，皇上突然下了一份诏书，昭告天下，说靖安王墨寒卿其实是自己的亲生儿子，只因其生母乃民间女子，不便娶入宫中，才将靖安王交由太后抚养。诏书上还说，虽然靖安王是他的儿子，但他并不希望靖安王参与皇位之争，才让他做了王爷，眼下靖安王的身世已经揭晓，自己便要退位颐养天年，并将皇位传给三皇子墨修竹。

一时间，京城被这份诏书搞得沸腾起来。

民间议论纷纷，甚至有人说，其实靖安王是皇上与太后的儿子，只是碍于先帝脸面，皇上才称靖安王的生母是民间女子。

叶七七和墨寒卿大婚没多久，墨修竹便继承了墨国皇位，成为新一任墨国皇帝。

只是他这皇帝还没当几天，便派人去把叶七七请到了御书房中。

叶七七站在墨修竹的御书房中，瞪大了一双眼睛，看着坐在桌子后面的家伙，不敢置信道："你说什么？你要归顺夜国？"

"嗯。"墨修竹点点头，百无聊赖地看着叶七七道，"从此以后，墨国就是夜国的附属国。"

"为什么啊？"叶七七惊讶地看着他，奇怪道，"你才刚刚继承皇位，就打算归顺夜国，你就不怕你爹一巴掌揍死你？"

"这事儿我跟我父皇商量过了。"墨修竹抬起头，看着叶七七道，"我皇叔……呃……不对，现在是我皇兄了，他都要嫁去夜国了，以后我跟承安、鸿羽他们几个，就不能天天去找他，除非墨国归顺夜国，这样我们还能去夜国当个重臣。"

"？"叶七七一脸无语地看着他问道。

"我们可以在夜国上朝，在夜国开始新的生活，到时候还能找寒卿跟我们一起玩！"墨修竹越说越兴奋。

叶七七却是满头黑线。

"差不多就是这个意思！"墨修竹一拍书桌，满眼兴奋道。

"所以……朕的朝臣想要跟朕的皇后一起愉快地玩耍？"叶七七朝墨修竹挑了挑眉毛，一字一顿地问道。

"呃……"墨修竹愣了一下，这话听起来怎么这么奇怪呢？

叶七七盯着墨修竹许久，无奈地摇摇头，叹气道："修竹啊修竹，你这可是好不容易才脱离了你皇叔……呃，皇兄的魔爪，就这么急着重回他的手里？"

"这个……"

"反正我是无所谓了。"叶七七摊了摊双手，朝墨修竹一脸无奈道，"你同意，你父皇也同意就好，不管怎么样，对于夜国来说，倒是一桩好事。"

叶七七在墨修竹的御书房里又转悠了两圈，朝他道："你喊我来，还有别的事情吗？"

"没……没了。"墨修竹摇摇头道。

"哦……那我先走了？"叶七七眨眨眼睛，随口问道。

"好。"墨修竹点点头。

"告辞。"叶七七朝他双手抱拳，作了个揖，便转身离开。

墨国要归顺夜国的消息刚刚传出去没几天，一封八百里加急的鸡毛信便递到了叶七七的手中。

叶七七站在靖安王府前厅，看着单膝跪在自己眼前的北辰国士兵，一脸震惊道："你刚刚喊我什么？"

505

"吾皇！"那北辰国士兵朝叶七七恭恭敬敬地行了个礼，抬起头看着她道，"吾皇看完手中的信件，便明白属下为何要如此称呼您了。"

叶七七满眼疑惑地看了他一眼，低下头来，拆开了手中的信件。

写信人正是北辰国刚刚登基没多久的皇帝，北辰魅。

而这信件的内容，大意是因为他听闻墨国已经归顺夜国，所以便想着，要让北辰国也归顺夜国。

这样，他也可以在夜国朝廷谋个一官半职，每日上朝和他心心念念的吾皇相见，信中还说，让北辰国归顺夜国，就当是他为叶七七准备的嫁妆。

看完北辰魅的信，叶七七再次震惊。

这……这两个新皇还真是任性啊。

"吾皇？"跪在地上的北辰国士兵见叶七七看完信件，便朝她双手抱拳，恭恭敬敬地问道，"不知吾皇可有什么话要属下带回去给翰林大学士？"

"谁？"叶七七懵懂地看着他问道。

"翰林大学士。"那士兵认认真真地朝叶七七道，"哦，就是我们北辰国原来的皇上，临走之前，他嘱咐属下，一定要让吾皇给他安排一个翰林大学士的官职，这官职不仅轻松，还能天天上朝与吾皇见面。"

叶七七扯了扯嘴角，已经完全不知道说些什么好。

"吾皇？"那士兵见叶七七半天没有说话，便又喊了她一声。

"哦……我、我没什么想要说的……"叶七七扯了扯嘴角，朝那士兵道，"你就告诉他信我已经收到了。"

"是！"那士兵应了一声，见叶七七果真没有其他吩咐，便起身告辞了。

叶七七眼看那士兵离开，又低头看了一眼手里的信件，转身正准备朝房间里走，却看到自家爹爹正笑眯眯地站在身后看着自己。

"爹爹！"叶七七看到自家爹爹，顿时高兴起来，连忙扑进他怀里。

"七七，"七七她爹伸手摸了摸她的脑袋，强忍着笑意道，"你结婚还没几天，就有两个国家先后归顺了，你这是要把你爷爷多年前没有完成的心愿给完成了啊。"

"爹爹，你就别笑我了。"叶七七将脑袋在她爹爹的怀里蹭了蹭，无奈道，"我还不知道该怎么办呢。"

"既然墨国和北辰国都愿意归顺我们夜国,那从此天下四国鼎立的局面,就将变成两国对立。"七七她爹笑着戳了戳她的额头道,"你若是把那青鸾国也给收了,从此以后,你就是这天下唯一的女帝了。"

"爹爹。"叶七七有些无奈地喊了他一声。

"好了,爹爹不取笑你了。"七七她爹敛起笑意,轻轻拍了拍她的肩膀道,"如今你在墨国的大婚典礼已经完成,咱们是不是该回夜国举行封后大典了?"

"嗯……"叶七七想了想,朝自家爹爹问道,"爹爹不是说,还要去找我爷爷的吗?"

"你爷爷……"七七她爹微微一怔,大概想到七七她娘就是因为她爷爷才去世的,脸上的笑意瞬间消失不见。

"爹爹,不管怎么说,他也是我爷爷啊……"叶七七看出自家爹爹心里的不快,伸手扯了扯他的袍袖道,"当年爷爷确实有做得不对的地方,可是这么多年他一个人守着那陵墓……想来对于当年的那件事情,他也是极其后悔的。"

七七她爹半晌没有说话,许久终于点了点头道:"那便先去寻你爷爷吧。"

"好!"叶七七欢快地点点头。

因为要去飞鹤山庄所在的乐清山,所以七七她爹便带上叶七七和墨寒卿,向墨修竹告辞了。

墨修竹万念俱灰地坐在大殿中,看着打算启程的三人,幽怨道:"朕也想去。"

墨寒卿白了他一眼,声音清冷道:"你不是要归顺夜国吗?好好在家里准备归顺文书吧。"

"那归顺文书又不需要我亲自准备,皇……皇兄,你看能不能顺便把我也带上?"墨修竹厚着脸皮朝墨寒卿问道。

"不行。"墨寒卿想都没想就拒绝了,"国不可一日无君,你身为墨国的皇帝,就不能肆意乱跑。"

"谁说的?"墨修竹不服气地朝墨寒卿道,"那你看七七,她还不是跑出来了?她不也是夜国的皇上。"

"七七出访墨国是公事，你跟着我们往深山老林里跑，算哪门子事？"墨寒卿瞪了他一眼，声音低沉道，"别想那些有的没的了，你刚继位不久，还有许多事情要处理。"

"哥……"墨修竹顿时一脸生无可恋。

墨寒卿只是默默地看了他一眼，双手抱拳作了个揖，便带着叶七七和七七她爹离开了。

从京城到飞鹤山庄，他们大概用了十几天。

站在山脚下，叶七七抬头看了一眼山上的飞鹤山庄，大半年的光景，自她偷偷溜下山后，已经发生了这么多事情。

墨寒卿从马车中走出来，看了一眼叶七七，微微一笑，伸手搂住她的肩膀，低声问道："娘子在想什么呢？"

"我啊……"叶七七转过头，看了墨寒卿一眼，长长地叹了一口气道，"我是在想，从我溜下山后，发生了这么多事情，此刻再回到这里，突然有种一别数年的感觉。"

这乐清山，他上一次来还是八年前，对于他来说，倒真是一别数年了。

"走吧，我们上山。"墨寒卿看了一会儿，低头拍拍叶七七的肩膀道，"叶珏大师已经早我们几日回到了飞鹤山庄。咱们先去山庄里安置一下，接着便去找你的亲爷爷。"

"好。"叶七七点点头，又招呼了一下爹爹，便一同朝山上走去。

飞鹤山庄内，那些丫鬟侍卫听说小小姐也回来了，早早地便开始忙着收拾房间，打扫院子。

等到叶七七和墨寒卿还有七七她爹出现在飞鹤山庄大门口时，满院子的丫鬟侍卫朝他们弯腰行礼道："欢迎小小姐回来。"

叶七七满眼惊喜地看着眼前熟悉的面孔，松开挽着墨寒卿的手，跑到他们中间，开心道："你们都在这儿等着我啊。"

"小小姐还知道回来。"流云握着叶七七的手，嗔怪地看着她道，"还以为小小姐就要住在山下不回来了呢。"

"怎么会呢，流云……你想多了……"叶七七干笑了两声。

叶珏大师的声音突然从后面传来："是七七回来了吗？"

满院子的丫鬟侍卫听到这个声音，同时让出一条道来。

叶珏大师满脸笑容地走到他们几个面前，双手作揖行了个礼道："见过墨公子、见过太上皇。"

"叶大师不必客气。"七七她爹朝叶珏大师笑了笑，伸手虚扶了他一把道，"此番前来，是我们叨扰了。"

"哪里，哪里，七七的亲爷爷也是我的多年好友，这番你们前来，我也打算跟着你们一同去找他。"叶珏大师笑呵呵地朝他们几个道。

"好。"七七她爹也不推辞，点点头应了下来。

"先让流云她们带你们去歇息吧。"叶珏大师跟七七她爹又寒暄了几句，便吩咐丫鬟们带他们去休息了。

墨寒卿自然是跟叶七七住在一处。

站在叶七七的房中，墨寒卿四下打量了一番，笑着道："这房间跟八年前一样，没什么变化。"

"我的房间一直都是这样的。"叶七七走到桌子前坐下，伸手拿过茶杯，给自己和墨寒卿各倒了一杯茶，撇撇嘴道，"八年前，你都不愿意陪我一起玩，还好意思说我的房间？"

墨寒卿微微一笑，走到叶七七身边，也不去拿桌上的那杯茶，而是拿过她手中的茶杯，递到自己嘴边喝了一口，声音温柔道："为夫知错了，就是不知道现在改正，还来不来得及？"

"来得及什么？"叶七七瞪了他一眼。

"比如，我们来完成娘子想要生四十个孩子的愿望，怎么样？"墨寒卿低下头，在她红润的唇瓣上轻轻啄了一下道，"咱们眼下可是连第一个孩子的影子还没见着呢。"

"不要……不要……"叶七七心中咯噔一下，连忙挣扎着想要从墨寒卿的怀里逃出来。

就在叶七七跟墨寒卿大眼瞪小眼时，门外突然传来丫鬟的声音："小小姐、姑爷，庄主请你们去前厅一趟。"

"哦，我知道了。"叶七七应了一声，转过头来瞪着墨寒卿，"还站着干吗，咱们去前厅吧。"

"好。"墨寒卿笑眯眯地应了一声，上前推开房门，朝门外走去。

前厅中。

叶珏大师和七七她爹已经坐在椅子上，等着他们两个过来。

叶七七和墨寒卿先朝他二人行了个礼，才问道："爷爷，你喊我们过来，是有什么事情吗？"

叶珏大师坐在椅子上，朝叶七七点点头道："方才你爹爹已经大概跟我讲过了，你说你是小时候跟墨公子坠落山崖时，无意间发现了那处古墓，那么爷爷问你，你可还记得去那古墓的路线？"

"这个……"叶七七怔了一下，当年她跟公子是迷路到处乱走，才不小心跌落山崖的，要说去那古墓的路，她还真的不记得了。

叶珏大师看着叶七七的表情，心中明白她不记得什么了，于是转头朝墨寒卿问道："当时七七年纪尚小，不记得怎么走的，不知道墨公子可还记得？"

墨寒卿微微蹙眉，沉吟片刻，声音低沉道："我大概还有些印象，但也不是十分准确。"

"无妨，只要知道大致的方位就行。"叶珏大师伸手捋了捋胡子，朝他二人道，"明日一早我们便出发去找七七她爷爷所在的陵墓，今天晚上大家都好好休息休息。"

"好。"叶七七点点头。

墨寒卿却迟疑片刻，意有所指道："尽量。"

叶七七听到这两个字，动作僵硬地转过头，瞪着他问道："尽量是什么意思，你想干吗？"

"不干吗。"墨寒卿微微一笑道，"只是一想到明日就要出发去寻找你爷爷，心中不免有些激动，这一激动可能就睡不着，仅此而已，不知道娘子以为为夫所说的是什么意思？"

真的就是这样而已？

叶七七不敢置信地看着他。

用过晚膳，叶珏大师和七七她爹便回各自的房间休息了。

回了房间，叶七七前脚刚进房门，墨寒卿后脚便将房门关上。

叶七七震惊地看着他道："你要干吗？"

"不干吗，关门啊。"墨寒卿面带微笑地看着她道，"既然准备休息，

510

那自然要将房门关上的。"

墨寒卿走到床榻边，慢条斯理地开始脱外袍。

不过片刻，他便将衣袍脱了个干净。

叶七七红着一张脸，伸手捂住眼睛。

"娘子，不过来休息吗？"墨寒卿掀开被子，坐在床榻上，笑眯眯地看着她。

"我……那个什么，再去喝点水……"叶七七一边说着，一边转身朝桌子走去。

房间里安静片刻，叶七七许久没有听到墨寒卿的声音，便偷偷地转过头来，朝床榻上看了过去。

这不看不要紧，一看，她的心差点没从胸口跳出来。

只见某人香肩半露，斜倚在床头，眼睛眨也不眨地盯着她。

"夫君你还没睡啊？"叶七七有些尴尬地朝他笑了笑，声音低低地问道。

"娘子不在为夫身边，为夫睡不着。"墨寒卿面不改色心不跳地朝叶七七道。

"我……呵呵呵……我马上就好了。"叶七七干笑了一声，实在不知道该说什么。

"娘子在害怕什么？"

"我……我没害怕什么啊……"

"那……便早点陪为夫歇息吧。"墨寒卿笑了笑，突然伸出手，朝叶七七挥了一下。

叶七七只感觉一股强大的内力将自己包围，下一秒，她被那股内力给拽得朝床榻的方向飞去。

墨寒卿笑眯眯地看着叶七七朝自己飞来，伸出胳膊，将她抱了个满怀。

叶七七就这么毫无悬念地落入他的怀抱。

"我……我……"

叶七七正准备挣扎着起身，墨寒卿已经搂着她纤细的腰肢，翻了个身，压着她，笑眯眯地道："既然娘子如此迫不及待，那为夫便也不客气了。"

叶七七瞪着一双黑白分明的眼睛，郁闷地道："不客气什么？"

511

"过会儿娘子便知道为夫不客气什么了。"墨寒卿一边说着，一边低头吻上她红润的唇瓣。

床幔缓缓落下，遮住了这一室旖旎。

第二日清晨，天刚蒙蒙亮，叶珏大师和七七她爹便来敲他们的房门。

墨寒卿一身清爽地打开房门，看着站在门外的两位长辈，朝他二人抱拳行了个礼，笑着道："叶珏大师，岳父大人。"

"七七呢？还没起床吗？"叶珏大师见只有墨寒卿一个人站在门口，皱了皱眉，探头朝房间里面张望。

"七七她……"墨寒卿顿了顿，微笑着道，"因为听说今日要出发去寻找她的爷爷，所以一时有些激动，昨夜很晚都没有睡着。天刚蒙蒙亮的时候，她才睡得熟了一些。"

"这孩子，真是的。"叶珏大师有些无奈地摇摇头道，"一遇到事情，就这么激动，这天都已经亮了，她还没起床，让咱们怎么出发啊。"

"叶珏大师不必担心，在下背着她便是。"墨寒卿朝叶珏大师笑了笑，低声道，"前辈还请稍等片刻。"

他说完这句话，便转身又进了房间里面。

不过片刻，他便背着还在熟睡的叶七七走了出来。

七七她爹朝墨寒卿的背上看了一眼。

叶七七正紧紧地闭着眼睛，红润的小嘴微微嘟着。

这孩子，真是……

七七她爹无奈地叹了一口气，又看了一眼女婿，声音低低道："寒卿，辛苦你了。"

"不辛苦。"墨寒卿别有深意地笑了笑道，"是七七辛苦才对。"

"她辛苦什么，她往你背上一趴，睡得不省人事。"七七她爹白了七七一眼，无语道。

"岳父大人有所不知，七七昨天夜里睡不着，绕着飞鹤山庄走了十六圈。"墨寒卿的语气里满满的都是笑意，"想来也是累得不行，所以才会睡得这么沉。"

"瞎折腾！"七七她爹无奈地摇摇头，又跟叶珏大师商量了一番，便上

512

路了。

日头高照，叶七七终于在墨寒卿的背上醒来。

刚刚睡醒的叶七七有些迷茫。

她抬头看了一下周围的环境。

这……这是哪里啊？她记得自己昨天晚上是睡在房间里的，怎么一睁眼，周围全都是参天大树呢？

察觉到背上人的动静，墨寒卿转过头来，朝叶七七笑着道："醒了？"

叶七七伸手揉了揉眼睛，迷茫地看着他问道："这是……哪儿啊？"

走在墨寒卿前面的叶珏大师和七七她爹，听到两人说话的声音，回过头来，一脸恨铁不成钢地看着她道："丫头，你总算醒了，寒卿背着你已经走了一个多时辰了。"

"走哪儿去啊？"叶七七满眼疑惑地问道。

"你睡傻了啊，去找你爷爷啊。"七七她爹一脸无语地看着她道。

"哦……对啊……"叶七七想了想，这才勉强清醒，只是……她怎么会在墨寒卿的背上呢……

就在他们说话的工夫，前面的林子里突然传来嗷的一声熊吼。

"不好！遇着熊瞎子了！"叶珏大师一脸警惕。

叶珏大师话音刚落，眼前的草丛便被一对黑乎乎的熊爪分开，一只壮硕的大黑熊从草丛中走了出来。

叶珏大师立刻伸手将七七她爹护在自己身后，朝墨寒卿道："寒卿，你保护好七七，我们不要与它正面对峙，最好能够在不伤害它的前提下，安全离开这里。"

墨寒卿抬头朝眼前的黑熊看去。

这黑熊……墨寒卿皱了皱眉，看起来似乎有点眼熟。

"不好，这熊瞎子还饿着肚子！"叶珏大师一看黑熊凶狠的样子，心中咯噔一下，眼下这情况，估计只能三十六计走为上了。

七七她爹自小便在宫中长大，还是生平第一次看到这么大的黑熊，再看看黑熊凶猛的样子，心里也是一阵阵打鼓。

叶七七趴在墨寒卿的背上，听到那声熊吼，探出头去。

黑熊盯着叶七七三秒，嗖地转身，打算往回跑。

"小黑！真的是你！"叶七七看到黑熊的表情，瞬间高兴起来，从墨寒卿的背上跳了下来，脚尖轻点，直直地朝那只黑熊飞去。

"噢呜——"黑熊惨叫一声，眼巴巴看着突然飞到自己面前的叶七七，瞬间四肢着地，趴在地上。

这小祖宗怎么又来了！它好不容易才称霸了这一块林子，还没来得及高兴几天，就又遇到了这家伙。

"小黑，你长大了不少啊！"

叶七七高兴地朝黑熊走去，正准备伸手拍拍它的脑袋，七七她爹突然大声道："七七小心，它会咬你的！"

叶七七抬起头，朝自家爹爹笑了笑道："爹爹，别担心。"

她一边说着，一边拍了拍那黑熊的脑袋。

黑熊乖乖地趴在地上，任凭叶七七拍着它的脑袋，一动不动。

七七她爹看着眼前的这一幕，惊讶地张大了嘴巴。

叶珏大师也是颇感意外，目光在叶七七的身上扫了扫，又看了一眼那乖乖趴在地上的黑熊，皱着眉头问道："丫头，你……认识这只黑熊？"

"认识啊。"叶七七笑眯眯地回答道，"当年从那陵墓里出来，还是小黑将我驮回山庄脚下的呢。"

说到这个，叶七七像是想起了什么，拍手道："对了，小黑，你还记得当初驮我回山庄之前的那个地方吗？"

"噢——"那黑熊一声惨叫，不是吧，难道这小祖宗要自己驮着她再去那个地方？

似乎是为了验证黑熊的想法，叶七七朝它继续道："要不，小黑你就再驮我过去吧。"

她说完这句话，便跳上了黑熊的后背。

"呜……"黑熊低低地呜咽了一声，可怜巴巴地驮着叶七七站起来，它还空着肚子呢……

七七她爹目瞪口呆了半晌，扯了扯嘴角问道："七七，你……你听得懂黑熊的话？"

叶七七回过头去，冲着自家爹爹一笑，摇摇头道："我听不懂呀。"

"那……那你怎么跟它聊天的？"七七她爹不敢置信地问道。

"哦，虽然我听不懂它的话，但是它能听懂我的话啊。"叶七七笑眯眯地朝自家爹爹道，"只要它能听懂我的话就行了。"

七七她爹转头看了墨寒卿一眼。

这意思是……只要这黑熊乖乖听话执行她的命令就行了？

墨寒卿同情地看了一眼那黑熊，朝七七她爹点了点头。

"好啦，爷爷，爹爹！"叶七七坐在黑熊背上，高兴地转过头朝他们道，"这下子咱们不用到处乱找了，小黑它认识路。"

"嗷——"小黑跟着吼了一声，算是应答。

叶珏大师无奈地摇了摇头，只得跟在那头黑熊后面往前走。

他们四人一熊在森林里走了许久，终于来到当年那个陵墓的出口。

叶七七拍拍小黑的脑袋，一个纵身，便从小黑背上跳了下来。

可怜的小黑，饿着肚子驮着叶七七走了一天，这会儿几乎快要累趴下了。

"小黑，好样的！"叶七七看了一眼眼前隐蔽的石门，转过头来，一伸胳膊便勾住了小黑的脑袋，吧唧一口，亲在了小黑的额头上。

小黑先是愣了一下，接着便嗷的一声吼，飞奔而去。

太可怕了，太可怕了，这丫头该不会是要吃了自己吧？！

黑熊脑海里闪过这个念头，顿时奔得更快。

叶珏大师看着眼前隐蔽的石门，转头朝叶七七和墨寒卿问道："就是这里吗？"

"嗯。"叶七七和墨寒卿点点头。

"那这……怎么进去呢？"叶珏大师走上前，伸手在石门上摸了摸，却没有看到什么机关。

墨寒卿蹙着眉头思考片刻，朝叶珏大师道："我记得，当初墓里的那个爷爷说，这门只能在初一和十五打开……"

"初一和十五……"叶珏大师想了想，转头朝七七她爹道，"今儿是腊月十四，那么过了今夜子时，咱们就可以进去了。"

"是。"七七她爹点点头道，"幸好咱们来的日子掐在点上，否则要等许久呢。"

"嗯，那咱们便在这附近休息休息，点个火，吃点东西吧。"叶珏大师附和道，"过了子时，这门应该就能打开了。"

"好。"叶七七听说要点篝火吃东西，顿时开心起来。

几个人一番忙碌，终于在石门附近的平地上点起一堆篝火。

叶七七动作飞快地逮了两只兔子过来，不过片刻，两只兔子已经被架在篝火上烤了。

吃过东西，叶珏大师和七七她爹随便聊起来。

叶七七百无聊赖地坐在旁边看着他们，打了个哈欠。

墨寒卿转头看了她一眼，伸手将她揽入怀里，问道："困了？"

"还好……"叶七七嘟哝道，"就是有些无聊，这会儿离子时应该还有好长一段时间吧？"

墨寒卿看了一眼天上的月亮，点点头道："大约还有两个时辰才到子时。"

七七她爹迟疑着朝叶七七和墨寒卿道："那个……要不你俩去散散步，加深一下感情？"

叶七七瞬间红了脸道："不要了……"

她话音还没落下，墨寒卿便已拽着她的胳膊，从地上站起来道："多谢岳父大人。"

他说完，便搂过叶七七，脚尖轻点飞入了丛林中。

叶珏大师和七七她爹眼睁睁看着两人的身影消失在面前，同时叹了一口气道："唉……现在的年轻人啊……"

快到子时，叶七七和墨寒卿飞了回来。

七七她爹默默地打量了他二人一眼，嗯……衣衫整齐，没有任何凌乱的痕迹，看来他这女婿还好，并没有在这荒山野岭里做什么不轨之事。

只是……他这宝贝女儿的嘴唇，好像肿得有些厉害啊……

叶七七察觉到自家爹爹的目光，赶忙低下头来，不敢看他。

叶珏大师却嘿嘿一笑，什么话都没说，拍了拍衣袍站起来道："时辰快到了，咱们准备进陵墓吧。"

"好。"墨寒卿淡淡地应了一声，表情没有任何波动。

明月高悬，子时一到，便是腊月十五。

他们眼前那道隐蔽的石门在月光的照耀下，慢慢浮现一道淡淡的阴影，阴影纵横交错，最终会于一点。

叶七七走到石门前，指着那一点道："开门的机关就在这里。"

"好。"七七她爹应了一声，走上前去，伸手在那地方轻轻戳了一下。

石门却纹丝不动。

七七她爹有些疑惑地转过头看着七七。

"爹爹，你不能就这么简单地戳它一下，你要用上内力才行。"叶七七赶忙朝自家爹爹解释道，"而且想要打开这扇门，必须要有十分浑厚的内力，爹爹你让开，我来。"

她一边说着，一边扯了扯自家爹爹的衣袍，示意他站到旁边去。

她将周身内力集中于右手食指上，接着再在那阴影交会的地方用力按了一下。

只听得轰隆一声响，那石门缓缓地朝旁边移开。

石门后是一条长长的走廊，石门打开的一瞬，走廊两边墙上的火把全部点燃。

"走吧，爹爹，爷爷。"叶七七走在最前面，朝自家爹爹和爷爷招了招手，示意他们赶紧跟上。

叶珏大师和七七她爹对看了一眼，在彼此的眼睛中，看到了按捺不住的激动之情。

走过长长的走廊，又走过有着许多机关的屋子，叶七七带着他们来到一处金碧辉煌的地下宫殿。

这地下宫殿比起八年前他们第一次来这里时，更加雄伟壮丽。

那些堆积如山的珠宝玉石，已经被一颗一颗仔细镶嵌到了墙壁上的图画里，原本就已经描绘得很精致的壁画，在那些珠宝玉石的环绕下，更加璀璨耀眼。

"这里……就是父皇用了十几年的时间，自己修出来的陵墓？"七七她爹站在这空旷的地下宫殿中，看着周围，心中突然生出酸楚的感觉来。

他的父皇，当年叱咤战场，意气风发，征战无数，曾是夜国至高无上的皇帝，也曾是武林排名第一的高手，最终因为那么一件错事，日复一日、年复一年地待在这暗无天日的地下，默默给自己修着陵墓。

想一想，都让人觉得心酸。

"嗯！"叶七七点点头，伸手指着前面那扇镶满珠宝的石门，朝自家爹爹道，"以前我们来时，爷爷就住在那个石门后面。"

七七她爹顺着她手指的方向看了过去。

叶珏大师无法抑制心中的激动，径直朝那石门走去。这石门后面，就是他多年前的至交好友，那个为了武林第一高手的名号，和他争执了大半辈子的人。

叶珏大师伸出手，缓缓地推动眼前的石门。石门慢慢地打开，众人对看了一眼，一起朝石门后面走去。

石门后已经不是当年的摆设。桌椅、柜子还有床榻，已经被全部挪走，偌大的房间里，除了堆积如山的金银珠宝，便只有一口金色的棺材。

叶七七看了一眼房间。

"爷爷？"叶七七迟疑了一下，低低地喊了一声，"甄爷爷？"没有任何应答的声音。

七七她爹看到房间中央的那口棺材，脸色变了变。他转头看了一眼身边的叶珏大师，眼眸中写满了担心。已经过去八年，不知道他的父皇是不是还活着……

墨寒卿皱着眉头，看着眼前的那口棺材，半天没有说话。

"奇怪，甄爷爷好像不在……"叶七七喊了两声，见没有人回答，低低地嘟哝了一声。

叶珏大师长长地叹了一口气，伸手揉了揉叶七七的脑袋，低声道："七七，你要知道，是人，总会有生老病死的那天。"

七七她爹面色凝重地走到棺材前，缓缓地跪下来，朝棺材重重地磕了三个头，再抬头时，已经是满眼泪水："父皇……"

墨寒卿迟疑了一下，走到那棺材前道："我们……要不要开馆看看？"

"开棺？"七七她爹愣了一下，摇摇头道，"不可，不可，死者为大。"

"爹爹，你胡说什么，爷爷才不会死！"叶七七朝他提高了嗓音道。

"七七……"叶珏大师皱了皱眉，目光深邃地看了一眼棺材，后面的话却卡在嗓子里。

"我才不相信我爷爷去世了！"叶七七咬了咬唇瓣，脚尖轻点，直直地飞到棺材旁边，运起内力，将棺材盖子给推开了。

"七七！"七七她爹和叶珏大师想要阻止已经来不及了。

那棺材的盖子被叶七七给推到地上，发出轰的一声响。

棺材开了，里面空荡荡的，并没有七七她爷爷的身影。

"看吧，"叶七七探头往棺材里看了一眼，松了一口气道，"我就说爷爷没死吧。"

七七她爹和叶珏大师对看了一眼，走上前去，朝棺材里看去。

棺材里除了一张字条，确实空空荡荡的，什么都没有。

"这是什么……"叶珏大师看到那张字条，怔了一下，伸手将字条拿了出来。

众人连忙凑到叶珏大师身边。

"七七亲启……"叶珏大师打开那张字条，看到上面熟悉的字迹，愣了一下，随即转过头来，看了一眼站在自己身边的叶七七，将字条递给她道，"写给你的。"

"给我的？"叶七七怔了一下，下意识伸出手，接过那张字条。

她低头朝字条看去，只见字条上的字苍劲有力。

七七亲启：

自那一日七七丫头与小公子离去，爷爷不知为何，总是梦见多年前的事情，不知道再次与七七丫头相见是何年何月，当然，也有可能此生再也无法相见。

看着你天真可爱的样子，爷爷心中的愧疚与后悔终于减轻了一些。

你在墓中的那些日子，爷爷真想告诉你，其实我才是你亲生的爷爷，可是又怕你会因为当初爷爷做过的错事而记恨爷爷，所以一直没说。

你娘亲在世时，总爱逗弄她宫中那只散养的画眉鸟，这些日子以来，爷爷总是梦见你娘亲下葬的那天，那只画眉鸟在空中盘旋哀叫的样子，后来爷爷依稀记得，那画眉鸟似乎往南飞走了。

前段日子，爷爷突然想起，南边有个青鸾国，据说那个国家的人自出生以后，身边便常年跟着一只鸟，鸟与主人同生，与主人同死。

爷爷也不知道为什么，突然将这两件事情联系了起来，若你娘亲是青鸾国的人，那画眉鸟没死，是不是意味着你娘亲也没死呢？

爷爷在这墓中已经待了太多年，却不知何时才能归天而去，爷爷想着，若是能在去世之前将你娘亲找到，算不算是对你的一种补偿？

当然，这也只是爷爷的一个设想，也有可能，爷爷在去世之前，一辈子都找不到你娘亲，毕竟当年，爷爷是亲眼看着她下葬的。

不管怎么说，爷爷眼下要离开这陵墓了。

这陵墓，除了你，大概也不会有人找来。

这封信是爷爷留给你的，只是不知你何时才能看到。

信的内容，爷爷写得有些乱，实在不知道该说什么。七七丫头，你要平安快乐。

叶七七一直看到字条上的最后一行字，上面写着"甄爷爷留"。

叶珏大师和七七她爹也凑到她身边看完了整封信。

墓室里一片安静，半晌，墨寒卿低沉清冷的声音响起来："甄爷爷好像……离开这里了？"

"啊……好像是的。"七七她爹回过神、动作僵硬地点了点头。

"青鸾国？"叶七七转过头，朝叶珏大师和墨寒卿看了一眼，奇怪道，"就是天下四国之一的那个青鸾国吗？"

"嗯。"墨寒卿低低地应了一声。

"爷爷的意思是说，我娘亲可能是青鸾国的人，并且可能没有死？"叶七七顿时开心起来。

眼下她找到了爹爹，若是能再见到娘亲，那她就太幸福了。

"从这信的内容来看，大概是这样的。"叶珏大师点了点头道。

"太好了！"叶七七一拍小手，转身搂着墨寒卿的脖子，在他的脸上用力亲了一口道，"那咱们赶紧去青鸾国找我娘亲吧！"

"你先等一会儿。"墨寒卿唇角微勾，看着兴奋的叶七七，声音沉稳地道，"你爷爷的这封信，也不知道是什么时候写的。他是什么时候离开陵墓的，咱们也不知道。"

"等我再看看。"叶七七这才回过神来，打开手中的那张字条，只见信的末尾写着日期，大概是半年前。

"也就是说，你爷爷半年前就离开了墓室，去往青鸾国了。"叶珏大师稍一沉吟，朝叶七七缓缓地道。

"嗯。"叶七七点点头。

"你爷爷既然已经不在此处，我们便回去吧。"七七她爹想了想，朝七七道，"咱们先回飞鹤山庄，再做打算。"

几人回到飞鹤山庄，太阳已经要出来了。

叶七七一夜没睡，这会儿正困得不行。

七七她爹看着自家女儿不停打哈欠的样子，伸手摸了摸她的脑袋道："七七，要是累了，就赶紧回房间休息。等到你醒来，我们再做打算。"

"好……"叶七七一边应着，一边又打了一个长长的哈欠。

"寒卿，你先带她回去休息吧。"七七她爹转头朝墨寒卿嘱咐道，"我跟叶珏大师还有些事情要商量。"

"好。"墨寒卿点了点头，伸手揽过叶七七的肩膀，带着她转身朝房间走去。

大概这一夜实在太累，加上前一夜又被某人折腾了一整晚，叶七七脑袋刚碰到枕头，还没来得及跟墨寒卿说话，就睡了过去。

叶七七这一睡，直睡到太阳落山。

等她睁开眼睛，撑着胳膊坐起身，夕阳的余晖正好洒满一室。

"公子，公子？"叶七七伸手摸了摸身边，掌心一片冰凉，被褥看起来也很平整，他似乎并没有跟自己一同休息。

叶七七随手扯过床头的外袍，穿了鞋袜，朝房门外走去。

吱呀一声，她推开房门，正在院子里打扫的丫鬟们听到声响，回过头来，看见是她，便笑着福了福身子道："小小姐，你终于睡醒了，太阳都快下山了。"

叶七七点点头，歪着脑袋朝她们问道："公子……你们姑爷呢？"

"姑爷早上从你房间出来后，就去了书房，说是要和庄主商量什么事情。"那丫鬟笑眯眯地朝叶七七道，"小小姐要不去书房找找。"

"好。"叶七七应了一声，便飞快地朝书房去了。

她在书房里转悠了一圈，没有看到墨寒卿的人影，别说墨寒卿了，就连她爹爹和她爷爷的身影，她都没有见着。

叶七七一脸纳闷，正准备出书房，便看到墨寒卿朝自己走来："我听丫鬟们说你已经起了，又来书房找我，我就过来了。"

"公子！"叶七七心中一喜，连忙朝他扑了过去。

墨寒卿伸开双臂接住她，将她紧紧地搂在怀里，低头在她的脸上轻轻亲了一口道："喊我什么？"

"呃……夫君。"叶七七有些不好意思地将脑袋在他怀里蹭了蹭，小声道，"夫君，我爹爹和我爷爷呢？"

"夜国来信，说是有人趁你们不在，叛变了。"墨寒卿迟疑了一下，朝叶七七道。

"你爹爹带着叶珏大师已经动身赶往夜国。"

"有人叛变？"叶七七一怔，随即一脸着急地朝墨寒卿道，"什么情况，我爹爹自己回去了？万一有人对他不利怎么办？我……我……"

"别着急。"墨寒卿轻轻拍着叶七七的后背，声音低缓地朝她道，"来信并没有说什么，不过以你爹爹的能力，平复这么一点小叛乱，应该不成问题，更何况还有你叶珏爷爷保护他，你别太担心。"

"爹爹为什么不告诉我呢？"叶七七还是有些焦急，"至少我可以陪他一起回去。"

"你爹爹……"墨寒卿迟疑了一下，伸手捏了捏她的脸颊道，"希望你能代替他前往青鸾国找你的娘亲。"

"我？"叶七七愣了一下。

墨寒卿朝她笑了笑道："他说找你娘亲的重任，就落在你的肩上了。"

叶七七沉默片刻，似乎是在思考什么。

片刻，她抬起头，朝墨寒卿认真地道："好，那我们便去青鸾国找娘亲，等找到娘亲，我们再一起回夜国找爹爹。"

墨寒卿微微一笑，牵起她的手，朝书房外边走边道："饿了吗？你睡了一整天，赶紧去吃点东西。"

叶七七乖乖地跟在他身后，走了两步，突然想起来："公子，你今天都没有睡觉吗？"

墨寒卿回过头看了她一眼，笑了笑道："中午小憩了一会儿，怎么了？"

"没……没什么……"

"是不是醒来看到我不在你身边，感觉很不习惯？"墨寒卿看着她有些窘迫的模样，坏笑着问道。

"怎么可能，你不在我身边，我一个人睡那么大张床，不知道有多幸福。"叶七七冲他做了个鬼脸道。

"是吗？"墨寒卿却是一脸"我什么都知道"的表情看着她。

叶七七被他看得有些恼了，干脆甩开他的手，自己大踏步朝用膳的地方去了。

待他们用过晚膳，天色已经完全黑了。

叶七七和墨寒卿回到房间，却一点困意都没有。

"明日一早，我们便出发去青鸾国？"叶七七一双小手撑着下巴，趴在桌子上，满眼好奇地朝墨寒卿问道。

"嗯。"墨寒卿点点头。

"那青鸾国到底是个什么样子的国家？听起来似乎很神奇。"叶七七追问道。

"据说……是个很美的国家。"墨寒卿沉吟片刻，朝叶七七道，"不过青鸾国因为远离内陆，所以去过那里的人很少，只是听说，那里的人自出生以后，就有一只鸟陪在左右，直至那人死亡。而且，那里的鸟跟我们这边的鸟，寿命似乎不太一样。"

"一人有一只鸟？"叶七七歪着脑袋想了想，笑道，"那不就是鸟人国吗？"

墨寒卿有些无语地看着她。

叶七七轻咳两声，正了正脸色，继续道："嗯，那青鸾国的皇帝是个什么样的人？"

"不知道。"墨寒卿沉默片刻，朝叶七七道，"据说青鸾国跟我们这些国家不太一样，他们国家的皇位并不需要血亲继承。"

"不是继承？那是什么？"叶七七奇怪道。

墨寒卿想了想道："只有身边伴着孔雀的人，才有机会成为青鸾国的新任皇帝。"

"孔雀？"叶七七愣了一下。

"对。"墨寒卿点点头道，"百鸟朝凤，你知道吗？"

"知道啊，但那个凤不是指凤凰吗？"叶七七眨眨眼睛，满眼不解地看着他道。

"凤凰只是传说中的生物。"墨寒卿笑了笑，伸手摸摸她毛茸茸的脑袋道，"就像龙一样，大家都说有龙，却从来没有见过龙，你看所有的百鸟朝凤图，画里的凤凰其实都是画成孔雀的模样。"

叶七七点了点头，道："所以对青鸾国来说，那孔雀就意味着凤凰，是他们的皇帝？"

"嗯。"墨寒卿笑着应了一声。

"真是个有趣的国家。"叶七七歪着脑袋，一只小手绕着耳边的长发，满眼憧憬道，"好想看看他们皇帝身边的孔雀，一定特别漂亮。"

"不过……"墨寒卿迟疑了一下，朝叶七七继续道，"青鸾国已经十几年没有出现过孔雀了。"

"哎？"

"也就是说，那青鸾国现在是没有皇帝的。"墨寒卿耐心道，"上一任皇帝早在十几年前就去世了，因为一直没有孔雀出现，所以现在的青鸾国是由原来皇帝的妹妹在帮忙打理。"

"哦……好可惜。"叶七七顿时垮下了一张小脸。

"别想那么多，早点睡吧。"墨寒卿有些好笑地看着她。

"我已经睡了一整天了。"叶七七无奈地看着墨寒卿道，"这才刚刚起床用了个晚膳，你就又让我睡觉，我哪里睡得着啊。"

"哦……睡不着？"墨寒卿朝她挑了挑眉，若有所指地看着她道，"睡不着，那我们……"

"不！"叶七七立刻伸手制止了他，打了个大大的哈欠道，"不知道为什么，我突然就觉得好困，那个什么，我去睡觉了啊，你也早点睡吧，你白天都没怎么睡觉。"

叶七七说完，转身朝床榻去了。

墨寒卿笑了笑，起身跟上。

等他"吃饱喝足"，叶七七真的累晕了过去。

第十八章　老者的身份

第二日清晨，他们从飞鹤山庄出发，一路往南，坐马车在驿道上行驶了二十多天，又换乘商船，在海上漂了大半个月，终于到了传说中的青鸾国。

刚从船上下来，叶七七便感觉一股温暖的空气迎面而来。

她的头顶是璀璨夺目的阳光，天空蓝得仿佛上好的宝石，眼前是大片的繁花，一阵微风吹过，带来阵阵花香。

"到了。"墨寒卿站在她身后，伸手揽住她的肩膀，看着眼前的风景，笑着道，"你热不热？"

他这么一说，叶七七才想起来，自己还穿着在墨国时的冬季棉服，眼下这青鸾国却温暖如同初夏。

"热。"叶七七低头看看身上的衣袍，转头朝墨寒卿道，"咱们还是赶紧去找家店，买衣服换上吧。"

青鸾国人的衣服饰品大多颜色鲜艳，远远看去，让人分不清到底是花还是人。

好在码头附近就有卖衣服的店，叶七七和墨寒卿随便挑了两件换上。

等到换好衣服，叶七七终于觉得凉快了一点。

她低头看着身上鲜艳多彩的衣袍，高兴道："我还是第一次穿这种款式的衣袍呢。"

"这位姑娘,一看就知道你不是我们青鸾国的人。"老板笑眯眯地朝叶七七道,"但是姑娘穿着我们青鸾国的服饰却特别好看。"

"特别好看,啊啊,特别好看!"站在老板肩上的绿色鹦鹉,学着老板大声叫起来。

叶七七笑了,看着那只鹦鹉,笑着朝老板道:"这就是陪你一起长大的鸟吗?"

"是啊。"老板转过头去,逗弄了一下站在肩上的鹦鹉,"它叫招财,我们自小便一起长大。"

"一起长大,啊啊,一起长大!"站在老板肩上的绿鹦鹉张了张翅膀,朝叶七七大声叫道。

叶七七和墨寒卿笑了,结过账,便从店里出来了。

叶七七眯了眯眼睛,转头朝墨寒卿问道:"夫君,我们要上哪儿找娘亲呢?青鸾国这么大,咱们总不能漫无目的地找。"

"先去青鸾国的京城看看吧。"墨寒卿想了想,朝叶七七道,"刚刚我趁你换衣服时,问了一下店老板,他说画眉鸟一般都是名门望族才会出现的。"

"好!"叶七七点头应了一声。

码头附近正好也有租马车的人家,墨寒卿跟叶七七租了一辆马车,又买了一些吃的,问明了去京城的路,便驾着车往京城去了。

从码头所在的小渔村到青鸾国的京城,他们又花了三天时间。

快到京城附近时,叶七七直嚷嚷着要下车透透气。

墨寒卿满眼无奈地看着叶七七,声音中带着一丝宠溺道:"这一路上,你都已经停了十七次车了。"

"谁知道这青鸾国有这么多山啊……"叶七七掀开马车的车帘,从里面跳了出来,扶着车厢一阵干呕道,"不停地上坡、下坡、上坡、下坡,路上还那么多石头,简直要颠死我了。"

墨寒卿拿着水壶站在她身边,另一只手轻轻拍着她的背道:"看你这么难受,那咱们还是休息一会儿吧。"

叶七七吐了一会儿,伸手接过他手里的水壶,仰起头喝了一口水,漱了一下口道:"感觉好多了。"

526

墨寒卿拍拍她的后背，和她并肩而立，看着眼前苍翠的树林，还有不远处炊烟袅袅的小村庄，笑而不语。

"打它！打它！"

"哎呀，你没有打中，让我来！"

"丢中了，丢中了！"

不远处传来几个小孩子吵吵闹闹的声音。

叶七七循着声音看过去，奇怪道："怎么了？"

"好像有小孩子在玩吧。"墨寒卿顺着她的目光看去，只见几个穿着粗布衣裳的小孩正拿着木棍和石头，追一只棕褐色条纹的鸟。

"走开！你这只没有主人的鸟！"那群小孩中个子最高的一个，朝那只棕褐色条纹的鸟砸了颗石头，"你这没人要的野鸟，离我们村子远一点。"

"啾啾……"棕褐色条纹的鸟被几个小孩子追得一阵乱飞。

它的羽毛脏兮兮的，上面粘着许多木屑和泥土，一些羽毛已经打结了。

"太过分了，连一只鸟都要欺负！"叶七七看到这一幕，脚尖直点，冲到那些孩子面前，将棕褐色条纹的鸟挡住，"你们在干什么？！"

几个孩子看到有人来，顿时停住脚步，朝叶七七看去。

"你是谁？！"那帮孩子的头领朝叶七七凶巴巴地问道。

"你管我是谁，你们欺负一只鸟，好意思吗？"叶七七瞪了那孩子一眼，毫不客气地朝他吼道。

"它根本就没有主人，没有主人的鸟在我们青鸾国都是不祥的！"那孩子朝叶七七嚷嚷道，"像这种不祥之鸟，都是要打死的！"

"啾啾……"那棕褐色条纹的鸟似乎听到那个孩子说的话，吓得连忙朝叶七七身后躲了躲，发出一阵阵悲鸣。

叶七七回头看了一眼，转过头朝那几个孩子凶巴巴道："谁说它没有主人了，它的主人就是我！你们谁再欺负它，我就打断你们的腿！"

那几个孩子看了叶七七一眼，又看了看站在她身后身形高大的墨寒卿，虽然不太相信，但还是骂骂咧咧地走了。

眼看那些孩子都走了，那只棕褐色条纹的鸟才从叶七七身后飞了出来，朝她啾啾地欢快叫了两声。

叶七七蹲下身子，看着这只脏兮兮的鸟，伸手摸摸它的脑袋问道："你没有主人吗？"

"啾啾。"那鸟叫了两声，朝叶七七点了点头，只是过了一会儿，又摇了摇头，扑着翅膀就朝叶七七身上蹭。

"哎？哎哎？"叶七七满眼惊讶地看着那只鸟。

墨寒卿看着眼前的情景，笑了出来道："它好像把你当成主人了。"

"把我当主人？"叶七七一脸纳闷。

难道这里的鸟还能半途换个主人认？

"反正它也没有主人，不如你就把它带着吧。"墨寒卿笑着朝叶七七道，"也省得把它丢在这荒郊野岭，让那些孩子欺负。"

"嗯……好吧。"叶七七歪着脑袋想了想，伸手摸摸那只体形跟鸭子差不多大的鸟，声音欢快地道，"以后你就跟着我，好不好？"

"啾啾。"那棕色的鸟点点头。

"我给你起个名字吧。"叶七七看着那只鸟，秀气的眉紧紧蹙起，似乎在思考着什么。

墨寒卿有些无语地看着她，不知道为什么，心中有种不好的预感。

"有了！就叫你孔雀吧！好不好？！"叶七七笑嘻嘻地朝那只鸟道，"虽然你长得跟孔雀差得有点多，但是既然你跟了我，就一定要有一个霸气震撼又璀璨夺目的名字！"

"啾啾！"那鸟看起来非常高兴，扑着翅膀围着叶七七转了两圈，好像对这个名字非常满意。

墨寒卿伸手扶了扶额头，一只长得像鸭子的鸟，名字叫孔雀……

"夫君，我们给孔雀洗个澡。"叶七七看着孔雀脏兮兮的样子，转头朝墨寒卿道。

"我是没有什么意见……"墨寒卿扯了扯嘴角，一脸无奈地看着叶七七道，"就是不知道你这鸟同不同意……"

"孔雀，我帮你洗个澡？"叶七七听了墨寒卿的话，便低头朝孔雀问道。

"啾……啾啾……"孔雀歪着脑袋，一双绿豆大的眼睛直直地看着叶七七，似乎是对洗澡两个字的意思不太理解。

"来，过来，跟我来。"叶七七看着孔雀迷茫的表情，便站起身，一边朝不远处的小河走去，一边朝孔雀招了招手。

"啾啾。"孔雀扑着翅膀，摇摇摆摆地跟在叶七七身后。

这走路姿势，倒是不怎么像鸭子。

墨寒卿站在原地，看着慢慢走远的两个身影，无奈地摇了摇头。

叶七七带着孔雀走到河边，转过身，小心翼翼地抱住孔雀，另一只手舀起一点水，朝孔雀身上泼去。

"啾啾！"孔雀吓了一大跳，拼命扑着翅膀，想从叶七七的怀里跳出来。

毕竟，它从出生到现在都没有洗过澡，也不知道洗澡是干吗用的。

"哎呀，你别叫了，我只是帮你洗个澡，又不是想要你的命……"叶七七没办法，只得一边安慰它，一边继续清理它身上的脏东西，"你乖乖把羽毛上的脏东西洗干净，才会变得漂漂亮亮的，不然你这个样子，脏兮兮的，我怎么抱着你啊。"

大概是她的语气触动了孔雀，原本一脸恐慌、不停扑腾翅膀的孔雀，渐渐地安静下来。

好不容易把孔雀身上的脏东西清洗干净，叶七七轻轻抚着孔雀湿淋淋的羽毛，暗暗运起内力，一阵白色的水雾升腾起来，孔雀的羽毛瞬间便干了。

"好啦。"叶七七看着羽毛重新蓬松起来的孔雀，笑眯眯道，"这下子可爱多了。"

"啾啾。"孔雀扑扑翅膀，心中欢喜万分，绕着叶七七一顿欢快地跑。

墨寒卿唇角勾起浅浅的笑，迈开步子，缓缓走到叶七七身边，目光微垂，看着蹲在地上的某人，声音温柔地道："休息好了吗，有没有感觉好点了？"

"嗯。"叶七七点点头，拍拍衣袍上的尘土，站起身来，朝他道，"感觉好多了，咱们继续走吧。"

"好，这就出发去京城。"墨寒卿伸手揽过她的肩膀，稍一低头，在她粉嫩的脸上轻轻吻了一下。

孔雀站在旁边，眨巴着一双眼睛，直直地盯着他俩。

进了京城，叶七七才发现，青鸾国的京城好像和城外不太一样。

京城内，似乎有种紧张的氛围。

墨寒卿将马车停在一家客栈门口，跟小二叮嘱了几句，便带着叶七七和孔雀进了客栈。

他二人找了一个靠窗的位子坐下，还没来得及跟小二说话，便听到身边的人议论道："哎，你们知道吗，最近咱们青鸾国的皇宫，一直都在扩充侍卫、军队，也不知道是为什么。"

　　"我知道，我知道，听说那夜国新上任的皇帝在短短两个月之内，便统一了墨国和北辰国，也不知道用了什么法子，咱们女君正为这事头疼呢。"

　　"有什么好头疼的啊？"

　　"你傻啊，这天下四国，如今已经变成天下两国，那夜国的皇帝说不定什么时候就要来攻打咱们青鸾国，女君能不头疼吗？"

　　"这倒是……只是我听说，那墨国和北辰国是自己主动归顺的。"

　　"说你傻，你还真傻，那墨国和北辰国的皇帝，凭什么主动归顺夜国？还不是因为被夜国抓住了把柄，要不就是夜国用什么不可告人的事威胁了他们，不然他们自己做皇帝做得好好的，干吗要归顺？"

　　叶七七听得满头黑线。

　　墨寒卿唇角勾起一抹浅浅的弧度，给叶七七倒了一杯水，声音低沉温柔道："娘子，喝点水吧。"

　　"夫君。"叶七七撑着下巴，看着坐在自己对面的墨寒卿。

　　"嗯？"墨寒卿淡淡地应了一声。

　　"要不咱们也去看看？"叶七七眨眨眼睛，兴奋地看着他道，"反正已经来了青鸾国，好歹也去看看他们的皇宫什么样子啊。"

　　"咱们……不是来这里找你爷爷和娘亲的吗？"墨寒卿迟疑了一下，语气有些艰难地朝叶七七问道。

　　"是啊。"叶七七点点头，又歪着脑袋看着他道，"可反正咱们现在也毫无头绪，不如先去皇宫溜达溜达。再说了，之前在码头时，那个店老板不是说，画眉是那种有身份的大户人家才会出现的鸟吗？这里最大户的人家就是皇宫了啊，只要进了皇宫，什么样的人咱们见不到啊。"

　　墨寒卿有些无语地看着她，一脸无奈地道："你以为你是这里的皇帝啊，想见什么样的人就见什么样的人？"

　　"那我要是能当上那个女君的贴身侍卫，不就能跟着她见许多人了吗？"叶七七却是一脸"你说的都不是问题"的表情，看着墨寒卿继续道，"哎呀，反正你现在也没有更好的办法，咱们总不能每天在这京城里的大户人家院子门口守着吧？不知道的人还以为咱们是小偷呢。"

墨寒卿蹙眉看着她，半晌没有说话。

"夫君，好不好，夫君。"叶七七一双小手撑着下巴，可怜兮兮地看着他。

大概两人说话的声音并没有刻意压低，坐在他们身后不远处的那几人回过头来，朝他俩看了一眼。

其中一人往叶七七身边的孔雀扫了一眼，笑着道："姑娘，你身边的这只……呃……山鸡还是野鸭，是不可能打过那些人的。"

"啾啾！"孔雀听到有人说它是山鸡、野鸭，顿时不高兴地扑腾着翅膀，朝那几人大叫了几声。

"你听听这叫声，跟小麻雀似的。"那几个年轻人笑了出来，根本不把孔雀放在眼里。

"什么麻雀！"叶七七有些不高兴地朝那几个年轻人道，"它叫孔雀！"

"孔雀？"几个年轻人顿时笑得更大声。

"姑娘，你莫不是在说笑？"那穿着藏青色衣袍的男子，强忍住笑意，朝叶七七道，"你以为我们没有见过孔雀吗？孔雀身上的羽毛，色泽鲜艳，尾翼极长，是鸟中之王，姑娘你这只鸟……"他一边说着一边打量着孔雀，"这灰不溜秋的颜色，还有这跟野鸭子一样的条纹，它浑身除了嘴长得像孔雀，你告诉我，还有哪里像孔雀？"

叶七七瞪着男子，不爽地道："叫招财的鸟就一定招财吗？叫孔雀的鸟就一定是孔雀吗？"

"噗……"几个年轻人掩着嘴笑了一会儿，朝叶七七摆摆手道，"姑娘，还是听我们一句劝，孔雀这个名字，并不是你的鸟儿配叫的。要知道，在我们青鸾国，孔雀就代表至高无上的皇权，你这是在藐视皇权，我们女君是可以治你罪的。"

叶七七气呼呼地瞪着那些人，却又无从反驳。

那几个年轻人倒也没什么恶意，只是随便笑了笑，又继续讨论之前的话题。

墨寒卿看着叶七七气呼呼的样子，伸手拍拍她的手背道："别管他们，你喜欢叫它孔雀就叫它孔雀吧。过会儿咱们用完午膳便去皇宫，你去参加那什么选拔，好不好？"

"哼……好！"叶七七一拍桌子道，"看我把那些老鹰、秃鹫什么的，打得落花流水、屁滚尿流！"

"好。"墨寒卿笑了笑，伸手招呼小二上菜。

倒是几个年轻人对叶七七来了兴趣，等他二人吃完，非要跟着他们一同去皇宫，说要看看，这位姑娘是用什么样的方法，把那些拥有凶禽的英雄好汉打得落花流水。

叶七七也懒得跟他们争辩，只是坐在马车上，朝皇宫而去。

皇宫门口，前来参加选拔的人不是很多，但每个人看起来都十分壮硕，他们身边跟着的鸟看起来也大多十分凶狠。

负责登记的人低着头，一边写着信息一边大声道："下一个——名字。"

"七七。"叶七七站在桌子前面，声音清脆地回答道。

那负责登记的人抬起头，看到一个俏丽的小姑娘站在自己面前，笑了一下道："这位姑娘，你也来参加选拔？"

"嗯。"叶七七点点头。

"这可不是闹着玩的。"那人随手一指，声音和蔼地道，"你看看其他人。"

叶七七朝旁边看了一眼，点点头道："我看到了。"

"他们都是练家子。"那人见叶七七生得漂亮可爱，身上的衣服又价值不菲，便以为她是哪个大户人家的小姐，和蔼地朝叶七七道，"更何况这皇宫挑选护卫，可不是闹着玩的，打打杀杀，难免受伤，姑娘还是请回吧。"

"打他们我是易如反掌。"叶七七看了一眼身边的大汉们，声音清脆地说道，"只要武功好就行了，我武功很好。"

"可是……"那人脸上有些为难，心中却想着，这到底是哪家的娇蛮小姐。

"臭丫头，你说什么？"参加选拔的汉子们听到叶七七的话，顿时围了上来，低头看着眼前个子不过到自己肩头的姑娘，不爽道，"什么叫打我们你是易如反掌？"

"好男不跟女斗，诸位还是请那边休息吧。"负责登记的人赔着笑脸，朝那帮大汉道。

"哼。"那帮大汉又瞪了叶七七一眼，回到树荫下继续乘凉。

"你这告示上只写着收武功高强之人，并没有写只收男子啊。"叶七七有些不高兴地指着墙上的告示，朝那人道，"再说，你凭什么认为我武功不高？"

"姑娘，你这鸟……"那登记人一脸为难地看了一眼跟在叶七七身后的孔雀，无奈道，"它不像能上战场的鸟啊。"

"我能上就行了。"叶七七皱着眉头，握住那登记人的手腕，暗暗运起内力，收紧手指，一字一顿地问道，"我再问你一遍，到底让不让我报名？"

那登记人只觉手腕上传来生疼的感觉，不过顷刻，他的额头上便一滴一滴地往下落汗。

"让，让！这就让姑娘报名！"那登记人心中大骇，这姑娘着实内力了得！

"哼。"叶七七低低地哼了一声，终于松手。

登记人连忙伸手揉了揉手腕，重新坐回桌子前，拿起毛笔，认认真真地在册子上写下叶七七的名字。

"怎的又让这姑娘报名了？"几个大汉眼看叶七七得意地登记好名字，朝他们这边走来，顿时有些不太乐意。

"这……姑娘武功尚可，再说反正要参加选拔，到时候打起来，她自己负责自己就行了。"那登记人摸了摸隐隐作痛的手腕，随口道。

"哼，不自量力！"那几个大汉朝叶七七白了一眼，故意大声道，"比试时，可别被我们打得哭鼻子。"

叶七七回头看了他们几个一眼，实在懒得搭理。

报名结束，登记人清点了一下报名的人数，摇摇头，小声道："这人是越来越少了，前几日还有几十个人来报名，今日只剩下十七个了。"

"为什么？"叶七七一脸不解地看着那登记人，随口问道。

"大概是因为比试太难了吧。"那登记人想了想，朝叶七七道，"能通过初试的人，基本都能留下来，收进军队，而通过复试的，就能留在宫中当护卫，只有通过最终比试的，才能当女君的贴身护卫。可这最终一试，不是人人都能过的。据说负责考核终试的人，是武林第一高手，能让他看上的人，至今没有出现。"

武林第一高手？

叶珏爷爷？

叶七七回过头，满眼疑惑地看向身边的墨寒卿。

墨寒卿微微蹙眉，想了想，朝叶七七摇了摇头道："叶珏大师此刻跟着你爹爹去了夜国，所以……这位高手，很有可能是——"

"是我亲爷爷？！"叶七七顿时激动得不行，"意思是说，必须打败天下第一的武林高手，我才能留在女君身边当护卫吗？"叶七七往前一步，朝登记人问道。

"倒也不是这个意思。"那登记人迟疑了一下，摇摇头道，"想要打败天下第一高手，哪有那么容易？但是好歹也要在他手中过上几招，或者让他觉得是个可造之才吧。迄今为止，那些人都是被高手一招解决的。"

"那高手……你可知道他姓什么？"叶七七按捺住心中的激动之情，接着问道。

"好像……是姓甄吧？"那登记人仔细回想了一下，朝叶七七道，"反正之前我是听宫中的人这么喊他的，不过我还没能亲眼见到他。"

姓甄？！叶七七惊喜地回头看向墨寒卿，果然是她亲爷爷！

墨寒卿朝她笑了笑，这家伙的运气不是一般的好。

到了初试场地，那登记人朝站在场地旁的护卫交代了几句便离开了。

随后便有一个护卫统领模样的人来到他们面前，大声道："本人姓颜，名玉，你们可以叫我颜统领，今日的初试便由我负责。初试内容很简单，只要能够通过，便可以留下来，进入咱们青鸾国的军队。行了，咱们废话也不多说，来比试吧。"

颜统领简洁地说完，便让十七个人按个子高矮排好，目光却在叶七七身上停留片刻，皱着眉头道："还有女子？"

叶七七直直地看着他，毫无惧色。

那颜统领倒也不多话，只是看了叶七七一眼，便指着场上的一块大石头，朝众人道："看到那块大石头没？你们轮流上去，若能将大石头搬起来，并且抱着石头绕场地走一圈，便可留下。"

放在场地中的那块石头，说大不大，说小也不小，估摸着怎么也有百十来斤。

那些大汉顿时朝叶七七看去。这个姑娘身材瘦弱，估计搬都搬不起来吧。呵，这试炼倒是便宜她了，搬不动就回去，也免得被人打。

"你们都听清楚要求了吗？"颜统领说完又问了一句。

"听清楚了。"所有人大声回答道。

"好，那就从个子最高的开始吧。"颜统领拿着花名册道，"你叫什么名字？"

"回颜统领，本人叫张大刚。"那大汉声音浑厚地朝颜统领道。

颜统领在花名册上找了一下他的名字，点点头道："去吧。"

"是。"张大刚走向场地中央的那块石头，搓了搓双手，将袖子卷起来，双腿分开，扎起马步，弯下腰，双手抱住石头，一声大吼，便将石头搬了起来。

颜统领满意地点了点头。

张大刚双手抱着大石头，迈开步子，稳稳地绕着场地走了一圈，将大石头重新放回场地中央，伸手擦了一把额头上的汗水。

"好，通过。"颜统领点头，在他的名字后打了个钩道，"下一个。"

"是！"排在第二的大汉立刻走上前去，自报姓名后，朝场地中央的石头走去。

前面几人不费吹灰之力便抱着大石头绕场走了一圈，只是到了后面，偶尔有那么几个虽然把石头给抱起来了，却在走了一半时，将石头扔了下去。

这种测试对于墨寒卿来说，简直轻而易举，他动作优雅地完成了一系列动作，便走到一边休息。

眼看场地上只剩下叶七七，颜统领低着头，随口朝叶七七道："姑娘，到你了。"

"哦。"叶七七应了一声，直直朝那块大石头走去。

"看她那小胳膊小腿儿的，她要是能把那石头搬起来，我马上就把那块石头吃下去。"

"哈哈哈哈！"众人笑起来。

叶七七眯着眼睛，转过头看了一眼说要吃石头的那人，目光意味深长。她看了一眼那块大石头，心中有些不屑，随手挽起袖子，连内力都没用，轻轻松松就将石头搬了起来。

那些蹲在一边看热闹的汉子，顿时吃惊得张大了嘴。下一秒，他们便看着叶七七抱着大石头，健步如飞地绕场走了一圈，额头上连一滴汗都没有。

叶七七走完一圈，随手将大石头扔到场地中央，拍了拍双手，一脸不屑地道："这么轻。"

颜统领满眼惊讶地看着叶七七，一句话都说不出来。

"颜统领，我这算是通过测试了吗？"叶七七转过头，笑嘻嘻地朝颜统领道。

颜统领顿时回过神来，朝她点点头道："通过了，通过了。"

"多谢颜统领。"叶七七朝他双手抱拳行了个礼，突然转过头，朝蹲在一边的一个汉子走去。

她走到那人面前，居高临下地看着他，声音清脆道："我搬起那块石头了，你要不要去把那块石头吃了？"

"我——"那汉子一张脸瞬间憋得通红，有些窘迫地看了一眼周围的人，伸手擦了擦额头上的汗，双手抱拳说了一句"告辞"，便灰溜溜地跑了。

叶七七看着他逃也似的背影，从鼻子里哼了一声。

简简单单的第一轮测验，刷掉了五个人。

颜统领看着剩下的十二人，大声道："恭喜你们获得进入青鸾国军队的资格，接下来是复试，能够通过复试的人，便可以留在皇宫中当差。不过皇宫中的护卫，人数有限，所以这复试，也不会像初试一样简单。"

颜统领说完，看了他们一眼，拍了拍手，立刻便有十二个大内高手走了出来。

十二个高手身材高大，肌肉结实，面无表情，一字排开站好，双手背于身后。

"这十二位是我们女君身边的高手。"颜统领朝通过初试的人缓缓道，"这复试，便是让你们跟他们一决高下。"他顿了顿，继续道，"当然，打得过他们是最好的，要是实在打不过，能在他们手下过上一百招，也算通过复试。那么，谁先来？"

"我先来！"张大刚立刻往前走了一步，朝颜统领道，"我第一个来。"

颜统领看着他，点了点头，低头看了一眼手中的名册，随口道："张大刚？"

"是！"张大刚应了一声，挺直了身板。

536

"你去吧。"颜统领朝身后的十二位大内高手做了个手势，那站在第一位的大内高手，立刻双手抱拳朝颜统领行了个礼，朝场地正中央走去。

张大刚立刻也跟着来到场地正中央。他二人互相抱拳行礼，便拉开了架势。张大刚脚尖一点，右手勾拳，直直朝那位大内高手砸去。那大内高手一个闪身躲过他的攻击，反手一劈，便劈在他的脖子后面。

众人只听得扑通一声重响，张大刚已经重重摔在地上，不停地低声叫着，想要努力撑着身子站起来，却怎么也使不出劲。

颜统领站在一旁，目光冷冷地看着趴在地上的张大刚，声音沉稳道："张大刚，复试未过。下一个，谁来？"

剩下的十一人，你看看我，我看看你，没一个人吱声。

"怎么，没人来吗？"颜统领等了一会儿，皱了皱眉，抬头看着剩下的十一人，不悦地问道。

墨寒卿笑了笑，甩了甩衣袍，动作优雅地往前走了一步道："我来吧。"

颜统领抬头看了墨寒卿一眼，脸上不悦的神色稍缓。他朝身后的大内高手打了个手势，那排在第二位的大内高手立刻朝场地正中央走去。

墨寒卿微微一笑，不慌不忙地走到场地中央，朝那大内高手双手抱拳行了个礼，声音低沉道："请。"

"请。"那大内高手回了个礼，等着他先动手。

墨寒卿回头看了叶七七一眼，又看看眼前的大内高手，依然一副不慌不忙的样子。

那大内高手等了一会儿，见墨寒卿一直不出手，便道："这位少侠，请先出招。"

"你为何不先出手？"墨寒卿目光淡淡地看着他，反问道。

"按照规定，我们是不可以先出手的。"那大内高手面无表情地朝墨寒卿道："少侠还是先请吧。"

"哦……那我就不客气了。"墨寒卿笑了笑，慢悠悠地说完，身影一闪，瞬间消失在原地。

那大内高手心中一惊，还没来得及反应，就感觉一股杀气从背后袭来。

不知道为什么，他的腿仿佛被定住，完全动弹不得，转眼间，身子已经如同断线的风筝，嗖的一声飞了出去。

紧接着是砰的一声巨响，那大内高手掉落在场地外面的土地上，摔得晕了过去。

"你！"其他大内高手眼看同伴被男子一招打飞，心中又气又急。

墨寒卿站在原地，朝摔在场地外的大内高手双手抱拳，轻轻松松地说了一句："承让了。"便转身下了场地。

颜统领愣了一下，转身让身后的大内高手少安毋躁，这才在名册上打了个钩道："墨公子，复试通过。"

墨寒卿这一场赢得实在太轻松，剩下的人一下子又有了信心。

只不过，接下来的九个人，没有一个能够在那些大内高手的手上打过十招。

短短一炷香的时间后，场地上只剩叶七七一人。

颜统领一边低头在名册上打叉，一边叹气道："下一个，谁来……"他顿了顿，看着名册上最后一个名字，又看了一眼站在场地外的叶七七，扯了扯嘴角道，"小姑娘，就剩下你一个人了。"

"嗯！"叶七七一脸兴奋地点点头。

"你……确定要来吗？"颜统领有些迟疑地看着叶七七道，"这可不是闹着玩的，旁边那些人的下场，姑娘你也看到了。"

叶七七皱了皱小鼻子，朝颜统领道："颜统领，人不可貌相，海水不可斗量，别看我是个姑娘家，我的武功可是这些人里最好的。"她歪着脑袋想了想，又继续道，"不对，我好像打不过墨公子……不过除了他，我的武功绝对是最厉害的。"

颜统领一脸无语地看着她，完全无法理解叶七七这谜一般的自信到底是从哪里来的。

只是看她一脸坚持的样子，颜统领只能摇了摇头道："罢了，罢了，小姑娘真是不到黄河心不死，行了，你去吧。"

叶七七眨眨眼睛，看着颜统领，脚尖轻点，朝场地正中央飞去。

颜统领转身朝最后一位大内高手道："轮到你了。"

那大内高手皱了皱眉，目光在叶七七身上扫了一圈，黑着脸道："这……属下能拒绝吗？"

"为什么？"颜统领皱了皱眉，随口问道。

"好男不跟女斗，更何况还是个小丫头。"那大内高手伸手挠了挠脑袋，朝颜统领憨厚地道，"我们这些人平日里练武没轻没重的，万一下手重了，把人家小姑娘打死了怎么办，你看看她那小身板，能不能经住我一拳，还是个问题。"

颜统领转头看了一眼叶七七，又看了看他，面无表情地道："让你去就去，什么好男不跟女斗，要是有个女刺客来刺杀女君，难道你要搬出这一套说法吗？"

"那当然不能。"那大内高手赶忙否认。

"那不就行了，去。"颜统领瞪了他一眼，朝场地中央仰了仰下巴。

"是。"那大内高手郁闷地应了一声，不情不愿地朝场地正中央走去。

其他大内高手立刻幸灾乐祸地看着他。

叶七七看着那慢吞吞朝自己走来的大内高手，双手抱拳朝他行了个礼道："请。"

那大内高手在叶七七面前站定，撇了撇嘴，无奈道："请。"

"那我不客气了。"叶七七朝他嘿嘿一笑，脚尖轻点，快速冲了过去。

那大内高心中一惊，身体下意识朝后退去，堪堪躲过叶七七的一招。

这姑娘好快的速度，好利落的身法！

那大内高手心中赞叹了一番，瞬间也变得认真起来。

"我的身手，还不差吧？"叶七七眨眨眼睛，看着眼前的大内高手，笑眯眯地问道。

"是在下方才小瞧姑娘了。"那大内高手站定身子，认真地朝叶七七说道。

前三十招，他面对叶七七还算游刃有余，越往后面，叶七七的招式越是刁钻，他往往刚挡住叶七七的拳头，下一秒便被叶七七一脚踢中，十几招下来，他已经有些狼狈了。

其他参选者已经震惊得说不出话来。

这个身材娇小的姑娘，身形快如闪电，在场地中央穿梭，每一招每一式都透着凌厉张扬。

他们这些嘲笑她的人，估计加起来都打不过她一个。

其他大内高手心中也是震惊不已。

第七十五招，那大内高手终于撑不住，一个后空翻，勉强在地上站稳，双手抱拳朝叶七七气喘吁吁地道："是在下输了，多谢姑娘手下留情！"

"不继续打了吗？"叶七七堪堪收住朝他打出的拳头，歪着脑袋看着他问道。

"在下武功远不及姑娘，若不是姑娘放水，在下可能连十招都撑不过。"那大内高手红着脸，额头上不断滴汗，朝叶七七诚恳地道。

叶七七站直了身子，朝他嘿嘿一笑道："你看出来了啊。"

"在下输得心服口服。"那大内高手朝叶七七不好意思地说了一声，便回到队伍中。

颜统领看了他一眼，又看了叶七七一眼道："七七，复试通过。其余人可以去军队报到处报到，你二人请随我来。"

叶七七和墨寒卿对看一眼，朝彼此笑了笑，便跟在颜统领身后走了。

他们穿过长廊，又绕过长长的围墙，在一处大院落前停了下来。

颜统领转身朝叶七七和墨寒卿道："你二人在此等候一下，我去通报甄大人。"

"好。"叶七七点点头，表面上波澜不惊，心中早已激动万分。

那颜统领朝他们点了点头，便转身进了院子。

不过片刻，他又折了回来，朝站在院子外面的叶七七和墨寒卿道："二位请随我来。"

叶七七立刻拽了拽墨寒卿的袖子，跟上他。

进了院子，叶七七便看到一个头发花白的老人正背对着他们。

那颜统领走上前去，朝他双手抱拳道："甄大人，在下已经将人带过来了。"

"嗯。"那头发花白的老人淡淡地应了一声，点了点头，缓缓地转过身来。

"这两位就是……"夜甄看到叶七七和墨寒卿的一瞬，露出古怪的神情。

"这两位便是七七和墨公子。"那颜统领低着头，看着手中的名册，"今日只有他二人通过初试及复试，在下将他二人带过来，还请甄大人对他二人进行终极考验。"

"七七？墨公子？"夜甄的声音听起来微微变调，"你们……你们怎么会在这里？"

叶七七轻轻地咳了一声，朝亲爷爷眨了眨眼睛，又看了一眼满眼疑惑的颜统领。

夜甄立刻朝颜统领点点头，声音低沉道："接下来的考验交给我就行，有劳颜统领了。"

"甄大人客气了。"颜统领双手抱拳，朝夜甄行了个礼，依然站在原地，没有动弹。

"是这样……"夜甄仔细斟酌了一下，朝颜统领道，"老夫过会儿要去面见女君，眼下估计没有时间对他二人进行考验，不如颜统领先将他二人留下，待老夫面见完女君，再来考验，如何？"

"这……"颜统领迟疑了一下，点点头道，"在下并没有异议，只是在下还有要事，可能无法陪他二人在此处……"

"颜统领既然有要事，那便赶紧去忙吧。"夜甄顿时一喜，朝颜统领道，"便让他二人在院子里候着，待考验结束，我命人将结果通报给颜统领，如何？"

"好。"颜统领并未多想，只朝夜甄点了点头，又吩咐叶七七和墨寒卿一切听从甄大人的安排，便告辞了。

待到颜统领的身影消失在院子外面，夜甄快步走到叶七七面前，一脸激动地看着叶七七，声音颤抖道："七七，真的是你？"

"爷爷……"叶七七看着眼前头发花白的老人，八年不见，他脸上的皱纹似乎又深了一点，慈祥的表情却没有一点变化。

"七七，你怎么会跑到青鸾国来？还……还跑到皇宫里来了？"夜甄颤抖着双手，摸了摸叶七七的脑袋，他唯一的孙女，他原本以为这辈子再也见不到她了。

"这个说来话长……"叶七七转头看了墨寒卿一眼，将她和墨寒卿离开陵墓后发生的事大致讲了一下，一直讲到他们和她爹爹还有叶珏大师去陵墓里找他，却只发现一张纸条，这才找来青鸾国。

夜甄一边听一边不住地点头，眼角有些湿润，伸手擦了擦眼角，朝叶七七小声道："大约半年前，我便找来了青鸾国。在这青鸾国，我发现这里的女君和你娘亲长得特别像，却似乎并不是你娘亲，这半年来，我一直以天下第一高手的身份留在皇宫，保护女君，就是为了弄清楚，她到底是不是你娘亲。"

"什么叫，她似乎并不是我的娘亲？"叶七七抬起头，一脸疑惑地看着夜甄问道。

"这个……"夜甄迟疑了一下，朝叶七七道，"就是从爷爷的各方打听来看，她好像一直留在青鸾国，从未离开，而且她看起来似乎也不认识我，可是她跟你娘亲长得实在太像了，爷爷……虽然以前在夜国皇宫中时，接触过你娘亲，但也仅限于每日的请安问好，你娘亲到底是个怎样的人，其实爷爷并不是很了解……所以……这眼下……就有些麻烦……"

叶七七顿时明白过来，原来她爷爷是因为青鸾国的女君长得像娘亲，才留下来的。

这就有点难办了啊。

墨寒卿沉默片刻，朝夜甄问道："甄老前辈可否带我们去见一见那青鸾国的女君？"

"可以是可以，不过大概要等到明日。"夜甄思索片刻，朝叶七七和墨寒卿道，"今日你二人就在我院子里休息，明日一大早，我便带你们去见女君。"

"好。"叶七七立刻高兴地应了一声。

墨寒卿低头看了她一眼，伸手揽住她的肩膀，朝夜甄道："那晚辈便先带七七休息，明日再同甄老前辈一起面见女君。"

"哦，好……"夜甄点了点头，眼看墨寒卿搂着叶七七朝侧院去了，赶紧大声喊道，"墨公子，墨公子，你的房间在那边呢！"

"爷爷，"墨寒卿转过头，朝夜甄淡淡一笑，称呼由刚才的"甄老前辈"变成"爷爷"，继续道，"刚才七七不是说了，我二人不久之前刚刚大婚。"

"啥？"夜甄愣了一下，疑惑道，"七七什么时候说你俩刚刚大婚了？"

"哦，那可能是爷爷你听漏了。"墨寒卿面不改色心不跳地朝他继续道，"反正这大婚也是七七她爹决定的，时间仓促，没有来得及通知您，还请爷爷见谅。这些日子七七赶路有些辛苦，我就先带她回房休息了，告辞。"

墨寒卿说完这些话，便搂着叶七七径直进了房间，完全不给叶七七插话的机会。

夜甄站在原地，半晌才回过神来。他这唯一的孙女已经结婚了？！结婚就算了，还不告诉自己？！虽然这孙女婿是他八年前就看好的，但是这大婚的日子却不通知他……

夜甄心里噌的一下冒出一股无名火。他那个倒霉儿子可以啊！现在翅膀越长越硬了！看他回夜国怎么收拾他！

房间里，叶七七抬起头，直直地看着墨寒卿，压低了声音道："夫君，你这样做是不是有点不太厚道？"

墨寒卿微微挑眉，看着叶七七问道："怎么不厚道了？"

"这样不就等于把爹爹给卖了吗？"叶七七想了想，朝他小声道，"爷爷会不会生他的气啊？"

"有吗？"墨寒卿无辜地看着叶七七道，"难道当初不是你爹爹说，不告诉你爷爷这件事吗？"

"话是这样说没错，可是……"

"别可是了。"墨寒卿唇角微勾，将叶七七打横抱起来，朝床榻边走边道，"这么些天，我们都在往京城赶，眼下好不容易进了皇宫，就别再去想那些有的没的了。眼下，好好休息才是正事。"

叶七七嘟着一张小嘴，有些不太情愿地应了一声。

墨寒卿抱着她走到床榻边，小心翼翼地将她放下来，下一秒，他却欺身而上，双手撑在她的脑袋两边，居高临下地看着她。

叶七七心里咯噔一下，睁着一双水润的眸子看着他，结结巴巴地问道："你你你……你要干吗？"

"娘子觉得，为夫想要干吗？"墨寒卿直直地看着她，唇角勾起一抹坏坏的笑，声音不缓不急。

"我……我哪知道。"叶七七用力咽了一下口水，只觉眼前的某人好像很危险的样子……

又是一夜全身酸痛，叶七七累得几乎可以睡到地老天荒。

清晨时，夜甄跑来敲门，边敲边大声喊道："七七！墨公子！起床了！起床了！起床了！"

叶七七睡得正香，听着外面吵闹的敲门声，扯过被子，将脑袋蒙住。

墨寒卿坐起身，看了一眼身边睡得迷糊的某人，笑了笑，起身去给夜甄开门。

"爷爷。"墨寒卿穿着里衣站在房门边，看着夜甄，笑眯眯地喊了一声。

"时候不早了，你们赶紧起来吧，我带你们去面见女君。"夜甄看着眼前神清气爽的墨寒卿，伸手捋了捋胡子，声如洪钟道。

"女君难道不用上早朝吗？"墨寒卿抬头看了一眼天色，朝夜甄笑着道，"我们还是等女君下了朝再去吧。"

"话是这样说没错。"夜甄皱了皱眉，朝墨寒卿继续道，"我这不是看七七急着想见她娘亲嘛，就想早点带她过去，远远地看一眼也行。"

"但是……"墨寒卿顿了顿，回头看了一眼呼呼大睡的某人，无奈地朝夜甄道，"这些日子，我二人一直都在马不停蹄地赶路，七七实在累得不行。爷爷你看，她昨日回了房间，脑袋一碰到枕头就睡过去了，这都快天亮了，她还没醒。要不……您让她再睡会儿？"

夜甄探头朝房内看了一眼，果然，叶七七正缩成一团睡在床上。

他叹了一口气，朝墨寒卿点点头道："既然如此，那我便先去忙其他事了，等七七醒了，你带她来练武场找我便是，到时候，我再带你们去见女君。"

"好。"墨寒卿笑着应了一声。

日上三竿时，叶七七终于醒来。这一觉，是她抵达青鸾国以来，睡得最沉、最安稳的一觉，却也是最累的一觉。

叶七七睁开双眼，看着床顶的纱幔，只觉腿酸得好像不是自己的一样。

"你醒了？"一个低沉温柔的声音在她身边响起。

叶七七侧过头，一眼便看到已经穿戴整齐坐在桌子旁边看书的墨寒卿。

"醒了便赶紧起来吧。"墨寒卿朝叶七七笑了笑，站起身来缓缓道，"你爷爷已经来了三四次，每次过来，你都在睡着。"

"爷爷？！"叶七七心中一惊，一个翻身坐起来，看着他焦急地道：

"那你怎么不喊我起床？！我要去见女君啊！"

"女君这会儿应该刚刚下了早朝。"墨寒卿在她身边坐下来，随手拿起挂在床边的外袍给她穿上，"早些喊你起来，你也见不到她，不如让你好好睡一觉，免得到时候心中忐忑不安。"

叶七七怔了一下。

墨寒卿俯身在她粉嫩的脸上轻轻吻了一下道："起来洗漱吧，我去找你爷爷，告诉他你已经醒了。"

片刻后，夜甄跟在墨寒卿身后匆忙赶来，看着已经洗漱完毕的叶七七，心疼道："七七啊，要是觉得累，就再睡一会儿，想要去见女君，咱们也不急在这一时半刻的。"

"爷爷……"叶七七脸一红，也不知道墨寒卿到底是怎么跟自己爷爷说的。

"爷爷，走吧。"墨寒卿微微一笑，走到叶七七身边，伸手握住她的手腕，朝夜甄道，"咱们这便去见那青鸾国的女君吧。"

"好，你们随我来。"夜甄点点头，转身便带着他们朝外走去。

长乐殿中，青鸾国的女君正坐在美人榻上，一只手撑着额头，任凭身边的宫女给自己轻轻地捏着腿。

"陛下，甄大人求见。"守在长乐殿外的宫女细声细气地朝殿内禀报了一声。

女君缓缓睁开眼睛，朝殿外看了一眼，声音淡淡道："让他进来吧。"

"是。"那宫女应了一声，便朝夜甄福了福身子道，"甄大人请进吧，陛下就在里面歇息呢。"

"多谢。"夜甄双手抱拳道谢，便带着叶七七和墨寒卿朝殿内走去。

叶七七心跳越来越快，远远地看着那靠坐在美人榻上的影子，只觉跟自己之前在夜国看到的娘亲画像特别像。

待走到那青鸾国女君的面前，夜甄双手抱拳，朝她恭敬道："见过女君。"

"甄大人不必多礼。"女君抬起头，朝眼前的三人看去，优雅白皙的脸上闪过一丝讶异，朝夜甄问道，"这两位是？"

"回女君。"夜甄抬起头，声音朗朗道，"这两位是昨日通过选拔的年轻人，他二人的武功造诣不在臣之下，所以，臣便想着将他二人带过来给女君看一看。"

"哦？武功造诣不在你之下？"女君微微一笑，看着眼前的叶七七和墨寒卿，声音优雅道，"你们抬起头。"

"是。"叶七七和墨寒卿应了一声，将头抬起来，看向面前的女君。

女君看到墨寒卿的长相，点了点头，这少年气度非凡，又颇为俊美，浑身散发出的冷意应是战场厮杀后留下的印记。

她打量完墨寒卿，又转头朝叶七七看去，只是这么一看，她便愣住了。

眼前的少女面若桃花，一双大眼睛波光盈盈。

叶七七被女君盯得有些紧张，用力咽了一下口水，不知道该看哪里。

许久的沉默后，女君突然朝叶七七问道："你叫什么名字？"

"我……我叫叶七七。"七七一愣，赶忙声音清脆地回答道。

"叶七七？"

"叶子的叶，七就是数字七的七。"叶七七赶紧解释道。

"哦……"女君点了点头，转过头，笑着朝自己身边的宫女低声道，"这孩子看起来长得和本宫小时候真像。"

"是啊。"女君身边的大宫女笑着点点头道，"看这女娃娃的眉眼，可不就跟女君年轻时一模一样。"

"七七……"女君转过头，"这名字倒是简单好记。"

"是。"叶七七点点头，有些紧张地看着眼前的女君，一字一顿道，"当初我爹爹说，这个名字取自'七月七日长生殿，夜半无人私语时'这句诗。"

"七月七日长生殿……夜半无人私语时？"女君默念着这两句诗，莞尔一笑道，"是个好名字，你爹娘的感情一定很好吧？"

"我……"叶七七看着女君的反应，有些失望，她真的不是娘亲吗？

"怎么不说话？"女君有些好奇地看着叶七七，和蔼地问道。

"没什么，我从来都没有见过娘亲。"叶七七咬了咬嘴唇，抬起头，看着女君道，"我爹说，我娘亲生下我没多久，就去世了。"

"啊……"女君微微一怔，神色似乎有些惊讶，随即便朝叶七七柔声道，"原来是个可怜的孩子。"

叶七七抬头看着女君，犹豫半晌，终于鼓起勇气朝她轻声道："你……你长得很像我娘亲……"

"什么？"女君愣了一下，满眼疑惑地看向她。

"我曾经在我爹的书房中，见过我娘亲的画像。"叶七七咬了咬嘴唇，看着眼前的女君，继续道，"女君跟我娘亲，长得好像。"

叶七七说完这句话，房间里变得安静无比。

良久过后，女君噗的一下笑出声来："我看你与我长得这般相像，倒也觉得你像是我的女儿呢。"

她一边说着，一边从美人榻上直起身子。

立刻有宫女上前，帮她将鞋子穿好，小心翼翼地扶着她起来。

女君的手搭在宫女胳膊上，缓缓走到叶七七面前，看着她笑道："方才甄大人说过了，你的武功造诣不在他之下，正巧本宫这里缺一个贴身护卫，你愿不愿意在本宫身边保护本宫？毕竟，甄大人是男子，男女有别，他总不好一天十二个时辰都待在本宫身边。"

"我……"叶七七愣愣地看着她，半晌才回过神来，连连点头道，"我愿意，我愿意！"

"好。"女君笑了笑，朝叶七七点点头道，"从今日起，你便是本宫的贴身护卫，平日里跟在本宫身边，洗漱装扮什么，自有别人来服侍本宫，你只需要保证本宫的安全。"

"好。"叶七七继续点头，心中却想着，若是能一天十二个时辰都在女君身边，那应该能弄清楚她到底是不是娘亲吧。

"至于你……"女君转过头看向墨寒卿，迟疑片刻，朝夜甄道，"这个少年便交给你负责吧，这长乐殿外的安全，还是由甄大人手下的人来负责。"

"是。"夜甄点点头，转头看了一眼叶七七，迟疑着道，"那这丫头……"

"她便住在我这长乐殿中好了。"女君朝夜甄道，"若是没有什么其他事，甄大人便先下去吧。"

"是。"夜甄嘴唇动了动，终究还是没有说出什么话来，朝叶七七使了个眼色，便伸手拽了拽墨寒卿的衣袍，同他一起出去了。

待到两人都出去，女君这才转过身，朝叶七七笑眯眯道："你在本宫这

547

里，不必紧张，名义上你虽是我的贴身护卫，但本宫看着你，便觉得你颇合本宫的眼缘，若是可以，本宫倒是想收你做本宫的干女儿呢。"

叶七七眨眨眼睛，看着眼前的女君，问道："女君，你……你有没有什么姐妹，就是长得和你特别像的。"

"长得和本宫特别像的？"女君愣了一下，随即笑了出来，"这世上哪有那么多长得相像的人，我的姐妹们与我长得没有一个像的，要说起来，倒是你最像我。"

"没有？"叶七七有些失望。

"你可是觉得，我长得与你娘亲极像，便想着我的姐妹会不会是你娘亲？"女君笑眯眯地朝叶七七问道。

"嗯。"叶七七有些不好意思地点点头。

"你娘亲叫什么名字？"女君有些好奇地朝叶七七问道。

"嗯……我听他们说，我娘亲的闺名叫月璃。"叶七七想了想，回答道。

"月璃？"女君低低地重复了一遍，那一瞬间，她只觉得脑海里似乎闪过什么奇怪的画面，"月光下的琉璃，倒是个极美的名字。"女君恍神了一会儿，笑眯眯地道。

"谢女君夸奖。"叶七七不好意思地说道。

"不必谢我，你倒是个懂事的孩子。"女君转身走回美人榻前坐下，叹了一口气道，"自从先帝去世，我们青鸾国再也没有出现过孔雀，这新任青鸾国的皇位便一直空着，这一空，就空了十三年。"她顿了顿，继续道，"我在这青鸾国代理政务，便也代理了十三年。"

十三年？叶七七愣了一下。

"对了，看你的样子，似乎并不是青鸾国的人。"女君感慨了一番，又朝叶七七问道，"你是别国的吗？"

"嗯，我是在墨国长大的。"叶七七乖乖地点了点头。

"墨国……"女君低低地念叨着这个名字，微笑着抬起头，看着叶七七道，"听说墨国是个很美的国家，我一直想着要去墨国看一看。"

"女君……"叶七七听着她这句话，瞬间热泪盈眶。

当初她爹爹曾经说，娘亲在皇宫时，便天天念叨着以后要去墨国游玩。

"你这孩子，怎么突然就哭了呢？"女君见叶七七眼睛里噙满泪水，愣了一下，随即抽出手帕，递给叶七七道，"快，拿着擦一擦。"

"谢女君。"叶七七伸手接过她递来的手帕，擦了擦眼角的泪水。

那手帕上带着一股淡淡的香味，像是初春里盛开的桃花，又像夏日里跃动的泉水，莫名让她觉得安心。

叶七七擦去泪水，不好意思地看着女君道："只是突然想起，我爹爹曾经说过，娘亲以前天天念叨着要去墨国看一看，女君方才那么一说，让我又想起娘亲。"

"你这孩子……"女君一脸无奈地看着她，半晌，突然问道，"七七，要不你做我的干女儿吧？"

"啊？"叶七七听到女君的这句话，愣住了。

"本宫觉得与你这孩子甚是投缘。"女君笑眯眯地朝叶七七道，"你若是愿意，就做本宫的干女儿，如何？反正这偌大的皇宫，整日也只有我一个人，甚是无趣。以往师兄还会回来看看我，最近这几年，师兄却是一次都没有回来。七七，你若是愿意，也可以唤我一声娘亲，我虽不是你的亲生娘亲，但对你会像对亲生女儿一般。"

女君看着傻掉的叶七七，噗的一声笑出来，伸手推了推叶七七的胳膊问道："这孩子，怎么都呆住了？你可是不愿意？"

"不不不……"叶七七连忙回过神，看着女君点点头道，"我愿意。"

"那便好。"女君笑眯眯地看着叶七七道。

"只是……我还是要找娘亲啊……"叶七七苦恼地看着女君道，"我爹爹还等着我娘亲回去呢。"

"那本宫帮你一起找，可好？"

"好。"叶七七的一颗心顿时放了下来。

女君想了想，朝叶七七道："本宫也挺好奇，这世间真的有同本宫长得一模一样的女子吗？你娘亲……可有什么特征？"

叶七七苦恼地朝女君道："只是我爷爷说，我娘亲可能是青鸾国的人，而且她的伴生鸟，可能是只画眉鸟。"

"画眉鸟？"女君愣了一下，神色古怪地看了一眼站在自己身边的宫女。

那宫女立刻朝女君福了福身子，款款地退下了。

不过片刻，那宫女又回来了，手臂上站着一只画眉鸟。

"可是这样的画眉鸟？"女君指着宫女手臂上的画眉鸟，朝叶七七问道。

"呃……"叶七七看着那只画眉鸟，一时傻了眼。

"这画眉鸟便是本宫的伴生鸟。"女君满眼疑惑地看着叶七七道，"青鸾国中，伴生鸟是画眉鸟的女子并不多，与我长得相像的更是几乎没有，所以，按照你的说法，我应该就是你的娘亲，只是……"她顿了顿，一脸坦然地看着叶七七道，"本宫从未离开过青鸾国，也并不记得自己有和哪位男子生下如你这般大的女儿。"

"可是……"叶七七一时不知道说些什么。

"我知道你想说什么，我也觉得此事有些蹊跷。"女君沉默片刻，突然朝叶七七道，"下个月，本宫要在宫中举办一场典礼，一场认你做女儿的典礼。"

"啊？"叶七七懵懂地看着她。

"到时在那场典礼上，说不定会有意想不到的事情发生。"女君漂亮的眼睛里闪烁着璀璨狡黠的光芒。

从女君的寝殿出来，叶七七还处于迷茫的状态。

她在女君身边大宫女的带领下，朝女君给自己安排的住处走去。

"七七姑娘，你的住处便是这里。"那宫女带着叶七七来到距离长乐殿不远的一处院子，转过身来朝她道，"女君吩咐过了，今日七七姑娘先好生歇着，等宫里护卫的制服发下来，七七姑娘再去女君身边当差，这几日还请熟悉一下宫内环境。"

"好，多谢这位姑娘了。"叶七七点点头，朝那位宫女道。

"七七姑娘不必客气，若是没有其他吩咐，奴婢便先告退了。"那宫女朝叶七七福了福身子，轻声细语地说完，见叶七七确实没什么要吩咐的，便转身离开了。

叶七七待那宫女走后，抬起头看着眼前的院子，感慨道："这么大的院子，就给我一个人住吗？"

"啾啾。"一声清脆的鸟叫突然在叶七七的身后响起。

550

叶七七回过头去，一眼便看到褐色条纹的孔雀正站在自己身后，歪着脑袋盯着自己。

"孔雀？你怎么来了。"叶七七蹲下身子，伸手摸了摸孔雀身上的羽毛，笑眯眯地问道。

"我带它过来的。"下一秒，一个低沉好听的男声在孔雀身后响起。

叶七七抬起头，看着站在孔雀身后的墨寒卿，怔了一下。

墨寒卿朝叶七七笑了笑，走到她面前，伸出一只白皙如玉的手。

叶七七顿时回过神，将手放进墨寒卿的手里，奇怪道："你不是跟着爷爷回去了吗？"

"我不放心你，所以一直都在殿外等着。"墨寒卿顺手揽过叶七七的肩膀，低头在她粉嫩的脸上轻轻吻了一下道，"怎么就你一个人？"

"呃……这个院子——"叶七七回过头，指了指院子，朝墨寒卿眨眨眼睛道，"以后就是我住的地方了。"

"这里？"墨寒卿抬头看着院门上的牌匾，上面龙飞凤舞地写着清兰殿三个大字。

"刚刚……女君认我做干女儿了。"叶七七吸了吸鼻子，朝墨寒卿低声道，"虽然亲娘还没找到，不过眼下，我也是有娘亲的人了。"

"她认你做干女儿？"墨寒卿有些惊讶地看着她，随即又笑了出来道，"你这青鸾国公主的身份，还真是得来全不费功夫。"

"别笑我了，什么青鸾国的公主，我就是一个小小的贴身护卫。"叶七七伸手推了他一下。

"嗯……咱们进去再说吧。"墨寒卿朝她笑了笑，转而牵着她的手，朝清兰殿的院子里面走去。

"啾啾。"孔雀跟在两人的身后，摇摇晃晃地进去了。

进了屋子，叶七七将刚才在长乐殿中发生的事都说了一遍。

墨寒卿听完，秀气的眉毛紧紧蹙起，半天都没有说话。

"夫君，你是不是也觉得有些奇怪？"叶七七一双小手撑着下巴，歪着脑袋朝墨寒卿问道，"明明女君跟我娘亲长得很像，再者她的伴生鸟也是画眉，可她好像跟我一点关系都没有。"

"确实有些奇怪。"墨寒卿点了点头，伸手揉了揉叶七七的脑袋道，

551

"好了，别想这么多了，方才我收到夜国传来的信，说是你爹爹和你叶珏爷爷已经解决了叛乱，眼下正朝青鸾国赶过来。有些谜题，说不定等你爹爹到了，就全部解开了。"

"我爹爹也要来？"叶七七开心起来，"太好了，要是爹爹来了，他肯定一眼就能看出女君到底是不是我娘亲。"

"嗯。"墨寒卿微微一笑，目光温柔地看着她。

"啊……下个月女君要举行认我做干女儿的典礼。"叶七七一想到这里，伸手扯了扯头发道，"不知道为什么，我心里总有一种感觉，好像那天会发生什么了不得的事情。"

"别担心。"墨寒卿伸手将她的小手握在手心，声音温柔道，"不管发生什么事情，都有我陪在你身边。"

"好。"听他这么说，叶七七安心不少。

"啾啾。"跟着两人进了房间的孔雀，也站在叶七七身边，用它毛茸茸的小脑袋拱了拱叶七七的腿。

"孔雀，"叶七七笑了出来，将孔雀抱进怀里，用脸蹭了蹭它身上的羽毛道，"你想说，你也会一直陪在我身边，是吗？"

"啾啾。"孔雀眯起眼睛，用脑袋在叶七七的脸上蹭了蹭，算是回答了她。

叶七七顿时觉得无比开心。

墨寒卿看着被叶七七抱在怀中的孔雀，声音低沉道："七七。"

"嗯？"叶七七抬起头，朝他看去。

"你有没有发现，最近孔雀好像掉毛掉得厉害？"墨寒卿迟疑了一下，伸手指着孔雀胸口处的羽毛道，"这里，都快要掉光了。"

"咦？"叶七七顺着他手指的方向，低下头朝孔雀的胸口看去，果然，那里有一块都秃了。

"这个……"叶七七伸手摸了摸孔雀，一脸无语地看着它问道，"你该不会是跟别的鸟打架了吧，这块地方的毛是被别的鸟啄秃的吗？"

"啾啾。"孔雀歪着脑袋，无辜地看着她。

叶七七低着头，仔细打量孔雀，这才发现，它身上不只这一处，还有别的地方，似乎也秃了。

552

"怎么回事？"叶七七摸了摸孔雀身上的毛，朝它小声道，"眼下咱们是在宫里，你可别去招惹别的鸟啊，这皇宫里的侍卫的伴生鸟不是老鹰就是秃鹫，你绝对打不过它们，再这样下去，你就要变成一只秃毛鸟了。"

"啾啾。"孔雀似懂非懂地看着叶七七，点了点头。

"乖。"叶七七摸摸它的脑袋，抱着它朝另一间房走去，"你平日就在这里吧，别到处乱跑，皇宫这么大，你要是跑丢了，我就找不到你了。"

"啾啾。"孔雀应了一声，扑腾着翅膀从叶七七的身上跳了下来，打量着这间房，朝美人榻跳去。

墨寒卿跟在叶七七的身后走来，笑了笑道："它倒是挑了一个阳光充足的地方晒太阳。"

"多晒晒太阳，有利于它的毛重新长出来。"叶七七有些无奈地摇摇头，便转身朝刚才的房间去了。

再回到桌子旁边坐下，叶七七有些疑惑地看着紧跟在自己身后的墨寒卿，奇怪道："夫君，你还有别的事情吗？"

"没有。"墨寒卿淡然地看着她。

"那你还在这儿干吗？"叶七七眨眨眼睛，看着他问道，"我要说的刚才已经说完了。"

"娘子这是在赶为夫走？"墨寒卿薄唇轻启，朝叶七七低声问道。

"呃……也不算，只是这住处是女君赏赐给我的，你留在这里总归不太好吧？"叶七七扯了扯嘴角，有些尴尬地朝他道。

"没关系。"墨寒卿朝她微微一笑道，"我可以在她们发现我时，用轻功离开这里。"

叶七七瞬间无语了。

"为夫就是喜欢和娘子待在一起。"墨寒卿笑眯眯地看着叶七七，又补充了一句。

叶七七已经不知道说些什么好了。

第十九章　一家团聚

一个月的时间很快便过去。

这一个月里，虽然叶七七还是没有弄清楚，这青鸾国的女君到底是不是娘亲，但是她和女君的感情已经胜似母女。

所有青鸾国的大臣都听说他们的女君新认了一个干女儿，只是这干女儿不仅来历不明，还一出现就获得女君的全部宠爱，朝堂一时有些乱，好几名大臣准备在典礼上联名反对。

他们青鸾国的皇室人口凋零，眼下一直没有孔雀出现，加上原来的皇帝又没有子嗣，女君新认的干女儿，极有可能成为下一任女君。

可是这干女儿，他们连面都没有见过，更别提让她继任女君了。

到了大典那天，一大清早，宫殿门口便站满青鸾国的大臣。

"女君驾到——"

随着女君身边宫女的一声通报，所有大臣赶紧朝女君跪了下来："女君千岁千岁千千岁。"

女君扶着宫女的胳膊，淡然走进大殿中，在正上方的凤椅上坐下，看了一眼跪着的大臣们，声音淡淡道："众卿平身吧。"

"谢女君。"那些大臣叩谢完毕，便站了起来。

"今日将众爱卿集结于此,是因本宫有事宣布。"女君看着那些大臣,一字一顿道,"想来诸位最近也听到了一些风声,那便是本宫前段时间,刚刚认了一个干女儿……"

　　"微臣有事启奏——"女君还没说完,一个大臣便走出来,朝她福了福身子。

　　女君皱了皱眉,看着站在下面的那位大臣,低声道:"爱卿请讲。"

　　"女君,"那大臣抬起头,振振有词道,"微臣以为,这认干女儿一事,女君应该先问过众位臣子的意见,再做决定。"

　　"哦?爱卿何出此言?"女君挑了挑眉,有些不悦道。

　　"众所周知,我们青鸾国皇室后继无人,女君没有任何子嗣,而孔雀鸟更是十几年未曾现于世间。"那大臣顿了顿,继续道,"女君认干女儿,也就意味着青鸾国的皇位,可能要交到她手上。兹事体大,臣以为,女君应该先同我们商量商量。"

　　"是吗?"女君笑了笑道,"本宫原本只是想认个干女儿,至于这青鸾国的皇位,本宫倒是没有考虑,爱卿说得有理,那你们要怎么商量呢?"

　　"这……"那大臣愣了一下,朝女君道,"要不女君先将她请出来?"

　　女君沉吟片刻,朝站在自己身边的宫女招了招手道:"去请七七姑娘出来吧。"

　　"是。"那宫女应了一声,大声道,"有请七七姑娘——"

　　那些大臣顿时朝大殿的入口看去。

　　一个娇俏的身影,自大殿外缓缓走来。

　　那女子眉眼清澈,容貌秀美,身上穿着七色的青鸾国服饰,面带微笑,仿佛跌落人间的精灵,一头乌黑的长发随着她的走动缓缓飘起。

　　这……那些大臣一时都看呆了。这个女子就是他们女君要认作干女儿的人?这几乎就是他们女君的翻版啊!

　　叶七七在大臣们的注视下,缓缓走到女君身边,朝她福了福身,行了个礼。

　　女君笑眯眯地看着叶七七,朝她摆了摆手,示意她不要多礼,抬起头看着站在大殿之中的那些大臣,声音清脆道:"诸位爱卿都看到了吧,这便是本宫想要认作干女儿的人。"

"看是看到了，"刚刚出列的那位大臣，皱着眉头看着叶七七道，"只是这女子看起来不太像是我们青鸾国的人。"

"哦？爱卿何出此言？"女君朝那位大臣挑了挑眉，随口问道。

"一是因为此前在青鸾国中，从未听说有与女君长得如此相像的女子，二是因为，眼前的女子，好像并没有伴生鸟。"那大臣双手交握于胸前，朝女君不卑不亢道。

"伴生鸟？"女君转过头朝叶七七看去，这事她还真是疏忽了。

这孩子自小在墨国长大，自然不是她们青鸾国的人，但要想做她的干女儿，不管怎么说，总得有只伴生鸟充充门面吧。

"回女君。"叶七七朝女君福了福身，迟疑了一下道，"伴生鸟……我倒是有一只。"

"哦？"女君听到叶七七这么说，顿时松了一口气。

别管这伴生鸟是从哪儿来的，只要她有伴生鸟，今儿这事就好办了。

"既然有伴生鸟，为何不见你将它带来？"那大臣却是一脸不信地看着叶七七道，"诸位臣子，即便上朝，也都带着伴生鸟，这大殿外的树林里，便是诸位的伴生鸟歇息的地方，难道这姑娘的伴生鸟，也在林里休息吗？"

"那倒不是。"叶七七愣了一下，"我的伴生鸟在我的寝殿里。"

那大臣冷笑了一声。

"既然这位姑娘的伴生鸟在寝殿中，不如劳烦姑娘将它带出来给大家看一看。一来，好让大家确认一下姑娘到底是不是我们青鸾国的人；二来，我们也好看看姑娘到底是个什么身份。"那大臣双手抱拳，朝女君振振有词道。

平民百姓多是麻雀、喜鹊之类常见的鸟；做生意的人，多是八哥、鹦鹉等能言会道的鸟；衙门里的多是猫头鹰、啄木鸟；护卫则多是老鹰、秃鹫等凶狠的鸟类……也就是说，在青鸾国，一个人的伴生鸟，大致决定了他未来生活的方向。

叶七七有那么一瞬间的犹豫。要不要把孔雀拉出来给他们看看？

叶七七轻轻咬着嘴唇。最近孔雀掉毛厉害，大半个月前她去看孔雀时，孔雀把自己关在房间里不愿意见人，她隔着门缝偷偷看了一眼，发现它身上的毛都快掉秃了。原本她想着给孔雀找个大夫来看看，谁知那大夫刚听她说了一句，就翻了翻白眼道，这种季节，鸟类脱毛换毛是正常现象，过段时间就好了。听大夫这么说，叶七七安心不少。

眼下，这大臣让她把孔雀弄过来？

那大臣看着叶七七脸上犹豫不定的神色，冷笑了一声道："怎么，这位姑娘迟迟不愿意将伴生鸟带出来给我们看看，莫不是伴生鸟见不得人？"

他顿了顿，往前一步，咄咄逼人道："还是说这位姑娘根本就没有伴生鸟，只是随便说了这么一句，想要糊弄我们？"

"我……"叶七七看着那位大臣，小鼻子皱了皱，朝那大臣道，"倒不是我不愿意将伴生鸟带出来，只是它最近正好在换毛，将自己关在房中，不愿意见人。"

"是吗？"那大臣看着叶七七推托的样子，更加肯定了想法，"那老臣敢问这位姑娘，你这伴生鸟换毛换了多久了？"

"呃……大概有一个月的时间了吧……"叶七七回想了一下，回答道。

"一个月的时间，对于鸟类来说，毛早就换好了。"那大臣听着叶七七的回答，当场翻了个白眼道，"甭管什么鸟，麻雀、喜鹊，就算是孔雀，那毛也该换好了。"

是吗？叶七七对于鸟类并不是很了解。

"我看这位姑娘就是不想将伴生鸟带出来给大家看吧？"那大臣看着叶七七迷茫的样子，冷笑道，"否则，何必如此推托？"

"是啊，就是啊……"

"搞不好她还真没有伴生鸟呢……"

大殿上的大臣们开始议论纷纷。

"七七？"女君迟疑了一下，朝叶七七低声问道，"你真的有伴生鸟吗？"

"有啊。"叶七七压低了声音朝女君道，"但它真的在脱毛，我大半个月前见它，它都快秃了。"

"我们青鸾国的伴生鸟，换毛确实不用那么长时间。你既然大半个月前见它快秃了，那它现在应该已经换好毛了。"女君朝叶七七道，"你若是有伴生鸟，就将它带来，省得还要费一番口舌来对付这些老顽固。"

叶七七迟疑了一下，还是点了点头，转身朝站在大殿中的那位大臣道："既然如此，我便去将它带过来好了。"

“稍等。”那大臣见叶七七转身就要出去，突然拦住了她。

“怎么？”叶七七停下脚步，一脸不解地看向那位大臣。

“既然是姑娘的伴生鸟，那姑娘只需站在这大殿中唤它几声，它自然会过来。”那大臣一脸得意地朝叶七七道，“难道姑娘不知道，伴生鸟和主人是心意相通的？”

“呃……”叶七七一下子愣住了，还有这种说法？

“想来姑娘还不知道吧？”那大臣看着叶七七的反应，越发相信她根本没有伴生鸟，或者说，她只是养了一只宠物鸟来假装伴生鸟，只可惜，是不是伴生鸟，一测试便知道了，“那姑娘你看好了。”

那大臣朝叶七七轻蔑地笑了一下，慢悠悠地喊了三声：“正言，正言，正言。”

不过片刻，一只猫头鹰便扑腾着翅膀从大殿外面飞了进来。

那猫头鹰在大殿上方转悠了两圈，准确无误地落在那大臣的肩膀上。

“姑娘看到了吧？”那大臣得意地看着叶七七道，“这便是伴生鸟与主人心意相通的意思，主人与伴生鸟相距十里之内，只要主人轻唤三声伴生鸟的名字，那伴生鸟自然会飞过来。”他顿了顿，又朝叶七七继续道，“既然姑娘说，你的伴生鸟就在宫中的寝殿内，那老臣想着，姑娘的寝殿与这大殿，距离再远也超不过十里吧？不如姑娘就在这儿唤三声，看看你那伴生鸟到底会不会来。”

“我……”叶七七一下子便犹豫了。

虽说孔雀认了她做主人，但它还真不是她的伴生鸟，心意相通什么的，她是一点都不知道。

女君大概也看出叶七七的窘迫，知道叶七七并不是青鸾国的人，便朝那位大臣道：“爱卿何必如此咄咄逼人？你那伴生鸟就在这大殿外面，所以轻唤三声必定到场，可是这大殿距离清兰殿还有一定距离。别说是七七唤她的伴生鸟，就算是本宫唤本宫的画眉鸟，它都未必会来。”

“女君，”那大臣朝女君恭恭敬敬地行了个礼，“臣知道你的意思，只是女君若是唤画眉鸟过来，虽然速度也许慢了点，但画眉鸟肯定是会来的，臣的意思是，至少在咱们散朝之前，她的伴生鸟得出现吧？”

“这……”女君一时不知道该说些什么，转过头朝叶七七看去，眼神变得有些复杂。

叶七七咬了咬嘴唇，正准备说点什么，突然瞥到大殿外一抹熟悉的身影，眼中瞬间闪过一抹璀璨的光辉，故作头疼地朝那位大臣道："既然你这么说了，那我便唤它一下，但它来的速度，可能会有些慢。"

"无妨，我们可以慢慢等。"那大臣得意地摆了摆手。

叶七七看了他一眼，坦然喊了三声："孔雀，孔雀，孔雀。"

她一喊完，大殿顿时陷入死一般的沉寂。

许久，那大臣才扯了扯嘴角，无语地看着叶七七问道："孔雀？"

"呵呵呵……"叶七七有些尴尬地朝他干笑了几声，别扭道，"名字而已，别太在意。"

那大臣瞥了叶七七一眼，声音不屑道："老臣自然不会在意，别以为名字叫孔雀，就真的是孔雀。你那伴生鸟，会不会来还是个问题呢。"

叶七七看了那大臣一眼，强按住想要揍他一顿的冲动，深深地吸了一口气。

这时，众人突然听到外面传来一声长鸣。

紧接着，一只脖颈反射着青蓝色流光，背上覆盖着七色羽毛，有着长长尾翼的鸟儿冲入了大殿之中。

那鸟儿的头顶立着三根苍蓝色的羽毛，蓝绿色的尾翼在空中画出一道优美的弧线。

大殿之中，所有人一时愣住了。

几秒钟的沉默过后，忽然有人大声喊了出来："是孔雀鸟！"

"是孔雀鸟啊！"

"十几年没有出现过的孔雀鸟终于出现了！"

一时，大殿上的大臣们变得激动无比，他们喊着孔雀鸟的名字，不由自主地朝孔雀跪了下来。

"孔雀鸟一出，预示我们青鸾国的帝位后继有人！"那些大臣热泪盈眶，大声喊道。

孔雀鸟直直地朝叶七七飞去，站在她的肩膀上，朝她歪着脑袋，啾啾了两声。

上一秒还沸腾无比的大殿，下一秒变得死一般沉寂。

所有的大臣都张大了嘴巴，瞪大了眼睛。

就连女君也惊讶地从凤椅上站起来。

叶七七的惊讶不比那些大臣少，看着站在自己肩膀上璀璨夺目的鸟儿，迟疑着喊了一声："孔雀？"

"啾啾。"孔雀歪着脑袋，看着叶七七，应答了一声。

还真是孔雀啊！

叶七七上上下下打量着它，除了它那尖尖的小嘴还有绿豆大的眼睛之外，她是真的无法将眼前这只鸟跟原来那只小鸭子联系到一起。

跪在地上的大臣们终于回过神来，刚刚那大臣结结巴巴地朝叶七七问道："这……这是你的伴生鸟？"

"是啊。"叶七七一脸坦然地看着他。

"这……"那大臣的神色突然变得有些复杂。

片刻的沉默后，他突然双手按在地上，朝叶七七磕头道："请皇上接受老臣的参拜！"

他话音刚落，其他大臣立刻异口同声地朝叶七七磕头道："请皇上接受臣等的参拜！"

叶七七一下子僵住了。

"七七，你的伴生鸟是孔雀鸟？"一直站在旁边没有说话的女君，此刻也有些激动。

"我……这……"叶七七一时不知道该怎么解释。

"本宫本想收你为干女儿，封你一个青鸾国公主的称号。"女君兴奋地看着叶七七继续道，"可是眼下，既然你的伴生鸟是孔雀，那便不需要封你为青鸾国的公主了。"

叶七七点点头，正准备说点什么，女君继续道："今日的大典，改成你的登基大典吧！"

你说啥？！叶七七懵懂地看着女君。

女君粲然一笑，二话不说牵着她的手，便将她按在凤椅上。跪在大殿里的那些大臣，看到此情此景，连忙朝叶七七磕头高呼道："吾皇万岁万岁万万岁！"

叶七七看着跪了一地的大臣，听着耳边震耳欲聋的呼声，只觉得世界都玄幻了。她赶紧挥了挥手，清了清嗓子道："等一下……等一下！"

"是，敢问皇上还有什么吩咐？"工部尚书秦思齐抬起头，朝叶七七期待地看了过去。

"我……我恐怕不能做你们青鸾国的皇帝。"叶七七迟疑了一下，硬着头皮朝大殿中的所有人道。

"为何？"那些大臣一惊，忙不迭朝叶七七问道。

叶七七伸手挠了挠脑袋，尴尬地朝那些大臣道："其实我来青鸾国是为了寻找我娘亲的……这个……我娘亲还没找到，我就当了青鸾国的皇帝，这好像……不太好吧？"

"皇上是来青鸾国寻亲的？"站在大殿中的大臣一愣，随即追问道，"那女君不已经是你娘亲了吗？"

"这个……"叶七七转头看了女君一眼，声音闷闷道，"我只是她的干女儿而已。"

"这亲的和干的，其实也没什么太大的差别。"那些大臣连忙朝叶七七道，"若是皇上找不着亲娘，我们女君当您的娘亲，也是完全没有任何问题的。"

叶七七扯了扯嘴角，有些无语地看着他们。

秦大人看着站在叶七七肩膀上的孔雀，眼神炽热："只要有伴生鸟，您就是咱们青鸾国的人。皇上，您没办法确定的事情，这伴生鸟不是帮您确定了吗？"

可这鸟……是我半路上捡来的啊……

叶七七在心里念叨着，却始终没敢将这句话说出口。

"它……只是我养的一只鸟而已。"叶七七憋了半天，终于委婉地朝秦大人道。

秦大人坦然地看着叶七七道："这伴生鸟还有一个习性，就是会做出跟主人一样的动作，皇上若是不确定，大可一试。"

"啊？"叶七七不解地看着秦大人。

秦大人双手张开，朝大殿中一站，朗声道："正言。"

之前飞进来的那只猫头鹰，立刻从秦大人的胳膊上跳了下来，站在旁边，学着秦大人的模样，张开翅膀，一动不动。

"皇上看到了吗？"秦大人一边说着，一边抬起一只脚，摆了个金鸡独立的姿势，站在他身边的猫头鹰立刻也抬起一只脚，学着他的模样，摆出一样的动作。

秦大人示范完，朝叶七七道："皇上大可以和伴生鸟试一试。"

叶七七想了想，双手合十，放在胸前，喊了一声："孔雀。"

啾啾，孔雀歪着脑袋看着叶七七，伸出翅膀，放在胸前。

叶七七瞪大了眼睛，下意识脚尖轻点，来了个后空翻。

那些大臣不由自主地朝孔雀看去。这种高难度的动作，也不知道孔雀做不做得出来。

就在一众大臣的注视下，孔雀翅膀一挥，爪子一缩，漂亮的长尾翼在空中划出圆满的弧度，也跟着稳稳当当来了个后空翻。

想不到孔雀真能跟在自己身后做动作……这下子，她是怎么也解释不清了。既然这样，她只能使出撒手锏了。叶七七一咬牙，看着那些大臣道："我还是不能做你们的皇帝啊！"

"为什么啊？！"秦大人朝地上一跪，就差拽着叶七七的衣服哭了。

"那个我……虽然不知道我娘亲是谁，但是我知道我爹是谁啊……"叶七七也差点哭出来，朝那帮大臣道，"我真不能做你们的皇上啊。"

"为何，皇上是怕令尊不同意吗？"秦大人抬起头，眼泪汪汪地看着叶七七。

"不是……"叶七七郁闷地看着秦大人道，"我……家父姓夜，夜晚的夜，他……他是夜国前任皇帝。"

她这话一出口，大殿里又是一片寂静。

姓夜？前任皇帝？那些大臣脑子飞快地转了一个弯，震惊地看着叶七七，声音颤抖道："你你你……你就是那个夜国的新任皇帝，夜七七？"

"是我……"叶七七无奈地看着他们。

这……夜国的新任皇帝，出现在他们青鸾国，并且还说要来青鸾国寻找娘亲？不不不……这些都不重要！重要的是，那孔雀跟在她的身边啊！

那些大臣几番纠结，悲喜交加地对叶七七磕头道："臣等参见皇上！"

"啊？"叶七七愣住了。

"皇上，虽然您是夜国的皇帝，但是不管怎么说，孔雀鸟是您的伴生

562

鸟。青鸾国自建国以来就规定，有孔雀鸟的人，就是我们青鸾国的皇帝。"秦大人一脸豁出去的表情，朝叶七七道，"所以，您就是我们青鸾国的皇帝！再说，如果夜国皇帝也是您，您就不会带兵来攻打我们国家了吧？"

"呃……这个……我……"叶七七一时不知道该说些什么。

"皇上万岁万岁万万岁！"那帮大臣见叶七七还没想到理由反驳他们，连忙跪地高呼三声万岁。

不等叶七七回过神来，秦大人便站起身朝她道："依微臣看，已经快接近午时，想来皇上应该饿了吧，若是没有其他事情，臣等先退下了？"

"是啊，是啊。皇上您好好休息！"

"臣等告退！"

"微臣告退！"

其他大臣听完秦大人的这番话，顿时心领神会，连忙双手抱拳，朝叶七七告辞，生怕再晚一秒，叶七七又要反悔。

不过片刻，原本热热闹闹的大殿中，只剩下叶七七和女君两人。

叶七七目瞪口呆地转过头，结结巴巴地朝女君问道："他们……这就走了？"

"是啊，走了。"女君笑眯眯地看着叶七七道，"你初来青鸾国，自是不懂。在这青鸾国里，孔雀鸟就意味着一切，而拥有孔雀鸟的那人，就拥有至高无上的皇权。"

"可是这孔雀真的是我半路捡来的。"叶七七无奈道，"我捡到它时，它还不是这个样子，它原本灰不溜秋的，身上有着褐色的条纹，我一开始还以为它是只鸭子呢。"

女君以衣袖掩口，笑出声来："孔雀鸟幼时确实长得平凡，但等到它们换毛后，就会变得完全不同于从前，认得孔雀鸟幼时模样的人，少之又少。若是你早些将它带来给我看看，说不定一个月之前，你就是这青鸾国的新任皇帝了。再说，你既然能捡到它，便说明你与它有缘，不然为何旁人捡不到这孔雀鸟呢？"

叶七七扯了扯嘴角。

"女君……"就在叶七七不知所措时，门外匆匆进来一个侍卫，那侍卫一进来就朝叶七七和女君跪了下来，双手抱拳，刚说了几个字，像是突然想起什么，转而朝向叶七七道，"皇上，夜国前任皇帝在皇宫外面，说要求见女君。"

"我爹？"叶七七愣了一下，没想到他来得这么快。

"快，请他进来。"叶七七小手一挥，朝那侍卫沉声道。

"是！"那侍卫应了一声，赶忙出去请人。

片刻后，七七她爹被带到大殿之中。站在七七她爹身边的侍卫朝叶七七单膝跪地道："皇上，小的已经将人带来了。"

"行了，你先下去吧。"叶七七摆摆手。

待到侍卫下去，七七她爹懵懂地看着叶七七问道："七七，你怎么成了这青鸾国的皇上？爹爹记得这一路上，大家都在说青鸾国的女君要认你做干女儿，怎么这——"七七她爹一边说着一边朝站在一旁的女君瞥去。这一看，七七她爹愣住了。那熟悉的眉眼、熟悉的神情，还有她亭亭玉立的姿势……

七七她爹的眼眶中泛起了泪光。女君莫名其妙地看着七七她爹。

七七她爹一个箭步冲上来，紧紧将女君搂入怀中，声音颤抖道："月儿！真的是你！月儿，我的月儿……"

女君瞪大眼睛，眼前这个陌生男子身上有着她不熟悉的味道，他的怀抱虽然宽阔温暖，但是——

女君伸手，径直将七七她爹推到一边，反手一个耳光甩在他脸上道："大胆！竟敢占本宫的便宜？"

七七她爹捂着脸，眼里写满不敢置信，看着女君道："月儿，你不记得我了？"

女君皱了皱眉，看着他，懒得搭理。

叶七七有些尴尬地看着眼前这一幕，轻轻地咳了两声道："那个……爹爹，你是不是认错人了啊？"

"怎么会呢！"七七她爹转过头，眼泪汪汪地看着自家闺女道，"我娘子我还能认不出来吗？别说你娘亲眼下好好站在这里，就算她烧成灰，我都认得她！"

"你说谁烧成灰呢？！"女君一听这话，顿时又激动起来，拎着裙摆就打算上前继续甩七七她爹耳光。

"女君，女君，不要冲动！"站在女君身边的两个宫女，赶忙上前拦住她们的女君。

"你肯定是我的月儿，没错！"七七她爹目光炙热地看着女君，语气里满满的都是肯定道，"当年我与月儿第一次见面，她也是这样甩了我一个耳光！"七七她爹顿了顿继续道，"这熟悉的力度，这熟悉的角度，这熟悉的温度！绝对没错的！"

"我熟悉你个大头鬼！"女君狠狠地瞪了七七她爹一眼，要不是身边两个宫女死命地拦住她，她早就把他按在地上打了。

七七她爹却是两眼放光地看着女君，神色激动。

叶七七有些尴尬，迟疑了一下，轻咳了两声，道："咱们，要不坐下来好好说话？"

女君捋了捋耳边的碎发，声音淡淡地道："其实我平常……不是这样的，主要是……他刚才占我便宜。"

叶七七用一种"你说的我都懂"的眼神看着她。女君低头假装整理了一下衣服，这才重新抬起头，朝七七她爹淡淡地瞥了一眼道："既然如此，便听七七的，咱们坐下来好好谈一谈。"

"好的娘子，没问题娘子！"七七她爹宠溺地看着女君，一副"我什么都听你的，绝对没有任何异议"的表情看着她。

女君翻了个白眼，没好气地朝七七她爹道："我不是你娘子。"

"不，你就是，我绝对不可能把娘子认错！"七七她爹十分肯定地道。

女君咬了咬牙，按捺住继续甩他耳光的冲动，转身出去了。七七赶紧伸手拽了拽自家爹爹的衣袖，跟在女君后面一起出去。

御花园里，花儿开得正艳，一阵微风吹过，带起阵阵花香。

女君带着叶七七和七七她爹走到御花园中的凉亭里坐下，吩咐身边的宫女斟两壶茶过来。

待到大家都坐定，女君朝叶七七使了个眼色。叶七七愣了一下，随即便反应过来，抬起头朝自己爹爹问道："爹爹，你怎么能这么确定，女君就是你的娘子呢？"

"什么我的娘子？"七七她爹白了叶七七一眼道，"是你娘亲！"

叶七七扯了扯嘴角，无奈道："爹爹，你要知道，眼下女君已经认了我做干女儿，也就是说，她已经承认自己是我的娘亲，只是不承认自己是你的娘子。"

"爹爹与你娘亲一同生活了那么多年，怎么可能认不出你娘亲？"七七她爹的声音有些激动，"虽然我们已经十三年没有见过，但只要她往那儿一站，我就知道，她是我此生最爱的女子。"

叶七七有些无语地打断她爹道："爹，我的意思是，你有没有什么证据能够证明女君就是你的娘子？"

"证据？"七七她爹愣了一下，仿佛陷入回忆中，"想当年，我与你娘亲确定了关系，在一个暖风拂面的春日，我们一同去城郊的山谷郊游，那里青草遍地，鲜花盛开，我牵着你娘亲的手，亲了她一口……"

"停！"叶七七满头黑线地看着自家爹爹道，"你俩约会的具体过程就不用说了，说重点好吗？"

"我将你娘亲推倒在一片花海中，她的领口有些松，我余光一瞥，就看到她的心口正中有一颗朱砂痣。"七七她爹连忙言简意赅地说道。

叶七七迟疑了一下，朝女君看了过去。

七七她爹却一脸期待，盯着女君的胸口。女君脸一红，下意识伸手捂住心口，凶巴巴地看着七七她爹道："你想做什么？"

"你看看，你心口肯定有一颗朱砂痣！"七七她爹笃定地朝女君道，"要是你不相信，我还有其他证据，你左边耳朵后面的头发里，有一小块疤，那是你以前在宫里上树掏鸟窝时，被鸟给啄的，还有你右边胳膊上有一块青色的胎记，你左边屁股下有一颗小小的黑痣，还有你——"

"你给本宫住口！"女君脸红得厉害，终于一个没忍住，朝他大声吼了出来，死死地瞪着七七她爹半晌，一言不发地站起身，径直朝寝宫去了。

"娘子，娘子，你怎么走了？"七七她爹见状，连忙起身跟上。

"跟你说了，我不是你娘子，你这个登徒子，离我远一点！"女君的咆哮声从不远处传来。

"我刚才说的那些记号，你一个都没有查看呢，你怎么知道你就不是我娘子了？"七七她爹坚持不懈地跟在女君身后，碎碎念道，"娘子，你是不是不好意思？有什么不好意思的，咱们夫妻那么多年，现如今女儿都这么大了，你怎么还是这么容易害羞？你要是实在不好意思，咱们先看看你耳朵后面的那块疤？"

"滚！"

"娘子，你怎么又狂躁了？你是不是不记得为夫了？不记得没关系，为夫愿意陪在你身边，帮你慢慢回想起过去的那些事情。娘子，虽然你与其他女子相比，是稍微凶残了那么一点，但为夫就喜欢你这与众不同的样子。"

叶七七站在原地，满眼无奈地看着自家爹爹像跟屁虫一样跟在女君身后，摇了摇头。一只温暖的手掌突然搭在她的肩膀上。叶七七转过头去，一眼便看到某人正满眼带笑地看着自己。

"夫君，你笑什么呢？"叶七七眨眨眼睛，不解地朝他问道。

"你好像找到你娘亲了啊。"墨寒卿唇角微勾，声音低沉地朝叶七七缓缓道。

叶七七愣了一下，好一会儿才反应过来道："你……你的意思是，女君就是我娘亲？"

墨寒卿点了点头，淡淡地朝叶七七道："虽然不知道为什么，你娘亲看起来好像完全不记得你爹爹和你的事情，但你爹爹既然肯定女君就是他娘子，那她总会有想起来的那一天。"

叶七七歪着脑袋，仔细思索了半天，伸手挠了挠后脑勺道："这一切也发生得太突然了吧？女君刚说要认我当干女儿，我爹就跑来告诉我，其实女君是我亲生娘亲……"

"是啊，所以说，你的运气实在好得不行。"墨寒卿看着她道，"眼下你又成了青鸾国的皇帝，这天下就统一了。"

"四国统一啊。"叶七七咂了咂嘴，总觉得有些不太现实。

墨寒卿笑了笑，揽着她的肩朝御花园的出口边走边道："咱们回去吧。"

"啊？回哪儿？"叶七七疑惑地看着他。

"回你的寝宫啊。"墨寒卿低头在她的额头上轻轻吻了一下道，"早前有宫女来说，午膳已经准备好了，我让她们将吃的都送到你的寝宫去了，咱们现在回去用膳吧。"

"好。"叶七七听他这么一说，顿时摸了摸肚子道，"正好我也觉得有些饿了。"

"嗯。"墨寒卿朝她宠溺地一笑，便和她朝她的寝宫走去。

叶七七的寝宫内，桌上已经摆满各式各样的食物。

寝宫内的宫女看到叶七七过来，连忙朝她福了福身子，行了个礼。

"你们先下去吧。"墨寒卿朝那些宫女挥了挥手，示意她们出去。

"是。"那些宫女轻轻地应了一声，便一个接着一个地出去了。

墨寒卿牵着叶七七的手，走到桌前坐了下来，拿起筷子，正准备给她夹菜，一个风风火火的身影突然从殿外冲了进来。

"见过甄大人……"

门口的宫女们还没来得及跟夜甄打声招呼，他便已经冲进了殿内。

"七七！七七！"夜甄大声喊着叶七七的名字，快速冲到桌子旁边。

"爷爷？"叶七七听到声音，一抬头，就看到自家爷爷风一般冲到自己身边。

"听说你找到娘亲了？听说女君就是你娘亲？"夜甄兴奋地看着叶七七问道。

"嗯……"叶七七迟疑了一下，点点头道，"反正爹爹是这么说的，但是女君好像完全不记得啊。"

"那无妨，只要你爹爹说她是你娘亲，那就肯定是！"夜甄一拍双手，高兴道，"太好了，这下子你们一家终于团聚了。"

叶七七想了想，觉得这个事情，自己好像没有什么发言权，便朝自家爷爷问道："爷爷，你用过午膳了吗？要是没有用，就在我这里吃吧。"

"好。"夜甄点点头道，"爷爷还没用午膳呢，那就在你这儿吃吧。"

"嗯。"叶七七点了点头，唤来宫女，吩咐她们再添置一副碗筷，这才让她们下去。

夜甄坐在叶七七身边，突然又问道："对了，七七，你现在是这青鸾国的皇帝了？"

"呃……这个……"叶七七扯了扯嘴角，心中默默念叨着，我能说其实我根本不想做这青鸾国的皇帝吗……

"好丫头，果然是我夜甄的孙女！"七七爷爷一脸赞叹地看着叶七七道，"想当年，你爷爷我为了一统天下，南征北战，吃了多少苦，好不容易才将夜国的版图打成现在这个样子。现如今，我孙女不费一兵一卒就将天下四国统一了。好！好啊！"

568

叶七七勉强挤出一个笑容来，朝自家爷爷道："爷爷，其实我也不想的。"

"爷爷真是没有想到，你娘亲是青鸾国的人……"夜甄长长地叹了一口气，朝叶七七道，"当年你爹爹将你娘亲带回宫时，什么也没说，既没说她是哪里人，也没说她的身家背景，要是早知道你娘亲是青鸾国前任皇帝的妹妹，说不定爷爷当初也就不那么坚持另立皇后了。"

"爷爷……"叶七七看着夜甄后悔莫及的神色，一时不知道该说些什么。

"要是早知道如此……爷爷……"夜甄想到自己过去做的事情，便连声叹气，"是爷爷害得你们一家三口这么些年都没能在一起，这都是爷爷的错啊……"

"爷爷，你也别太伤心。"叶七七伸手拍了拍自家爷爷的肩膀，安慰他道，"你看眼下，爹爹不是已经找到娘亲了吗，我也跟爹娘在一起了，过去的事情就让它过去吧。爷爷，你别再想了。"

夜甄用力地点了点头，端起桌子上的茶杯，倒了满满一杯茶，仰头喝了下去，长叹了一口气。

无奈之下，她只得转过头，将目光投向墨寒卿。

墨寒卿接收到某人求救的目光，突然伸出手，拿过桌上的水果，放到叶七七面前，声音温柔道："七七，来，你最近不是一直嚷嚷，想吃这些酸酸的水果吗？我今日便吩咐她们多准备了一些。"

叶七七愣了一下，低头朝桌上看去，果然都是自己平日喜欢吃的水果，于是点了点头道："哦，好，那我先吃了啊。"

"嗯，乖，吃吧。"墨寒卿笑眯眯地看着她。

"爱吃酸的？"夜甄愣了一下，目光不自觉朝叶七七的肚子看去。

叶七七吃了几口水果，抬起头，看着桌上的螃蟹，顿时食指大动，朝墨寒卿撒娇道："夫君，我想吃螃蟹，你帮我剥？"

"不行。"墨寒卿淡定地朝她摇了摇头道，"你不能吃螃蟹。"

"为什么啊？"叶七七满眼不解地看着他，前几天，她不是还吃了好多螃蟹吗，怎么今天突然就不行了？

"螃蟹是寒凉食物，吃多了……"墨寒卿顿了顿，目光若有似无地在叶

569

七七的肚子上转了一圈，"对身子不好。"

夜甄清了清嗓子，语重心长地朝叶七七道："今时不同往日，七七你要听寒卿的，这些东西你不能吃，毕竟你现在不是一个人，要为你肚子里的孩子考虑考虑啊！"

叶七七刚刚喝进嘴里的一口茶，全部喷了出来。

她一脸惊恐地转过头，看着自家爷爷，结结巴巴地问道："爷爷，你……你刚才说什么？"

"爷爷说，你要为你肚子里的孩子考虑考虑！"夜甄低头看了一眼叶七七手里的茶杯，"这茶水也不要喝了，喝了对孩子不好，你还是多喝点白开水吧。"

"爷爷！"叶七七喊了他一声，"谁告诉你，我……我有孩子啊？"

她思来想去，怎么想也想不出来，有谁跟她爷爷说过，她有了……

"就……刚刚啊。"夜甄看着叶七七和墨寒卿，理所当然地道，"刚刚，寒卿不是说你最近喜欢吃酸的水果，还说你不能多吃寒凉的东西吗？"

叶七七咳得更厉害了："爷爷，你也太能联想了吧？"

"那……难道不是吗？"夜甄疑惑地道。

"她……"墨寒卿顿了顿，声音淡淡道，"她月事来了……"

夜甄瞬间便不说话了。

"喀，这几天都不可以吃寒凉的东西，知道吗？"墨寒卿倒了一杯热乎乎的茶水给叶七七，声音温柔地朝她叮嘱道。

"我知道了……"叶七七红着脸，有些不好意思，毕竟当着爷爷的面讨论这种事情，多多少少还是有点……

夜甄沉默了好一会儿，抬起头朝叶七七问道："所以，就是还没怀孕？"

"嗯……"叶七七窘迫地看着自家爷爷。

夜甄皱了皱眉，转头朝墨寒卿语重心长地道："寒卿啊，你们两个成婚也有一段时日了，怎么到现在七七的肚子还没有动静啊？我一大把年纪了，你们倒是努力努力，让我有生之年抱上曾孙啊。"

墨寒卿笑呵呵地看着夜甄道："是，晚辈知道了，晚辈一定会努力的。"

"爷爷……"叶七七实在听不下去了，终于打断他。

"嗯？"夜甄转过头来看着叶七七。

"爷爷，你也多吃点。"叶七七擦了一把额头上的汗水，学着夜甄的模样，不停地往他的碗里夹菜，"多吃些这个，对身体好。"

"好，好好！"夜甄笑眯眯地点点头道，"还是我七七丫头孝顺。"

午膳过后，好不容易送走夜甄，叶七七终于长长地松了一口气。

墨寒卿笑眯眯地走过来，伸手揽住她的肩膀，声音温柔地道："咱们睡会儿吧？"

"好。"叶七七点点头，他这么一说，她顿时觉得有些困。

她爹爹应该还跟在女君身后，想尽办法让她承认自己是他娘子吧……叶七七有些无奈地叹了一口气，也不知道她爹爹什么时候才能让女君想起以前的事情。

当天晚上，青鸾国的皇宫来了一位不速之客。那人穿着黑色的夜行衣，从皇宫上空飞快掠过，一点想要隐藏的意思都没有。

皇宫里的侍卫很快发现了那人的身影，无奈他速度实在太快，侍卫里没有一人能追上他。侍卫统领情急下，燃放了一支红色的信号弹。

正在夜甄院子里陪自家爷爷下棋的叶七七，看到天空中的信号弹，愣了一下，朝自家爷爷问道："爷爷，发生什么事了？"

"有人闯进皇宫来了！"夜甄放下手中的棋子，赶紧站起身，朝那信号弹消失的方向看了一眼，"那人朝女君的寝宫去了，快，咱们快过去。"

"好！"叶七七赶紧放下手中的棋子，看了一眼墨寒卿，两人点了点头，便运起轻功，跟在夜甄的身后，飞快朝女君的寝宫飞去。

他们飞到女君的寝宫前，那人刚刚翻进院墙。

"甄大人！快！快！那人进去了！"远远地，侍卫们手持火把，气喘吁吁地朝这边赶来。

夜甄脚尖轻点，飞进了院墙。叶七七和墨寒卿连忙跟上。

那黑衣人的身影一闪就进了女君的寝宫。下一秒，叶七七便听得自家爹爹的声音响起来："你是什么人，胆敢擅闯女君的寝殿？"

"你又是什么人，怎么会出现在我师妹的寝殿里？"一道低沉的声音在寝殿里响起。

叶七七和墨寒卿听到这句话，硬生生地停住脚步。夜甄也一个急转弯，停住脚步。

"我是她夫君！"叶七七她爹看着眼前穿着一身夜行衣的男子，皱着眉头道，"你是谁？"

"我是她师兄。"男子扯下蒙在脸上的面罩，露出清秀儒雅的脸。

"师兄，你怎么来了？"女君脸上顿时浮现一抹灿烂的笑容，伸手推开挡在自己面前的七七她爹，飞快朝自家师兄跑了过去，"师兄，你这些年去哪儿了，怎么这么长时间没有回来看我？"

"月儿，"师兄低头看了一眼女君，眼神里满满的都是温柔，"可是想念师兄了？"

"是！"女君笑着朝他点了点头。

七七她爹看着眼前的这一幕，不知道为什么，嗅到情敌的味道。

"你离我娘子远一点。"七七她爹皱了皱眉，走上前，拽着女君的手腕，便将她拉到自己身后。

"你娘子？"师兄盯着七七她爹好一会儿，像是想起什么，"原来是你。"

"师兄，你认识他？"女君愣了一下，满眼疑惑地问道。

"不认识。"师兄淡淡地瞥了七七她爹一眼，转过身，朝寝殿内的桌子走去，边走边道，"师兄这次回来，是因为听说你要认一个来历不明的小丫头当干女儿？"

"七七不是来历不明的小丫头。"女君皱了皱眉纠正他道。

"那个叫七七的，还变成青鸾国的皇帝了？"师兄在桌子旁边坐了下来，抬起头，满眼疑惑地朝女君问道。

"这个……说来话长。"女君愣了一下，跟在师兄身后，走到桌子旁，随手拿起桌上的茶壶给自己和他倒了两杯茶，在他身边坐了下来。

七七她爹连忙跟上，紧挨着女君坐下来。

"那便长话短说。"师兄瞥了一眼七七她爹，转头朝女君道，"不过在那之前，希望你能先把这个人弄出去。"

女君看了一眼七七她爹，有些为难地道："我倒是想把他弄出去，可是这家伙赖在这里已经一整天了。"

"师妹，还是太过心慈手软。"师兄站起身，朝七七她爹走去，"看来还是得师兄帮你动手。"

有人要动手打她爹？！叶七七心中一凛，连忙伸手将女君寝殿的大门推开。

寝殿内的众人同时转过头，朝门口看来。叶七七在寝殿内扫了一眼，身形迅速地朝师兄飞去。那师兄眼看有人朝自己直直地飞来，心中一惊，下意识站起身，朝旁边躲去。叶七七的动作却是比他还快，径直飞到女君的师兄身边，伸出手，飞快地扣住他的肩膀，暗暗运起内力，顺着他的胳膊，将他的手臂背到身后，紧紧锁住。

师兄心中大惊，左右挣扎了一下，没有挣脱叶七七的束缚。他回过头来，看了一眼死死按住自己手腕的小姑娘，瞥到她的脸颊时，却愣了一下。眼前这个姑娘，长得和年轻时的月儿一模一样，只是月儿温婉，这个小姑娘却更显娇俏。

师兄愣了一下，盯着叶七七问道："你是……月儿的女儿？"

叶七七抬起头，朝女君的师兄看了过去，满眼的疑惑。

似乎察觉自己说漏了嘴，师兄儒雅的脸上顿时闪过一丝不自在，他有些尴尬地轻咳了两声，又象征性地挣扎了几下道："你是谁，快放开我！"

"你刚才不是说，我是她女儿吗？"叶七七朝女君仰了仰下巴，声音清脆地道，"怎么才不过片刻，就什么都不记得了？"

师兄脸上一阵红一阵白。

女君却愣了半天，不敢置信地朝师兄问道："七七真的是我女儿？那这意思就是……"她目光转向站在一边的七七她爹，红润的嘴唇颤抖了一下，一脸悲愤地道，"这登徒子真的曾经是我夫君？"

"什么登徒子，我是你如假包换的夫君啊！"七七她爹悲痛地看着女君道，"娘子你以前可爱我了。"

"爱打你吗？"女君瞪了七七她爹一眼，"停！我要消化一会儿这个事实。"

七七她爹顿时不说话，只是可怜巴巴地看着她。师兄则一脸懊悔地看着眼前的情景，暗恨自己刚刚嘴快。

叶七七咬了咬嘴唇，扣住师兄手腕的力道加大了不少，凶巴巴地道：
"说，到底是怎么回事？！"

师兄倒吸了一口凉气，转过头看着叶七七无奈地道："你这小姑娘，看
着挺文弱的，怎么掐人的力气如此大？"

"你是不是知道为什么我娘亲不记得我爹爹？"叶七七咬牙切齿地朝他
问道，"说，是不是你从中捣的鬼？"

"我？"那师兄看着叶七七道，"当初是谁害得我师妹差点一命
呜呼？"

"我师妹在夜国皇宫过得一点都不开心，你爹原本答应给她皇后的位
子，最终却给了别人，师妹好不容易怀孕，竟有人想害她和她腹中胎儿，我师
妹拼尽全力生下了孩子，却因为那什么豆蔻玉人丸的毒性深入骨髓，害得那孩
子先天不良，她只能拜托我假借夜国皇帝的名义，偷偷去找天下第一高手叶
珏，让他帮忙养育孩子，最终她郁郁寡欢，差点死在夜国。"师兄义愤填膺地
看着叶七七道，"要不是我将师妹救了回来，你们以为现在还能站在这里和她
说话？"

"将师妹救回来，费了我九牛二虎之力。"师兄看着叶七七道，"你已
经长这么大了，想来身上的毒也已经解了吧？你去问问帮你解毒的人，这解药
的配制有多艰辛，更何况你娘亲当年命悬一线，若不是我日夜守着她，她早就
去了。"师兄说到这里，微微顿了顿，抬起头看着七七她爹道，"你再问问你
爹，你娘亲在世时，他除了嘴上说得好听之外，还给了你娘亲什么？你娘亲去
世，他不是照样三年一选秀，五年一纳妃，不断扩充后宫吗？他心里何曾记得
过我师妹？"

"我爹爹他……"叶七七愣了一下，却是下意识反驳道，"我爹爹就
算娶了那么多女人又怎么样，他一个都没碰！不然，夜国也不会轮到我来当
皇帝。"

"呵，是吗？"师兄朝叶七七冷笑了一下道，"娶了那么多女人，却只
放在后宫不碰她们，不过是给了别人希望又让人失望罢了。他这样做，不仅伤
害你娘亲，还祸害无数良家妇女！不然，那些秀女、妃子，哪一个嫁不到好人
家，哪一个不应该现在儿女成群？"

"这……"叶七七一时不知道该说些什么，她好像从来没有考虑过这些

问题。

"当年你娘亲昏迷了七七四十九天，我好不容易才把她救回来，只是不知道为什么，你娘亲醒来，好像就把夜国的那段记忆彻底忘掉了。"师兄轻轻地叹了一口气，有些无奈地看了女君一眼，声音低低地道，"我也不知道是为什么，只是她既然不愿意想起，我便没有再提了。"

"原来是这样……"叶七七的手松了下来，迟疑一下，朝师兄双手抱拳道，"七七多谢前辈对娘亲的救命之恩。"

师兄看了叶七七一眼，摆了摆手，没说什么。

七七她爹却兴奋地握住女君的手道："娘子你看，我就说你是我娘子没错吧？"

"你这个登徒子，快给本宫松手！"女君反手又给了七七她爹一巴掌。

七七她爹捂着脸颊，委屈地看着女君道："娘子，你刚刚不是也听你师兄说了，你真的是我娘子啊，只是不记得了而已。"

女君深吸一口气，指着七七她爹的鼻子道："我才不管我师兄刚才说了什么，我只知道我现在不认识你，而且你一上来就对本宫动手动脚，还不经本宫的同意唤本宫为娘子，你就是个登徒子！"

"我……娘子，我冤枉啊！"七七她爹顿时眼泪汪汪地看着女君道。

叶七七扯了扯嘴角，满眼无奈地看着自家爹爹和娘亲，他们两个，好像是结下梁子了。

墨寒卿淡淡地瞥了他们一眼，突然揽过叶七七的肩膀，声音低沉道："七七，既然你娘亲没什么事情，那咱们便回去休息吧。他们上一代人之间的恩怨，就让他们自己解决好了。"

"好！"叶七七听到这话，打了个长长的哈欠，朝自家娘亲双手抱拳道，"娘亲，我先回去睡觉了，你也早点休息吧。"

"七七，"女君转过头，一脸快要崩溃似的看着她道，"娘亲知道你是娘亲的女儿了，但是娘亲绝对不承认这个登徒子是我夫君，七七，你快想办法把他弄走！"

叶七七怔了一下，赶紧抱住肚子，龇牙咧嘴道："哎哟……肚子好疼……夫君，快，快抱我回去。"

墨寒卿点头应了一声，弯下腰，稍一用力，便将叶七七抱在怀里，抬头

575

朝殿中众人道："七七不舒服，我先送她回去，你们慢慢叙旧，再见。"

说完这番话，墨寒卿便脚尖轻点，抱着叶七七飞了出去。

"哎，七七……"女君目瞪口呆地看着自家女婿抱着自己女儿就这么消失在夜空中，而她的胳膊上还挂着一个死皮赖脸的登徒子。

回到叶七七的寝殿，某人立刻神气活现，挣扎着就要从墨寒卿的怀里跳出来。墨寒卿却死死地摁住她的胳膊，眼眸微挑，看着怀中不安分的某人，声音低沉道："你要干吗？"

"起来啊。"叶七七眨眨眼睛，理所当然道，"咱们都已经从我娘亲的寝殿撤离了。"

墨寒卿微微一笑，意有所指道："不是肚子疼吗？现在好了？又能干别的事情了？"

叶七七一愣，随即乖乖地躺回他的怀抱中，双手捂着肚子，诚恳道："确实疼，疼得不行。"

"傻七七……"墨寒卿看着她拼命装睡的样子，终于笑了出来，一低头，径直吻上她红润的唇瓣，声音喃喃道，"就算什么都不能做，我也可以吻你啊……"

"你……嗯……"叶七七倏地一下睁开眼睛，所有抗议都被堵在喉咙中。

第二日清晨。

叶七七从睡梦中懒洋洋地醒来，这一觉，她睡得真香啊。

她转过头，看着面色不是很好的墨寒卿，嘿嘿一笑，十分欠扁道："夫君，昨晚睡得好吗？"

墨寒卿瞥了她一眼，懒得跟她讲话。

"夫君，你昨晚睡得不好吗？"叶七七撑着胳膊坐起来，偏偏要凑到他面前去。

墨寒卿无语。

"嘿嘿，自己点起来的火，自己负责灭掉。"叶七七嘚瑟地看着他，一想到他昨天夜里明明很想要却不能要的表情，她就偷笑。

"皇上，皇上！有您的飞鸽传书！"一个侍卫拿着信鸽，风风火火地朝她奔来。

"我的？"叶七七愣了一下，看着跪到自己面前的侍卫，满眼不解。

"回皇上，是从夜国过来的飞鸽传书！"那侍卫双手举着肥嘟嘟的信鸽，气喘吁吁地回答道。

叶七七点点头，接过他手中的信鸽，取下绑在信鸽腿上的小筒。

里面的信，是叶承安写的。

信里说，他和墨修竹、慕容鸿羽已经到达夜国，并且成功在夜国谋到了官职，只是没想到，那北辰魅也到了夜国，这人一天到晚说自己是叶七七的小妾，让他们觉得很烦，所以他们和他打了一架，打完又一起喝了酒，意外地成为朋友。前段日子，夜国朝臣叛乱时，他们帮着七七她爹，出了不少力，使得叛乱快速平息，只是眼下七七她爹去青鸾国了，他们便有些无聊，一无聊就想找点事情来做。

于是他们转念一想，自告奋勇开始忙碌封后大典的准备事宜。他们飞鸽传书的目的，就是想告诉叶七七，封后大典已经准备好，你跟你的寒卿皇后可以回来参加典礼了。

叶七七歪着脑袋，细细考虑了半天，眼珠子转了转，放下手中的信纸。

离开青鸾国之前，叶七七坐在马车里，看着站在车窗外的自家爹爹和娘亲，迟疑道："爹爹，娘亲，你们真的不跟我一起回夜国吗？"

"不了。"七七她爹笑呵呵地朝叶七七道，"你娘亲的记忆还没恢复，我得在这里帮她恢复记忆。夜国皇宫里，故人太多，爹爹怕打扰你娘亲休息。"

"故人？"女君冷笑一声，斜着眼睛看着七七她爹道，"是你妃子太多吧？"

"娘子，你这是在吃醋吗？"七七她爹欣慰地看着女君，声音激动地问道。

女君白了他一眼，径直转过头对叶七七道："七七，你这一路回去，要注意安全，娘亲不能跟着你回去，你要自己照顾自己，等娘亲甩了这个烦人的登徒子，就去夜国找你。"

"娘子，你不甩了我，也可以去夜国啊。"七七她爹委屈地看着女

577

君道。

"走开。"女君白了他一眼，继续朝叶七七道，"孔雀留在这里，娘亲会帮你照顾好它，你尽管放心。"

"好。"叶七七笑眯眯地看着自家爹爹和娘亲，应了一声。

"这是青鸾国归顺夜国的契约书。"女君一边说着，一边从袍袖中拿出一纸契约，递给叶七七道，"你带回夜国去。"

"娘亲。"叶七七看了一眼契约，迟疑着没有接。

"拿去吧。"女君看着她笑了笑道，"有了这契约，天下都是你的了。"

"谢谢娘亲……"叶七七朝她一笑，接过契约。

第二十章　执子之手，与子偕老

一个月后。

叶七七百无聊赖地坐在马车里，看着拿着一卷书阅读的墨寒卿，懒洋洋地问道："怎么还没到夜国的都城啊？"

墨寒卿抬起头，朝她淡淡地瞥了一眼，伸出一只白皙修长的手，掀开马车窗帘朝外面看了一眼，声音低沉地道："快了，已经可以看到京城的城墙了。"

"真的吗？！"叶七七听到这句话，一个翻身便从软榻上坐起来，飞扑到车窗前，掀开窗帘朝外面看去。

远远地，夜国都城的城墙上正飘着鲜艳的旗帜。

"太好了！"叶七七脸上露出灿烂的笑容，"坐了一个月的马车，终于到了，这一路上，我都快要无聊死了。"

城门处几乎人挤人。

人群中，墨寒卿眼尖地发现了叶承安和墨修竹的身影。

"承安和修竹？"墨寒卿心中浮现不好的预感，"他们两个怎么也在城门口？"

"哪儿呢？"叶七七再次朝城门看去，果然看到叶承安和墨修竹。

墨修竹指着远处一辆缓缓驶来的马车，大声道："来了，来了，皇上和皇后回来了！"

"终于回来了！"

"听说皇后是个大帅哥，在哪儿呢，在哪儿呢？"

周围的百姓听到墨修竹的话，连忙朝城门外的马车望去，议论纷纷。

"让开，让开！都让开！"

慕容鸿羽和北辰魅坐在马上，带着一队士兵，分开堵在城门口的老百姓，清理出一条道路。

眼看马车就要过来，慕容鸿羽和北辰魅翻身下马，走到墨修竹和叶承安身边，满眼期待地看着马车。

"恭迎皇上、皇后回国！"百姓见到那辆马车，立刻跪了下来，异口同声地喊道。

马车在城门口缓缓地停了下来。

叶七七掀开车帘，看了一眼站在城门外的叶承安等人，笑嘻嘻地道："承安，你们怎么会在这儿？"

"回皇上！"叶承安双手抱拳，朝叶七七行了个礼，笑眯眯地回答道，"臣等从一个多月前就天天盼着皇上和皇后回来，日盼夜盼，终于把你们盼了回来。实不相瞒，我们几个早在几天之前便估摸着时日，守在城门处了。"

叶七七愣了一下，扯着嘴角笑了笑道："干吗这么期盼我们回来啊？"

"当然是因为封后……"叶承安说到一半，突然改口道，"当然是因为许久不见，我们极其想念。"

"哦……"叶七七满脸狐疑地看着他。

"寒卿呢？"叶承安眼看只有叶七七一个从马车上下来，好奇地问道。

"他啊，他在马车里啊。"叶七七转头看了一眼，又跳上马车，朝安然坐在车厢内的墨寒卿问道，"夫君，你不下来吗？"

"不下去。"墨寒卿坐在软榻上，面无表情道。

"为什么啊？"

"因为我不想看见他们。"墨寒卿拿起手中的书卷挡住了脸。

叶七七无奈地耸了耸肩，放下车帘，转过头朝满眼期盼的墨修竹和叶承安道："他说他不想见你们。"

580

"可惜了……"叶承安咕哝了一声,他还等着看墨寒卿那一脸郁闷的神色呢。

"嗯?可惜什么?"叶七七满眼疑惑地朝他问道。

"呵呵,没什么,你们一路舟车劳顿,肯定累了吧?咱们赶紧回宫!"叶承安抬起头,极为诚恳地朝叶七七笑了笑,"臣之前已经看过皇历,大后天是个难得的良辰吉日,要不咱们的封后大典就放在那一天吧?"

"大后天?"叶七七愣了一下,有些迟疑,"大后天会不会太赶了?"

"怎么会呢?"叶承安坦然地看着叶七七道,"我们等了一个多月,啊,不是,臣的意思是,大后天真的是今年最好的日子,而且还是那种前无古人、后无来者的好日子,若是错过这一天,就得再等两年。"

"真的吗?"叶七七有些不太相信。

"真的,不信你问鸿羽。鸿羽,你说是不是?"叶承安伸出胳膊,推了推站在自己身边的慕容鸿羽,朝他挤眉弄眼道。

慕容鸿羽愣了一下,点点头,朝叶七七道:"确实是个难得的好日子,不过……"

不过这种好日子,明明下个月还有一天啊……慕容鸿羽还没说完,叶承安便抢在他前面笑着道:"看吧,我没有骗你吧,这种良辰吉日不等人,过了这个村,就没这个店了。"

"哦,好吧。"叶七七伸手挠了挠脑袋,并不是特别在意。

"那咱们就赶紧回宫休息吧?"叶承安高兴地转头大声道,"皇上起驾回宫!"

封后大典当天,墨寒卿满头黑线地看着十几个将自己团团围住的宫女,冷着俊脸道:"都给我出去。"

"皇后娘娘怎么又忘了,您现在要自称本宫。"一旁的教引嬷嬷好心提醒他道,"今日是皇后娘娘大喜的日子,这礼服是必须要穿的。"

墨寒卿眼眸微垂,看着摆放在面前的大红礼服,上面的刺绣确实繁复华丽,一件一件也确实极为精致,只是……

那明显是女式,他扯了扯嘴角,在心中暗暗将叶承安等人骂了千百遍。

一个时辰后,墨寒卿在两个宫女的搀扶下,坐上喜轿,只听侍卫大喊一

581

声："起轿——"

封后大典在祭月坛举行。

朝中文武百官早已在祭月坛等候，主持封后大典的礼部尚书丁大人抬头看了一眼日头，估摸着时辰，这个点儿，皇上跟皇后差不多也该出现了。

他刚这么一想，道路尽头，一顶轿辇便出现在众人的视线中。

"皇上驾到——"一道高亢的叫声远远地传来，守在祭月坛边的大臣们立刻衣袍一掀，跪在地上，齐声高呼道："吾皇万岁万岁万万岁。"

叶七七穿着一身大红、绣有九条盘龙的喜服坐在轿辇上，不断张望。

她家夫君应该是从那个方向过来吧？也不知他到了没有。

叶承安和墨修竹站在一众大臣中，抬起头朝叶七七这边张望了一眼。

"我皇兄要是看到咱们给他准备的皇后礼服，会不会掐死我们？"墨修竹哭丧着一张脸，朝叶承安郁闷地道，"我现在好后悔给他准备了那身衣服啊。"

"怎么可能呢？寒卿怎么可能掐死我们，你想多了。"叶承安伸手拍了拍墨修竹的肩膀，安慰他道。

"真的吗？"墨修竹眼里顿时燃起一丝希望。

"当然是真的，这完全不符合他的性格啊。"叶承安点点头道。

"说得也是，虽然他是冷漠了些，但咱们几个好歹从小一起长大，他应该不至于对我们下狠手！"墨修竹顿觉松了一口气。

"对啊，以他的性格，应该先把我们关起来，鞭打十日，再在伤口上撒盐，再用烙铁在咱们身上留几个印子，接着饿上我们几天，用钳子拔了我们的指甲，把我们的双手插入油锅中烫一遍，或者喂点毒药，最后才掐死我们。"叶承安一边看着轿辇上的叶七七，一边随口朝墨修竹道。

墨修竹原本还有一丝血色的脸，瞬间变得煞白。

"我……想痛痛快快地死……"墨修竹感觉自己快要哭出来。

"哎哟，干都干了，现在才害怕，有什么用？"叶承安白了墨修竹一眼，唯恐天下不乱似的继续道，"好好享受这临死前的狂欢吧。"

叶七七在身边宫女的搀扶下走下轿辇，朝跪在地上的大臣们淡然道："众卿平身。"

"谢皇上！"大臣们异口同声地回了一句，小心翼翼地站起来。

礼部尚书丁大人连忙朝叶七七迎了过去道："见过皇上，您在此等候片刻，皇后娘娘马上便到。"

"好。"叶七七点点头，朝另一条路看去，满眼期盼。

一炷香的工夫后，路的尽头终于出现一顶大红色的轿子。

十二名身穿暗红色衣袍的宫女款款而至。

"皇后娘娘驾到——"轿旁的教引嬷嬷拉长声音，大喊一声，刚刚起身没多久的大臣们，立刻又衣袍一掀，跪了下去，齐声呼道："皇后娘娘千岁千岁千千岁！"

叶七七眼中顿时绽放出璀璨的光芒，二话不说便朝轿子奔去。

"皇上，皇上，您慢点啊，急什么？！"跟在叶七七身边的宫女，一边拎着裙摆跑着，一边朝叶七七无奈道。

叶七七一溜烟跑到轿子前，刚打算伸手去掀轿帘，一旁的教引嬷嬷便笑着道："皇上，还请皇上站在轿子的左侧，待老奴掀开轿帘，皇上再扶着皇后娘娘出来。"

"哦，好。"叶七七点头应了一声，便站到轿子左侧。

教引嬷嬷笑了笑，缓缓将轿帘掀开。

坐在轿子里的墨寒卿，身穿繁复华美的大红色皇后礼服，安静地坐着。

他鼻梁挺直，唇瓣微微抿起，墨色的长发用一根简单的玉簪束起。

叶七七看着眼前的墨寒卿，不知道为什么，脑海里突然冒出绝色倾城四个大字。

墨寒卿闭了闭眼睛，深吸一口气，面无表情地朝她道："还愣着干吗，扶我出去啊。"

"啊……哦……好。"叶七七顿时回过神来，赶忙朝墨寒卿伸出了手。

墨寒卿沉默两秒，用力握住她的手。叶七七愣了一下，扶着墨寒卿从轿子里出来。

跪在地上的大臣们，不由自主地抬头朝墨寒卿看去。这一看，他们全部愣住了。原本他们觉得，皇上已经是这天下最好看的人，可是想不到，还有比皇上更好看的人。

墨修竹和叶承安也跪在那些大臣之中，看着墨寒卿。

叶承安直直地盯着墨寒卿，感叹道："想不到这家伙穿上皇后的礼

583

服，会这么美。要我说，这家伙要真的打扮成女人，说不定比宫魅还美上三分呢。"

"我皇兄——"墨修竹看着墨寒卿的样子，也呆了，半晌才低声感叹道，"我要是死在我这么美的皇兄手上，也算是心甘情愿了。"

"瞎说什么呢。"叶承安转过头，白了墨修竹一眼，咂咂嘴道，"也不枉费我们精心准备这么久。"

"说得对！"墨修竹用力点点头。

一道冰冷的目光突然朝他们射来。叶承安和墨修竹心中一凛，下意识抬头看去，一眼便看到某人正眼含杀意地盯着他们。

"我……我皇叔这是看见我们了吗？"墨修竹声音哆嗦，朝叶承安问道。

"不……不会的，这儿跪了这么多大臣呢，而且大家的衣服穿得都差不多，他……他应该不可能一眼就看到我们吧？"叶承安也心中一抖，结结巴巴地朝墨修竹道，"赶紧的，把头低下来，别跟他的视线对上。"

叶七七转头看了一眼身边的墨寒卿，奇怪道："夫君，你在看什么呢？"

"没什么。"墨寒卿收回目光，声音淡淡道，"不过是两个将死之人而已。"

他说这句话时，故意用内力将声音送得很远，果不其然，下一秒，跪在人群中的叶承安和墨修竹下意识一哆嗦。

墨寒卿握着叶七七的手，朝不远处的祭月坛快步走去。

礼部尚书丁大人眼看他们直直朝祭月坛走去，赶紧跟上道："皇上，皇后娘娘，你们走慢点啊，这样……这样不合礼数啊！"

"怎么不合礼数了？"叶七七停下脚步，看着跟在他们身后一路狂奔的丁大人问道。

"皇上，您……您等等……"丁大人气喘吁吁地跑到叶七七面前，抬头看了一眼天色，整了整衣袍，深吸一口气道，"皇上和皇后娘娘请先在这里稍等片刻，容微臣在祭月坛下站好了，咱们再按步骤来。"

"哦。"叶七七随意地点了点头。

丁大人见叶七七同意，立刻转身朝祭月坛走去。他走到祭月坛下站定，双手垂于身前，抬头挺胸大声喊道："巳时已到，封后大典正式开始——众臣，跪——"

那些站在祭月坛下的大臣立刻齐刷刷地跪了下来。

"请皇上携皇后娘娘登上祭月坛——"

叶七七转头看了墨寒卿一眼，又看了看被他紧紧握住的手，抿嘴一笑，迈开步子，朝祭月坛上走去。

待到她和墨寒卿站上祭月坛，丁大人这才不慌不忙地跟了上去，拿过早已准备好的香火，分别递给叶七七和墨寒卿，自觉退去一边，大声道："祭拜天地——跪——"

叶七七和墨寒卿手中各持三支香，缓缓跪下。

"起——再拜四方神灵——"

叶七七和墨寒卿站起身，面朝祭月坛的四个方向，一一拜过。

"三拜天下众生——礼毕——"

丁大人高声喊完，立刻上前接过叶七七和墨寒卿手中的香火，恭恭敬敬地插在祭月坛的香炉内。

"授皇后娘娘凤冠、凤印——"

立刻有宫女托着凤冠、凤印走上前来，恭恭敬敬地站在叶七七身边。

叶七七低头看了一眼那金光闪闪镶满珠宝的凤冠，再抬头看了一眼瞬间变了表情的墨寒卿，想要偷笑。

这可真是躲得了初一躲不过十五啊！

她家夫君好不容易躲过礼服配套的头饰，却终究躲不过这凤冠！

叶七七一边偷笑，一边拿起那珠光宝气的凤冠，努力让自己看起来严肃一点，朝墨寒卿道："请皇后稍微低一下头，朕够不着。"

墨寒卿眼眸微垂，看了一眼叶七七，沉默片刻，终究还是微微俯下身子。

叶七七赶紧将手中的凤冠给他戴上，又拿过凤印塞进他手里。墨寒卿看着凤印，一时五味杂陈。他明明是个男人。

丁大人抬头看了一眼冷着一张脸的墨寒卿，伸手擦了擦额头上的汗水，硬着头皮继续道："请皇上与皇后娘娘接受众臣跪拜——"

众臣顿时朝叶七七和墨寒卿高呼道："皇上万岁万岁万万岁——皇后千

岁千岁千千岁——"

叶七七笑眯眯地站在祭月坛上，看着众臣跪拜的场景，朝身边的墨寒卿道："皇后，看见没有，这是朕为你打下来的江山！"

墨寒卿一脸无语地瞥了她一眼，目光淡然地看着那些跪在地上齐声高呼的大臣，随口道："哦，是吗，这难道不是自己送上门的江山吗？"

叶七七无奈地扯了扯嘴角，白了墨寒卿一眼，道："夫君，你就不能配合我一下？"

墨寒卿冷笑一声，转过头来，朝叶七七福了福身子，面无表情道："臣妾真高兴。"

待到众臣朝拜完毕，丁大人朝众人朗声道："封后大典正式结束，请诸位移步朝阳殿，与皇上、皇后娘娘共用午宴。"

"谢吾皇恩典——"那些大臣朝叶七七和墨寒卿又拜了拜，这才依次退场，离开祭月坛，三三两两地朝朝阳殿走去。

"走吧。"墨寒卿眼看这里的人走得差不多了，伸手握住叶七七的手腕，脚尖轻点，便朝叶七七的寝宫飞去。

"皇上、皇后娘娘，你们这是去哪儿啊？朝阳殿是往那个方向啊！"丁大人站在原地，眼睁睁看着叶七七和墨寒卿朝相反的方向飞去，着急地大声喊道。

两人显然不打算回应他，不过片刻，身影便已消失在他的视线里……

一个时辰后，朝阳殿。

文武百官坐在桌旁，直勾勾地盯着桌上的菜品，却没有一个人敢动筷子。

毕竟皇上跟皇后娘娘还没过来，他们谁也不敢先吃。

墨修竹看了一眼桌子上的菜，伸手摸了摸肚子，转过头来朝身边的叶承安问道："你说，寒卿跟七七两个，去哪儿了？"

"我哪儿知道。"叶承安目光直直地盯着桌子上的菜，今日一大早他们就在祭月坛等着了，到现在早饭还没吃呢。

"我觉得……"一直没有说话的慕容鸿羽突然朝墨修竹道，"寒卿他可能是回寝殿换衣服了。"

"换衣服？"墨修竹愣了一下，随即摇摇头道，"不可能，他这换衣服的时间，都够裁缝做出来一套新衣服了。"

"我觉得有可能……"叶承安突然转过头，若有所思地看着慕容鸿羽道，"换个衣服，必然得先脱衣服，这春暖花开的，春风拂面的，说不定某人就动了什么心思……"

墨修竹正准备追问，忽然听得殿外内监高喊一声："皇上驾到——皇后娘娘驾到——"

满殿的大臣顿时眼珠子一亮，急急忙忙地站起身，朝殿门外双手抱拳，齐声道："臣等参见皇上，参见皇后娘娘！皇上万岁万岁万万岁，皇后娘娘千岁千岁千千岁——"

"众爱卿平身吧。"叶七七清脆的声音在朝阳殿门口响起。

殿内诸位大臣立刻抬起头，朝殿门看去。

只见他们皇上依然穿着封后大典时的龙袍，皇后也依然穿着封后大典时的礼服，款款走来。

刚刚"饱餐"过一顿的墨寒卿显然心情大好，目光温和地朝诸位大臣扫视了一眼，声音低沉道："劳诸位大臣久等，实在是方才进行封后大典时，站在太阳底下太久，身上出了不少汗，所以回去沐浴了一下。不过，这皇后的礼服，里里外外十二层，脱起来颇为费劲，穿起来更是费劲。"

墨寒卿一边说着，一边朝墨修竹和叶承安的方向瞄了瞄，继续笑着道："我听闻，以往的皇后礼服最多三层，只是不知道为何，到了我这儿，就要穿十二层，可能是为了显示隆重吧。"

"是、是、是……"那些大臣赶紧点头附和。

"回头皇上可一定要重重赏赐那些为我准备礼服的大臣。"墨寒卿笑眯眯地转头看着叶七七，特地在赏赐两个字上加重了语气。

"好……"叶七七有气无力地回答。她被他折腾了大半个时辰，身心俱疲，再加上她还没有吃午饭，此刻她眼神就跟大殿里的那些大臣一样，泛着幽幽的绿光。

"好了，咱们不要继续废话了，这便开始午宴吧。"墨寒卿笑着说完这番话，举起桌子上的酒杯，朝诸位大臣示意一下，将酒喝了下去。

那些大臣赶紧举起杯子，喝完杯中酒，便拿起筷子，迫不及待地吃起来。

墨寒卿一边动作优雅地将食物送进口中，一边朝墨修竹和叶承安的方向瞥。

本就饿得不行的叶承安和墨修竹，在墨寒卿刀一般锋利的眼神里，战战兢兢地吃完了这顿饭。

午宴过后，诸位大臣终于填饱肚子，一一告辞。

叶承安和墨修竹也站起身，正打算行礼告辞，墨寒卿的声音突然凉凉地传来："叶爱卿、墨爱卿，请留步。"

叶承安和墨修竹下意识一抖，看着对方。

"哦，对了，还有慕容爱卿。"墨寒卿淡薄的唇角勾起一抹似笑非笑的弧度，不慌不忙道。

"是。"慕容鸿羽站起身来，朝墨寒卿行了个礼，应了一声。

宫魅看了他们三人一眼，正思忖着应该没自己什么事，叶七七却笑眯眯地道："北辰爱妃，你也留下。"

"好！"一听到叶七七对自己的称呼，宫魅眼睛一亮，完全忽视墨寒卿想要杀人的眼神，点头应下。

待其余大臣都离开，墨寒卿这才抬起头，一双乌黑深邃的眼中绽出冰冷的光芒。叶承安偷偷擦了一把额头上的汗水，勉强冷静下来，朝墨寒卿问道："不知道皇后娘娘喊我们几个留下，有何贵干？"

墨寒卿冷冷笑了一声，声音凛冽道："我为什么留下你们来，你们自己心里清楚。"

"这……皇后娘娘心思细密，臣……实在猜不到啊……"叶承安硬着头皮打哈哈道。

墨寒卿面无表情地应了一声，突然朝叶承安问道："承安，你说我这皇后的礼服好看吗？"

"这……好看，好看，好看极了！"叶承安连忙点点头道。

"难道你不觉得，身为一个男人，穿这样的礼服，有点不妥？"墨寒卿眯了眯眼睛，朝他追问道。

"没有，一点都没有。"叶承安额头上冷汗直冒，却还是厚着脸皮坚持道，"皇后娘娘国色天香，和这礼服极配！"

"呵呵呵呵。"墨寒卿一阵冷笑。

墨修竹伸手拽了拽叶承安的袖子，示意他少说一点，这会儿说得越多，死得越快。

"哦，那爱卿对于我这礼服应是极其喜爱了。"墨寒卿微微一笑，态度和蔼地问道。

"对……对……"叶承安有些心虚道。

"爱卿的意思是，你也想穿上礼服，成为夜国的皇后吗？"墨寒卿冷哼一声，朝叶承安问道。

叶承安心中一惊，一颗脑袋摇得跟拨浪鼓一般："不不不，臣并没有这想法。"

"那爱卿单纯是觉得这礼服样式好看？"墨寒卿目光凉凉地看着叶承安。

"这……是……"叶承安擦擦额头上的汗水。

"特别好看？"

"好看，特别好看。"

"那不如，爱卿也穿上试一试？"墨寒卿嘴唇微微勾起，声音带着一丝调侃，朝叶承安问道。

叶承安身子一僵："这毕竟是皇后的礼服，岂是寻常人可以穿的？臣要是穿了，是对皇后娘娘极大的不敬！"

墨寒卿若有所思地点点头道："说得也是。"

叶承安松了一口气。

"那就让人按这礼服的样式，给你们几个做新的衣服好了。"墨寒卿显然不打算轻易放过他们，"也要十二层，一模一样的款，只是颜色不要大红，上面不绣龙凤，不就皆大欢喜了吗？"

叶承安顿时又僵住了，半晌颤抖道："这……这不太好吧？"

"怎么不太好？"墨寒卿目光灼灼地看着他问道。

"这……"叶承安只觉汗水不停地流着，"可是这……"

这是女式衣服啊……叶承安硬生生将这句话咽了回去。

"臣……谢皇后娘娘。"叶承安双手抱拳，朝墨寒卿无奈地行了个礼，低低地应了一声。

"很好。"墨寒卿微微一笑，朝叶承安淡淡道，"那就先穿三个月吧。"

"三个月？！"叶承安震惊地看着他。

"怎么？爱卿嫌三个月的时间短？"墨寒卿笑容温和地看着他道，"我这是考虑到，再过三个月天就要入夏，那么热的天，爱卿穿着十二层衣袍……啧啧……当然，爱卿若是觉得三个月太短，我也可以安排你们穿个一年半载、十年八年，甚至是一辈——"墨寒卿不慌不忙地朝他们道。

"不不不，三个月正好，一点都不短！"叶承安连忙打断墨寒卿，双手抱拳朝他行礼道，"臣再次谢过皇后娘娘的赏赐。"

墨寒卿唇角微勾，目光转向墨修竹，正准备说话，就看到墨修竹诚恳道："臣自愿穿这种样式的女装，三个月。"

墨寒卿似笑非笑地看着他道："爱卿这么主动？"

"是，臣……臣爱极了这种样式的女装！"墨修竹哭丧着一张脸道。

"很好，那你就穿四个月吧。"墨寒卿的声音淡淡地飘来。

"啊？"

"不愿意？"

"愿意，愿意，非常愿意。"墨修竹拼命点头。

"很好。"

又解决掉一个，墨寒卿转过头，看向慕容鸿羽。

"臣……"慕容鸿羽有些为难地看着墨寒卿，他好歹是个领兵的将军，要是训练士兵时穿女装，得把那些士兵笑死。

"你……"墨寒卿盯着他一会儿，"就穿三天吧。"

"为什么？！"叶承安不敢置信地看着他，大声嚷嚷道，"为什么我和修竹要穿好几个月，鸿羽只穿三天？这不公平！"

墨寒卿冷冷地瞥了他一眼，声音低沉地道："以鸿羽的性格，肯定是被你们胁迫，才会参与这件事情，他不算主谋，所以只穿三天就行。"

叶承安一下子没话可说。

倒是慕容鸿羽，双手抱拳，朝墨寒卿行礼道："臣谢过皇后。"

"嗯。"墨寒卿凉凉地应了一声，"至于宫魅……"

他顿了顿，转过头，眯起眼睛，看着叶七七问道："你刚才喊他什么？"

"呃……没喊什么啊。"叶七七原本还在幸灾乐祸，瞬间便敛起了笑容。

"是吗？"

"是的。"

"那他不是你的爱妃？"

"不是，肯定不是。"

"很好，那皇上给他赐个婚吧。"墨寒卿面无表情地看着叶七七，"就把他赐婚给你妹妹如何？以此彰显圣宠，也能表明皇上对北辰国的重视。"

"我妹妹？"叶七七一时没有反应过来。

"柳云薇。"墨寒卿好心地提醒道。

"可是云薇才……才九岁啊……"叶七七懵懂地看着墨寒卿道，"这么早就给她赐婚，会不会太——"

"婚先赐着，等云薇及笄，他俩就可以成婚。"墨寒卿挥了挥袍袖，说完这句话，不等叶七七反应，继续道，"这件事情就这么定了。行了，眼下也没什么其他事情，娘子，咱们走吧。"

"啊？"叶七七还没有回过神。

"走吧。"墨寒卿轻飘飘地丢下这句话，也不去看叶承安他们的反应，径直抱起叶七七，往朝阳殿外飞去。

第二日，夜国的朝堂之上，出现了三个穿女装的大臣。

叶承安、墨修竹、慕容鸿羽红着脸站在朝堂上，一言不发，偏偏叶七七不知道脑子突然抽了什么风，要求朝堂上的各位大臣多多走访城中百姓，了解百姓疾苦，并且每日汇报走访心得。

其他大臣有些惊讶，还是应下来了。

只有叶承安、墨修竹和慕容鸿羽欲哭无泪。要他们几个穿着女装去走访百姓？岂不是要全京城的人都知道，他们几个男扮女装？这主意，一看就是墨寒卿出的。

三天后，慕容鸿羽终于不用穿女装，叶承安和墨修竹还得继续穿着。

十天后，叶承安和墨修竹已经彻底放弃治疗，反正心得怎么写，叶七七

591

都不满意，他们也懒得写了，每天穿上女装去京城里人多的地方转一转，算是完成任务。

二十天后，京城里有传言，叶大人和墨大人在墨国时已经心系彼此，暗度陈仓，只是迫于舆论压力，不得不背井离乡，来到夜国，开始新的生活。

一个半月后，叶承安和墨修竹已经没有任何包袱，每天穿着女装高高兴兴去上朝，高高兴兴去逛街，高高兴兴一起回府。

于是，京城里又有传言，叶大人和墨大人其实已经抛开舆论压力，光明正大在一起了……

三个月后，叶承安终于可以脱下那身女装。当他重新穿上男装时，热泪盈眶。

墨修竹还得继续穿一个月。

于是，京城百姓关于他俩猜想的千古谜题迎刃而解。

四个月后，墨修竹泪流满面地换回男装，彻底结束了他身为"女人"的日子。

只是京城里的百姓，看他和叶承安的眼神，已经无法更改了。

夏天来临时，叶七七突然变得异常嗜睡。每天早上几乎都要墨寒卿喊她十几遍，她才懒洋洋地极不情愿地坐起身来。除了嗜睡，她还变得异常爱吃东西，并且总是嚷嚷吃不饱。

墨寒卿有些担心地看着她左手一只鸡腿，右手一个苹果，不停地吃着，问道："七七，这已经是你吃的第六只鸡腿了。"

"是吗？"叶七七握着鸡腿，迷茫地看着墨寒卿道，"我已经吃了这么多了？"

"是。"墨寒卿微微蹙眉，伸手摸了摸她的脑袋道，"好像并没有生病啊。"

"我就吃几只鸡腿而已，又没有觉得哪里不舒服，怎么可能生病。"叶七七摇摇脑袋，将他放在自己额头上的手打掉，用力咬了一口手中的鸡腿道，"我最近胃口比较好。"

墨寒卿扯了扯嘴角道："你这胃口好得也太离谱了吧，你以前只吃三只鸡腿。"

"可是我觉得饿。"叶七七眨巴眨巴眼睛，无辜地看着他道，"反正吃了这么多，又没有长胖，怕什么。"

"不长胖才更奇怪。"墨寒卿蹙着眉头，看了她半天，声音淡淡地道，"要不还是宣太医来给你看看吧。"

"看什么？"叶七七猛地抬起头，看着他道，"喊太医看我为什么能一下子吃六只鸡腿？不要啊，好丢脸。"

墨寒卿瞬间无语。

叶七七盯着他面前盘子里的最后一只鸡腿，犹豫了好久，才不好意思地问道："那个……夫君，你碗里的那鸡腿还吃吗？要是你不吃，给我好不好？"

墨寒卿微微一怔，低头看了一眼自己碗里的鸡腿，又看了一眼满脸期盼的叶七七，无奈地叹了一口气，伸手拿起筷子，将鸡腿夹到叶七七面前。

"谢谢夫君。"叶七七顿时满心欢喜，伸手拿起鸡腿，继续吃起来。

片刻工夫，摆在他们面前的菜肴，已经被她一扫而空。

叶七七摸着圆鼓鼓的肚子，终于长长地松了一口气道："吃饱了……"

说着，她打了个哈欠，站起身，转身朝床榻走去："好困啊，我先去睡会儿！"

"不许去。"墨寒卿一把拽住叶七七的衣领，将她拎了回来道，"你才刚刚起床没多久，吃完饭又要去睡了？你今日还没有上早朝呢。"

"还要上早朝？"叶七七愣了一下，回过神来道，"对哦，现在是早上，好奇怪，我怎么这么困呢……"

墨寒卿看了她一眼，拽着她的胳膊朝大殿走去。

鉴于叶七七最近变得十分嗜睡，所以这上朝的时间也跟着往后推了推。

等他们到达大殿时，满朝文武已经在里面等着了。

"上朝吧。"叶七七觉得好困，看了一眼站在朝堂上的大臣们，长长地打了个哈欠道，"诸位爱卿，有事启奏，无事退朝。"

"这……"那些大臣互相看了一眼，最终还是年纪最大的三朝元老刘丞相站出来，恭恭敬敬道，"老臣有事启奏。"

"刘丞相请讲。"叶七七一只手托着下巴，坐在墨寒卿的怀里，声音软软道。

"皇上，您这段时间，上朝的时辰变得越来越晚，这封后大典也已经过去四个月了，您与皇后娘娘不能天天这样不知节制，再这样下去，岂不是要'从此君王不早朝'了？！"

叶七七一脸迷惑地看着刘丞相，脑子还没转过来，也没理解他话里的含义。她迷茫地看着墨寒卿，奇怪道："刘丞相刚刚是说？"

墨寒卿低头瞥了她一眼，言简意赅道："他说你'春宵苦短日高起，从此君王不早朝'。"

"哦……"叶七七下意识点点头，随即怒道，"什么？！说谁呢？！我是那种人吗？"

"那皇上为何每日上朝都在不停地打哈欠，难道不是因为夜里没有休息好？"刘丞相慷慨激昂地看着叶七七道。

"当然不是。"叶七七有些无语地白了他一眼道，"反正……就是觉得困，身子乏得很。"

"那皇上可有宣太医看看？毕竟龙体重要啊！"刘丞相顿时关切地问道。

"没事，我多休息休息就好了。"叶七七小手一挥，继续道，"还有什么事情要说的？"

朝中大臣互相看了看彼此。

思来想去，终于有位大臣硬着头皮站出来，朝叶七七高声道："臣有事启奏。"

"薛大人？"叶七七看了薛大人一眼，随口道，"你有什么事，说吧。"

"是这样的。"薛大人抬头看了一眼墨寒卿，迟疑了一下，朗声道，"自从封后大典结束，这已经过去快半年了，按照咱们夜国的礼制，皇上理应扩充后宫，绵延子嗣，为国家诞下栋梁才对……所以……微臣是想……"

"想啥？"叶七七好像完全没有把他之前说的话听进去。

"微臣的意思是……皇上您是不是该选妃了？"薛大人硬着头皮说完这句话，感觉一道寒光带着凛冽的杀气朝自己射来。

薛大人赶紧将脑袋埋得更低，完全不敢抬起头看坐在他们皇上身边的皇后娘娘。

"薛大人的意思是……"墨寒卿沉默片刻，终于凉凉地道，"嫌我不够努力？"

"那毕竟都过去这么久了，皇上还是一点动静都没有……"薛大人在墨寒卿冰冷的目光中，声音颤抖着小声道。

墨寒卿冷冷一笑，声音里没有一丝波动地道："看来我还得再努力一些才行。"

"别，你可千万别再努力了，我都快不行了。"叶七七听到墨寒卿这句话，瞬间一个激灵，下意识反驳道。

"可是你的大臣嫌我不够努力。"墨寒卿低下头，一脸无辜地看着她。

薛大人咬了咬牙，硬着头皮朝叶七七问道："不知道皇上觉得微臣的提议如何？"

"嗯？"叶七七随口应了一声。

"就是关于选妃的提议。"薛大人视死如归地朝叶七七道，"微臣认为，皇上应该扩充后宫，不知道皇上觉得这个提议如何？"

"朕觉得……"叶七七歪着脑袋想了想，正准备说话，突然觉得一阵恶心，早上吃的那些鸡腿，一下子变得异常油腻，一阵阵往上涌。

薛大人直直地看着叶七七，竖起了耳朵。

"我觉得……"叶七七努力想要压下胃里那阵难受，可她这么一张嘴，终究没有忍住，哇的一声全部吐了出来。

薛大人瞬间目瞪口呆。

墨寒卿愣了一下，赶忙轻轻拍了拍叶七七的后背，不忘吼薛大人一句："薛大人难道还不明白皇上的意思吗？你的提议都让皇上吐了。"

"我……"薛大人脸上瞬间一阵青一阵白。

墨寒卿冷冷地瞥了薛大人一眼，转过头来，声音温柔地朝叶七七问道："七七，你怎么了？是不是不舒服？"

"我……"叶七七想要摇摇头，说自己没什么，一张口，又是哇的一声，吐了出来。

"快，宣太医！"墨寒卿皱着眉头，声音急切。

大臣们也是乱成一团。

坐在龙椅上的叶七七还在不停地吐着。

墨寒卿看着她脸色发白的样子，阵阵心疼。

"太医来了，太医来了！"

不多时，太医院的太医们匆忙赶来。

"臣等，参见皇——"

太医们到了大殿，正准备衣袍一掀给叶七七行礼，墨寒卿声音焦急地道："还行什么礼，快点过来看看！"

"是，是是……"那些太医赶紧朝龙椅奔去。

虽说太医院的太医几乎倾巢出动，但此刻真正能够上前给叶七七把脉的，还是太医院的首席太医——胡太医。

胡太医站在叶七七身边，三根手指按在叶七七的手腕上，眯着眼睛，皱着眉头，半晌没有说话。

"七七怎么样？"墨寒卿看着胡太医的样子，沉默片刻问道。

"不知皇上近来可有嗜睡、食量大增、身子乏力之类的症状？"胡太医给叶七七把了一会儿脉，突然问道。

"有……"叶七七声音虚弱地回答道。

"那皇上像今日这样呕吐，已经几次了？"

"今日这是第一次……吧……呕……"叶七七一边声音低低地说着，一边干呕了一声。

"嗯……"胡太医点点头，若有所思地看着叶七七道，"皇上，您这是有了。"

"有什么了？"叶七七纳闷地看着胡太医，声音弱弱地问道，"有病了？"

"不是！皇上，您这是有喜了！"胡太医一拍大腿，喜滋滋地朝叶七七道。

有喜了？

叶七七愣了一下，随即才反应过来，胡太医说的有喜了，应该是说她怀孕了的意思。

"你的意思是……"叶七七目瞪口呆地看着胡太医，不敢相信自己的耳朵。

"恭喜皇上，贺喜皇上，您这是有了！"胡太医一掀衣袍，双膝下跪，朝叶七七高兴道，"并且皇上您怀的还是双生子，因此身体的消耗会比旁人多很多。"

"恭喜皇上，贺喜皇上！"其他太医以及满朝文武顿时跪了下来，异口同声地朝叶七七大声道。

墨寒卿盯着胡太医半晌，又看了看怀里的叶七七，二话不说抱着她站起来，正打算飞出大殿，又像是想起了什么，放弃用轻功，转而一步一步抱着叶七七往外走。

"皇后娘娘，皇后娘娘，您这是要带皇上去哪儿啊？"一位大臣眼看他俩往外走，赶紧问道。

"回去休息。"墨寒卿冷冷地瞥了大臣一眼，声音淡淡地道，"各位大臣也都回去休息吧，皇上既然已经有了身孕，就别再嫌我不够努力，至于选妃的事，我看也免了吧。"

"这……"那大臣瞬间无话可说。

"可是，皇上他……"胡太医还准备说点什么，墨寒卿却再也没有理他，抱着叶七七径直便出了大殿。

叶七七有些虚弱地躺在墨寒卿怀里，眼看他唇角的笑容越来越明显，问道："夫君，你在傻笑什么？"

墨寒卿低下头来，满是温柔地看着她："娘子，我就要当爹了，是不是？"

叶七七微微一怔，随即笑出来道："是，恭喜你，在那帮大臣提出选妃的这一天当爹了，只是不知道，我们的宝宝什么时候才会出生？"

墨寒卿听到这句话，一下子愣住，他刚刚……好像忘了问胡太医？

"夫君？夫君？"叶七七见他半晌没有说话，又喊了他两声。

墨寒卿回过神，低头朝叶七七微微一笑道："我先送你回寝殿，再去找胡太医问问。"

"哦，好吧。"叶七七想了想，点点头。

将叶七七送回寝殿，墨寒卿让她好好休息，又叮嘱她寝殿里的宫女好好侍奉她，这才转身去找胡太医。

他一去，就是一个上午。直到快要午膳时，他才回来。叶七七在床上百无聊赖，望眼欲穿，终于等到墨寒卿。

597

"夫君，你怎么去了那么久？"叶七七看到他进门，立刻从床榻上坐起来，语气里带着一丝埋怨。

"我去问了一下胡太医怀孕期间的注意事项。"墨寒卿快步走到她身边，看着她，声音温柔地道，"你感觉好点了吗？"

"好多了。"叶七七点点头，眼巴巴地道，"就是觉得我好像又饿了。"

"我已经让小厨房给你准备吃的了。"墨寒卿伸手摸了摸她的脑袋，道，"过会儿他们就送来了。"

"嗯。"叶七七点点头，歪着脑袋朝墨寒卿道，"那你去问过胡太医我什么时候生了吗？"

"问过了。"墨寒卿微微一笑道，"胡太医说，你现在已经有两三个月的身孕，再有七个月就生了。"

叶七七愣了一下，伸手摸了摸肚子，只觉得不可思议。

墨寒卿低头在她光洁的额头上轻轻吻了一下，笑着道："我已经让冷卫去给你爹娘，还有你诸多爷爷送信了，估计过不了多久，他们就会来看你。"

"我娘也会来看我吗？"叶七七眼睛一亮，声音里满是期盼地问道。

"嗯。"墨寒卿笑着点了点头。

一个月后。

叶七七的孕期反应终于有所缓解，再也不用每天抱着脸盆吐得天昏地暗。

已经进入夏季，蔚蓝的天空中没有一丝云彩，太阳散发出璀璨的光芒，知了在树上不停地叫着。

叶七七懒洋洋地躺在美人榻上，手里拿着扇子不停地扇着："好想吃西瓜啊……"

她一脸哀怨看着坐在对面的墨寒卿，可怜巴巴地道："夫君，我能不能吃一口？"

"不能。"墨寒卿斩钉截铁地朝她道，"西瓜性属寒凉，吃多了对孩子不好。"

"我就吃一口都不行吗？"叶七七眼巴巴地看着墨寒卿，声音里满满的都是哀求。

"你不是刚吃过一口吗？"墨寒卿无奈地看着她。

"可我还想吃啊……"叶七七欲哭无泪道，"这么热的天，能吃上一口凉凉的、甜甜的西瓜，多幸福啊，你怎么就不能让我多幸福一会儿呢？"

"你贺爷爷不让你吃。"墨寒卿摊了摊手，认真道。

"夫君……小墨墨……小寒寒……小卿卿？"叶七七生无可恋地看着他。

墨寒卿却朝她微微一笑，继续低下头看书。

就在叶七七各种埋怨时，门口突然响起一个熟悉的声音："怎么，七七又不听话了？"

叶七七眼睛一亮，紧接着便从椅子上站起来道："爹爹？！"

"七七丫头。"七七她爹笑眯眯地从门外走进来，身后跟着青鸾国的女君，七七娘亲。

"娘亲，你也来啦？"叶七七顿时兴奋地朝他二人走去。

"你这孩子，都快当娘了，还这么不稳重。"女君笑眯眯地看着叶七七，声音温柔道。

"娘亲，你这是……"叶七七看看娘亲，又看了看站在自己身边的爹爹，高兴地道，"恢复记忆了吗？"

女君笑容顿时一僵，白了一眼站在自己身边的七七她爹，傲娇道："没有，我不过是来看我女儿的。"

七七她爹却傻笑道："你娘亲还没恢复记忆呢，不过没关系，只要她还活着，我就心满意足了。不管她能不能想起我，只要能够陪在她身边就足够了。"

"你想得美，谁要你一直陪着？你这个登徒子，离我远一点。"女君一脸嫌弃地看着七七她爹道。

"娘子，咱俩昨天不是还好好的吗，怎么今日你又对我如此凶残？"

"昨日我是赶路累的。"女君瞪了七七她爹一眼道，"我可不承认你是我夫君。"

"没事，没事，只要我承认你是我娘子就好。"七七她爹一脸"我无所谓"的表情朝七七她娘道。

"你……"女君只觉自己见过脸皮厚的，却从来没见过脸皮这么厚的。

"爹……娘……"叶七七有些无奈地看着眼前两个拌嘴的人道，"你们这是在秀恩爱吗？"

"谁和他恩爱了？"

"对啊，就是秀恩爱！"

七七她娘和七七她爹同时道。

噗的一声，叶七七笑了出来。墨寒卿也面带笑意地看着他们。

这一趟，七七她娘和七七她爹来了夜国，便不打算回去，用他们的话说，是要亲自看到小外孙的诞生。

没过几日，墨国的太上皇和太皇太后也赶到夜国，说要亲自看小孙儿诞生。

又过了几日，七七她爷爷，还有叶珏大师以及各位天下第一的爷爷，都带着各式各样的礼物跑来了夜国。

一时，夜国的皇宫热闹非凡。

这么多人在这儿，叶七七终于不觉得无聊了，不仅不无聊，她觉得简直快忙死了。

她天下第一书法家爷爷，每天逼着她练字，说要让宝宝在肚子里就知道怎样写出好书法。

她天下第一琴师爷爷，每天逼着她弹琴，说是能陶冶情操，让宝宝从小便懂得音律。

她天下第一神医爷爷，每天变着法给她准备各种补药，说是保证她生出的小宝宝筋骨比别人强壮。

她天下第一诗人爷爷，每天写好各种诗句，非要叶七七一首一首背下来，让她自己体会诗词中的美好世界。

这些人里最郁闷的，应该是七七的亲爷爷和叶珏爷爷了。

他们当年为了天下第一武功高手的名号争了几十年，眼下空有一身功夫，却不能逼着叶七七天天练武。

于是，这两人眼睁睁看着其他几个老头子每天屁颠屁颠去给叶七七传授知识，自己只得长叹一声，罢了罢了，等娃娃生出来，咱再开始教他们吧。

就这样，六个月后的某一天，叶七七无奈地看着站在自己面前的几位爷爷,哭笑不得地道:"爷爷,你们今日怎么全来了?"

"我听贺老头说,你的预产期就是今日。"叶珏大师紧张地看着叶七七道,"所以我们几个商量了一下,谁先看到宝宝,谁就是大太爷!"

叶七七扯了扯嘴角道:"你们……就这么草率地决定,真的好吗?"

"哼,到底谁先看到宝宝,是要凭本事的。"叶珏大师不屑地看了一眼站在身边的几个糟老头子,这一刻,终于觉得自己这半年来憋着的一口气呼了出来。

"那贺爷爷算得也未必准啊。"叶七七哭笑不得道,"不是说过,会有那么几天的误差吗?"

"不会的。"叶珏大师摇摇头道,"你贺爷爷的医术我们还是知道的,他前几日给你把脉,说是今日生产,那肯定是今日!"

"可是……"叶七七还想着反驳几句,突然觉得腹部一阵抽痛。

"怎么了?"叶珏大师看着自家孙女脸上的表情突然僵住,紧张地问道,"是不是有感觉了?"

"嗯……"叶七七皱着眉头,点了点头道,"刚刚肚子突然疼了一下。"

"我看看,我看看。"贺平轩赶紧推开其他几个老头子,走上前去,给七七把脉。

叶七七一脸紧张地看着他。

"嗯……"贺平轩一边将着胡子,一边点点头道,"确实是要生了,快,去叫稳婆过来,七七,你赶紧去床榻上躺好,好好休息、保持体力。"

"好。"叶七七点了点头,赶紧挺着巨大的肚子,缓缓地朝内室挪去。

寝殿内,叶七七白皙的小手死死拽住墨寒卿的衣袖,手背上青筋都鼓了出来,额头上满满的都是汗水,表情痛苦地朝墨寒卿喊道:"不要生了!我不要生了!我肚子好疼啊!"

"乖,七七,坚持一下,稳婆马上就到!"墨寒卿虽然一脸淡定,语气却出卖了他此刻内心的慌乱。

"老身参见皇上,皇上万岁万……啊!"那稳婆进了寝殿,还没来得及行礼,便被墨寒卿拽到叶七七的床前:"还行什么礼!快看看她怎么样了!"

"是，是！"那稳婆赶忙应了一声，正准备检查一下叶七七的情况，一转头看到站在自己身边满脸焦急的墨寒卿。

"这个……"稳婆迟疑了一下，朝墨寒卿恭恭敬敬地道，"可否请皇后娘娘稍微回避一下？这女子生产，男人不太适合在旁边。"

"有什么不适合的？"墨寒卿皱了皱眉，声音冰冷地朝那稳婆道，"让你看你就赶紧看。"

"这……皇后娘娘，会造成心理阴影。"稳婆硬着头皮朝墨寒卿道。

墨寒卿眯了眯眼睛，一道杀气瞬间迸发出来："你要是不会接生，就给我滚！立刻换一个会的来！"

"是、是……"那稳婆只觉心中一惊，赶紧伸手擦了擦额头上的汗水，朝墨寒卿道，"那还请皇后娘娘坐到床头，帮老身扶着皇上的头部。"

"嗯。"墨寒卿淡淡地应了一声，走到床头坐了下来，将叶七七抱在怀里。

稳婆硬着头皮去给叶七七检查，随即惊呼出来："哎呀妈呀！孩子的头已经露出来了！快快，热水！剪刀！"

"是！"寝殿内的宫女立刻将她要用的东西递来。

"皇上，皇上您用力啊！"稳婆伸手轻轻按住叶七七的肚子，朝她低声道，"加把劲，再用点劲啊！"

"不要！疼死了！"叶七七额头上满满的都是汗水，死死地拽着墨寒卿的手腕，一边哭一边喊道，"我不要生了！好疼！呜呜呜！"

"皇上，您不能说话，您要深呼吸！深吸一口气！来！用力！"稳婆一边安慰着叶七七一边朝她喊道。

寝殿外面，七七的爹娘，还有墨寒卿的爹娘，以及七七的一大堆爷爷，还有匆忙赶来的叶承安等人，听着寝殿内某人的号叫，面露不忍之色。

"这还要生多久啊，我七七丫头都叫了快两个时辰了。"七七她爹一脸担心地朝贺平轩问道。

"生孩子有快的，有慢的。"贺平轩捋了捋胡子道，"看造化吧。"

"可是……"七七她爹还想再说点什么，寝殿内突然传来婴儿嘹亮的啼哭声。

"生了！生了！"守在殿外的人顿时一喜，朝寝殿奔去。

不一会儿，稳婆推开门走了出来，她身后跟着两名奶妈，怀里各抱着一个小宝宝。她笑着道："恭喜恭喜，皇上生了两个小皇子！"

"两个小皇子？！"七七她爹愣了一下，随即笑道，"七七好样的，咱们夜国多年无子嗣，她一下子就给夜国添了两位储君啊！"

"怎么是两个男的，不是说龙凤胎吗？"七七她娘愣了一下，转头看了一眼身后的贺平轩。

"龙凤胎极其难得，一般来说，还是双胞胎的概率大一点。"贺平轩干咳两声，随口道，"再说我当日只说是双生子，又没说是龙凤胎。"

"哎哟，快看，两个小家伙连眼睛都没睁开呢。"墨国的太皇太后，也就是墨寒卿的娘亲，一脸欣喜地看着奶妈怀里的小宝宝，伸手轻轻戳了戳宝宝的脸。

她话刚一说完，叶珏大师立刻冲到前面，一脸兴奋道："我先看到，我是大太爷！"

"我……我是第二个！"贺平轩推开叶珏大师，喜滋滋地道，"我是二太爷！"

"让开让开，我是第三个！"

"我才是第三个！"

"你们都走开，让我先看看！"

其他几位天下第一的老头子，顿时毫不客气地争抢起来。

叶七七的寝殿前一时热闹非凡。

寝殿里面，叶七七额上的汗水已经将长发弄湿，她枕在墨寒卿的怀中，几乎没有任何力气。

墨寒卿拿着一块手巾，蘸了温水，认真地给她擦拭额头上的汗水。

叶七七喘了好一会儿才恢复过来。她转过头，声音虚弱地朝墨寒卿问道："怎么样，是男是女？"

"是两个男孩子。"墨寒卿微微一笑，低头在她有些苍白的唇瓣上轻轻吻了一下道，"娘子要是以后不想再生，咱们就不生了。"

"那怎么行！"叶七七一听这话，顿时瞪大了眼睛道，"我想要个小公主啊！"

"可是娘子刚才不是撕心裂肺地哭着喊着，说自己以后再也不要生小孩

603

了吗？"墨寒卿微微挑眉，一脸心疼地看着她。

"可是我想要个小公主……"叶七七嘴巴一扁，可怜兮兮地看着他。

"好。"墨寒卿低头在她脸上又亲了一下道，"那再生一个小公主就不生了，好不好？"

"嗯！"叶七七用力点点头。

两年后。

"恭喜皇上，恭喜皇后娘娘，这次又是两个小皇子，还请皇上为三皇子和四皇子赐名。"

再两年后。

"恭喜皇上，恭喜皇后娘娘，这次是五皇子，请皇上为五皇子赐名。"

又两年后。

"恭喜皇上，恭喜皇后娘娘，这次是三个小皇子，请皇上为六皇子、七皇子、八皇子赐名。"

又两年后。

"恭喜皇上，恭喜皇后娘娘，这次又是个小皇子，请皇上为九皇子赐名。"

"你妹！"

"皇上，确定要将九皇子的名字定为墨你妹？"

"滚！"

"墨滚？"

"你给朕滚！"

"是，臣这就滚！"

再再两年后。

"恭喜皇上，贺喜皇上，终于生出小公主了！请皇上为小公主赐名！"

"问皇后娘娘去吧，朕再也不想生了……"

"是，臣这就去！"

番外一

　　叶七七生六、七、八皇子的那一年，柳云薇正好十五岁。早就看宫魅不爽的墨寒卿，一等到柳云薇及笄，便催着叶七七把柳云薇和宫魅的婚礼给办了。

　　只是不知道为什么，自从柳云薇和宫魅成亲，肚子就一直没有动静，直到叶七七生了小公主墨翩然，才传出柳云薇已经有了四个月身孕的消息。

　　五个月后，柳云薇终于生下一个小男孩，宫魅满心欢喜地给他取名为北辰逸，只希望他能够一生安逸，健康成长。

　　"哇——爹爹，爹爹，翩然姐姐她又欺负我！"四岁的北辰逸脸上挂着晶莹剔透的泪珠，一路哭着去找宫魅诉苦。

　　"怎么了？"正在书房看书的宫魅抬起头，看着自家儿子穿着一身浅粉色的衣裙，微微蹙眉道，"你身上穿的这是什么？"

　　"是翩然姐姐非要给我穿的……"北辰逸抬起头，一边哭着，一边奶声奶气地朝自家爹爹控诉道，"翩然姐姐说我长得好看，像女孩子，非要给我穿女装。我不愿意，她就让她九个哥哥一起按住我，给我穿上了……哇——"

　　"这个……"宫魅一时有些无语，他这个儿子长得比他小时候还要秀气，粉嫩的脸蛋白里透红，大眼睛水汪汪的，睫毛比女孩子还要长出许多，要是他乖乖地站在那里，十个人里面有九个要夸他，真是个文静的小姑娘。

只是对于墨翩然……

宫魅有些头疼地抚了抚额头。

叶七七这个家伙，生了九个儿子后，好不容易生出这么一个小公主，对她自然疼爱万分，连带着她那九个儿子都十分宠爱自家小妹妹。

所以，墨翩然这小丫头简直比叶七七小时候还要无法无天，世界上唯一制得住她的，估计也只有她爹了。

"爹爹，爹爹……"北辰逸抽抽搭搭地看着自家爹爹，眼里满怀希望，只盼他能给自己报仇。

"小逸啊……"宫魅有些尴尬地轻咳了两声，朝北辰逸语重心长地道，"不是跟你说了，平日里没事不要去惹你翩然姐姐吗？就算你惹得起你翩然姐姐，也惹不起她九个哥哥啊……"

"我没惹她，是她非要来我的院子跟我玩。"北辰逸一脸委屈地看着自家爹爹，他平日里躲墨翩然都来不及，怎么可能去惹她。

"那你……可以拒绝她……"宫魅扯了扯嘴角，半晌憋出这么一句话。

"可是我——"

北辰逸还没来得及说点什么，一道清脆的声音便从门外响起："宫魅叔叔，宫魅叔叔，小逸在你这儿吗？"

北辰逸一听这声音，立刻抬起头，一脸乞求地看向自家爹爹，那神情仿佛被抛弃在荒郊野外的小奶狗。

"那个……"宫魅迟疑了一下，随口道，"你找他有什么事吗？"

"我刚才跟小逸玩时，他好像哭着跑了。"墨翩然铃铛一般的声音在门外响起，"我有点担心他。"

看吧，你翩然姐姐还是担心你的。

宫魅低头看了自家儿子一眼，朝他使了个眼色。

北辰逸还没来得及阻止，就听到爹爹朝门外大声道："你进来吧，小逸在这儿呢。"

他话音刚落，墨翩然就推开房门，挂着灿烂的笑容走了进来。

北辰逸后退了几步。

"小逸，姐姐不是说了带你去京城玩吗？"墨翩然一看到北辰逸，立刻朝他扑来，"走，我们出去玩吧。"

"我不要穿成这样出去玩……哇——"北辰逸看着比自己高出半个头的墨翩然，嘴一撇，又哭了出来。

"可是那些说书先生说，出去玩都是要易容的。你看我，不就打扮成一个小公子的模样吗？"墨翩然一本正经地朝北辰逸道，"你总不能以自己原来的样貌出去啊。"

"可是我不要穿粉色的裙子！呜呜呜……"北辰逸一边哭一边朝墨翩然说道。

"那……我给你换成鹅黄色的裙子？"墨翩然歪着脑袋仔细想了想，朝他问道。

"……好，好吧……"北辰逸仔细思考了一下，鹅黄色他还是能接受的。

"那走吧。"墨翩然高高兴兴地拉住北辰逸的小手，转头朝宫魅笑嘻嘻地道，"宫魅叔叔，我们走了哦，再见。"

"再见……"宫魅有些无语地看着自家儿子就这么跟着墨翩然那个小丫头走了，伸手擦了一把额头上的汗水。

儿子啊，你就这么爽快地答应了，做人不能这么没有原则……

京城的街头人来人往，热闹非凡。

易容成小公子的墨翩然带着易容成小姑娘的北辰逸，大摇大摆地走着。

北辰逸一只小手紧紧地拽着墨翩然的衣袍，另一只手放在嘴里啃着，一双水汪汪的大眼睛左顾右盼，看着街道两边的小摊。

"小逸，你有什么想要的就跟姐姐说，姐姐给你买！"墨翩然拍了拍口袋，朝北辰逸声音清脆地道，"姐姐出来之前，特地从娘亲那里要了许多银子。"

"嗯……我想吃那个糖葫芦……"北辰逸眼巴巴地看着前面不远处，一个卖糖葫芦的小贩身边围着许多小孩，拽了拽墨翩然的衣角，朝她小声道。

墨翩然看了一眼，朝他点头道："好，那边人太多，你在这里等着，姐姐去给你买。"

她一边说着，一边让北辰逸在路边站好，自己拿着银子，便朝卖糖葫芦的小贩去了。

只是她前脚刚离开，后脚就有一个看起来面容和蔼的老婆婆朝北辰逸笑眯眯地问道："小姑娘，你怎么一个人站在这儿啊？"

"我……"北辰逸抬头看着眼前的老婆婆，迟疑了一下，小声地道，"我等我姐姐。"

"你姐姐去哪儿了？"那老婆婆笑眯眯地朝他问道。

"她……去给我买吃的了……"北辰逸眨眨眼睛，小声回答道。

"那婆婆带你去找她好不好？"那老婆婆朝北辰逸温和地道，"这里人太多，路上还有坏人，要是你被坏人抱走，你姐姐就找不到你了。"

"嗯……"北辰逸皱着眉头仔细思考了一下，迟疑着点了点头。

"走吧。"那老婆婆笑眯眯地朝北辰逸伸出手。

"嗯。"北辰逸一边啃着小手，一边将另一只手塞进那老婆婆的手里。

老婆婆牵住他的小手，径直朝相反的方向走去。

"你要带我去哪儿？我姐姐在那边！"北辰逸一看她走的方向不对，赶紧死死地拖住她，大声地朝她喊道。

"你这孩子，一看见卖糖葫芦的就走不动路，奶奶不是昨天刚刚给你买过吗？"那老婆婆依然笑眯眯地道，"奶奶今日身上带的钱不够，乖孩子，等奶奶回去拿了钱，再来给你买好不好？"

"我不要，你才不是我奶奶！"北辰逸顿时急了，眼泪吧嗒吧嗒又掉了下来。

"你这个小没良心的，不就是不给你买糖葫芦吗？你就不要我这个奶奶了？"那老婆婆立刻板起脸，一只手扬起来，朝他凶巴巴地道，"你再这样，奶奶就揍你了！"

路过的行人朝他俩瞥了一眼，听到他俩的对话，以为是一对普通的祖孙，便没人上前干预。

"我不要，我不要，你才不是我奶奶！"北辰逸心中一急，朝反方向大声哭喊道，"姐姐！姐姐！快来救我！呜呜呜……姐姐！"

正在那边排队等着买糖葫芦的墨翩然，隐隐约约觉得听到北辰逸的哭声，迟疑了一下，从人群中挤出来，往他那边看去。这不看不打紧，一看就发现一个不认识的老婆婆正拽着北辰逸的胳膊往另一个方向拖。

"给我站住，你要干吗？！"墨翩然伸手推开挡在自己面前的那些人，飞快地朝北辰逸的方向冲去。

那老太婆正使劲拽着北辰逸往另一边走，只见一道小小的身影冲到自己面前，紧接着，一道清脆的声音带着怒气响起："你拽他干吗？！"

老太婆愣了一下，看了她一眼，回过神道："你就是她姐姐啊？好好的小姑娘，干吗非要穿小男孩的衣服。"

"你管我！松开他！"墨翩然一把拽住北辰逸的另一只手，身子一闪，挡在他面前。

"呜呜呜……姐姐，我不认识她！"北辰逸看着挡在自己身前的墨翩然，一个没忍住，眼泪跟断了线的珠子一样，唰唰直往下掉。

墨翩然转头看了一眼哭得厉害的北辰逸，皱了皱眉道："你怎么又哭了？别哭，有姐姐在，没人敢欺负你。"

"呜呜……嗯……"北辰逸使劲拽着墨翩然的袖子，看着比自己高出半个头的她，生平第一次有了安全感。

那老太婆却是眉开眼笑，这下好了，可以一下拐走两个。

"你这小丫头也是不听话，刚才怎么扔下妹妹，自己跑了？"那老太婆一边朝墨翩然埋怨，一边伸手扯住她的胳膊，声音和蔼道，"行了，行了，都跟奶奶回家吧。"

"就你这样，也配当我奶奶？"墨翩然瞪了那老太婆一眼，却是不挣扎，反手握住她的手腕，用力一捏道，"你也不看看你身上穿的粗布衣服，再看看我跟我妹妹身上穿的绫罗绸缎，你觉得你养得起我们这样的孙儿？"

她这话却是一语惊醒梦中人。

过路人终于停了下来，朝他们三个看去。

"哎哟……疼疼疼……"那老太婆只觉得这小丫头看起来年纪不大，力气却大得惊人。

"既然你说你是我们的奶奶，那好，我问你，我和他，叫什么名字？"墨翩然眼看周围的人越来越多，便朝那老太婆一仰头，声音清脆地问道。

"你……你叫花花，她……她叫美美。"那老太婆强忍着手腕上的疼痛，随口编道。

"我呸，什么花花、美美，你怎么不叫我弟弟二狗子？！"墨翩然朝那老太婆啐了一口道。

"你弟弟？"那老太婆愣了一下。

"你以为他是我妹妹？我告诉你，他是男孩子！"墨翩然拽着北辰逸的手，朝她不屑地道。

"别乱说，她明明就是个小姑娘，你有什么证据证明她是小男孩？"那老太婆眼看着周围的人越来越多，心虚道。

"我弟弟当然有！"墨翩然朝她大声反驳道，"但是只有我能看，你不能看！"

"……姐姐。"北辰逸那张粉嫩的小脸瞬间变得通红。

"你……"那老太婆心中一急，赶忙朝人群里的一个壮汉使眼色。

那壮汉分开人群走上前来，不由分说扯过墨翩然和北辰逸的小细胳膊，声如洪钟地吼道："臭丫头，又偷偷跑出来玩，别以为有你们奶奶护着，老子就不敢打你们！跟爹回去！"

"呵……你是我爹？"墨翩然冷笑一声，水润的眼眸眯了眯，突然一个反手，握住那壮汉的手腕，紧接着一个扫堂腿，那壮汉猝不及防地被她踹倒在地。

"你也不撒泡尿照照，就你这样的长相，能生出我和我弟弟这么好看的小孩吗？"墨翩然一边说着，一边从袍袖中拿出一枚信号弹，拽开引线，朝空中扔去。

红色的信号弹瞬间在天空中炸裂开来。

不过片刻，一群黑衣人便从京城的四面八方朝这边飞来。

"小殿下！"那些黑衣人飞到墨翩然面前，单膝下跪，朝她恭恭敬敬地喊道，"有何吩咐。"

"他俩，"墨翩然指着那老太婆和壮汉，朝一个黑衣人道，"一个说是我奶奶，一个说是我爹爹，你们好好教训教训他们，告诉他们我爹娘到底是谁！"

"是，属下遵命！"那黑衣人恭恭敬敬地应了一声，便站起身来，朝那两个人走去。

其他黑衣人立刻跟着站起来，瞬间将那两个人围起来。

有人看到那些黑衣人身上的标识，大声惊呼道："那是皇宫护卫队的标识，他们都是宫里的人！"

"那刚才那两个小孩……"

"应该是咱们的小公主！是咱们的小殿下！"

"太可恶了，想拐走咱们小殿下，打他们！"

周围的人一拥而上，不用黑衣人动手，那些烂菜叶子、臭鸡蛋便朝那两个人身上飞去。

墨翩然拽着北辰逸的小手趁乱跑了。

"以后不要跟不认识的人说话，听到没有？"墨翩然牵着北辰逸的小手，一边走一边朝他教训道，"你看，你一跟他们说话，别人就以为你们是认识的，要不是姐姐及时赶到，你就被那个老太婆给卖掉了，知不知道？"

"知道了……"北辰逸低着脑袋，垂头丧气地道，眼角还挂着晶莹的泪珠。

"平时让你好好学武功，你也不学，你看看你，连个老太婆都打不过，你以后长大了怎么办？"

"我知道了……"北辰逸小声道。

"真是气死我了。"墨翩然说着说着，突然松开北辰逸的小手道，"你给我在这儿站着，不许动，听到没有？"

"你要去哪儿？"北辰逸连忙抬起头，惊慌地问道。

"不许问！"墨翩然瞪了他一眼，冲进人群里，消失不见。

"姐姐，姐姐！"北辰逸眼看她的身影消失在人群里，心里一慌，眼泪又开始一颗一颗地直往下落。

片刻工夫，墨翩然举着一串红彤彤的糖葫芦，回到哭得正厉害的北辰逸面前，不高兴地道，"给你，你怎么又哭了？天天哭，天天哭，跟女孩子一样。"

北辰逸抬起头，看着眼前的糖葫芦，眼泪一瞬间便止住了。他看着墨翩然凶巴巴的模样，缩了缩脑袋，小声地道："我……我还以为姐姐不要我了。"

"怎么会？！"墨翩然将手中的糖葫芦塞进北辰逸的手中，牵着他的另一只手道，"别哭了，姐姐保护你。"

北辰逸用力点点头，舔了一下手中的糖葫芦，只觉得甜甜的，一直甜到心里："姐姐，等我长大了，我也会保护你的。"

"就凭你这武功？"墨翩然回头看了他一眼，朝他做了个鬼脸。

"我会好好练武。"北辰逸眨着一双水汪汪的大眼睛，很认真地看着她道，"从明天开始，我一定刻苦练功。"

"哦，好吧。"墨翩然不以为然地点了点头。

让她没想到的是，从第二天开始，北辰逸果然开始认真练功。

原本平日里不睡到日上三竿不起床的小家伙，现在每天天不亮就起床，屁颠屁颠地去找叶珏大师，缠着他让他教自己武功。

时光荏苒，似水流年。

611

转眼间，又过了八年。

"小逸，小逸，你又在练功了啊？"墨翩然蹲在北辰逸院子的墙头，手里拿着一个苹果，一边啃着一边朝他问道。

北辰逸抬起头，看着蹲在墙头毫无形象的墨翩然，无语道："你怎么又放着好好的大门不走，非要翻墙？"

"嘿嘿，翻墙方便啊。"墨翩然从袍袖里掏出另一个苹果，朝他丢过去道，"给你的，接着。"

北辰逸眼看一道红色的弧线闪过，下意识伸出手，接住苹果。

"尝一尝，很甜的，是今年刚从滨州运过来的。"墨翩然脚尖轻点，从墙头跳了下来，落在北辰逸的身边，笑眯眯地道。

已经十二岁的她，出落得越发明丽动人，个子也高出北辰逸一个头。

"是吗？"北辰逸迟疑了一下，低头咬了一口手中的苹果。

"怎么样，是不是很甜？"墨翩然笑眯眯地问道。

"不太甜。"北辰逸皱了皱眉，朝墨翩然道。

"怎么会呢，我觉得我的这个很甜啊。"墨翩然奇怪道。

"那让我尝一下。"北辰逸一边说着，一边伸手握住墨翩然的手腕，紧接着便低下头，不由分说在她的苹果上咬了一口。

"你……"墨翩然眼睁睁看着他咬了一口苹果，一时不知道该说什么。

"你的也不甜啊。"北辰逸将口中的苹果吞了下去，面无表情地道。

"瞎说，明明很甜。"墨翩然皱眉，低头在苹果上咬了一口，口齿不清地道，"我觉得挺甜的。"

"是吗？"北辰逸眨眨眼睛，突然抬起头，凑到墨翩然面前，舌尖在她红润的唇瓣上轻轻扫过，笑道，"这么一说，果然挺甜的。"

墨翩然愣了一下，低头看着眼前少年眉眼间的笑意，瞬间红了脸。

"姐姐，你脸红什么？"北辰逸眨眨眼睛，一脸无辜地看着她问道。

"你……"墨翩然用力一跺脚，转身又从墙头飞了出去。

这样就生气了？

北辰逸笑眯眯地看着她飞走的背影，低头咬了一口手中的苹果，嗯，果然很甜。

北辰逸和墨翩然十三岁那年，夜国南境大旱，寸草不生，庄稼枯萎，大旱之后，便是虫灾。

已经开始在国子监学习的北辰逸，却在某一天回去后，一直闷闷不乐。

墨翩然去找他时，他正坐在院子里发呆。

"小逸，小逸，要不要出去玩？"墨翩然兴冲冲地跑到北辰逸的院子来找他，却看他愁眉苦脸地坐在那里。

"不要。"北辰逸抬头看了墨翩然一眼，又低下头去。

"怎么了？"墨翩然凑到他跟前，趴在石桌上，双手撑着下巴，眨着一双漂亮的眼睛朝他问道，"听说你自从出了国子监的大门，就一直闷闷不乐，是不是张大学士又训你了？"

"也不算，只是最近南境大旱，我提出的几条解决办法，先生都不怎么满意。"北辰逸盯着墨翩然一会儿，声音低低地道。

"这个嘛，我帮你去问问我六哥，听说他最近正好在忙这个事情。"墨翩然拍拍他的肩膀道，"别不高兴了。"

"嗯……"北辰逸点点头，还是无精打采的样子。

"陪我出去玩嘛，你要怎么样才能高兴起来啊？"墨翩然伸手扯了扯他的衣袍，一脸关心地道。

北辰逸抬起头，看着她，沉默半晌才道："姐姐希望我高兴起来吗？"

"当然啊。"墨翩然点点头。

"那你亲我一下。"北辰逸眨眨眼睛，将脸凑到她面前。

墨翩然眼眸微垂，看着他白皙俊秀的脸，迟疑了一下，在他脸上轻轻亲了一口道："好点了吗？"

"嗯……好点了。"北辰逸眼里闪过一丝狡黠的光芒，声音闷闷地道，"但还是不太开心。"

"那怎么办？"墨翩然想了想，在他脸上又亲了一口道，"我再亲你一下？"

北辰逸唇角勾起一抹浅浅的弧度，声音低低地道："好像又稍微好一点了，不过——"

"不过什么？"

"不过要是想彻底高兴起来，得亲这里——"北辰逸一边说着一边转过头去，唇瓣准确无误地落在她的嘴唇上。不过是蜻蜓点水般的一个吻。他的唇瓣刚碰触到她的，便立即离开。

墨翩然愣住了。北辰逸的眼里却闪烁着遮掩不住的笑意："我现在觉得，开心多了。"

"你干吗要亲我！"墨翩然白皙粉嫩的脸颊瞬间浮上一抹浅浅的红晕。

"为什么不能亲你？"北辰逸无辜地看着她道，"姐姐小时候，不也经常这样亲我？"

"那是小时候啊！"

"那现在呢？"

"现在……"墨翩然转身道，"算了，我自己出去玩。"

"姐姐不带我一起去了吗？"北辰逸笑眯眯地站在她身后，声音里满是笑意地问道。

"不带了，不带了。"墨翩然觉得自己有些烦躁。

墨翩然十五岁及笄的那年，北辰逸也十五岁了，一下子比墨翩然高出许多。

向来无法无天、任性妄为的墨翩然，却在这一年遭遇了人生中最大的劫难——她捅了马蜂窝。据宫女和侍卫回忆，那整整一窝的马蜂追在墨翩然身后，从早上一直追到日落，才善罢甘休。而他们漂亮可爱的小公主，被马蜂蜇得面目全非。她把自己关在房间里，砸了所有的东西，还不让其他人进去。

墨翩然的九个哥哥围在她的寝殿外，好说歹说，劝了整整一日，也没把她劝出来。实在没办法，他们只得飞鸽传书，硬是把在外执行任务的北辰逸给弄了回来。

北辰逸回宫时，听说墨翩然已经把自己关在房间里三天了。

偌大的寝殿外围了许多人，众人看到北辰逸的瞬间，自动让出一条道来。北辰逸笑了笑，在众人期盼的目光中，径直走进墨翩然的院子。院子里面静悄悄的，那些人都站在外面，没有一个敢进来。

北辰逸走到她的房门口，伸手轻轻敲了敲门，声音温润地道："姐姐，是我。"

"走开，不许进来。"房间里传来墨翩然郁闷的声音。

"姐姐大半个月都没有见到我，一点不想我吗？"北辰逸站在门外，声音里带着一点委屈。

房间里安静了片刻，墨翩然清脆的声音又响了起来："不想，一点都不想！"

"可是我很想姐姐。"北辰逸微微一笑，伸手按在她的房门上，稍运内力，便听得咔嗒一声，门锁被他震断了。

北辰逸推开房门，衣袂翩然地走进她的寝殿，朝角落里的一个身影走去："姐姐，听说你三日没吃东西了。"

"不要你管，你出去，谁让你进来的？！"墨翩然眼角余光瞥见一道修长的身影朝自己走来，心中一惊，慌乱地道，"不许过来。"

"为什么？"北辰逸停住脚步，站在离她不远的地方，声音温和地问道。

"因为……"墨翩然顿了顿，终于闷闷地道，"我被马蜂蜇了好多包……"

"是吗？可是我看姐姐已经好多了啊。"

"反正还没全好！"

"那有什么关系，反正姐姐在我心中是最好看的。"北辰逸笑了笑，朝墨翩然走去，蹲在她面前，伸手将她散落在脸颊两旁的碎发别到耳后，低声道，"姐姐不开心吗？"

"姐姐，姐姐，姐姐，你能不能别再叫我姐姐啊？！"墨翩然有些不耐烦地朝北辰逸吼道，"不是说了让你不要进来吗？"

北辰逸愣了一下，声音温和地道："好。"

"好什么好？"

"以后不叫你姐姐了。"北辰逸蹲在她面前，一本正经地朝她道。

墨翩然瞬间无语，她刚才那句话的重点不是这个好不好？

"我以后……"北辰逸突然伸手勾起她精致的下巴，凑到她面前，轻轻吻住她红润的唇瓣，"叫你娘子……好不好？"

那一瞬，仿佛有微风吹过耳旁，仿佛有阳光照耀脸庞。墨翩然瞪大了眼睛，看着眼前这张棱角分明的俊秀脸庞，只觉心脏跳得仿佛要从胸腔里飞出去。

"不回答就是默认了。"北辰逸看着彻底呆掉的墨翩然，低头在她粉嫩的脸上又轻轻啄了一下，"娘子，再亲一下。"

番外二

　　那一天，北辰逸终于把被马蜂蜇了后关在寝殿里整整三天的墨翩然给劝了出来，但他是怎么劝的，没有人知道。

　　墨翩然从寝殿里出来后，北辰逸就继续赶去执行任务了，等在寝殿外面的众人终于松了一口气。可是没过几天，他们就发现自家公主殿下似乎不太对劲。原本活泼好动的一个人，突然变得没事就爱发呆。难道被马蜂蜇了，还能有后遗症不成？

　　眼看着墨翩然每天发呆的时间越来越长，众人合计，决定派跟墨翩然年龄最接近的九皇子殿下去了解情况。

　　墨汛推开墨翩然的寝殿大门，走进去后，一眼就看到自家妹妹正坐在窗户旁边发呆。

　　窗外景色正好，窗前一棵杏花树开得正盛。

　　墨翩然听到门响，回头看了一眼，发现是九哥，表情瞬间有些失望，之后她便又转回头，继续看窗外的风景。

　　"妹妹这是怎么了？"墨汛走到墨翩然身边，在她对面的椅子上坐下来，笑眯眯地看着她道，"我听宫女们说，你最近对什么事情都不感兴趣，邻国送来的一对炽羽鸟也一直被你关在笼子里，连看都不看一眼。妹妹莫不是有什么心事？倒是说与哥哥听一下，说不定哥哥还能为你开解开解呢。"

"九哥……"墨翩然听到他的话，终于转过头来，眨着一双圆溜溜的杏眸，看着他道，"你什么时候娶妻？"

"呃……啊？"墨汜听到她这个问题，明显愣了一下，似是没想到困扰自家妹妹多时的心事竟然是这个，忍不住笑道，"妹妹怎么突然关心这个问题了？你六哥还未成亲呢，我急什么。"

"是吗……"墨翩然眼底闪过一丝失望。

墨汜眼睛转了转，看着自家妹妹的表情，瞬间了然道："妹妹莫不是想要成亲？"

"才没有。"墨翩然白皙娇俏的小脸瞬间一红，连忙否认道。

"原来是春天到了，繁花盛开，妹妹想嫁人了。"墨汜笑眯眯地继续道，"妹妹说吧，喜欢什么样的男子，哥哥们这就给你张罗去。"

"我……我没有。"墨翩然红着一张脸扭扭捏捏地道，"九哥你别乱说。"

"真没有？"墨汜一脸坏笑地看着她道，"对了，前些日子娘亲还说，张大学士家的公子也到了适婚年龄，那张公子一表人才，满腹经纶，看娘亲的意思，似是有意将你俩凑成一对，妹妹要不考虑一下？"

墨翩然小脸一白，连连摇头道："我才不要，那张大学士满口之乎者也，规矩又多得要命，平日里对小逸这不满意那不满意，极为挑剔，我才不要嫁去他们家。"

"哎，妹妹成亲怎么能是嫁去别人家呢，自然是要那张公子进宫了。"墨汜满脸笑意地看着墨翩然道，"不管怎么说，我家妹妹未来也是要成为女皇的，这么一说，确实应该开始给妹妹张罗着充实后宫了。"

"九哥在胡说什么呢？！"墨翩然顿时急了，"谁说我要成亲了。"

"行行行，不成亲，那咱们先挑着，怎么样？"墨汜白皙修长的手指在下巴上摩挲了一会儿，突然一拍桌子道，"得嘞，哥哥这就回去把墨国和夜国适婚男子的信息给你搜罗来，回头妹妹一个一个慢慢挑。"

"不是，九哥……我没说……"墨翩然眼看自家九哥说完便起身朝寝殿外走去，顿时急起来，"你怎么走了，我还没说完呢。"

"哥哥先去张罗一下，妹妹别着急。"墨汜摆摆手，丢下这句话，便消失得无影无踪。

"着急什么！谁说要嫁人了。"墨翩然气得用力一跺脚，重新在窗前的椅子上坐了下来。

窗外的杏花一簇簇，粉的粉，白的白，煞是好看。

可不知道为什么，墨翩然脑海里总是莫名其妙地浮现出那天的场景。那天，北辰逸就这么蹲在她面前，声音温柔地道："好，以后不叫姐姐了，叫娘子好不好？"那么温柔深情的目光，是她从来都没有见过的。

可是……一直以来她都把小逸当成弟弟啊。她甚至记得小时候想方设法捉弄他，给他穿裙子，给他扎辫子，给他戴珠宝首饰，怎么一转眼的工夫，这个弟弟就要喊她"娘子"了呢？更让她困扰的是，她竟然不知道自己对小逸究竟是什么样的感情。

唉……春日惹人恼啊……

墨翩然看着窗外的杏花，忍不住又叹了一口气。

要是让墨翩然说有九个哥哥有什么好处，那就是，只要你想要一样东西，他们立马就能给你找来一堆同样的东西。

可是眼下，墨翩然看着堆在自己面前一摞一摞又一摞的各国适婚公子的资料时，突然就体会到了有九个哥哥的烦恼。

偏偏墨汜还举着一幅墨国公子的画像，笑眯眯地朝她道："妹妹，你看看，这位公子怎么样？这位公子跟我们的父亲还是远亲，所以眉眼之间隐隐约约有些父亲的影子，他可是现在墨国四大公子之一哦。"

"什么墨国四大公子之一啊，这不就是修竹叔叔家的老三吗？"墨翩然忍不住朝自己的哥哥翻了个白眼道，"小时候他抢我的蛐蛐，还被我按在地上打过，九哥你忘了吗？"

"呃……"墨汜神情微微僵了一下，然后不着痕迹地放下手中的画像，举起另一幅道，"那这个呢？这位是墨国慕容将军的四子，现在也是墨国大将军，战功赫赫，很有名的，长得也好看。"

"这不就是慕容小四吗，他额头上的那道疤，还是小时候跟我比画木剑的时候，被我给划破伤口弄出来的。你说，他会不会对我怀恨在心？"

"这个……"墨汜扯了扯嘴角，默默地放下画像，再举起另一幅道，

618

"那这个呢？墨国丞相叶承安之子，他……"

"他小时候比小逸还能哭，我一看见他就头大，恨不得绕着走。九哥，你竟然想要让我嫁给他？"墨翩然瞥了一眼叶公子的画像，一脸嫌弃道。

"是娶，不是嫁。"墨汜忍不住纠正她的说法道。

"随便啦，反正意思都差不多。哎呀，不嫁不嫁不嫁，这些我都不喜欢。"墨翩然看着眼前厚厚几大摞资料，烦躁地摆了摆手道，"再说了，成亲这种事情，讲究的是你情我愿，又不是我说要和谁成亲，就能和谁成亲，强扭的瓜不甜。九哥，你说是吧？"

"有道理。"墨汜琢磨了一下，点点头道，"那妹妹你说怎么办？"

墨翩然一双黑漆漆的眼珠子转了转，突然朝着自家哥哥道："要不咱们来个比武招亲吧。"

"比武招亲？"墨汜忍不住朝着她挑了挑眉。

"对，不限制家世，不限制地位，只要是想娶我……不是，只要是想嫁给我的，就都来参加比武招亲，然后我们从比武大会的前多少名里，挑出打得过我的，只要打得过我，我就嫁给他，不是，我就娶他，怎么样！？"墨翩然一拍巴掌，忍不住为自己的这个想法叫好。

"这个方法……"墨汜迟疑了一下，竟然没有表态。

"怎么了，九哥，你还有什么好的提议吗？"墨翩然有些疑惑地看着他。

"不是……我是想说，以妹妹你的身手，这世上应该没什么男子打得过你吧？"墨汜扯了扯嘴角，一脸不赞成的表情道，"到时候万一选不出来怎么办？"

"怎么会选不出来呢？"墨翩然皱着一双秀气的眉毛道，"既然想要娶我，那就必须是这世间独一无二的男子。如果连我都打不过，要他有什么用？"

"话是这么说，可是……"墨汜还是有些迟疑。

"九哥，九哥，好九哥，就这么办嘛，好不好，人家就是想要找个武功高强的夫婿嘛，不然以后怎么保护我呢？"墨翩然见自己的哥哥不说话，干脆抓住他的袖子晃了起来，使劲儿地朝着他撒娇。

自小到大，只要墨翩然一撒娇，她的这几个哥哥就没有不答应她的。

墨汜无奈地叹了一口气，只得点点头道："行吧，那就这么办吧。"

北辰逸从外面执行完任务回到夜国的时候，发现国内多了许多别国的人。

街道上来来往往的人都是穿着别国服饰的年轻男子，那些年轻男子面带喜气，个个看起来干劲十足的样子。

北辰逸皱了皱眉头，朝着手下吩咐道："去查一查，怎么回事。"

"是。"他的手下应了一声，便朝着人群飞去。

片刻之后，有人回禀道："启禀殿下，那些年轻男子都是从别国过来参加咱们公主殿下的比武招亲大赛的。"

"比武招亲？"北辰逸皱紧了眉毛，看着自己的手下，忍不住又问了一句，"谁？哪个小公主殿下？"

"就……就是咱们翩然公主啊……"那手下结结巴巴地回答道。

"……"

北辰逸微微一怔，立刻翻身上马，朝着皇宫的方向奔了过去。

他冲进墨翩然的寝殿时，墨翩然刚刚起床，只着了中衣，正准备穿外衣。

看到北辰逸冲了进来，墨翩然吓了一大跳，连忙伸手扯过外衣，挡在自己身前，一双圆溜溜的杏眸瞪着北辰逸："你干吗？"

"听说你准备比武招亲？"北辰逸冲到墨翩然面前，一双幽深的眼眸直直地盯着她。

"是……是啊……"不知道为什么，墨翩然竟然觉得有些心虚。

"为什么要比武招亲？"北辰逸眉头紧紧地皱着，满眼不悦地看着她道，"你明明答应嫁给我了。"

"别乱说，我什么时候答应嫁给你了？！"墨翩然心中一惊，赶紧反驳道。

"没有吗？可是那天我喊你娘子，吻你的时候，你也没有反对啊。"北辰逸往前一步，一双眼眸死死地盯着她。

"那……那是因为，我那个时候没有反应过来嘛……"墨翩然一想到那天的事情，还是忍不住有些脸红，结结巴巴地道，"再说咱们两个从小到大，不是你亲我就是我亲你，不是一直都这样的吗？"

"一直都这样？"北辰逸眼眸中闪过一道寒光，盯着墨翩然许久，最后不怒反笑道，"好，很好。"

"好什么好……"墨翩然心虚得不敢看他的眼睛。

"你不是说咱们两个一直都是这样的吗？"北辰逸说着说着，突然伸出手，捏住她精致小巧的下巴，然后不由分说地吻了上去，"那就再亲一下……"

"唔……唔唔……"墨翩然瞬间瞪大了眼睛，看着北辰逸近在咫尺的帅气脸庞，一时之间竟然愣住了。

趁着她愣住的工夫，北辰逸柔软滑腻的舌已经撬开她的牙关，探入她的口中，逮住她温软的舌，紧紧地纠缠起来。他身上的清冷气息将她紧紧包裹住，修长有力的胳膊环住她纤细的腰肢，将她圈在怀中。他的吻热烈而霸道，不同于以往小孩子过家家般的亲吻，当他的舌尖碰触到她的舌头时，竟然让她有种眩晕的感觉。

墨翩然想要挣扎，奈何他抱得太紧，让她根本没有挣扎的机会，再加上他的吻专注而温柔，竟让她浑身上下没了力气，恨不得瘫软在他怀中。他就这样抱着她，吻了许久之后，才依依不舍地松开手。

墨翩然红润的嘴唇微微张开，唇瓣有些肿。她红着脸喘气，努力平复自己的气息，却发现心脏在胸腔里不受控制地疯狂跳动。

"你是我的，只能是我的。"北辰逸幽深的眼眸中闪过一丝黯淡的光芒，低头在她白皙粉嫩的脸颊上又轻轻啄了一口，"我绝对不会把你让给别人。"

"小逸，你……"墨翩然张了张嘴，想要说点什么，却发现一时之间竟然不知道说些什么才好。

北辰逸又看了她一眼，突然松开她的手，转身朝寝殿外走去。

"你……"墨翩然看着他离开的身影，不知道为什么，心中竟然有种失落的感觉。

他是不是生气了？万一他真的生气了，不理自己了怎么办？墨翩然一下子慌了起来，站起身想要追出去，却发现自己的腿一点力气都没有。真是不争气，不就是被他亲了一下吗，用得着这样？！墨翩然低头在自己的腿上用力捶了一下，愤愤地想着。

晚一些的时候，墨汜突然八卦地跑过来，对墨翩然说道："妹妹，妹妹，我有一个惊人的消息要告诉你！"

"什么消息？"墨翩然正在寝殿里用早膳，看到九哥过来，便伸手拍了拍旁边的位子道，"九哥用过早膳了吗？没用的话跟我一起吃吧。"

"谢了。"墨汜毫不客气地在她身边坐了下来，随手拿起一块点心塞进嘴里，"妹妹你绝对想不到我有一个什么消息要告诉你。"

"真的？"墨翩然满脸狐疑地看着他，"什么消息啊？"

"小逸竟然也报名了比武招亲大赛！"墨汜一脸兴奋地看着墨翩然道，"想不到啊想不到，那家伙从小到大一直跟在你身后屁颠屁颠的，眼下竟然也去报名了。"

"小逸？"墨翩然微微一怔。他也去报名参赛了？

不知道为什么，她听到这个消息的时候，莫名地松了一口气。这么说，他没有生自己的气了。

"是啊，想不到吧。"墨汜难以置信地道，"我还以为他一直把你当姐姐呢，没想到……原来他喜欢你啊。"

"他……"墨翩然听到自家哥哥这句话，忍不住脸红。糟了，她又要想到刚刚小逸冲进她寝殿吻她的事情了。

"怎么了，妹妹，你的脸怎么这么红？"墨汜一脸惊讶地看着她道，"该不会……你对小逸也……"

"哥哥别瞎说，我才没有喜欢他。"墨翩然赶紧摇头否认。

"哦哦哦，我懂了。"墨汜一脸了然道，"哥哥这就去给你安排。"

"安排什么啊安排，喂，哥哥！"墨翩然眼看自家哥哥吃了点心就连忙站起身，又朝寝殿外跑去，瞬间无语。

转眼到了夜国公主墨翩然比武招亲的日子。

这一天，各国的适婚男子齐聚夜国都城，等待比武招亲开始。因为参与人数太多，士官将比赛日程安排成了三天。

第一天要从参加比赛的男子中选出前一百名。

第二天要选出前五十名。

第三天再选出前二十名。

也就是说，前来参加比赛的男子，只有进入前二十名，才能见到夜国公主墨翩然的真容，而且见到也不一定能选上，他们还得打败墨翩然。

纵然江湖上流传着墨翩然是武林第一高手的传闻，但那些男子显然没有将之放在心上。毕竟是夜国唯一的小公主，她想要什么名号，别人还能不给她？再说这么多年，有谁跟夜国这位公主动过手、比过武啊？显然没有，那她这名号怎么来的，就值得人深思了。

总之，前来参赛的每位男子都觉得只要自己能进入前二十名，就有机会娶到夜国公主。他们甚至还讨论，万一二十个人都打败了夜国公主，那这夜国公主岂不是要嫁二十个男子？哦……不对，那她岂不是要迎娶二十个男子做妃子？

就在一片讨论声中，比武招亲轰轰烈烈地开始了。

三天过后，参加比武招亲大赛获得前二十名的男子已经挑选出来。当天上午，夜国公主墨翩然就在擂台上对战那些男子，挑选自己最终的夫婿。

这最后一场比赛，吸引无数夜国的老百姓来观战。他们将比赛场地围得水泄不通，就为了见证自家公主挑选夫婿的神圣一刻。

擂台上，二十名年轻男子长身而立，其中也包括站在最后的北辰逸。

"公主殿下驾到——"

随着在场侍卫的通报，墨翩然着盛装坐在软轿上，缓缓朝比武场地而来。

"参见公主殿下。"在场所有人立刻跪倒在地，恭恭敬敬地齐声喊道。

"平身吧。"墨翩然轻声说了一句，不由自主地向北辰逸看过去。他今天穿一身黑色劲装，乌黑的头发用黑色发带束于头顶，不同于平日总是白衣翩翩的样子，今天的他竟然让她觉得有些陌生。

"这就是夜国的公主殿下？"

"好美啊，我此生从未见过比她还美丽的女人。"

"这么美的人儿，我都不忍心和她比武了，万一不小心伤着她了怎么办？"

"说得也是，要不过会儿对她手下留情些吧。"

那些进入前二十的参赛者在看到墨翩然的一瞬，忍不住低声讨论。

北辰逸淡淡地瞥着他们，在心中冷笑一声，过会儿你们就等着哭吧。

"公主殿下，这些是进入比武招亲前二十名的男子。"站在墨翩然身边的侍卫恭恭敬敬地朝她介绍，"公主殿下是准备一个一个地比呢，还是让他们一起上？"

"一个一个来吧。"墨翩然瞥了他们一眼，随口道，"一起上的话，解决得太快，岂不是让这些百姓白等了？"

"公主殿下说得是，那属下就让他们按照顺序一个一个来了。"那侍卫应了一声之后，便朝擂台上的众人喊道，"公主殿下吩咐，在台上的人将一个一个和殿下过招，最终能够战胜公主殿下的，就是她的夫君了。"

台上的那些男子忍不住嗤笑起来，在他们看来，眼前这位娇滴滴的小公主竟然打算亲自和他们动手，简直不可思议。

"第一位，比武招亲大赛第二十名，陈子峰。"那侍卫在宣布完比赛规则之后，便直接大声喊道，"对战我国公主殿下。"

墨翩然等着侍卫喊完，随手将自己那繁复的外套扯了下来，只着里面月牙白的劲装，几个起落便直接飞到了擂台上。

"见过公主殿下。"那名叫陈子峰的男子双手抱拳，朝墨翩然恭恭敬敬地道，"请公主殿下先出招。"

"不用了，还是你先吧，我怕我一出招，你就直接下去了。"墨翩然浅浅一笑，声音清脆地道。

那名叫陈子峰的男子微微怔了一下，随即点点头道："那在下便不客气了。"他话音刚落，便右手成拳，朝墨翩然冲了过去。

墨翩然一个闪身躲过他的攻击，顺便一个漂亮的回旋踢，只听得砰的一声，那男子便直接从擂台上飞了下去。

在场的所有人都愣住了。这……怎么回事？比赛不是刚刚开始吗，那名男子怎么已经飞到台下了？

"第一回合，公主殿下胜利。下一位挑战者，比武招亲大赛第十九名，肇源。"倒是那侍卫见怪不怪，继续大声宣布道。

台上的众人原本还笑嘻嘻的，觉得墨翩然很好对付，眼下亲眼看到她不费吹灰之力将第二十名踢下擂台，顿时都认真起来。

可是，就算认真也没有什么用。偌大的擂台上，只听得砰砰砰几声，那些进入前二十的男子便流星一般朝擂台下各个方向飞了出去。

到了最后，擂台上只剩下北辰逸一个人。

而台下的老百姓，则一脸震惊地看着自家公主。这些人可都是来自各国的青年才俊，武功高手，可他们在自家公主手上竟然连一招都过不了。

眼看不到一炷香的工夫，公主就解决了十九个人，在场的百姓顿时用同情的目光看向擂台上的北辰逸。完了，完了，这最后一个小伙子，估计也不是他们家公主殿下的对手。看来公主殿下比武招亲要失败了。

"最后一位挑战者，比武招亲大赛第一名，北辰逸对战公主殿下。"一旁的侍卫面无表情地宣读完便下台了。

北辰逸面带微笑地走到墨翩然面前，双手抱拳，声音温柔地道："娘子，手下留情。"

"你……"墨翩然听到他的称呼，瞬间满脸通红，"你明明知道自己打不过我，从小到大，你没有一次赢过我的。"

"是吗？"北辰逸笑道，"可是这一次，不试试怎么知道呢，万一我赢了，你不就可以嫁给我了。"

"想得美！"墨翩然朝他做了一个鬼脸，比画好姿势道，"来吧，你先出手。"

"好。"北辰逸点了点头，倒没有像之前那些参赛者一样直直朝她冲过去，而是声音淡然地道，"我能离近一点再出手吗？"

墨翩然微微一怔，道："可以。"

"嗯。"北辰逸应了一声，缓缓走到墨翩然身边，对她笑了笑，直接俯身吻上她红润的唇瓣，"娘子，我爱你……"

哎？！墨翩然一下子便愣住了。她站在擂台上，看着眼前北辰逸俊秀帅气的脸，一时之间竟然忘了怎么反应。

就在她出神的一瞬，北辰逸伸手将她打横抱起，然后脚尖一点，便飞到擂台边上。他将墨翩然放到擂台下面，站在擂台边，笑眯眯地看着她道："娘子输了。"

墨翩然顿时回过神，满脸通红地看着北辰逸道："你……你耍赖！"

"我哪里耍赖了？这比武招亲大赛，又没有限制用什么招式什么路数，我现在已经将娘子打出了擂台，留在台上的只有我一个，所以这场比赛的最后优胜者就是我。"他低头看着眼前的墨翩然，声音温柔地道，"不是跟你说了，你只能是我的吗？"

场下的所有观众看到眼前这一幕都愣住了，片刻之后，他们大声欢呼起来。

墨翩然的九个哥哥依次上场，拍了拍北辰逸的肩膀。

"你小子可以啊，什么时候对我们妹妹出手的？"

"就是，看你们两个这样子，绝对不是第一次亲嘴了，老实交代。"

"虽然你套路了妹妹，但是你套路不了我们，要是不老实交代，就挨个地和我们兄弟几个打一遍。"

北辰逸哭笑不得地看着墨翩然的哥哥们，一时语塞："我……"

"你们不许欺负小逸！"墨翩然看到北辰逸被自家哥哥们围住，顿时着急地一点脚，飞上擂台，"这天下只有我可以欺负他，你们谁都不能欺负他。"

"哟，这还没嫁人呢，胳膊肘就往外拐了啊！"

"是啊，哥哥们的心好痛啊……"

"小逸这小子哪里好了，不就是长得好看吗？要我说，他根本打不过你，妹妹你这是故意放水吧。"

"好了，你们别调侃他俩了，还不赶紧回去准备婚事。"

最终，还是墨汎出来圆了场子。

"是、是、是，回去张罗婚事。"

"妹妹终于要嫁人喽。"

其他几个哥哥们立刻一边调侃，一边飞快地从擂台上撤了。

北辰逸笑眯眯地看着他们离开，转过头来，声音温柔地道："娘子既然定下这比武招亲的规矩，是不是就应该遵守规矩，唤我一声相公呢？"

墨翩然脸色通红地看着他，嘴唇动了动，却没有声音。

"嗯？我听不到。"北辰逸挑了挑眉，有些好笑地看着她。

"相公……"墨翩然红着脸弱弱地喊了他一声。

"乖，娘子。"北辰逸伸手揽过她的腰，朝擂台外飞出去，"这里人太多，咱们找个安静的地方，让相公好好亲你一口。"

"不要脸……"

"好，不亲脸，亲嘴行了吧？"

"你……"